LA FILLE PERDUE

(liste des œuvres du même auteur p. 409)

David Herbert Lawrence

LA FILLE PERDUE

roman

traduit de l'anglais, préfacé et annoté
par Françoise du Sorbier

Ouvrage traduit
avec le concours du
Centre national du Livre

Fayard

Titre original :

THE LOST GIRL

Édition utilisée pour la présente traduction :
Cambridge Edition, 1981.

ISBN : 978-2-213-63139-4

PRÉFACE

L'Amant de lady Chatterley a joué pour D.H. Lawrence le rôle de l'arbre qui cache la forêt. À ne voir en lui que l'auteur de ce roman, on en oublie sa stature, l'originalité féconde de son œuvre et l'étonnante variété de son talent. Romancier, poète, nouvelliste, essayiste, dramaturge, grand épistolier et peintre à ses heures, il a aussi écrit des récits de voyages qui sont des modèles du genre. Récits d'exil, devrait-on plutôt dire, car il choisit de quitter l'Angleterre à l'issue de la Première Guerre mondiale. *La Fille perdue*, publié en 1920, est son sixième roman, et le premier qu'il écrivit après s'être expatrié.

David Herbert Lawrence naquit en 1885 à Eastwood, dans le Nottinghamshire, d'un père mineur et d'une mère institutrice. Sa santé fragile le contraint à abandonner une carrière d'enseignant dès 1910. Il se consacre alors à l'écriture. En 1912, au cours d'une visite à l'un de ses anciens professeurs à l'université de Nottingham, Ernest Weekley, il rencontre la femme de celui-ci, Frieda von Richthofen, une aristocrate allemande. Coup de foudre. Deux mois plus tard, Lawrence retrouve Frieda à Munich. Ils ne se quitteront plus. Ils voyagent en Italie et séjournent sur les rives du lac de Garde. Frieda, qui a laissé en Angleterre mari et enfants, n'obtient un divorce qu'au bout de deux ans de démêlés houleux. Elle épouse Lawrence en juillet 1914, avec pour témoins John Middleton Murry et Katherine Mansfield. La guerre éclate à la fin du mois et, bientôt, Lawrence perçoit que ce conflit va sonner le glas d'un monde et d'une époque : « Quand je traverse ce pays en voiture, alors que tombe l'automne qui se délite en bruissant, j'éprouve une immense tristesse pour mon pays, pour ce grand pan de civilisation, deux mille ans, qui s'effondre en ce moment. C'est très dur à vivre [...] Je veux partir pour l'Amérique, la Floride, dès que possible : dès que j'aurai assez d'argent pour nous payer la traversée, à Frieda et à moi. Je dois partir comme la semence qui tombe dans un sol nouveau[1].»

Hélas, il est trop tard pour sortir du pays. David et Frieda ne peuvent obtenir de passeport. Ils quittent Londres pour la Cornouaille, d'où ils sont chassés en 1917, soupçonnés d'espionnage. Pendant deux ans, ils n'ont pas de domicile fixe et sont hébergés chez différents amis. Leur situation matérielle devient de plus en plus précaire : *The Rainbow (L'Arc-en-ciel)* a été interdit pour obscénité moins de deux mois après sa publication et le roman suivant, *Women in Love (Femmes amoureuses),* ne trouve pas d'éditeur. Ulcéré par l'absence de succès de ses romans et les soupçons dont Frieda et lui ont été l'objet, Lawrence ne voit de salut possible que dans l'exil. Le couple quitte enfin l'Angleterre en octobre 1919.

En novembre, ils retrouvent l'Italie et acceptent l'invitation d'un ami italien de Londres à se rendre chez lui, à Piscinisco, petit village des Abruzzes. Ce séjour inspirera à Lawrence les scènes italiennes de *la Fille perdue*. Les descriptions qu'il fait dans ses lettres de l'époque et celles du roman se correspondent trait pour trait. « C'est primitif à un point stupéfiant. Il faut traverser le lit caillouteux d'un fleuve, puis une rivière glaciale, sur une planche de bois, et enfin grimper par des sentiers impossibles pendant que l'âne avance péniblement derrière avec les bagages [...] Il faut tout faire cuire comme les romanichels, dans la cheminée, sur le feu de bois. Les poulets circulent dans la maison, l'âne est attaché au montant de la porte, il fait ses crottes sur le seuil et brait à tue-tête[2].»

Chassés par le froid et l'inconfort, David et Frieda partent à Capri pour Noël. Mais cette expérience aura vivement marqué l'écrivain.

Le thème de *la Fille perdue* annonce celui de *l'Amant de lady Chatterley*. C'est l'histoire d'une femme prise entre deux univers : son monde d'origine, la bourgeoisie rance d'une ville des Midlands,

1. Lettre à Cynthia Asquith, 9 novembre 1915.
2 Lettre à Rosalind Popham, 16 décembre 1919.

et celui de son amant, une Italie primitive et sensuelle. Le roman suit son trajet de l'un à l'autre. Il évoque aussi l'amour qui, en dépit de tous les obstacles de la culture, du milieu et de la langue, naît entre Alvina et Ciccio. Découverte charnelle pour Alvina, qui combat d'abord cette attirance par toutes les stratégies de la volonté et de l'intelligence avant dc suivre ce que lui dicte son instinct, au mépris de son éducation et de ses peurs. Une grande tendresse baigne la fin du livre où Alvina, malgré son isolement, s'épanouit comme elle n'a jamais pu le faire dans son monde d'origine. Déracinée, elle porte en elle envers et contre tout une vie qu'elle va transmettre.

La partie anglaise, écrite sur un ton satirique, dresse un portrait au vitriol de la bourgeoisie provinciale anglaise et de son système de valeurs matérialiste et décadent. Lawrence décrit un univers qui lui est parfaitement familier, celui qu'il a quitté – comme Alvina – pour renaître ailleurs. La partie italienne, écrite sur un mode lyrique, contient des passages d'un extraordinaire pouvoir évocateur.

Le titre souligne le trajet d'une héroïne qui se perd pour mieux se trouver, et qui, comme le phénix – l'oiseau symbolique de Lawrence –, renaît de ses cendres. Perdue pour la morale, puisqu'elle a connu Ciccio «bibliquement» avant de l'épouser, la jeune femme le suit dans un pays primitif que la civilisation industrielle n'a pas encore contaminé. Ce processus de départ coïncide avec l'apparition dans le monde d'Alvina de comédiens cosmopolites, les Natcha-Kee-Tawara, qui servent de catalyseur à son désir de fuite. Engluée dans le monde mortifère de la bourgeoisie drapière des Midlands dont elle est issue, Alvina est confrontée pour la première fois à l'étranger, en l'occurrence à l'Europe continentale, par le biais de cette troupe. Les Natcha, qui, entre eux, parlent le français, l'allemand ou l'italien, ne maîtrisent pas bien l'anglais; leurs énoncés sont émaillés de fautes de grammaire, d'inexactitudes, voire d'exclamations ou d'expressions dans leur langue d'origine. Alvina ne peut communiquer avec eux qu'en utilisant une langue des plus élémentaires. Elle se trouve en flottement, en dérive, perdue entre les langues et, au-delà, entre les mondes. En suivant les comédiens, elle devient une déclassée, comme la Renée de Colette dans la *Vagabonde*. Détachée de son milieu d'origine, elle ne retient plus de sa langue que ce qu'elle peut en partager avec Ciccio, c'est-à-dire fort peu.

Au même titre que les autres romans de Lawrence, *la Fille perdue* peut paraître parfois déroutant dans la mesure où l'écriture de l'auteur, avec ses répétitions, son rythme incantatoire et son usage abondant et personnel des métaphores, crée son propre code de lecture. On ne saurait, dans la traduction, «normaliser» cette écriture sans la dénaturer : elle porte la marque de la méfiance qu'éprouve Lawrence face à l'intellect. Tout au long de son œuvre, il dénonce la suprématie destructrice de l'esprit *(mind)*, sur l'instinctif, le charnel *(blood)*. Par son écriture, il cherche à faire passer au lecteur la pulsation vitale, sans le recours à la rhétorique ou la logique qui, selon lui, font écran parce que fruits de l'intellect. Dans *la Fille perdue*, cependant, Lawrence utilise au début un style relativement classique. La première partie, réaliste comme celle de *l'Amant de lady Chatterley*, nous permet d'entrer en douceur dans l'univers de l'auteur et d'arriver par une progression savamment graduée aux passages lyriques et visionnaires.

Une histoire réelle a inspiré la partie anglaise du livre, celle de la famille Cullen, que D.H. Lawrence avait côtoyée dans son enfance et son adolescence. Mr. Cullen, héritier d'une boutique de textiles prospère, vivait dans sa grande maison de la rue principale d'Eastwood avec son épouse malade, sa gouvernante, la directrice de son atelier et sa fille Flossie. Celle-ci dut travailler comme infirmière après que son père eut dilapidé le patrimoine familial dans diverses entreprises hasardeuses. La partie italienne, elle, est romanesque et c'est d'ailleurs au moment où Alvina arrive en Italie que le style change.

Mais si les tonalités varient d'un chapitre à l'autre, le propos du livre est celui qui sous-tend tous les romans de Lawrence. À partir d'un constat – celui de la dégénérescence de la civilisation industrielle occidentale –, il montre que le seul salut possible passe par la communion avec les forces vives du monde, la nature et l'amour charnel.

Alvina, dernier rejeton d'une lignée de commerçants d'un côté, de hobereaux de l'autre, est issue d'un monde moribond et n'a d'autre choix, si elle reste en Angleterre, que de mener une vie de vieille fille laborieuse, c'est-à-dire végéter, ou alors d'épouser quelqu'un qui l'entretiendra. Son aventure avec un bel Italien sans le sou, et de surcroît plus jeune qu'elle, lui fait perdre les derniers vestiges du respect que lui témoignait la communauté de Woodhouse.

Tel Mellors dans *l'Amant de Lady Chatterley*, Ciccio a le rôle du «bon sauvage». C'est lui qui permet à Alvina d'échapper au monde condamné où elle vivait jusqu'alors. Elle renoue avec sa nature profonde, dont elle avait été dépossédée à force d'évoluer dans le contexte stérile de Woodhouse. C'est un personnage typiquement lawrencien, beau, fruste et charismatique, dont la fonction est un peu semblable à celle de l'ange du *Théorème* de Pasolini. Il se situe hors du monde de la parole et de l'intellect.

Comme dans tous ses grands romans, Lawrence décrit la démarche centrifuge d'une héroïne qui cherche à échapper à un monde décadent, et s'affranchit des conventions sociales et morales de sa classe. En choisissant un compagnon tel que Ciccio, elle consacre la rupture d'avec ses origines et affirme la suprématie de la sensualité, de la spontanéité et des forces vitales sur les considérations financières et sociales comme sur le pouvoir de la tradition.

Le roman peut aussi se lire comme une réécriture du mythe de Perséphone enlevée par Pluton, ce que tendrait à confirmer le réseau métaphorique de nombreuses scènes de la partie italienne – un thème que l'on retrouve dans d'autres œuvres de Lawrence comme *la Princesse*, *l'Amazone fugitive*, et la nouvelle *Soleil*.

Le livre a été récompensé à l'époque de sa publication par le prestigieux prix James Tait Black. Mais curieusement, il n'a pas eu le succès qu'il méritait. Exilé, Lawrence l'avait publié sur le rebond de l'interdiction de son précédent roman, *Women in Love*. Les bibliothèques de prêt demandèrent qu'une scène «offensante pour la morale» soit réécrite. Quant à la critique, elle fut déconcertée par le thème, et par le contraste entre le ton satirique du début et le lyrisme de la fin.

En France, l'ouvrage a été traduit une première fois en 1933, dans une version qui comporte de nombreuses coupures. Plus récemment, la publication de *Lettres choisies*[1], puis d'un recueil de textes pris dans la correspondance et les récits de voyage, *l'Odyssée d'un rebelle*[2], et enfin la sortie du film de Pascale Ferran, *Lady*

1. Gallimard, 2001.
2. La Quinzaine/Vuitton, 2001.

Chatterley, semblent indiquer un intérêt nouveau pour un écrivain de premier plan qui a été longtemps desservi par sa réputation : auteur à scandale avant la guerre, puis dépassé après la révolution sexuelle des années 1970, il a toujours été en porte-à-faux. Il est temps de le redécouvrir, dans toute sa violence et sa fraîcheur.

FRANÇOISE DU SORBIER

CHAPITRE PREMIER

Le déclin de Manchester house

Prenez une petite ville minière comme Woodhouse, qui, en trois générations, a atteint dix mille âmes. Avoir derrière soi trois générations est d'ordinaire le signe d'une société bien établie. Les vieilles familles de propriétaires terriens ont fui le spectacle de tant de charbon éventré et sont parties s'installer dans des régions encore bucoliques pour y vivre grassement de leurs droits miniers. Un seul homme, aussi important qu'inaccessible, reste maître des lieux : le propriétaire des mines. Avec ces trois générations derrière lui, il se hisse sur l'échelon le plus bas de la bonne société de la province, écartant la masse à coups de pieds. Il est l'exception.

Une société bien établie, voilà Woodhouse, toute en nuances subtiles allant de la poussière noire du charbon à la poudre granuleuse du tailleur de pierre et à la sciure du marchand de bois, en passant par l'éclat mat du saindoux, du beurre et de la viande, le parfum du pharmacien, le désinfectant du médecin, puis par le vieil or terni et serein des directeurs de banque, des caissiers de l'entreprise, des membres du clergé et autres, pour finir par le *nec plus ultra* : la splendide automobile étincelante du directeur général de tous les charbonnages. Lequel vit retiré derrière les massifs d'arbustes isolant le Manoir, comme on l'appelle. Quant au château, abandonné par les anciennes familles, la firme y a installé ses bureaux.

Voici donc la scène : un vaste substrat de mineurs ; un solide saupoudrage de commerçants mêlés à de petits patrons, et, pour y apporter quelque diversité, des maîtres d'école et un clergé non conformiste ; au-dessus, une couche de directeurs de banques, de riches patrons d'usines textiles, de métallurgistes prospères, de membres du clergé épiscopalien et de directeurs des charbonnages ; le tout couronné par la riche cerise confite et luisante du propriétaire des mines.

Tel est le système social complexe d'une petite ville industrielle du centre de l'Angleterre en cet an de grâce 1920. Mais retournons un peu en arrière. Telle était la situation dans la dernière année de calme et d'abondance, 1913.

Une année de calme et d'abondance. Mais où sévissait une triste maladie chronique : celle de la femme en trop. Pourquoi, au nom de tout ce qui est prospère, les branches d'une telle société, hormis la plus basse, devraient-elles toutes ployer sous une lourde récolte de fruits qui ne mûrissent pas plus que les pommes de Sodome : toutes ces femmes en surnombre, ni mariées ni mariables, que l'on nomme vieilles filles ? Comment se fait-il que chaque commerçant, chaque maître d'école et chaque pasteur engendre une, deux, trois vieilles filles ou plus ? Naît-il plus de filles que de garçons dans la bourgeoisie, la petite, surtout ? Est-ce à dire que, dans ce milieu, les hommes montent ou descendent systématiquement un échelon par le mariage, laissant ainsi en souffrance leur partenaire normale ? Ou que les femmes se montrent très timorées dans le choix de leur mari ?

Toujours est-il que c'est une tragédie. Ou peut-être pas. Peut-être ces femmes de la bourgeoisie qui ne se marient pas sont-elles les fameux travailleurs asexués de notre fourmilière industrielle, dont on nous rebat les oreilles. Peut-être leur manque-t-il seulement une occupation : autrement dit, un travail. Mais peut-être devrions-nous leur donner la parole avant de nous prononcer.

À Woodhouse, il y avait une terrible profusion de vieilles filles chez les « rupins », les commerçants et les ecclésiastiques. Toutes les femmes de la ville, épouses de mineurs et autres, retenaient leur souffle lorsqu'elles voyaient l'occasion d'échapper au célibat se présenter à l'une de ces filles du confort et de l'infortune. Ivres de soulagement, elles assistaient en masse aux mariages prospères. Car malgré la jalousie de classe, une femme déteste en voir une autre moisir dans les rangs des laissées-pour-compte, sans aucune chance de salut. Toutes souhaitaient sincèrement, oui, le plus sincèrement du monde, que les jeunes bourgeoises trouvent des maris. Tout le monde le souhaitait, à commencer par les intéressées. D'où cette tristesse.

Or James Houghton avait un enfant unique : sa fille, Alvina. Assurément, Alvina Houghton…

Mais retournons au début des années quatre-vingts, à l'époque où Alvina était bébé ; ou plus tôt encore, à la grande époque de James Houghton. Il faisait alors partie de l'élite de Woodhouse. La famille Houghton avait toujours été prospère : une famille de commerçants, certes, mais après quelques générations d'aisance, les commerçants acquièrent un certain *cachet*[1]. Or à l'âge de vingt-huit ans, James Houghton hérita d'un magnifique magasin de textiles à Woodhouse. Mince, élégant, naturellement raffiné, c'était un grand jeune homme au visage encadré de favoris. Il se donnait un certain style à la Bulwer-Lytton[2] et avait du goût pour la conversation élégante, la littérature élégante et le christianisme élégant. Malgré ses manières un peu frémissantes, ses idées faciles et sa belle voix modulée – très belle, même –, ce grand jeune homme, mince et sec était commerçant dans l'âme, bien entendu. Il fit sa cour à une petite femme brune, plus âgée que lui, fille d'un hobereau du Derbyshire. Il pensait qu'elle lui apporterait au moins dix mille livres en mariage. Ses attentes furent déçues, car il n'en reçut que huit cents. Étant d'une nature où les sentiments et les intérêts du commerce allaient de pair, il ne le lui pardonna jamais, tout en la traitant toujours avec la plus élégante courtoisie. C'était un spectacle exquis que de le voir lui peler une pomme et la lui préparer. Mais cette pomme pelée et coupée en quatre était tout ce qu'elle recevrait en partage. Cet élégant Adam du négoce rendit à Ève la monnaie de sa pièce, après en avoir proprement enlevé le cœur, et cessa tout commerce avec elle. Entre-temps, Alvina était née.

Avant tout ceci, cependant, avant son mariage, James Houghton avait fait construire Manchester House. C'était une vaste bâtisse carrée – vaste pour Woodhouse, s'entend – située sur la grand-rue, qui était aussi la grand-route, de la petite ville en pleine croissance. Le rez-de-chaussée abritait deux belles boutiques, l'une où l'on

1. Les italiques indiquent un mot en français dans le texte. *(Toutes les notes sont de la traductrice.)*

2. Lord Edward Bulwer Lytton (1803-1873), célèbre pour son roman *Les Derniers Jours de Pompéi.*

vendait des cotons de Manchester, l'autre, des soieries et des lainages. Le poème commercial de James Houghton.

Car James Houghton était un rêveur, poète à ses heures : un commerçant aussi, ne l'oublions pas. Il aimait les romans de George Macdonald, et les féeries de cet auteur l'enchantaient. Il se tissait lui-même une féerie continuelle, une féerie commerciale. Il rêvait de soies et de popelines à la texture sublime, d'une incroyable finesse ; il rêvait de voir s'arrêter devant ses vitrines les voitures de l'aristocratie provinciale, d'où sortaient des femmes exquises qui s'approchaient de son comptoir en froufroutant, aussi charmées qu'enchantées. Et lui, aussi charmant qu'enchanteur, il leur servait ses merveilleux tissus dont, seul avec elles, il savait apprécier la beauté. Sa renommée s'étendait tant et si bien qu'Alexandra, princesse de Galles et Elizabeth, impératrice d'Autriche, les deux femmes les mieux habillées d'Europe, descendaient du ciel pour visiter sa boutique de Woodhouse et montrer ensuite au monde l'intérêt qu'il y avait à acheter chez James Houghton.

Pourquoi James Houghton n'est-il pas devenu le *Liberty* ou le *Snelgrove* de son temps ? On ne sait. Peut-être avait-il trop d'imagination. Quoi qu'il en soit, à ses débuts, lorsqu'il amena sa femme dans sa nouvelle demeure, la vitrine donnant sur la route de Manchester n'était qu'une vaporeuse floraison printanière d'imprimés et de mousselines, cependant que dans l'autre, côté Londres, s'étalait une gamme de soieries et de tissus magnifiques, aussi somptueux qu'un soir d'automne. Quelle épouse n'eût été éblouie ? Mais elle, la pauvre chérie, fraîchement sortie des murs de pierre de son manoir et de son Derbyshire natal et rocailleux, elle éprouva quelque répulsion en voyant l'homme qu'elle avait épousé danser devant son stock comme David devant l'arche[1].

La maison où James l'avait conduite était un monument. Dans la grande chambre à coucher au-dessus du magasin, il avait fait encastrer le mobilier : un mobilier en acajou massif, très, très massif. À n'en pas douter, James prenait son élan pour arriver d'un saut, d'un bond, dans le monstrueux lit conjugal auquel on ne pouvait accéder qu'en grimpant sur un tabouret ou une chaise. Mais, plus âgée que lui, la pauvre petite recluse devait y monter le cœur lourd pour se coucher, car en face d'elle se dressait une grande armoire,

1. 2 Samuel VI, 14-16.

sinistre bastille d'acajou ; et si elle se tournait sur le côté en désespoir de cause, elle découvrait la grande psyché qui faisait sans cesse une hideuse révérence devant Madame. Quel mobilier ! Inamovible.

L'enfant naquit au cours de la deuxième année. Après quoi James Houghton alla s'installer à l'autre bout de la maison dans une petite chambre sommairement meublée où il joua l'anachorète jusqu'à la fin de ses jours, dormant sur une planche brute. Il laissa sa femme seule avec son bébé et le mobilier encastré. À force de contenir ses nerfs, elle contracta une maladie de cœur.

Quant à James Houghton, tel un papillon, il battait des ailes devant ses tissus. Il tyrannisait ses vendeuses. Aucun petit marquis français sorti d'un roman de Dickens n'eût pu être plus élégant, plus raffiné, ni plus cruel. Les filles le détestaient. Pourtant, son raffinement et son enthousiasme étranges avaient raison de leurs réticences. Elles lui obéissaient. La boutique attirait beaucoup la curiosité. Mais les habitants timorés de Woodhouse étaient de piètres consommateurs. James Houghton se lassait de les entendre réclamer des zéphyrs ordinaires, de la flanelle rouge qu'ils gansaient de laine peignée noire, des alpagas noirs, des basins et des mérinos. Il vantait les mérites de ses mousselines de soie rayées, de ses cotons imprimés des Indes. Mais les habitants reculaient comme s'il leur avait proposé les tuniques empoisonnées offertes à Hercule.

Il y eut des soldes. Ils contribuèrent largement à aggraver la maladie de cœur de Mrs. Houghton et laissèrent les premières traces d'usure sur le visage de James Houghton. Au début, bien sûr, il se borna à démarquer discrètement son stock le moins cher d'imprimés, de mousselines, d'étamines et de mousselines de laine, ainsi que quelques soutaches fantaisie et des galons à fils guipés ou guillochés de bronze pour égayer un peu l'affaire. Woodhouse acheta avec prudence.

Mais après les soldes, James Houghton s'autorisa une orgie d'achats pour renouveler son stock. Il alla butiner à Manchester, le visage tendu. Après quoi d'énormes paquets, balles et boîtes arrivèrent à Woodhouse et furent déchargés sur le trottoir devant le magasin. Quand vint le vendredi soir, la devanture de chez Houghton fut une révélation : on y vit les premiers piqués, les premiers tissus nid d'abeille fantaisie destinés à habiller les coiffeuses ou à couvrir les lits, les premières coiffes à ruchés, et les tabliers pour femmes de chambre : une merveille en blanc. C'est ainsi que James Houghton nomma l'événement. « Une Merveille en blanc. » Peut-être avait-il lu le célèbre roman de Wilkie Collins[1], allez savoir !

Lorsque l'éphémère sensation de la merveille en blanc s'effaça, James disparut du côté de Londres. Quelques vendredis plus tard, il reparut avec sa Collection d'hiver. D'étranges et merveilleux manteaux d'hiver pour dames – James ne s'occupait que d'articles pour dames, il méprisait le sexe rude –, d'étranges et merveilleux manteaux pour dames, en épais drap noir gaufré, se dressaient au fond de la vitrine, arborant avec panache leurs parements garnis de fourrure d'ours tandis qu'étoles, boas, manchons et fantaisies d'hiver paradaient coquettement au premier plan. Le vendredi soir, des attroupements se formaient devant la boutique : les becs de gaz brillaient de tous leurs feux, James Houghton guettait au fond du magasin, tel un auteur dramatique à sa première. Il fit sensation. Dix villages se pressèrent devant la vitre pour regarder avidement. Ce fut une sensation, mais quelle sensation ! Au sein de la foule, c'était l'émerveillement, l'admiration, la peur et l'ironie. Soulignons le mot peur. Les habitants de Woodhouse avaient peur que James Houghton ne leur impose ses critères. Ses marchandises étaient de fort bon goût, mais celui de ses clients, lui, était exécrable. Devant les vitrines, les badauds montraient du doigt, ricanaient et se moquaient. Le pauvre James, tel un auteur à sa première, voyait son œuvre tomber complètement à plat.

Malgré tout, il était persuadé de son excellence, et avec juste raison. Ce dont il ne se rendait pas compte, c'était que la foule avait l'excellence en horreur. Woodhouse voulait un progrès doucement gradué dans la médiocrité ; une médiocrité si rassise et si plate qu'elle dépassait l'imagination de tout mortel doué de sensibilité. Woodhouse voulait une suite de petits frissons vulgaires, à mesure qu'une marchandise médiocre et vulgaire importée de Nottingham ou de Birmingham en remplaçait une autre dont Nottingham ou Birmingham s'était déjà lassé. Woodhouse avait pour caractéristique propre de détester toute tentative d'originalité et de bon goût, mais cette leçon-là, James Houghton ne put jamais l'apprendre. Il croyait avoir manqué d'ingéniosité, alors qu'il en avait déjà déployé beaucoup trop. Il prenait toujours Dame Fortune pour une capricieuse difficile à satisfaire, une sorte d'Elizabeth d'Autriche ou

1. Wilkie Collins *La Femme en blanc* (1860).

d'Alexandra, princesse de Galles, infiniment trop élégante pour lui. Alors que Dame Fortune, même à Londres ou à Vienne, sans parler de Woodhouse, était une bourgeoise – voire une petite-bourgeoise – vulgaire, prête à écraser de son pied lourd tout ce qui sortait de l'ordinaire et n'était ni fait à la machine ni conforme aux goûts du troupeau. Lorsqu'il vit le pied calme et solide de cette Dame Fortune vulgaire écraser ses nouveautés les plus originales et anéantir ses timides tentatives de fantaisie drapière, il sombra dans des accès de dépression proches du mysticisme et tint à sa femme des discours fumeux sur les influences de l'au-delà et de l'ange Israfel[1]. La pauvre était aussi terrifiée par Israfel que totalement déroutée par les bizarreries de James.

Si nous dévalons la pente des infortunes de James, nous en arrivons à l'époque héroïque des Soldes Monstres de Houghton. Les grandes démarques de Houghton étaient vraiment des événements. Après s'être cramponné pendant plusieurs années, il abandonna la partie avec style. Il n'hésita pas à baisser largement les prix de ses tissus imprimés, de ses chintz, ses futaines et ses voiles. Son crayon bleu fondit sur les étiquettes et crac ! Voilà trois shillings onze pence crânement transformés en un shilling trois. Les prix tombèrent en flèche. Un imposant une livre onze descendit à six shillings trois ; un shilling six se réduisit comme par magie à quatre pence trois quarts, tandis que de bons imprimés solides s'exhibaient à trois shillings trois le mètre.

C'était vraiment une affaire. De plus, comme les marchandises s'étaient un peu fanées pendant toutes ces années où elles ne s'étaient pas vendues, elles commençaient à correspondre au goût du public. En outre, elles étaient de bonne qualité, indépendamment des motifs. Aussi les petites filles de Woodhouse allèrent-elles à l'école avec des culottes et des jupons taillés dans des tissus que James Houghton avait destinés à de jolies robes d'été : jupons et culottes dont les gamines avaient honte malgré tout. Car si elles relevaient un peu leurs jupes, elles étaient sûres d'entendre leurs camarades s'écrier en chœur : « Tiens tiens, te v'là avec une culotte en coton à trois pence de chez Houghton ! »

Pendant tout ce temps-là, James Houghton était sur un nuage.

1. Ange musicien dans la mythologie islamique. Edgar Allan Poe lui a consacré un poème en 1831.

Il voyait toujours la fée Morgane draper les tissus de sa boutique autour de ses formes adorables, désignant du doigt d'indicibles richesses. Il est vrai qu'il devint aussi directeur du catéchisme. Acte de vanité ou tentative d'établir une entente cordiale avec les puissances d'en haut ? Nul ne le sait.

Entre-temps, la maladie de sa femme s'aggravait et l'enfant, la jolie petite Alvina, grandissait. Cela faisait sensation à Woodhouse, de voir Mrs. Houghton, petite, pâle et réservée, se promener en compagnie de sa petite fille, mignonne à croquer avec son étole d'hermine et son manchon. Lorsqu'elles descendaient la rue, silencieuses comme des ombres, Mrs. Houghton, en fourrure d'ours noir luisante et l'enfant en hermine blanche mouchetée, produisaient une impression qui se gravait dans la mémoire des habitants.

Mais Mrs. Houghton souffrait du cœur. Si au cours de sa promenade, elle voyait deux petits garçons se bagarrer, il fallait qu'elle se précipite vers eux pour leur offrir de la menue monnaie et les conjurer d'arrêter, les laissant médusés, pendant qu'elle s'appuyait contre un mur, les lèvres bleues. Si elle voyait un conducteur de charrette faire claquer son fouet à l'oreille de son cheval qui grimpait la colline avec peine, il fallait qu'elle se couvre les yeux en détournant la tête, et elle défaillait.

Elle gardait donc de plus en plus souvent la chambre, et l'enfant était confiée à la garde d'une gouvernante. Miss Frost était une belle jeune femme vigoureuse d'une trentaine d'années, aux cheveux grisonnants tirant sur le blanc et aux lunettes à monture dorée. Les cheveux blancs ne dénotaient aucune tragédie : c'était un trait de famille.

Pendant les vingt-cinq lentes premières années de la vie d'Alvina, Miss Frost compta plus que quiconque à ses yeux. La gouvernante était une femme forte et généreuse, musicienne dans l'âme. Elle avait une jolie voix et faisait partie de la chorale de la chapelle ; elle enseignait aussi le catéchisme aux filles de première année sous la direction de James Houghton. Lequel lui inspirait de l'antipathie et un certain mépris ; elle le trouvait hypocrite à plusieurs égards, détestait son égoïsme gracieux et aérien, son absence d'humanité, et surtout, l'univers fantaisiste et illusoire où il se complaisait. À mesure que James avançait en âge, il devenait plus rêveur. Quel dommage qu'il eût rendu l'âme avant l'époque de Freud ! Il faisait des rêves absolument merveilleux et féeriques qu'il racontait à la perfection, dans une langue délicate et charmante. À ces occasions, sa voix bien modulée chantait presque, ses yeux gris étincelaient farouchement sous ses épais sourcils broussailleux; son visage pâle encadré par des favoris s'illuminait d'une lueur étrange et ses longues mains fines voletaient à l'occasion. Sa silhouette s'était amenuisée, et il boutonnait haut sur sa poitrine sa redingote étriquée; il aimait à raconter ses aventures imaginaires, des aventures qui tenaient autant d'Edgar Allan Poe que d'Andersen, avec une pointe de Vathek, de Lord Byron et de George Macdonald : plus qu'une pointe dans ce dernier cas, d'ailleurs. Ces récits frappaient toujours beaucoup les dames. Mais Miss Frost n'était jamais aussi agacée que lorsqu'elle se trouvait à portée de voix.

Pendant vingt ans, James Houghton et elle se témoignèrent une courtoisie distante. Lorsqu'il arrivait à Miss Frost de donner libre cours à son agacement, il lui rétorquait d'un ton acerbe : «Certes! Certes! Oh certes! Eh bien, je suis navré que vous trouviez cela tellement...», comme si l'offense, en l'occurrence, était dans le jugement. Après quoi, il s'envolait vers le Club des Conservateurs, alerte, léger, pressé, comme poussé par le destin. Au club, il jouait aux échecs – il y excellait – et faisait la conversation. Puis, toujours léger comme un papillon, il rentrait à midi et demi pour déjeuner.

D'emblée, la discipline de la maisonnée incomba à Miss Frost. Elle comprit son rôle dès la première année. Elle devait défendre contre les excentricités de James la petite Alvina, qu'elle aimait comme sa propre fille, et la femme nerveuse, irascible et malade du cœur, qui l'avait mise au monde. Non que James eût des vices. Il ne buvait pas, ne fumait pas, était soigné et frugal comme un anachorète; et il ne se départait jamais de son ton raffiné. Cependant, il fallait protéger contre lui ces deux créatures exposées. Imperceptiblement, Miss Frost prit en mains les rênes du gouvernement domestique. Son autorité était calme, ferme et généreuse. Elle ne cherchait pas à s'imposer. Elle guidait le malheureux vaisseau domestique de Manchester House, dont les pièces sombres étaient illuminées par son assurance et sa présence radieuse. Sa chevelure d'argent et son visage pâle, lourd et serein, semblaient rayonner. On eût dit qu'elle conférait à cette maison titubante et déboussolée poids, lest, et équilibre. Elle donnait les ordres à la bonne, proposait les menus de repas que James avalait sans y prêter attention. Elle apportait des fleurs et des livres, et, très rarement, invitait un visiteur. Les visiteurs n'avaient pas leur place dans l'atmosphère lugubre et ténébreuse de Manchester House. Ses fleurs enchantaient la malade irascible, et elle discutait parfois de ses livres avec l'évanescent James, discussions dont elle sortait invariablement exaspérée et agacée, tandis que James se retirait invariablement au magasin. On l'entendait hausser sa voix musicale, ce que les vendeuses avaient en horreur, pour réprimander l'une d'entre elles.

Assurément, James était irritant lorsqu'il commentait un livre. Il parlait des incidents, des effets et des associations, comme si le tout n'était qu'un prolongement esthétique ou sensoriel de sa propre personne. Pas un grain d'humanité dans cet homme, disait Miss Frost, que l'exaspération faisait rougir. Pour sa part, elle s'intéressait invariablement à l'aspect humain.

Entre-temps, les magasins avaient pris l'aspect défraîchi et déprimant des commerces dans la dèche. Après dix ans de soldes – soldes de printemps, soldes d'été, soldes d'automne, soldes d'hiver –, James commença à renoncer à ses rêves de drapier. Il était le premier à ne plus supporter de mettre sur le mannequin le lourd manteau de drap noir gaufré garni de fourrure d'ours au col et aux poignets. Il en avait réduit le prix de cinq guinées à une guinée, puis, ô jour funeste ! à dix shillings six. Il avait failli embrasser la bohémienne au panier empli de couvercles de casseroles qui avait fini par l'acheter à cinq shillings à la fin de l'un de ses soldes d'hiver. Mais elle-même avait refusé de revêtir le manteau dans le magasin, malgré le froid cru de ce jour de neige fondue. Elle le porta sur son bras jusqu'au pub, The Miners Arms. Plus tard, perché comme un oiseau à la porte de son magasin, James eut un choc vraiment douloureux en la voyant passer sur une charrette crasseuse de chiffonnier tirée par un minable poney blanc sale, en agitant les bras. On eût dit une squaw sauvage parée de peaux de bêtes. Dressés comme de longs piquants de porc-épic, mouillés par la neige, les longs poils d'ours autour de son cou et de ses poignets ressemblaient à des chevaux de frise. Et dire que c'était un tissu magnifique, de qualité exceptionnelle ! James regarda un moment, puis courut comme un lapin se réfugier près du poêle de l'arrière boutique.

Les puissances d'en haut ne parurent pas honorer les termes du traité que James espérait. Il commença à sortir à reculons de l'Entente. Le catéchisme était pour lui une épreuve pénible. Au lieu de se laisser transporter par sa grâce et son éloquence, les garçons et les filles de mineurs, ces sales garnements, tapaient des pieds et faisaient un vacarme assourdissant lorsqu'il essayait de parler. Debout sur son estrade, il leur adressait des propos acides et cinglants. Mais à quoi bon dire des choses acides à des malotrus tels que les enfants de mineurs ? Ce fut Miss Frost qui sauva la situation en prenant d'autorité en charge toutes les grandes filles, et en demandant au grand et beau forgeron qui faisait le catéchisme aux petits de tenir aussi les grands à l'œil. Son influence fut d'une efficacité indiscutable. Il empoignait les jambes des récalcitrants juste au-dessus du genou tout en blaguant avec eux en dialecte. Sa poigne était telle que doit être une poigne de forgeron, et son dialecte, vigoureux à souhait. Entre la prise et le parler familier, aucun garçon ne pouvait tenir sans pousser des cris de douleur. Les élèves du catéchisme écoutèrent donc plus attentivement James, dont les prières étaient fort belles. Mais un jour, l'un des garçons, un protégé de Miss Frost, ayant été envoyé pendant une demi-heure dans la chambre obscure où se tenait Mrs. Houghton, il révéla le secret de la prise du forgeron. Lequel secret hanta à ce point la pauvre femme qu'il marqua un tournant dans l'aggravation de sa maladie. Les après-midi dominicales lui devinrent un cauchemar. À la suite de quoi, James Houghton prit en mauvaise part les manières un peu rustres et écossaises du pasteur du moment [1]. Si bien que ses fonctions à la direction du catéchisme prirent fin.

À la même époque, il fallut que Salomon partage son enfant. Autrement dit, James loua la partie de son magasin côté Londres à W.H. Johnson, tailleur et mercier, un petit parvenu dont mieux valait ne pas examiner la grammaire de trop près. Bien que la pilule fût amère, il fallut l'avaler. Menuisiers et charpentiers apparurent, et les lieux furent complètement séparés. De sa chambre obscure à l'arrière, la malade entendit les scies et les marteaux, et elle en fut affectée. Résultat : une vitrine impeccable chez W.H. Johnson, qui se fit assister le vendredi soir par son épouse, une femme calme et avisée, et par sa fille, une jolie personne assez tapageuse. Les hommes vinrent en foule ; les femmes aussi, pour acheter à leur mari une cravate à six pence et demi. Elles auraient pu en acheter une à quatre pence trois quarts chez Houghton. Mais non, elles préféraient payer

1. Allusion à un pasteur écossais qui exerça son ministère au temple congrégationaliste d'Eastwood en 1897.

six pence et demi la camelote dernier cri de W.H. Johnson. Quant à James, qui avait tenté d'organiser encore des soldes avantageux, il vit les foules franchir le seuil de la porte voisine, et entendit des pas lourds résonner sur les planches de l'autre magasin, qui n'était plus le sien.

Après cette blessure infligée à son orgueil et à son intégrité, il vécut un moment retiré, et traversa une période mystique. Sans doute en serait-il arrivé à Swedenborg si ses ailes rognées ne s'étaient déployées pour un nouvel essor. Il eut la brillante idée de transformer ses reliquats de tissus en vêtements : pas pour hommes, oh, non, pour femmes, ou plutôt, pour dames. Confection pour Dames, annonçait la nouvelle enseigne.

James Houghton retrouva sa bonne humeur. Un escalier de bois en zigzag fut aménagé à l'arrière de Manchester House. Dans les vastes greniers, on installa des machines à coudre de différents modèles, équipées de différents mouvements. On passa une annonce pour recruter une régisseuse, et on embaucha des ouvrières. Ainsi commença une nouvelle phase. À six heures et demie chaque matin, on entendait dans la cour de derrière et sur l'escalier de bois flanquant le mur arrière un grand bruit de pas et le bavardage animé de voix féminines. La pauvre malade entendait chaque claquement, chaque vibration. Jamais elle ne put surmonter sa peur d'être envahie. Chaque matin, il lui semblait qu'un ennemi s'introduisait chez elle. Et toute la journée, elle avait l'impression que le bourdonnement assourdi et régulier des machines à coudre à l'étage au-dessus était le bourdonnement assourdi d'un bombardement sur son cœur fragile. Comble de malheur, James Houghton décida que ses machines ne s'alimenteraient plus à l'énergie humaine. Il installa un équipement supplémentaire – une machine à acétylène ou autre – qui était censée fournir l'énergie à toutes les petites machines au moyen d'une seule grande courroie. Ce qui provoqua dans les pièces du haut une vibration et un tremblement vraiment insupportables. Mais, heureusement ou malheureusement, l'utilisation de la machine à acétylène ne fut guère concluante. Des filles eurent le pouce percé, les machines à coudre refusèrent absolument de s'arrêter une fois en route, et refusèrent absolument de démarrer une fois arrêtées. Si bien qu'au bout d'un moment, l'un des greniers fut réservé aux machines inutilisables et rouillées, qui avaient coûté fort cher.

Ayant refusé de se laisser séduire par de beaux tissus et des garnitures fantaisie, Dame Fortune ne succomba pas davantage aux attraits de la confection. Car cette bonne dame était toujours restée foncièrement une petite-bourgeoise. James Houghton dessinait des «fourreaux». Le Fourreau était à la mode. Peut-être était-ce Alexandra, princesse de Galles, qui donna ses lettres de gloire à la robe princesse moulante comme un gant. Toujours est-il que James Houghton dessinait des fourreaux. Ses ouvrières, race encore plus dure que celle des vendeuses, affirmaient que James drapait ses créations sur sa svelte et élégante personne dans le secret de sa chambre, devant sa psyché. Pourquoi pas, au demeurant ? Lorsqu'elle entendait cette version fantaisiste, Miss Frost coulait un regard de biais vers la fabulatrice.

Précisons à ce point que non seulement Miss Frost ne recevait plus un penny de James Houghton, mais qu'au contraire, elle contribuait à l'entretien domestique. Elle avait pris de son plein gré la décision de ne jamais quitter les deux êtres dont elle avait la charge. Elle savait qu'à Manchester House, dans la situation présente, on ne pouvait s'offrir les services d'une gouvernante. Aussi parcourait-elle la campagne pour donner des leçons de musique aux filles des commerçants et des mineurs qui possédaient un piano-forte. Elle en donnait même à des mineurs lourdauds que rien ne décourageait, habités qu'ils étaient du désir de «jouer». Elle faisait des kilomètres à grandes enjambées alertes pour effectuer sa tournée des villages, cette femme aux cheveux blancs, à la silhouette robuste, aux lunettes cerclées d'or derrière lesquelles, lorsqu'il s'éveillait, son visage s'illuminait d'un beau sourire soudain. Comme beaucoup de myopes, elle avait le regard concentré de ceux qui vont leur chemin.

Les mineurs la connaissaient et elle jouissait auprès d'eux d'un respect et d'une admiration sans bornes. Quand les flots crasseux rentraient de la mine, ils se détournaient de leur cours à son approche, comme une rivière magique et noire, et quittaient le trottoir pour marcher sur la chaussée des charrettes afin de lui céder le passage. Et les hommes qui la connaissaient assez pour lui dire bonjour en la saluant par son nom – «Miss Frost», prononcé avec l'intonation de rigueur – étaient très à cheval sur les bonnes manières. «Ça, c'est une dame, une vraie de vraie», disaient-ils. Et ils étaient sincères. En entendant son nom, la pauvre Miss Frost esquissait un sourire derrière ses lunettes et inclinait la tête, mais à quel visage noir elle les adressait, elle ne le savait jamais, ou rarement. Si elle avait la chance de s'en douter, elle se faisait un plaisir de répondre par un « Mr. Lamb » ou « Mr. Carradine ». À sa manière, elle se sentait fière, car elle jouissait du respect cordial, mêlé de vénération, d'au moins un millier de mineurs et peut-être du même nombre d'épouses de mineurs. Ce n'est pas rien pour une femme, quelle qu'elle soit.

Miss Frost demandait quinze shillings pour treize semaines de leçons, à raison de deux par semaine. À ce prix-là, on la jugeait assez chère. On pensait qu'elle gagnait bien sa vie. L'essentiel de ce qu'elle gagnait passait dans l'entretien de la famille Houghton. Pendant tout ce temps, elle forma Alvina, qui était douée pour la musique, à la théorie et la pratique du piano-forte ; de plus, elle lui enseigna ce que doit savoir une jeune fille de la bonne société, notamment peindre des fleurs à l'aquarelle et traduire un poème de Lamartine.

Si incroyable que cela puisse paraître, le destin envoya à la famille Houghton en perdition une autre planche de salut en la personne de Miss Pinnegar, chef de l'atelier de confection. James Houghton se plaignait de la fortune, mais à quel autre homme ladite fortune aurait-elle envoyé deux femmes telles que Miss Frost et Miss Pinnegar, qui, de surcroît, ne lui coûtaient rien ? Pourtant, elles étaient là. Et il est douteux que James leur ait jamais su gré de leur présence.

Si Miss Frost le sauva de Dieu sait quelle débâcle ou catastrophe domestique, Miss Pinnegar le sauva de l'asile pour indigents. Appelons les choses par leur nom. Pendant douze ans, Miss Frost entretint la pauvre Clarissa Houghton, malade du cœur et des nerfs. Pendant plus de vingt ans, elle chérit la jeune Alvina, s'occupa d'elle et la protégea, lui servant de rempart à la fois contre une mère névrosée et un père tel que James. Pendant près de vingt ans, elle veilla à ce que la table soit approvisionnée et à ce qu'il y ait des draps propres dans les lits. Et tout ce temps-là, elle resta pratiquement dans la position d'une étrangère, sans une parcelle d'autorité officielle.

Dire qu'il eut ensuite la chance de trouver Miss Pinnegar ! À sa façon, Miss Pinnegar était très différente de Miss Frost. Assez peu avenante, plutôt petite, boulotte et grisâtre, elle avait le visage coloré et des cheveux ternes plaqués sur le crâne. À l'évidence, ce n'était pas une dame et sa grammaire manquait parfois de correction. Elle avait des yeux gris pâle, des joues presque violacées, une voix douce, et marchait à pas feutrés. Mrs. Houghton, Miss Frost et Alvina ne l'aimaient pas. Elles toléraient sa présence à contrecœur.

Mais dès le début, elle exerça sur James Houghton un curieux ascendant. On se serait attendu à ce que le sens esthétique de ce dernier fût choqué. Mais à n'en pas douter, il fut séduit par la voix de Miss Pinnegar : une voix douce, rassurante, intime comme une caresse secrète à ses interlocuteurs. Il est vrai que nombre d'entre eux détestaient se laisser caresser secrètement, comme sur la peau nue. Miss Frost notamment. Mrs. Houghton aussi. La voix de Miss Frost était aussi claire et directe qu'une note égrenée par une cloche, aussi franche que le jour. Pourtant, malgré toute la loyauté qui la liait à sa Miss Frost adorée, Alvina ne détestait pas le tranquille pouvoir de suggestion de Miss Pinnegar. Car il n'y avait chez celle-ci aucun sous-entendu vulgaire. En revanche, ce qu'elle disait était en général assez maladroit et direct. À ceci près qu'elle paraissait toujours peser secrètement ses paroles avant de les prononcer, puis elle s'approchait de son interlocuteur comme si elle voulait les introduire subrepticement dans sa conscience. Elle semblait glisser ses remarques dans l'oreille de son interlocuteur à l'insu de celui-ci, de telle sorte qu'il les acceptait sans broncher. C'était sa méthode, voilà tout. Dans son genre, elle était aussi loyale et désintéressée que Miss Frost. Tant il est vrai que loyauté et honnêteté peuvent se manifester sous des aspects diamétralement opposés.

Au catéchisme, Miss Pinnegar avait la seconde classe de filles, et à Manchester House, elle occupa la seconde place, la place subalterne. Tout naturellement, la première était occupée par Miss Frost. Ce n'était que lorsque Miss Pinnegar parlait à Mr. Houghton – oui, dans la façon même dont elle lui disait : « Qu'en pensez-vous, vous, Mr. Houghton ? » qu'on sentait entre eux deux une connivence immédiate, une entente privilégiée indiscutable qui était une épine dans le cœur si franc de Miss Frost. Ce genre d'intimité secrète, cette exultation secrète à jouir du pouvoir essentiel, répugnait au plus haut point à la femme aux cheveux blancs. Non qu'il y eût dans les faits le moindre secret, la moindre forme de relation déplacée entre James Houghton et Miss Pinnegar. Loin de là. Chacun eût trouvé hautement déplaisant qu'on pût envisager pareille éventualité. Il existait simplement entre leurs deux esprits une connivence implicite, une entente immédiate précédant toute autre expression, une communication tacite, sans fil.

Miss Pinnegar était logée à Manchester House, si bien que la maisonnée se composait de Mrs. Houghton qui, à cause de sa maladie de cœur et de ses nerfs, passait le plus clair de son temps assise sans rien faire dans sa chambre sombre, vêtue d'une robe noire au col de dentelle blanc fermé par une broche en or torsadée; puis de James et de la jeune et svelte Alvina, fidèle à sa chère Miss Frost, et enfin de deux étrangères à la famille. Miss Pinnegar n'ouvrait jamais la bouche lorsqu'il était question d'affaires domestiques; elle semblait, par son silence, admettre sa propre infériorité en matière d'intellect et de culture lorsqu'on discutait de sujets intéressants; elle n'intervenait que rarement, pour formuler des platitudes et des truismes énormes – d'ailleurs, elle frôlait la provocation lorsqu'elle prenait le point de vue ordinaire, celui du vulgaire. Mais quand elle se tournait ensuite vers James Houghton, pleine d'une assurance tranquille et triomphante, et abordait un problème de travail, elle reprenait doucement et fermement son ascendant. Les autres se bouchaient les oreilles.

Il fallut un certain temps à Miss Pinnegar pour prendre sa place. Elle dut laisser James jouer toute la gamme de ses créations. Chaque vendredi soir, la vitrine de Houghton était garnie de nouvelles merveilles, fourreaux et « costumes tailleurs » pour dames – l'expression était toute nouvelle. C'était l'un des spectacles locaux du vendredi soir, cette vitrine. Jeune ou vieux, personne, et assurément aucune femme, ne quittait Woodhouse sans avoir passé dix minutes très animées, et en général hilares, sur le trottoir devant la vitrine. Hurlements étouffés de jeunes donzelles qui venaient de découvrir la devanture, éclats de rire complices de leurs compagnons, fous rires prolongés et réflexions telles que : « Dis donc, t'as vu la jupe parapluie, ma petite ! » et : « T'aimerais bien m'épouser avec ça sur le dos, mon coquin, hein, je parie ! » ou encore : « Ben dis donc, si tu m'avais vu nippée comme ça, t'aurais eu le coup de foudre ! », qui amenait en général la réponse : « J'aurais pris mes jambes à mon cou, oui ! », assortie de gros rires; telle était l'attraction attitrée du vendredi soir à Woodhouse. Le magasin de James Houghton était considéré comme un numéro comique hebdomadaire. Ses costumes en piqué garnis de boutons de verre et de passementerie métallique étaient immortels…

Mais là encore, à quoi bon insister ? Miss Pinnegar servait dans la boutique le vendredi soir. Elle était solidaire de son homme.

Parfois, quand les cris devenaient un peu forts, elle allait à la porte et posait son regard gris pâle sur le ridicule attroupement de filles en bérets et de garçons aux casquettes enfoncées jusqu'aux yeux. Et elle imposait silence. Ils s'éloignaient lentement.

Entre-temps, Miss Pinnegar poursuivait le cours sage et tranquille de son chemin[1]. Pendant que James cassait la marmite, pour reprendre l'expression du cru, en achetant fourreaux et tailleurs, Miss Pinnegar travaillait sans relâche, produisant chemises et maillots de corps solides, inusables, pour les mineurs, tabliers commodes et résistants pour leurs femmes, robes imprimées de bonne qualité pour les domestiques, etc. Pas d'envolées fantaisistes pour elle. Ses marchandises étaient faites pour satisfaire ses clients. Ainsi, sous l'écume vaporeuse de l'aventure créatrice menée par James coulait un flot lent mais régulier de production et de revenu. Les femmes de Woodhouse finirent par compter sur Miss Pinnegar. Dans les puits, les grands adolescents mettaient leurs vêtements en charpie à une incroyable vitesse. « Cette fois-ci, mon garçon, j'irai te chercher tes chemises chez Miss Pinnegar, disaient les mères excédées, et je verrai bien si elles te font plus d'usage. » On aurait presque dit une menace, mais cela servait les intérêts de Manchester House.

À ce stade, James renouvelait très peu son stock : juste des réassorts et des accessoires pour ses immortels fourreaux. C'était Miss Pinnegar qui voyait les représentants et commandait les futaines, les calicots, la flanelle grise. James, qui rôdait autour d'elle, avait le dernier mot, bien sûr. Mais son dernier mot n'était guère que l'écho de l'avant-dernier de Miss Pinnegar. James ne s'intéressait ni aux futaines ni aux twills.

Son stock lui restait sur les bras. Le temps, comme un lent tourbillon, le brassait, le faisant tour à tour apparaître et disparaître, comme une masse d'algues mortes prises dans le ressac. Les soldes revenaient régulièrement tous les quinze jours. L'étalage des « créations » se renouvelait de moins en moins. Les soldes du vendredi soir constituaient la nouvelle attraction. James attaquait une partie de son stock, qu'il mettait allègrement sens dessus dessous, avant de passer le mercredi et le jeudi à le démarquer avec frénésie ; puis

1. Adaptation du vers 76 de l'*Élégie écrite dans un cimetière de campagne* (1750), de Thomas Gray : *They kept the noiseless tenor of their way* (« Ils poursuivirent le cours tranquille de leur chemin. »)

il ouvrait le vendredi après-midi. Le soir, il y avait foule. Comment laisser passer un bon jupon en moire à un shilling onze pence ou une belle collerette en dentelle filet à six pence trois quarts qui, une fois repassée, vaudrait bien au moins trois shillings six ? C'était le secret de ces ventes : tous les articles du malheureux stock fripé de James reprendraient belle apparence sous le fer. Son beau visage presque transparent rosissait, ses yeux étincelaient tandis qu'il récoltait les pièces de six pence et tendait des écheveaux de galons ou des paquets d'épingles en échange des fameuses piécettes. Et si les piécettes qu'il rendait lui avaient coûté à l'origine le double, quelle importance ! Dans sa boutique se pressaient des femmes qui furetaient, palpaient les articles et les retournaient, lançant à voix haute des réflexions cruelles. Car il restait encore beaucoup d'articles cocasses. Une fois, par exemple, il avait présenté d'un seul coup des piles de chapeaux, garnis ou non, aux formes les plus étranges, les plus coquines, les plus impayables. Ce soir-là, Woodhouse s'amusa.

Pendant tout ce temps, toujours calme, polie et compétente, Miss Pinnegar servait les clients avec une patience considérable et un léger soupçon de mépris. Ces soirs-là, elle était très fatiguée ; ses cheveux s'aplatissaient sous le filet invisible, et ses joues pendaient, violacées et marbrées. Mais tant que James tenait debout, elle tenait, elle aussi. Les gens ne l'aimaient pas, mais elle avait de l'influence sur eux. Et peu à peu, le stock diminuait, se ratatinait. Une partie fut mise au rebut. Le magasin semblait avoir plus ou moins digéré son indigeste contenu.

James entassait ses pièces de six pence comme un avare. Heureusement pour ses ouvrières, Miss Pinnegar recevait ses propres commandes et était payée pour ce qu'elle produisait. Certains de ses clients fidèles lui versaient un shilling par semaine – ou moins –, ce qui lui procurait un petit revenu régulier. Elle se réservait une part modeste, payait les dépenses de son atelier et laissait le reliquat à James.

Lequel avait entassé les six pence et fait un peu de place dans sa boutique. Il avait renoncé aux « créations ». Il était temps pour lui de prendre un nouvel essor. Il décida que mieux valait être fabricant que commerçant. Sa boutique, réduite à la moitié de sa taille originale, était encore trop grande. Elle pouvait à nouveau être coupée en deux. Les loyers avaient augmenté à Woodhouse. Pourquoi ne pas diviser encore son local ?

Sitôt dit, sitôt fait. Arriva l'architecte, avec qui il avait disputé de nombreuses parties d'échecs. Lequel lui conseilla de prévoir l'espace nécessaire pour une boutique de belle taille, plutôt que de diviser la surface en deux. James se retrouverait un peu à l'étroit, chichement installé dans un tiers de son espace actuel. Mais avec l'âge, on s'amenuise.

Encore des travaux, encore des coups de marteaux, et James se trouva cloîtré dans une longue boutique étroite, très sombre à l'arrière, avec une haute vitrine rectangulaire et une porte s'ouvrant à l'intérieur dans un angle étroit. Le propriétaire du magasin mitoyen était un nouvel épicier jovial, au teint fleuri et aux manières communes. Ce nouveau venu sifflotait des airs populaires et s'adressait à son commis avec un entrain de stentor. Sur le pas de la porte, narguant l'œil délicat de James, se dressait une pyramide de boîtes de saumon à six pence et demi, des boîtes rouges et luisantes sur lesquelles s'étalait une moitié de saumon rose, à côté d'une autre pyramide, jaune celle-ci, de boîtes d'ananas à quatre pence et demi. Du bacon pâle pendait presque au-dessus de l'entrée de James, tandis que de la paille et des papiers imprégnés d'odeurs de saindoux, de fromage et d'œufs trop vieux franchissaient le seuil de sa porte.

Voilà qui s'appelait pour le moins déchoir. Mais ce que James avait perdu au rez-de-chaussée, il s'efforça de le récupérer en haut. Dieu sait ce qu'il eût fait sans Miss Pinnegar ! Elle conserva ses ateliers envers et contre lui, avec une ténacité tranquille, lourde et silencieuse, qui serait venue à bout d'hommes plus forts que James. Celui-ci pliait, mais ne rompait pas. Il alla mettre son nez dans les greniers vides et examina les machines mises au rebut. Il retapa les moteurs, puis acheta deux nouvelles machines et monta un atelier d'élastiques. Il se mit à fabriquer des élastiques pour jarretières et mentonnières.

Il fut immensément fier de ses premières cartes d'élastiques et cette fois, vit Dame Fortune prise dans ses rubans extensibles. Mais comme il commençait à s'habituer aux désillusions, il fit presque bon accueil à celle-ci. Au bout de six mois, il se rendit compte que chaque centimètre d'élastique lui coûtait exactement soixante pour cent plus cher qu'il ne pouvait le vendre, aussi supprima-t-il son nouvel atelier. Heureusement, il vendit une machine et réalisa même sur elle un bénéfice de deux livres.

Ensuite, il fit une dernière tentative. Il s'agissait cette fois de maille filet pour bonneterie, qui permettait de fabriquer des vêtements encore inédits. Miss Pinnegar garda le contrôle de l'opération, qui ne tarda pas à avorter sans trop de dommages. Après quoi, James la laissa tranquille.

Entre-temps, la boutique brassait lentement son lot d'articles dépareillés. Tous les jeudis après-midi James triait un monceau de babioles et vêtements anciens, y faisant quelques trouvailles à l'occasion. Puis il en garnissait sa vitrine, qui ressemblait alors à un musée assez hétéroclite et défraîchi. Dans le magasin, il emplissait des corbeilles d'assortiments divers : tout à trois, six ou neuf pence et à un shilling, un peu comme pour une pêche miraculeuse où l'on gagnait à tous les coups. Puis, le vendredi soir, il se tenait derrière son comptoir, mince et alerte, sa redingote râpée boutonnée sur son torse étroit, la mine agitée. Ses favoris, rasés de façon seyante, ne descendaient pas plus bas que ses oreilles. Sa moustache grise, assez fournie, était coupée de façon à bien lui dégager la bouche. Ses rares cheveux flottaient timidement au-dessus de sa calvitie. Mais c'était toujours un monsieur très courtois, qui parlait d'une voix suave, évoquant les possibilités offertes par une touffe de plumes de perroquet vertes, quelques mètres de galon rose perle ou une vieille frange en chenille. Les clientes pinçaient l'épaisse vieille frange, exquise et raffinée, délicate et passée, curieuses d'en sentir la douceur. Mais elles n'étaient pas disposées à en donner trois pence. Galons, rubans, ganses, boutons, plumes, jabots, tournures, applications, franges, parements de jais ou de perles de verre noires, bobines de vieille dentelle de couleur à la machine, rouleaux variés de cordonnets étranges et multicolores pour motifs soutachés à l'ancienne, rubans d'étiquettes tissées marquées *H.M.S. Birkenhead*[1] pour bonnets de marins : tous ces articles dont personne ne voulait, les clientes les tournaient et retournaient en quête d'une éventuelle trouvaille. De son œil vif, James voyait remonter lentement les épaves tandis que sa marmite chauffait sans toutefois se consumer. C'était miracle qu'il ne pensât pas aux jours où ces babioles avaient été des trésors tout neufs. Pourtant non.

1. Premier cuirassé de la marine britannique qui coula en 1862. La conduite héroïque de l'équipage le rendit célèbre.

À ses côtés, Miss Pinnegar enregistrait discrètement les commandes pour de nouvelles chemises, discutait et acceptait, prenait des mesures et encaissait des acomptes.

Le magasin n'ouvrait plus que le vendredi après-midi et en soirée, aussi voyait-on James descendre la rue chaque jour à deux reprises ; il allait tête nue, d'un pas indécis mais précipité, comme s'il avait le destin à ses trousses, jusqu'au club des conservateurs. Et à deux reprises, on le voyait remonter avec la même précipitation pour l'heure du repas. Il devenait un vieillard : sa fille était une jeune femme, mais dans son esprit, rien n'avait changé, elle était une enfant et sa femme une jeune infirme qu'il devait charmer par quelques attentions délicates telle que la pomme pelée.

Au club, il fit encore des siennes. Il rencontra des hommes qui voulaient agrandir une briqueterie située à côté de la ligne de chemin de fer. La briqueterie s'appelait le Klondyke. Maintenant, James avait un nouveau but de promenade : vers le bas de la colline en direction de Bagthorpe, jusqu'au Klondyke. De grosses marguerites poussaient par touffes au bord de l'argile jaune du Klondyke et au cœur de l'été, des vulnéraires étalaient leurs tapis de fleurs jaunes. James rentrait chez lui tout éclaboussé d'argile et discourait avec brio sur le sable, la pâte, les moules, les fours et les marques. Il apporta chez lui une brique rugueuse et rosâtre qu'il regarda avec exultation. C'était une brique dure, non poreuse. Une brique laide, désagréablement lourde, à l'aspect desséché.

Cette fois-ci, il avait une certitude : Dame Fortune allait apparaître, telle Perséphone sortant de terre. Il en était d'autant plus certain que d'autres citoyens de la ville s'étaient engagés avec lui dans l'aventure : épiciers et plombiers, des hommes solides et prospères. Ils allaient tous s'enrichir.

Le Klondyke dura un an et demi, et ne fut pas si catastrophique, car finalement, James ne perdit pas plus de cinq pour cent de son argent. En fait, au bout du compte, il retomba à peu près sur ses pieds. Pourtant, il avait le sentiment que le Klondyke était le plus cuisant de ses échecs. Miss Pinnegar l'aurait bien aidé et encouragé à se lancer dans une autre entreprise si cela avait pu lui remonter le moral. Même Miss Frost lui témoigna de la gentillesse. Mais en vain. Pendant l'année qui suivit le Klondyke, il devint un vieillard ; pelé, chancelant, il ressemblait à un oiseau qui avait perdu toutes ses plumes.

Pourtant, après une grève des mineurs, il releva la tête. Grâce au gisement de Tord-le-sou, il connut un regain de vitalité. Pendant la grève, les mineurs s'étaient mis à creuser eux-mêmes dans les champs, près des maisons, pour trouver les affleurements de charbon. Ils en découvrirent un abondant filon, brun et impur, derrière la chapelle méthodiste de la Nouvelle Alliance. Le filon avait été ouvert à flanc de coteau, et on y accédait par un tunnel en plan incliné que les hommes descendaient à pied. Après la fin de la grève, deux ou trois mineurs continuèrent à extraire le charbon tendre et impur, qu'ils vendaient huit shillings six la tonne, ou six pence les cinquante kilos. Mais la population minière méprisait cette cochonnerie, comme on l'appelait sur place.

Malgré cela, James Houghton fut saisi par l'envie d'exploiter la veine de la prairie de l'Alliance, comme il l'appelait. Il s'adjoignit deux associés mineurs ; sans relâche, il trotta jusqu'au site et parla comme il ne l'avait jamais fait auparavant, à d'innombrables mineurs. Il arrêtait tous ceux qu'il rencontrait pour leur parler de la prairie de l'Alliance.

À force, il finit par faire creuser un puits de dix-huit mètres, installa une salle des machines en tôle ondulée avec un treuil, et descendit ses hommes un par un dans un grand godet. Toute cette opération était un travail d'amateur, minable et branlant. Le nom de « prairie de l'Alliance » fut oublié en trois mois. Tout le monde appelait l'endroit Tord-le-sou – « Tiens ! disait un mineur à sa femme, on n'a donc plus de charbon ? Tu ferais bien d'aller en acheter un peu à Tord-le-sou. – Jamais de la vie, répondait-elle. Pas question de brûler cette saloperie, avec toute la cendre blanche qu'elle fait, y a de quoi s'asphyxier. »

Ce fut au début de l'aventure Tord-le-sou que mourut Mrs. Houghton. James Houghton pleura et mit un crêpe noir autour de son haut-de-forme noir. Mais il était trop occupé à vendre sa « crasse à poêle », comme on disait dans le pays, pour avoir l'esprit à quoi que ce soit d'autre.

Trois hommes et deux gamins travaillaient dans son puits, ainsi qu'un vieillard chenu qui maniait le treuil. Malgré toutes les railleries dont il faisait l'objet, il prospéra. De vieilles charrettes à charbon montaient jusque derrière la Nouvelle Alliance et faisaient le plein sur le carreau. La qualité du charbon s'améliora un peu : il était bon marché, et d'accès facile. James parvenait à en vendre au moins cinquante ou soixante tonnes par semaine, car il n'était pas difficile à extraire. Et il réussissait enfin à se faire de l'argent. Il avait l'œil sur les millions à venir.

Ceci dura pendant plus d'un an. Un an après la mort de Mrs. Houghton, Miss Frost tomba malade et mourut brutalement. À nouveau, James Houghton pleura et trembla. Mais c'était pour Tord-le-sou qu'il tremblait. Il tremblait de tous ses membres en sentant le succès l'effleurer. Il se voyait en train de doter richement sa fille unique.

Mais hélas – il est lassant de toujours répéter la même chose. D'abord, les Charbonnages se mirent à faire des difficultés. Puis il y eut une faille dans le filon. Après quoi, le plafond de Tord-le-sou menaça de s'effondrer, mais James Houghton n'avait pas les moyens de payer le bois nécessaire à l'étayage. Bref, quand sa fille Alvina eut environ vingt-sept ans, Tord-le-sou ferma. On vendit les malheureuses machines et James Houghton réintégra sa maison sombre et sinistre, entre Miss Pinnegar et Alvina.

C'était une maison triste et étriquée. Il paraissait avoir touché le fond pour la dernière fois. Mais Miss Pinnegar le persuada de rouvrir le magasin le vendredi soir. Le reste du temps, frêle et fané, réduit à l'ombre de lui-même, James filait à son club.

CHAPITRE II

L'essor d'Alvina Houghton

L'héroïne de cette histoire est Alvina Houghton. Si nous l'avons laissée hors du premier chapitre de sa propre histoire, c'est que pendant les vingt-cinq premières années de sa vie, on ne tint pas plus compte d'elle que si elle avait été quantité négligeable. Sa mère et elle voguaient en passagères fantômes sur le vaisseau des tribulations de James Houghton.

À Manchester House, toutes les voix étaient baissées d'un ton. Donc, dès le début, Alvina parla d'une voix feutrée, raffinée, presque une voix de couvent. C'était une enfant menue au visage et aux membres délicats, aux grands yeux bleu gris moqueurs. Même petite, elle avait des paupières au pli étrange et moqueur, comme si elle gardait un recul ironique. Elle n'en semblait d'ailleurs pas consciente, car sous la houlette de Miss Frost, ni l'ironie ni la moquerie ne figuraient dans son éducation. Miss Frost était directe, gentille et plutôt sérieuse. En conséquence, Alvina, ou Vina, comme on l'appelait, ne comprenait que le mode explicite de la gentillesse directe.

On pouvait se demander quelle ombre pesait le plus sur l'enfant : celle de Manchester House, lugubre et un peu sinistre, ou celle de Miss Frost, bienveillante et protectrice. Quoi qu'il en soit, la petite fille adorait Miss Frost, ou croyait l'adorer.

Alvina ne fréquenta jamais l'école. Elle recevait les leçons de sa gouvernante bien-aimée, travaillait son piano, allait se promener;

ses sorties en société étaient ses visites au temple congrégationaliste et sa participation aux activités organisées dans ce cadre. Petite, elle se rendait deux fois par semaine au catéchisme, et allait au temple le dimanche pour le culte. À l'occasion, elle assistait à une séance de lanterne magique, ou à une lecture à un penny[1], en compagnie de Miss Frost. Plus grande, elle entra à la chorale du temple, et assista aux réunions de l'Entreprise chrétienne, à celles du patronage et, le lundi soir, aux rencontres de la société littéraire. Le temple lui apporta un vaste éventail d'activités sociales, lui permit de rencontrer certains groupes de personnes, de nouer des amitiés, et lui donna l'occasion d'aller se promener dans la campagne et de participer aux divertissements locaux. De surcroît, chaque jeudi après-midi elle allait à la bibliothèque de prêt pour changer sa provision hebdomadaire de livres. Là encore, elle rencontrait amis et connaissances. On ne saurait surestimer l'importance de l'église et du temple – mais surtout du temple – comme institution sociale dans des endroits tels que Woodhouse. Grâce à lui, Alvina s'ouvrait sur une vie hors de chez elle sans laquelle elle eût été très démunie. Spontanément, elle n'était guère portée vers la religion. Peut-être les belles prières de son père l'avaient-elles rebutée. Elle n'acceptait ni ne contestait la religion, elle restait neutre.

En grandissant, elle devint une jeune fille svelte, à l'allure assez distinguée, au visage mince, au nez fin, légèrement aquilin, et aux beaux yeux bleu gris abrités par des paupières au pli étrangement sardonique. Toutefois, ce côté sardonique sommeillait. Alvina était très comme il faut et très réservée. Dans la rue, elle avait une démarche délicate, un peu langoureuse et un visage immobile. Quand elle parlait, c'était avec un débit rapide, précipité, coupé par des intervalles d'attention courtoise et des silences. Sa voix rappelait celle de son père, bien modulée et curieusement agréable.

Cependant, elle avait parfois des crises d'hilarité exubérante, un peu forcées, où se glissait une note étrange, pathétique et narquoise à la fois. Son père parlait souvent sur un ton hautain et méprisant ; Alvina, elle, avait des crises de fou rire moqueur qui mettaient Miss Frost mal à l'aise. Elle observait le visage étrange de la jeune fille, qui pouvait prendre l'aspect d'une gargouille. Elle voyait les yeux

1. Il s'agissait de séances de lectures tirées de livres édifiants, où l'on payait l'entrée un penny.

rouler étrangement sous les paupières sardoniques. Alors, Miss Frost avait le sentiment que jamais, au grand jamais, elle n'avait vu créature aussi étrangère, incompréhensible et hostile que sa petite Vina bien-aimée. Pendant vingt ans, la gouvernante solide et protectrice éleva et garda son agnelle, sa colombe, pour voir en fin de compte l'agnelle ouvrir une gueule de louve et la colombe caqueter éperdument comme une corneille ou une pie à la voix étrangement moqueuse. Alors, Miss Frost sentait son cœur se glacer. Elle n'osait pas comprendre. Et elle morigénait sa pupille pour lui faire retrouver son habituelle réserve affectueuse et spontanée. Puis elle bannissait l'épisode de son esprit. Ce n'était qu'un écart temporaire où la jeune fille oubliait sa véritable nature. Miss Frost enseignait consciencieusement à Alvina les caractéristiques de sa véritable nature, et Alvina croyait ce qu'elle apprenait. Pendant vingt ans, elle resta la créature réservée et raffinée qui correspondait au désir de sa gouvernante. Mais au fond de ses yeux brillait une étrange expression moqueuse, celle que donnent un très ancien savoir et un recul ironique. Elle avait beau ne pas en avoir conscience, la lueur était bien là. Et c'était peut-être elle qui effrayait les jeunes gens.

Quand Alvina atteignit l'âge de vingt-trois ans, elle parut devoir rejoindre les rangs des vieilles filles, nombreuses à chercher un piètre réconfort au temple. Car elle n'avait pas de soupirants. Il est vrai qu'à Woodhouse, les jeunes gens de son milieu étaient fort rares. Or, indépendamment de sa situation, elle avait une classe naturelle indéniable, et la culture correspondante. Les jeunes gens du même rang social qu'elle lui étaient curieusement étrangers. Malgré son ignorance, son antique sapience s'enracinait plus profondément que Woodhouse ne pouvait le concevoir. Cela faisait fuir les jeunes gens. Ils n'aimaient pas le pli de ses paupières.

Inquiète pour son avenir, Miss Frost persuada la jeune fille de donner des cours de piano. Un travail qui déplaisait à Alvina. Elle n'était pas un bon professeur. Elle persévéra sans passion, avec une indifférence docile.

À vingt-trois ans, elle rencontra un certain Graham, un Australien venu à Édimbourg faire ses études de médecine. Avant de rentrer en Australie, il vint passer quelques mois à Woodhouse pour exercer chez le vieux docteur Fordham, qui était plus ou moins parent de sa mère.

Alexander Graham vint voir Mrs. Houghton. Il déplut à celle-ci.

Il lui faisait froid dans le dos, disait-elle. C'était un homme de taille moyenne, noir de teint et de cheveux, avec des yeux très sombres et un corps qui semblait bouger à l'intérieur de ses vêtements. Aimable et poli, il riait beaucoup, montrant ses dents. C'étaient celles-ci que Miss Frost ne pouvait supporter. Elle avait l'impression qu'il avait la bouche pleine de dents compactes et cruelles. Elle déclara qu'il devait avoir du sang noir dans les veines, que c'était un homme dont il fallait se méfier et que jamais au grand jamais il ne rendrait une femme heureuse.

Pourtant, malgré tout, il attirait Alvina. Ils passaient tous deux des heures dans le salon, à bavarder et à rire. De quoi ils pouvaient bien parler, c'était une énigme. Pourtant, ils restaient là, à bavarder et à rire sur fond de sous-entendus insidieux dont le son poussait à bout Miss Frost au point qu'elle ne tenait plus en place.

L'homme arrivait dès que Miss Frost était sortie. Il s'arrangeait pour donner des rendez-vous à Alvina le soir, pour des promenades. Un soir où la promenade s'était prolongée, il tenta sa chance. Mais l'éducation d'Alvina fut la plus forte.

« Oh, non, dit-elle. Nous sommes amis, c'est tout. »

Il savait que l'éducation d'Alvina aurait raison de lui aussi.

« Nous sommes plus que des amis, dit-il. Nous sommes plus que des amis.

– Je ne crois pas, répliqua-t-elle.

– Mais si, insista-t-il, essayant de lui passer un bras autour de la taille.

– Je vous en prie ! s'écria-t-elle. Rentrons. »

Là-dessus, il se lança dans une déclaration éperdue et outrée qui excita Alvina tout en lui inspirant quelque répugnance.

« En tout cas, je dois en parler à Miss Frost, dit-elle.

– Bien sûr, répondit-il. Bien sûr. Fiançons-nous tout de suite. »

En passant sous les réverbères, il vit son visage levé, ses yeux brillants, ses narines délicates dilatées, comme si elle flairait la bataille et riait sous cape. Un rire où l'on sentait une témérité fière et sinistre. Il sentit ses mains trembler de désir.

Ils se fiancèrent donc. Il lui acheta une bague : une émeraude sertie de petits diamants. Miss Frost garda le silence, l'air grave, et ne formula pas ouvertement sa réprobation.

«Vous le trouvez bien, n'est-ce pas ? Il ne vous déplaît pas ? insista Alvina.

– Il ne me déplaît pas, répliqua Miss Frost. Comment voulez-vous ? Je ne le connais pas du tout. »

Réponse dont Alvina se contenta subtilement. Son père traita le jeune homme avec une attention suave, ponctuée de crises imprévisibles de jalousie et d'hostilité. Sa mère se borna à soupirer et à respirer des sels.

À la vérité, les assiduités de cet homme inspiraient à Alvina une certaine répulsion. Elle le trouvait fascinant, mais un peu répugnant. Et elle ne savait trop si cet aspect-là lui faisait horreur ou si au contraire elle s'en délectait. Elle conserva cette expression d'ironie téméraire si intolérable pour Miss Frost, et si excitante pour le petit homme basané. C'était une expression étrange – bizarrement sinistre – chez une jeune vierge raffinée. Avec son curieux timbre métallique, la voix d'Alvina agissait d'emblée sur les nerfs de ceux qui l'entendaient : en général, elle irritait les nerfs anglais, mais elle enflamma la sensibilité différente du jeune homme – le moricaud, comme on l'appelait en ville.

En fin de compte, il ne lui restait que six semaines à passer en Angleterre avant de s'embarquer pour Sydney. Il proposa qu'Alvina et lui se marient avant son départ. Miss Frost ne voulut rien savoir. Il devait d'abord voir sa famille, dit-elle.

Le temps passa donc, et il s'embarqua. Il manqua à Alvina ; l'excitation extrême qu'il lui procurait lui manqua plus que sa personne elle-même. Miss Frost entreprit de regagner son influence sur sa pupille, d'effacer de son visage cet air de malice téméraire, presque lubrique. Il s'agissait d'une bataille entre le cœur et la sensualité. Miss Frost s'attacha de toutes ses forces à réveiller le cœur aimant de la jeune fille – lequel cœur aimant n'était certainement pas investi par cet homme-là. Tâche ardue, angoissante et ingrate pour Miss Frost.

Mais elle finit par réussir. Alvina sembla fondre. L'éclat dur de ses yeux se radoucit, cédant la place à une sorte de réserve et de tendresse. L'influence de l'homme fut abolie, laissant la jeune fille inhabitée, vide et inquiète.

Elle devait rejoindre Alexander trois mois plus tard à Sydney. Arrivèrent des lettres de lui, postées pendant son voyage, puis un télégramme d'Australie. Il était parvenu à destination. Alvina aurait dû préparer son trousseau pour le rejoindre. Mais ses sentiments ayant varié, elle tarda, indécise.

« L'aimes-tu, ma chérie ? » demanda Miss Frost avec insistance, fronçant ses sourcils épais, passionnés, sincères. « L'aimes-tu suffisamment ? C'est cela qui compte. »

La façon dont Miss Frost formula la question sous-entendait qu'Alvina ne l'aimait ni ne pouvait l'aimer, car Miss Frost en était incapable. Alvina leva vers sa gouvernante ses grands yeux bleus perplexes où brillait une tendresse mêlée d'ironie inconsciente.

« Je ne sais pas vraiment, dit-elle avec un petit rire, non, je ne sais pas. »

Miss Frost scruta son visage et répondit avec un : « Eh bien... » éloquent.

Pour elle, c'était clair comme le jour. Mais pas pour Alvina. Dans ses périodes de lucidité, lorsque la situation était claire comme le jour pour elle aussi, elle n'aimait assurément pas le petit homme. Il lui paraissait affreusement étranger, inférieur à vrai dire. Elle se demandait comment elle avait pu être attirée par lui. En fait, elle ne comprenait rien à l'affaire. Elle était aussi détachée de lui que s'il n'avait jamais existé. L'émeraude carrée à son doigt lui paraissait une absurdité. Elle était tout à fait, tout à fait sûre d'elle.

Puis s'opérait une volte-face complète de ses sentiments, exaspérante en diable. L'humeur claire comme le jour s'évanouissait, ainsi que tend à le faire la lumière du jour. Alvina se retrouvait dans des ténèbres où surgissait le petit homme, qui grandissait, grandissait, devenait immense, puissant, magique, tandis que Miss Frost s'amenuisait, se réduisait à néant. Dans ces moments-là, elle aurait voulu de toutes ses forces pouvoir filer en Australie aussi vite qu'un télégramme. Elle sentait que c'était la seule solution. Elle se sentait submergée, enveloppée depuis les antipodes par la réceptivité sombre et passionnée d'Alexander. Elle se sentait devenir folle, perdre l'esprit. Car elle ne pouvait agir.

Sa mère et Miss Frost s'étaient alignées sur la même position. Son père déclara : « Naturellement, tu feras comme bon te semble. Tu prends un grand risque en allant si loin, un grand risque. Tu seras sans aucune protection.

– Ça ne me dérange pas, répondit Alvina non sans perversité.

– Parce que tu ne sais pas ce que ça veut dire », rétorqua son père.

Il lui jeta un regard rapide. Peut-être la comprenait-il mieux que les autres.

« Moi, il ne me plaît pas, cet homme, dit Miss Pinnegar. Mais chacun ses goûts. »

Alvina se crut vaincue, crut qu'elle se laissait vaincre. Elle en fut à demi soulagée, comme si elle se blottissait dans la sécurité familière de Woodhouse. L'ailleurs inconnu l'avait effrayée.

Miss Frost prit une position nette.

« J'ai l'impression que tu ne l'aimes pas, ma chérie. J'en suis presque sûre. Alors maintenant, il faut choisir. Ta mère redoute ton départ, elle le redoute beaucoup. Je suis certaine que tu ne la reverrais jamais. Elle dit qu'elle ne peut pas le supporter ; elle ne peut pas supporter l'idée que tu sois là-bas avec Alexander. Ça lui donne le frisson. Elle souffre horriblement, tu sais. Alors, il va falloir choisir, ma chérie. Il va falloir choisir pour le mieux. »

Sous la pression, Alvina se buta. Elle en était arrivée elle-même à la conclusion qu'elle n'aimait pas cet homme. Non, elle en était tout à fait sûre. Mais une certaine perversité la poussait à partir.

Arrivèrent de Sydney plusieurs lettres : une de lui, une de ses parents destinée à Alvina, ainsi qu'une autre destinée aux parents d'Alvina. Tout semblait très direct, assez cordial, mais sans plus. En lisant la lettre d'Alexander, Miss Frost versa des larmes amères. Elle lui paraissait si creuse, si froide, cette missive où les mots doux étaient plantés comme des points d'exclamation. On eût dit qu'il n'avait ni pensées ni sentiments pour la personne de la jeune fille. Son unique souci était de la faire venir au plus vite. Il n'évoquait même pas le chagrin qu'elle aurait à se séparer de ses parents et de ses amis en Angleterre, non, pas un mot. Juste cette hâte de la faire venir. Il terminait ainsi sa lettre : « Et maintenant, ma chérie, je ne serai pas moi-même tant que vous ne serez pas arrivée ici à Sydney, Votre Alexander à jamais affectionné. » Un être égoïste et sensuel, qui oublierait la chère petite Vina en trois mois si elle ne venait pas, et qui la négligerait au bout de six dans le cas contraire. Ce en quoi Miss Frost avait sans doute raison.

Alvina se savait source de chagrin pour son entourage. Elle monta dans sa chambre et regarda la photographie d'Alexander, son mufle sombre et impertinent. Qui était-il, cet homme, après tout ? Un inconnu. Elle le regarda d'un œil froid et le trouva répugnant.

Elle traversa le palier pour se rendre dans la chambre de sa gouvernante, qu'elle trouva en proie à une agitation étrange.

«Ne m'écoute pas, ma chérie, n'écoute pas ce que je te dis, lança d'emblée la pauvre Miss Frost, éperdue. Ne tiens pas compte de ce que je t'ai dit. Agis en fonction de toi. Ne tiens compte que de toi. Je sais que j'ai tort d'essayer de t'influencer. Je le sais. C'est tout à fait déplacé de ma part. Agis en fonction de toi-même, ma chérie, le reste n'a pas d'importance. Ne tiens aucun compte de mes remarques. Je sais que j'ai tort.»

Pour la première fois de sa vie, Alvina vit sa gouvernante adorée dans tous ses états : les beaux cheveux blancs avaient perdu leur ordonnance lisse, les yeux gris de myope, si profonds et si bienveillants derrière les lunettes cerclées d'or, étaient emplis de peur et de détresse. Aussitôt, Alvina fondit en larmes et se jeta dans les bras de Miss Frost. Miss Frost aussi pleura comme si son cœur allait se briser, avec des hoquets étranges et déchirants, sanglotant comme une femme dont le cœur aimant n'a jamais pu s'abandonner. Alvina en resta muette. En l'espace d'une seconde, elle devint l'aînée. Face au spectacle terrible et poignant de cette femme de cinquante-deux ans qui avait fini par s'écrouler, la jeune fille de vingt-trois ans fut réduite au silence et toute sa tendresse passionnée remonta à la surface. Entre chaque sanglot étouffé de la gouvernante, la jeune fille croyait entendre : «Jamais plus, jamais plus, il est trop tard», et cette plainte terrible lui insuffla une profonde sagesse. Elle savait qu'elle retentirait dans les cris d'agonie de sa mère. Mariée ou non, c'était le même refrain, la même angoisse, ressentie dans toute son acuité après l'âge de cinquante ans : celle de la perte ressentie lorsqu'on n'a jamais pu s'abandonner, se soumettre.

La jeunesse d'Alvina lui donnait une sensation de grande force, de grande plénitude. Pour elle, il n'était pas trop tard. Pour Miss Frost, il était à jamais trop tard.

«Je ne veux pas partir, chère Miss Frost, dit Alvina à son aînée. Je sais que je ne tiens pas à lui. Il ne m'est rien.»

Miss Frost garda le silence et détourna le visage. Après cela, il se fit comme un silence dans la maison. Alvina annonça son intention de rompre ses fiançailles. Sa mère l'embrassa en pleurant et, avec l'égoïsme des malades, lança :

«Jamais je n'aurais pu me séparer de toi, jamais.»

Son père, lui, déclara :

«Je crois que c'est une sage décision, Vina. J'y ai beaucoup réfléchi.»

Alvina fit donc un paquet avec la bague, les lettres et les petits cadeaux qu'elle avait reçus d'Alexander, et les expédia outre-mer. En fait, elle était soulagée, comme si elle avait échappé à une très pénible épreuve. Pendant quelques jours, elle vaqua à ses affaires avec bonheur, ivre de soulagement. Elle aimait tout le monde. Elle fut charmante, joyeuse et douce avec chacun, surtout avec Miss Frost, pour qui elle éprouvait un amour profond, tendre et un peu douloureux. La pauvre Miss Frost, qui semblait avoir perdu une partie de son assurance, se montrait mélancolique, silencieuse, lointaine, ce qui était nouveau chez elle. On eût dit que toutes ses activités qui la mettaient en contact avec la vie lui pesaient à présent. Peut-être vieillissait-elle. Peut-être son cœur fier avait-il cédé.

Alvina conserva une petite photographie de l'homme. Elle allait souvent la regarder. De l'amour ? Non, ce n'était pas de l'amour ! C'était quelque chose de beaucoup plus primitif : de la curiosité, une curiosité profonde, radicale, brûlante. Avec quelle insistance elle scrutait ce visage sombre à l'air impertinent ! Une lueur d'ironie brillait dans les yeux d'Alvina. Pourtant, elle continuait à regarder.

Elle dévisageait de la même façon les jeunes gens de Woodhouse. Mais jamais elle ne décelait chez eux ce qu'elle trouvait dans la photographie. En comparaison, ils ressemblaient à des pages blanches. Curieusement, leur visage n'était qu'une surface pâle et vide ; ou, si l'on y percevait quelque puissance cachée, elle était légèrement abjecte ou avilissante, inférieure, vulgaire. Tous étaient vides ou vulgaires.

CHAPITRE III

La sage-femme

Bien entendu, Alvina fit payer à tout le monde sa soumission et sa gentillesse. Au bout d'un mois, elle était devenue invivable.

«Je ne peux pas rester ici toute ma vie», déclarait-elle, écarquillant les yeux, expression que les autres habitants de Manchester House trouvaient souverainement exaspérante.

«Je sais que je ne peux pas. Je ne peux pas le supporter. C'est simple, je ne peux pas, un point c'est tout. Impossible, je vous dis. Intolérable. Je suis enterrée vivante, tout bonnement enterrée vivante. Et c'est plus que je n'en peux supporter. Oui, je vous assure.»

Sa voix avait un curieux timbre, métallique et insolent. Elle mettait leurs nerfs à rude épreuve.

«Mais qu'est-ce que tu veux, ma chérie?» demanda Miss Frost, très agitée, fronçant ses sourcils noirs.

«M'en aller», répondit Alvina tout à trac.

Miss Frost fit un petit geste de la main droite, exprimant son agacement et son impuissance. Sa réaction était si prévisible qu'Alvina faillit éclater de rire.

«Mais où veux-tu aller?

– Je ne sais pas. Ça m'est égal. N'importe où, pourvu que je quitte Woodhouse.

– Vous regrettez de ne pas être partie en Australie? hasarda Miss Pinnegar.

– Non, absolument pas, rétorqua Alvina avec un rire insolent. Il n'y a pas que l'Australie en dehors de Woodhouse.»

Sa réflexion blessa Miss Pinnegar, naturellement. Mais la curieuse impertinence dont faisait parfois preuve la jeune fille venait tout droit de son père.

«Tu sais, ma chérie, ce serait plus facile de trouver la solution si tu savais ce que tu veux.

– Je veux devenir infirmière», lâcha Alvina.

Miss Frost se figea, comme peut se figer une femme d'un certain âge sous le coup de la réprobation. Elle regarda sa pupille, pensant qu'elle avait dit cela au hasard. Mais voyant son humeur, elle n'osa pas la contrarier.

Alvina avait effectivement parlé au hasard. Jamais elle n'avait songé à devenir infirmière, l'idée ne l'avait même pas effleurée. Si cela avait été le cas, elle ne l'aurait certainement pas prise au sérieux. Mais elle avait entendu Alexander parler de une telle, infirmière ou surveillante. Aussi avait-elle lâché cette phrase. Et l'ayant fait, elle s'apprêta à s'y conformer. Rien de tel que sauter avant d'avoir regardé.

«Infirmière! répéta Miss Frost. Mais penses-tu être apte à faire ce métier? Crois-tu pouvoir le supporter?

– Bien entendu! rétorqua Alvina. Je veux être sage-femme...» Elle posa sur sa gouvernante un regard étrange, voire provocant. «Sage-femme. Comme cela, je n'aurai pas à assister à des opérations.» Et elle eut un petit rire.

La main droite de Miss Frost s'agita comme un oiseau blessé. Cela rappelait la manière dont elle battait la mesure, obstinément, lorsqu'elle donnait des leçons de musique, assise tout près de ses élèves au piano. Là, elle battait sans rythme ni raison. Alvina eut un sourire vif et cruel.

«Qu'est-ce qui a bien pu te mettre une telle idée en tête, Vina? demanda la pauvre Miss Frost.

– Je ne sais pas, lança Alvina, plus narquoise que jamais.

– Bien entendu, tu ne parles pas sérieusement, ma chérie, dit Miss Frost, frémissante.

– Mais si. Pourquoi irais-je inventer cela?»

Miss Frost eût tout fait pour échapper aux yeux malins, vifs et cruels de sa pupille.

«Alors, il faudra y réfléchir», dit-elle sans conviction. Puis elle sortit.

Alvina regagna sa chambre d'un pas aérien, et s'assit près de la fenêtre pour regarder la rue en bas. Elle avait toujours son expression de vivacité narquoise. Mais son cœur était lourd. Elle aurait voulu pleurer, se jeter dans les bras de sa bien-aimée. Or elle en était incapable. Non, rien à faire, c'était impossible. Un petit démon s'était installé dans sa poitrine, la forçant à sourire avec malice.

À sa propre stupéfaction, il resta là pendant des jours et des jours. À chaque instant, elle pensait le voir partir. À chaque instant, elle pensait s'écrouler, fondre en larmes, prendre le chemin de la tendresse et de la réconciliation. Mais non. Elle ne s'écroula pas. Elle persista. Tout le monde s'attendait à ce que l'ancienne Vina, l'affectueuse Vina, redevienne elle-même. Mais la nouvelle Vina, récalcitrante, brillait encore de tout son éclat. Dans un exemplaire de *The Lancet*[1], elle vit une annonce publicitaire pour un établissement d'Islington où, en six mois, on pouvait recevoir une formation complète de sage-femme. Les frais de scolarité étaient de soixante guinées. Alvina déclara son intention de s'y inscrire. Elle avait deux cents livres à elle, léguées par son grand-père.

Tous les membres de la maisonnée furent horrifiés : non pas peinés, cette fois-ci, mais choqués. Cela paraissait une entreprise si répugnante, si indélicate. Et de fait, Alvina, mue par une étrange perversité, avait dû choisir cela exprès. Mrs. Houghton se drapa dans un silence distant, comme si elle n'entendait plus, comme si elle était étrangère. Elle se laissa dériver. Sa faiblesse était extrême. Miss Pinnegar dit : «Ma foi, si Alvina y tient, autant qu'elle essaie.» Et, chose fréquente chez Miss Pinnegar, la phrase semblait contenir une menace voilée.

«Sage-femme! dit James Houghton. Sage-femme! Qu'entends-tu au juste par sage-femme?

– Accoucheuse diplômée, répondit sèchement Miss Pinnegar. C'est cela, non? En tout cas pour moi. Accoucheuse diplômée.

– Oui, bien sûr, dit Alvina.

– Mais...!» bégaya James Houghton, relevant ses lunettes sur son front, ce qui déplaça ses longues mèches de cheveux horriblement fins et découvrit sa calvitie. «... Je n'arrive pas à comprendre pour-

1. Périodique médical anglais, fondé en 1823.

quoi une jeune fille un peu… un peu instruite, c'est ça, un tant soit peu instruite, voudrait choisir un… un… métier pareil. Je n'arrive pas à le comprendre.

–Vraiment ? lança Alvina.

– Ma foi, si elle y tient… », laissa tomber Miss Pinnegar, laconique.

Miss Frost ne dit pas grand-chose. Mais elle eut des entretiens confidentiels avec le docteur Fordham. Le docteur Fordham n'approuvait pas, bien sûr que non, mais il ne trouvait pas non plus cela si grave. À cette époque, on voyait assez souvent des jeunes filles embrasser la carrière d'infirmière, si leurs espoirs avaient été déçus ou contrariés par ailleurs. En conséquence, on se renseigna.

En définitive, il fut convenu qu'Alvina irait à Islington pour ses six mois de formation. Il y eut un branle-bas de combat pour lui préparer ses tenues d'infirmière. Au lieu d'un trousseau, ce furent des uniformes d'infirmière à fines rayures bleues et blanches, agrémentés de grands tabliers blancs. Au lieu d'une couronne de fleurs d'oranger, il y eut un bonnet d'infirmière assez chic en soie bleue, et en guise de traîne, un voile de soie bleue.

Tout cela, c'était bien joli ! Alvina s'attendait à avoir peur à l'approche de son départ. Mais non, pas du tout. Miss Frost la surveillait étroitement. L'ancienne Vina, tendre, sensible, timide, la jeune fille inquiète, aimante, à la sensibilité exquise, n'allait-elle pas ressurgir ? Eh bien, non, aussi stupéfiant que cela pût paraître. Alvina conserva son esprit d'à-propos et sa vivacité ; sa voix garda son timbre d'airain et son insolence presque hilare. Elle embrassa allègrement tous les habitants de Manchester House au moment de prendre congé d'eux, et se mit en route. Pas inquiète du tout.

En arrivant à St. Pancras, elle prit un taxi et se fit conduire à destination. Chemin faisant, elle regarda par la fenêtre. Les places et les rues d'Islington où s'effritaient les façades en stuc défilaient interminablement, affreuses, immenses, froides, délabrées et grises, grises, bien plus grises que Woodhouse. Quel paysage sordide et répugnant ! Mais loin de se sentir dégoûtée et nostalgique, Alvina exultait. Tout en sentant sa malle vibrer sur le toit du taxi, elle continuait à regarder les plates façades décrépites d'Islington et à sourire allègrement, comme si elle trouvait du charme à ce spectacle. Et peut-être y en avait-il un pour elle. Peut-être tout cela stimulait-il le petit diable dans sa poitrine. Si elle avait vu des touffes de perce-neige – on était en février – et des haies d'ifs, des fenêtres de cottages, peut-être eût-elle cédé à l'émotion. En l'occurrence, elle exultait. Quel plaisir d'apercevoir par les fenêtres nues des pièces sordides où évoluaient des êtres humains sordides, inconscients d'être observés. Quel plaisir de respirer l'odeur d'un hareng saur grillé, plutôt brûlé. Si vulgaire ! Si incroyablement vulgaire ! Or elle détestait les harengs saurs, dont les petites épines lui donnaient l'impression de manger des poils. Mais à sentir leur odeur, à se dire qu'elle se trouvait dans le coin des biftecks à un penny, elle éprouvait un plaisir pervers.

Le taxi s'arrêta devant une maison jaune au coin d'une place où des bouts de papier d'emballage s'accrochaient aux branches d'arbres nus et misérables au pied desquels les grilles rondes étaient encombrées d'autres bouts de papier et de détritus. Elle monta les marches jaune sale et tira la sonnette « Malades », car elle savait qu'il ne fallait pas toucher à celle où était inscrit le mot « Fournisseurs ». Une domestique, pas vraiment sale mais très quelconque, l'introduisit dans une entrée peinte en gris beige pâle, recouverte d'un tapis marron clair, et nue par ailleurs. Puis elle lui fit monter un escalier nu et la conduisit dans une pièce où une grosse femme pâle et commune, au visage orné de deux verrues, buvait du thé. Il était trois heures. C'était la surveillante. Laquelle la mena sur-le-champ dans sa chambre, une pièce de taille convenable mais nue, sans confort et à l'aspect poussiéreux, où elle la laissa. Alvina s'assit sur la chaise, regarda sa malle devant elle, puis la pièce peu accueillante et sourit toute seule. Ensuite, elle se dirigea vers la fenêtre : une fenêtre très sale donnant sur une petite cour profondément encaissée qui faisait partie d'une rangée de cours identiques ; en face se dressait en miroir un autre alignement compact d'arrières de bâtiments, avec des escaliers en fer, d'horribles petites portes, du linge étendu, des petits W.-C. et des gens qui montaient et descendaient comme de la vermine. Alvina eut un léger frisson, mais garda le sourire. Puis, d'un geste lent, elle ôta son chapeau, qu'elle mit sur la commode peinte en gris beige.

La domestique apparut bientôt, portant un plateau qu'elle posa, puis elle alluma un bec de gaz nu, qui émit un petit ronflement, et baissa un volet vert foncé tout craquelé, qui manifestait des velléités de remonter aussitôt vers le plafond.

« Merci », dit Alvina, et la fille s'en alla.

Là-dessus, Miss Houghton but son thé noir et mangea sa tartine de margarine.

Assurément, on a écrit assez de livres sur des héroïnes dans de semblables situations. Inutile d'entrer dans les détails des six mois d'Alvina à Islington.

On y mangeait mal; pourtant, Alvina engraissa. L'air n'était pas sain; pourtant, jamais elle n'avait eu le teint aussi rose et frais, ni la peau si douce. Ses compagnes étaient presque sans exception vulgaires et grossières; pourtant, jamais elle ne s'était aussi bien entendue avec des femmes de son âge, ou plus vieilles qu'elle. Elle était toujours prête à rire ou à lancer une repartie et, si elle était incapable elle-même de s'aventurer sur le terrain de la grivoiserie, elle avait un incroyable talent pour prendre un air entendu et grivois en diable, roulant des yeux et haussant les sourcils d'une certaine façon. Ce qui faisait parfaitement l'affaire pour ses compagnes! Pourtant, si on lui avait demandé de raconter une histoire salace ou de dire une franche obscénité, elle eût été bien en peine.

Mais elle exultait! C'en était incroyable! Si ces infirmières étaient dégoûtantes et grivoises, peu lui importait – elle faisait mine de connaître la chanson par cœur, et les autres n'y voyaient que du feu. Elle roulait des hanches et haussait les sourcils avec les plus délurées, qui la traitaient comme l'une des leurs. Pourtant, en privé, avec le tact curieux et froid des femmes, elles la laissaient tranquille, toutes sans exception : elles l'ignoraient purement et simplement.

Pendant cette période, Alvina s'épanouit et prospéra d'une façon proprement incroyable. Rien ne la choquait, rien ne la contrariait. Elle était toujours prête à la repartie, avec son rire dur et ses sarcasmes d'infirmière. Personne ne la surpassait au jeu du double sens. Personne ne maîtrisait mieux le regard canaille des infirmières. En quinze jours, elle avait tout assimilé. Et elle se sentait en permanence euphorique, dans le feu de l'action. Elle n'avait pas un instant pour ressasser ou réfléchir, elle était beaucoup trop sur la brèche. En permanence sur la brèche, affairée, ou prise dans le feu de l'action. Sitôt couchée, elle s'endormait. Quand elle se réveillait, c'était le matin et elle se levait. Sitôt levée et habillée, elle devait répondre à quelqu'un, dire ou faire quelque chose. Le temps passait à la vitesse d'un train express, et elle semblait n'avoir connu d'autre vie que celle-ci.

Non loin de là se trouvait une maternité. Un endroit épouvantable. C'est là qu'elle dut aller d'emblée, afin d'aider à soigner les patientes. C'est là qu'elle dut suivre des cours et assister à des démonstrations. C'est là qu'elle rencontra des médecins et des étudiants. On peut dire qu'ils formaient une belle brochette! Lorsqu'elle eut pris un peu de poids, qu'elle fut devenue rose et accorte, elle se trouva être exactement le genre de femme à leur goût : sur mesure. Elle nasillait comme il fallait, roulait des yeux et des hanches comme il fallait. Elle paraissait faire l'affaire. Et pourtant, ce n'était pas le cas.

Impossible de dire qu'elle n'était pas choquée. Elle l'était, profondément et horriblement. L'état où elle se trouvait était peut-être dû en grande partie au choc : une sorte de jeu basé sur l'hystérie. Mais les choses affreuses qu'elle vit à la maternité et par la suite s'inscrivirent profondément en elle, mettant à jamais un terme à sa jeunesse protégée. Que d'enfers insoupçonnés de Miss Frost ne traversa-t-elle pas ? L'enfer de l'animal humain, de l'organisme humain en pleines convulsions, de l'animal social dans toute son abjection et sa dégradation.

Car pendant la seconde partie de sa formation, elle dut s'occuper de cas à domicile, dans les taudis. Et quels cas! Une femme couchée à même un sol nu, crasseux, couverte de quelques vieux manteaux, au milieu de la vermine qui grouillait partout malgré les inspecteurs de la santé publique. Quant à la femme elle-même, la patiente, elle s'en moquait éperdument! Elle serrait les dents, et les douleurs lui arrachaient cris et hurlements. Dans les moments de répit, elle gisait, stupide et indifférente, ou elle jurait un peu. Mais ce qu'il y avait au fin fond, c'était l'indifférence, abjecte, stupide, l'indifférence abjecte et brutale à tout, oui, à tout. C'était juste une femelle en train de remplir ses fonctions, rien de plus.

Alvina était censée recevoir des honoraires pour ces patientes qu'elle allait voir chez elles. Elle en gardait une petite partie et reversait le reste à l'Institution. C'était entendu ainsi. Elle recevait froidement ces honoraires payés de mauvais gré, et quand on ne les donnait pas spontanément, elle les exigeait en menaçant. Ha! s'ils n'étaient pas tenus de vous rétribuer, ces rien-du-tout, ils vous traitaient avec plus de mépris que si vous étiez des leurs. Ce fut l'une des leçons les plus dures qu'Alvina dut apprendre : obliger ces gens, dans leurs trous, à obéir à ses ordres et à lui manifester un certain respect. Pour y parvenir, elle fut obligée de faire des pieds et des mains. Et au bout d'une semaine, elle était aussi dure et teigneuse avec eux qu'ils l'étaient avec elle. Aussi fit-elle bien son travail. Elle ne les détestait pas, ces gens. Ils étaient là. Ils avaient une certaine vie et il fallait les prendre comme ils étaient. On n'avait pas le choix ! S'il fallait de la douceur, soit. Ce n'était pas cela le plus difficile. Non, le plus difficile, c'était de se montrer assez dur, assez brutal : voilà où le bât blessait. Elle aurait bien voulu pouvoir les traiter avec égards et douceur. Mais ça, très peu pour eux ! Ils vous montraient les dents, et si vous ne leur répondiez pas sur le même ton, ils vous faisaient tourner en bourrique et vous empêchaient de travailler correctement.

Alvina était-elle elle-même pendant tout ce temps ? La grande question se pose à nous : qu'est-ce qu'être soi-même ? Certainement pas ce que nous croyons être ou devoir être. Toute l'éducation d'Alvina la poussait à se prendre pour une créature délicate, tendre et chaste, dépourvue d'égoïsme, dotée de pureté et de grandeur d'âme. Ce qui était le cas, pour une part plus ou moins épuisée d'elle-même. Mais la grandeur d'âme avait vraiment pris fin avec James Houghton. Alvina avait vraiment atteint le stade où elle ne trouvait plus seulement le donquichottisme et ses chimères pitoyables, mais secs, inhumains, répugnants. Chez elle, on avait trop tiré sur la corde de la grandeur d'âme. En femme au caractère assez souple, issue de générations entraînées à plier sans rompre, elle s'était brutalement redressée. Elle prit le contre-pied de la grandeur d'âme. Commit-elle une trahison pour autant ?

Nous ne le pensons pas. Si nous retournons le côté face d'une pièce de monnaie pour regarder le côté pile, nous ne renions ni ne trahissons pas pour autant le côté face. Nous ne faisons que l'adapter à son complément. Il en va de même pour la grandeur d'âme. Ce n'est que le revers de la médaille – le côté couronné. Sur l'avers, les trois jambes continuent à courir d'un pied léger pour faire tourner l'univers, le dauphin joue et le crabe roule des yeux torves[1].

Aussi Alvina fit-elle tourner sa médaille, et la médaille tomba du côté pile. Pile ou face ? Face pendant des générations. Et puis pile. Admirons la justice immanente.

---

1. Allusion aux anciennes pièces de monnaie siciliennes où l'on voit une tête surmontée d'une guirlande ou d'une couronne. Les trois jambes sont l'emblème de la Sicile. On trouve parfois sur le côté pile de certaines pièces une tête entourée de dauphins en train de jouer et, sur d'autres, un crabe.

Alvina décida donc d'accepter la décision du destin. Ou plutôt, étant suffisamment femme, elle ne décida rien. Elle était son propre destin. Elle suivit sa formation comme l'aurait fait une autre. Elle n'était pas elle-même, déclara Monsieur Tout-le-monde. Lorsqu'elle rentra à Woodhouse pour Pâques, avec son bonnet et sa cape d'infirmière, M. Tout-le-monde n'en revint pas. Imaginez cette fille frêle, pâle, timide, si distinguée, transformée en robuste gaillarde aux joues roses, ronde et pleine d'entrain. Imaginez la surprise de sa mère, défaillant presque : « Mon Dieu, Vina, ma chérie ! »

Vina se mit à rire. Elle savait ce qu'ils éprouvaient tous.

« Au moins, ça réussit à ta santé », dit son père, sarcastique. Ce à quoi Miss Pinnegar ajouta :

« Ma foi, c'est déjà beaucoup. »

Mais Miss Frost ne dit rien le premier jour. Ce ne fut que le deuxième, au petit déjeuner, où Alvina mangea de bon appétit, assez vite, que la femme aux cheveux blancs dit à mi-voix, d'un ton froid un peu méprisant :

« Comme tu es changée, ma chérie !

– Vous trouvez ? dit Alvina en riant. Non, pas vraiment. » Et elle regarda Miss Frost avec son air insolent, qui fit frémir cette dernière.

Mais elle se garda de rien montrer et ne posa aucune question. Alvina ne cessait de parler des médecins : le docteur Young, le docteur Headly et le docteur James. Elle parlait des théâtres et des music-halls où elle allait avec ces jeunes gens, et des bons moments qu'elle passait avec eux. Alors, ses yeux bleu gris semblaient durcir, s'éclaircir, devenir plus gris. Lorsqu'elle était pensive et attendrie, les yeux d'Alvina fonçaient, viraient au bleu : absolument magnifiques. Mais maintenant qu'elle traversait une période florissante, ils rayonnaient, malicieux et gris clair. Le bleu de fleur, profond et tendre, avait disparu à jamais. Ses yeux étaient lumineux et translucides, comme si elle les avait remplacés par ceux de quelqu'un d'autre.

Miss Frost frémit et s'abstint de poser des questions. Ce qu'elle voulait demander à sa pupille, ce qu'elle avait besoin de lui demander, c'était ceci : « Alvina, t'es-tu laissée aller avec l'un de ces jeunes gens ? » Mais froidement, son cœur lui interdit de poser la question et même de la prendre au sérieux. Elle n'aborda pas le sujet pour l'instant. Elle était déjà beaucoup trop bouleversée.

Assurément, Alvina décrivait les médecins comme des jeunes

gens charmants, mais des noceurs. «Je vous garantis qu'il faut de la présence d'esprit avec eux!» Quelle réflexion, dans la bouche d'une jeune fille si tendrement couvée! Une réflexion faite en famille et accompagnée d'un rire gaillard, ce qui aurait pu laisser imaginer à une femme chaste et généreuse telle que Miss Frost... en fait, elle s'abstint purement et simplement d'imaginer quoi que ce fût. Elle se maîtrisait assez pour cela. Jamais à aucun moment elle ne chercha à répondre elle-même à la question qu'elle se posait, à savoir si Alvina s'était ou non commise avec l'un de ces jeunes médecins. La question resta en suspens, mais sans aucune réponse, attendant froidement ladite réponse. Ce fut seulement lorsque Miss Frost embrassa Alvina à la gare que les larmes lui montèrent aux yeux et qu'elle murmura en hâte : «Souviens-toi que nous prions tous pour toi, ma chérie!

– Oh, non, surtout pas!» s'écria involontairement Alvina, sans savoir ce qu'elle disait.

Puis le train s'éloigna et elle vit sa gouvernante chérie debout sur le quai, avec son beau visage pâle aux traits harmonieux et pensifs, ses lunettes cerclées d'or, sa silhouette solide, un peu enveloppée, immobile et immuable, vêtue d'un manteau et d'une jupe violet foncé, et ses cheveux blancs qui brillaient sous le chapeau sombre à bord replié. Alvina se laissa tomber sur le siège du compartiment. Elle adorait sa gouvernante bien-aimée. Elle l'adorerait jusqu'à la fin des temps. Elle savait qu'elle avait raison, absolument et magnifiquement raison, sa Miss Frost chérie et bien-aimée! Raison pour la gloire et l'éternité.

Et pourtant – et pourtant, la raison avait ses droits, qui avaient été satisfaits. Mais il y en avait d'autres. Le revers de la médaille. Pureté, grandeur d'âme : quelle tyrannie admirable, mais insupportable! La tyrannie admirable et insupportable de Miss Frost. Il était temps que Miss Frost meure. Il était temps que cette fleur, arrivée à sa perfection, passe à l'immortalité. Une belle immortelle. Mais qui empêchait les autres fleurs pourpre et carmin, en bouton au bout de leur tige, de pousser. Une belle edelweiss, mais mûre pour l'éternité. On attendait la floraison des anémones rouges et pourpres tirant sur le noir[1], la couleur du sang d'Adonis, et de petites

1. D'après la légende, Adonis, amant d'Aphrodite, provoqua la jalousie d'Arès, dieu de la guerre. Métamorphosé en sanglier, celui-ci infligea au jeune homme des blessures mortelles. Venus arriva trop tard pour le sauver. Des anémones rouges poussèrent là où le sang de son amant avait trempé la terre.

orchidées individuelles, mouchetées, extraordinaires. Il était temps que Miss Frost meure. Alvina elle-même, qui l'aimait comme personne ne l'aimerait jamais, d'un amour qui pénètre jusqu'au cœur de l'univers, savait qu'il était temps que sa bien-aimée soit ensevelie, oh, doucement, très tendrement, dans l'immortalité. Le temps des mortels se préoccupait déjà des jours qui suivraient. Il était temps que Miss Frost meure. Tandis qu'Alvina était assise, immobile, dans le train entre Woodhouse et Tibshelf[1], cela se décida en elle.

Elle se réjouit d'être de retour à Islington, au milieu de toutes les horreurs qu'elle voyait lors des accouchements. Les médecins qu'elle connaissait la saluèrent joyeusement. Dans l'ensemble, ces jeunes gens n'avaient pas un très profond respect pour les infirmières. Pourquoi faire entrer le respect en ligne de compte ? Les fonctions humaines étaient trop clairement établies pour qu'on en fasse tout un monde. Les médecins prenaient donc Alvina par la taille, parce qu'elle était bien en chair, et l'embrassaient parce qu'elle avait la peau douce. Elle riait en se tortillant un peu, et ils n'en sentaient que mieux sa douceur et sa chaleur dans l'étreinte de leur bras.

« Vous perdez votre temps, vous savez », disait-elle en riant d'un rire un peu essoufflé, tout en les regardant droit dans les yeux. On sentait à son air curieusement résolu que sa résistance ne se démentirait pas, ce qui ne faisait que les intriguer davantage.

« Et pourquoi ? »

Elle secouait légèrement la tête.

« Vous perdez votre temps en vous conduisant comme ça avec moi », disait-elle avec le même défi catégorique, qui était un refus formel.

« À qui parlez-vous ? » répondaient-ils.

Car elle ne leur interdisait pas du tout de « se conduire comme ça ». Pas le moins du monde. Elle les encourageait presque. Elle riait, haussait les sourcils et les aguichait. Mais sa fermeté se renforçait d'autant. Elle avait beau être douce et docile, sa résolution ne vacilla pas un seul instant. C'était impossible. Elle devait avouer qu'elle aimait bien les jeunes médecins : vifs, le visage frais, l'air avenant. Elle aimait les moments d'intimité, lorsqu'ils l'embrassaient ou chahutaient avec elle dans les couloirs ou les laboratoires vides, parfois dans les intervalles des accouchements les plus critiques. Elle aimait

1. Village situé à quatorze kilomètres au nord d'Eastwood.

sentir leur bras autour de sa taille, leurs baisers sur ce visage qu'elle reculait et détournait de son mieux, les luttes parfois éperdues. Ils s'autorisaient des privautés impardonnables. Ils lui pinçaient les fesses et lançaient des attaques sans précédent. Parfois, son sang bouillait pendant ces bagarres, et elle se sentait capable de mettre en pièces de ses mains n'importe quelle créature masculine, membre après membre. Une force surhumaine, voltaïque l'emplissait. L'espace d'un instant, une force femelle, massive, inhumaine déferlait à travers elle. Les hommes flanchaient toujours. Et invariablement, à ce moment-là, elle les touchait d'une main soudain très douce, compatissante. Si bien qu'elle ne se fâchait jamais avec eux. Quand son curieux pouvoir d'amazone l'abandonnait et qu'elle redevenait une simple femme, elle leur adressait à nouveau un regard timide et les traitait avec l'inévitable déférence de la femme face à l'homme.

Les hommes l'aimaient bien. Ils la considéraient avec des yeux perplexes quand elle ne regardait pas, car elle les intriguait. Ils se posaient des questions à son sujet. Ils avaient été vaincus par elle, tous autant qu'ils étaient. Mais sans le savoir clairement. Ils la regardaient comme si elle était la Femme incarnée, une créature plus qu'une personne. Ce qu'ils remarquaient tous, c'était la façon dont ses cheveux bruns s'incurvaient en bandeaux sur ses oreilles. Cela lui donnait une allure noble et chaste de guerrière. Leurs familiarités avaient beau se répéter, l'impression de retenue distante qui se dégageait d'elle alors n'avait rien de hautain ni de méprisant; c'était une sorte de don qu'elle concédait à la lutte, sachant qu'elle restait invincible, et cela ne faisait qu'augmenter leur attirance.

Ils se sentaient en sécurité avec elle. Ils savaient qu'elle ne les trahirait pas. Elle ne manœuvrerait pas pour se faire épouser, ni ne chercherait à les utiliser en aucune façon. Ils lui étaient indifférents. Et c'est précisément à cause de l'autonomie solitaire dont elle faisait preuve dans la bataille, de sa fermeté forcenée et démesurée, qu'ils étaient prêts à s'occuper d'elle et à la servir. Headley, en particulier, espérait venir à bout de sa résistance. C'était un gaillard bien charpenté aux cheveux blonds roux et au visage pugnace. Sa combativité était vraiment excitée, et cette femme lui plaisait vraiment beaucoup. S'il avait pu en venir à bout, il n'aurait eu de cesse de l'épouser.

Avec lui, elle fit appel à tout son courage. Impossible de baisser sa garde un seul instant. La soudaineté perfide de ses attaques – car il était la perfidie incarnée – ne pouvait être repoussée que par la soudaineté électrique de sa résistance et de sa contre-attaque. Il y avait quelque chose d'assez magique dans la façon dont le corps doux et somnolent de la femme pouvait d'un seul coup dégager une force électrique aussi terrible, un pouvoir étrange et massif, dès que la main décidée de l'homme l'effleurait traîtreusement. Il avait une force si différente de la sienne : rapide, musculaire et constante. Alors que chez Alvina, c'était une force profonde qui la soulevait, comme l'étrange secousse d'un tremblement de terre, ou le mouvement d'un taureau couché qui se redresse. Et grâce à cette simple force qui n'avait rien d'humain, une force électrique et paralysante, elle parvenait à vaincre le robuste gaillard roux.

Il était un adversaire presque à sa mesure. Mais elle ne l'aimait pas. Ils étaient ennemis – et avaient de bons rapports. Ils étaient à peu près de plain-pied. Mais à force de se faire repousser, il devint boudeur, agressif. Alors elle l'évita.

Elle préférait nettement Young et James. James était un garçon brun, vif et svelte, un gentleman qui essayait toujours de la prendre de vitesse. Elle aimait ses membres minces et fins et sa générosité excessive. Il l'invitait à dîner dans des restaurants ridiculement chers et lui envoyait des fleurs et des friandises incroyablement recherchées. Il était toujours tiré à quatre épingles, impeccable.

«Vous savez, en tant que femme et infirmière, vous êtes deux personnes en une.»

Mais ses sages remarques n'impressionnaient pas Alvina.

C'était vers Young qu'elle penchait le plus. Un jeune homme rondelet de taille moyenne, aux yeux bleus très sagaces de petit garçon au fait de tous les secrets de femmes. Curieusement, ces hommes-enfants ont une connaissance profonde et un peu perverse du sexe opposé. Young était certainement innocent en action, alors que ses cheveux s'éclaircissaient déjà sur le sommet de son crâne.

Lui aussi, il jouait avec elle, car il était médecin et elle, infirmière; et elle l'encourageait. Lui aussi la touchait et l'embrassait : et il ne faisait pas naître chez elle le désir de se rebeller. Car son contact et ses baisers avaient l'abandon de ceux d'un petit garçon, et la faisaient fondre. Elle aurait presque pu succomber. À ceci près qu'avec lui, il n'était pas question de succomber. Elle aurait été obligée de le prendre entre ses deux mains, de le caresser et de le cajoler comme un chérubin, jusqu'à ce qu'il cède. Et bien que cela ne lui eût pas déplu, l'inflexible fermeté de sa détermination l'en empêcha. Elle ne pouvait pas faire ce qu'elle voulait. Il y avait en elle un destin inflexible, qui façonnait son avenir.

Elle se posait parfois des questions sur sa virginité. Étant donné son comportement, avait-elle autant de valeur ? Et au fond, s'en souciait-elle beaucoup ? Ne la méprisait-elle pas plutôt ? Pécher par pensée était aussi grave que pécher par action. Si la pensée équivalait à l'action, sa conduite ne revenait-elle pas à commettre l'acte lui-même ? Elle regrettait de ne pas l'avoir fait. Elle regrettait de ne pas être allée jusqu'au bout.

Mais sophismes et regrets ne lui firent aucun bien. Elle était toujours aussi solitaire. Elle abritait toujours en elle ce qui garantissait son intégrité, en dépit de tous les sophismes et de ses intentions délibérées. Elle avait fini son temps. Elle retournait à Woodhouse vierge comme à son départ. Dans une certaine mesure, elle s'estimait battue. Pourquoi ? Qui sait. Mais tel était son sentiment, elle se sentait battue, condamnée à retourner à l'état où elle se trouvait auparavant. Le destin avait eu raison d'elle et de ses désirs, ce destin, qui, loin d'être une association extérieure de forces, faisait partie intégrante d'elle-même, avait eu raison d'elle et de ses désirs. Sa propre nature énigmatique était son destin et ce, grièvement contre son gré.

Ce fut au mois d'août qu'elle rentra chez elle en uniforme d'infirmière. En matière de chasteté et de virginité, elle avait été vaincue par le destin. Mais elle rentra chez elle pleine de grands espoirs matériels. Elle était la digne fille de James Houghton. Un avenir prospère s'annonçait. Sage-femme diplômée, elle allait mettre facilement et triomphalement au monde tous les bébés de la région. Elle se ferait payer au tarif réglementaire de deux guinées par patiente : même en comptant sur dix bébés par mois, ce qui était modeste, elle gagnerait vingt guinées. Quant aux mères aisées, elle leur demanderait de trois à cinq guinées. Sur cette base-là, elle gagnerait facilement trois cents livres par an sans se tuer à la tâche. Elle serait indépendante et pourrait rire au nez de tout le monde.

Elle repartit donc à l'assaut de Woodhouse afin d'y faire fortune.

CHAPITRE IV

Mort de deux femmes

Il va sans dire qu'Alvina ne fit pas fortune comme sage-femme. On aurait pu s'attendre à ce qu'étant la digne fille de son père, elle ne gagne pas un sou. Or elle gagna quelque argent. Elle eut exactement quatre patientes. Puis, plus une seule.

Pardi ! Quelle femme, à Woodhouse, allait s'offrir pour ses couches une infirmière à deux guinées ? Et quelle femme, même prête à délier les cordons de sa bourse, allait demander les services d'Alvina Houghton ? Car en fin de compte, tout le monde la connaissait comme Miss Houghton, avec une insistance particulière sur le « Miss », et personne ne parvenait à l'imaginer en sage-femme. En outre, avoir recours aux services techniques d'une des leurs semblait, aux yeux des habitants, relever de l'indécence pure. Tout le monde préférait une simple accoucheuse, ou une infirmière inconnue, recommandée par le médecin.

Si Alvina avait voulu faire fortune – ou simplement gagner sa vie –, il aurait fallu qu'elle aille dans une ville inconnue. Ce conseil, tous ceux qui la connaissaient le lui donnèrent. Mais elle ne le prit jamais au sérieux. Elle était devenue sage-femme pour exercer à Woodhouse, de même que James Houghton avait acheté ses toilettes élégantes pour les vendre à Woodhouse. Et l'un comme l'autre, père et fille, attendaient calmement que la demande de Woodhouse s'adapte à leur offre. Aussi furent-ils l'un comme l'autre déçus dans leurs attentes.

Pendant un temps, Alvina arbora son uniforme d'infirmière. Puis elle l'abandonna. Et en le quittant, elle perdit son énergie, ses belles couleurs, ses rondeurs. Peu à peu, elle s'étiola, retrouva sa minceur et sa pâleur réticente de jadis, et ses yeux un peu trop grands pour son visage. Un peu trop allongé, un peu trop creusé à présent. Et en vêtements de ville, elle paraissait plutôt défraîchie et mal fagotée. Tout compte fait, elle avait l'air plus vieille que son âge, alors qu'elle n'avait que vingt-quatre ans. L'ancienne Alvina était revenue, un peu cabossée et abîmée en apparence. Son inélégance même sentait un tant soit peu le négligé – aux yeux sagaces des femmes de mineurs. Mais c'était toujours une dame et de plus, invaincue. Indéniablement, Alvina était une dame. Ce qui irritait fort la fille riche et rougeaude de W.H. Johnson, à deux pas de chez elle. Indéniablement une dame, et qui n'avait pas connu de maître. Voilà qui était irritant pour les jeunes gens aimables mais peu exigeants de la chorale du temple, où elle reprit sa place. Ils avaient la gentillesse de chiens qui remuent la queue en attendant une caresse. Ce dont Alvina s'abstenait. Assurément, une petite tape amicale de cette main gantée de chevreau noir défraîchi – geste inimaginable – n'eût pas été très flatteuse ! Son habitude de se tenir un peu en arrière et de les regarder, ces jeunes gens, avec la sagacité d'une prostituée associée à l'indifférence courtoise d'une dame, frisait tout bonnement l'insolence.

En fait, pour l'heure, Alvina avait cessé de s'intéresser aux jeunes gens. Manchester House avait déposé sur elle ses strates funestes. Il y avait le magasin tronqué, encombré, où il fallait se frayer un chemin dans la pénombre, à moins d'être prêt à faire des kilomètres de détours pour y accéder par la cour de derrière. Il y avait James Houghton, saupoudré de poussière de charbon, qui voletait sans cesse entre la maison et Tord-le-sou, au comble de la fébrilité, inquiet et si absorbé par ses activités qu'il ne remarqua même pas sa fille la première fois qu'il la vit après son retour. Lorsqu'elle lui signala sa présence en lui disant « Bonjour, Papa ! », il se borna à lui lancer un coup d'œil rapide, comme si cette interruption le dérangeait, et dit :

« Tiens, Alvina, te voilà revenue. Tu nous trouves très occupés. »

Et il repartit chevaucher ses chimères.

Mrs. Houghton s'était beaucoup affaiblie, et son état la rendait si nerveuse qu'elle ne pouvait supporter le moindre bruit. Elle redoutait tout particulièrement la venue de son mari. Dès qu'il entrait dans sa chambre, ses lèvres devenaient bleues, et il devait ressortir au plus vite. Il finit par s'abstenir de lui rendre visite et se borna à demander chaque fois qu'il rentrait : « Comment va Mrs. Houghton ? – Ha ! » Puis il enfourchait à nouveau son dada de Tord-le-sou.

Lorsque Alvina monta dans la chambre de sa mère à son retour, la pauvre malade, saisie de tremblements, se borna à fondre en larmes en disant d'une voix faible : « Ma petite, tu as une mine épouvantable. Je ne te reconnais pas. »

Une remarque qui, venant de la pitoyable créature couchée, avait frappé Alvina comme une gifle.

« Et pourquoi, maman ? » répondit-elle.

Mais pour sa mère, elle dut ôter son uniforme. Et en même temps, jouer le rôle d'infirmière. Miss Frost, la domestique et une femme qui venait aider au ménage s'occupaient à elles trois de la malade. Miss Frost, épuisée, se déplaçait lourdement : elle avait perdu son allant et son entrain d'autrefois. De plus, elle était devenue irritable. Elle se réjouissait qu'Alvina soit revenue pour soigner sa mère et la décharger de cette responsabilité. Car sa merveilleuse énergie avait décru et disparu.

Alvina s'attela à la tâche sans rien dire. Silencieuse, elle soignait sa mère avec compétence. Les deux femmes s'aimaient d'un curieux amour impersonnel au-delà des mots : presque un amour d'après la mort. À cette époque-là, Mrs. Houghton ne parlait plus, sauf pour se plaindre un peu. Aussi Alvina passait-elle de longues heures dans la chambre ténébreuse et haute de plafond, à regarder en silence la rue, ou à se lever précipitamment pour répondre aux besoins de la malade. Car à chaque instant s'élevait ce murmure plaintif : « Vina ! »

Rester tranquillement assise : qui connaît de nos jours cette longue discipline, si familière à nos mères et grand-mères ? Rester tranquillement assise, pendant des jours, des mois, des années – rester bon gré mal gré assise, avec un maintien digne et tranquille. Alvina était une femme à l'ancienne. Elle avait cette faculté des femmes de jadis, qui savaient rester assises, calmes et posées, certes pas pour toute une vie, mais pendant de longues heures d'affilée. Tel fut son rôle pendant ces mois où elle soigna sa mère. Elle s'occupait constamment de la malade, s'acquittait d'une bonne part des travaux ménagers, allait se promener et occupait sa place à la chorale le dimanche matin. Et pourtant, d'août à janvier, on eût cru qu'elle ne quittait pas le fauteuil de cette chambre de malade. Elle lisait parfois, mais restait en général les mains tranquillement posées sur les genoux, à rêver en sourdine. Elle renonçait à réfléchir, voire à se souvenir. Une telle activité eût rendu sa présence dans la pièce trop dérangeante. Elle restait bien tranquillement assise, toutes ses activités en suspens, hormis cette étrange passivité délibérée qui n'était en rien une détente, mais une sévère et intense discipline de l'âme.

À cette époque-là flottait dans la maison une impression de prospérité – ou de prospérité imminente. Il y avait abondance de charbon extrait de Tord-le-sou. Sale, il faisait beaucoup de déchets. Les barres inférieures de la grille étaient toujours recouvertes de cendres blanches et poudreuses, un vrai désastre à tisonner. Car si on insistait, on soulevait des cumulus de cendres blanches, pour ne laisser à la fin que quelques braises sulfureuses en train de noircir. Mais même compte tenu de tout cela, on parvenait à force d'application à chauffer convenablement la pièce sans avoir le sentiment de consumer dans la cheminée le budget nourriture de la maison. Ce qui était un grand avantage.

Passèrent les jours et les mois sombres. Alvina retrouva sa minceur et sa pâleur d'antan. Ses avant-bras frêles reposaient, immobiles, sur ses genoux : une immobilité qui lui conférait une certaine distinction lorsqu'elle se promenait, nonchalante mais vigilante. Elle allait sans attirer l'attention, mais ses yeux notaient tout.

Au début de l'année, sa mère mourut. Son père versa des larmes timides, Miss Frost pleura un peu, douloureusement. Alvina aussi pleura, sans trop savoir pourquoi, au reste. Sa pauvre mère ! Alvina eut l'antique sagesse de laisser faire, de ne pas penser. Après tout, ce n'était pas à elle de reconstruire la vie de ses parents. Elle venait après eux. Son époque n'était pas la leur, ni leur vie la sienne. Il y avait une grande différence entre remonter le courant, retrouver leur trajet et se laisser flotter vers l'inconnu comme eux trente ans auparavant. Le questionnement arrogant et impertinent auquel la génération présente soumet celle qui l'a précédée n'est pas à porter à son crédit. En fait, aucune génération ne reproduit les erreurs de la génération précédente pas plus qu'une rivière ne reproduit son cours. Les jeunes ne devraient pas se croire aussi supérieurs aux vieux. La jeune génération commet allègrement ses propres erreurs : quant à en mesurer le désagrément, seul l'avenir pourra le faire. Mais soyez sûrs que ces erreurs sont tout aussi détestables, mensongères et hypocrites que celles qu'ont pu commettre nos parents. La sagesse absolue n'existe pas. La sagesse ne se réfère qu'au passé. L'avenir reste à jamais un champ d'erreurs infini. On ne peut rien savoir au préalable.

Aussi Alvina s'abstint-elle de ressasser la vie et le destin de sa mère. Quel que soit le destin de la mère, celui de la fille sera différent. C'est organiquement inévitable. La fille doit affronter son propre destin et non celui de sa mère.

Miss Frost, elle, médita avec amertume sur le destin de la pauvre défunte. Amèrement, elle remâcha le sort de la femme. Elle avait vu Clariss Houghton, épouse et mère – morte. Quelle vie ! Qui était responsable ? James Houghton ? Qu'aurait-il dû faire d'autre ? Tout. En résumé, il aurait dû être un autre homme, et non lui-même. Ce qui est la *reductio ad absurdum* de l'idéalisme. L'univers devrait être différent de ce qu'il est : voilà l'absurdité de toute conclusion idéaliste. Le chat ne devrait pas attraper le rat, le rat ne devrait pas faire des trous dans la nappe, etc., dans la maison que Jacques a bâtie[1].

Assise près de la défunte, Miss Frost était en proie au chagrin et au désespoir. C'était la fin de la vie d'une autre femme, et quelle fin ! Pauvre Clariss, méchant James.

Et pourquoi ? Pourquoi James était-il plus coupable que Clariss ? Le seul but de la vie d'un homme est-il de rendre heureuse une femme, ou plusieurs ? Pourquoi ? Pourquoi une femme devrait-elle s'attendre à ce qu'on la rende heureuse, et, si ce n'est pas le cas, contracter une maladie de cœur ? Assurément, la maladie de Clariss était un signe plus manifeste de suffisance obstinée que ne le furent jamais les vitrines de James. Elle s'attendait à être rendue heureuse. Comme toutes les femmes d'Europe et d'Amérique. Que son malheur lui retombe sur la tête, car une telle attente est arrogante et impertinente. Le but suprême de la vie n'est pas le bonheur fémi-

---

1. Allusion à la comptine *La Maison que Jacques a bâtie* :

Voici le chien tout essoufflé
Qui a mordu le chat
Qui a tué le rat
Qui a mangé le riz
Qui est dans la maison que Jacques a bâtie.

(La comptine peut s'allonger indéfiniment.)

nin – ni quelque bonheur que ce soit. Le bonheur ressemble à un morceau de savon : tant que le bébé chéri ne l'aura pas attrapé, il ne sera pas content[1] ; et une fois qu'il l'aura attrapé, cela lui coûtera ses yeux et son estomac. Quoi de plus puéril qu'une humanité qui hurle comme un bébé dans son bain parce qu'elle n'est pas heureuse !

Quoi qu'il en soit, la pauvre Clariss était morte. Et si elle avait contracté une maladie de cœur parce qu'elle n'était pas heureuse, eh bien, c'était de cette maladie qu'elle était morte, la pauvre. Voilà toute la morale que le genre humain peut souhaiter en tirer.

Miss Frost pleura de détresse, ne voyant qu'une autre femme trahie, vouée au chagrin et à la mort lente. Et ce, parce qu'un homme l'avait épousée. Miss Frost pleura aussi sur elle-même, sur son chagrin et sa mort lente, car personne ne l'avait épousée. Malheureux homme, que doit-il faire devant ces femmes exigeantes, toujours insatisfaites ? Nos mères se rongeaient les sangs parce que nos pères buvaient et couraient les jupons. Nos femmes se rongent parce que nous sommes vertueux mais décevants. Qui est ce sphinx, cette femme ? Où est-il, l'Œdipe qui résoudra l'énigme qu'elle pose, celle de son bonheur, puis l'étranglera... pour épouser sa propre mère !

Au cours des mois qui suivirent la mort de sa mère, Alvina continua son train-train habituel en somnambule. Elle se chargea des tâches ménagères et prit une ou deux des élèves en surnombre de Miss Frost, des fillettes à qui elle donnait des leçons dans le sombre salon de Manchester House. Elle était occupée, surtout par la maison à tenir. Elle eut beaucoup de choses à remettre en ordre après la mort de sa mère.

Elle tria toutes les affaires de la défunte, des vêtements coûteux, à l'ancienne mode, rarement portés. Qu'en faire ? Elle les donna, sans consulter personne. Elle garda quelques objets personnels, et hérita de quelques bijoux. Comme sa mère avait laissé peu de traces ! Presque aucune.

Elle décida de s'installer dans la grande chambre monumentale côté rue. Elle aimait les dimensions spacieuses de la pièce et les fenêtres. C'était d'ailleurs elle la maîtresse, au sens strict. Aussi

1. Allusion à une publicité célèbre à l'époque, celle du savon Pear's, où l'on voyait un jeune enfant essayer de récupérer dans son bain le morceau de savon qu'il y avait oublié, avec cette légende : « Tant qu'il ne l'aura pas attrapé, il ne sera pas content. »

prit-elle possession de son espace. Le petit salon de sa mère était froid et ne servait plus.

Puis elle tria tout le linge. Il en restait encore beaucoup, en très bon état. Au début, quand il s'était installé, James avait un peu la folie des grandeurs. Alors que maintenant, il regardait aux dépenses ménagères, réduisait jusqu'au savon et aux bougies; il aurait même voulu remplacer le beurre par la margarine. Les femmes refusèrent cette dernière infamie. Mais James était au-dessus des préoccupations alimentaires.

L'Alvina d'autrefois, silencieuse, obéissante, affectueuse, semblait avoir repris possession d'elle-même. Elle faisait appel à Miss Frost comme lorsqu'elle était petite, et Miss Frost l'appelait «ma chérie!» avec sa douceur protectrice d'antan. Mais une différence subsistait. Sous son apparente soumission à Miss Frost, Alvina était farouchement indépendante et n'en faisait qu'à sa tête. L'ancienne intimité entre elle et sa gouvernante bien-aimée ne persistait qu'en surface, sans que ni l'une ni l'autre, peut-être, ne se rende compte qu'elle avait disparu. Or il n'y avait plus d'échange spontané entre les deux femmes. Elles se trouvaient dans une sorte d'impasse. Chacune savait qu'elle éprouvait beaucoup d'amour pour l'autre, mais c'était un amour désormais statique, inopérant. Le chaud courant ne circulait plus. Pourtant, chacune serait morte pour l'autre et aurait tout fait pour lui éviter du chagrin.

Miss Frost commençait à se fatiguer et à avoir les traits tirés. Quand elle se laissait tomber sur sa chaise, on eût dit qu'elle aurait voulu ne plus jamais se relever, ne plus jamais en faire l'effort. Aussitôt, Alvina venait s'occuper d'elle, lui apportait du thé, la débarrassait de sa musique et s'efforçait de lui rendre la vie plus facile. La jeune femme exhortait sans cesse son aînée à travailler moins, à renoncer à ses cours particuliers. À quoi Miss Frost donnait aussitôt cette réponse inquiète : «Si je ne travaille pas, je ne vivrai plus.

– Mais pourquoi?» rétorquait Alvina, laissant sa question en suspens. Et on sentait dans son désaccord qu'elle accueillait cette déclaration avec une pointe d'ironie.

Miss Frost ne répondait pas. Son visage prenait une teinte grisâtre.

À cette période, Alvina se lia d'une curieuse amitié avec Miss Pinnegar, après tant d'années d'opposition. Elle se sentait de plus en plus d'affinités avec elle : il était si facile de s'entendre avec Miss

Pinnegar, tant elle laissait de choses non dites. Le non-dit comptait désormais davantage pour Alvina que l'explicite. Elle commençait à avoir horreur du franc-parler, de cette habitude de dire ouvertement tout ce qu'on pensait. Cela lui soulevait le cœur. Elle voulait que les différences fussent tacitement admises, et refusait la communication à cœur ouvert. Or Miss Pinnegar avait toujours admis les différences. Avec elle, on ne sentait jamais un seul instant qu'elle partageait en tout point vos idées. Ni même en partie. Elle restait tranquillement sur ses positions et vous laissait sur les vôtres. Et dans l'espace qui vous séparait d'elle, elle laissait tomber ses paisibles platitudes, qui ne risquaient pas de le réduire.

Miss Frost, elle, était adepte de la franchise la plus explicite et la plus directe. Non qu'elle en eût jamais abusé. Elle était beaucoup mieux élevée que Miss Pinnegar. Mais son éducation elle-même était imprégnée de ce protestantisme du Nord qui présuppose que nous partageons tous les mêmes critères élevés, en fait, et la même nature divine, intrinsèquement. Noble présupposé. Mais à l'époque, finalement, il révoltait Alvina.

Elle préférait Miss Pinnegar et considérait son humble sagesse avec une admiration nouvelle. Un jour, elles discutaient du docteur Headley qui, d'après ce qu'elles avaient lu dans le journal, s'était finalement couvert de honte.

«J'imagine qu'il faut des gens comme lui aussi pour faire un monde», dit Miss Pinnegar.

Pareilles perles de sagesse populaire évoquaient à Alvina le soulagement que l'on éprouve quand s'arrêtent crampes et douleurs. «Il faut des gens comme lui pour faire un monde.» Des gens comme elle aussi. Des gens comme son père, sa mère, ou Miss Frost. Il fallait de tout pour faire un monde. Pourquoi des principes, un système de contrôle? Pourquoi des critères humains? Car c'est bien de cela qu'il s'agit! Pourquoi, au nom du ciel, avoir des critères humains? Pourquoi? Pour que règnent tyrannie et étroitesse d'esprit, pardi!

Alvina se sentait à l'aise avec Miss Pinnegar. Les deux femmes se parlaient beaucoup, dans leurs moments de répit, et se séparaient avec des allures de conspiratrices quand Miss Frost entrait, comme si elles avaient quelque chose à cacher. Dieu sait ce que cela aurait pu être au reste, car leurs conversations étaient bien banales. Mais Alvina aimait se trouver dans la cuisine avec Miss Pinnegar. Celle-ci n'avait ni les compétences ni l'autorité de Miss Frost; elle était ordinaire, terne, et se mouvait de façon discrète et furtive. Mais il était difficile de savoir ce qu'elle pensait et son mystère même était secrètement satisfaisant.

Ainsi s'écoulèrent les jours, les mois et les semaines. Alvina, terrée comme une taupe dans les pièces sombres de Manchester House, s'occupait à cuisiner, à nettoyer, à aménager la maison et à la réorganiser à son gré, à donner des cours à ses élèves. L'après-midi, elle faisait une promenade. Une fois, une fois seulement, elle alla à Tord-le-sou et, prise d'une curiosité soudaine, insista pour qu'on la descendît dans le godet de fer jusqu'à la mine en dessous. Tout était en ordre dans les courtes galeries en bas, au boisage solide et en bon état de marche. La compétence des mineurs ne faisait aucun doute. Mais par endroit, l'eau gouttait tristement et l'air sentait le renfermé.

Son père l'accompagna, lui montrant la veine de charbon tacheté de brun clair, le schiste argileux, l'argile et le sens des strates. Il semblait déjà avoir une certaine familiarité, fort peu réaliste au demeurant, avec l'entreprise; on eût dit un prestidigitateur maladroit qui aurait tout fait apparaître par un tour de passe-passe. À l'arrière-plan se tenaient les mineurs qui, tels des fantômes gris à la lumière des bougies, paraissaient écouter d'un air sardonique. L'un d'entre eux, aussi à l'aise dans son rôle de subalterne que James dans celui de représentant de l'autorité, intervenait sans cesse :

« Oui, c'est par-là qu'y passe, Miss Huffen[1] – Ah, voyez, là, le toit plie un peu, l'est branlant. Non, y a pas de poudingue dans ce puits; l'est pas assez profond. Ça vous dégringole dessus comme si le toit vous pondait ses œufs sur la tête. Oui, la veine est un peu mince ici, quinze centimètres à peu près. Voyez, la couche est tendre, c'est un genre d'argile, pas de la dure comme celle qu'on a plus bas. Oh, c'est facile à travailler, on est pas obligé de se crever la paillasse. Pas besoin d'explosifs, Miss Huffen. Ça vient tout seul, voyez, là... » Il se pencha pour désigner une petite excavation horizontale qu'il était en train de creuser sous la couche de charbon. L'espace était trop exigu pour travailler à l'aise, et même pour se tenir droit. Le toit et les côtés cuvelés de la galerie semblaient vous presser de toutes parts. Alvina avait l'impression d'être ensevelie jusqu'à la fin des

1. Prononciation locale de « Houghton ».

temps, comme les Égyptiens morts et éternels. Malgré sa peur, elle était fascinée. Le mineur continuait à lui parler, à tendre devant ses yeux sa main noueuse et son bras velu, noirci, qui lui barrait la vue. Les chandelles de suif à grosse mèche vacillaient, nauséabondes. L'air semblait dense, comme si l'atmosphère était emplie de présences obscures et fluides ; la voix du mineur, obscure, fluide et visqueuse claquait à son oreille, y déversant des voyelles déformées. Il restait près d'elle comme s'il était détenteur de... de quoi au juste ? D'un savoir à jamais inconnaissable et irrecevable, un savoir inhérent au seul monde souterrain : aux esclaves qui travaillent sous terre, un savoir humilié, assujetti, mais laborieux et inévitable. Et sa voix continuait à claquer dans l'oreille d'Alvina, il se rapprochait toujours, empiétait sur son espace, petite silhouette grotesque, gris sombre, à l'avant-bras nu brandi; une créature inhumaine venue du monde souterrain, fluide, où elle semblait s'évanouir comme une chauve-souris. Alvina elle aussi se sentait s'évanouir, se muer en fantôme doté de parole, en simple présence dans l'atmosphère dense. Elle sentait son souffle ralentir, son esprit se désagréger, et elle se cramponnait comme une chauve-souris qui sommeille, suspendue dans les ténèbres anfractueuses du monde souterrain. Se cramponner comme une chauve-souris et se balancer pour l'éternité, en suspens dans les souffles des ténèbres...

Lorsqu'elle remonta sur terre, elle cligna des paupières et regarda le monde avec stupéfaction. Lumineux, splendide, sculpté dans la lumière. Si étrange et si beau, baigné par l'écume iridescente et dorée qui moussait à la surface du monde souterrain. Iridescent et doré, pure merveille ! On eût dit l'exquis reflet que renvoie la surface de la poix fluide, une surface vernissée, mais veloutée par la lumière dorée, un velours à la luminosité d'or pâle, aux reliefs étranges et somptueux : saillies des arbres et des maisons, creux des champs et des routes ; le tout doré et flottant comme une majolique[1] aérienne. Jamais la laideur commune de Woodhouse n'avait paru si enchanteresse. Jamais Alvina n'avait rien vu d'aussi beau : une majolique superbe, lumineuse, vivante et palpitante, la surface lisse et nette du monde, la face exquise de toutes ces ténèbres. On eût dit une vision. Sans doute celle des gnomes et des travailleurs sou-

1. Faïence italienne de la Renaissance, inspirée par les faïences de Majorque, aux reflets métalliques.

terrains, réduits en esclavage à l'ère de la lumière. Sans doute est-ce pour cela qu'ils ne voyaient rien de la laideur environnante. Car en vérité, rien ne pouvait être plus laid que le Woodhouse construit et aménagé par les mineurs. Pourtant, même les trognons de choux, les barrières pourries des jardins et les arrière-cours étaient chargés de magie, issus de la fusion des ténèbres bouillonnantes d'en bas, de ce bouillonnement d'où surgissait la majolique dense et lumineuse, ignorant le ciel, satisfaisante dans sa matière.

Les esclaves du monde souterrain ! Hypnotisée par cette vision nouvelle, Alvina observait avec un regain de fascination la démarche chaloupée des mineurs gris sur les trottoirs. Esclaves : trolls et ouvriers métallurgistes, êtres souterrains des histoires du temps jadis, malveillants, asservis et magiques. Grands malgré tout : dans leur magie asservie, les mineurs lui semblaient se dresser de toute leur taille grise. Esclaves qui anéantiraient l'ordre imposé par le jour. Non parce qu'ils le souhaitaient individuellement. Mais collectivement bouillonnait en eux la force des ténèbres, qui ne connaît ni maître ni contrainte. Elle bouillonnerait en eux et les ébranlerait comme les séismes ébranlent la terre. Elle serait cataclysmique, car elle n'avait pas de maître. Il n'y avait dans le monde aucun maître des ténèbres. Puéril, le monde continuait à réclamer un nouveau Jésus, un autre sauveur venu du ciel, un autre surhomme céleste. Alors qu'il fallait un maître des ténèbres issu du monde souterrain.

Le flot des mineurs la dépassa. Ils rentraient chez eux après le travail, gris de la tête aux pieds, difformes, courbatus, avec de curieux visages dont on devinait la pâleur sous la crasse. Leur pas était lourd et traînant, leur allure raide et grotesque. C'était une coulée en marche. Pourtant, elle croyait voir défiler des personnages de contes de fées, étranges et vaillants, mal connus et encore peu familiers : mineurs et métallurgistes, ceux qui travaillent la matière du monde souterrain.

Comme elle vient toujours à ses enfants, la nostalgie des Midlands repoussants et lourds assaillit Alvina cependant qu'elle se trouvait en leur cœur même. Une faim curieuse, mystérieuse, inexplicable et pourtant insatiable, telle l'attente d'un tremblement de terre. Sentir la terre s'enfler, trembler et détruire le monde par en dessous. Sombrer dans le cataclysme.

Aussi, en dépit de tout – la pauvreté, le manque d'élégance, l'obscurité et l'insignifiance –, Alvina se contenta de rester chez elle pour le moment, en suspens. Oui, elle était dévorée par la faim lente, familière, abominable des Midlands : une faim insatiable et inexplicable. Mais cette faim même abolit en elle tout élan. Car à l'époque, elle ne la traduisit pas en un désir – ou un besoin – d'amour. Au fond de son esprit, quelque part, elle songeait à trouver l'amour, un homme, elle en avait même la ferme intention. Mais pour le moment, l'idée resta en suspens, attendant d'être mise en œuvre. La faim qui possédait Alvina, comme elle possède plus ou moins tout le monde sous ces latitudes, la nourrissait mystérieusement, sans qu'elle en eût conscience.

L'été chaud s'acheva, céda la place à l'automne, les journées d'une longueur incroyable diminuèrent, les nuits éphémères, réduites à quelques moments d'ombre entre un midi et le suivant, s'intensifièrent et s'allongèrent. La nervosité gagna tout le monde. Il y eut encore une courte grève des mineurs. James Houghton trottina sans relâche en tous sens, comme un scarabée énervé, persuadé qu'il était en train de faire fortune. Jamais Woodhouse n'avait connu le vendredi une telle affluence de chalands prêts à dépenser de l'argent. La ville paraissait pleine d'un excédent de vie.

Les beaux jours de l'automne durèrent jusqu'à la fin du mois d'octobre. La pluie survint brutalement, une pluie froide, interminable, et une obscurité lourde, humide, pesante. Il fallait faire un effort pour sortir dans le vent et la pluie. La pauvre Miss Frost s'étiola encore, elle qui avait paru s'épanouir à nouveau pendant les longues journées chaudes, retrouvant un entrain spontané, de la gaieté, presque. Elle avait même provoqué une sorte de scandale par son intimité avec un étranger assez beau mais vulgaire, un agent d'assurances qui était arrivé à Woodhouse et possédait une bonne voix de ténor, non travaillée. Miss Frost, donc, s'étiola à nouveau. Elle avait offert au fringant jeune homme le thé chez elle et lui avait fait travailler sa belle voix métallique ; elle l'avait corrigé, conseillé, avait ri avec lui ; ils avaient passé un nombre d'heures considérable en tête à tête chez elle à Woodhouse – car, ayant renoncé à battre la campagne, elle avait loué dans une rue calme une chambre où elle donnait ses leçons de musique. Or ce jeune homme tardait toujours à partir. Ils prolongeaient la leçon de chant et le tête-à-tête jusqu'à dix heures du soir, et Miss Frost rentrait à Manchester House rose, rayonnante et un peu gênée. Son élève, un jeune homme vulgaire, arpentait les rues avec une assurance nouvelle. Il avait les cheveux auburn, le teint très coloré, et l'allure plutôt fanfaronne. Oui, il avait pris de l'aplomb, son estime de lui-même ayant considérablement grimpé grâce à Miss Frost, et à sa voix travaillée. Il se montrait légèrement insolent et condescendant avec les gens de Woodhouse, qui ne l'aimaient pas. Ils ne parvenaient pas à comprendre ce que Miss Frost pouvait bien lui trouver. Ils se mirent même à lui en vouloir à elle, et un joli scandale naquit à propos des rencontres de ces deux-là, dans l'agréable pièce où Miss Frost avait son piano, ses livres et ses fleurs. Le scandale était injuste, comme presque toujours. Pourtant, il fallait admettre que pendant tout l'été et l'automne, Miss Frost avait manifesté une gaieté et un humour nouveaux, un peu agressifs. On l'avait d'ailleurs relativement peu vue à Manchester House.

Or voilà qu'à la fin du mois de septembre, le jeune homme fut muté par sa compagnie dans un autre secteur. À la fin du mois d'octobre s'installa un temps abominable et insupportable, des pluies diluviennes et des vents du nord qui laminèrent les gens amollis et épanouis par l'été. Miss Frost s'étiola d'emblée. Le silence s'empara d'elle. Elle frissonnait quand elle devait s'éloigner du feu. Le matin, elle partait travailler et passait toute la journée dans sa pièce où régnait une atmosphère chaude et confinée; elle frissonnait quand ses élèves entraient, lui apportant le temps du dehors.

Elle avait toujours été sujette aux bronchites. En novembre, elle en attrapa une mauvaise. Arriva un jour où, brutalement, elle fut incapable de se lever. Alvina la trouva à demi inconsciente dans sa chambre.

Folle d'inquiétude, la jeune fille vola à son secours. Elle envoya son père chercher le médecin sur-le-champ, entassa les bûches dans la cheminée pour faire un bon feu, prépara du lait chaud avec du cognac.

«Merci, ma chérie, merci. C'est une bronchite», chuchota précipitamment Miss Frost, essayant de boire le lait. Elle n'y parvint pas. Il ne passait pas.

«J'ai fait appeler le docteur», dit Alvina de sa voix froide où perçait néanmoins l'incertitude née de toute son ancienne tendresse.

Miss Frost leva les yeux : «Ce n'est pas la peine», dit-elle avec un gracieux sourire.

C'était une pneumonie. Est-il besoin de dire l'angoisse folle d'Alvina pendant les deux jours suivants? Elle soigna la malade avec tant de prestesse et de prévenance qu'on eût cru qu'elle avait le don de double vue. Elle ne parlait à personne. Dans le silence, son âme était seule avec celle de sa bien-aimée. Longs moments de bascule entre conscience et inconscience, douleur déchirante de la pneumonie et malaise oppressant.

Cependant, les yeux gris s'ouvraient parfois pour sourire avec une grâce délicate à Alvina, qui répondait par un sourire gai et gracieux. Mais au prix de quel effort !

Le soir du deuxième jour, Miss Frost sortit sa main de sous les draps et la posa sur celle d'Alvina. La jeune fille se pencha vers elle.

« Tout est pour toi, ma chérie, chuchota Miss Frost, la regardant d'un air étrange.

– Ne parlez pas, Miss Frost, gémit Alvina.

– Tout est pour toi, murmura la malade, hormis… », et elle énuméra de petits legs qui montraient sa nature généreuse et attentionnée.

« Oui, je me souviendrai », dit Alvina, qui était au-delà des larmes.

Miss Frost eut son sourire éclatant d'autrefois, non dépourvu de majesté.

« Embrasse-moi, ma chérie », souffla-t-elle.

Alvina l'embrassa mais laissa échapper une plainte tant son chagrin était immense.

La nuit passa lentement. Parfois, les yeux gris de la malade se posaient sur le visage d'Alvina, sombres, dilatés, hagards, avec une expression presque grave, accusatrice, sinistre, puis ils se refermaient. Parfois, dans leur expression pathétique, on lisait une supplication muette, éperdue. Puis ils se refermaient pour s'ouvrir à nouveau, enfiévrés par la douleur. Alvina essuyait les lèvres sur lesquelles se mêlaient le sang et les glaires.

Au matin, Miss Frost mourut. Elle gisait, hagarde, souillée par la mort, auréolée de ses beaux cheveux blancs souillés eux aussi, et hirsutes. Elle qui avait toujours été si belle, si soignée !

Alvina connaissait la mort, qui est indicible. Elle savait que sa bien-aimée emportait avec elle une partie de son âme.

Et voilà, elle était seule. En proie à tous les tourments de la solitude et du chagrin – le chagrin éperdu d'avoir vu la mort lui arracher sa bien-aimée – en proie aux tourments des reproches et des regrets, à ceux du souvenir comme à ceux que lui avaient infligés les regards de la mourante, tantôt gracieux et sinistrement accusateurs, tantôt chargés d'une supplication pathétique et désespérée, sous l'effet d'une douleur térébrante et mortelle qui ne perdait jamais son pouvoir de blesser à vif!

En apparence, Alvina resta étrangement calme et lointaine les jours qui suivirent le décès. Mais lorsqu'elle se trouvait seule, elle souffrait tant qu'elle croyait que son cœur se brisait pour de bon.

«Je ne sentirai plus jamais rien», dit-elle d'un ton sec à l'amie de Miss Frost, une autre femme de plus de cinquante ans.

«Ne dis pas de bêtises, ma petite fille, protesta doucement Mrs. Lawson.

– Mais c'est vrai. Mon cœur sera incapable d'éprouver quoi que ce soit», dit Alvina avec une mimique étrange, roulant des yeux affolés.

«Tu n'auras plus un chagrin pareil, mais tu éprouveras d'autres émotions...

– Mon cœur n'en sera plus capable.

– C'est trop tôt, dit doucement Mrs. Lawson. Comment veux-tu... Mais le temps... le temps redonne...

– Peut-être, mais je n'y crois pas», dit Alvina.

Les gens la trouvèrent dure. À l'une de ses amies, Miss Pinnegar confia : «Je croyais qu'elle aurait eu plus de chagrin. Elle tenait plus à elle qu'à sa mère, et sa mère le savait. Mrs. Houghton se plaignait parfois amèrement de n'être pas aimée, elle. Elles étaient tout l'une pour l'autre, Miss Frost et Alvina. Je croyais qu'elle aurait eu plus de chagrin. Mais on n'est jamais sûr de rien. C'est peut-être mieux ainsi, finalement.»

Quant à Miss Pinnegar, elle n'était pas du tout affectée par la mort de Miss Frost. Elle ne se sentait pas impliquée.

Les parents proches vinrent à l'enterrement, et tout fut réglé. On trouva le testament, juste une ligne sur une feuille de papier, où elle souhaitait que tous ses biens aillent à Alvina. Celle-ci fit connaître les désirs dont Miss Frost l'avait informée oralement. Tout fut réglé sans heurt.

Rien de plus normal. Car elle ne laissait rien. Juste soixante-trois livres à la banque, pas plus; ainsi que ses vêtements, le piano, les livres et les partitions, que reçut le frère de Miss Frost, à sa propre demande. Alvina hérita des quelques babioles très simples et d'environ quarante-cinq livres en liquide.

« Pauvre Miss Frost ! s'écria Mrs. Lawson, pleurant des larmes amères, elle n'a rien gardé pour elle. On comprend pourquoi elle ne voulait pas vieillir, pourquoi elle avait peur de ne plus pouvoir travailler. On le comprend. Quel malheur, quel malheur ! Des femmes comme elle, il n'y en a pas beaucoup sur cette terre… »

Manchester House retomba dans un silence plus épais, une mélancolie plus profonde. Miss Frost était irrémédiablement partie. Avec elle, la réalité prit congé de la maison, qui parut attendre silencieusement de disparaître. Alvina et Miss Pinnegar pouvaient bien circuler et parler ; en vain. Jamais elles ne purent faire disparaître cette sensation de fin imminente : toute la maison attendait simplement d'en finir. Et tous trois, James, Alvina et Miss Pinnegar, attendirent d'interminables mois que la maison arrive à sa fin. Avec Miss Frost, ce fut l'esprit de la maison qui expira : il disparut. Sombre, elle donnait une impression de vide et ressemblait désormais à une maison à vendre.

CHAPITRE V

Le soupirant

Tord-le-sou fonctionna par à-coups pendant l'hiver, mais ferma au printemps. À la fin, James Houghton avait un air pitoyable de petit enfant qui toucha le cœur d'Alvina et de Miss Pinnegar. Elles se mirent à le traiter avec une certaine indulgence féminine en le voyant battre de l'aile, agité et perplexe. On eût dit un oiseau qui, une fois entré dans une pièce, s'épuise et s'affaiblit à force de tenter de traverser la vitre donnant l'illusion d'une liberté trompeuse. Parfois, il s'asseyait dans un coin et broyait du noir, la tête sous l'aile. Mais Miss Pinnegar le pourchassait, en chatte furtive qu'elle était, le relançait jusqu'à l'atelier pour étudier un détail du travail, jusque dans le magasin pour retourner les vieux restes du stock. Un moment, il se mit à ruminer sur la mort de sa femme, symptôme alarmant qui terrifia Miss Pinnegar. Devant sa perplexité, Alvina fit la suggestion suivante :

« Pourquoi papa ne loue-t-il pas le magasin et une partie de la maison ? »

Louer le magasin ! Louer les derniers centimètres de devanture sur la rue ! Louer la boutique ! Laisser le nom de Houghton disparaître de la liste des commerçants ? Se retirer ? Disparaître ? Devenir un quidam anonyme, occupant d'obscurs locaux ?

Il y réfléchit. Et à mesure qu'il y réfléchissait, l'idée l'indigna au point qu'il rassembla dans sa frêle carcasse ses forces dispersées. Il amorça alors son projet le plus original. Il fallait transformer Manchester House en une sorte de pension de famille bourgeoise, et il ferait fortune en répondant à la demande de ces gens distingués qui, pour l'instant, n'avaient nulle part où aller. Oui, il fallait aménager Manchester House en hôtel familial et tranquille destiné à une clientèle aisée. Le magasin deviendrait un hall élégant au sol recouvert de moquette, avec un portier et une grande porte vitrée surmontée d'un tympan arrondi où les mots « Manchester House » se déploieraient en grandes lettres élégantes, en demi-cercle elles aussi, avec, dessous, en plus petit : « Pension de Famille ». James serait le propriétaire et le secrétaire ; il s'occuperait des registres et de la correspondance ; Miss Pinnegar serait la directrice, elle dirigerait les domestiques et la maison ; quant à Alvina, elle devrait remplir le rôle ambigu d'« hôtesse » : accueillir les hôtes, jouer du piano et soigner les malades. Car dans le prospectus, James spécifierait : « Infirmière diplômée sur place en permanence. »

« Par exemple ! » s'écria Miss Pinnegar, dont il suscita pour le coup la colère et l'hostilité. « À vous entendre, on dirait un asile de fous privé.

– Voulez-vous me dire pourquoi ? » rétorqua James d'un ton acerbe.

Il était quant à lui transporté par son projet. Il commença à aligner les idées et les frais à prévoir. Il fallait aménager le beau hall d'accueil ; agrandir la cuisine et l'arrière-cuisine ; installer un nouveau chauffe-eau et de nouveaux sanitaires ; mettre en place un monte-plats léger entre la cuisine et la salle à manger ; agencer à l'arrière, au premier, sur toute la longueur de la cour, une belle loggia, ou un balcon ou une terrasse, tout en vitres. Cette loggia aurait une vue superbe au sud-ouest et à l'ouest. Certes, au premier plan, il y aurait la cour des écuries de chevaux de louage et les maisons assez sordides des mineurs sur le flanc de la colline en contrebas. Mais le regard franchirait sans peine ces dernières, car il balaierait spontanément la verte vallée peu profonde pour se porter sur la longue côte en face, découvrant le manoir entouré de ses bouquets d'arbres, des fermes et des meules de foin agréablement éparpillées et, à quelque distance, des mines de charbon, dont les chevalements scintillaient, d'étroites voies ferrées traversant les champs cultivés, et des tas de scories embrasées. Le balcon ou terrasse couverte – James finit par choisir le mot « terrasse » – devait être l'un des signes distinctifs de la maison : LE signe distinctif. Elle devait être aménagée en restaurant, une sorte de restaurant confortable, avec salon. On y servirait des thés raffinés à deux shillings six pence par personne, et des dîners raffinés à cinq shillings sans le vin.

Ascète et buveur d'eau, James avait d'emblée imaginé un établissement où l'on ne servirait pas d'alcool. Mais à la réflexion, cette idée le fit bientôt tiquer ! Nous savons tous ce qu'est un hôtel de tempérance en province. De plus, le mot « vin » est imprégné d'une certaine magie. *Vins et Spiritueux.* Ce programme attirait fortement James : ne buvant pas, il lui trouvait un charme mystérieux, hypnotique. Il fallait des vins. Il n'y connaissait rien, mais Alfred Swayn, le caviste, le mettrait au courant en cinq minutes.

Miss Pinnegar gonflait son jabot de très curieuse façon lorsqu'elle entendait parler de ce projet. La première fois qu'on le lui dévoila, elle rougit comme une dinde indignée et courroucée.

« C'est ridicule. Tout simplement ridicule ! » gloussa-t-elle, redressant la tête avant de la baisser et de la tourner de côté.

« Ridicule ! Pourquoi ? Voulez-vous expliquer pourquoi ! rétorqua James, gonflant son jabot à son tour.

– C'est absolument ridicule ! répéta-t-elle, bafouillant de confusion.

– C'est ce que nous verrons ! » répondit James, reprenant le dessus.

Et une fois de plus, il se mit à courir en tous sens d'un air absorbé, comme un oiseau en train de construire son nid. Miss Pinnegar l'observa avec une sorte de rage maussade. Elle alla jusqu'à la porte du magasin et passa la tête pour regarder où il allait. Elle le vit entrer discrètement chez le caviste et revint annoncer à Alvina :

« Il s'est mis à boire !

– À boire ?

– Tout juste, dit Miss Pinnegar d'un ton vindicatif. À boire ! »

Alvina se laissa tomber sur une chaise et rit jusqu'à n'en plus pouvoir. Tout cela lui semblait vraiment trop drôle, oui, trop drôle.

« Je ne vois pas ce qu'il y a de risible, dit Miss Pinnegar. Honteux, c'est honteux ! Mais je ne vais pas me laisser ridiculiser. Je ne serai pas directrice, je vous assure. C'est absolument ridicule. Qui s'imagine-t-il accueillir dans un endroit pareil ? Il a perdu l'esprit. Tout ça à cause de l'alcool ! Aller chez le caviste à dix heures du matin ! Voilà où il les trouve, ses idées, dans le whisky… ou le cognac ! Mais il ne va pas me faire passer pour une imbécile.

– Ah là là », soupira Alvina, qui, à force de rire, retrouvait son sérieux et une certaine lassitude. « Je sais que c'est totalement ridicule. Il va falloir l'arrêter.

– J'ai dit tout ce que j'avais à dire », bafouilla Miss Pinnegar.

Lorsque James revint pour le repas suivant, les deux femmes l'attaquèrent.

« Enfin, père, dit Alvina, personne ne viendra.

– Mais si, il y aura foule, foule, dit son père. Regarde le *Shakespeare's Head*, à Knarborough.

– Knarborough ! Mais on n'est pas à Knarborough, justement ! lâcha Miss Pinnegar. Vous voyez des hommes d'affaires ici ? Vous voyez des étrangers venir ici pour affaires ? Où est notre commerce de dentelles et de bonneterie ?

– Si, il y a des hommes d'affaires, dit James. Et des dames.

– Qui va payer une demi-couronne pour un thé ? rétorqua Miss Pinnegar. Les gens s'attendent à se voir servir du thé avec du pain et du beurre pour quatre pence ; six s'il y a du gâteau ; pour neuf pence de l'abricot ou de l'ananas en plus. Pour un shilling, ils attendent un plat de langue et de jambon froids, et pour deux pence de plus, des œufs au plat au jambon avec de la confiture et du gâteau à volonté. S'ils espèrent avoir une collation chaude et copieuse pour un shilling, qu'allez-vous leur donner pour une demi-couronne ?

– Je sais ce que je proposerai, dit James. Et on peut réduire le prix à deux shillings. » Il lui vint l'idée de baisser le prix jusqu'à un shilling et onze pence et demi, mais il l'écarta.

« Vous ne voyez donc pas que je vise une clientèle élégante ?

– Mais voyons, papa, il n'y a pas de clientèle élégante à Woodhouse ! dit Alvina, incapable de retenir un éclat de rire.

– Si on crée une offre, on crée une demande, rétorqua-t-il.

– Et comment vas-tu créer une réserve de clients élégants ? » s'enquit Alvina d'une voix moqueuse.

James prit son air raffiné et absorbé, comme si ses préoccupations étaient d'un ordre autrement plus élevé. C'était l'air du petit garçon buté qui se tient au côté des anges – du moins est-ce ainsi que les deux femmes le percevaient.

Miss Pinnegar était désormais prête à le combattre par le seul poids de son antagonisme. Elle opposait obstinément à James l'inertie de son refus. Refusant de lui parler, de tenir compte de sa présence, elle était complètement sourde et aveugle à son endroit :

James n'existait pas. Ceci le piqua. Elle l'avait sous-estimé. Il emprunta simplement une autre voie et monta un étage plus haut sur la spirale de son égoïsme spirituel. Persuadé d'être dans le droit chemin, un chemin sacré et délicat, il se trouvait contrarié par des êtres inférieurs au-dessus desquels il avait le devoir de s'élever, de s'envoler loin. Aussi prit-il son essor jusqu'à des altitudes sereines, sa pension de famille lui paraissant le fruit d'une injonction céleste, un édifice à construire au-delà des sphères vulgaires.

Il vit l'architecte, puis, muni de ses plans et de ses projets, il alla consulter le maçon et l'entrepreneur. Le maçon lui fit un devis de six ou sept cents livres, lui recommandant d'aller voir le plombier zingueur, qui installerait le nouveau système d'eau chaude et les sanitaires. James fut un peu démoralisé. Il avait misé sur des frais bien moindres. N'ayant que quelques centaines de livres en poche après Tord-le-sou, il était décidé à hypothéquer Manchester House, à condition de pouvoir garder en mains suffisamment d'argent pour faire tourner son établissement pendant un an. Il savait qu'il serait obligé de sacrifier l'atelier de Miss Pinnegar. Il connaissait l'hostilité violente et absolue de celle-ci, et la redoutait. Pourtant, cela excitait son obstination et pour son dernier coup de dé, il était tout à fait prêt à risquer le tout pour le tout.

Miss Allsop, la fille de l'entrepreneur, vint trouver Alvina. Les Allsop étaient très assidus au temple, et Cassie Allsop faisait partie des vieilles filles. À quarante-deux ans environ, mince, pincée, elle avait l'air triste et rêveur. Dans le privé, elle était tyrannique avec les domestiques, rancunière et assez mesquine avec ses nièces orphelines de mère. Mais en public, elle gardait toujours son air pincé, triste et rêveur.

Cette visite surprit Alvina. Lorsqu'elle découvrit Miss Allsop sur le pas de la porte de derrière, toute son hostilité foncière s'éveilla.

« Oh, c'est vous, Miss Allsop ! Entrez donc. »

Elles prirent place dans la pièce du milieu, qui servait de salon de tous les jours à la maisonnée.

Miss Allsop en vint tout de suite au but de sa visite et prit sa voix de dame catéchiste pour poser sa question : « Je suis venue vous demander si vous connaissiez le projet de pension de famille de votre père.

– Oui, répondit Alvina.

– Ah bon ! Parce que nous nous demandions… Mr. Houghton

est venu voir papa hier à propos des transformations. Elles coûteront très cher.

–Vraiment? dit Alvina, ouvrant de grands yeux moqueurs.

– Oui, très cher. Et vous, que pensez-vous de ce projet?

– Moi? Ma foi!» Alvina hésita, puis se mit à rire. «À la vérité, je n'y ai pas beaucoup réfléchi.

– Eh bien, je crois que vous devriez, intervint Miss Allsop avec sévérité. Papa est certain que ça ne rapportera rien, alors que ça va coûter je ne sais pas combien. Ça sera fatalement une perte sèche. Et votre père commence à se faire vieux. Vous allez vous retrouver en plan, sans un sou vaillant. Je crois que pour vous, les perspectives d'avenir sont très inquiétantes.

–Vraiment?» dit Alvina.

Et boum! Voilà qu'elle se retrouvait d'autorité mise au rancart avec les vieilles filles.

«Eh oui! Je vous dis le fond de ma pensée! Si j'étais vous, je ferais tout mon possible pour le dissuader.»

Miss Allsop prit congé. Alvina se sentit un peu secouée. Rejoindre Cassie Alsop dans les rangs des vieilles filles! Dire que James Houghton compromettait le peu d'argent qui lui restait et était prêt à s'endetter jusqu'au cou en hypothéquant Manchester House! Alvina sombra dans une sorte de lassitude humiliée, où persistait sa forme particulière d'obstination, diabolique et malveillante. «Oh, et puis laissons faire, lui souffla son esprit vindicatif. Que le destin s'accomplisse, dans toute sa médiocrité, sa pauvreté minable.» Sa vieille colère contre son père refit surface.

Arthur Witham, le plombier, vint examiner la maison sous la conduite de James Houghton. Lui aussi fréquentait le temple – comme son propre père avant lui, un homme vulgaire, sans instruction, et qui se mêlait toujours des affaires des autres. Le père avait laissé à chacun de ses fils une somme d'argent rondelette, qu'Arthur, l'aîné, avait déjà décuplée. Lui aussi était un homme lent, rusé et sans éducation, qui parlait avec un accent local prononcé. Mais il n'était pas laid. C'était un homme soigné aux grands yeux bleus, qui s'efforçait d'éviter les erreurs de prononciation et aurait été un gentleman s'il avait pu.

Une fois n'étant pas coutume, Alvina rejoignit son père et le plombier dans l'arrière-cuisine. Arthur Witham la salua avec un certain respect. Quant à elle, elle appréciait ses yeux bleus et sa silhouette nette. En affaires, il était rapide, malin, mais ne s'engageait qu'avec une certaine lenteur circonspecte. Pour l'heure, après avoir soigneusement inspecté le dessous de l'évier, il s'y glissa. Alvina le regarda disparaître à moitié – elle lui tendit une bougie – et rit sous cape en voyant son joli petit arrière-train bien tourné sortir de sous l'évier, tel celui d'un chien sortant de sa niche. Il aimait bien l'argent, notre Arthur, et il aimait commander. Il œuvrait sournoisement à acquérir un pouvoir à la hauteur de ses prétentions. Il le voulait, ce pouvoir, et il s'en approcherait sans bruit pour s'en emparer, autant que faire se pouvait : car son accent, comme une clôture inextricable de barbelés, l'empêchait d'aller aussi loin qu'il l'aurait souhaité.

Quand il émergea de sous l'évier, ils passèrent dans la cuisine avant de monter à l'étage. Alvina les suivit obstinément, mais en silence, l'air un peu distant. Lorsque la tournée d'inspection fut presque terminée, elle laissa tomber innocemment :

« Ça ne risque pas de coûter beaucoup d'argent ? »

Arthur Witham secoua lentement la tête, puis il regarda Alvina qui plongea ses yeux dans les siens avec un sourire malicieux.

« On ne peut pas faire tout ça pour rien », répondit-il. Puis il la regarda à nouveau.

– Nous en discuterons plus tard, intervint James, qui s'éloigna, le plombier à sa suite.

– Je vous souhaite le bonjour, Miss Houghton, dit Arthur Witham.

– Le bonjour à vous, Mr. Witham », lança Alvina.

Mais elle resta derrière eux, à distance, et lorsque Arthur Witham partit, elle l'entendit dire : « Je vous calculerai ça, Mr. Houghton. Je vais vous calculer ça et je vous donne des nouvelles. J'aurai les chiffres ce soir. »

Elle trouva que le jeune homme s'adressait à son père avec une désinvolture un peu hautaine. L'étoile de James déclinait sur l'horizon.

Dans l'après-midi, juste après le déjeuner, Alvina sortit. Elle se rendit dans la boutique où étaient posées des feuilles de plomb et des boîtes de peinture et de mastic, alternant avec des plaques de verre et du papier fantaisie. Lottie Witham, l'épouse d'Arthur, apparut. C'était une femme de trente-cinq ans, un peu revêche, sans enfants, mais non sans ambitions sociales.

« Mr. Witham est là ? » demanda Alvina.

Mrs. Witham scruta son visage.

« Je vais voir », dit-elle, et elle quitta la boutique.

Quelques instants plus tard, Arthur entra, en bras de chemise : il était assez bel homme.

« Je ne sais pas ce que vous penserez de moi et de ma démarche », dit Alvina d'une voix aimable et précipitée. Arthur leva sur elle ses yeux bleus, et Mrs. Witham apparut au fond, dans l'embrasure de la porte de l'arrière-boutique.

« Pourquoi ? demanda Arthur, impassible. De quoi s'agit-il ?

– Faites le devis le plus cher possible pour papa », répondit Alvina avec un rire nerveux.

Les yeux bleus d'Arthur restèrent fixés sur son visage. Lottie Witham s'avança dans le magasin.

« Pourquoi ? Que voulez-vous ? » demanda-t-elle d'un ton pénétrant.

Alvina se tourna vers elle.

« Tout à fait entre nous, nous ne tenons pas à ce que mon père poursuive ce projet, qui n'a aucune chance de réussir. Ni Miss Pinnegar ni moi ne voulons y participer, de toute façon. Je ne vais pas rester ici.

– Non, il n'a aucune chance, confirma Arthur Witham, impassible.

– Et papa n'a pas d'argent, vous savez », dit Alvina.

Lottie Witham scruta le visage mince et nerveux d'Alvina. La jeune fille lui plaisait, pour une raison obscure. Bien entendu, Alvina était considérée comme une dame, à Woodhouse. Voilà où les choses en étaient arrivées, à cause des tribulations et du déclin de son père : elle était seulement *considérée* comme une dame. Une considération désormais sujette à caution.

« Voulez-vous entrer une minute ? » demanda Lottie Witham en soulevant l'abattant du comptoir. Initiative inhabituelle et audacieuse de sa part. Le premier mouvement d'Alvina fut de refuser. Mais elle trouvait Arthur Witham beau, en manches de chemise.

« Vous savez, il ne faut pas que je tarde à rentrer », dit-elle en passant derrière le comptoir. Elle avait le sentiment de fouler une terre inconnue. On la conduisit dans le nouveau salon, aux meubles neufs tapissés de tissu bronze et bleu paon, aux murs blancs, or et cuivre. C'était la nouvelle maison des Witham, et Lottie en était fière. Les deux femmes échangèrent quelques remarques en confidence. Arthur resta un moment sur le pas de la porte, puis s'éloigna.

Alvina n'éprouvait guère de sympathie pour Lottie Witham. Pourtant, celle-ci avait l'esprit pénétrant, rapide et, pour une raison obscure, elle appréciait Alvina. Elle fut donc invitée à prendre le thé à Manchester House.

Après quoi, de si nombreuses difficultés surgirent devant James Houghton qu'il faillit en mourir d'inquiétude. Ses deux femmes le laissèrent se débrouiller seul. Par une série de circonstances malencontreuses, il se trouva confronté à tant d'obstacles qu'il finit par abandonner son projet.

Lottie Witham vint prendre le thé et fut invitée à visiter Manchester House. Elle n'avait pas la moindre opinion sur cette maison : un trou tellement sinistre qu'elle n'aurait même pas voulu y pendre son pire ennemi. Pourtant, elle fut assez impressionnée par l'atmosphère de majesté qui s'en dégageait.

« Eh bien, dites donc ! » s'exclama-t-elle dans la chambre d'Alvina en voyant les meubles monumentaux et le lit vaste comme un haut plateau. « Pour rien au monde on ne me ferait dormir là-dedans toute seule ! Vous n'êtes pas morte de peur ? Même si j'avais Arthur avec moi, j'aurais peur du côté où il n'est pas. Vous dormez là-dedans toute seule ?

– Oui, répondit Alvina en riant. Je n'ai pas d'Arthur, même pour un seul côté.

– Ma parole, dans un lit pareil, il vous faudrait un mari de chaque côté », déclara Lottie Witham.

Alvina fut invitée à son tour pour le thé – le mercredi après-midi, la demi-journée de fermeture hebdomadaire[1]. Arthur était là aussi, très mal à l'aise. Il avait l'impression d'avoir les mains tout enflées. Alvina s'entendit mieux avec sa femme, qui l'observa avec attention, espérant apprendre de leur invitée le secret de la bonne tenue. L'indéfinissable tenue que toute dame se doit d'avoir – même lorsqu'elle est nerveuse et agitée. Tel était le problème qui occupait l'esprit actif mais vulgaire de Lottie. Elle ne prenait même pas en mauvaise part les efforts rieurs d'Alvina pour faire parler Arthur, empêtré dans

1. Les magasins fermaient l'après-midi un jour de la semaine, en dehors du dimanche.

sa maladresse : car Alvina était une dame, dont il fallait étudier le comportement.

Arthur plaisait vraiment à Alvina, qui pensait beaucoup à lui, Dieu sait pourquoi. Lottie et lui étaient heureux ensemble et il était absorbé par ses petites ambitions. À sa manière limitée, il avait une ambition irrésistible. Il finirait par amasser une fortune suffisante et devenir conseiller municipal et juge de paix. Mais en dehors de Woodhouse, il n'existait pas. Alors, pourquoi Alvina était-elle donc attirée par lui ? Peut-être à cause de sa réserve et de sa détermination secrète.

Lorsqu'elle le rencontrait dans la rue, elle l'arrêtait, bien qu'il eût toujours à faire – et le forçait à échanger quelques mots. Et quand elle prenait le thé chez lui, elle essayait d'éveiller son attention. Mais même lorsqu'il posait sur elle le regard fixe de ses yeux bleus et l'observait sous ses longs cils, elle savait que ce regard restait très objectif. Jamais Arthur n'envisagea le moindre commerce avec elle, de quelque nature que ce fût.

C'était Lottie qui avait l'esprit calculateur. Dans la famille, sur trois frères, il y avait un mouton, non pas noir, mais blanc. Un qui avait entrepris de grimper dans l'échelle sociale, pour devenir un gentleman. C'était Albert, le deuxième. Il avait été instituteur à Woodhouse avant de partir en Afrique du Sud, où il avait occupé un poste dans une sorte de lycée, dans une ville de la colonie du Cap. Il avait économisé pour grossir son patrimoine. Maintenant, il était en Angleterre, à Oxford, où il étudiait pour obtenir un diplôme tardif. Après quoi, il retournerait en Afrique du Sud et deviendrait proviseur de son lycée, pour sept cents livres par an.

À trente-deux ans, Albert n'était pas marié. Lottie était fermement décidée à ce qu'il reparte pour le Cap avec une épouse convenable : et pourquoi pas Alvina ? Il passait les vacances à Woodhouse, et n'était qu'en première année à Oxford. Alors pouvait-on imaginer couple mieux assorti qu'un jeune homme d'Oxford et une jeune femme de Woodhouse ? Lottie parla beaucoup de lui à Alvina, qui brûla de le connaître. Elle l'imaginait plus grand qu'Arthur, plus fascinant, plus instruit.

Car la crainte de devenir vieille fille, de rester vierge à jamais gagnait du terrain chez elle. Il n'y avait à Manchester House que futilité terrible et ténébreuse, vacuité totale. Alvina avait vingt-six ans. Sa vie était un désert depuis la mort de Miss Frost. Sans le sou et mal habillée, elle n'était guère plus qu'une bonne à tout faire : James refusait même de payer une fille pour aider à la cuisine. Elle avait la mine fanée et fatiguée. La panique, cette panique terrible et mortelle qui s'empare de tant de femmes célibataires aux abords de la trentaine, commençait à la gagner. Elle n'aurait pas cherché à se marier, si seulement elle avait pu trouver un amant. Elle était aux prises avec une sorte de terreur qui l'acculait à la quête d'un amant. Elle deviendrait une débauchée, une prostituée, se disait-elle, plutôt que de finir comme Cassie Allsop et les autres, et de sécher hideusement, ignominieusement oubliée sur la branche. Elle préférait se tuer.

Mais il faut un certain talent naturel pour la débauche ou la prostitution. Sans les qualités qui attirent les débauchés, que faire ? Si tant est qu'il soit dans votre nature d'attirer les hommes dissolus et débauchés ! Sinon, vous aurez beau essayer, vous ne pourrez pas être une prostituée. Ni même une débauchée. Car ce n'est pas une affaire de volonté. Il faut être deux pour s'entendre.

Ainsi, tous les projets désespérés et immoraux d'Alvina furent-ils réduits à néant par sa propre nature intransigeante. Et sa propre nature, dans son intransigeance, était des plus élitiste et sélective, ce qui revenait à la négation même de la vie dissolue ou de la prostitution. En conséquence, les hommes avaient peur d'elle, de son pouvoir, une fois qu'ils s'étaient engagés. Elle était de ces femmes qui exigent beaucoup des hommes, les appâtent et préfèrent les détruire plutôt que de ne pas en obtenir ce qu'elles veulent. Et ce qu'Alvina voulait était sérieux et risqué. Il ne s'agissait pas simplement du mariage, grand Dieu non ! Mais d'une dépendance réciproque profonde et dangereuse. Autant demander à ceux qui pataugent dans les vaguelettes de la passion de se plonger dans la puissante houle de la pleine mer. Fi donc ! Avec leurs pantalons retroussés jusqu'aux genoux, ils se contentaient de se tremper les pieds dans la mer aux mille dangers. Hors de question pour eux d'affronter des néréides aussi téméraires qu'Alvina.

Elle s'était monté la tête à propos d'Arthur. Ridicule, à vrai dire. Mais il dégageait une sorte d'énergie compacte et volontaire qu'elle amplifia dix fois, si bien que son imagination en fit un amant séduisant. Elle passait à Manchester House des journées misérables à ruminer et à vaquer aux tâches ménagères. Depuis l'effondrement de Tord-le-sou, James Houghton était devenu d'une avarice maladive. Une pièce de six pence en argent avait un éclat céleste auquel il ne pouvait renoncer, une blancheur nébuleuse qui lui donnait l'impression de tenir le ciel dans sa main. Comment aurait-il pu la lâcher dans ces conditions ? Même une pièce brune de un penny lui semblait vivante, comme s'il y coulait un sang mystérieux, puissant, magique. Il adorait voir dans la boutique l'essaim de ses pièces actives, divines abeilles venues de l'infini pour lui apporter sa subsistance. Mais il regrettait fort les pennies qu'il devait laisser partir en dépenses ménagères : on eût cru des êtres vivants quittant leur nid. Il fallait batailler sans cesse pour obtenir de lui l'argent du strict nécessaire.

Aussi, le régime de la maisonnée devint-il extrêmement frugal : il fallait faire durer le charbon en prélevant de toutes petites pelletées, et lorsque Alvina devait faire ressemeler ses chaussures, elle devait prendre la somme sur sa petite réserve personnelle. Car James Houghton avait l'impudence de lui verser deux shillings par semaine. Elle lui en voulait beaucoup. Cependant, sa colère était de cette qualité dangereuse, mâtinée d'ironie, qui ronge son sujet sans agir à l'extérieur. Ce qui lui permettait de tenir le coup, c'était un sentiment d'ironie assez amer. Dans la nullité pesante et sordide de Manchester House, Alvina devint absente et absorbée ; oh, par rien de précis, mais absorbée tout de même. Elle était toujours plus ou moins occupée ; d'ailleurs, il y avait toujours quelque chose à faire, qu'elle s'en charge ou non.

Le magasin ouvrait une fois par semaine, le vendredi soir. James Houghton allait rôder dans les entrepôts de Knarborough pour y trouver des lots de marchandises dont il remplissait sa misérable vitrine. Mais il n'avait pas le cœur à l'affaire et s'y raccrochait par pure ténacité.

En été, Albert Witham vint à Woodhouse, et Alvina fut invitée à prendre le thé. Elle était très impatiente. Ayant passé son temps à imaginer Albert à partir d'Arthur, en plus grand et plus beau, elle s'était abstenue de tourner ses pensées vers l'homme lui-même. Quelle ne fut pas sa déception lorsqu'elle découvrit qu'Albert n'était pas séduisant du tout ! Grand, mince et frêle, il avait un visage pâle, assez sec, plutôt aplati, et d'étranges yeux pâles. Il donnait l'impression bizarre d'être tout plat, un peu comme une sole, et on aurait pu lui imaginer une épine dorsale étalée comme l'arête d'une sole ou d'une plie. Il avait des dents saines, mais assez grandes, jaunâtres et plates. Bref, c'était un être extrêmement curieux.

Il avait une diction pompeuse mais sans élégance particulière, malgré ses études à Oxford. On percevait distinctement dans sa voix l'accent nasillard de Woodhouse. Jamais il ne serait un gentleman, même s'il vivait très vieux. Pourtant, il n'était pas ordinaire. C'était vraiment un drôle d'animal : très intéressant, si l'on parvenait à oublier l'impression qu'on avait de le regarder à travers la paroi de verre d'un aquarium ; il n'est pas de plus terrifiante frontière entre deux mondes. Dans un aquarium, les poissons semblent venir vous accueillir avec un large sourire, et s'immobiliser pour vous parler d'une façon pompeuse, horrible à voir car cette conversation pompeuse, bouche ouverte et œil fixe, ne produit pas le moindre bruit. Or si Albert Witham avait une voix claire et forte qui résonnait aux oreilles d'Alvina comme de l'eau courant entre des rochers, la jeune fille ne semblait rien percevoir de ce qu'il disait. Il baissait les yeux vers elle en souriant et la fixait, balançant la tête et tenant des propos originaux, en fin de compte. Car c'était vraiment un drôle d'animal. Pourtant, on eût dit qu'aucun son, aucune parole sortant de sa bouche ne touchait l'oreille d'Alvina : rien ne parvenait jusqu'à elle. En réalité, peut-être les poissons prononcent-ils des flots de paroles humides auxquelles nos oreilles, habituées aux sons portés par l'air, restent à jamais sourdes.

Le plus comique, c'était que ce drôle d'animal sembla se croire d'emblée accepté comme soupirant. Et il était tout prêt à soupirer. Au reste, dès le premier instant, il sourit à Alvina avec une sorte de ravissement complaisant – compatissant même, pourrait-on dire –, comme s'ils étaient liés par une complète connivence. Si seulement elle avait pu se mettre au diapason, il ne lui aurait pas déplu. Il lui souriait, et disait entre ses grandes dents des choses vraiment intéressantes. Il ne manquait pas d'un certain charme. Mais, répétons-le, on eût dit que la vitre d'un aquarium les séparait l'un de l'autre.

Alvina examinait Arthur. Petit, brun, il avait le teint coloré. Mais en présence de son frère, il semblait lui aussi plongé dans un silence aqueux et distant, un silence de carpe. Tel un poisson, il paraissait nager dans son élément. Tout cela était très étrange : on se serait cru dans *Alice au pays des merveilles*. Alvina comprenait mieux pourquoi la minceur de Lottie s'assortissait d'une certaine crispation, d'un air un peu égaré, pourquoi elle ressemblait à une algue tendineuse : la pauvre devait nager sans relâche de toutes ses forces.

Pour Alvina, ce thé chez les Witham fut des plus curieux. Elle écouta, sourit et fit des réponses vagues à Albert, qui penchait vers elle ses larges épaules plates et maigres. Lottie paraissait présider de façon absente. Mais ce fut Arthur qui se montra le plus communicatif. En l'écoutant tenir des propos assez cavaliers, elle avait l'impression d'entendre une version plus subtile et plus discrète de Mr. Witham père. Car ce dernier, un petit homme coriace doté d'une voix de stentor, incroyablement inculte et incroyablement autoritaire, avait tyrannisé année après année les enfants du catéchisme pendant le culte du dimanche matin. Il avait une drôle de tête, avec des favoris gris arrondis. Alvina ne l'avait jamais considéré comme un homme, mais comme une créature, un abominable lutin malfaisant surgi du sol du temple. Et si les pauvres enfants avaient le malheur de chuchoter ou de somnoler au temple, il leur enfonçait dans le dos son horrible pouce, dur comme de l'acier !

Ces deux-là étaient ses dignes fils, une curieuse progéniture. Qui eût cru qu'un jour elle prendrait le thé avec eux ?

« Pourquoi n'avez-vous pas de bicyclette pour circuler ? demanda Arthur.

– Mais je ne sais pas faire de vélo, répondit Alvina.

– En deux ou trois leçons, vous aurez appris. Rien de plus facile que de monter à vélo.

– Je ne crois pas que j'y arriverais, répliqua Alvina en riant.

– Ne me dites pas que vous avez peur, lança Arthur avec une insolence déplaisante.

– Mais si, persista-t-elle.

– Vous n'aurez pas à avoir peur avec moi, intervint Albert avec un large sourire et la courtoisie étrange mais sincère qui était la sienne. Je vous tiendrai.

– Je n'ai pas de bicyclette, dit Alvina, qui sentit non sans gêne ses joues s'empourprer lentement.

– Je peux vous prêter la mienne pour apprendre, dit Lottie. Albert en prendra soin.

– C'est l'occasion ou jamais, dit Arthur avec insolence. Il faut la saisir. »

Or Alvina n'avait pas envie d'apprendre à monter à bicyclette. Les sœurs Carlin, deux autres vieilles filles, s'étaient ridiculisées à jamais en devenant des maniaques du tandem. Et la perspective de dépenser une énergie folle à pédaler sur des kilomètres et des kilomètres de grand-route ne tentait pas du tout Alvina. Elle n'avait nulle envie de faire du tourisme ni de battre la campagne. Elle aimait bien aller se promener à son rythme nonchalant et indifférent. Mais elle avait horreur de s'agiter. Quant à laisser Albert Witham lui apprendre à faire de la bicyclette ! Cela lui glaçait le sang.

« Mais oui, dit Albert, dont les étranges yeux pâles rayonnèrent de plaisir en la regardant. Allons, quand voulez-vous prendre votre première leçon ?

– Oh, s'écria Alvina, troublée, je ne peux pas vous promettre. Je n'ai pas vraiment le temps.

– Le temps ! s'écria cavalièrement Arthur. Mais qu'est-ce qui vous occupe donc tant toute la journée ?

– J'ai la maison à tenir, dit-elle, l'œil impertinent.

– La maison ! Vous feriez aussi bien de lui passer une chaîne autour du cou et de lui mettre une laisse », rétorqua-t-il.

Albert se mit à rire de toutes ses dents.

« Je suis persuadée que vous avez de quoi vous occuper, puisque c'est vous qui faites tout, dit Lottie à Alvina.

– Oui. Quand arrive le soir, je suis vraiment fatiguée, mais vous ne me croyez pas, puisque vous dites que je ne fais rien », ajouta-t-elle à l'adresse d'Arthur, avec un rire confus.

Celui-ci, opportuniste et obstiné, rétorqua : « Vous avez une fille pour vous aider, non ? »

Albert, lui, la regardait avec un large sourire compréhensif.

« Vous avez trop à faire à l'intérieur, dit-il. Cela vous ferait du bien de prendre un peu d'exercice en plein air. Descendez jusqu'à Coach Road demain après-midi, et je vous donnerai une leçon. Allons ! »

La route en question était une route carrossable plate qui traversait de belles et vastes prairies ressemblant à un parc, plus bas dans la vallée. C'était un endroit délicieux pour apprendre à monter à bicyclette, mais exposé à la vue de tous. Alvina serait morte de honte. Elle eut un petit rire saccadé à cette idée.

« Non, c'est impossible. C'est vraiment impossible. Je vous remercie infiniment, dit-elle.

– Vous ne pouvez vraiment pas ? dit Albert. Alors, convenons d'un autre jour, si vous voulez ?

– Quand je me sentirai prête, répondit-elle.

– C'est ça, quand vous vous sentirez prête, répéta Albert.

– Voilà qui est plus honnête, dit Arthur. Ce n'est pas une affaire de temps, mais de trac. » À nouveau, Albert lui adressa un large sourire compréhensif et dit : « Oh, je vous tiendrai, vous n'avez pas à avoir peur.

– Mais je n'ai pas peur, répondit-elle.

– Vous n'en conviendrez jamais, dit Arthur. Les défauts des femmes ne doivent pas s'avouer. »

Alvina commençait à se sentir un peu étourdie. Elle n'était pas habituée à ces façons tyranniques. Elle avait l'impression d'être prise entre les mâchoires d'insensibles pincettes d'acier. Elle se leva, disant qu'elle devait rentrer.

Albert se leva aussi et tendit la main vers son chapeau de paille au ruban de couleur.

« Je vous fais un brin de conduite, si vous voulez bien. »

Il remonta donc à ses côtés la route de Knarborough, où tout le monde se retourna sur leur passage. Car bien entendu, il était très connu à Woodhouse. Elle avança à son côté, rieuse et bavarde. Mais elle ne se sentait pas du tout à l'aise. Il semblait tellement content. À ceci près qu'il n'était pas content d'elle, mais content de lui, à cause d'elle : excessivement content de lui. Dans son monde, comme dans celui du poisson, il évoluait seul, et si par hasard, quelque chose nageait à son côté et lui faisait honneur, eh bien, il n'en souriait que plus complaisamment.

Il marchait très droit, raide même, la tête rejetée en arrière, si bien qu'il avait toujours l'air d'avancer à partir de la tête et des épaules, comme s'il se mouvait à l'horizontale et à plat. On eût dit qu'il ne marchait pas avec tout son corps. Sa galanterie, bizarre, ignorait complètement l'individualité de sa compagne, tournait autour d'elle, puis repartait satisfaite dans son trou. Sa façon de lever son chapeau, de s'incliner avec un sourire horizontal, voire plutôt enthousiaste, en parlant, tout cela était assez gênant, et même comique.

Il prit congé à la porte du magasin avec ces mots : « J'espère vous revoir.

– Bien sûr », répondit-elle en secouant nerveusement la porte fermée à clé. Elle entendit le pas de son père qui descendait.

« Bonsoir, Mr. Houghton », dit Albert d'une voix suave et avec une certaine assurance lorsque James passa la tête à la porte.

« Oh, bonsoir ! » répondit James. Il laissa entrer Alvina et referma la porte au nez d'Albert.

« Qui était-ce ? demanda-t-il d'un ton sec.

– Albert Witham.

– Qu'est-ce qu'il fabrique avec toi ? s'enquit sèchement James.

– Mais rien de particulier. »

Elle se réfugia dans l'obscurité de Manchester House, fuyant la soirée d'été grise. Les Witham la faisaient sortir de ses gonds, lui donnaient le sentiment qu'elle n'était pas elle-même. Elle avait l'impression de ne rien savoir, de ne rien sentir, d'être éparpillée, décentrée. Ils lui faisaient un peu peur, car elle risquait de devenir leur victime. Aussi résolut-elle de les éviter.

Le lendemain, elle vit Albert, vêtu de sa veste sport à ceinture et d'un pantalon de flanelle, coiffé d'un chapeau de paille, passer plusieurs fois devant le magasin et regarder par la porte et vers les fenêtres de l'étage. Mais elle prit soin de se cacher. Lorsqu'elle sortit, ce fut par derrière. Ainsi, elle ne le rencontra pas.

Toutefois, le dimanche soir au temple, il était là, assez raide et frêle, assis sur le vieux banc des Witham, la tête un peu en arrière si bien que son visage et son cou semblaient légèrement aplatis. Il portait des cols rabattus empesés et très bas, qui lui dégageaient complètement le cou. Et pendant le culte – alors qu'elle se trouvait dans la galerie du chœur –, il ne cessa de lever vers elle des yeux d'amoureux transi, avec un léger sourire de connivence : le regard intime du galant regardant sa belle. Arthur la regardait lui aussi de temps à autre d'un air sagace, comme si elle était une cheminée à réparer, et qu'il devait estimer le coût des travaux pour décider si la réparation en valait la peine.

Bien entendu, lorsqu'elle émergea de l'étroite grille du chœur pour déboucher sur la route de Knarborough, elle se trouva nez à nez avec Albert qui s'avança comme un agent de police, la salua et la regarda en souriant de toute sa hauteur.

« J'espère que je ne m'impose pas », dit-il. À sa déférence feinte, on sentait qu'il n'imaginait pas un seul instant que si, justement.

« Oh, pas du tout », répondit Alvina d'un ton dégagé. Il sourit avec assurance.

« Dites-moi, vous n'avez rien de prévu ce soir ? s'enquit-il.

– Non, répondit-elle avec simplicité.

– Nous pourrions aller nous promener. Qu'en pensez-vous ? » proposa-t-il en regardant la route de droite et de gauche.

Que devait-elle en penser, en fin de compte ? C'était le moment où, à la sortie du temple, chacun partait avec sa chacune pour se promener en lui contant fleurette.

« Si vous voulez, dit-elle. Mais je ne peux pas m'éloigner. Je dois rentrer à neuf heures.

– De quel côté voulez-vous aller ? » demanda-t-il.

Il prit l'initiative du départ, tourna en bas de la colline à travers les petits potagers et lui proposa la promenade classique : remonter Flint's Lane, longer la voie ferrée – ou plus exactement le chemin de fer de la mine – puis revenir par Marlpool Road, un trajet en boucle. Elle accepta.

Ils ne trouvèrent pas grand-chose à se dire. Elle lui posa des questions sur ses projets, sur le Cap. Mais s'il parla volontiers des grandes lignes, il se montra plutôt réservé.

« Que faites-vous le dimanche soir, d'habitude ? lui demanda-t-il.

– Oh, je vais me promener avec Lucy Grainger, ou je descends jusque chez Hallam, ou bien je rentre.

– Vous n'allez pas vous promener avec des jeunes gens, alors ?

– Mon père ne me le permettrait jamais ! répondit-elle.

– Et que va-t-il dire aujourd'hui ? demanda-t-il en se rengorgeant.

– Dieu seul le sait ! fit-elle en riant.

– Qui est censé tout savoir, en règle générale », répondit-il effrontément.

Lorsqu'ils arrivèrent à la voie ferrée, où le sol était assez inégal, il lui dit : « Voulez-vous me donner le bras ? » en offrant ledit membre.

« Ça ira, répondit-elle. Merci.

– Allez, insista-t-il en s'approchant encore davantage et présentant son bras. Ça n'est pas interdit, si ?

– Oh, ce n'est pas ça ! »

Se sentant mal à l'aise, elle prit son bras à contrecœur. Il se rapprocha encore un peu plus et se mit à marcher d'un pas sautillant.

« On commence à mieux se connaître, non ? dit-il en pressant très brièvement la main d'Alvina entre son bras et son flanc.

– Beaucoup mieux ! » répliqua-t-elle en riant.

Là-dessus, il baissa curieusement la voix

« Cela fait bien longtemps que je ne suis pas revenu marcher sur cette voie ferrée, déclara-t-il.

– C'est une de vos anciennes promenades ? s'enquit-elle, malicieuse.

– Oui. Je suis venu ici une ou deux fois… avec des filles qui sont toutes mariées aujourd'hui.

– Vous ne vouliez pas vous marier ?

– Oh, je ne sais pas. Peut-être. Mais ça n'a jamais marché, finalement. Je me suis parfois dit que ça ne marcherait jamais.

– Pourquoi ?

– Je ne sais pas au juste. Cela n'en prenait pas le chemin, voyez-vous. Peut-être que ni elles ni moi n'en avions envie.

– Sans doute.

– Et pourtant, glissa-t-il, j'aimerais bien me marier… » Elle garda le silence.

« Et vous ? poursuivit-il.

– Quand je rencontrerai l'homme de ma vie, répondit-elle en riant.

– Exactement ! Oui, exactement ! Et vous ne l'avez pas rencontré ? demanda-t-il avec une sorte de sourire triomphant dans la voix, comme s'il venait de la piéger.

– Ma foi, je l'ai cru une fois, à l'époque où j'étais fiancée à Alexander.

– Seulement, vous vous êtes rendu compte que c'était une erreur ? insista-t-il.

– Non. Mais Maman était si malade à l'époque.

– Rien n'est jamais simple », dit-il.

Pendant ce temps-là, elle se demandait ce qu'elle ferait s'il voulait l'embrasser. La seule idée d'un désir aussi incongru la mettait dans l'embarras. Heureusement, ce soir-là, il n'en prit pas l'initiative et la quitta à la porte du magasin peu après neuf heures, avec cette requête :

« Je vous verrai dans la semaine, j'espère ?

– Je ne suis pas sûre. Je ne peux pas vous le promettre maintenant, dit-elle précipitamment. Bonsoir. »

Le sentiment qui dominait chez elle à son égard, c'était une sorte de perplexité vague, qui revenait en fait à une absence de sentiment.

« Vous ne devinerez jamais qui m'a emmenée me promener, Miss Pinnegar, dit-elle à sa confidente en riant.

– Je n'en ai aucune idée, répondit celle-ci, la regardant avec attention.

– Je vous le donne en mille, dit Alvina. Albert Witham.

– Albert Witham ! s'exclama Miss Pinnegar, clouée sur place.
– Je comprends que ça vous coupe le souffle.
– Non, ce n'est pas ça, se hâta de dire Miss Pinnegar pour se justifier. Eh bien, eh bien, ça alors ! » Puis, changeant de ton, elle reprit : « Ma foi, c'est un garçon bien sous tous rapports, je pense.
– Bien sous tous rapports !
– Mais oui, insista Miss Pinnegar. Je crois que c'est une bonne chose.
– Qu'est-ce qui est une bonne chose ? » demanda Alvina.
Miss Pinnegar hésita. Elle regarda Alvina et se reprit.
« Bien sûr, ce n'est pas l'homme que j'aurais imaginé pour vous, mais…
– Mais vous pensez qu'il fera l'affaire ?
– Pourquoi pas ? dit Miss Pinnegar. S'il vous plaît, pourquoi ne ferait-il pas l'affaire ?
– Ah ! s'écria Alvina en se laissant tomber sur le sofa en riant. C'est ça le hic !
– Bien entendu, s'il vous déplaît, il est hors de question que vous le fréquentiez », décréta Miss Pinnegar.
Albert continua à traîner dans les parages. Pendant quelques jours, il s'abstint de toute attaque directe. Puis soudain, un soir, il apparut à la porte de derrière, un bouquet de giroflées blanches à la main. Lorsque Alvina ouvrit la porte, le visage d'Albert s'éclaira d'un étrange sourire brusque, un large sourire à l'éclat pâle, étonnant.
« Lottie voulait savoir si vous accepteriez de venir prendre le thé demain », dit-il sans attendre. Il la regardait avec des yeux pâles et souriants qui plongeaient dans les siens sans pour autant la voir. Debout sur le seuil, il attendait qu'elle l'invite.
« Voulez-vous entrer ? proposa-t-elle. Papa est là.
– Oui, je veux bien », répondit-il, satisfait. Il monta les marches, son bouquet blanc toujours à la main.
James Houghton se retourna dans son fauteuil et regarda pardessus ses lunettes pour voir qui arrivait.
« Papa, dit Alvina, tu connais Mr. Witham, n'est-ce pas ? »
James Houghton se leva à demi, et continua à regarder l'intrus par-dessus ses verres de lunettes.
« Oui, de vue. Comment allez-vous ? »
Il tendit sa main frêle.

Albert ne bougea pas, tenant toujours ses fleurs. Il adressa tour à tour son large sourire pâle au père et à la fille en demandant :

« Que dois-je faire de ces fleurs ? Voulez-vous les accepter, Miss Houghton ? » Il fixa sur elle le sourire de ses yeux pâles et brillants.

« Elles sont pour moi ? dit-elle avec une gaieté forcée. Merci ! »

Par-dessus les verres de ses lunettes, James Houghton scruta minutieusement les fleurs, comme s'il s'agissait d'un lot de furets blancs aux dents acérées. Puis, l'air toujours soupçonneux, il regarda la main qu'Albert lui tendait enfin. Il la serra légèrement et dit :

« Prenez un siège.

– Mais je vous dérange dans votre lecture », dit Albert, qui arborait toujours son sourire crispé, plein d'espoir.

« Oh, dit James Houghton, la lumière baisse. » Alvina revint, rapportant les fleurs dans un vase. Elle les posa sur la table.

« Elles embaument, non ?

– Vous trouvez ? » répliqua-t-il, avec le même sourire. Il y eut un silence. Un peu embarrassé, Albert se pencha en avant et dit :

« Puis-je voir ce que vous lisez ? » Il retourna le livre. « *Tommy et Grizel*[1] ! Ah oui. Qu'en pensez-vous ?

– Ma foi, je n'en suis qu'au début, dit James.

– Pour ma part, je trouve ce livre intéressant comme étude d'un homme incapable de sortir de lui-même. On en rencontre beaucoup, des gens tels que lui. La question que je me pose, c'est pourquoi on y trouve à redire.

– À quoi donc ? demanda James.

– À l'incapacité de sortir de soi-même. À l'égocentrisme. Cela freine les êtres et entrave leur faculté d'agir. Ce que je me demande, moi, c'est pourquoi l'égocentrisme devrait freiner un homme dans ses actes. Pourquoi engendrerait-il des doutes ? Je me considère comme un égocentrique, mais je ne pense pas avoir beaucoup de doutes. Je n'en vois pas la nécessité.

– C'est vrai, je trouve que Tommy est un faible. Un personnage méprisable à mon avis, dit James.

– Ah, moi je n'en suis pas si sûr, répliqua Albert. Je n'emploierais pas le mot "faible". Il n'est faible qu'en un sens. Non, ce qui

1. *Tommy et Grizel*, 1900, roman de Sir James Barrie relatant l'amour entre un génie inconstant et la femme qui l'aime mais gâche sa vie à l'attendre.

m'intrigue, c'est pourquoi il se sent coupable. Si on se sent égocentrique, il n'y a pas de raison d'en éprouver de la culpabilité. Si ? »

Il posait sur James l'étrange sourire de ses yeux fixes

« Non, sans doute, répondit James. Mais à coup sûr, celui qui ne sait jamais ce qu'il veut ne peut pas être vraiment un homme.

– Je ne suis pas d'accord. Ce dont il est question ici, c'est de la culpabilité qu'il éprouve à être indécis. Or c'est bien inutile. Le sentiment de culpabilité... »

La question, qui paraissait tenir à cœur à Albert, n'intéressait guère James.

« Nous devons évoluer, et refuser désormais l'idée que les autres ont le droit de nous dire ce qu'il faut faire et éprouver, dit Albert. Personne ne sait ce qu'un autre homme devrait éprouver. Chacun a ses propres sentiments, et c'est son droit. Voilà tout le problème de l'éducation. Celui qui a des enfants ne devrait pas vouloir qu'ils éprouvent tous la même chose. Puisqu'ils ont des natures différentes, leurs sentiments devraient l'être aussi, sur presque tout.

– Vous vous rendez compte de la confusion que cela engendrerait ?

– Pourquoi voulez-vous qu'il y ait de la confusion ? On se met d'accord sur un certain nombre de règles, de conventions et de lois régissant la vie en société. Mais dans le privé, chacun suit ses sentiments, sans avoir besoin d'essayer d'éprouver autre chose.

– Je me demande, dit James. Certains sentiments sont communs à l'humanité : l'amour, l'honneur, la vérité, par exemple.

– Vous appelez cela des sentiments ? Je dirais que ce qu'il y a en commun, c'est l'idée. L'idée est commune à l'humanité, une fois qu'elle est formulée. Mais le sentiment varie avec chaque homme. La même idée représente un type de sentiment différent en fonction de chaque individu. Il me semble que ceci doit être bien clair dans notre esprit si nous voulons que l'éducation soit efficace. Nous ne voulons pas produire des sentiments de masse. Vous n'êtes pas d'accord ? »

Le pauvre James était trop perplexe pour savoir s'il devait ou non être d'accord.

« Peux-tu nous donner de la lumière, Alvina ? » demanda-t-il à sa fille.

Alvina alluma le brûleur incandescent suspendu au milieu de la pièce. Elle tendit le bras pour le faire, et sous la lumière blanche et crue, son visage parut dur et creusé. Albert l'observait avec un sourire absent. Les mots semblaient sortir de sa bouche sans l'affecter le moins du monde. Il ne pensait pas à ce qu'il sentait, et il ne sentait pas davantage ce à quoi il pensait. Aussi entendit-elle à peine ce qu'il disait. Pourtant, elle ne doutait pas de son intelligence.

À l'évidence, Albert se délectait à sa manière, ravi de se trouver là, assis près du feu, à l'extrémité du canapé, et de participer à une conversation animée.Ce qui était un peu gênant, toutefois, c'est qu'il parlait en direction de son interlocuteur sans s'adresser vraiment à lui : il se bornait à prononcer ses paroles vers lui. James, lui-même si souvent dans les nuages, ne le remarqua pas ; il se sentait plutôt flatté d'être engagé dans une conversation aussi subtile avec un étudiant d'Oxford. Alvina, qui avait une longue habitude des tirades paternelles et ne s'attendait pas à être captivée par des propos abstraits, se trouva confortée dans son opinion : la conversation ne l'intéressait pas.

L'homme était vêtu avec goût d'une veste classique en tweed et d'un pantalon de flanelle, et il portait des chaussures marron. Il était même assez élégant, à en juger par ses chaussettes jaunes et sa cravate jaune et marron. Miss Pinnegar le jaugea avec approbation lorsqu'elle entra.

« Bonsoir ! » dit-elle avec un soupçon de condescendance alors qu'ils échangeaient une poignée de main. « Comment trouvez-vous Woodhouse après une aussi longue absence ? » Sa voix était si discrète qu'on aurait pu croire qu'elle parlait tout bas.

« Ma foi, assez semblable à lui-même, répondit-il.

– Vous n'aimeriez pas vous installer ici à nouveau ?

– Je ne crois pas, non. Après être allé dans un autre pays, on se sent un peu à l'étroit. Mais la ville a ses charmes. » Il accompagna ses paroles d'un sourire entendu.

« Oui, reprit Miss Pinnegar. Je suppose que les liens de longue date comptent pour beaucoup.

– Beaucoup en effet. Rien de tel que les anciennes relations. » Il adressa à Alvina son sourire horizontal.

« Ah, vous trouvez ? demanda Miss Pinnegar. Ne pensez-vous pas que les nouvelles relations remplacent les anciennes ?

– Non, pas tout à fait. Il manque quelque chose. » À nouveau, il regarda vers Alvina. Mais elle ne réagit pas.

« Eh bien, je me réjouis de savoir que nous avons encore de

l'importance, malgré la concurrence. Combien de temps vous reste-t-il à passer en Angleterre ?

– Encore un an. Juste une année. Je crois que l'an prochain à cette époque, je ferai voile vers le Cap. » Il sourit comme s'il attendait ce moment avec plaisir. Pourtant, on avait du mal à croire que cela comptait pour lui, que quoi que ce soit comptait, au reste.

« Et vous vous plaisez à Oxford ? demanda-t-elle.

– Oh, oui. J'y ai de quoi m'occuper.

– Qu'étudiez-vous ? demanda James.

– La littérature et l'histoire. Mais j'étudie aussi la philosophie mentale en dilettante. »

Alvina avait pris son ouvrage. Assise sous la lumière, elle était songeuse. En quoi tout cela la concernait-elle ? Le visiteur parlait, parlait, et regardait de son côté avec de larges sourires. Et elle se sentait assez flattée. Mais émue ? Touchée ? Pas le moins du monde.

Elle se demanda si l'un des deux autres inviterait Albert Witham à dîner – du pain, du fromage, de la brioche aux raisins, de l'eau et c'était tout. Mais personne ne lui demanda de rester et il finit par se lever.

« Voulez-vous reconduire Mr. Witham par la boutique, Alvina ? » suggéra Miss Pinnegar.

Alvina fit traverser à leur hôte le sombre tunnel encombré du magasin. Arrivé à la porte, il lui demanda :

« Vous ne m'avez pas dit si vous viendriez prendre le thé jeudi ?

– Je ne pense pas que ce sera possible », répondit Alvina.

Il parut interloqué.

« Pourquoi ? Qu'est-ce qui vous en empêche ?

– J'ai beaucoup à faire.

– Ça ne peut pas attendre ? demanda-t-il avec un lent sourire sarcastique.

– Vraiment pas. Je ne pourrai pas venir jeudi. Mais je vous remercie infiniment. Bonsoir ! » Elle lui tendit la main, pivota prestement pour rentrer dans la boutique et ferma la porte. Il resta debout sous l'auvent, face à la porte close. Puis il fit une moue dédaigneuse et partit.

« Eh bien, dit Miss Pinnegar d'un ton convaincu lorsque Alvina revint, dites ce que vous voudrez, mais moi, je le trouve très agréable, vraiment très agréable.

– Extrêmement intelligent, ajouta James en s'agitant dans son fauteuil.

– J'ai cru mourir d'ennui », répliqua Alvina.

Tous deux la regardèrent avec agacement.

Désormais, elle fit tout pour éviter Albert. Lorsqu'elle le voyait flâner dans la rue tout à son aise, une sorte de rage s'emparait d'elle. Le dimanche, elle descendit du chœur, se glissa dans le temple et sortit par l'entrée principale alors qu'il l'attendait à la petite sortie. Et la chance voulut que le soir où il se présenta chez elle cette semaine-là, elle fût sortie. Lorsqu'elle rentra côté cour, elle l'aperçut par la fenêtre sans rideaux : assis, il l'attendait. Sans plus réfléchir, elle tourna les talons et s'enfuit. Elle ne revint qu'après son départ.

« Comme vous avez tardé ! dit Miss Pinnegar. Vous avez raté Mr. Witham. Il est parti il y a dix minutes.

– Je sais, dit Alvina en riant. En rentrant par la cour, je l'ai aperçu. Alors j'ai fait demi-tour en attendant qu'il soit parti. »

Miss Pinnegar la regarda d'un œil réprobateur.

« J'imagine que vous savez ce que vous faites, dit-elle.

– Comment expliques-tu ta conduite ? demanda son père avec humeur.

– Je ne voulais pas le voir », répondit Alvina.

Le lendemain était un samedi. Alvina avait repris la tâche de Miss Frost, qui consistait à s'occuper de fleurir le temple une fois par trimestre Elle avait fait le tour des jardins de ses amies pour ramasser les fleurs écarlates, jaune vif et violettes de l'été, asters, giroflées rouges, coréopsis, géraniums. Portant son panier rempli, elle sortit le soir pour se rendre au temple. Elle savait que Mr. Calladine, le concierge, ne fermerait pas à clé avant son arrivée.

Dès qu'elle entra dans le temple – un bâtiment agréable, clair et spacieux –, elle entendit des coups de marteau dans la tribune d'orgue et vit trembler la lueur d'une bougie. Un ouvrier qui s'acquittait de son travail avant le dimanche. Elle ferma derrière elle la porte capitonnée et se dirigea d'un pas vif vers la sacristie pour prendre des vases ; après quoi elle sortit pour les remplir au robinet extérieur. La soirée était chaude et calme.

Il était encore tôt et la lumière jaune entrait à flots par les fenêtres des côtés ; le grand vitrail à l'extrémité était une profusion de couleurs où dominait l'intensité des rouges et des jaunes. Au-dessus, dans la tribune d'orgue, les coups de marteaux continuaient.

Elle disposa ses fleurs dans plusieurs vases jusqu'à ce que la table de communion fût, comme le vitrail, un entrelacs de jaune vif, de cramoisi, de violet et vert bronze. Elle s'efforça de créer un effet de légèreté, un kaléidoscope, un jeu de couleurs fortes et chaudes, fragments vibrants, entremêlés avec légèreté. L'ensemble était somptueux pour une table de communion. Car la saison des lys blancs était passée.

Soudain, venant de la tribune d'orgue, on entendit un épouvantable fracas – un grand craquement suivi d'un bruit de chute – puis une volée de jurons.

«Vous vous êtes fait mal?» cria Alvina, levant les yeux vers le vide. La bougie avait disparu.

Pas de réponse. Curieuse, elle sortit du temple, se dirigea vers l'escalier de la tribune qui s'ouvrait dans le porche latéral, et le grimpa quatre à quatre. Contournant l'orgue, elle avisa un homme en bras de chemise, accroupi dans l'obscurité sur le sol, entre l'orgue et le mur du fond; et entre lui et elle, deux marches écroulées. Il faisait trop sombre pour voir qui c'était.

«Ces deux marches pourries se sont effondrées sous moi, et j'ai failli me casser la jambe», dit la voix furieuse d'Arthur Witham.

Alvina s'approcha de lui, enjambant les marches avec précaution. Il était assis et se tenait la jambe.

«C'est grave?» demanda-t-elle en se penchant vers lui.

Dans l'obscurité, il leva la tête. Il était pâle, les yeux fous de colère. Leurs deux visages étaient tout proches.

«Oui, c'est grave, répondit-il, furieux et ébranlé. Le choc lui avait fait perdre son sang-froid.

– Montrez-moi ça», dit-elle.

Il ôta les mains qui serraient son tibia, un peu au-dessus de la cheville. Lorsqu'elle tâta l'os, par-dessus la chaussette, pour détecter une éventuelle fracture, ses doigts furent aussitôt trempés de sang. Alors, il eut un geste étrange. De ses deux mains, il pressa celle d'Alvina sur sa jambe blessée, pressa de toutes ses forces, comme si cette main était un pansement. Pendant quelque instants, il la pressa sur son tibia contus, totalement oublieux, à la façon de certains blessés en état de choc, dont la conscience se restreint à un point unique, alors qu'ils sont inconscients par ailleurs.

Puis il commença à revenir à lui. La douleur s'intensifia. Il fut incapable d'en supporter l'acuité. La jambe était un endroit particulièrement sensible chez lui.

« L'os n'est pas cassé, dit-elle, professionnelle. Mais vous devriez enlever votre chaussette. »

Sans hésiter, il releva sa jambe de pantalon et roula sa chaussette prestement. La douleur lui portait au cœur.

« Vous pouvez donner de la lumière ? » demanda-t-il.

Elle trouva la bougie. Elle savait où étaient rangées les allumettes, sur l'un des petits rebords de l'orgue. Elle lui apporta donc de la lumière, et il examina son tibia contus. Le sang coulait, mais moins. Il avait une vilaine blessure ouverte, déjà en train d'enfler, et qui paraissait très douloureuse. Courbé sur sa jambe, il s'absorbait dans la contemplation de sa blessure à la lueur de la bougie.

« Ce ne sera pas trop grave, une fois la douleur passée », dit-elle, remarquant les poils noirs sur sa jambe. « Il faudrait la bander. Vous avez un mouchoir ?

– Dans ma veste. »

Elle se retourna, la cherchant du regard. Il ne lui prêtait aucune attention, ce qui l'agaçait un peu. Elle prit le mouchoir d'Arthur et s'y essuya les doigts. Puis, du sien, elle fit un tampon qu'elle posa sur la plaie.

« Voulez-vous que je vous bande ça ? » demanda-t-elle.

Il ne répondit pas. Assis, il serrait sa jambe, regardant sa blessure d'où coulait lentement vers sa cheville un filet de sang dans les poils mouillés. Alvina dut attendre.

« Voulez-vous que je vous bande ça ? » répéta-t-elle enfin, non sans impatience. Il avança donc un peu la jambe.

Elle regarda la blessure et l'essuya légèrement. Puis elle replia son propre mouchoir en compresse et l'appliqua sur la plaie. Alors, il refit le même geste, prit sa main comme un pansement et la posa sur sa blessure, pressant doucement mais fermement ses doigts sur elle. Cela irrita Alvina, mais il ne lui prêtait aucune attention. Elle attendit et se sentit glisser dans une sorte de rêve, de sommeil, mais n'en garda pas moins tendu et figé son bras qui tremblait un peu. Elle eut le sentiment que sous cette pression ferme, elle perdait le compte du temps, comme si, en comprimant la sienne, cette main la poussait dans l'oubli.

« Attachez-moi ça », dit-il d'un ton bref.

Obéissante, elle entreprit de fixer le bandage avec ses doigts engourdis. On eût dit qu'il lui avait ôté l'usage de ses facultés.

Lorsqu'elle eut fini, il se releva, regarda l'orgue qu'il était en train de réparer ainsi que les deux marches effondrées.

« Elles sont vraiment pourries, ces deux-là, et bougrement dangereuses », dit-il en les désignant. Puis il redressa les marches, obstiné, et examina de nouveau son chantier interrompu.

« Vous n'allez pas continuer, tout de même ? dit-elle.

– Il faut que ce soit fait, et demain, c'est dimanche. Tenez-moi donc ces marches un instant, si vous voulez bien ! J'en ai pour deux minutes à les réparer. Il ne me reste plus qu'à les clouer.

– Ne feriez-vous pas mieux de laisser ça ? dit-elle.

– Voulez-vous me les tenir, qu'elles ne lâchent pas une deuxième fois ? » insista-t-il. Puis il prit la bougie et clopina, rageur et obstiné, clé et marteau en main. Il travailla quelques minutes, tapant et réajustant les marches branlantes qu'Alvina tenait droites, tout en regardant d'en bas la masse informe de son pantalon. C'était curieux, cette différence – elle ne pouvait s'empêcher d'y penser – la différence entre la jambe vulnérable, velue et finalement enfantine de l'homme réel, et ces bleus de travail informes. Le noyau, l'homme lui-même, paraissait si tendre, ce qui le recouvrait si raide et si coriace.

Il n'allait donc pas lui parler – pas un seul mot humain de reconnaissance ? Les hommes sont les êtres les plus curieux et irréels qui soient. En fin de compte, il s'était servi d'elle. Cette façon qu'il avait eue de presser sa main, doucement mais fermement, sur sa blessure, de lui prendre sa force jusqu'à ce qu'elle se sente faible et fragile. Et après cela, il allait réintégrer sa vilaine peau rude d'ouvrier, et la traiter comme une paire de marches, susceptibles de le lâcher ou de le soutenir, selon le cas. Debout, cramponnée aux marches, elle se sentait faible et au bord de la crise de nerfs. Il lui fallait rassembler ses forces et prendre sa revanche sur lui. Après tout, il avait absorbé sa force, alors c'était la moindre des choses qu'il la remercie et la traite en être humain.

Enfin, il cessa de taper et de clouer et se retourna.

« Vous avez fini ? dit-elle.

– Oui », grogna-t-il.

Prenant la bougie, il se mit à redescendre en clopinant. Arrivé en bas, il se pencha sur sa jambe pour tâter son bandage.

« Ça vous rappelle à l'ordre, dit-il comme si c'était la faute d'Alvina.

– Le bandage tient ? demanda-t-elle.

– Je crois, grommela-t-il.

– Vous ne le vérifiez pas ?

– Oh, ça va, dit-il en se tournant pour prendre ses outils. Je vais rentrer chez moi.

– Moi aussi », répondit-elle.

Elle prit la bougie et passa la première. Il se hâta d'enfiler sa veste et rassembla ses outils, pressé de partir. Elle lui fit face, tenant la bougie, tendit sa main vers lui et dit :

« Regardez ma main. » Elle était tachée de sang, ainsi que le poignet de sa robe de coton rayé noir et blanc.

« Vous êtes blessée ?

– Non, mais regardez. Regardez-moi ça ! » Elle montra les taches de sang sur sa robe.

« Ça partira au lavage, dit-il, alarmé.

– Oui, bien sûr. Mais pour l'instant, les taches sont là. Vous ne croyez pas que vous devriez me dire merci ? »

Il eut un mouvement de recul.

« Oui, dit-il. Je vous suis très reconnaissant.

– C'est tout ? »

Sans répondre, il la toisa.

« Nous devrions redescendre, dit-il. Les gens vont jaser. »

Brusquement, elle se mit à rire. Cela lui paraissait si comique. Se trouver dans une situation pareille ! Son rire secouait la chandelle. Non mais quelle façon de lui répondre, comme un petit automate ! Il était sérieux, très sérieux, quand il avait dit : « Les gens vont jaser ! » Dans l'escalier, elle continua à rire d'un rire essoufflé, précipité.

Calladine, le concierge, les attendait en bas. C'était un homme d'une cinquantaine d'années, grand et mince avec une moustache noire.

« Vous avez fini pour ce soir, l'un et l'autre ? » demanda-t-il avec un sourire qui répondait au rire encore palpitant d'Alvina.

« Eh bien, dites donc, vous avez deux belles marches pourries là haut ; il y a de quoi se tuer, grogna Arthur. Elles se sont effondrées. Encore heureux que je ne me sois pas cassé la jambe. Ça a bien failli.

– Elles se sont effondrées avec vous, hein ? dit Calladine, jovial. Ma foi, ça ne leur était jamais arrivé avec moi.

– Pourtant, voyez. Ma jambe l'a échappé belle.

– Par exemple ! Vous vous êtes fait mal ?

– Pardi ! Regardez... » Et il se mit à relever son pantalon. Mais Alvina, qui avait donné la bougie à Calladine, s'enfuit. Sa dernière vision avant son départ fut celle d'Arthur, penché sur sa maudite jambe, tandis que Calladine se courbait, abaissant la bougie.

Une fois rentrée chez elle, elle ôta sa robe et se nettoya en frottant fort, lava méthodiquement la manche tachée, très méthodiquement, puis jeta l'eau et rinça les cuvettes à l'eau fraîche avec soin. Après quoi, elle revêtit son habituelle robe noire, se coiffa et descendit.

Mais elle ne parvint pas à coudre, ni à se calmer. C'était samedi soir : son père avait ouvert le magasin et Miss Pinnegar, qui était allée à Knarborough, devait rentrer à neuf heures. Alvina entreprit de préparer le repas à la fortune du pot, avec du fromage, un œuf et du pain, pour faire une sorte de gâteau du pauvre. Ses yeux étaient écarquillés comme si elle s'amusait, et son visage frémissait d'une ironie teintée d'amertume.

« Je suis contente de vous voir, dit-elle à Miss Pinnegar lorsque celle-ci rentra. Le dîner est prêt. Je vais demander à mon père s'il va fermer le magasin. »

Bien entendu, James refusait de fermer, bien qu'il ne fît que gaspiller de la lumière. Il monta quelques instants pour prendre son dîner, repartant la bouche pleine dès qu'il entendait grelotter le timbre de la porte. Il tenait la jambe à ses clients le plus longtemps possible. Son goût pour la conversation avait dégénéré en passion convulsive pour le bavardage.

Les yeux dilatés, les sourcils levés, l'air diabolique et moqueur, Alvina regarda Miss Pinnegar, assise de l'autre côté de la table chichement garnie.

« J'ai pris ma décision à propos d'Albert Witham », annonça-t-elle. Miss Pinnegar la regarda.

« Et alors ? demanda-t-elle d'un ton réservé mais néanmoins tranchant.

– C'est terminé, dit Alvina avec un rire nerveux.

– Pourquoi ? Que s'est-il passé ?

– Rien. Je ne peux pas le souffrir.

– Comment cela ? Subitement ? demanda Miss Pinnegar.

– Ce n'est pas subit du tout, dit Alvina en riant. Pas du tout. Je ne peux pas le souffrir. Je n'ai jamais pu. Et je ne vais pas faire d'efforts. Voilà. C'est clair, non ? » Et elle se remit à rire, de son petit rire saccadé, se moquant à la fois d'elle-même, d'Arthur, d'Albert et de Miss Pinnegar.

« Ma foi, si vous êtes si sûre de vous..., dit Miss Pinnegar d'un ton assez mordant.

– J'en suis tout à fait sûre, répondit Alvina. Sûre et certaine.

– Les gens trop sûrs d'eux sont souvent ceux qui commettent le plus d'erreurs, déclara Miss Pinnegar.

– Je préfère mes propres erreurs au droit chemin de quelqu'un d'autre.

– Alors ne vous attendez pas à ce que quelqu'un paie pour elles.

– Si je m'y attendais, qu'est-ce que ça changerait ? » rétorqua Alvina.

Une fois couchée, elle regarda fixement les lumières projetées par le réverbère sur le mur. Elle réfléchissait activement : mais Dieu sait ce à quoi elle pensait. Elle affûtait le fil de sa mauvaise humeur en attendant le lendemain matin, où elle verrait Albert Witham. Elle voulait en finir avec lui. Il lui tardait de mettre un terme à tout contact entre eux. Pendant des heures, elle regarda le réverbère, l'œil mi-clos.

Le lendemain matin, elle n'alla pas au culte, mais resta chez elle pour préparer le déjeuner. Le soir, elle prit place dans le chœur. Sur le banc des Witham étaient assis Lottie et Albert. Arthur n'était pas là. Albert levait sans cesse les yeux. Alvina répugnait à le regarder, oui, elle y répugnait absolument. Cependant, de sa voix basse et douce de contralto, elle chanta les cantiques jusqu'à l'office du soir.

Protège-nous cette nuit, ô Seigneur
Garde-nous de toutes les peurs
Que les anges veillent sur notre sommeil
Sans trêve jusqu'au lever du soleil...

Tandis que s'élevait son contralto, que les suaves harmonies chargées d'émotion roulaient voluptueusement dans le temple, elle regardait par-dessus ses mains jointes le chapeau de Lottie. Elle ne supportait pas les chapeaux de Lottie. Ils avaient quelque chose d'agressif et de vulgaire. Et elle trouvait la nuque d'Albert, penchée pour la prière du soir, détestable à l'œil. Quel aspect mesquin, vulgaire ! Elle se souvint que celle d'Arthur, penchée pour les prières, ressemblait à cela. Comment se faisait-il qu'elle ne l'ait pas remarqué, ce côté insignifiant et vulgaire ? Comment avait-elle pu s'intéresser à Arthur ? Elle s'était ridiculisée, une fois de plus. Lui et sa malheureuse jambe. Le visage crispé, elle regarda autour d'elle, attendant que les fidèles redressent la tête et s'en aillent.

À la porte, Albert l'attendait. Il s'avança, ôta son chapeau et lança un : « Bonsoir ! » familier et souriant.

« Bonsoir, murmura-t-elle.

– Voilà une éternité que je ne vous ai vue, dit-il. Pourtant je vous ai cherchée partout. »

Il pleuvait légèrement. Elle ouvrit son parapluie.

« Venez donc faire une petite promenade. Il ne pleut pas beaucoup, dit-il.

– Non, je vous remercie, répondit-elle. Il faut que je rentre.

– Mais pourquoi ? Rien ne presse ! Nous irons jusqu'au pont de Beeby… Allez !

– Non, merci.

– Pourquoi ? Qu'est-ce qui vous fait dire non ?

– Je n'en ai pas envie. »

Il s'interrompit et la regarda. Une froideur vindicative et hautaine mêlée de rancœur apparut sur son visage.

« Vous voulez dire à cause de la pluie ?

– Non. J'espère que vous ne m'en voudrez pas. Mais je ne veux plus faire de promenades. Je ne veux pas m'engager à quoi que ce soit…

– Oh, pour ça ! dit-il en lui ôtant les mots de la bouche. Pourquoi cela vous engagerait-il à quelque chose ! » Il baissa les yeux vers elle en souriant.

Elle le regarda bien en face.

« De toute façon, je ne tiens plus à aller me promener, je vous remercie. Non, je ne veux plus », déclara-t-elle, le regardant droit dans les yeux.

« Plaît-il ? » Il se raidit.

« Je ne plaisante pas.

– Vous voilà bien catégorique ! » s'exclama-t-il avec une grimace railleuse. Se redressant de toute sa taille, il la toisa d'un œil insolent.

« Bonsoir », dit-elle. Son persiflage l'avait piquée au vif. Elle mit son parapluie entre eux et s'éloigna.

« Eh bien, bonsoir ! » lança-t-il au dos d'Alvina. Le ton persifleur cachait mal son impuissance.

Elle rentra chez elle toute tremblante. Mais elle éprouvait une satisfaction brûlante. Elle s'était débarrassée d'eux.

Plus tard, elle se demanda si elle n'avait pas été méchante avec lui. Mais c'en était fini, bien fini. *Et vogue la galère.*

CHAPITRE VI

L'ultime entreprise de Houghton

L'ennui avec cette galère, c'est qu'elle refusait de voguer. Elle restait là, à prendre l'eau, dans son port d'attache croupissant. À quoi bon s'offrir des humeurs fantasques et audacieuses d'ironie et d'indépendance si l'on devait les payer en moisissant au rancart ?

Alvina retomba dans l'humilité et la crainte : elle commença à ressentir les symptômes de la maladie cardiaque de sa mère. Jour après jour, mois après mois, saison après saison, le temps passait et elle trimait pour tenir Manchester House, faisait le ménage, courait la ville pour acheter les provisions, chantait à la chorale le dimanche, participait au diverses activités liées au temple, allait rendre visite à des amis, bavardait, riait, jouait aux cartes et à des jeux de société. Mais pendant tout ce temps, qu'y avait-il dans sa vie ? Pas grand-chose. Elle se fanait et montait en graine. Déjà dans sa vingt-huitième année, elle passait ses journées à trimer dans la maison ; son père devenait un petit vieux fragile, à l'humeur et à l'esprit encore très vifs, Miss Pinnegar grisonnait en vieillissant, et l'argent se faisait de plus en plus rare. Les perspectives d'avenir étaient sombres car un jour son père mourrait, le foyer se désagrégerait et il lui faudrait travailler pour vivre.

Une seule possibilité lui était offerte : le travail. Elle pourrait s'échiner à donner des leçons de piano comme Miss Frost ; ou trouver un poste subalterne d'infirmière ; ou encore devenir caissière dans un magasin. Il faudrait qu'elle se trouve une situation quelconque. Elle s'enfoncerait alors dans la routine de son travail, à l'instar de tant d'autres femmes, qui bavardaient et s'agitaient en attendant la vieillesse et la mort. Elle aurait « son indépendance », comme on dit. Mais une fois face à ce trésor qu'elle était contrainte d'accepter, était-il vraiment si curieux qu'elle le trouvât hideux ?

Travail ! Emploi ! Encore plus que contre les Witham, elle se révoltait contre un emploi. Albert Witham lui déplaisait – ou plus exactement, il était plus incongru que déplaisant. Elle était obsédée par l'impression qu'il lui parlait et lui souriait à travers la paroi de verre d'un aquarium, et qu'il se trouvait du côté rempli d'eau. Quant à savoir si elle pourrait jamais s'habituer à cet élément étrange et inhumain, comment le deviner ? En tout cas, ce serait une aventure, toujours préférable à un emploi. Elle se cabrait de toutes ses forces contre ce que représentait le mot *emploi*. Même les synonymes *situation* ou *travail* lui paraissaient détestables, insupportables. Elle ne voulait absolument pas travailler contre un salaire. C'était trop humiliant. Que pouvait-il y avoir de plus dégradant que d'accomplir une série de tâches précises jour après jour, pendant toute sa vie, afin de recevoir quelques shillings au bout de la semaine ? Honteux ! Une condition honteuse. La forme d'esclavage la plus vulgaire, la plus sordide et la plus humiliante : totalement mécanique ! Mieux valait, et de loin, être une véritable esclave, en contact avec tous les caprices, toutes les pulsions d'un être humain, plutôt que d'être assujettie à la routine mécanique du travail moderne.

Elle tremblait de rage, d'impuissance et de peur. Pendant des mois, ce lui fut un tourment de penser à Albert. Elle aurait pu l'épouser. Il aurait été un drôle d'animal, oui, un bien étrange animal. Mais ne valait-il pas mieux prendre le risque de plonger dans l'élément d'Albert que de se condamner à la routine d'un travail ? Il aurait été bizarre, inhumain. Mais en fin de compte cela eût été une expérience. D'une certaine façon, il lui plaisait. Il avait quelque chose d'étrange, d'intègre, qui lui plaisait. Ce n'était pas un menteur. Dans son domaine, il était honnête et direct. Et puis, il l'emmènerait en Afrique du Sud : un milieu entièrement différent. Et peut-être aurait-elle des enfants. Elle eut un petit frisson. Non. Non, pas ses enfants à lui. Il avait si bizarrement l'air d'un animal à sang froid. Oh, finalement, pourquoi pas ? Pourquoi ne pas avoir ses enfants pâles, bizarres, avec leur moitié de sang froid, comme des petits poissons auxquels elle aurait donné le jour ? Pourquoi pas ?

Tout était possible, et même souhaitable, une fois qu'on en percevait l'étrangeté. Une fois qu'elle parviendrait à franchir la paroi de l'aquarium ! Une fois qu'elle parviendrait à l'embrasser !

Aussi lui était-il insupportable d'entendre Miss Pinnegar ramener sans cesse le sujet sur le tapis. « Je n'arrive pas à comprendre pourquoi vous avez pris Mr. Witham tellement en grippe.

– Comprend-on jamais ces choses-là ? Je ne comprends pas pourquoi je déteste le tapioca et l'arrow-root, mais c'est un fait.

– Ça n'a rien à voir, répliqua sèchement Miss Pinnegar.

– Ce n'est pas plus compréhensible.

– Parce qu'on n'a pas besoin de le comprendre.

– Et on a besoin de comprendre pourquoi j'ai pris Mr. Witham en grippe ?

– Certainement. Je ne vois pas ce que vous lui reprochez », dit Miss Pinnegar.

Alvina sortit sans répondre. Cette conversation eut lieu quelques mois après qu'elle eut repoussé Albert. Il était reparti à Oxford et ne reviendrait pas à Woodhouse avant Noël. Entre Alvina et les Witham de Woodhouse, il y avait un froid sensible. Ils ne la regardaient jamais, et elle non plus.

Néanmoins, à mesure que Noël approchait, Alvina s'efforça de réchauffer ses sentiments. Peut-être se réconcilierait-elle avec lui. Elle irait vers lui et lui sourirait. Elle se jetterait à l'eau une fois pour toutes – l'embrasserait, l'épouserait, et porterait les petits hybrides, ses enfants. À force, elle se mit dans un état d'attente presque fébrile.

Mais le premier soir où elle le vit au temple, assis, le dos raide, l'œil fixé droit devant lui, ignorant tout ce qui l'entourait pour regarder Dieu sait quoi – comme le font les poissons –, son inhumanité lui sauta aux yeux à nouveau, arrêtant net tous ses fantasmes. Il regardait fixement devant lui, érigeant un mur d'oubli catégorique entre elle et lui. Elle trembla et s'inclina devant l'évidence.

Mais après Noël, elle n'avait plus pour perspective qu'un désert. Alors, elle parut se ratatiner, oui, se ratatiner purement et simplement.

« Avez-vous parlé à Mr. Witham ? demanda Miss Pinnegar.

– Il ne m'a pas adressé la parole.

– À moi, il a adressé un coup de chapeau.

– C'est vous qui auriez dû l'épouser, Miss Pinnegar, dit Alvina. Il aurait été parfait pour vous. » Et elle partit d'un rire narquois.

« Ce n'est pas à vous de vous soucier de mon avenir », rétorqua Miss Pinnegar.

Après cela, elle fut longue à pardonner à Alvina et à lui rendre son amitié. Peut-être ne lui eût-elle jamais pardonné si elle ne l'avait trouvée en train de verser des larmes amères dans le salon abandonné de sa mère.

Jusqu'ici, l'histoire d'Alvina est banale. C'est plus ou moins celle de milliers de jeunes filles. Elles trouvent toutes du travail. D'ordinaire, c'est la panacée. Et si nous avions affaire à une jeune fille ordinaire, nous devrions poursuivre le récit bien terne et anodin de ses longues années de labeur ; ou, au mieux, de son mariage avec un instituteur ou un gratte-papier bien terne.

Mais nous affirmons qu'Alvina n'est pas ordinaire. À personnalités ordinaires, destin ordinaire. Mais à personnalités extraordinaires, destin extraordinaire. Le schéma égalitaire moderne ne convient absolument pas aux individus extraordinaires. Il les éteint ou les rejette dans la marge.

Nous en avons assez entendu, des histoires sur les gens ordinaires. Sans doute le duc de Clarence a-t-il trouvé le malvoisie bien écœurant lorsqu'il s'est étouffé, a viré au violet et s'est asphyxié dans un tonneau de ce vin[1]. Or les gens ordinaires ne sont pas du malvoisie. De l'eau du robinet, simplement. Quant à nous, si souvent trempés, submergés et presque noyés dans des flots perpétuels de l'ordinaire, nous finissons par trouver que l'eau du robinet est un bien détestable liquide. Une boisson insipide que nous détestons. Nous avons en horreur les gens ordinaires. Ils menacent notre vie, et notre âme aussi, car ils nous condamnent, tous autant que nous sommes, à l'ordinaire. Chaque être devrait par nature avoir ses côtés extraordinaires. Mais de nos jours, il faut les chercher au microscope, tant ils sont usés par la friction régulière et mécanique de notre train-train quotidien.

Il n'y avait point de salut pour Alvina dans l'ordinaire. Tout éventuel secours devait venir de l'extraordinaire. Voilà pourquoi elle se trouvait sur la corde raide. Voilà pourquoi elle éprouvait

1. Allusion à la scène de *Richard III* où le duc de Clarence est poignardé puis noyé dans un tonneau de malvoisie. (Shakespeare, *Richard III*, I, IV.)

une crainte et une humiliation amères en s'échinant à des tâches viles à Manchester House, en évitant de son mieux d'être vue. Les hommes sont capables d'aspirer le suc enivrant de l'outrecuidance en suçant l'herbe amère de l'échec, et les victimes des pires fiascos sont en général les plus vaniteux, ce qui était le cas de James Houghton. Mais pour une femme, l'échec est une autre affaire. Pour elle, cela signifie l'incapacité de vivre, d'établir sa propre vie à la face de la terre. Ce qui est une humiliation, l'humiliation suprême.

Et les années se succédaient, insidieuses. Chacune décrivait une nouvelle boucle, un lourd nœud coulant qui se resserrait. Alvina avait laissé derrière elle sa vingt-sixième année, sa vingt-septième, sa vingt-huitième et même sa vingt-neuvième. Elle avait entamé sa trentième. Cela devrait prêter à rire, mais ce n'est pas le cas.

Ach, schon zwanzig
Ach, schon zwanzig
Immer noch durch's Leben tanz'ich
Jeder, Jeder will mich küssen
Mir das Leben zu versüssen.

Ach, schon dreissig
Ach, schon dreissig
Immer Mädche, Mädchen heiss'ich.
Im dem Zopf schon graue Härchen
Ach, wie schnell vergehn die Järchen.

Ach, schon vierzig
Ach, schon vierzig
Und noch immer Keiner find ,sich
Im Gesicht schon graue Flecken
Ach, das muss im Spiegel stecken.

Ach, schon fünfzig
Ach, schon fünfzig
Und noch immer Keiner find ,sich
Soll ich mich mit Bändern zieren
Soll ich einen Schleier führen?

Dann heisst's, die Alte putz sich,
Sie ist fu'fzig, sie ist fu'fzig[1].

Et c'était vrai que dans la douce natte châtain d'Alvina, on commençait à voir des cheveux gris. Vrai aussi qu'elle préférait être considérée comme une jeune fille. Et les années au pas lent, qui allaient pesamment, s'accumulaient sans bruit, mais sûrement.

Cependant, nous n'allons pas aller jusqu'à la chute ennuyeuse et fatale de notre chanson. Vraisemblablement, l'héroïne ordinaire et célibataire est censée aujourd'hui mourir à la cinquantaine. La longévité des héroïnes de romans d'autrefois lui est interdite. Que notre chanson lui suffise.

James Houghton avait encore du ressort, et un dernier projet dans son sac. En regardant le monde qui changeait, il était surtout fasciné par les nouveautés populaires. La Patinoire, comme un autre Charybde, avait failli l'attirer dans son tourbillon au moment où il s'écartait péniblement des écueils de Tord-le-sou. Mais il y avait échappé, et pendant trois ans, était resté anonymement au port, tel un frêle esquif parvenu en bout de course; il vendait ses dernières babioles, et faisait quelques petites tentatives pour écouler des coupons et des fins de séries. Miss Pinnegar le croyait calmé pour de bon.

Hélas, à son club décadent, miteux et minable, il rencontra une nouvelle tentation, sous la forme d'un homme replet qui avait travaillé comme agent de music-hall, en quelque sorte. Il avait organisé

1. Chanson allemande de la fin du dix-neuvième siècle :

Ah, déjà vingt ans
Ah, déjà vingt ans
Je traverse encore la vie en dansant
Tout le monde, tout le monde veut
[m'embrasser
Pour me rendre la vie plus suave.

Ah, déjà trente ans
Ah, déjà trente ans
On m'appelle toujours jeune fille, jeune
[fille,
J'ai cinq cheveux gris dans ma natte
Ah, que les ans passent vite.

Ah, déjà quarante ans
Ah, déjà quarante ans
Et toujours personne à l'horizon
Les taches grises sur mon visage
Sont sans doute l'effet du miroir.

Ah, déjà cinquante ans
Ah, déjà cinquante ans
Et toujours pas d'amateur ;
Devrais-je me mettre des rubans
Devrais-je porter un voile ?
Mais alors on dirait : « La vieille fille se
[pomponne
Elle a cinquante ans, elle a cinquante ans.»

de petits spectacles dans de petites villes et était allé en Amérique, au Far-West, pour y donner des séances de variétés. Il était revenu en Angleterre, où il avait laissé sa femme et sa fille, mais sans reprendre la vie de famille. Il se trouvait toujours à cent cinquante kilomètres de sa femme. Pour l'heure, il s'était plus ou moins échoué à Woodhouse, après avoir failli prendre la direction d'un music-hall des Potteries[1] et s'y fixer. Il avait ensuite presque fait affaire dans un endroit semblable à Ickley, dans le Derbyshire ; il avait écrémé toutes les petites villes industrielles et minières, à la recherche d'un music-hall quelconque ou d'un spectacle susceptible de lui rapporter quelque chose. Et maintenant, presque à sec, il se retrouvait à Woodhouse.

La ville avait déjà un cinéma, le célèbre Empire, dirigé par Jordan, l'entrepreneur et peintre, un homme rusé qui avait réussi de façon fort inattendue. Dans la jeunesse de James, Jordan était un obscur illettré. Maintenant, il roulait en voiture et quand ses yeux noirs aux paupières lourdes se posaient sur James, devenu un vieillard branlant, ils exprimaient un mépris sardonique. A.W. Jordan était un homme corpulent, à la santé fragile mais aussi un silencieux et un coriace.

« J'ai laissé passer une occasion, là, dit James, frémissant. J'ai laissé passer une occasion exceptionnelle. J'aurais dû être le premier à ouvrir un cinéma. »

Il avoua ce regret à Mr. May, l'étranger qui cherchait à louer ses services comme régisseur de spectacle. Mr. May était un homme rondouillard dont le visage rose et gras ainsi que les yeux bleu pâle attiraient malgré tout l'attention. Il savait tenir sa langue, aussi mit-il la réflexion de James dans sa poche et son mouchoir par-dessus. Non qu'il utilisât souvent un mouchoir. C'était plutôt son paquet de cigarettes qui se trouvait là. Mais il enregistra l'aveu de James comme un renseignement dont il pourrait faire son profit.

Mr. May avait un esprit vif, certes, mais terre à terre et sans fantaisie. Il n'était pas venu à Woodhouse pour regarder l'Empire de Jordan, mais le bâtiment provisoire en bois qui se dressait sur le vieux marché aux bestiaux, le « Cinématographe et théâtre de variétés de Wright ». Chez Wright, on n'offrait pas de spectacles de

1. Région du Staffordshire où se combinent la métallurgie et l'industrie de la porcelaine et de la faïence.

première qualité comme à l'Empire de Woodhouse. Mais l'endroit était toujours bondé de mineurs et d'ouvrières. Hélas, il était exclu que Mr. May puisse prendre sa petite part du gâteau : l'affaire de Wright était familiale. Elle comprenait Mr. et Mrs. Wright, un fils et deux filles avec leur mari : une affaire familiale à l'ancienne aux capitaux bloqués. Mais c'était bien le genre de spectacle qu'affectionnait Mr. May, avec des films entre les numéros. Le cinématographe n'était qu'un élément du programme parmi d'autres, plus passionnants aux yeux de Mr. May : prestidigitateurs, chansons populaires, farces de cinq minutes, oiseaux savants et numéros comiques. Mr. May était trop humain pour croire qu'un spectacle devait se composer exclusivement d'un film dont le clignotement hésitant vous arrachait les yeux.

Il commençait à se sentir vraiment déprimé de ne trouver aucune ouverture. Il avait sa famille à entretenir, et si son honnêteté était elle aussi sous le signe de la variété, il avait cependant très mauvaise conscience à propos de sa fille et de sa femme. De son long séjour en Amérique, il était revenu avec des qualités américaines, notamment une forme d'innocence personnelle un peu lourde, alliée à une indélicatesse aussi naturelle que facile dans « les affaires ». Étrangement sensible aux choses matérielles, il aimait être tiré à quatre épingles, avoir du linge immaculé et un visage rasé de si près qu'on eût dit celui d'un chérubin. Hélas, ses vêtements étaient à présent si démodés que leur élégance assez coûteuse le desservait un peu, bien qu'ils eussent l'air sortis soigneusement de leur carton le matin même. Ses petits chapeaux de feutre relevaient encore leurs bords avec insolence au-dessus de son visage rond et rose. Mais il avait un regard lugubre, comme s'il était convaincu de ne pas mériter une telle guigne, et ses yeux étaient soulignés de rides chagrines.

Ainsi donc, dans sa chambre du Moon and Stars, la meilleure auberge de Woodhouse (car il se devait de descendre dans un bon hôtel), Mr. May examina lugubrement sa situation. Il n'y avait rien, ou si peu, à attendre de Woodhouse. Il lui fallait aller à Alfreton. Y trouverait-il quelque chose ? Ah, où donc dans ce monde détestable y avait-il un refuge pour un homme écrasé de responsabilités, un homme qui ne demandait qu'à faire de son mieux, mais ne se voyait offrir aucun débouché ? En descendant du Pullman où il avait voyagé, Mr. May était allé tout droit au meilleur hôtel de la ville, comme n'importe quel autre Américain aisé… en Amérique.

Tout cela avec panache. Seulement, dans cette Angleterre sordide où tout respirait la lésine, il voyait s'éculer ses talons de chaussures et craignait de se retrouver sans avoir de quoi prendre un billet de train. S'il devait déménager à la cloche de bois, ce serait la faute du monde. Il lui fallait bien vivre. Mais il était obligé de garder de quoi aller à Birmingham. Il disait toujours que sa femme était à Londres. Par ailleurs, il allait toujours poster ses lettres à un kilomètre et demi à pied, à Lumley. Il était passé maître en l'art du faux-fuyant.

Il retourna donc à Lumley pour mettre son courrier à la boîte. Et en regardant Lumley, il se dit que c'était vraiment un bled perdu, un immonde trou à rats. Une route tout en longueur suivait la vallée, couverte de poussière et d'éclaboussures grises issues de l'usine de poterie, tandis que de grosses cheminées crachaient une fumée noire juste à côté de la route principale. Celle-ci était coupée par une autre en haut de laquelle se dressait le bâtiment noir et rouillé d'une fonderie. Un peu plus loin se trouvait l'embranchement de la voie ferrée, et au-delà, d'autres maisons qui s'étalaient jusqu'à Hathersedge, où les usines de bonneterie travaillaient à plein rendement. Comparé à Lumley, Woodhouse, dont on voyait le clocher s'élever avec une fierté vulgaire sur une éminence, au-dessus des arbres et des prairies en pente, était un havre idyllique.

Mr. May entra dans l'hôtel Derby pour y boire un petit whisky. Et naturellement, il se mit à bavarder.

« Lumley est un endroit bien tranquille, semble-t-il, déclara-t-il de sa voix étrangement raffinée d'homme du spectacle. Vous n'avez rien du tout comme distraction ?

– Tout le monde va à Woodhouse, ou sinon à Hathersedge.

– Mais vous ne pourriez pas vous offrir un endroit à vous, qui pourrait faire concurrence aux Variétés de Wright ?

– Ah, ça, peut-être bien, si quelqu'un s'y attelait. »

Voilà comment fut inoculée à James l'idée d'ouvrir un cinéma sur le territoire vierge de Lumley. Il n'en souffla mot aux femmes. Mais du jour où Mr. May aborda le sujet, ce fut un autre homme. Il frétilla comme un gamin. On eût dit qu'il venait de lui pousser des ailes.

« Descendons voir le site, dit Mr. May. Ne vous engagez à rien, ne dites rien qui risque de vous compromettre. Vous cherchez juste un site. »

Ainsi donc, le lendemain matin, ce couple curieusement assorti descendit à Lumley. James n'en imposait guère, avec son manteau noir, son pantalon gris foncé et sa casquette grise bon marché. Il allait, courbé en avant, trottinant à toute vitesse comme s'il avait le destin à ses trousses. Son visage mince était encore beau. Curieusement, sa casquette ordinaire accentuait encore son air de gentleman, tant elle était incongrue. Mais l'effet était là. En marchant, il jetait des coups d'œil de-ci de-là et saluait tout le monde.

À son côté, un peu boudiné dans ses vêtements, le jabot sorti, la tête en arrière, avançait Mr. May, impeccable. Il faisait penser à un petit oiseau arrogant. Son costume anthracite lui allait parfaitement, à ceci près qu'il le bridait peut-être un peu. La veste et le gilet étaient gansés d'une soie de la même teinte que le lainage. Son col mou, immaculé, était barré par une rayure sombre assortie à celles de la chemise. Les talons de ses bottines noires surmontées de courtes guêtres de daim gris étaient très légèrement éculés. Coiffé d'un chapeau gris foncé insolent, il avait une mise impeccable, quoique légèrement démodée. Son visage tout rose, malgré des cernes bilieux sous les yeux, paraissait dans le coup, même si ledit coup était mauvais.

Chemin faisant, les deux hommes devisaient agréablement, James penché en avant, Mr. May en arrière. Ce dernier avait pris le ton de l'homme averti et raffiné.

« Bien sssûr, disait-il – il utilisait l'expression très souvent, en accentuant l'attaque sifflante du second mot –, bien sssûr, c'est un endroit repoussant, re-pous-sant ! Je n'ai jamais vu pire au cours de tous mes déplacements, je vous l'asssure. Mais enfin, là n'est pas la question... »

Il étendit ses mains potelées au bout de ses manchettes immaculées.

« Non, en effet. Pas le moins du monde. Là n'est pas la question. Ce que nous voulons..., commença James.

– C'est un public, bien sssûr ! Et nous l'aurons. Nous sommes en territoire vierge !

– Oui, en effet. Intact ! Un marché inexploité.

– Un marché inexploité », répéta Mr. May, confirmant ces dires, avec un soupçon de sourire, pourtant. « Nous avons vraiment de la chance.

– Mais il faut qu'il soit bien géré, dit James. Bien géré !

– Oh, mais bien sssûr ! Il n'y a pas de raison.

– Nous nous débrouillerons, c'est sûr, nous nous débrouillerons, répliqua vivement James d'une voix un peu rauque.

– Sans aucun doute. Seigneur, si nous ne sommes pas capables d'obtenir un public à Lumley, alors c'est à désespérer!

– Et pour nous indiquer les goûts de ce public, nous pouvons voir ce que propose Wright, dit James. Et Jordan. Et nous n'avons qu'à aller à Hathersedge, à Knarborough et à Alfreton – avant de commencer, j'entends...

– Ma foi, bien sssûr, si vous estimez que c'est nécessaire. Je ferai tout cela pour vous. Et puis je parlerai moi-même aux régisseurs et aux artistes, en me faisant passer pour un journaliste. J'ai fait pas mal de journalisme, et rien de plus facile que de se procurer des cartes de divers journaux.

– Oui, c'est une idée intéressante. Comme si vous alliez écrire un compte rendu dans les journaux. Excellent!

– Et tout simple. On récolte toutes les informations dont on a besoin.

– Absolument, absolument», dit James.

Et voilà nos deux héros partis flairer les coins sordides de Lumley, les arrières des maisons, les prairies en friche et les endroits marécageux. Ils trouvèrent un coin désert où stationnaient deux roulottes. Une femme épluchait des pommes de terre, assise sur la première marche de sa roulotte. Une petite métisse arriva, portant une grande cruche d'eau en émail bleu pâle. À l'arrière, on voyait deux baraques de foire couvertes de toile de couleur, d'où venaient des coups de marteau.

«Bonjour! dit Mr. May, qui s'arrêta devant la femme. Ce n'est pas l'époque de la foire, si?

– Non, ce n'est pas la foire, répondit la femme.

– Je vois. Vous êtes tout seuls. Ça va comme vous voulez?

– Pas mal, dit la femme.

– Pas plus? Désolé. Au revoir.»

En faisant le tour des lieux, l'œil rapide de Mr. May avait repéré un Noir sorti de sous la toile couvrant l'une des baraques. Maigre, l'homme paraissait jeune, mais assez fragile, et il boitait. De visage, il ressemblait beaucoup au négrillon du tableau de Watteau, pathétique, pensif et crispé par le froid du nord. En un instant, Mr. May comprit tout : l'homme était le mari; ils étaient venus s'installer dans la région, et le stand qu'ils clouaient abriterait un jeu d'anneaux. L'autre, un jeu de massacre. En bon Américain immédiatement révulsé par la présence d'un Noir, Mr. May s'éloigna avec James.

Ils découvrirent que la femme était native de Lumley, qu'elle avait deux enfants, et que le Noir était un homme très tranquille et respectable, mais que la famille vivait en vase clos et ne frayait pas avec les habitants.

« Encore heureux ! » dit Mr. May, que la simple idée choquait.

Puis il se mit en devoir de découvrir depuis combien de temps ils s'étaient installés à cet endroit, combien de temps ils resteraient – seulement une semaine avant de partir à la foire d'Alfreton – qui était le propriétaire du terrain – Mr. Bows, le boucher. – Ah ! Et à quoi servait-il, ce terrain ? – Oh, c'était un terrain à bâtir. Mais il n'était pas très solide pour des fondations.

« Idéal ! La chance est avec nous ! » s'écria Mr. May, retrouvant son entrain dès qu'ils furent dans la rue. Mais sa jovialité et son assurance crâne lui coûtaient beaucoup. Son whisky de onze heures, son remontant, lui manquait terriblement – terriblement ! Il n'osait pas l'avouer à James qui, il le savait, ne buvait jamais d'alcool. Aussi remonta-t-il à pied et à jeun jusqu'à Woodhouse. Au terme de sa pénible marche, il s'effondra avec un long soupir d'épuisement dans le bar privé du Moon and Stars. Il plissa son nez court, offusqué par l'odeur de l'endroit. Cette bière écœurante que buvaient les mineurs ! Oh, qu'il était fatigué ! Il s'adossa à son siège, un whisky à la main, et fixa devant lui un regard découragé. Les rides sous ses yeux paraissaient encore plus chagrines. Il avait l'impression d'être poursuivi par la guigne, ce qui l'irritait.

Malgré tout, il ressortit avec le même entrain délibéré pour son rendez-vous suivant avec James. Il n'avait pas encore abordé les aspects financiers. Quand pourrait-il obtenir une avance de James ? Il fallait qu'il se dépêche de soulever la question. Il brossa soigneusement ses boucles brunes et serrées devant le miroir. Comme ses tempes étaient grises ! Quoi d'étonnant, d'ailleurs, avec une vie pareille ! Il était en bras de chemise. Son gilet, au dos de satin gris, lui collait au corps. Il s'était étoffé, sans toutefois prendre de ventre. Pas le moindre. Il se regarda de profil, redoutant de se découvrir plus mince. C'était l'un de ces hommes qui se tiennent à la façon des oiseaux, avec une cambrure insolente. Comme le satin de son gilet avait bien tenu ! Il regarda ses manchettes. Elles s'usaient.

Heureusement, lorsqu'il s'était commandé des chemises, il avait pris assez de tissu pour pouvoir faire changer les poignets et les bandes d'encolure. Il enfila son manteau, d'où il ôta une minuscule poussière, puis se prépara à sortir pour son rendez-vous avec James sur la question de l'avance. Il fallait absolument qu'il en obtienne une.

Mais ce jour-là, il n'y parvint pas. Le lendemain matin, à six heures, il sonnait pour son thé. Et avant dix heures, il avait déjà fait l'aller et retour de Lumley au pas de course, parlé à Mr. Bows du terrain et, surmontant sa répugnance, discuté avec le Noir triste, frêle et silencieux, au sujet de la foire d'Alfreton, et de la possibilité d'acheter un bâtiment démontable pour y installer son cinématographe.

Fort de toutes ces nouvelles, il rencontra James, non pas dans le club miteux, mais dans la salle déserte du Hall des artisans, ainsi nommée bien qu'on n'y vît jamais un seul artisan, mais seulement des hommes du même monde que James. Mr. May et James prirent un échiquier et firent semblant de commencer une partie. Mais leur conversation fut aussi rapide que discrète.

Mr. May annonça à James ce qu'il avait découvert. Puis il hasarda : « Ne faudrait-il pas songer à l'aspect financier à présent ? Si nous cherchons une construction » – curieusement, il utilisait toujours ce mot-là – « il faut savoir ce que nous allons dépenser.

– Oui, oui. Ma foi... », dit James d'un air vague, jetant un coup d'œil inquiet à Mr. May, qui pinçait distraitement son cavalier noir.

« Vous comprenez, en ce moment, je n'ai pas de fonds à présenter en liquide. Je suis sûr que d'ici peu, si besoin est, je pourrai trouver quelques centaines de livres. J'attends des rentrées de divers côtés. Mais il est si difficile de rassembler des fonds, surtout s'ils viennent d'Amérique. » Il leva ses yeux bleus vers James Houghton. « Bien entendu, nous pouvons remettre à plus tard, au moment où je recevrai mon argent. Ou je peux agir en tant que régisseur, vous pouvez m'employer... »

Il observa le visage de James. Lequel regarda l'échiquier. Il frétillait d'impatience. Il ne voulait pas de partenaire. Il tenait à être seul dans cette affaire. Il avait horreur des partenaires.

« Vous seriez disposé à devenir régisseur, avec un salaire fixe ? » demanda James d'une voix rauque et précipitée, tout en frottant lentement ses doigts fins qu'il avait croisés.

« Ah, mais très volontiers, si vous me donnez l'option de devenir votre associé plus tard, et si nous sommes d'accord sur les conditions. »

Ceci ne plut guère à James.

« Quelles conditions avez-vous en tête ? demanda-t-il.

– Oh, peu importe pour l'instant. Supposons, toujours pour l'instant, que je m'engage à devenir votre régisseur, à un salaire de, disons... de combien, à votre avis ?

– Un salaire hebdomadaire ? demanda James, avide de précision.

– Ne vaudrait-il pas plutôt mieux le prévoir mensuel ? »

Les deux hommes se regardèrent.

« Avec un mois de préavis de part et d'autre ? poursuivit Mr. May.

– Combien ? » demanda James, assailli par la cupidité.

Mr. May étudia ses mains soignées.

« Mon Dieu, je ne vois pas comment je pourrais m'en sortir à moins de vingt livres par mois. Bien sssûr, c'est une somme ridicule. En Amérique, je n'acceptais rien à moins de trois cents dollars par mois, et encore, c'était le minimum. Il est vrai que l'Angleterre n'est pas l'Amérique, hélas. »

Mais James secouait la tête avec une vigueur qui la faisait vibrer.

« Impossible ! répondit-il, en négociateur avisé. Impossible ! Vingt livres par mois ? Impossible. Je ne pourrais pas. Je ne peux pas envisager une somme pareille !

– Alors combien ? Dites ce que vous pouvez envisager », répliqua Mr. May, aussi contrarié de se voir opposer les hochements de tête avisés de ce provincial gâteux que d'avoir cédé aussi vite et aussi servilement.

« Je ne peux pas vous offrir plus de dix livres par mois, déclara James, catégorique.

– Quoi ! s'égosilla Mr. May. Et comment voulez-vous que je vive ? Comment vivra ma femme ?

– Il faut bien que l'opération me rapporte, dit James. Si je veux qu'elle me rapporte, il faut que je réduise les coûts au départ.

– Non, au contraire. C'est au début qu'il faut être prêt à investir. Si au départ, vous regardez à la dépense, vous n'arriverez nulle part. Dix livres par mois ! Mais c'est impossible ! Dix livres par mois ! Comment voulez-vous que je vive ? »

James continuait à branler la tête en signe de refus. Les deux hommes ne parvinrent donc pas à un accord ce matin-là. Mr. May rentra chez lui plus malade et plus las que jamais, et avala son whisky, l'humeur chagrine. Mais l'esprit combatif de James s'était réveillé.

Le pauvre Mr. May dut rassembler ses esprits et ses forces pour le rendez-vous suivant. Il avait décidé qu'il devait obtenir un pourcentage par un autre biais. Il envisagea toutes les stratégies connues. Il accepterait les dix livres, mais honnêtement, avait-on jamais entendu proposition plus ridicule ! Dix livres ! Le sale vieux grigou, avare comme une sale harpie ! Il les accepterait, les dix livres, mais il prendrait sa revanche.

Il descendit une fois de plus pour discuter avec le Noir, lui poser des questions sur certains tréteaux de bois, avec des cloisons et un toit : un vieux théâtre ambulant fermé, qui se trouvait sur le pré communal de Severhay, mais serait susceptible de se vendre. Il retourna faire le siège de Mr. Bows. Il écrivit des lettres et rédigea des messages. Et le lendemain matin à huit heures, il était déjà en chemin pour Severhay : le pauvre homme fit à pied les onze mornes kilomètres qui l'en séparaient, chaussé de ses bottines un peu trop étroites, traversant un pays autrefois très beau mais aujourd'hui défiguré par la prolifération des villages miniers ; il gravit des collines interminables et en descendit d'autres ; il demanda son chemin à des péquenauds mal léchés ; enfin, il arriva au pré communal, qui n'en était pas un du tout, mais une sorte de village encore plus déprimant que les autres : nu, haut perché, impitoyablement exposé au ciel et à la vue de tous.

C'est alors qu'il vit le théâtre de bois. Sordide et décrépit, il était peint en rouge foncé et constellé d'étroites annonces déchiquetées, collées en tous sens. L'herbe poussait haut sur ses flancs de bois. Pourvu qu'il ne soit pas pourri ! Mr. May s'accroupit, tapota le bois et y enfonça son canif jusqu'à ce qu'un gardien de la paix coiffé d'un casque haut comme une cruche descende de sa bicyclette en l'apercevant et s'approche furtivement dans l'herbe en poussant ladite bicyclette. Il fit sursauter le pauvre Mr. May, qui faillit en avoir une attaque d'apoplexie, en entendant une voix sonore demander :

« Qu'est-ce que vous fabriquez ? »

Mr. May se redressa, le visage empourpré et les veines saillantes, son canif à la main.

« Oh, bonjour ! » dit-il. Il tira sur son gilet et regarda le grand escogriffe et la bicyclette étincelante. « Je regardais cette vieille construction en me demandant si je ne pourrais pas l'acheter. Mais je crois bien qu'elle commence à pourrir à la base.

– M'étonne pas, dit le gardien de la paix d'un ton soupçonneux, regardant Mr. May refermer son canif.

– Malheureusement, ça la rend inutilisable pour ce que j'avais en tête », dit Mr. May.

Le bonhomme ne daigna pas répondre.

« Pourriez-vous me dire quand même où me renseigner ? » Mr. May prit son ton d'homme du monde le plus affable. Mais le gardien de la paix continua à l'examiner de la tête aux pieds comme un spécimen étonnant et inconnu dans l'univers des gens honnêtes et normaux.

« Comment ça, vous renseigner ? s'enquit-il.

– Pour savoir où je pourrais l'acheter », dit Mr. May, un peu irrité. Il dut faire un gros effort pour conserver ses manières franches et cordiales d'homme à homme.

« Sont pas là, dit l'autre.

– Ah bon ? Et où sont ces personnes ? Qui sont-elles ? »

L'homme le regarda d'un air plus soupçonneux que jamais.

« Cowlard, ils s'appellent. Y vivent à Offerton quand y sont pas en voyage.

– Cowlard... je vous remercie. » Mr. May sortit son calepin. « C-O-W-L-A-R-D. C'est bien ça ? Et leur adresse, s'il vous plaît ?

– Je connais pas la rue. Mais on vous dira ça aux Three Bells. C'est chez la sœur de la dame.

– Aux Three Bells. Je vous remercie. Vous avez dit à Offerton ?

– Oui.

– Offerton. Et où est-ce ?

– À douze kilomètres environ.

– Ah bon ? Et comment fait-on pour y aller ?

– Vous pouvez y aller à pied. Ou prendre le train.

– Ah oui ? Il y a une gare ?

– Une gare ! » L'homme le regarda comme s'il avait affaire à un criminel ou à un débile.

« Oui. Il y a une gare ?

– Mmoui... c'est la plus grande après Chesterfield. »

Brusquement, la lumière se fit dans l'esprit de Mr. May.

« Oh, s'exclama-t-il. Vous voulez dire Alfreton…

– Ben oui, Alfreton. » Le gardien de la paix avait maintenant la conviction de s'adresser à un suspect. Mais heureusement, il ne cherchait pas à faire du zèle et à grimper dans la hiérarchie policière. Il se trouvait beaucoup plus en sécurité tout en bas de l'échelle.

« Et comment fait-on pour aller à la gare d'ici ? demanda Mr. May.

– Vous voulez aller à Pinxon ou à Bull'ill ?

– Pinxon ou Bull'ill ?

– Y a deux gares, dit l'homme.

– Pour aller à Severhay ? demanda Mr. May.

– Oui, les deux y vont.

– Et laquelle est la plus commode ?

– Ça dépend du train. Des fois, faut attendre une heure ou deux…

– Vous ne connaissez pas les heures des trains, par hasard ?

– Y en a un dans l'après-midi, mais je sais pas s'il serait pas déjà parti d'ici que vous arriviez là bas.

– Où cela ?

– À Bull'il.

– Oh, Bull'ill. Ma foi, je vais peut-être essayer. Voulez-vous m'indiquer le chemin ? »

Lorsque, après une heure de marche pénible, Mr. May arriva à la gare de Bulwell et qu'il apprit qu'il n'y avait pas de train avant six heures du soir, il eut le sentiment qu'il gagnait chaque centime du salaire que lui verserait Mr. Houghton.

Alvina et Miss Pinnegar n'eurent vent de la nouvelle entreprise de James que lorsqu'il annonça qu'il avait loué le magasin à Marsden, l'épicier d'à côté. Marsden avait accepté de prendre le local de James au même prix que celui qu'il occupait déjà, et de se charger lui-même de toutes les transformations et installations. C'était une grande nouvelle pour James : il n'aurait pas à débourser un sou et le loyer serait un profit net.

« Mais quand ? s'écria Miss Pinnegar.

– Il prend possession des lieux le premier octobre.

– Ma foi, c'est une bonne idée, dit Miss Pinnegar. Le magasin ne rapporte rien.

– C'est tout à fait vrai, dit James en se frottant les mains, signe de satisfaction et d'enthousiasme exceptionnels.

– Après ça, vous prendrez votre retraite et mènerez une vie tranquille, dit Miss Pinnegar.

– Je verrai », répondit James. Et sur ces mots fatals, il s'éloigna d'un pas léger pour retrouver Mr. May.

James approchait maintenant des soixante-dix ans. Pourtant, il circulait avec la légèreté d'une feuille dans le vent. À ceci près que la feuille était fragile.

« Papa nous mijote quelque chose, annonça Alvina en manière d'avertissement

– Je le crois aussi, répondit Miss Pinnegar, pensive. Je me demande ce que ça peut bien être.

– Allez savoir, dit Alvina en riant. Mais j'imagine que c'est une abomination, sinon il nous en aurait parlé.

– Oui, reprit lentement Miss Pinnegar, sans doute. Je me demande ce que ça peut bien être.

– Je n'en ai aucune idée », dit Alvina.

Les deux femmes menaient une vie si retirée qu'elles ne savaient rien des petites visites de James à Lumley. Elles attendirent donc le retour de leur homme pour le déjeuner, aussi vigilantes que deux chattes.

Miss Pinnegar le vit approcher, en conversation animée avec Mr. May, qui, tout en gris, guilleret, le jabot gonflé comme celui d'un rouge-gorge, avait le visage un peu plus rose que d'habitude. James et lui étaient parvenus à un accord, et il avait bu un whisky soda pour le fêter ; James avait même pris un verre de porto.

« Alvina ! appela discrètement Miss Pinnegar qui se trouvait dans le magasin. Alvina, venez vite ! »

Alvina se dépêcha de descendre l'escalier pour regarder discrètement à l'angle de la vitrine. Les deux hommes se tenaient là : Mr. May, tel un oiseau gris à tête rose, guilleret, écoutant James Houghton la tête penchée et saisissant de temps en temps les revers de son manteau pour essayer en vain de placer un mot, pendant que James hochait la tête, le visage traversé de multiples mimiques. Il dansait d'un pied sur l'autre et tournait autour de son interlocuteur.

« Qui peut bien être cet homme très ordinaire ? demanda Miss Pinnegar, l'estomac noué.

– Je n'en ai pas la moindre idée, répondit Alvina en riant, frappée par le comique de la scène.

–Vous ne le trouvez pas épouvantable ? demanda la malheureuse vieille demoiselle.

– Grotesque ! Avez-vous déjà vu un visage aussi rose ?

– Et cette soutache ! s'exclama Miss Pinnegar, indignée.

– On croirait que c'est Papa lui-même qui lui a vendu ce costume !

– Pourvu seulement que lui, il n'ait pas vendu votre père ! » dit Miss Pinnegar.

Les deux hommes avaient fait quelques pas les rapprochant de la boutique, et les deux femmes se préparèrent à battre en retraite à l'intérieur. Bien entendu, il était parfaitement inconvenant d'épier ce qui se passait dans la rue. Mais qui se souciait des bienséances à ce stade ?

« Ils se sont arrêtés à nouveau », dit Miss Pinnegar, rappelant Alvina.

Les deux hommes échangeaient encore quelques phrases animées, à voix à peine audible.

« Je me demande qui cela peut bien être, murmura Miss Pinnegar d'une voix pitoyable.

– Un homme de théâtre, j'en suis sûre, déclara Alvina.

–Vous croyez ? Ce n'est pas possible ! Ce n'est pas possible !

– Et que voulez-vous qu'il soit d'autre, dites-moi ?

– Je n'arrive pas à y croire, vraiment pas. »

Mais elles virent Mr. May poser la main sur le bras de James pour le retenir, puis serrer la main de son employeur. Et avec sa petite casquette à deux sous, James adressa à son compagnon un sourire d'adieu très convenu. Après avoir fait un signe gracieux de sa main gantée de daim gris, Mr. May retourna vers son hôtel, l'allure avantageuse, tandis que James trottait vers chez lui comme d'habitude, sur la pointe des pieds.

Alvina se retira précipitamment, mais Miss Pinnegar resta pour affronter James. En se faufilant dans l'entrée de la boutique, il se trouva nez à nez avec elle et sursauta.

« Oh, Miss Pinnegar ! dit-il en essayant de la contourner.

– Qui était cet homme ? » demanda-t-elle d'un ton inquisiteur, comme si James était un enfant dont elle ne pouvait plus supporter les méfaits.

« Hein ? Pardon ? s'exclama James, qui tressaillit et recula.

– Qui était cet homme ?

– Hein ? Quel homme ? »

James était dur d'oreille et sa voix s'était éraillée.

« Cet homme... » Miss Pinnegar se retourna vers la porte. « Là ! Cet homme-là ! » James s'approcha lui aussi de la porte et passa la tête dehors comme s'il s'attendait à voir un spectacle extraordinaire. La vision du dos bien pris et dégagé de Mr. May qui s'éloignait, de son petit chapeau insolent, de ses mains gantées de daim gris, provoqua chez James quelque surprise. Il fut mécontent qu'on ait attiré son attention sur ce spectacle.

« Oh, dit-il. C'est mon régisseur. » Et il traversa en hâte le magasin, réclamant son déjeuner.

Miss Pinnegar resta quelques instants clouée sur place à l'entrée de la boutique. Elle faillit se trouver mal. Lorsqu'elle se ressaisit, elle se sentit au bord de la crise de nerfs et prête à s'effondrer. Mais elle lutta, quand bien même cet effort eût dû lui coûter un an de sa vie. Jamais elle ne s'était effondrée, jamais elle n'avait cédé à ses nerfs.

Elle rassembla ses esprits, mais resta un peu penchée en avant, comme si elle avait reçu un coup. Refermant la porte du magasin, elle gagna à son tour la salle à manger, telle une fatalité attachée aux pas de James. Il était en train de déjeuner, et ne parut pas remarquer son entrée. L'air sentait le ragoût de mouton.

« Quel régisseur ? » demanda Miss Pinnegar, plantée à l'entrée, petite, silencieuse, fatale.

Mais James était plongé dans l'une de ses absences, une de ses transes.

« Quel régisseur ? » insista Miss Pinnegar.

Toujours penché sur son assiette, il avalait gloutonnement son ragoût.

« Mr. Houghton ! » lança Miss Pinnegar d'une voix soudain altérée, le teint cireux, presque livide. Et de la main, elle frappa un drôle de petit coup sec sur la table.

James sursauta, leva des yeux surpris, comme quelqu'un que l'on réveille en sursaut.

« Hein, dit-il, bouche bée. Hein ?

– Répondez-moi, dit Miss Pinnegar. Quel régisseur ?

– Régisseur ? Hein ? Régisseur ? Quel régisseur ? »

Elle s'avança encore, menaçante silhouette de noir vêtue. James se ratatina.

« Quel régisseur ? répéta-t-il encore. Mais mon régisseur ! Le régisseur de mon cinéma. »

Miss Pinnegar le regarda de tous ses yeux, sans rien dire. Dans cet instant, la somme de colère accumulée depuis toujours par la gent féminine à l'encontre de James fut silencieusement déchargée, telle une grosse boule noire d'électricité silencieuse. Mais Miss Pinnegar, véhicule de ce courroux, eut l'impression qu'elle allait éclater.

« Un cinéma ! Un cinéma ! Vous n'allez pas me dire… ». Mais elle suffoquait bel et bien, les vaisseaux éclataient dans son cœur et sa poitrine. Elle fut obligée de s'appuyer à la table.

Ce fut un instant épouvantable. Elle était affreuse et terrible à voir, avec son visage aussi rigide qu'un masque, ses yeux fixes et ses lèvres bleuâtres. On aurait cru que la foudre, terrifiante, avait frappé. James se tassa, et ne bougea plus. Pendant quelques minutes, le silence régna, suspendu.

Et pendant ces minutes-là, elle en termina avec lui. Elle en termina avec lui définitivement. Lorsqu'elle se fut suffisamment remise, elle gagna sa chaise et s'assit devant son assiette. Et au bout d'un instant, elle se mit à manger comme si elle était seule.

La pauvre Alvina, pour qui cette scène avait été effroyable et déplacée, les avait regardés l'un après l'autre avant de pencher la tête vers son assiette. Tête basse lui aussi, James en oubliait de manger. Seule Miss Pinnegar avalait son dîner très lentement.

« Vous n'avez pas faim, Alvina ? finit-elle par demander.

– Non, moins que je ne croyais.

– Et pourquoi ? » s'enquit-elle d'un ton sec qui, curieusement, évoquait celui de Miss Frost.

Alvina prit sa fourchette et se mit à manger machinalement.

« Je me dis toujours que le ragoût de mouton a plus de goût quand on y met un peu de rutabaga, dit Miss Pinnegar.

– Oui, moi aussi, renchérit Alvina. Mais ce n'est pas encore la saison.

– Ah bon ? On n'en a pas mangé mardi ?

– Non. C'étaient des navets jaunes, pas des rutabagas.

– Ah bon ! Des navets jaunes. J'aime bien les navets jaunes.

– Si j'avais su, j'en aurais mis dans le ragoût, dit Alvina.

– La prochaine fois », répondit Miss Pinnegar. Pas un mot de plus à propos du cinéma, pas un souffle. Dès que James eut fini sa tarte aux prunes, il s'enfuit.

«Mais qu'est-ce qu'il a donc fait? demanda Alvina après son départ.

– Il a acheté un cinéma avec des attractions, et l'homme que nous avons vu est son régisseur. C'est très simple.

– Qu'allons-nous faire d'un cinéma avec des attractions? demanda Alvina.

– La question, c'est ce qu'il va en faire *lui*. Cela ne me concerne pas. Je n'ai rien à voir là-dedans. Je ne lui prêterai rien, je ne veux rien savoir. Pour moi, ce sera comme si ce cinéma n'existait pas. Voilà tout ce que j'ai à dire, annonça Miss Pinnegar.

– Mais il l'a acheté quand même, dit Alvina.

– Alors qu'il se débrouille. Ce ne sont pas mes affaires. Après tout, les affaires de votre père ne me concernent pas. Ce serait une impertinence de ma part de m'en mêler.

– Elles ne me concernent pas beaucoup non plus, dit Alvina.

– Pour vous, c'est différent. Vous êtes sa fille. Il ne fait pas partie de ma famille, heureusement. Je plains votre mère.

– Oh, il a toujours été comme ça, dit Alvina.

– Justement.»

Il y avait dans les sentiments de Miss Pinnegar une irréversibilité fatale. Une fois refroidis, ils ne pourraient jamais connaître à nouveau la chaleur. Autant essayer de réchauffer une souris gelée. Elle se putréfie et c'est tout.

Mais après cet incident, la pauvre Miss Pinnegar parut vieillie et son dos s'arrondit légèrement. Ses propos rappelaient de plus en plus souvent à Alvina ceux de Miss Frost.

Le lendemain soir, après que Miss Pinnegar se fut retirée, James, mine de rien, toucha deux mots de l'affaire à sa fille.

«Je t'ai dit que j'avais acheté un bâtiment qui était un cinéma, dit James. Nous sommes en train de négocier pour acheter les machines en ce moment : la dynamo, etc.

– Où sera-t-il situé? demanda Alvina.

– À Lumley. Demain, je t'emmènerai voir le site. Quant au bâtiment, c'est une structure démontable pour théâtre ambulant, qui arrivera jeudi, jeudi prochain.

– Mais qui s'occupe de cela avec toi, Papa?

– Je fais ça tout seul, tout seul, dit James Houghton. Je me suis trouvé un excellent régisseur, qui connaît parfaitement le métier, un certain Mr. May. Un homme charmant. Charmant.

– Plutôt petit et habillé en gris ?

– Oui. Et puis, je réfléchissais… si Miss Pinnegar veut bien tenir la caisse et distribuer les billets, si elle s'occupe de la caisse et toi du piano, avec Mr. May pour faire tourner la machine – il est en train de prendre des leçons –, et si moi je fais l'ouvreur, nous n'aurons pas besoin de personnel supplémentaire.

– Miss Pinnegar ne tiendra pas la caisse, Papa.

– Et pourquoi donc ? Pourquoi ça ?

– Je ne peux te dire ses raisons. Mais elle ne fera rien. Et si j'étais toi, je ne lui demanderais rien. »

Il y eut un silence.

« Ma foi, dit James avec humeur, elle n'est pas indispensable. »

Alvina devrait donc jouer du piano. Quel choc pour elle ! Elle se hâta de monter dans sa chambre pour rire et pleurer tout à la fois. Elle se voyait au piano, écrasant les touches pour jouer la valse de *la Veuve joyeuse* et, dans les moments d'émotion *le Chapelet*[1]. *Le Chapelet*, encore et encore. Pendant que les images clignotaient, que des cris s'élevaient dans la salle et qu'un gamin dépenaillé criait : « Choo-kela, un penny la tablette ! Choo-kela, un penny la tablette ! Choo-kela, un penny la tablette ! », elle plaquait les accords d'une autre chanson.

Le divin spectacle ! Elle éclata de rire. En même temps, pensant à sa mère et à Miss Frost, elle se mit à pleurer comme si son cœur se brisait. Puis, toutes sortes d'airs comiques et incongrus lui vinrent en tête, et elle s'imagina en train de les interpréter avec des variations cocasses. *Suis-moi, Louise*, par exemple. Elle commença à dévider des accords et des variations imaginaires sur le thème de *Suis-moi Louise.*

Suis-moi, Louise, suis-moi, suis-moi, ma Loulou
Laisse-toi lutiner sans lutter, ma Loulou
Écoute-moi te jurer l'amour fou,
Laisse-toi lutiner sans lutter, ma Loulou.

Toutes ces chansons qui irritaient tant Miss Frost ! Toutes ces *Valses de rêve* et ces *Prières des rosières* et autres chansons atroces.

1. Chanson d'amour très populaire et sentimentale, où les heures passées avec la bien-aimée sont comparées aux perles du chapelet.

Ah, dans l'île de Kalinou-nou
Qui sera mon amoureux-reux ?
Car dans l'île de Kalinou-nou
Y a que des amoureux heureux…

Pauvre Miss Frost ! Alvina s'imaginait à la tête d'un chœur de jeunes mineurs délurés, dans une atmosphère lourde sentant la cigarette et les pelures d'oranges pendant l'entracte, quand le film était interrompu.

Oh, le baiser câlin que tu vas me donner !
Oh, le baiser câlin que tu vas me donner !
(Ben tiens !)

À l'ombre des arbres touffus
Tu m'appelles « Ma tourterelle »
Et tu veux me faire voir le ciel.
(Essaye voir !)

Tu me berces sur tes genoux,
En me caressant de mots doux
Pour effeuiller la margueri-ite.
(Très peu pour moi)

Alvina en devint fébrile à force d'imaginer des variantes.

Au matin, elle parla à Miss Pinnegar.

« Oui, dit Miss Pinnegar, vous me voyez en train de vendre des billets, hein ? Eh bien, je crois qu'il va devoir faire ça lui-même. Et vous allez jouer du piano ? Quelle honte ! Quelle honte ! Heureusement que Miss Frost et votre mère sont mortes. Il a perdu toute honte, vraiment toute honte – si tant est qu'il en ait jamais eu, ce dont je doute fort. Enfin, tout ce que je peux dire, c'est que je suis bien contente de ne pas être concernée. Et je suis désolée pour vous, qui êtes sa fille. Je suis vraiment de tout cœur avec vous. Enfin, enfin, aucune vergogne… aucune vergogne ! »

Là-dessus, Miss Pinnegar sortit.

Alvina descendit à pied jusqu'à Lumley. On lui montra le site et on lui présenta Mr. May. Il lui fit son salut le plus américain et la traita avec une déférence aussi admirable qu'américaine.

« Ne trouvez-vous pas ce projet admirable ? lui demanda-t-il.

– Merveilleux.

– Bien sssûr, poursuivit-il, la construction sera temporaire. Oh, bien sssûr, elle n'aura pas grande allure : c'est juste un vieux théâtre ambulant en bois. Mais aussi, tout ce qu'il nous faut, c'est mettre les choses en route.

– Et c'est vous qui allez projeter les films ? demanda-t-elle.

– Oui, répondit-il fièrement. Je passe toutes les soirées avec l'opérateur de chez Marsh, à Knarborough. Je trouve ça très intéressant, très, très intéressant. Et vous ? Vous allez jouer du piano ? s'enquit-il en penchant la tête d'un côté, l'air malicieux.

– C'est ce que dit Papa, répondit-elle.

– Mais vous, qu'est-ce que vous en dites ?

– Je suppose que je n'ai rien à dire.

– Oh, mais tout de même... Tout de même, si vous n'en avez pas envie, il n'y a pas de raison pour que vous le fassiez. Ce ne serait pas bien du tout. Nous pourrions sûrement employer les services d'un jeune homme... ? » Il se tourna vers Mr. Houghton sur cette interrogation.

« Personne à Woodhouse ne joue mieux qu'Alvina, dit James. Nous ne devons pas alourdir nos frais. Et les cachets, en particulier...

– Mais tout de même, Miss Houghton touchera un cachet. Tout travail mérite salaire. Tout de même. Disons une rémunération, pour mettre cela au féminin. Pour le même prix, on pourrait engager un petit gars aux poignets solides. Je crains que cela ne fatigue beaucoup Miss Houghton de jouer...

– Je ne pense pas, coupa James. Je ne pense pas. Il y aura beaucoup de numéros qu'elle n'aura pas besoin d'accompagner.

– Ah, à ce moment-là, je peux en accompagner certains moi-même quand je ne serai pas occupé par la projection, dit Mr. May. Je ne suis pas un virtuose du piano, mais je joue un peu, vous savez. » Et il fit des gammes sur un clavier imaginaire devant Alvina, la fixa en lui adressant un coup d'œil et un sourire assez malicieux.

« Je suis certain de pouvoir tout accompagner, poursuivit-il, sauf un homme qui jongle avec des assiettes... j'aurais trop peur de les lui faire lâcher. Mais les chansons... oh, les chansons ! *Con molto expressione*[1] *!* »

1. L'italien de Mr. May est incorrect.

Et il recommença à faire des gammes sur le clavier imaginaire, adressant à Alvina un sourire qui plissait ses joues plutôt grasses.

Elle commença à le trouver sympathique. Il y avait chez lui quelque chose d'assez délicat, et, quand on le connaissait mieux, de pointilleux presque. Un homme de spectacle, certes, ô combien ! Mais pointilleux.

Après cela, il vint assez souvent à Manchester House. Miss Pinnegar l'accueillait avec raideur et il ne l'aimait pas. Mais il était ravi de bavarder en tête à tête avec Alvina.

« Où est votre femme ? lui demanda-t-elle.

– Ma femme ? Oh, ne m'en parlez pas ! dit-il avec une expression comique. Elle est à Londres.

– Pourquoi ne faut-il pas parler d'elle ?

– Oh, j'ai de bonnes raisons pour cela. Nous ne nous entendons pas bien du tout, elle et moi.

– Quel dommage ! dit Alvina.

– C'est en effet affreusement dommage. Mais qu'y puis-je ? » Il eut un petit rire cocasse, puis se fit grave. «Vous savez, ajouta-t-il, elle est impossible.

– Je vois, dit Alvina.

– Non. Je suis certain que vous ne voyez pas. Surtout » – et là il posa la main sur le bras d'Alvina –, « ne vous imaginez pas qu'elle n'est pas sérieuse ! Vous commettriez une énorme erreur. Oh, là, là ! Il n'y a pas plus morale qu'elle. Elle mange trois feuilles de laitue et donne le reste à la femme de ménage. C'est tout elle. Oh, nous avons eu des périodes éprouvantes pendant nos premières années. Nous n'avons vécu ensemble que trois ans. Mais par exemple, c'était coton !

– Pourquoi ?

– Elle n'était jamais contente. Elle ne voulait pas manger. Si je lui disais : "Qu'est-ce qu'il y a pour le dîner, Grace ?", j'étais certain de m'entendre répondre : "Oh, je prendrai un bain avant d'aller me coucher… ça remplacera mon dîner." C'était l'une de ces végétariennes militantes, vous savez.

– Par exemple ! dit Alvina.

– Par exemple ! Je ne vous le fais pas dire ! Pour mon malheur. Parce qu'elle ne me laissait pas manger non plus. Elle me suivait à la cuisine et se mettait en colère quand je me faisais à manger. Non mais vous imaginez ! Un jour, j'ai préparé un plat de *champignons.*

Des champignons superbes, absolument superbes, et je les ai mis sur la cuisinière, à revenir. Dans du beurre. Des tout frais, superbes. Ce qu'elle a fait, je vous le donne en mille : elle est allée dans la cuisine pendant que j'avais le dos tourné et elle a versé dans ma casserole un demi-litre de vieux bouillon dans lequel elle avait fait cuire des carottes. J'étais furieux. Vous imaginez ! Des jeunes champignons frais, superbes.

– Des champignons frais ! s'exclama Alvina.

– Des champignons. Quoi de plus beau ? Vous ne trouvez pas ? » Et il fit une grimace cocasse, levant les yeux au ciel.

« Un régal, dit Alvina.

– Je ne vous le fais pas dire ! Et elle me les a noyés ! Noyés avec son vieux bouillon de carottes. J'étais furieux, vous savez. Et tout ce qu'elle a été capable de me dire, c'est "Je ne voulais pas qu'il se perde !" Elle ne voulait pas perdre son vieux bouillon, alors elle m'a gâché mes champignons ! Vous imaginez une femme comme elle ?

– Vous avez dû avoir des moments difficiles.

– Ah, pour ça, oui ! J'ai perdu du poids. Je ne sais combien de kilos, la première année de notre mariage. Elle détestait me voir manger. Vous savez, un de ses pires reproches, c'était : "J'ai regardé dans le garde-manger, et j'ai vu qu'il était presque vide. Alors je me suis dit : Il ne va pas pouvoir se faire à dîner ! Eh bien, si !" Vous vous rendez compte de la méchanceté ! "Et puis si, tu l'as fait !"

– Elle aurait voulu que vous viviez de quoi ?

– Oh, d'une feuille de salade et d'eau fraîche. Et puis que mon esprit se nourrisse d'un pamphlet de Bernard Shaw. Vous voyez le genre ! Le seul bénéfice que j'en ai retiré, ça a été de l'aérophagie.

– Quelle tyrannie ! dit Alvina

– Oh, ça ! » Mr. May leva les yeux au ciel en ouvrant les mains. « Je n'en revenais pas. Je ne savais pas que ça existait, des gens comme elle. Et ses amis ! Elle avait des amis impossibles. Ces Fabiens[1] ! Eux et leur eugénisme ! Ils voulaient passer ma moralité au crible pour des raisons eugéniques. Inimaginable ! Pire que l'Inquisition ! Dire que j'ai tenu trois ans. Comment j'ai fait, je n'en sais rien…

– Vous ne la voyez plus, maintenant ?

---

1. Association réformiste fondée à Londres en 1884, et qui joua un rôle important dans la création du parti travailliste. Elle regroupait de nombreux intellectuels et artistes.

– Jamais ! Je veille à ce qu'elle ne sache pas où je suis ! Mais je l'entretiens, bien sssûr.

– Et votre fille ?

– Oh, elle, c'est la plus adorable enfant qui soit. Je l'ai vue chez une amie quand je suis rentré d'Amérique. C'est un petit chou. Mais bien sssûr, elle se méfie de moi. Elle fait comme si elle ne me connaissait pas...

– C'est malheureux !

– Insupportable ! » Il étendit ses mains grassouillettes et manucurées, dont un doigt portait un anneau avec une pierre verte à intaille.

« Elle a quel âge, votre fille ?

– Quatorze ans.

– Et comment s'appelle-t-elle ?

– Gemma. Elle est née à Rome quand j'étais l'imprésario de Miss Maud Callum, la *danseuse*[1]. »

Une curieuse connivence s'établit d'emblée entre Mr. May et Alvina. Mais entièrement verbale et formelle. Il ne lui fit aucune avance physique. Au contraire, on eût dit un oiseau triste, gris tourterelle, en train de picorer les miettes de la sympathie d'Alvina, ouvrant l'œil pour veiller à ce qu'elle ne s'approche pas davantage de lui. S'il avait décelé chez elle la moindre manœuvre destinée à l'aguicher, il aurait fui à tire d'ailes, dans tous ses états. Rien ne lui faisait plus horreur qu'une femme qui cherchait à l'aguicher. Cela l'horrifiait, l'exaspérait et lui faisait prendre en grippe toute la tribu des femmes : d'horribles chattes à deux jambes et sans moustaches. S'il avait été oiseau, il n'aurait pas eu plus grande horreur de la gent féline. Dans la femme, c'était l'ange qu'il aimait, et surtout l'ange maternel. Oh, cela, c'était ce qu'il révérait. Mais les aguicheuses !

Aussi évitait-il d'être vu avec Alvina : s'il la rencontrait dans la rue, il la saluait et passait son chemin ; il lui adressait une courbette profonde et respectueuse, mais passait son chemin, son petit dos plus raide et déterminé que jamais. Résolument, il lui tournait le dos en public.

Mais Miss Pinnegar, cette vieille chatte grise, cette vraie chattemite, le lorgnait du coin de son œil pâle lorsqu'il s'en allait.

1. Ce personnage imaginaire est une allusion à Isadora Duncan, dont Maurice Magnus, ami de Lawrence et modèle de Mr. May, avait été l'impresario.

« Une chochotte ! murmurait-t-elle. Vous avez vu sa façon de s'habiller, de se comporter ? Une vraie chochotte ! À votre place, Alvina, ajouta-t-elle, j'éviterais de faire salon avec Mr. May. Les gens vont jaser.

– C'est presque flatteur, répondit Alvina en riant.

– Qu'est-ce à dire ? » lança Miss Pinnegar d'une voix sèche.

En dépit de tout cela, Mr. May était un vrai professionnel. Debout à cinq heures et demie le matin, il avait déjà bien avancé son travail à sept heures. Il partait comme un vigoureux petit voilier poussé par une brise constante, de-ci de-là, sortant de Woodhouse et y revenant, traversant toute la ville. Sur le terrain, il était sec et cassant. Quand il était en colère, ou mécontent, il réduisait sa toile et lâchait ses mots, cric-crac, un peu comme un claquement de ciseaux.

Il s'en prit à Arthur Witham : « Comment se fait-il que le gaz ne soit pas encore raccordé ? Ça devait être fini hier.

– Il a fallu attendre les supports des fixations, dit Arthur.

– Il a fallu que vous attendiez les supports ? Parce que vous ne saviez pas il y a quinze jours que vous auriez besoin de supports ?

– Je pensais que ceux que nous avions feraient l'affaire.

– Ah tiens ! Vous pensiez ! Vraiment ! C'est trop d'égards. Et ceux qui arrivent, vous venez juste d'y penser ou vous avez fait le nécessaire ? »

Arthur lui lança un regard morose et hostile. Mais il n'y avait pas moyen de parer l'attaque précise de Mr. May.

« J'espère que vous ne vous contenterez pas de "penser", dit Mr. May. Cela semble prendre un temps fou. Et quand les attendez-vous, ces supports ?

– Demain.

– Quoi ! Un jour de plus ! Encore ! Mais dites donc, le temps n'a pas l'air de compter, dans votre métier. Ah, demain ! Fichtre ! Déjà deux jours de retard et vous annoncez "demain" ! Eh bien, j'espère que "demain" veut bien dire "mercredi" et non pas après-demain ou une autre date absurde et fantaisiste à laquelle vous venez de PENSER ! Bon, je compte sur vous pour me finir tout ça demain... » Là, il posa une main cajoleuse sur la manche d'Arthur. « Vous me promettez que tout sera prêt demain, hein ?

– Oui, je ferai tout mon possible.

– Ne dites pas que vous ferez tout votre possible. Dites que ça sera fait.

– Je le ferai si je peux y arriver ...

– Bon, très bien. Alors faites en sorte d'y arriver... et merci beaucoup. Je vous serai très obligé d'en terminer. »

Arthur avait beau être contrarié, il se trouvait au pied du mur. Au début du mois d'octobre, l'endroit fut donc prêt et Woodhouse, couvert d'affiches annonçant : « Le Palais du Divertissement de Houghton. » Le pauvre Mr. May fut sensible à l'ironie de cet intitulé. « Nous pouvons garantir les divertissements, dit-il. Mais personnellement, je ne peux pas assumer la responsabilité du palais. »

Mais James, pour parler vulgairement, buvait du petit lait.

« Oh, papa boit du petit lait, dit Alvina à Mr. May.

– Ah bon », dit Mr. May, intrigué et inquiet.

Mais cela signifiait seulement que James s'amusait comme jamais. Il tirait des annonces. La première liasse était une série de prospectus longs et étroits, vermillon, portant en grosses lettres noires l'inscription cryptique : « Le Palais du Divertissement de Houghton », sous laquelle figurait, en petites lettres : « Ouverture le 7 octobre à 18 h 30 à Lumley. » Partout, ces affiches rouge et noir barrant les murs vous sautaient aux yeux. Il y avait d'autres annonces, d'un rouge et bleu pâles et délicats, semblables à d'authentiques affiches de théâtre, qui donnaient le programme complet. Sous ces dernières, une affiche en grosses lettres vertes sur fond jaune annonçait : « Liquidation finale du stock chez Houghton, Knarborough Road, vendredi 30 septembre. Venez acheter et faites votre prix. »

James buvait du petit lait. Il réunit toutes sortes de petits restes et de bricoles dans tous les coins de Manchester House. Il en fit des tas qu'il marqua mentalement, avant de les présenter. Puis il placarda des annonces sur toute la vitrine et dans la boutique : « Prenez ce qui vous plaît et payez ce que vous voulez. »

Il tint la boutique avec Miss Pinnegar. Les clientes arrivèrent en foule. Elles tournèrent et retournèrent les marchandises. James faillit mourir de désespoir en acceptant les prix qu'elles proposaient. Il s'exécuta malgré tout, mais exigea qu'elles n'achètent qu'un article à la fois. « Une seule pièce à la fois, si vous voulez bien », disait-il quand elles arrivaient avec leurs poignées à trois pence. Ce ne fut que plus tard dans la soirée qu'il assouplit la règle.

Et de fait, à onze heures, il était débarrassé d'une bonne quantité de marchandises. Une quantité considérable ; beaucoup de femmes avaient acheté ce dont elles n'avaient pas besoin, au prix fixé par elles-mêmes. Fiévreux mais satisfait, James ferma son magasin pour la dernière fois. Le lendemain avant onze heures, il avait déblayé toutes ses affaires ; la porte reliant sa maison à la boutique fut condamnée, l'épicier arriva, jeta un coup d'œil à son annexe nue, reçut la clé des mains de James et ordonna aussitôt à son commis de coller une nouvelle affiche dans la devanture et d'ôter toutes les annonces de James. Après avoir quitté son magasin, le malheureux James fut obligé de faire un grand détour par Knarborough Road, de descendre Wellington Street jusqu'aux écuries, puis d'emprunter de longues ruelles étroites avant de pouvoir regagner sa maison.

Mais cela lui était égal. Chaque heure le rapprochait de la première représentation dans son Palais du Divertissement. Il était content de Mr. May, il devait le reconnaître. Le palais, enfin consolidé – alors qu'il était vraiment branlant au départ –, resplendissait sous sa nouvelle couche de peinture rouge sombre, couleur sang de bœuf. Le tout était rehaussé d'une touche de bleu lavande et de jaune autour de la porte et des corniches de bois découpées. Une nouvelle rampe d'accès menait aux portes ; à l'intérieur, un nouveau parquet avait été installé, avec des sièges en velours rouge devant le rideau et de vieux bancs d'église derrière. Les jeunes mineurs les reconnurent.

« Tiens ! V'la les bancs du vieux temple méthodiste !

– Dame ! On est pas venu entendre un prêche ! »

Cela donna ample matière à plaisanteries. Et au hasard d'une remarque lancée au petit bonheur, le Palais du Divertissement se trouva rebaptisé : « L'Entreprise de Houghton », allusion à l'Entreprise chrétienne, cette initiative du temple où Alvina et Miss Frost s'étaient impliquées.

« Où que tu vas comme ça, mon gars ?

– À Lumley.

– À l'Entreprise de Houghton ?

– Oui.

– Ça vaut rien. »

Voilà ce que se disaient les jeunes mineurs laconiques lorsqu'ils se rencontraient. Mais n'anticipons pas.

Mr. May avait travaillé d'arrache-pied pour établir le programme de la première semaine. Il avait trouvé comme films : *L'Oiseau humain*, un documentaire sur le ski en Norvège ; *La Crêpe*, film humoristique ; et son grand feuilleton *L'Étreinte silencieuse*. Le premier numéro des attractions était celui de Miss Poppy Traherne, une jeune femme aux jupons innombrables qui, d'un tourbillon, pouvait prendre mille aspects divers, de celui d'un arum en bas verts à un arc-en-ciel, un cerceau enflammé ou une tasse avec sa soucoupe : merveilleuse, cette Poppy Traherne. Lui succédait le numéro des frères Baxter, qui se montaient dessus en courant, de face et de dos, se mettaient en équilibre sur la tête, la leur ou celle des autres, et se perchaient quelques instants sur les épaules les uns des autres : on eût dit que chacun était un escalier avec palier, et qu'à eux trois, ils formaient trois étages dont le dernier descendait sans cesse pour devenir le premier, tandis que celui du milieu basculait pour se transformer en passerelle horizontale.

Alvina dut commencer la représentation en jouant une ouverture intitulée *Bienvenue à tous !*, un morceau ridicule. Elle était énervée et malheureuse. Le lundi matin, il y eut une répétition sous la houlette de Mr. May. Elle joua *Bienvenue à tous !*, puis prit la partition écornée que Miss Traherne transportait avec elle. Miss Poppy se montra assez exigeante. En faisant tourbillonner ses jupes, elle dit : « Un peu plus vite, s'il vous plaît » – « Un peu plus lentement », d'une voix hautaine, cérémonieuse, un peu étouffée par le flot de ses jupons. « Pouvez-vous y mettre de l'expression ? » s'écria-t-elle d'un ton avoisinant l'extase lorsque l'arum se déploya complètement. Mais pourquoi s'exclama-t-elle : « Plus fort ! Plus fort ! » lorsqu'elle se transforma en tasse et en soucoupe ? Cela resta un mystère pour Alvina, à moins que Miss Poppy ne se prît pour du thé bien infusé.

Enfin, elle redevint elle-même, humaine et essoufflée, et s'enquit d'une voix rauque de savoir si c'était elle qui ouvrait le spectacle, dédaignant de prendre en compte *Bienvenue à tous !* Mr. May répondit que oui, elle était le premier numéro. Là-dessus, elle se mit à faire un scandale. Mr. Houghton se hâta de s'interposer, annonçant qu'il avait l'intention d'ouvrir la représentation par un petit discours. Miss Poppy le regarda comme s'il était un coucou sortant de son horloge et elle, obligée d'attendre qu'il ait fini sa chanson. Alors elle déclara : « Vous ne ferez pas ça tous les soirs. Or il y a six soirées dans la semaine. » Ce qui cloua le bec à James. Pour finir, Mr. May se métamorphosa en carlin – il dit qu'il avait le costume dans son sac de voyage – et fit un numéro où il mendiait un morceau de sucre à l'un des frères Baxter en guise d'ouverture brève. La virginité professionnelle de Miss Poppy fut ainsi sauve.

À l'arrière de la scène, cinquante centimètres de rideau ménageaient deux loges, celle des dames et celle des messieurs. Lorsqu'elle ne faisait rien, Alvina allait s'asseoir dans celle des dames, ou dans son entrée, car il n'y avait pas assez de place à l'intérieur. Elle regardait les dames se maquiller, et les aidait un peu à l'occasion. De l'autre côté du rideau, elle voyait les pieds des hommes, chaussés de méchantes bottines, et entendait les voix masculines bourrues. Souvent, une conversation très familière se tenait de part et d'autre du rideau, car la plupart des artistes se connaissaient : ils se montraient aussi affables par devant que méprisants par derrière.

La pauvre Alvina était totalement médusée. Elle était très gentille – beaucoup trop – avec les artistes femmes. Celles-ci la traitaient avec une cordialité désinvolte, la snobaient, se montraient condescendantes et un peu jalouses des égards et de la déférence que lui témoignait Mr. May. Elle éprouvait un mélange de perplexité et d'excitation, comme si elle n'était pas elle-même.

La soirée d'ouverture arriva enfin. Son père lui avait trouvé un corsage en crêpe de Chine rose et un grand peigne de chignon couvert de strass qu'elle refusa de mettre l'un et l'autre. Elle conserva son corsage noir et sa coiffure toute simple. Mr. May déclara que « bien sssûr, elle n'était pas censée attirer l'attention sur elle ». Miss Pinnegar descendit la colline avec Alvina et se mit à pleurer en voyant la bâtisse de bois sang-de-bœuf dont la façade était éclairée par des torches à gaz. C'était la première fois qu'elle y venait. Elle suivit Alvina jusqu'à la petite porte de l'entrée des artistes et monta les marches menant au vestiaire de fortune. Mais elle ressortit précipitamment à la vue de Miss Poppy, en cheveux, culottée de vert avec des volants de dentelle verte. Pauvre Miss Pinnegar. Elle attendit dehors sur l'herbe piétinée derrière l'Entreprise, et pleura toutes les larmes de son corps. Heureusement, elle avait mis un voile sur son chapeau.

Vaillamment, elle contourna le bâtiment pour gagner l'entrée principale, et monta les marches. La foule commençait à arriver. Elle vit le visage de James s'encadrer dans le petit guichet.

« Une place », dit-il d'un ton formel en poussant le billet. Alors seulement, il la reconnut. « Oh, s'exclama-t-il, vous n'allez pas payer, vous !

– Bien sûr que si », rétorqua-t-elle, posant les quatre pence, sur lesquels se refermèrent les doigts de James, noircis par le cuivre des pièces, tandis que le garçon qui se trouvait derrière Miss Pinnegar la bousculait pour qu'elle avance.

« Pour les places à quatre pence, vous descendez à mi-chemin de l'allée », dit l'ouvreur à l'entrée, la poussant dans la direction de Mr. May, qui voulait l'installer sur les sièges en velours rouge. Mais elle se dirigea vers l'un des bancs, où elle s'assit.

La salle était comble, et le public, excité, sifflait et lançait des réflexions bruyantes. Le rideau était baissé. James l'avait loué à ses collègues commerçants, aussi était-il constellé de réclames pour les boutiques locales. On y voyait une grosse terrine de porc et un porcelet grassouillet qui disait : «Vous savez tous où me trouver : sous la croûte, chez Frank Churchill à Woodhouse, Knarborough Road. » Autour du nom de W.H. Johnson flottaient un chapeau melon, un col avec cravate, des bretelles et un parapluie. Et caetera, et caetera. On se sentait tout à fait chez soi. Mais sur son banc, Miss Pinnegar avait très chaud et se trouvait bien serrée entre ses voisins.

L'heure de la représentation arriva et les mineurs se mirent à taper des pieds en cadence. Ce public impatient et nombreux répondait exactement à l'attente de Mr. May. Il fila à l'entrée pour ramener James et l'installer devant le rideau. Mais James, fasciné par tout l'argent qu'il récoltait, refusa de quitter sa caisse, et les deux hommes faillirent en venir aux mains. Enfin, on vit Mr. May propulser James dans l'allée latérale comme un poulet aux plumes en bataille et le faire monter sur la scène.

James se retrouva devant le rideau décoré, faisant force saluts, et il entama un discours totalement inaudible ! La foule se tut et les flots d'éloquence de James se déversèrent. Puis l'impatience du public prit le dessus, et les pieds commencèrent à racler le sol. «Descendez, descendez ! » soufflait éperdument Mr. May au premier rang. Mais James ne bougea pas. Il eût volontiers continué toute la soirée. Mr. May adressa à Alvina, discrètement assise au piano, un signe véhément du bras, et se précipita sur la scène. Il haussa la voix, couvrant celle de James, qui cessa d'agiter ses mains noircies par les piécettes, et Alvina plaqua les accords de *Bienvenue à tous !* aussi fort et aussi énergiquement qu'elle put.

Pendant tout ce temps-là, Miss Pinnegar resta assise comme une sphynge – oui, une sphynge. À quoi pensait-elle ? Elle n'en savait rien elle-même. Mais elle fixait sur James un regard impassible, tout en glissant quelques coups d'œil inquiets à Alvina qui martelait son piano. Elle savait qu'Alvina devait continuer jusqu'à ce qu'on lui fasse signe que Mr. May avait revêtu son costume de carlin. Le rideau frémit. Alvina dévida ses trilles finales, le rideau se leva et :

« Non, c'est pas Dieu possible ! » s'exclama Miss Pinnegar à haute voix.

Sur la scène, déguisé en carlin, Mr. May mendiait avec un réalisme à s'y méprendre et faisait une composition incroyable. Le public hurla. Alvina regarda, assise, les mains sur les genoux. Le carlin remporta un grand succès.

Rideau ! Quelques accords de la *Marche des toréadors* avant de passer à la partition de Miss Poppy. Une musique douce. Miss Poppy apparut sur le sol sous une écharpe verte. Peu à peu, elle s'enfla et en arriva avec force tourbillons à l'apogée de son numéro, l'arum parfait. Le rideau retomba brusquement, arrachant un hurlement d'extase aux mineurs. De toutes les fleurs, celle de l'arum est la plus mystique, la plus solennelle.

Un accord plaqué, un roulement sourd sur le piano d'Alvina. C'est l'orage d'où sort l'arc-en-ciel. Le rideau se lève, Miss Poppy tournoie jusqu'à ce que ses jupons volent comme si la brise les soulevait, s'élèvent en arc-en-ciel, puis se retournent au-dessus de ses jambes assombries. Les feux de la rampe sont presque éteints et Miss Poppy aussi.

L'arc-en-ciel est moins émouvant que l'arum. Mais le cerceau enflammé, exécuté au dernier moment sur une jambe, puis avec une prodigieuse roue en arrière, vaut à Miss Poppy des applaudissements à tout rompre.

Elle a une haute idée de la tasse, posée sur sa soucoupe. Mais le public, désespérément vulgaire, ne partage pas ses goûts.

Alors Alvina quitte son piano sans bruit, emportant la partition de Miss Poppy, tandis que Mr. May s'assied à sa place en vrai professionnel et joue à un rythme endiablé pour le numéro d'escaliers vivants des frères Baxter. Pendant ce temps-là, on voit le visage pâle d'Alvina flotter comme un fantôme dans l'ombre où sont plongés les côtés de la salle : on dirait qu'il est sous la scène.

Les lumières s'éteignent : gloussements et bruits de baisers – puis sur l'écran apparaissent en grandes lettres ces mots qui frissonnent et tremblotent horriblement : « L'oiseau humain. » Le projecteur n'est pas très bon, et Mr. May n'est pas un très bon opérateur non plus. Le public est nettement critique. Les lumières reviennent et on entend : « Choo-kela, un penny la tablette ! Choo-kela, un penny la tablette ! », exactement comme dans le rêve d'Alvina, et puis « La crêpe », et la première partie s'achève. Lumières pour l'entracte.

Miss Pinnegar soupira et croisa les mains. Elle ne regarda ni à droite, ni à gauche. À son corps défendant, malgré sa honte de dame très comme il faut, elle éprouvait une certaine excitation, même si elle jugeait celle-ci un peu malsaine. Le garçon eut beau lancer des « Choo-ke-la » dans sa direction, il s'égosilla en vain. Elle ne regarda ni à droite, ni à gauche. Mais en voyant Alvina lui adresser un signe de tête et un bref sourire de la passerelle en contrebas de la scène, elle faillit se mettre à pleurer. C'était trop d'émotions pour elle d'un seul coup. Et Alvina paraissait toute excitée. C'en était presque indécent. En passant devant la scène pour regagner son piano et jouer la charmante *Valse du rêve*, elle minaudait presque, comme son père. Est-il besoin de dire que James voletait çà et là, virevoltait tout autour de la salle et de la scène, tel un hochequeue au bord d'une mare ?

La seconde partie se composait d'une pièce comique interprétée par deux des frères Baxter déguisés en femmes et par Miss Poppy déguisée en homme, avec en prime deux autochtones pour jouer le comte et le soldat de la garde. Tout se passa très bien. Et pour finir fut projetée la première partie de *l'Étreinte silencieuse*.

Lorsque les lumières revinrent, Alvina plaqua solennellement les accords du *God Save the King* devant une salle debout mais pas très silencieuse, grésillant encore d'excitation comme les beignets dans la poêle, même lorsque celle-ci est retirée du feu. Mr. Houghton remercia le public de sa présence et de sa courtoisie, et émit l'espoir que... sans que personne lui prête la moindre attention.

Miss Pinnegar resta la dernière, attendant Alvina. Et celle-ci, encore dans le feu de l'action, attendit son père et Mr. May.

Lequel traversa la salle en se dandinant fièrement.

« Alors ? dit-il en fermant ses poings qu'il brandit sous le nez de Miss Pinnegar. Comment avez-vous trouvé ?

– Ça s'est très bien passé, dit-elle.

– Très bien ! C'est tout ? Moi, je dirais que ça a marché du feu de Dieu ! Hein ? Vous ne trouvez pas ? » Et il eut un petit rire haut perché et survolté.

À la caisse, James comptait les pièces de un penny comme si sa vie en dépendait, et les mettait dans une sacoche en cuir. Il fallut que les autres l'attendent. Enfin, il ferma son sac.

«Alors, dit Mr. May, la recette a été bonne?

– Assez, dit James d'une voix rauque et surexcitée.

– Seulement assez bonne? Oh-ho!» dit Mr. May en soulevant prestement le sac. James se retourna pour le lui arracher des mains. «Eh bien, pour une assez bonne recette soupesez-moi ça, dit Mr. May en tendant le sac à Alvina.

– Grand Dieu! s'écria-t-elle en le tendant à son tour à Miss Pinnegar.

– Par exemple!» dit celle-ci, laissant James reprendre le sac. Mais elle avait laissé tomber les mots de haut, d'une voix lointaine.

Mr. May éteignit le gaz au compteur. Il circulait dans la salle obscure et vide tout en parlant, avançant prudemment, une torche à la main.

«*C'est le premier pas qui coûte*», dit-il en fermant les portes, avant de mettre la clé dans sa poche. James avançait silencieusement, courbé sous le poids du sac de voyage empli de pièces.

«Combien avons-nous récolté, Papa? demanda gaiement Alvina.

– Je n'ai pas compté», lança-t-il d'un ton sec.

Sitôt rentré, il se hâta de monter dans sa chambre nue. Il débarrassa sa table et, de ses mains expertes, saisit des poignées de pièces dont il fit de petites piles. Il y avait une armée de pennies bien gras, une douzaine par pile, disposés en rang à l'arrière, puis rangée sur rangée de simples soldats, gras et bruns. Devant ceux-ci se trouvait l'avant-garde : des piles de douze minces demi-pennies. Commandant le tout, une large colonne de demi-couronnes, quelques florins corpulents, tels des généraux et des colonels, puis une importante rangée de shillings, tels autant de capitaines, enfin une petite nuée de six pence, lieutenants en costume d'argent. Tout à fait à l'arrière, comme un tambour fragile, se trouvait une mince colonne de pièces de trois pence.

Ils étaient tous là : les robustes pennies, dragons vigoureux et lourds, ne cédant pas un pouce de terrain, derrière un écran de demi-pennies, infanterie légère, commandés par l'impavide demi-couronne, le général, lui aussi flanqué de son état-major de colonels et de capitaines, qui dépêchaient les alertes lieutenants; et tout ce petit monde ignorait les frêles pièces de trois pence.

À maintes reprises, l'œil tout puissant de James survola son armée. Il adorait ses soldats. Il aimait sentir sa table ployer et gémir sous leur poids. Il adorait voir les pennies, tels d'innombrables colonnes de nuages, attendant d'ouvrir la voie dans des déserts aux ressources inexplorées, tandis que les pièces d'argent, piliers de feu, éclairaient la route dans la longue nuit de la fortune. Il aimait la sensation qu'ils lui donnaient lorsqu'il les soupesait. Le rouge sombre du bronze, évoquant des puces gorgées de sang, paraissait vivre et vibrer, tandis que l'argent, lui, déployait des ailes magiques.

CHAPITRE VII

Natcha-Kee-Tawara

Mr. May et Alvina devinrent presque inséparables, et le bourdonnement du scandale emplit Woodhouse, qui ne pouvait croire que Mr. May fût totalement sérieux lorsqu'il disait avoir horreur qu'une femme essaie de l'aguicher. Woodhouse avait peine à croire que s'il appréciait autant Alvina, c'était parce qu'il la considérait comme une sœur; or pour cette pauvre âme tourmentée et esseulée, elle était une sœur désincarnée. Car si Mr. May, en bon épicurien, aimait bien son propre corps, celui des autres le faisait frémir d'horreur. D'ailleurs, lorsqu'il parlait d'Alvina, il ne trouvait rien de mieux à dire que : « Elle n'est pas physique, elle est cérébrale. »

Il le lui avait expliqué un jour non sans naïveté.

« Il existe deux sortes d'attirances, avait-il dit, physique et cérébrale. L'attirance physique est passagère. Bien sssûr, on apprécie la personne, on la traite avec des égards, etc., pour que la chose soit aussi convenable que possible. C'est d'ailleurs tout à fait convenable, tant qu'on y veille. Mais c'est une relation passagère. Et on le sait. Que cela dure une semaine ou deux, un mois ou deux, on sait dès le début que ça va finir, et de façon définitive, sans tarder. Il faut prendre la chose comme elle vient. Les attirances cérébrales, elles, sont tout à fait différentes. Elles, elles durent. Elles sont éternelles – si tant est que quoi que ce soit d'humain le soit jamais... ou puisse jamais l'être. » Il serra ses mains l'une contre l'autre d'un geste étrangement angélique. Il était tout à fait sincère. Si tant est qu'un homme puisse jamais l'être.

Alvina s'accommodait parfaitement de compter parmi ses amies cérébrales et éternelles, ou plutôt, une de ses amitiés, puisque, aux yeux de Mr. May, elle existait *in abstracto*. De plus, physiquement, il ne suscitait aucune réaction chez elle. Physiquement, il manquait à l'appel. Aussi bizarre que cela puisse paraître, il était absent. Mais sa naïveté éveilla chez Alvina une ironie mordante.

« Et votre femme ? s'enquit-elle.

– Oh, ma femme ! Ne m'en parlez pas ! Avec elle, j'ai commis l'erreur majeure de croire trouver les deux chez une seule personne. Je suis tombé entre deux chaises. Je ne vous dis que ça. Je suis tombé entre deux chaises en beauté, oui, en beauté. D'ailleurs, c'est tout juste si elle ne les a pas empilées sur moi. J'ai cru que je ne me relèverais jamais. Quand j'étais physique, elle était cérébrale : en guise de dîner, c'était Bernard Shaw et une douche froide. Et quand j'étais cérébral, elle était physique, et me passait les bras autour du cou. Le matin, régulièrement, quand je m'apprêtais à me mettre au travail. Oui, ça ne ratait pas. Qu'est-ce que vous en dites ? Le diable lui-même n'aurait pas inventé pire. Oh là là, ne m'en parlez pas ! J'en ai passé, des moments difficiles ! Et dire que je suis toujours en vie… incroyable ! Et tant pis si ça vous fait sourire. »

Alvina ne se bornait pas à sourire. Elle riait carrément. Mais elle resta amie avec l'étrange petit homme.

Il s'acheta un nouveau pardessus élégant et bien coupé, et un nouveau chapeau en velours. Un jour où il se pelotonnait confortablement sur le sofa, elle remarqua même qu'il avait des sous-vêtements en soie bleu pâle et des fixe-chaussettes violets. Elle se demanda où il les trouvait et comment il pouvait se les offrir. Mais le fait n'en demeurait pas moins.

Pour l'instant, James était complètement obnubilé par son établissement, par les recettes surtout. Pour l'instant, il semblait satisfait ou presque. Presque. Assurément, il rentrait de l'argent. Mais il fallait qu'il rembourse les sommes empruntées pour acheter le bâtiment, les sièges et autres accessoires, et une masse de pennies se transformait en une somme très modique à la banque.

L'Entreprise marchait bien, certes, mais pas de façon spectaculaire. Les soirs de pluie, les gens de Woodhouse n'avaient pas envie de descendre à Lumley. Et puis, Lumley était l'un de ces trous à la surface de la terre qui sont dépourvus de tout. Dans cette région de collines anguleuses au profil net et de vallées peu profondes, aussi monotones que des canaux, c'étaient les villes ou villages perchés, comme Woodhouse, Hathersedge et Rapton, qui prospéraient alors que les agglomérations maussades près des canaux n'existaient que comme lieux de travail, mais non de vie ni de plaisir. Cela ressemblait bien à James d'avoir implanté son entreprise dans la poussière et la rouille stagnantes des usines de porcelaine et de faïence et des fonderies, où ne pouvait fleurir aucune illusion.

Il avait rêvé de faire salle comble chaque soir, et d'augmenter ses prix. Perspective hautement improbable : il fallait qu'il soit moins cher que l'Empire de Woodhouse. Dès le début, il s'était situé dans les établissements de seconde zone. Il plaçait à présent ses espoirs dans la création du tramway que l'on construisait à Knarborough, et qui devait traverser le pays – un pays très noir – pour desservir Woodhouse, Lumley et Hathersedge avant de gagner Rapton. Lorsque ce tramway serait en service, James disposerait d'une réserve toujours disponible de gars et de filles. Il déploya donc ses ailes arc-en-ciel vers l'avenir et on commença à l'entendre dire : « Quand nous aurons le tramway, j'achèterai un nouveau projecteur et un meilleur objectif, et j'agrandirai le local. »

Mr. May ne parlait jamais travail à Alvina. C'était un sujet sur lequel il était extrêmement secret. Mais un jour, au début de l'année qui suivit l'ouverture, il lui dit : « Alors, Miss Houghton, comment va notre affaire à votre avis ?

– Je crois que nous ne faisons pas mieux qu'au début, répondit-elle.

– Non. Non, c'est vrai, c'est tout à fait vrai. Mais pourquoi ? Les spectacles ont l'air de leur plaire, pourtant ?

– Je crois que oui, dit Alvina. Je crois qu'une fois qu'ils sont là, ils sont contents. Mais bizarrement, je crois qu'ils n'ont pas envie de venir chez nous. Je sais qu'ils en parlent toujours comme d'un pis-aller. Et s'ils sont là, c'est seulement parce qu'ils ne peuvent pas s'offrir l'Empire ni aller à Hathersedge. On sert de bouche-trou, je le sais. »

Mr. May parut déconfit. Il fixa sur elle le regard malheureux et inquiet de ses yeux bleus. Il commençait à avoir une peur horrible de l'échec.

« Et pourquoi, à votre avis ?

– Je crois qu'ils n'aiment pas les numéros.

– Mais vous avez vu comme ils les applaudissent ! Vous avez vu comme ils ont l'air satisfaits !

– Je sais. Une fois chez nous, ils ont du plaisir à les voir. Seulement ils ne reviennent pas. Ils vont s'entasser à l'Empire. Et là-bas, il n'y a plus que des films : ça coûte bien moins cher. »

Il la considéra d'un œil morose.

« Je n'arrive pas à croire qu'ils ne veulent que des films. Je ne peux pas croire qu'ils ne recherchent qu'un spectacle à deux dimensions », dit-il d'un ton à la fois enjôleur et désolé. Pour sa part, il ne s'intéressait guère au cinéma. Il s'intéressait aux hommes, aux artistes en chair et en os et à leurs exploits. « Tout de même, poursuivit-il, ils sont beaucoup plus emballés après un bon numéro qu'après un film.

– Je le sais bien, répondit Alvina, mais je ne crois pas qu'ils aient envie d'être emballés de cette façon-là.

– Comment ça ?

– Emballés par ce que font les artistes. Je crois qu'ils sont jaloux.

– Ne dites pas de bêtises ! » explosa Mr. May en sursautant comme si on venait de lui tirer dessus. Puis il posa une main sur le bras d'Alvina. « Excusez mon impolitesse ! Je n'en pense pas un mot, bien sssûr ! Quand même, vous n'allez pas me dire que ces jeunes brutes de mineurs et ces ouvrières d'usine sont jaloux du talent des artistes, parce qu'ils n'arriveraient pas à en faire autant ?

– Si, si, je suis sûre que c'est l'explication.

– Je n'arrive pas à y croire, dit Mr. May avec une moue, lui souriant comme à une enfant capricieuse. Vous avez vraiment une piètre opinion de la nature humaine !

– Vous trouvez ? répondit Alvina en riant. Ça ne m'a jamais frappée. Mais je suis certaine que ces gens très ordinaires sont jaloux lorsque d'autres ont ou font des choses hors de leur portée.

– Je n'arrive pas à y croire, protesta Mr. May. Ils ne sont pas bêtes à ce point ! À ce moment-là, pourquoi ne sont-ils pas jaloux des choses extraordinaires qu'on voit dans les films ?

– Parce qu'ils ne voient pas les gens en chair et en os. J'en suis persuadée. Le film n'est qu'une série d'images, comme celles du *Daily Mirror*[1]. Et les images n'ont pas de sentiments en dehors des

1. Premier journal anglais illustré de photographies.

leurs : je parle des réactions de ceux qui les regardent. Les images n'ont d'autre vie que celle des spectateurs. Voilà pourquoi elles leur plaisent : ils ont l'impression d'être importants.

– Les images des films font croire aux mineurs et aux ouvrières qu'ils sont importants ? Mais comment ? Ils s'identifient aux héros et aux héroïnes sur l'écran ?

– Oui, ils ramènent tout à eux, et en dehors d'eux, il n'y a rien. Je sais que c'est de cette façon-là que ça se passe. Ils peuvent se projeter dans un film, mais pas sur un artiste en chair et en os. Avec ceux-ci, ils sont en compétition. Et ils ont horreur de ça. »

Mr. May la regarda longuement, l'air consterné.

« Je n'arrive pas à croire que les gens réagissent ainsi ! Les gens sains ! Pour moi, tout le plaisir réside dans la personnalité vivante, la personnalité exceptionnelle de l'artiste ; c'est ce que j'apprécie particulièrement.

– Je sais, mais c'est justement en cela que vous ne leur ressemblez pas.

– Vous êtes sûre ?

– Oui. Vous n'êtes pas comme eux obsédé par la rivalité.

– Comment ça, la rivalité ? Vous voulez dire qu'ils sont plus intelligents ?

– Non, seulement plus modernes. Vous aimez ce qui est différent de vous. Pas eux. Ils n'aiment pas ce qu'ils ne peuvent pas ramener à eux. Ils détestent tout ce qui n'est pas eux. C'est pour ça qu'ils aiment le cinéma. Ils peuvent se voir en permanence. »

Il avait toujours l'air perplexe.

« Vous savez que vous ne m'avez pas convaincu, dit-il d'un ton un peu ironique, comme si elle se ridiculisait.

– C'est que vous ne connaissez pas les gens. Vous n'imaginez pas leur vanité. »

Il la considéra longuement.

« Alors, vous croyez que nous devrions supprimer les variétés pour ne donner que des films, comme à l'Empire ? demanda-t-il.

– Je crois que ça plaît davantage.

– Et ça revient moins cher. Seulement c'est tellement ennuyeux ! Oh là là, mortel ! Je ne crois pas que j'arriverai à le supporter.

– De plus, nos films ne sont pas assez bons. Il nous faudrait acheter une nouvelle machine, et louer des films chers. Nos images tremblent et nos films sont assez médiocres.

– Mais non, ils sont bien assez bons ! » répliqua-t-il.

Les choses en restèrent là. L'Entreprise était rentable, mais ne faisait qu'un maigre bénéfice, sans plus. Le printemps passa ; vint l'été, et la marge de profit s'amenuisa beaucoup. Sans décourager James pour autant. Il attendait les trams et échafaudait des projets à défaut de murs en brique et en mortier.

Les terrassiers étaient à l'œuvre sur la route de Knarborough et celle qui descendait la colline de Lumley. Alvina s'habitua à les voir. Lorsqu'elle descendait la colline après six heures, elle les rencontrait qui rentraient chez eux en bandes. Et elle aimait bien certains d'entre eux. Quand ils remontaient le trottoir, leur démarche chaloupée leur donnait l'allure de hors-la-loi ; leur port de tête particulier, un peu menaçant, effrayait Alvina cependant même qu'il la fascinait. L'un d'eux, un grand gaillard au visage brique et aux cheveux blonds, semblait avoir couru les mers et affronté le soleil de l'Arctique. Il la regardait toujours. Ils se connaissaient bien, de vue. Il jetait aussi un coup d'œil au fringant Mr. May. Alvina essayait d'imaginer ce que signifiait ce regard et ce que le jeune homme pensait de Mr. May.

Elle fut surprise en entendant le commentaire de ce dernier sur le terrassier.

« Dites donc, quel beau jeune homme ! » s'exclama-t-il un soir au moment où la bande d'ouvriers les dépassait. Et les trois intéressés se retournèrent et virent qu'ils les regardaient. Alvina se mit à rire et leva les yeux au ciel. À ce moment précis, elle serait volontiers aller marcher à côté du terrassier. Elle était si lasse de voir Mr. May se pavaner tranquillement.

Tout bien considéré, Alvina aimait le cinéma et la vie qu'elle menait. Cette vie, elle l'acceptait. Elle perdit un soupçon de sa distinction. Elle était une *déclassée*. Les filles des autres commerçants respectables l'évitaient à présent, ou ne lui parlaient qu'à distance. Elle était censée « mal se tenir » avec Mr. May.

Alvina ne s'en souciait guère. Cela ne lui déplaisait d'ailleurs pas. Elle aimait assez être une déclassée. Elle aimait se sentir étrangère. Au moins, elle était autonome. Elle riait pendant ses allées et venues entre Woodhouse et Lumley, entre Manchester House et le Palais du Divertissement. Elle riait en voyant les affiches de son père placardées çà et là. Elle riait en voyant ses annonces ronflantes dans le journal hebdomadaire de Woodhouse. Elle riait en s'apercevant que tous les jeunes de Woodhouse la reconnaissaient et la considéraient comme l'une de leurs amuseuses de second ordre. Elle était rayée de la carte, ce qui ne lui déplaisait pas.

Car en fin de compte, elle s'amusait beaucoup. Il y avait non seulement l'activité continuelle, mais aussi les artistes. Chaque semaine, elle rencontrait un nouveau lot d'étoiles – trois ou quatre en règle générale. Elle répétait avec eux les lundis après-midi, puis les voyait chaque soir, plus deux fois par semaine en matinée. James donnait maintenant deux représentations par soirée, qui attiraient toujours du public. Si bien qu'Alvina devait entrer en contact avec tous ces gens bizarres, les artistes de music-hall de second ordre. Elle trouvait qu'ils appartenaient tous au même type : un peu défraîchis, un peu miteux, indifférents à la moralité ordinaire et fatalistes, malgré une certaine irritabilité. Or ils étaient souvent fort irascibles. Ce qui allait de pair avec un petit fond de fatalisme brutal. Alvina n'éprouvait pas de tendresse pour eux – ils n'étaient pas censés éveiller des émotions profondes chez ceux qui les côtoyaient. Mais elle les trouvait tous amusants à voir et à connaître. C'était si différent de Woodhouse, où tout était coté, étiqueté. Ces gens étaient des nomades. Ils se moquaient éperdument de savoir qui vous étiez, mais avaient une vanité professionnelle des plus chatouilleuses, voilà tout. Ils offraient un bien curieux spectacle. Aucune pruderie chez eux : si les jeunes gens se faisaient un plaisir de passer le nez derrière le rideau quand la jeune fille était en culottes, elle les renvoyait à leurs affaires, rondement peut-être, mais personne ne s'en offusquait. Voir les dames en culottes et en bas de soie noire ne procurait pas plus de frissons que la graisse à maquillage ou les fausses moustaches. Tout cela faisait partie des accessoires de l'artiste. Quant à l'immoralité, en quoi consistait-elle ? En peu de choses. La plupart des artistes masculins étaient bien plus portés sur un doigt de whisky que sur les vices charnels, et la plupart des filles étaient bonnes camarades entre elles et ne considéraient les hommes que comme des partenaires de scène, même s'ils interprétaient ensemble une farce grivoise. Quelle importance ? Cela ne les excitait guère, en règle générale.

Mr. May avait l'habitude de loger les artistes dans une maison de Lumley qui louait des chambres. Quand un artiste sortant du lot venait, Mr. May l'adressait à une veuve qui tenait une maison de meilleur aloi à Woodhouse. Jamais il ne laissait Alvina s'occuper de ces transactions, hormis celles avec la veuve de Woodhouse, qui, dans le passé, avait été domestique à Manchester House. Et venait encore y faire le ménage.

Une race excentrique et étrange, celle de ces amuseurs. La plupart d'entre eux avaient beaucoup d'imagination ; la plupart buvaient. Ils avaient dans l'ensemble un certain âge, et traversaient la vie quotidienne distraitement, comme des laissés-pour-compte. C'étaient des êtres étranges, étrangers, souvent un peu déprimés, qui sentaient la vie se retirer d'eux. Le cinéma les tuait.

Alvina eut un sérieux béguin pour un homme qui jouait de la flûte et du piccolo. À la cinquantaine, il était encore beau, mais commençait à s'épaissir. Sobre, il était très réservé. Quand il avait assez bu, sa conversation était aussi charmante qu'amusante – oh, très charmante. Alvina l'adorait. Mais hélas, comme il buvait ! Mais quel charme il avait ! Il partit et elle ne le revit plus.

Les jeunes gens ordinaires, avec leurs airs à l'américaine, leurs joues rasées de près, leur teint plutôt blême, laissaient Alvina de marbre, même s'ils faisaient preuve de courtoisie et de galanterie. Ils étaient tout à fait aimables. Mais fort peu attirants. Alvina était plus fascinée par les drôles d'animaux : comme la femme qui faisait des choses merveilleuses avec ses six furets, ou le Japonais tatoué de la tête aux pieds qui avait dans les poignets une force si incroyable qu'il pouvait jeter au sol n'importe quel mineur en un tournemain. Drôles de pistolets, mais un petit peu trop excentriques à ses yeux. Elle les observait à distance respectueuse. Une distance qu'elle aurait aimé pouvoir franchir d'un bond. Surtout pour le Japonais, qui se produisait presque nu, avec pour tout vêtement ses tatouages extraordinaires. Elle n'oublierait jamais l'aigle qui déployait ses ailes terribles entre ses deux épaules, ni le réseau de motifs complexes couvrant ses fesses rondes. Pas très grand, il avait un corps bien proportionné, lisse et tatoué, glabre. Il était presque bleu, ou du moins, ses tatouages étaient bleus, avec quelques taches rouge vif en certains points choisis : autour des mamelons, et dans la gueule du serpent qui s'ouvrait au-dessus de son nombril. Le serpent s'enroulait autour de ses reins et de ses hanches. Il dit à Alvina qu'il avait eu maints épisodes de septicémie lorsqu'on réalisait ses tatouages. C'était un être étrange, dont les yeux noirs d'une lubricité presque batracienne imposaient silence. Il faisait peur à Alvina. Mais lorsqu'il revêtait ses habits ordinaires et qu'il reprenait l'aspect d'un Japonais quelconque, européanisé, assez miteux, il était encore plus effrayant. Car son visage – il n'était pas tatoué au-dessus du ras du cou – était jaune et plat ; on eût dit un antique serpent se chauffant au soleil, un œil ouvert. Elle avait l'impression qu'il ne se départait jamais de son horrible sourire, lubrique, insondable. Lorsqu'on le voyait à Woodhouse par une belle matinée ensoleillée, il détonnait : pur produit de la racaille orientale, ordinaire et miteuse. Qui eût pu imaginer l'aigle terrible entre ses épaules, le serpent sur ses reins et sa peau souple et magique ?

L'été passa, puis l'automne. L'hiver s'annonçait plus propice pour James Houghton, d'autant que les trams devaient entrer en service en janvier.

Il voulait prévoir un bon programme pour la semaine où ceux-ci commenceraient à circuler. Mr. May fit ses préparatifs très en avance. Le numéro principal devait être la troupe des Natcha-Kee-Tawara, qui comptait cinq personnes : Madame Rochard et quatre jeunes gens. Ils étaient à proprement parler une troupe de Peaux-Rouges. Mais l'un des jeunes gens, Suisse allemand, yodlait à merveille, et un autre, Suisse français, était un bon comique à l'accent français, tandis que Madame et l'Allemand jouaient une irrésistible farce à deux personnages. Mais leur grand numéro était celui où ils incarnaient les Natcha-Kee-Tawara, une tribu de Peaux-Rouges.

On les attendait la troisième semaine de janvier ; ils devaient arriver des Potteries le dimanche soir. Lorsqu'Alvina revint du temple ce dimanche-là, elle trouva la veuve, Mrs. Rollings, assise dans le salon, en train de bavarder avec James, qui avait l'air inquiet. Depuis l'ouverture du Palais du Divertissement, James était moins assidu au temple. De plus, il se faisait vieux et chancelant. Le dimanche était le seul soir où il pouvait rester tranquille. De surcroît, ce dimanche-là, la soirée était particulièrement sombre et il tombait une triste neige fondue. James, qui toussait déjà un peu, fut bien avisé de rester chez lui, comme nous le verrons.

Mrs. Rollings, assise, tenait sur ses genoux une bouteille. Elle devait aller chez le pharmacien chercher un remède contre la toux, car Madame Rochard avait un mauvais rhume. Le pharmacien, qui était parti au temple, n'ouvrirait pas avant huit heures.

Madame et les quatre jeunes gens étaient arrivés vers six heures. D'après Mrs. Rollings, Madame était une petite femme corpulente, qui se plaignait sans arrêt d'avoir une bronchite. La main posée sur la poitrine, elle s'assurait de la façon dont elle respirait et toussait

– rheu ! rheu ! – pour vérifier l'état de ses bronches. Mrs. Rollings lui avait suggéré de prendre un bain de pieds d'eau bouillante moutardée, mais Madame insistait, disant qu'il lui fallait un remède pour lui dégager les bronches. Les quatre jeunes gens étaient très gentils et polis. À l'évidence, ils aimaient bien Madame. Laquelle avait tenu à faire cuire elle-même leurs côtelettes. Elle en avait mangé une, mais en appuyant sa main sur sa gorge pour avaler chaque bouchée. L'un des jeunes gens était sorti lui chercher du cognac et il avait également rapporté une demi-douzaine de grandes bouteilles de bière blonde, de la Bass.

Le refroidissement de Madame inquiétait beaucoup Mr. Houghton. Il posa et reposa les mêmes questions, essayant de découvrir quel était au juste son état. Mais Mrs. Rolling ne paraissait rien savoir. James plissait le front. À supposer que Madame ne puisse pas tenir son rôle ! Quel tracas !

« Tu ne veux pas accompagner Mrs. Rollings jusqu'à chez elle et voir comment va cette femme, Alvina ? demanda-t-il à sa fille.

– Vous n'allez pas demander à Alvina de sortir par un temps pareil, protesta Miss Pinnegar. Et puis ce n'est pas à elle de faire ça. Où est passé Mr. May ? C'est à lui d'y aller.

– Oh, répondit Alvina, moi ça ne me dérange pas d'aller là-bas. Attendez cinq minutes, je vais voir si j'ai des pastilles contre la toux. Si c'est vraiment grave, je lui ferai un des cataplasmes de ma mère. »

Et elle se précipita à l'étage. Elle était curieuse de voir à quoi ressemblaient Madame et ses quatre jeunes gens.

Elle accompagna Mrs. Rollings chez le pharmacien, où elles passèrent par la porte de derrière, puis elles regagnèrent rapidement la maison de Mrs. Rollings sous la neige fondue. En traversant l'entrée, elles entendirent des bruits de voix, mais dans la cuisine, tout était tranquille. Les voix venaient de la pièce de devant.

Mrs. Rollings frappa.

« Entrez », fit une voix assez sèche. Alvina suivit la veuve, sur ses talons.

« Je vous ai amené le remède pour la toux, dit celle-ci. Et Miss Huff'n est venue aussi pour voir comment que vous alliez. »

Quatre jeunes gens en bras de chemise étaient assis autour de la table, devant des bouteilles de Bass. Il y avait une épaisse fumée de cigarettes. À côté du feu, qui flambait bien, était assise une femme pâle et potelée aux yeux noirs brillants et aux sourcils bien dessinés : elle pouvait avoir entre quarante et cinquante ans. Il y avait des fils gris dans sa chevelure noire bien coiffée. Elle était vêtue d'une robe noire bien coupée ornée d'un petit col de dentelle blanche. On voyait à son expression qu'elle se trouvait fort à plaindre. Elle tenait une cigarette entre les doigts d'une main ballante.

Elle se leva avec peine et tendit sa main potelée sur laquelle brillaient quatre ou cinq bagues après avoir discrètement envoyé la cigarette dans la cheminée.

« Ravie de vous rencontrer, dit-elle. Je n'ai pas bien saisi votre nom. » Sa voix sonore et plaintive évoquait un roseau de bronze qui vibre tristement.

« Alvina Houghton.

– La fille à çui qu'est propriétaire du théâtre, que vous allez y jouer, intervint la veuve.

– Ah, oui, je vois. Miss Houghton. Je ne savais pas comment prononcer votre nom. Huffton, c'est ça ?[1] Miss Houghton, j'ai un mauvais rhume qui me tombe sur la poitrine », dit-elle en posant sa main ornée de bagues sur son ample buste. « Mais laissez-moi vous présenter mes garçons. » D'un geste de sa main grassouillette à l'index un peu jauni par la cigarette, elle désigna la tablée.

Les quatre jeunes gens s'étaient levés, regardant Alvina et Madame. La pièce était petite, assez nue, avec un sol en lino et des appuie-tête en crin et en crochet blanc. La table elle aussi était protégée : une toile cirée aux motifs de couleurs vives, luisante mais propre, la recouvrait. Au-dessus pendait un brûleur à gaz nu. Le mobilier se composait seulement de chaises, de fauteuils, d'une table, et d'un canapé garni d'un appuie-tête en crin. Pourtant la petite pièce paraissait pleine ; pleine de gens, de jeunes gens en gilet élégant et en cravate, mais en bras de chemise.

« Je vous présente Max, dit Madame. Je ne vous dirai que les prénoms, pas les noms de famille, ça sera plus facile pour vous ... »

1. Madame est française, Max suisse allemand, Geoffrey, suisse d'expression française, Ciccio italien. Aucun d'entre eux ne parle bien anglais et tous les dialogues sont sous le signe de cette « étrangeté étrangère ». Madame parle assez couramment, mais avec une grammaire très élémentaire. Afin de marquer le flottement entre les langues, on a laissé quelques-uns de ses énoncés originaux en anglais pour respecter la logique de Laurence, qui émaille son texte de petites phrases dans la langue maternelle de chacun.

Entre-temps, Max s'était incliné. C'était un grand Suisse aux yeux en amande, et au visage assez plat, qui se tenait raide comme un piquet.

«Voici Louis...» Lequel s'inclina avec grâce. C'était un Suisse français, de taille moyenne, aux pommettes saillantes, avec une grande mèche de cheveux noirs et brillants retombant sur sa tempe.

«Et je vous présente Geoffroy, ou Geoffrey.» Geoffrey fit un salut. C'était un montagnard aux larges épaules, taciturne et vigilant, originaire des Alpes françaises.

«Enfin, voici Francesco, Frank...» La lèvre de Francesco se retroussa légèrement en un demi-sourire, il adressa machinalement à Alvina un salut militaire. Il était brun, assez grand, avec des membres déliés et des yeux fauves. C'était un Italien du Sud. Le regard de Madame se reposa sur lui : «*He doesn't like his English name of Frank*[1]. Vous voyez, il fait la grimace. Non, il n'aime pas ça. On l'appelle aussi Ciccio.» Mais Ciccio baissait une tête penaude, sans cesser de sourire avec la même expression crispée, et il se pencha vers sa chaise, comme s'il voulait se rasseoir.

«Voilà ma famille : ce sont ces jeunes gens, dit Madame. Nous sommes issus de trois races. Il n'y en a qu'un qui n'est pas originaire de nos montagnes, c'est Ciccio. Allez, asseyez-vous.»

Tous prirent des chaises. Il y eut un silence.

«Le voyage a été tellement pénible que mes jeunes gens vont boire un peu de bière. En règle générale, je n'aime pas ça. Mais aujourd'hui, je les laisse faire. Moi, je m'abstiens, parce que j'ai peur que ça me chauffe encore plus.» Posant la main sur sa poitrine, elle prit péniblement de longues inspirations. «Je le sens. C'est là, dit-elle en se tapotant la poitrine. J'ai peur pour demain. Vous ne voulez pas prendre un verre de bière? Ciccio, demande un autre verre.» Au bout de la table, Ciccio ne se leva pas, mais regarda Alvina comme s'il supposait qu'il n'aurait pas à bouger, toujours avec cette étrange mimique arrogante qui lui retroussait la lèvre. Madame lui jeta un regard incendiaire. Mais il tourna vers elle son plus beau profil où frémissait encore le léger rictus.

«Non, merci, je ne bois jamais de bière, répondit précipitamment Alvina.

1. «Il n'aime pas qu'on l'appelle Frank, à l'anglaise.»

– Non ? Jamais ? Ah, tiens ! » Madame croisa les mains, mais ses yeux noirs continuèrent à jeter des éclairs venimeux à Ciccio. Les autres jeunes gens tripotèrent leur verre, portèrent leurs cigarettes à leurs lèvres et soufflèrent la fumée par le nez, mal à l'aise.

Madame ferma les yeux et s'appuya un moment au dossier de sa chaise. En cet instant, son visage pâle était presque transparent et ses yeux, cernés de bistre. Ses cheveux soigneusement brossés en arrière luisaient comme du verre noir sur ses tempes. Elle n'allait manifestement pas bien. Les jeunes gens la regardèrent et échangèrent des murmures.

« Je crois bien que votre rhume est sévère, dit Alvina. Voulez-vous me laisser prendre votre température ? »

Madame ouvrit des yeux fixes, effrayés.

« Oh, ne vous donnez pas cette peine », s'écria-t-elle. Max, le grand Suisse au teint coloré, se tourna vers elle en disant :

« Si, il faut prendre votre température. Alors, nous serons fixés. Quand nous étions à Redruth, j'ai eu trente-neuf cinq. »

Alvina avait pris le thermomètre dans sa poche. Pendant ce temps, Ciccio marmonna en français quelques mots, manifestement grossiers, à l'intention de Max.

« Qu'est-ce que je vais faire si je ne peux pas travailler demain, gémit Madame, voyant Alvina lever le thermomètre à la lumière. Max, qu'allons-nous faire ?

– Vous resterez au lit et nous ferons le numéro du Prisonnier blanc », dit Max, d'un ton saccadé et formel.

Ciccio retroussa la lèvre et pencha la tête de côté. Alvina s'approcha de Madame avec le thermomètre. Madame leva sa main potelée pour repousser Alvina et déclara en guise de conclusion :

« Jamais, jamais je n'ai manqué un seul jour de travail en dix ans. Jamais. Si je dois être abandonnée sur mon lit de douleur, autant mourir tout de suite.

– Abandonnée sur un lit de douleur ! dit Max. Vous savez bien que ça n'arrivera pas. Vous dites des bêtises !

– Prenez le thermomètre, conseilla Geoffrey d'une voix bourrue mais affectueuse.

– Demain, vous irez mieux, vous verrez. C'est sûr ! » déclara Louis.

Madame secoua tristement la tête, ouvrit la bouche, et s'appuya contre son dossier les yeux fermés ; le bout du thermomètre dépassait au coin de ses lèvres comme une protubérance comique. Pendant ce temps, Alvina souleva son poignet dodu pour lui prendre le pouls.

« On peut répéter…, commença Geoffrey.

– Chut ! » dit Max, qui leva le doigt et jeta un regard inquiet vers Alvina et Madame, toujours appuyée au dossier de sa chaise avec le bout du thermomètre dressé au coin de sa bouche pincée. Elle avait une mine épouvantable.

Max et Louis regardaient la scène d'un air inquiet. Geoffrey soufflait la fumée de sa cigarette par le nez. Ciccio alluma sans scrupule une nouvelle cigarette, craquant une allumette sur le talon de sa chaussure, et souffla les premières bouffées de fumée par le nez, qu'il avait assez long au demeurant. Puis il ôta la cigarette de sa bouche, tourna la tête, cracha sur le sol en prenant son temps, et écrasa le crachat sous son pied. Max cilla et lui lança un regard méprisant, marmonnant quelque chose au sujet de « *ein schmutziges italienisches Volk*[1] » tandis que Louis, refusant de voir et d'entendre, formait avec ses lèvres le mot « *Chien* ».

Puis, vifs comme l'éclair, ils reportèrent leur attention sur Madame.

Le thermomètre annonçait trente-neuf.

« Vous devriez aller vous coucher, dit Alvina. Avez-vous mangé ?

– Une petite bouchée », répondit-elle d'un ton plaintif.

Pâle et défait, Max resta assis ; Louis s'était précipité vers Madame pour lui prendre la main, qu'il baisa rapidement. Puis il se détourna, les larmes aux yeux. Geoffrey avala de grandes gorgées de bière tandis que Ciccio, tête baissée, observait la scène par-dessous ses sourcils.

« Je cours chercher le docteur, dit Alvina.

– Non ! Ne faites pas ça, ma petite ! Ne faites surtout pas ça. J'ai de la température fatalement.

– Facilement, rectifia Louis, le cœur serré à l'évidence.

– Je vais me coucher », dit Madame, obéissante. Et elle se leva.

« Attendez une minute. Je vais m'assurer qu'il y a du feu dans votre chambre, dit Alvina.

– Oh, chère petite, vous êtes trop bonne. Ouvre-lui la porte, Ciccio. »

---

1. « Sale race, ces Italiens. »

Ciccio se pencha, mais trop tard. Max l'avait précédé pour faire sortir Alvina. Madame s'enfonça dans son fauteuil.

«Jamais, en dix ans, gémissait-elle. *Quoi faire, ah, quoi faire! Que ferez-vous, mes pauvres, sans votre Kishwégin. Que vais-je faire, mourir dans un tel pays! – la bonne demoiselle – elle a du cœur. Elle pourrait aussi être belle, s'il y avait un peu plus de chair. – Max, liebster, schau ich sehr elend aus? – Ach, oh jeh, oh jeh!*

– *Ach nein, Madame, ach nein. Nicht so furchtbar elend,* dit Max.

– *Manca il cuore solamente al Ciccio,* gémit Madame. *Che natura povera, senza sentimento – niente di bello. Ahimè, che amico, che ragazzo duro, aspèro...*

– *Trova?*[1] » dit Ciccio, la lèvre retroussée. À le voir baisser ses longs cils recourbés, on se demandait s'il n'allait pas se mettre à pleurer malgré cette comédie du mauvais garçon qu'il se forçait à jouer.

Ainsi, Madame, toute pâle, gémissait en quatre langues tout en tenant la pose dans son fauteuil. D'ordinaire, elle ne parlait que français à ses jeunes gens. Mais c'était une occasion exceptionnelle.

« *La pauvre Kishwégin!* murmura Madame. *Elle va quitter ce monde. Elle passe, la pauvre Kishwégin.* »

Kishwégin était le nom peau-rouge de Madame, celui sous lequel elle se produisait en squaw dans sa danse du feu.

Maintenant qu'elle se savait malade, Madame semblait le devenir davantage. Elle avait une respiration rapide et saccadée, une douleur au côté. Une rougeur fiévreuse envahit ses joues. Les jeunes gens étaient tous très mal à l'aise. Louis ne retint pas ses larmes. Seul Ciccio conserva son léger sourire, ce qui ne fit qu'ajouter à la contrariété et à l'inconfort de Madame.

Alvina descendit la chercher pour la mettre au lit. Les quatre jeunes gens se levèrent et baisèrent la main de Madame lorsqu'elle sortit : sa pauvre main ornée de bagues qui sentait légèrement l'eau de Cologne. Elle leur souhaita bonne nuit avec un mot gentil pour chacun.

« Bonne nuit, mon fidèle Max, je m'en remets à toi. Bonne nuit,

---

1. « Max, mon chéri, j'ai vraiment une mine si affreuse? Ah, mon dieu, mon dieu! – Mais non, Madame, mais non. Pas si mauvaise. – Il n'y a que Ciccio qui n'a pas de cœur. – Quelle nature pauvre; pas de sentiment – rien pour plaire. Ah là là, quel ami, qu'il est dur, ce garçon, et amer. – Vous trouvez? »

Louis, le cœur tendre. Bonne nuit, vaillant Geoffrey. Ah, Ciccio, n'ajoute pas encore un poids sur mon cœur. Soyez de bons *braves*, tous, soyez des frères unis. Une petite prière pour la pauvre Kishwégin. Bonne nuit ! »

Après avoir ainsi pris congé, elle monta lentement l'escalier, posant une main sur son genou à chaque marche pour s'aider.

« Non, non, dit-elle à Max qui voulait suivre pour la soutenir. Ne monte pas. Non, non ! »

Sa chambre était convenable et bien rangée.

« Ce soir, je ne pourrai pas vérifier que les chambres des garçons sont bien en ordre, gémit-elle. On ne peut pas leur faire confiance, ça non. Ils ont besoin de se savoir surveillés, surtout Ciccio, surtout Ciccio ! »

Elle se laissa tomber près du feu et commença à dégrafer sa robe.

« Laissez-moi vous aider, dit Alvina. J'ai été infirmière, vous savez.

– Ah, vous êtes trop bonne, oui, trop bonne, ma chère petite. Je suis une vieille dame solitaire. Je n'ai pas l'habitude qu'on s'occupe de moi. Mieux vaut me laisser seule.

– Laissez-moi vous aider, insista Alvina.

– Mon dieu, *ahimè*[1] ! Qui eût cru que Kishwégin aurait besoin d'aide. Hier soir, j'ai dansé avec les garçons au théâtre de Leek. Et ce soir, on me met au lit à… comment s'appelle cet endroit, déjà ? Je ne crois pas m'en souvenir.

– Woodhouse, dit Alvina.

– Woodhouse ! Woodhouse ! Woodbouse, oui ! Pouah, quelle horreur ! À quoi ça rime, tout ça ! »

Alvina déshabilla prestement la petite femme potelée et soignée. Elle paraissait avoir la chair si tendre. Alvina avait du mal à l'imaginer en danseuse, se dépensant sur scène. Mais la douceur de Madame pouvait se transformer instantanément en énergie sauvage, en force convulsive soudaine, comme celle du poulpe. Alvina brossa les longs cheveux noirs et les natta légèrement. Puis elle mit Madame au lit.

« Ah, soupira celle-ci, *the good bed! the good bed! But cold – it is so cold*[2]. Voulez-vous pendre ma robe s'il vous plaît, et plier mes bas ? »

---

1. Italien : « hélas ! »
2. « Le bon lit ! le bon lit ! Mais il est froid – si froid. »

Alvina eut tôt fait de plier et de ranger les sous-vêtements raffinés. Une femme étrange et raffinée, cette Madame, jusqu'à ses délicates jarretières brochées noir et or.

«Mes pauvres garçons… pas de Kishwégin demain! Vous ne pensez pas que je doive voir un prêtre, ma petite? Un prêtre! dit Madame, claquant des dents.

– Un prêtre? Oh, non! Vous vous sentirez mieux dès que vous serez réchauffée. Je crois que c'est juste un refroidissement. Mrs. Rollings est en train de faire chauffer une couverture…»

Alvina descendit l'escalier en courant. Max ouvrit la porte du salon pour écouter les bruits de pas. Ses poings osseux étaient serrés sous ses manchettes dégrafées, ses sourcils relevés en une mimique tragique.

«Elle est très mal? demanda-t-il.

– Je ne sais pas. Mais je ne le crois pas. Vous voulez bien chauffer la couverture pendant que Mrs. Rollings prépare un bouillon?»

Max et Louis se levèrent pour chauffer des couvertures. Le pantalon de Louis, étroit à la taille, lui donnait une silhouette féminine. Max se tenait très droit et raide. Mrs. Rollings demanda à Geoffrey de remplir les seaux à charbon et d'en monter un. Docilement, Geoffrey prit une lanterne et sortit pour aller au hangar à charbon. Après quoi, il fut chargé de monter le fauteuil en crin.

«Il faut que je rentre chercher plusieurs choses chez moi, dit Alvina à Ciccio. Vous voulez bien m'accompagner pour les porter?»

Il se leva et jeta sa cigarette d'un seul geste. Il ne regarda pas Alvina. Ses beaux cils semblaient voiler ses yeux. Il était assez grand, mais plutôt dégingandé pour un Italien, avec des épaules un peu tombantes. Alvina remarqua la main de Méditerranéen, mince et déliée, qu'il porta à ses lèvres. C'était une main comme elle n'en avait jamais vu, préhensile, tendre et mate. D'un pas à la fois nonchalant et étrangement gracieux, il sortit dans le couloir pour prendre son manteau.

Il ne desserra pas les dents et accompagna Alvina en gardant ses distances.

«Je suis désolée pour Madame, dit Alvina, un peu essoufflée de cette marche nocturne à vive allure. Elle se préoccupe beaucoup de vous tous.»

Mais Ciccio ne daigna pas répondre. Il marchait les mains dans les poches de son imperméable, grimaçant sous la pluie.

«Jamais elle ne sera capable de danser demain, vous savez, dit Alvina.

– Vous croyez ?

– J'en suis presque sûre. »

Après quoi, il n'ajouta plus rien, et Alvina garda aussi le silence jusqu'à ce qu'ils arrivent à la ruelle obscure et à la cour encombrée à l'arrière de la maison.

«Vous n'y voyez rien du tout, dit-elle. Venez par ici. »

Elle le chercha à tâtons dans le noir et rencontra une main hésitante.

« Par ici », dit-elle.

Alvina trouva les doigts de Ciccio curieusement légers dans sa main – on eût dit ceux d'un enfant. Ils arrivèrent ainsi sous la lumière de la fenêtre du salon.

Alvina entra bien vite et le jeune homme la suivit.

« Il faudra que je veille Madame cette nuit, expliqua-t-elle en hâte. Elle a de la fièvre, mais elle peut s'en débarrasser si on parvient à la faire transpirer beaucoup. » La jeune fille courut au premier étage pour réunir ses effets et ce dont elle avait besoin. Ciccio resta en bas, près de la porte, et opposa à toutes les tentatives de Miss Pinnegar pour le faire s'approcher du feu un signe de dénégation et un léger sourire, timide et borné.

« Mais venez donc vous réchauffer avant de ressortir », proposa Miss Pinnegar en regardant l'homme qui, à distance, baissait la tête. Il continua à secouer la tête, mais ouvrit enfin la bouche.

« On sent plus le froid après », dit-il, et un léger sourire borné découvrit ses dents.

« Oh, dans ce cas... », répondit Miss Pinnegar, piquée. Elle ne comprenait rien à son comportement et y renonça.

Lorsqu'ils revinrent, Madame commençait à délirer et parlait avec volubilité de sa danse et de ses garçons. Les trois jeunes gens étaient terrifiés. Ils avaient si bien fait chauffer les couvertures qu'elles étaient brûlantes. Alvina prépara des cataplasmes et les appliqua sur le flanc de Madame, là où elle avait mal. Avec sa peau blanche et sa chair tendre, elle avait vraiment l'air d'une enfant potelée ! Ses symptômes évoquaient un point de pleurésie, assurément. Les jeunes gens restèrent à attendre devant sa porte. Alvina enveloppa l'infortunée patiente dans les couvertures brûlantes, réussit à lui faire avaler quelques cuillérées de bouillon chaud avec un peu de whisky, la borda dans son lit, baissa la lumière et renvoya les jeunes gens. Puis elle s'assit pour la veiller. Madame s'agitait, gémissait et murmurait fiévreusement. Alvina la réconforta et lui rentra les mains sous les draps. Enfin, la malade se calma. Elle avait le front un peu moite et sombra dans un sommeil tranquille, transpirant abondamment. Alvina continua à la surveiller, la calmant lorsqu'elle se réveillait en sursaut et cherchait à repousser les couvertures. Elle la réconforta, l'empêcha de se lever en la maintenant avec douceur mais fermeté, la borda bien serré pour la faire encore transpirer, malgré sa résistance. Madame luttait, se débattant par accès convulsifs, et criait qu'elle suffoquait, qu'elle avait trop chaud, trop chaud.

« Ne bougez pas, ne bougez pas, disait Alvina. Restez bien au chaud. »

La pauvre Madame gémissait. Comme elle détestait mariner dans sa propre transpiration ! Sa nature volontaire se rebellait vivement. Elle aurait rejeté les couvertures pour haleter dans l'air froid si Alvina ne l'avait maintenue dans son lit par cette pression douce et inexorable.

Les heures passèrent ainsi, jusqu'à une heure du matin environ ; puis la transpiration diminua, l'état de la malade s'améliora nettement, et elle se calma. Alors, Alvina descendit un moment. Elle vit que la lumière brûlait toujours dans la pièce de devant. Après avoir frappé, elle entra. Max était assis près du feu, vivant portrait de la désolation, face à Louis qui dodelinait de la tête et somnolait après ses larmes. Sur le sofa, Geoffrey ronflait légèrement et Ciccio, assis, la tête sur la table, les bras étalés, dormait d'un sommeil de plomb. À nouveau, elle remarqua ses mains de Méditerranéen, tendres et mates, les poignets fins – fins pour un homme naturellement musclé et dégingandé.

« Vous n'êtes pas allés vous coucher ? chuchota Alvina. Pourquoi ? »

Louis se réveilla en sursaut. Max, qui seul était resté obstinément vigilant, secoua une tête lugubre.

« Vous savez, elle va mieux, chuchota Alvina. Elle a transpiré. Elle va mieux. Elle dort d'un bon sommeil. »

Max la regarda avec des yeux ronds de hibou, pâlis par la veille, pessimistes et sceptiques.

« Si, si, insista Alvina. Venez la voir. Mais surtout ne la réveillez pas. »

Max ôta ses pantoufles et se dressa de toute sa taille. Louis, tel un poulet effrayé, le suivit. Chacun tenait ses chaussons à la main. Ils entrèrent sans bruit et tendirent furtivement le cou au-dessus des piles de couvertures. Madame était couchée, les joues un peu rouges, et dormait légèrement; elle avait l'air d'une petite fille, une mèche de cheveux noirs collés à la joue, les lèvres entrouvertes.

Max la regarda quelques instants. Puis, soudain, il se redressa, rejeta en arrière ses cheveux bruns coiffés en brosse à la mode allemande, se signa et fit une génuflexion comme devant un autel; il se signa à nouveau et fit une autre génuflexion, puis se signa une troisième fois en s'inclinant. Après quoi, il se redressa et se détourna.

Louis aussi se signa, puis fondit en larmes. Il s'inclina, saisit le bord de la couverture qu'il porta à ses lèvres et baisa avec respect. Puis il se couvrit le visage de la main.

Pendant ce temps, Madame continuait à dormir d'un sommeil léger, innocent.

Alvina se tourna pour partir. Max la suivit en silence, menant Louis par le bras. Arrivés en bas, Max et Louis se jetèrent dans les bras l'un de l'autre, et s'embrassèrent sur les deux joues à la mode continentale.

« Elle va mieux, déclara Max d'un ton grave en français.

– Dieu soit loué ! » dit Louis.

Alvina observa cette scène avec stupéfaction. Les hommes ne lui prêtaient aucune attention. Max traversa la pièce pour secouer Geoffrey et Louis posa la main sur l'épaule de Ciccio. Les dormeurs furent difficiles à réveiller. Les deux jeunes gens éveillés secouèrent les deux dormeurs, mais en vain. Enfin, Geoffrey commença à bouger. Louis souleva de la table les épaules de Ciccio, mais en vain. La tête et les mains pendaient, inertes. Les longs cils noirs ne bougeaient pas, le fin nez grec, un peu long, continuait à respirer légèrement, la bouche restait fermée. Le dormeur avait une étrange masse de cheveux fins et noirs, drue comme de la fourrure, animale, et des mains mates à l'aspect fragile, sans défense. Il portait un anneau d'argent à un doigt.

Alvina saisit soudain l'une des mains inertes qui glissaient sur la nappe tandis que Louis secouait les épaules du jeune homme. Elle la serra très fort, cette main. Ciccio ouvrit ses yeux fauves aux lueurs jaunes, ses yeux qui semblaient avoir été frottés avec des doigts sales, selon l'expression familière, tant cils et sourcils étaient noirs. Réveillé dans son premier sommeil, il était comme ivre et ne voyait rien.

« Réveillez-vous », dit Alvina en riant. Et elle lui serra de nouveau la main.

Il releva la tête, lui étreignit brusquement la main, ses yeux redevinrent conscients, sa main se relâcha, il la reconnut, et se redressa pour s'appuyer au dossier de sa chaise, détournant le visage et baissant les cils.

« Lève-toi, grande brute », dit Louis à mi-voix en français. Il poussa Ciccio comme les bouviers poussent parfois leurs bêtes. Ciccio se leva en chancelant.

« Elle va mieux, lui dirent-ils. Nous allons nous coucher. »

Ils prirent les bougies pour monter à l'étage, et saluèrent Alvina en passant devant elle : Max, solennel, Louis, galant, les deux autres muets et somnolents. Ils occupaient les deux chambres sous les combles.

Alvina monta le matelas du sofa et dormit par terre devant la cheminée dans la chambre de Madame.

Madame dormit bien et longtemps : elle se réveillait un peu, s'agitait et se rendormait. Il était huit heures quand elle posa sa première question. Alvina était déjà debout.

« Oh, *alors*, je me sens mieux, bien mieux. Aujourd'hui, je pourrai danser.

– Aujourd'hui, je ne pense pas, répondit Alvina, mais peut-être demain.

– Non, aujourd'hui, dit Madame. Je pourrai danser aujourd'hui, parce que je suis rétablie. Je suis Kishwégin.

– Vous allez mieux, mais il faut rester tranquille aujourd'hui. Oui, vraiment, quand vous essaierez de vous lever, vous vous rendrez compte que vous ne tenez pas debout. »

Madame posa sur le visage mince d'Alvina un regard morose.

« Vous êtes une Anglaise, vous : sévère et matérialiste. »

Alvina sursauta et se retourna pour la regarder, ses yeux bleus écarquillés.

« Pourquoi dites-vous ça ? » Il y avait chez elle quelque chose de pathétique et d'exsangue, une sorte d'héroïsme que Madame avait en horreur, mais qu'elle trouva touchant à cet instant précis.

« Allons, dit-elle, tendant sa main potelée et baguée. Venez, je ne suis pas une ingrate. Venez, ils ne valent rien pour vous, tous ces gens, je le vois. Venez près de moi.»

Alvina s'approcha lentement de Madame, prit la main tendue. Madame lui baisa la main, puis l'attira pour la faire asseoir et l'embrassa sur les deux joues, comme les jeunes gens la veille.

« *You have been good for Kishwégin, and Kishwégin has a heart that remembers*[1]. – Allez, Miss Houghton, je ferai ce que vous me direz. Kishwégin vous obéit.» Et Madame tapota la main d'Alvina en hochant sagement la tête

«Je prends votre température ? demanda Alvina.

– Oui, ma petite fille, faites. Vous parlez, j'obéis.»

Madame se recoucha donc sur les oreillers, mit docilement le thermomètre entre ses lèvres serrées, observant Alvina de ses yeux noirs.

«Tout va bien, dit Alvina en consultant le thermomètre. C'est normal.

– Normal ! répéta Madame d'une voix un peu gutturale. Parfait ! Alors, quand danserai-je ?»

Alvina se retourna pour la regarder.

«Franchement, je crois que vous devriez attendre jeudi ou vendredi.

– Jeudi ! reprit Madame. Vous avez dit jeudi !» Il y avait dans sa voix une note de rébellion manifeste.

«Vous allez être très faible. Vous venez d'échapper à une pleurésie. Si je vous dis cela, c'est que je le pense vraiment.

– Ah, vous autres Anglaises ! dit Madame, fixant sur Alvina ses yeux noirs. Vous, vous devez aimer qu'on vous cède. En toutes choses, vous aimez qu'on vous cède. Oui, vous êtes une Anglaise très bonne. Jeudi. Très bien. Ce sera donc jeudi. Jusqu'à jeudi, Kishwégin n'existe pas.»

Et elle se laissa glisser, déjà lasse, sur son oreiller.

Lorsqu'elle eut pris son thé, fait sa toilette et que sa chambre fut rangée, elle fit appeler les jeunes gens. Alvina avait prévenu Max qu'il fallait éviter toute fatigue à Madame aujourd'hui. Dès que le premier des quatre s'encadra dans la porte, en manches de chemises et en chaussons, Madame dit :

---

1. «Vous avez été bonne pour Kishwégin. Et le cœur de Kishwégin a bonne mémoire.»

«Ah, vous voilà, mes garçons ! Entrez ! Entrez ! Ce n'est pas Kishwégin qui s'adresse à vous. Kishwégin n'existera pas avant jeudi, d'après ce que dit la jeune demoiselle anglaise.» Elle tendit sa main, légèrement parfumée à l'eau de Cologne – toute la chambre sentait l'eau de Cologne –, et Max courba son dos raide pour la lui baiser. Elle lui caressa doucement la joue de son autre main.

«Mon fidèle Max, mon soutien.»

Louis entra en souriant, tenant un bouquet de violettes et d'anémones roses qu'il posa sur le lit devant elle, avant de prendre sa main et de s'incliner pour la baiser respectueusement.

«Vous allez mieux, chère Madame ? demanda-t-il en lui souriant longuement.

– Mieux, oui, mon gentil Louis. Et mieux grâce à tes fleurs, noble cœur.» Elle prit le bouquet à deux mains pour approcher les violettes et les anémones de son visage, puis le reposa doucement pour tendre la main à Geoffrey.

«Le bon Geoffrey fera de son mieux en l'absence de Kishwégin, n'est-ce pas ? dit-elle tandis qu'il s'inclinait.

– *Bien sûr, Madame.*

– Ciccio, un de tes boutons de manchette se détache. Où est mon aiguille ?» Elle fouilla la pièce du regard tandis que Ciccio lui baisait la main.

«Vous vouliez quelque chose ? dit Alvina, qui n'avait pas suivi le Français.

– Mon aiguille, pour recoudre ce bouton. Elle est là, dans ce sac en soie.

– Je vais le faire, dit Alvina.

– Merci.»

Pendant qu'Alvina recousait le bouton, Madame s'entretint avec ses garçons, surtout avec Max. Ils devaient obéir à Max, dit-elle, car c'était leur frère aîné. Cet après-midi, ils répéteraient soigneusement la scène du Prisonnier blanc. Ils devaient répéter très consciencieusement, et trouver quelqu'un pour jouer le rôle de la jeune squaw. Dans cette scène, elle n'avait pratiquement rien à faire, la jeune squaw, sinon être assise ou debout. Miss Houghton – mais, ah ! mais oui, Miss Houghton devait être au piano, elle ne pouvait pas jouer le rôle de la jeune squaw. Alors, quelqu'un d'autre.

Pendant cet entretien, Mr. May arriva, très inquiet.

«Le défilé pourra-t-il avoir lieu ? lança-t-il.

– Ah, le défilé ! » s'écria Madame.

Sur demande, lorsque la troupe des Natcha-Kee-Tawara arrivait dans une ville, elle signalait sa présence par un défilé. Les jeunes gens étaient vêtus en *braves* indiens, et, derrière Kishwégin, ils traversaient les rues principales à cheval. Ciccio, le cavalier d'élite de la troupe, ayant été dans un régiment italien au service d'un *Marchese* très connu et grand amateur de chevaux, donnait un petit spectacle équestre.

Mr. May tenait beaucoup au défilé. Les chevaux étaient prêts. Une matinée assez ensoleillée avait succédé à la neige fondue et au mauvais temps. Et voilà qu'en arrivant, il trouvait Madame au lit et les jeunes gens en grand conciliabule avec elle.

« C'est vraiment très regrettable ! s'écria Mr. May. Vraiment très regrettable !

– Affreux ! Affreux ! gémit Madame dans son lit.

– Mais il n'y a vraiment rien à faire ?

– Si. Vous pouvez donner la scène du Prisonnier blanc... les jeunes gens peuvent la jouer si vous trouvez une doublure pour la squaw. Ah, je crois qu'il va falloir que je me lève, finalement. »

Alvina vit la tension et l'épuisement creuser le visage de Madame. « Si vous retourniez tous en bas ? suggéra-t-elle. Mr. Max sait ce que vous avez à faire. »

Et elle chassa les cinq hommes de la chambre.

« Il faut absolument que je me lève. Je ne danserai pas, je jouerai les utilités. Mais il faut que je sois là. C'est une ca-tastrophe, une ca-tastrophe ! gémit Madame.

– Ne vous occupez pas d'eux. Ils peuvent se débrouiller tout seuls. Les hommes sont de vrais bébés. Qu'ils se débrouillent.

– Des enfants, ce sont tous des enfants, gémit Madame. Tous des enfants. Alors, comment vont-ils faire sans leur vieille *gouvernante* ? Mes pauvres *braves*, que vont-ils faire sans Kishwégin ? C'est une ca-tastrophe, une ca-tastrophe, vraiment. Ce pauvre Mr. May, il est tellement déçu.

– Eh bien, il n'en mourra pas », lança Alvina en bordant Madame de force dans son lit et en l'obligeant à rester tranquille.

« Vous êtes dure ! *You are a hard Englishwoman* [1]. Toutes les mêmes. Toutes les mêmes. »

Madame se calma à contrecœur, exténuée, tandis qu'Alvina

1. « Vous êtes dure, comme les Anglaises. »

évoluait sans bruit dans la chambre. Et au bout de quelques minutes, la malade se rendormit.

Alvina descendit. Mr. May écoutait Max, qui expliquait en allemand la scène du Prisonnier blanc. Mr. May avait passé son enfance dans une école allemande. La tête penchée de côté, la main posée sur le bras de Max, il lui faisait la conversation dans son allemand étrange. Les autres gardaient le silence. Ciccio, qui ne faisait même pas semblant d'écouter, fumait en regardant ses pieds. Louis et Geoffrey comprenaient des bribes de la conversation. Louis hochait la tête d'un air pénétré tandis que Geoffrey lâchait sèchement de brefs «*Ja! Ja! Doch! Eben!*[1]» assez mal à propos.

Mr. May s'arrêta brusquement et se retourna vers la compagnie. «Je ferai la squaw», s'écria-t-il en anglais, et il dressa bizarrement la tête, un peu comme un perroquet. «C'est moi qui ferai la squaw! Comment s'appelle-t-elle? Kishwégin? Je peux jouer Kishwégin, non?» Là-dessus, il se redressa avec un large sourire un peu gêné.

Les deux grands Suisses le regardèrent de leur hauteur avec un léger sourire. Ciccio, assis sur le divan, les bras sur les genoux, tourna la tête et regarda Mr. May faire son numéro avec attention, l'air indéchiffrable et inexpressif.

«Allons-y», dit Mr. May très excité par sa nouvelle responsabilité. Allons répéter ce matin même, et nous ferons le défilé cet après-midi, au moment où les mineurs rentrent chez eux. Là! Comment? Ce n'est pas une bonne idée? Eh bien! Préparez-vous donc maintenant, tout de suite!»

Enthousiaste, il interrogea du regard les garçons qui acquiescèrent lentement, la mine aussi grave que s'ils étaient déjà dans leur rôle de *braves*. Puis ils se détournèrent pour mettre leurs chaussures.

Peu après, ils descendirent tous ensemble à Lumley. Mr. May gambadait comme un petit poney de cirque à côté d'Alvina, tandis que devant eux, les quatre jeunes gens descendaient la colline beaucoup plus vite.

«Qu'est-ce que vous en pensez? lança Mr. May. Nous avons rétabli la situation, non? Vous ne croyez pas? Vous ne pensez pas que nous pouvons nous féliciter?»

Ils trouvèrent Mr. Houghton en train de s'affairer au théâtre.

1. «Oui! Oui! Bien! Entendu!»

Il était agité, sur des charbons ardents, sachant que Madame était malade.

Max fit une brillante démonstration de jodels.

« Mais je vais être obligé de donner des précisions au public, s'écria Mr. May. D'expliquer ce que signifie le jodel. »

Sur ce, il se tourna vers la salle vide et commença, le bras tendu :

« Dans les hautes Alpes suisses, où les neiges éternelles et les glaciers dominent les grasses prairies fleuries, si vous vous réveillez, comme cela m'est arrivé, dans un chalet isolé au milieu des pâturages montagnards, vous... euh... voyons... si vous... non... s'il vous arrive de passer la nuit dans un chalet isolé au milieu des pâturages des hautes terres, un chant sauvage et inhumain vous réveillera à l'aube. Vous ouvrirez les yeux sous les premiers rayons glacés et éternels du soleil, vos oreilles s'empliront d'un chant étrange, sans paroles ni sens, mais dont les sons évoquent les trilles d'un sauvage Dieu des glaces qui chanterait seul en se promenant entre les sommets de l'aube. Votre regard survole les fleurs pour aller vers les neiges bleues et vous distinguez au loin la petite silhouette d'un homme qui marche dans l'herbe : un montagnard qui chante sa chanson mélodieuse. C'est ainsi qu'avant l'apparition de la race humaine, une créature vivante aurait pu donner de la voix pour saluer les neiges éternelles... »

Pendant ce discours, James Houghton resta assis, le menton dans la main, rongé par une amère jalousie face à l'éloquence de Mr. May. Puis il sursauta lorsque le grand Max, superbe en costume tyrolien – chemise blanche, larges bretelles vertes, culottes courtes en peau de chamois cousues de fil vert et rouge, genoux et chevilles nus, solide, grosses chaussures – commença à chanter la mélodie perçante et inquiétante des jodels de son pays. Il avait les joues rouges, et se tenait très droit, ce montagnard rude et fougueux. Il y avait en lui une passion glaciale et ardente. Alvina commença à comprendre l'ascendant qu'il exerçait sur Madame.

Louis et Geoffrey jouèrent une farce, un dialogue où deux étrangers avisaient en même temps un portefeuille perdu dans la rue et se battaient en prétendant qu'ils voulaient l'apporter au policeman, Ciccio, qui se tenait là, raide et ridicule. Mr. Houghton hochait lentement la tête avec gravité, comme pour donner son approbation mesurée.

Ils se retirèrent tous pour la grande scène. Alvina s'exerça sur les partitions que Madame avait apportées. Si celle-ci trouvait un bon pianiste, elle était contente d'être accompagnée. Sinon, elle chantait seule.

« Comment me trouvez-vous ? » susurra une voix.

Apparut Kishwégin, timide, la peau sombre, avec de longs cheveux noirs, une robe courte en daim, des guêtres, des mocassins, et les bras nus, l'air si timide et minaudier qu'Alvina éclata de rire.

«Vous ne me trouvez donc pas bien ? s'inquiéta Mr. May, vexé.

– Si, vous êtes merveilleux, dit Alvina qui s'étouffait. Mais je ne peux pas m'empêcher de rire.

– Pourquoi ça ? Dites-moi pourquoi, demanda Mr. May avec inquiétude. C'est mon apparence qui vous fait rire, ou c'est seulement moi ? Si c'est moi, peu importe. Mais si c'est mon apparence, il faut me le dire. »

Il y eut alors une apparition effroyable : Ciccio, arborant ses peintures de guerre, entra sur la scène. Torse nu, il portait un pantalon étroit frangé de crin sur les côtés. Sa peau était passée au brun rouge, il avait de longs cheveux noirs où étaient plantées des plumes d'aigle – deux seulement – et un visage splendide et terrible, strié de blanc, rouge, jaune et noir. À l'évidence, il était très content de lui. Sa curieuse démarche chaloupée, sa curieuse façon de retrousser la lèvre sur ses dents blanches pour grimacer un sourire étaient très convaincantes.

«Vous n'avez pas mis la ceinture, dit-il en touchant la taille ronde de Mr. May, ni les fleurs dans vos cheveux. »

Mr. May poussa un cri aigu et fit un bond. Un ours dressé sur ses pattes de derrière s'avançait vers lui à pas lents et traînants, roulant ses épaules molles, une patte tendue en avant ; la bête se laissa retomber lourdement à quatre pattes et un rire sortit de son museau.

«Vous n'aurez pas besoin de danser », dit la voix de Geoffrey à l'intérieur de l'ours.

«Venez me mettre les fleurs », demanda instamment Mr. May à Alvina.

Dans le vestiaire, le rideau de séparation était tiré. Max, en pantalon de daim mais le torse encore non maquillé, paraissait très blanc et bizarre, alors même qu'il appliquait les dernières touches de peinture de guerre sur le visage de Louis. Il tourna la tête pour regarder

Alvina, puis continua son travail. Il y avait une certaine noblesse dans sa silhouette blanche et droite, dans sa tête au port rigide, dans ses cheveux bruns presque lumineux. Il paraissait curieusement supérieur.

Alvina rajusta la coiffure du virginal Mr. May. Louis se leva. Comme Ciccio, c'était un *brave*, aux peintures de guerre encore plus hideuses. Max enfila une chemise de chasseur dépenaillée et une cartouchière. Il s'était un peu foncé le visage. C'était lui le prisonnier blanc.

Sous le regard d'Alvina, ils plantèrent le décor. Ce fut bientôt fait. Une toile de fond représentant des troncs et une forêt sombre ; un wigwam, un feu et un berceau pendu à un bâton. Pendant qu'ils travaillaient, Alvina s'efforça en vain de distinguer les deux *braves* sous leurs peintures de guerre. Les traits étaient peints si habilement que la grimace de férocité persistait, horrible et immuable ; même alors qu'ils changeaient tranquillement le décor, la grâce féminine un peu raide de Louis conservait sa cruauté latente, et en voyant la démarche plus vigoureuse de Ciccio, Alvina se dit qu'elle se garderait bien de lui faire confiance un seul instant. Sous leur vernis de civilisation, les hommes étaient des créatures abominables, sauvages, cruelles.

La scène avait sa beauté particulière. Au début, Kishwégin se trouvait seule à la porte du wigwam, préparant le repas, écoutant et poussant de temps à autre le berceau suspendu ; à ceci près que si Madame avait joué le rôle, elle aurait fredonné une berceuse indienne. Arrive Louis, le *brave*, avec son prisonnier blanc, Max, les mains liées sur le côté. Kishwégin salue gravement son mari ; on fait asseoir le prisonnier entravé près du feu ; Kishwégin sert le repas et demande la permission de lui donner à manger. Louis, le *brave*, entend un bruit et se dresse, l'arc à la main. S'ensuit une scène de sympathie muette entre Kishwégin et le prisonnier, qui voudrait qu'on lui coupe ses liens – Louis le *brave* revient ; il se fâche contre Kishwégin. Arrive Ciccio le *brave* traînant un ours, apparemment mort. Kishwégin examine la bête, Ciccio examine le prisonnier. Il le torture, le fait lever, courir et sauter contre son gré. Kishwégin balance le berceau. On fait un croche-pied au prisonnier, qui tombe et ne peut plus se relever. Il est à terre, près de l'ours étendu. Kishwégin apporte à manger à Ciccio. Les deux *braves* conversent par gestes, Kishwégin balance le berceau en fredonnant. Les hommes se lèvent une fois de plus et se penchent au-dessus du prisonnier. Alors s'élève un grognement assourdi. L'ours s'est redressé. Louis pivote et au même moment, l'ours l'abat d'un coup de patte. Ciccio se précipite pour poignarder l'ours et se bat avec lui. Kishwégin court vers le prisonnier pour couper ses liens. Il se lève et essaie de bouger ses bras engourdis et sans force, pendant que l'ours broie lentement Ciccio dans son étreinte, et que Kishwégin s'agenouille près du corps de son mari. L'ours lâche le corps sans vie de Ciccio et se tourne vers Kishwégin. À ce moment-là, Max réussit à tuer l'ours, puis il prend Kishwégin par la main et s'agenouille avec elle à côté du corps du défunt.

C'était merveille de voir comme les hommes jouaient bien leurs rôles respectifs. Dans celui de Kishwégin, Mr. May minaudait un peu trop, mais cela ferait l'affaire.

Ciccio se rhabilla le plus vite possible afin d'aller voir les chevaux loués pour le défilé de l'après-midi. Alvina l'accompagna car Mr. May et les autres étaient occupés.

«Vous savez, je la trouve vraiment magnifique, votre scène», dit-elle à Ciccio.

Il se tourna et baissa les yeux vers elle. Sous les cils et sourcils sombres, ses yeux jaunes se posèrent sur elle gentiment, sans la voir, et sa bouche se retroussa en un sourire timide et dédaigneux.

«Pas sans Madame», dit-il avec son lent sourire borné, un peu narquois. Il haussa les épaules, étendit les mains et arqua les sourcils : «Sans Madame, ça ne vaut rien, vous savez.

– Je ne trouve pas, répondit Alvina. Mr. May est excellent, compte tenu des circonstances. Que fait donc Madame ? demanda-t-elle, un peu jalouse.

– Ce qu'elle fait ?» Il posa longuement sur elle ses yeux jaunes, légèrement sardoniques, comme ceux d'un chat guettant avec nonchalance l'oiseau qui volette non loin de lui. Il haussa les épaules à nouveau. «C'est elle qui fait tout. Les autres, ils ne sont rien, que ce que Madame a fait d'eux. Et maintenant, ils se croient importants, vous comprenez. Voilà ce qui se passe.

– Mais en quoi Madame a-t-elle tout fait ? Vous voulez dire que c'est elle qui a tout conçu ?

– Conçu, oui. Et puis, elle l'a joué. Si vous la voyiez danser, ah ! si vous la voyiez danser autour de l'ours quand je l'amène ! C'est superbe, vous savez. Elle frappe dans ses mains...» Et Ciccio s'immobilisa dans la rue, le chapeau légèrement de côté, un peu vulgaire. Son regard glissa le long de son nez fin et il sourit à Alvina ; puis il frappa légèrement dans ses mains, leva sourcils et paupières comme pour imiter une danse avec son visage, sans se départir de son sourire borné. Et il termina par un petit signe de tête catégorique ; alors retentit un grand éclat de rire sur le trottoir d'en face, occupé par une bande d'ouvrières de l'usine de porcelaine, aux tabliers éclaboussés d'une argile grise qui constellait aussi leurs cheveux, leur peau et leurs chaussures de taches claires. Elles n'avaient rien perdu de la scène et recommencèrent à hurler de rire comme une bande de guenons grises. Ciccio se retourna et les regarda de haut avec mépris. Les rires redoublèrent. Horriblement gêné, il continua à marcher à côté d'Alvina. Il avait d'assez petits pieds, chaussés de souliers un peu efféminés.

« Elles sont vraiment stupides, dit Alvina. J'ai fini par m'y habituer.

– Il leur faudrait... » Il leva la main d'un geste vif et mauvais « ...des claques », conclut-il en baissant la main.

« Et qui va les leur donner ? » demanda Alvina.

Il fit une grimace napolitaine et tourna vivement sa main en l'air, doigts écartés, signifiant ainsi : « Voyez ! Vous n'avez qu'à remercier les imbéciles qui n'ont pas réagi en temps voulu.

– Comment se fait-il que vous adoriez tous autant Madame ? demanda Alvina.

– Comment ça, adorer ? dit-il avec une petite grimace. Nous l'aimons bien, comme on aime une mère. Vous dites "adorer..." » Il eut un léger haussement d'épaules. Pendant toute cette conversation, il ne quitta pas Alvina des yeux, la regardant comme s'il la surveillait de biais entre ses cils sombres, toujours avec ce sourire caractéristique, borné, timide et un peu narquois. Alvina était légèrement agacée. Mais il se dégageait de lui une grande gentillesse instinctive : il était timide et mal à l'aise, sachant qu'elle avait du mal à suivre son langage gestuel. Pour lui, s'exprimer par la parole n'était pas encore un réflexe tout à fait naturel. Gestes et mimiques lui venaient instantanément, et exprimaient une foule de choses, si l'on voulait bien accepter ce mode de communication.

Mais assurément, il était stupide, au sens qu'Alvina donnait à ce mot. Elle croyait entendre le verdict de Mr. May sur Ciccio : « Il est comme un enfant, vous savez : aussi charmant, aussi fatigant, et aussi stupide.»

«D'où venez-vous ? demanda-t-elle.

– D'Italie.»

Elle eut l'impression d'avoir dit une sottise.

«De quelle région ? insista-t-elle.

– De Naples, dit-il en la regardant de biais, d'un œil pénétrant.

– Ça doit être une belle ville.

– Ha!» Il pencha la tête et écarta les mains comme pour dire : «Comment peut-on ne pas trouver Naples très belle?»

«J'aimerais bien la voir. Mais pas mourir, dit-elle.

– Pardon?

– On dit "Voir Naples et mourir"», répondit-elle en riant.

Il ouvrit la bouche, puis comprit. Alors, il lui sourit franchement.

«Vous savez ce que ça veut dire? demanda-t-il, malicieux. Ça veut dire qu'il faut voir Naples et mourir après. Ne pas mourir avant de l'avoir vue.»

Il eut un sourire entendu.

«Ah! Je comprends! s'écria-t-elle. Je n'avais jamais pensé à ça.»

Il fut content de la voir surprise et amusée.

«Ah, Naples! dit-il. Très belle ville! (Il écarta ses mains tendues en l'air devant lui.) La mer... Le Pausilippe... Sorrento... Capri... Ah! Vous n'êtes jamais sortie d'Angleterre?

– Non, dit-elle. J'aimerais bien.»

Il la regarda dans les yeux. D'instinct, il avait envie de dire qu'il l'emmènerait.

«Alors vous n'avez rien vu, rien, dit-il.

– Mais si Naples est si belle, comment se fait-il que vous en soyez parti?

– Pardon?»

Elle répéta sa question. En guise de réponse, il la regarda, leva une main, frotta la pulpe de son pouce contre ses autres doigts et dit avec un grand sourire désarmant :

«Les pennies, l'argent! On ne gagne pas sa vie à Naples. Ah! Naples est belle, mais pauvre. On vit au soleil et on gagne quatorze, quinze pence par jour...

– Ce n'est pas assez», lança-t-elle.

Il pencha la tête de côté et haussa les sourcils comme pour dire :

« Que voulez-vous faire ? » avec un beau sourire, charmant et triste. Il y avait chez lui un air de tristesse nostalgique indéfinissable, quelque chose de si robuste et de si fragile en même temps, qu'elle se sentit bizarrement attirée.

« Mais vous y retournerez ? demanda-t-elle.

– Où ?

– En Italie. À Naples.

– Oui, je retournerai en Italie, dit-il, un peu sur la réserve. Mais peut-être pas à Naples.

– Jamais ?

– Ah, jamais ! Je ne dis pas "jamais". J'irai à Naples voir la sœur de ma mère. Mais je ne retournerai pas y vivre.

– Vous avez vos parents ?

– Moi ? Non ! J'ai un frère et deux sœurs... En Amérique. Mes parents, non. Ils sont morts.

– Et vous, vous courez le monde... », dit-elle.

Il la regarda et fit un petit geste triste, indifférent aussi.

« Mais vous avez Madame comme mère », dit-elle.

Il fit un geste différent cette fois, tirant les commissures de ses lèvres vers le bas, comme si cela ne lui plaisait pas. Puis il se tourna vers elle avec son beau sourire lent.

« Un homme, est-ce qu'il a besoin de deux mères ? Hein ? fit-il comme s'il lui posait une devinette.

– Je ne pense pas », répondit Alvina en riant.

Il lui jeta un coup d'œil pour voir ce qu'elle voulait dire, ce qu'elle avait compris.

« Ma mère est morte, voyez ! dit-il. Les Françaises... Les Françaises, elles gardent leurs bébés jusqu'à cent ans...

– Que voulez-vous dire ? demanda Alvina en riant.

– Un Français est un petit homme à sept ans, mais quand sa mère est avec lui, c'est un bébé à soixante-dix ans. Vous le savez, ça ?

– Non, je ne le savais pas.

– Eh bien, maintenant, si ! » dit-il alors qu'ils tournaient un coin de rue.

Ils étaient arrivés aux écuries. Trois des chevaux étaient là, dont le pur-sang que Ciccio devait monter. Il examina les bêtes d'un œil critique. Puis il leur parla avec des sons étranges, les caressa, les tâta, leur glissa la main sur les flancs, sur le dos, sous le ventre et le long des jambes.

Lorsqu'il se redressa, il leva ses yeux jaunes et posa sur Alvina un long regard nonchalant. Inconsciemment, elle se sentit flattée. Son long regard jaune s'attarda, sans lâcher celui d'Alvina. Que pensait-il ? Il ne dit rien et se tourna de nouveau vers les chevaux, qui paraissaient le comprendre ; ils se dressèrent, fringants.

« C'est le mien », dit-il, la main sur l'encolure du vieux pur-sang bai avec une étoile blanche.

« Je le trouve beau, dit-elle. Il a l'air très sensible.

– En Angleterre, répondit soudain Ciccio, les chevaux meurent vieux parce qu'ils n'ont pas de vie, jamais, vous comprenez ? En Angleterre, les locomotives sont vivantes, et les chevaux ont des roues. » Il lui sourit, les yeux dans les yeux, comme si elle comprenait. Elle se sentit un peu mal à l'aise face à lui qui souriait dans cette écurie, avec ses yeux si jaunes, narquois, un peu mystérieux. Elle eut envie de tourner les talons et de sortir de l'écurie. Mais un instinct plus profond la poussa à lui rendre son sourire et à lui dire :

« Ils sont contents quand vous les touchez.

– Qui ? » Il ne lâchait pas son regard. Qu'ils semblaient sombres, ses yeux, en dépit du petit cercle jaune autour de la pupille ! Son regard, impersonnel, pénétrait Alvina, allait au-delà de son moi habituel.

« Les chevaux », répondit-elle. Ce regard qui s'attardait comme celui d'un chat lui faisait peur. Pourtant, elle était convaincue de la gentillesse foncière de Ciccio. Elle avait le sentiment qu'il était le seul homme foncièrement bon et passionné qu'elle ait rencontré. Elle l'observa vaguement, avec une confiance vague, étrange, une foi implicite en lui. En lui… en quoi au juste ?

Cet après-midi-là, les mineurs qui rentraient en bandes dans le crépuscule d'hiver furent gratifiés d'un spectacle : Kishwégin, – guêtres de daim à franges, robe de daim à franges aussi, longs cheveux flottant dans le dos – montait un cheval blanc magnifiquement harnaché, avec un splendide tapis de selle. Elle était suivie par Max en costume de chef, avec la longue coiffe de plumes teintes, ainsi que par les autres, arborant leurs peintures de guerre et leurs plumes, et drapés dans des couvertures navajos aux couleurs vives. Ils portaient des arcs et des lances. Ciccio, lui aussi, avait des peintures de guerre, mais pas de couverture. Torse nu, il brandissait une longue lance. Il remonta le cortège dont il était le dernier, salua le chef du bras, brandissant bien haut sa lance en passant devant, puis il arrêta sa monture qui se cabrait et regagna lentement la queue du cortège au trot en faisant danser le cheval. C'était un cavalier extraordinairement délié et présent.

Des hordes d'enfants excités et bruyants couraient en bavardant le long des trottoirs. Venant de la vallée grise à l'ouest, le flot intermittent et gris des mineurs qui gravissaient d'un pas lourd la colline s'immobilisa sur le trottoir, émerveillé à l'approche de la cavalcade et sur son passage, tandis que tintaient les clochettes d'argent des harnais, que vibraient les couleurs splendides des couvertures et tapis de selle rayés, la laine écarlate des équipements, l'extrémité éclatante des plumes. On entendit crier des femmes quand Ciccio, peint en guerrier, frôla le trottoir. Les enfants hurlèrent et s'enfuirent. Les mineurs poussèrent des cris. Sous son terrifiant masque peint, Ciccio sourit, brandit sa lance et s'éloigna doucement au trot, comme une fleur sur sa tige, pour reprendre sa place dans le défilé.

Miss Pinnegar, Alvina et James Houghton étaient sortis dans la rue principale pour assister au défilé. Ce fut un grand moment. En parcourant la rue du regard, ils virent tous les commerçants sur le pas de leur porte, tous les badauds sur les trottoirs impatients. Au loin apparut le cheval blanc. Les crins écarlates de ses harnais flottaient au vent dans un bruit de clochettes et la brune Kishwégin était assise à califourchon sur le tapis de selle aux rayures éclatantes et crues. Impassible dans ses camaïeux de bruns, elle se dressait audessus de ce kaléidoscope de couleurs. Ensuite venait le chef, droit, montant avec aisance, le visage sombre, enroulé dans une couverture blanche rayée d'écarlate et de noir et couronné d'une étrange crête de plumes blanches à l'extrémité teinte, dont les fanons lui descendaient dans le dos ; lorsqu'il s'approcha, on vit la peau de loup et les mocassins de couleur vive se détacher sur les flancs noirs de son cheval ; suivaient Louis et Geoffrey, spectaculaires, le visage effrayant, drapés dans des couvertures dont les vives rayures multicolores se superposaient sur leur torse brun ; ils chevauchaient gravement, la lance à la main. Venait enfin Ciccio sur son cheval bai à selle verte, qui ruisselait de sueur. Ciccio oscillait en queue de cortège, ses plumes se balançaient, et il affichait un terrifiant sourire sous son masque guerrier. Ils descendirent dans cet appareil l'étendue grise et pâle de la grand'rue, dans le crépuscule d'hiver. Quelque part, le soleil se couchait dans le lointain et le ciel se teintait d'orange.

« Ça alors ! murmura Miss Pinnegar. Ça alors ! »

L'étrange sauvagerie des couvertures indiennes rayées lui paraissait un spectacle incongru dans Knarborough Road. Elle examina Kishwégin avec curiosité.

« Dire que c'est Mr. May : on jurerait une fille. Ça alors ! Après ça, on se demande si on sait ce qu'on regarde. Mais ils sont vraiment bons, hein ? On jurerait des Indiens. On n'en croit pas ses yeux. Mon Dieu, quelle race terrifiante... »

Là-dessus, elle poussa un hurlement, et recula vite pour se plaquer contre le mur au passage de Ciccio, dont le cheval la frôla de sa queue ; le cavalier, brandissant sa lance, effleura légèrement du manche Alvina et James Houghton. James, lui aussi, sursauta en criant, et au coin de la rue la foule hurla. Mais Alvina aperçut le lent sourire malicieux du monstre peint au moment où il passait, découvrant les dents, et elle répondit par un rire excité. En cette seconde, elle sentit ses yeux fauves s'attarder sur elle avec une apparente négligence.

« C'est trop fort ! s'écria Miss Pinnegar, bouleversée. Qu'est-ce qui lui a pris ! Enfin, il y avait de quoi mourir de peur. En plus, c'est dangereux. Ça devrait être interdit, des choses pareilles. Je trouve qu'il ne faut pas leur laisser faire n'importe quoi, à ces gens du spectacle. »

La cavalcade passa lentement, avec ses chevaux nerveux, son flamboiement de rayures multicolores et ses cavaliers silencieux. Ciccio rebroussa doucement chemin, au trot, assis sur son tapis de selle vert et doux comme du velours, le torse nu et brun, splendide.

« Dites donc, il va attraper la mort, çui-là, disaient les femmes dans la foule.

– Un vrai sauvage. De quoi vous tourner les sangs...

– Oui, mais il a beau être peinturluré, c'est un bel homme. Et bien bâti avec ça. »

Ciccio ne regarda pas Alvina. Un léger sourire malicieux lui découvrait les dents. Soudain, il vint se placer derrière Geoffrey, et sa monture rejeta brusquement la tête en arrière. Il héla Geoffrey en italien.

Il commençait à faire froid. Les chevaux se mirent tous au trot. Mr. May tremblait de tous ses membres. Ciccio s'arrêta, posa sa lance contre un réverbère, tira sa couverture verte de sous sa selle, la jeta sur ses épaules et fila. Tous les cavaliers avaient disparu derrière le haut de la colline de Lumley, qu'ils redescendaient. Il disparut à son tour. Dans le crépuscule d'hiver, la foule se dispersa petit à petit. Alors, bizarrement, les badauds exprimèrent leur réprobation devant le spectacle : en tant qu'adultes, ils s'étaient sentis un peu offensés par ce défilé, qui leur avait paru anachronique. Ils voulaient quelque chose qui s'adresse directement à l'esprit. Miss Pinnegar se fit leur interprète lorsqu'elle se retrouva à l'abri, à Manchester House, en train de verser de l'eau bouillante dans la théière, sous l'éclairage au gaz : « Ma foi, vous direz ce que vous voudrez, déclara-t-elle. J'ai trouvé ça intéressant en un sens, parce que ça montre ce qu'étaient les Peaux-Rouges. Mais c'est enfantin. Ce sont des enfantillages. Moi, je ne comprends pas pourquoi les gens peuvent continuer à aimer les défilés. Il ne se passe rien. Ce n'est pas comme le cinéma, où, tout de suite, on voit tout et on comprend tout. En regardant ces gens-là, on n'apprend rien. On sait seulement que ce sont des hommes qui sont payés pour se déguiser. Je ne vois pas pourquoi on devrait encourager ça. Je ne suis pas d'avis de laisser parader des gens du spectacle qui n'ont rien de mieux à faire. Non, moi, je ne suis pas d'accord. J'aime bien aller au cinéma une fois par semaine. C'est instructif, d'un seul coup d'œil on comprend tout ce qu'il y a à comprendre, et ça fait la semaine. Au cinéma, on apprend tout sur la vie des gens telle qu'elle est. Je ne vois pas l'intérêt d'engager des gens pour se déguiser et faire de l'esbrouffe. »

Pendant cette tirade, ils étaient tous trois assis devant leur thé, leurs toasts et leur confiture. Miss Pinnegar faisait toujours à Alvina l'effet d'une douche froide, qui la ramenait à la raison après une excitation délicieuse. Instantanément, Madame et Ciccio parurent perdre toute réalité – c'étaient eux qui étaient irréels, alors que les images tremblantes et clignotantes des films étaient vraies, aussi réelles que le jour. Et Alvina était toujours contrariée quand ceci se produisait. Elle détestait Miss Pinnegar. Pourtant, elle n'avait rien à répondre. C'est vrai qu'ils étaient tous irréels, Madame, Ciccio et les autres. Ciccio n'était qu'un fantasme apporté par le vent qui le remporterait au loin. La réalité, la permanence, c'était Woodhouse, l'immuable grand'rue, l'inaltérable pénombre sordide de Manchester House, avec Miss Pinnegar, ses réactions d'un autre âge et sa démarche feutrée, et son père, dont les doigts et l'âme même semblaient noircis par les piécettes. C'était cela, le réel, le concret, le permanent. C'étaient eux, la vie. Quant à Ciccio, qui caracolait sur son cheval bai, avec sa selle verte, c'était un saltimbanque, un étranger insignifiant, un bout de chiffon usé et coloré que le vent faisait voler le long de la grand'rue avant de l'expédier dans les limbes. Dans les limbes. Alors que son père et Miss Pinnegar, à jamais confits au coin de leur feu, mangeaient leur pain grillé dont ils coupaient la croûte, et buvaient leur troisième tasse de thé à petites gorgées. Jamais ils ne s'envoleraient au vent, jamais, jamais. Woodhouse était là pour l'éternité. Et la troupe des Natcha-Kee-Tawara s'envolait comme un vieux bout de papier poussé par le vent jusque dans les limbes. Le néant ! Pauvre Madame ! Pauvre Madame, vaillante et mélodramatique ! Miss Pinnegar, confite et convenue, pouvait la froisser, la jeter dehors comme un paquet de linge dont on n'a plus l'usage, et tourner la page. Tandis qu'elle, elle durerait *ad vitam eternam*.

Ceci mit Alvina de fort méchante humeur.

« Miss Pinnegar, dit-elle, je trouve que parfois, vous tenez des discours vraiment pénibles. Vous êtes une vraie rabat-joie.

– Ma foi, rétorqua vertement Miss Pinnegar, en matière de joie, vous avez des goûts que je n'approuve guère.

– Eh bien, sachez que j'approuve encore moins votre façon de vivre rabat-joie, elle me fait horreur ! lança Alvina, furieuse.

– Alvina, tu es folle ! s'écria son père.

– Je me demande comment je ne le suis pas devenue, avec la vie que je mène. »

CHAPITRE VIII

Ciccio

Après son refroidissement, Madame resta abattue. Elle garda le lit deux jours, assistée par Mrs. Rollings, Alvina et les jeunes gens. Mais elle veilla à ne prêter le flanc à aucune médisance, et ces derniers n'étaient admis dans sa chambre qu'en présence d'une tierce personne. Même alors, leur visite était strictement protocolaire ou professionnelle.

«Ah, que je serai contente quand j'aurai quitté votre ville, dit-elle à Alvina. Je sens qu'elle ne me porte pas chance.

– Ah bon ? répondit Alvina. Mais si vous aviez eu ce mauvais rhume de poitrine ailleurs, vous auriez pu vous en tirer plus mal, vous ne croyez pas ?

– Oh, ma chère petite ! s'écria Madame, pensez-vous que je vous associe à mon dégoût de Woodhouse ? Bien sûr que non ! Vous n'êtes pas Woodhouse. Au contraire. Je crois qu'il ne vous vaut rien, cet endroit. Et puis, vous avez l'air... comment dirais-je ?... maigrelette, pas très heureuse.»

Le ton était interrogatif.

«Vous savez, je déteste sûrement Woodhouse beaucoup plus que vous, répliqua Alvina.

– Ça ne m'étonne pas. Non ! Ça ne m'étonne pas. Je le vois bien. Pourquoi vous ne partez pas ? Pourquoi vous ne vous mariez pas ?

– Personne ne veut m'épouser.»

Arquant les sourcils, Madame posa sur Alvina ses yeux noirs scrutateurs.

« Comment ça ! s'exclama-t-elle. Comment se fait-il ? Vous n'êtes pas vilaine, un peu maigre, peut-être, les traits un peu tirés... »

Elle regarda Alvina, qui eut un rire gêné.

« Il n'y a vraiment personne ? insista Madame.

– Plus maintenant, répondit Alvina. Absolument personne. » Elle plongea son regard dans les yeux noirs et sévères de Madame. « Vous comprenez, je n'ai jamais beaucoup apprécié les jeunes gens de Woodhouse. Je n'y arrive pas. »

Madame hocha lentement la tête. Une satisfaction secrète apparut sur ses traits pâles, cireux, où les yeux noirs tranchaient comme deux créatures étrangères et rapides. Curieusement, on eût dit deux petits animaux vifs et noirs dans la neige.

« Bien sûr ! dit-elle d'un ton sagace. Bien sûr ! Ce n'était pas possible ! Mais il existe d'autres hommes en dehors de ceux d'ici... » Elle agita la main vers la fenêtre

« Et comment voulez-vous que je les rencontre ?

– Bien sûr, c'est difficile, mais ça peut arriver ! Ça peut arriver ! »

Un silence lourd de sens s'établit entre les deux femmes.

« Les Anglaises, reprit Madame. Elles sont tellement réalistes. Pourquoi ?

– Ma foi, elles ne le font pas exprès, dit Alvina. Mais elles sont beaucoup moins réalistes et malignes que vous, Madame.

– *Oh là là !* Moi, je suis réaliste autrement. J'ai un réalisme irréaliste (elle buta sur le mot.) Mais votre Sue, vous savez, dans *Jude l'Obscur*[1] – quel livre intéressant ! –, elle n'est pas toujours réaliste de façon réaliste. Si elle avait eu un réalisme irréaliste, elle aurait pu être heureuse. Vous comprenez ce que je veux dire ? Non. En fait, elle est ridicule, Sue, comme Anna Karénine. Elles sont toutes les deux ridicules. Vous ne trouvez pas ?

– Pourquoi ? demanda Alvina.

– Pourquoi ont-elles rendu tout le monde malheureux autour d'elles, alors qu'elles avaient l'homme qu'elles voulaient et assez d'argent ? Je les trouve bien sottes. Si on les avait battues, elles les auraient perdues, toutes ces idées et préoccupations réalistes. Elles les auraient oubliées et auraient été heureuses, finalement. C'est moi, une femme, qui dis ça. Leurs idées ne sont pas tragiques. Non, pas du tout. Elles

---

1. Sue Bridehead, personnage de *Jude l'obscur* (1895), roman de Thomas Hardy (1840-1928).

sont absurdes, vous comprenez, absurdes. Voilà tout. *Nonsense*[1]. Sue et Anna, elles sont ab-surdes, voilà tout. Il n'y a pas une goutte de tragédie dans tout ça. *Nonsense.* Je suis une femme, mais je connais les hommes. Et je reconnais l'absurdité quand je la vois. *Englishwomen are all nonsense*[2] : ce sont les reines de l'absurdité.

– Eh bien, moi, je suis anglaise, dit Alvina.

– Oui, ma petite fille, vous êtes anglaise. Mais pas nécessairement aussi absurde que cela. D'ailleurs, l'êtes-vous ?

– Absurde ? dit Alvina en riant. Mais je ne sais pas en quoi vous me trouvez absurde.

– Ah ! répondit Madame d'une voix lasse. Elles ne le comprennent jamais. Mais je vous aime bien, ma petite. Je suis une vieille femme.

– Plus jeune que moi, dit Alvina.

– Plus jeune que vous, parce que chez moi, le réalisme vient du cœur, pas seulement de la tête. Chez vous, il ne vient pas du cœur. Pourtant, vous en avez, du cœur.

– Mais toutes les Anglaises ont bon cœur, protesta Alvina.

– Non ! Non ! rétorqua Madame. Elles sont toutes ex-trê-mement gentilles et leur gentillesse est ext-trê-mement réaliste. Mais elle ne vient pas du cœur. Tout est dans la tête, dans la tête : c'est une gentillesse de la tête.

– Je ne peux pas être d'accord avec vous, dit Alvina.

– Non, non. Je m'en doute bien. Mais peu importe. Vous êtes très bonne pour moi, et je vous en remercie. Mais ça vient de la tête, vous savez. Alors, je vous remercie avec ma tête. Pas avec mon cœur. »

Madame rassembla ses doigts blancs et les posa sur sa poitrine en un geste de désaveu. Ses yeux noirs, fixes, avaient un éclat malveillant.

« Mais Madame, dit Alvina, piquée, jamais je ne pourrai être aussi bonne femme d'affaires que vous. Pourtant, c'est un talent qui vient de la tête, non ?

– Ha ! Bien sûr ! Bien sûr que vous ne feriez pas une bonne femme d'affaires. Parce que votre tête est trop gentille. Mais ce n'est pas mon cas. » Elle se frappa le front et secoua la tête. « J'ai une tête de femme d'affaires, de bonne femme d'affaires. Bien sûr, que

1. « Absurde. »
2. « Les Anglais sont très doués pour l'absurdité. »

je suis une bonne femme d'affaires. Seulement (là, son expression changea, elle écarquilla les yeux et posa une main sur sa poitrine), quand le cœur parle, moi, j'écoute avec le cœur. Pas avec la tête. Le cœur écoute le cœur. La tête, c'est autre chose. Mais vous, avec vos yeux bleus, vous ne pouvez pas comprendre. Il n'y a que les yeux sombres... » Elle s'interrompit et réfléchit.

« Et les yeux jaunes ? » demanda Alvina en riant.

Madame lui jeta un regard rapide et ses lèvres se retroussèrent en un léger sourire narquois. Pourtant, pour la première fois, ses grands yeux noirs s'élargirent et devinrent chaleureux.

« Des yeux jaunes comme ceux de Ciccio ? dit-elle, scrutant Alvina tandis que sa bouche subtile souriait. Ce sont les plus sombres de tous. » Et elle secoua la tête avec malice.

« Ah oui ? dit Alvina, confuse, sentant le rouge envahir son cou, puis lui monter aux joues.

– Ha, ha, s'esclaffa Madame, ha, ha. Je suis une vieille femme, vous savez. Mon cœur est assez vieux pour être bon, ma tête assez vieille pour être maligne. Mon cœur est bienveillant pour peu de gens, très peu, surtout dans ce pays-ci. Mes garçons le savent. Mais peut-être l'est-il pour vous.

– Merci, dit Alvina.

– Voilà ! Un *Merci* de la tête. Ça ne va pas du tout, vous comprenez bien ! »

Là-dessus, Alvina s'enfuit, toute confuse. Elle avait le sentiment que Madame se moquait d'elle.

Mr. May s'amusait beaucoup dans le rôle de Kishwégin. Quand Madame descendit, Louis, qui était un excellent imitateur satirique, entreprit de le mimer. Alvina entra dans le salon au milieu de leurs éclats de rire. Ils s'arrêtèrent tous et la regardèrent, circonspects.

« Continue ! Continue ! », dit Madame à Louis. Et à Alvina : « Asseyez-vous, ma petite fille, et admirez le talent d'acteur de notre Louis. »

Lequel jeta un regard autour de lui, pencha légèrement la tête de côté et rentra le menton, reproduisant exactement le petit sourire de Mr. May, et en se trémoussant un peu, il commença à jouer la fausse Kishwégin. Il avançait de biais, redressait la tête et gesticulait, les mains levées : dans sa pantomime, le Français caricaturait de manière si bouffonne le manager de Mr. Houghton que Madame en pleura de rire, pendant que Max, le dos appuyé au le mur, gloussait sans arrêt comme une marmite en ébullition. Geoffrey, les deux bras étendus sur la table, poings fermés, hurlait de rire, tandis que Ciccio, la tête renversée, s'esclaffait bruyamment en montrant toute ses dents. Alvina rit elle aussi. Mais en rougissant. La parodie à laquelle se livrait Louis avait quelque chose de cinglant, de dévastateur. Qui amusait tellement tous les autres. Le spectacle était irrésistible et dévastateur au point que par moments, Alvina devait se mordre les lèvres. Le rire convulsait ses traits malgré elle. Louis était magistral : Alvina ne s'appartenait plus. Elle rit tant qu'elle fut obligée d'appuyer la tête sur sa chaise sans pouvoir bouger. Elle gisait, inerte, en proie à l'orgasme du rire. Mr. May avait été exécuté. Cependant, elle était blessée.

Madame finit par essuyer ses yeux noirs perspicaces, et fit un lent signe de tête approbateur. Brusquement, Louis sursauta et leva un doigt en manière d'avertissement. Tous reprirent leur sérieux et leurs esprits. Seule Alvina, effondrée, continuait à rire sans bruit.

« Ah, bonjour Mrs. Rollings ! » La voix de Mr. May. « Vos pensionnaires sont bien joyeux. Est-ce que Miss Houghton est là ? Je peux entrer ? »

Ils entendirent ses petits pas pressés et ses petits coups rapides à la porte.

« Entrez », dit Madame.

Les Natcha-Kee-Tawara étaient tous assis, la mine sérieuse. Seule la pauvre Alvina, affalée sur le dossier de sa chaise, était reprise par le fou rire. Mr. May jeta un rapide regard autour de la pièce et s'approcha de Madame.

« Ah, bonjour, Madame. Je suis bien content de vous voir descendue, dit-il en lui prenant la main et en s'inclinant cérémonieusement. Excusez-moi d'interrompre un bon moment ! » Il regarda autour de lui d'un air espiègle. Alvina n'avait toujours pas repris ses esprits. Penchée sur l'accoudoir de son fauteuil, elle était hors d'état de lui parler.

« À l'évidence, c'était une bonne plaisanterie. Je peux en profiter aussi ? demanda-t-il.

– Oh, fit Madame d'une voix traînante, ce n'était rien. Juste Louis qui faisait l'imbécile et nous interprétait un numéro.

– Alors, il devait être excellent. On pourrait peut-être l'ajouter ?

– Oh, non, répondit Madame, toujours nonchalante, ce n'était rien, juste une improvisation sans queue ni tête. Mais asseyez-vous. Vous prendrez bien un peu de whisky ? Oui ? »

Max servit à Mr. May un whisky à l'eau.

Alvina gardait le visage détourné. Bien qu'elle eût repris son calme, elle se sentait incapable de parler à Mr. May. Max et Louis se montraient polis. Geoffrey fixait sur le nouveau venu le regard impassible de ses grands yeux bleu sombre. Ciccio, penché en avant, les bras sur les genoux, coulait sous ses longs cils un regard de biais vers la forme inerte d'Alvina.

« Alors, demanda Madame, vous remplissez votre salle comme vous voulez ?

– Oh, oui, dit Mr. May, tout à fait. Les deux soirées ont été excellentes. Excellentes !

– Ah, je suis très contente. Vous savez, Miss Houghton me dit que je ne dois pas danser demain, c'est encore trop tôt.

– Si Miss Houghton le dit ! lança plaisamment Mr. May.

– Absolument. Je dois lui obéir.

– Bien sssûr, puisqu'elle pense à votre bien, pas au sien.

– Bien sûr, bien sûr. C'est très gentil de sa part.

– Miss Houghton est très gentille avec tout le monde, dit Mr. May.

– J'en suis persuadée, poursuivit Madame. Et je suis très contente que vous ayez été une si bonne Kishwégin. C'est un plaisir aussi.

– Oui, répondit Mr. May. Je commence à me demander si je n'ai pas raté ma vocation. J'aurais dû être sur les planches et non dans les coulisses.

– Sans doute, répondit Madame. Mais c'est un peu tard maintenant... »

Les yeux des étrangers, attentifs, flattaient Mr. May.

« Hélas, dit-il. Oui, le goût du public reste un mystère. Quel est votre sentiment aujourd'hui ? Pensez-vous qu'il apprécie votre travail autant qu'avant ? »

Les yeux noirs de Madame l'observaient.

« Non, répondit-elle. Pas du tout. Le cinéma nous chasse. Nous avons peut-être encore dix ans devant nous. Après, ça sera fini.

– Vous croyez ? demanda sérieusement Mr. May.

– J'en suis sûre, dit-elle, hochant une tête sagace.

– Mais pourquoi cela ? demanda Mr. May, maussade et furieux.

– Pourquoi ? Mais je n'en sais rien. Je n'en sais rien. Le cinéma est bon marché, facile, et ne demande rien au public : aucune réaction du cœur, aucune appréciation de l'esprit, rien de tout cela. C'est ce qui plaît. Tandis que nous, nous ne plaisons pas, parce que le public est obligé de ressentir ce que nous faisons avec son cœur, et de l'apprécier avec son esprit. Voilà !

– Et le public ne veut ni sentir ni apprécier ? demanda Mr. May.

– Non, justement. Il veut en avoir plein les yeux et puis voilà ! C'est juste de la curiosité, une curiosité impertinente. Rien de plus. C'est partout pareil, dans tous les pays. Donc, d'ici dix ans, plus de Kishwégin.

– Non. Alors quel avenir avez-vous ? demanda tristement Mr. May.

– Je serai peut-être morte, qui sait ? Sinon, j'aurai mon petit appartement à Lausanne, ou à Bellinzona, et je redeviendrai une bourgeoise. Et la bonne catholique que je suis.

– Comme moi, dit Mr. May.

– Tiens ? Vous êtes catholique ? Américain et catholique ?

– Ma fois, anglais, irlandais et américain.

– Vous m'en direz tant ! »

Jamais Mr. May ne s'était senti aussi triste que ce jour-là. Où allait-il pouvoir reposer sa tête inquiète ?

Dans la troupe des Natcha-Kee-Tawara, tout n'était pas paisible non plus. Le jeudi, il devait y avoir un changement de programme. « Le Mariage de Kishwégin » (avec le prisonnier blanc, qu'on se le dise) devait remplacer la scène précédente. Bien entendu, c'était Max qui dirigeait les répétitions. Madame ne voulait pas mettre les pieds au théâtre tant qu'elle ne jouait pas elle-même.

Si d'ordinaire, Max était discret et silencieux, il pouvait devenir subitement hautain et autoritaire, ce qui était vraiment très pénible, et mettait invariablement Geoffrey en rage. Face à ce comportement, Ciccio réagissait en mauvaise tête, totalement rebelle. Car alors se révélait soudain le mépris de Max pour celui qu'il appelait le Rital, en utilisant le mot d'argot.

« Yah, *quelle tête de veau !* » s'écria Max, soudain furieux et méprisant parce que Ciccio, qui mettait certes du temps à saisir ce qu'on lui disait, n'avait pas compris, une fois de plus.

« *Comment* ? demanda lentement Ciccio avec insolence.

– *Comment ?* répéta Max, le singeant. Quoi ? Quoi ? Qu'est-ce que j'ai dit, hein ? J'ai dit "tête de veau". Tête de cochon, si tu préfères.

– Tu parles de qui, là ? De toi ou de moi ? demanda Ciccio, s'avançant de biais vers lui.

– De toi, espèce de sale Italien. »

Max, tout rouge, se tenait très droit. Ses cheveux bruns paraissaient se dresser sur son front et ses yeux bleus lançaient des éclairs.

« C'est de moi qu'il parle, ce porc allemand, ce barbare ? Hein ! Hein ! »

Cet échange avait eu lieu en français. Assise au piano, Alvina vit Max, dressé, blême de colère, tandis que Ciccio, convulsé par la rage, sourd et aveugle à tout ce qui l'entourait, menaçait Max, le cou tendu. Ils étaient en tenue de tous les jours, mais sans veste, et répétaient en bras de chemise. Ciccio serrait dans sa main un couteau de scène.

« Allons, pas de ça ici, pas de ça ici », intervint Mr. May d'un ton péremptoire. Mais Ciccio, tendu en avant, pétrifié de rage, n'entendait rien. Il avait la main crispée sur le couteau.

« Un sale Rital, dit Max en anglais, se tournant vers Mr. May. Ça ne comprend rien. » Mais ce dernier mot fut étouffé par l'assaut de Ciccio, qui bondit et frappa. Ébauchant un geste de parade, Max reçut le coup sur la clavicule, près de la pointe de l'épaule. Il s'écroula sur Mr. May en se retournant, le déséquilibrant. Ciccio sauta de la scène comme un chat, traversa le théâtre en trois bonds et sortit, lâchant le couteau qui tomba derrière lui sur les planches avec un bruit sec. Max se reprit et blanc de rage s'élança comme un beau diable aux trousses de Ciccio.

« Arrêtez ! Arrêtez ! cria Mr. May.

– *Halte, Max ! Max, Max, attends !* » hurlèrent Louis et Geoffrey, et Louis s'élança derrière son ami Max. On entendit un bruit sourd lorsqu'il bondit sur les planches.

Alvina, toujours assise au piano en contrebas de la scène, se leva brusquement, renversant sa chaise, lorsque Ciccio passa près d'elle à la course. L'instant d'après, Max, livide, l'œil fixe, arriva à sa hauteur.

« Non ! » cria-t-elle, levant la main pour l'arrêter. Il la vit, fit une embardée, hésita et se tourna afin d'enjamber les sièges et de l'éviter. Louis le rattrapa et le ceintura.

« Max, attends, ami ! Laisse-le partir. Max, tu sais que je t'aime. Tu le sais, ami. Laisse-le partir. »

Max et Louis s'empoignèrent dans l'allée centrale. Max regardait son ami avec haine, le dominant de toute sa taille. Mais Louis, aussi déterminé que lui, se battit avec le même acharnement que Max, qui commença enfin à mollir. Il haletait, hors de lui. Louis le tenait toujours par la main et par le bras.

«Arrête, vieux frère, il n'en vaut pas la peine. Qu'est-ce qu'il comprend, Max, mon frère? Qu'est-ce qu'il comprend? Ces gars du sud, ils ne savent pas ce qu'ils font. Ils sont moitié enfants, moitié animaux. Il t'a blessé, mon ami? Il t'a fait mal? C'était un couteau de scène, mais il n'y est pas allé de main morte, ce chien d'Italien. Montre-moi.»

Ainsi, petit à petit, Max se calma. Au bord du gilet, à la hauteur de l'épaule, le sang tachait déjà la chemise.

«C'est entaillé, vieux frère? demanda Louis. Montre-moi.»

Max avait du mal à bouger son bras. Ils ôtèrent son gilet et repoussèrent la chemise, découvrant une vilaine blessure qui noircissait; la peau était déchirée.

«Pourvu que l'os ne soit pas cassé! dit Louis, très inquiet. Pourvu que l'os ne soit pas cassé. Lève le bras, frère, lè-è-ve. Ça te fait mal... Là... Non, non, il n'est pas cassé. Non, il n'y a pas de fracture.

– Je sais que je n'ai rien de cassé, dit Max.

– L'animal. Enfin, ça aurait pu être pire.

– Où croyez-vous qu'il soit allé?» demanda Mr.May. Les étrangers haussèrent les épaules sans répondre. La répétition s'arrêta là.

«Nous ferions mieux de rentrer et de parler à Madame», dit Mr. May, qui craignait pour sa représentation du soir.

Ils fermèrent la salle. Alvina pensait à Ciccio. Il était parti en bras de chemise. Elle avait pris sa veste et son chapeau dans le vestiaire et les portait sur le bras, son propre imperméable posé par-dessus.

Madame était agitée et inquiète. Elle avait entendu quelqu'un entrer par derrière, monter à l'étage et ressortir. Mrs. Rollings lui avait dit que c'était l'Italien, qui était arrivé en bras de chemise et ressorti avec son manteau et son chapeau noirs. Il avait pris sa bicyclette sans rien dire. Pauvre Madame! Quand les autres arrivèrent, elle avait mis son chapeau et essayait d'enfiler ses chaussures.

«Que se passe-t-il?» s'écria-t-elle.

Elle écouta les explications hâtives de Louis.

«Ah, l'animal! l'animal! Il ne mérite pas la peine que je me suis donnée pour lui », s'écria la pauvre Madame, assise, un pied chaussé et l'autre non. « Mais enfin, Max, comment se fait-il que tu n'aies pas su retenir tes injures, ni maîtriser ton sale caractère de montagnard ? N'ai-je pas dit et répété que chez les Natcha-Kee-Tawara, il n'y avait qu'une nation, celle des Peaux-Rouge, et qu'une tribu, celle de Kishwe ? Maintenant que tu l'as traité de sale Italien, de chien d'Italien, il s'est comporté comme un animal. Il y a beaucoup trop de l'animal chez lui, trop peu d'*esprit.* Mais toi, Max, tu ne vaux guère mieux. Tu as un caractère de démon, ce qui est peut-être pire qu'un caractère de chien. Ah, elle est maudite, cette ville de Woodhouse, je le sais, moi. Si seulement nous étions partis ! Cette semaine ne finira donc jamais ? Il faut retrouver Ciccio. Sans lui, notre compagnie n'est plus rien, tant que je n'ai pas de remplaçant. Il me faut un remplaçant. Mais comment le trouver ? Et où ? Dans ce pays ? Dites-le-moi, vous autres. Je suis lasse des Natcha-Kee-Tawara. Il n'y a pas de vraie tribu de Kishwe, il n'y en a jamais eu, jamais. J'en ai assez des Natcha-Kee-Tawara. Séparons-nous et finissons-en, *mes braves,* disons-nous adieu dans cette ville *funeste.*

– Ah, Madame, chère Madame, gardons espoir, dit Louis. Juronsnous une fidélité redoublée, chère Madame, chère Kishwégin. Ne nous séparons jamais. Max, tu ne veux pas nous quitter, mon frère bien-aimé ? Tu ne veux pas nous quitter, mon frère que j'aime ? Et toi, Geoffrey, tu... »

Madame fondit en larmes, Louis aussi. Max lui-même détourna le visage pour cacher ses larmes. Alvina sortit de la pièce sans bruit, suivie par Mr. May.

Un moment plus tard, Madame vint les rejoindre.

« Ah, vous êtes encore là ! dit-elle. Nous nous demandons quelle direction Ciccio a prise : celle de Knarborough, ou celle de Marehay ? Geoffrey va partir le chercher à bicyclette. Mais doit-il aller vers Knarborough ou vers Marehay ?

– Il faut demander à l'agent de police de la place du marché, dit Alvina. Il l'aura forcément remarqué, parce que la bicyclette jaune de Ciccio n'est pas ordinaire. »

Mr. May partit s'acquitter de cette tâche, pendant que les autres discutaient entre eux de l'endroit où Ciccio pouvait bien se trouver.

Mr. May revint et annonça que Ciccio avait pris la route de Knarborough. Il pleuvait un peu.

« Ah ! dit Madame, comment le retrouver dans cette grande ville ? J'ai bien peur qu'il ne nous abandonne sans aucun scrupule.

– Il voudra sûrement parler à Geoffrey avant de partir, dit Louis. Ils ont toujours été bons amis. »

Tous les yeux se tournèrent vers Geoffrey, qui haussa ses larges épaules.

« On a toujours été bons amis, dit-il. Oui. Il m'attendra peut-être chez son cousin à Battersea[1]. À Knarborough, je ne sais pas.

– Combien d'argent avait-il ? » demanda Mr. May.

Madame écarta les mains et haussa les épaules.

« Qui sait ?

– Ces Italiens, lança Louis, se tournant vers Mr. May, ils ont toujours de l'argent. À l'étranger, ils s'arrangent pour ne pas dépenser un sou. Ils sont comme ça... » Et il fit le geste napolitain qui consiste à rapprocher les doigts en l'air.

« Mais vous abandonnerait-il tous sans un mot ? s'écria Mr. May.

– Bien sûr que oui, dit Madame, d'un ton pathétique et résigné. Lui, oui. Pas nous autres, mais lui, il en est capable.

– Et sur quoi mettrait-il le cap ?

– Le cap ? Vous voulez dire "Où irait-il ?" À Battersea, certainement, pour voir son cousin. Puis en Italie, s'il estime avoir mis de côté assez d'argent pour s'acheter une terre, ou autre chose.

– Alors, adieu Ciccio, dit Mr. May d'un ton amer.

– Geoffrey devrait le savoir », dit Madame, regardant Geoffrey. Lequel haussa les épaules, mais refusa de trahir la confiance de son ami.

« Non, je ne sais pas. Il laissera un message à Battersea, c'est sûr. Mais je ne sais pas s'il partira en Italie.

– Et vous ne savez pas où le trouver à Knarborough ? lança Mr. May du tac au tac.

– Non plus. Peut-être qu'il ira à la gare pour prendre le train de Londres. » À l'évidence, Geoffrey n'allait pas aider Mr. May.

« Alors, dit Madame, pour couper court aux tergiversations, va donc à Knarborough, Geoffrey, pour voir. Et reviens à temps pour la représentation. Pars tout de suite. Et si tu le trouves, ramène-le-nous. Dis-lui de revenir, par égard pour moi. Dis-le-lui. »

1. Banlieue ouvrière de Londres, à l'époque.

Et d'un geste de la main, elle fit signe au jeune homme de filer. Il partit donc pour Knarborough : quinze kilomètres à vélo sous la pluie.

« Ils savent, dit Madame. Chacun connaît les endroits que fréquente l'autre. Il n'y a guère plus d'un an que nous sommes allés à Knarborough. Mais ils s'en souviendront. »

Geoffrey pédalait aussi vite qu'il le pouvait dans la boue. Peu lui importait de retrouver ou non son ami. Il aimait bien l'Italien, mais ne l'avait jamais considéré comme l'un des leurs à titre permanent. Il savait que Ciccio était insatisfait et voulait changer. Que l'appel de l'Italie allait l'arracher à la troupe, avec laquelle il travaillait depuis trois ans au moins. Et le Suisse de Martigny savait que le Napolitain partirait un jour brusquement pour l'Italie, brisant tous ses liens. C'était comme ça, et Geoffrey l'acceptait avec fatalisme.

Sitôt arrivé à Knarborough, il rendit visite à tous les artistes de music-hall chez eux. Il en connaissait la plupart. Ils l'accueillirent chaleureusement, lui offrirent du whisky. Mais aucun n'avait vu Ciccio. Ils l'adressèrent à d'autres artistes, dans d'autres garnis. Il fit le tour des associés, connus et inconnus, des garnis, familiers ou non, des bars de troisième ordre où il était susceptible de trouver Ciccio. Puis il alla chez les Italiens du quartier du Marais. Il savait qu'ils se tenaient au courant des faits et gestes de chacun. Ensuite, il se rendit en hâte à la gare des Midlands, puis à la grande gare centrale, et demanda aux porteurs du quai d'où partait le train pour Londres s'ils avaient vu son camarade, un homme avec une bicyclette jaune et une cape de cycliste noire. En vain.

Alors, Geoffrey alluma sa lampe en hâte et rebroussa chemin dans l'obscurité pour rentrer à Woodhouse. C'était un gaillard solide et imperturbable. Il monta la colline en pédalant tranquillement dans les rues, puis redescendit de l'autre côté dans l'obscurité du secteur industriel. Il lui fallait continuellement traverser les rails récemment installés du tramway, ce qui était fort malcommode, et il devait de temps à autre éviter les trams brillamment éclairés qui sillonnaient l'endroit, plongé dans une obscurité profonde. Il pleuvait sans discontinuer, et sa roue arrière dérapait sous lui, dans la boue ou sur la nouvelle voie du tramway.

Comme il pédalait dans les longues ténèbres entre Slater's Mill et Durbeyhouses, il avisa une lumière en face de lui, celle d'un autre cycliste. Il se rabattit sur le côté. La lumière approchait très vite. Un puissant faisceau à acétylène. Il l'observa. Un éclair, un éclaboussement, et il vit un dos rond, sans doute celui de Ciccio, passer à vive allure sur le vélo de course bas.

« Hé, Cicc'! Ciccio! » hurla-t-il, descendant de sa propre bicyclette.

« A-i-o! » entendit-il en guise de réponse. Un cri indubitablement italien, plus loin dans l'obscurité.

Il fit demi-tour et vit que l'autre cycliste s'était arrêté. La lampe pivota et Ciccio remonta lentement jusqu'à lui. Il mit pied à terre à côté de Geoffrey.

« *Toi!* dit Ciccio.

– *Hé! Où vas-tu?*

– *Hé!* » lança Ciccio.

Leur conversation fut en grande partie télégraphique, modulée sur des tons divers.

« Tu revenais? demanda Geoffrey.

– Et toi, tu viens d'où? rétorqua Ciccio.

– De Knarborough. Je te cherchais. Où as-tu… ?

– J'ai tordu ma roue avant à Durbeyhouses.

– Tombé?

– Pardi!

– Tu t'es fait mal?

– Non.

– Max n'a rien.

– *Merde!*

– Allez, rentre avec moi.

– Non. » Ciccio secoua la tête.

« Madame pleure. Elle veut que tu reviennes. »

Ciccio secoua la tête.

« Allez, Cicc… », insista Geoffrey.

Ciccio secoua la tête.

« Jamais? demanda Geoffrey.

– *Basta!* Suffit, dit Ciccio avec une grimace invisible.

– Fais un bout de chemin avec moi. On discutera. »

Ciccio secoua la tête une fois de plus.

« Alors, c'est un adieu? »

Ciccio ne répondit pas.

« Ne pars pas, camarade, dit Geoffrey.

– *Faut*, dit Ciccio, la voix un peu moqueuse.

– *Et alors!* J'aimerais bien venir avec toi. Qu'est-ce que tu en dis ?

– Où ça ?

– Peu importe. Tu vas en Italie ?

– Va savoir ! Sans doute.

– J'aimerais y retourner.

– *Et alors!* » Ciccio pivota à demi.

« Attends-moi quelques jours.

– Où ?

– Rendez-vous demain à Knarborough. Va chez Mrs. Pym, 6, Hampden Street. Gettiventi y est. D'accord ?

– J'y penserai.

– Onze heures, d'accord ?

– J'y penserai.

– Toujours amis, Ciccio, hein ? » Geoffrey tendit la main.

Ciccio la prit avec lenteur. Les deux hommes se penchèrent et s'embrassèrent sur les deux joues en se quittant.

« À demain, Cicc.

– *Au revoir, Gigi.* »

Ciccio enfourcha son vélo et disparut prestement. Geoffrey attendit quelques instants pour laisser passer un tram qui se précipitait vers lui sous la pluie, toutes lumières allumées. Puis, il se remit en selle et repartit en sens inverse. Il rentra directement à Lumley, et Madame resta dans l'incertitude jusqu'à dix heures.

Quand elle apprit la nouvelle, elle déclara :

« Demain, j'irai le chercher. » Là-dessus, elle alla se coucher.

Le lendemain, elle se leva de bonne heure et envoya un mot à Alvina, qui arriva à neuf heures.

« Voulez-vous m'accompagner ? demanda Madame. Venez. Allons ensemble à Knarborough, et nous ramènerons ce vilain Ciccio. Venez avec moi, parce que je n'ai pas toutes mes forces. Vous voulez bien ? Ah, tant mieux. Prévenons les jeunes gens et partons tout de suite par le tram.

– Mais je ne suis pas habillée pour un voyage.

– Qui le remarquera ? fit Madame. Allez, partons. »

Elles donnèrent rendez-vous à Geoffrey au coin de Hampden Street à onze heures moins cinq.

« Vous savez, dit Madame à Alvina, ils sont très bizarres, ces jeunes gens, surtout les Italiens. Il ne faut jamais qu'ils se doutent que vous les avez piégés. Si ça se trouve, il refusera de nous voir. Peut-être rentrera-t-il en Italie malgré tout.»

Elles s'installèrent dans le tram brinquebalant pour un trajet long et fatigant. Puis elles déambulèrent dans les rues sinistres et hideuses de la ville industrielle. Au carrefour dit, elles attendirent Geoffrey, qui arriva en haut de la côte sur une bicyclette couverte de boue.

«Demande à Ciccio de venir nous rejoindre et nous irons prendre un café, ou un thé ou autre chose, au restaurant Geisha», ordonna Madame.

Et les deux femmes continuèrent à attendre au carrefour, un peu lasses. Enfin, Geoffrey revint, secouant la tête.

«Il ne veut pas venir ? cria Madame.

– Non.

– Il dit qu'il retourne en Italie ?

– À Londres.

– C'est pareil. On ne peut jamais leur faire confiance. Il s'obstine ?»

Geoffrey haussa les épaules. Madame sentit que lui aussi risquait de lui faire faux bond. Pour sa part, elle était lasse et découragée.

«Il faudra en finir avec les Natcha-Kee-Tawara, c'est tout», dit-elle d'un ton contrarié.

Geoffrey l'observa, flegmatique et impassible.

«Tu veux partir avec lui ?» demanda-t-elle à brûle-pourpoint.

Geoffrey eut un sourire penaud et rougit. Mais il resta muet.

«Eh bien, pars..., dit-elle. Pars ! Va-t'en avec lui ! Mais par égard pour moi et pour ne pas me déshonorer, finissez cette semaine à Woodhouse. Je ne peux pas faire perdre ces deux soirées au père de Miss Houghton. Vous n'avez donc pas honte ? Terminez cette semaine et puis partez, partez. Mais terminez la semaine. Dis ça à Francesco. J'en ai fini avec lui. Mais qu'il honore son contrat. Ne me faites pas honte. Ne me déshonorez pas, et ne déshonorez pas les Natcha-Kee-Tawara. Va lui dire ça.»

Geoffrey rentra dans la maison. Vêtue de son élégant costume tailleur noir, avec son petit chapeau noir très chic et sa voilette, Madame attendit là, au coin de la rue sans dire un mot, le regard fixé droit devant elle, frissonnant légèrement.

Geoffrey reparut dans l'embrasure de la porte, le visage impassible.

« Il dit qu'il ne veut pas venir, annonça-t-il.

– Ah ! s'écria-t-elle, l'ingrat, l'animal ! Il ne perd rien pour attendre. Je vous garantis qu'il ne perd rien pour attendre. Vulgaire canaille, traître sans cœur ! Mon cher Max, tu avais raison. Ah, ce genre de canaille mérite le bâton, comme un chien qu'on bat jusqu'à ce qu'il vienne aux pieds. Personne ne le battra donc pour moi ? Personne ? Allez, retourne auprès de lui. Dis-lui qu'avant de quitter l'Angleterre, il sentira la main de Kishwégin, et qu'elle sera plus lourde que la Main Noire[1]. Dis-lui ça, à ce lâche, qui oblige une femme à manquer à sa parole malgré elle. Ah, canaille, canaille ! Sans foi ni cœur, sans foi ni cœur. On ne peut pas leur faire confiance, à ces chiens du sud ! » Très agitée, elle fit quelques pas sur le trottoir. Puis elle releva sa voilette pour essuyer des larmes de rage et de déception amère.

« Attendez un peu, je vais y aller, dit Alvina, émue.

– Il n'en est pas question ! s'écria Madame.

– Mais si ! » Elle avait une lueur combative dans l'œil. « Accompagnez-moi jusqu'à la porte », dit-elle à Geoffrey.

Celui-ci s'exécuta docilement, la précéda dans un long escalier étroit aux marches couvertes de lino imprimé jaune et marron, assez usé, et la conduisit jusqu'au dernier étage.

« Ciccio, dit-il devant la porte.

– *Oui* », répondit la voix maussade de celui-ci.

Geoffrey ouvrit la porte. Ciccio était assis sur un lit étroit, dans un galetas sous la pente raide du toit.

« N'entrez pas », dit Alvina à Geoffrey, se retournant pour le regarder par-dessus son épaule. Puis elle ferma la porte derrière elle et s'y adossa, faisant face à l'Italien. Assis sur le lit dans une posture relâchée, il tenait entre les doigts une cigarette dont il laissait tomber la cendre sur les planches nues entre ses pieds. Il leva un regard curieux sur Alvina. Elle resta là sans rien dire, à fixer sur lui ses grands yeux bleus brillants. Circonspect, il l'observa sous ses longs cils noirs.

« Vous ne voulez pas venir ? » dit-elle en lui souriant bien en face. Il fit tomber la cendre de sa cigarette d'un geste du petit doigt. Elle se demanda pourquoi il en portait l'ongle si démesurément long. Mais elle continua à lui sourire, et ne broncha toujours pas.

1. Société secrète serbo-croate fondée en 1911 pour libérer la Serbie du joug des Habsbourg et des Turcs. Elle comptait de nombreuses cellules révolutionnaires en Bosnie.

«Venez, je vous en prie!» insista-t-elle sans lâcher son regard.

Il resta assis à l'observer, les mains pendantes entre les genoux, immobile. Le fil de fumée bleue de la cigarette montait en ondulant.

«Vous viendrez, hein? Vous viendrez, n'est-ce pas?» dit-elle, le dos à la porte avec un sourire étrange, éclatant.

Soudain, elle fit un pas en avant, se baissa sans le lâcher du regard, saisit timidement sa main brune, et la leva vers elle. La main tressaillit, lâcha la cigarette, mais ne fut pas retirée.

«Vous viendrez, n'est-ce pas?» répéta-t-elle sans cesser de fixer les yeux jaunes, étranges et attentifs, qui la regardaient sans ciller, et dont la sombre pupille s'arrondissait, s'adoucissait. Elle continua à plonger son regard souriant dans les yeux ronds qui s'adoucissaient, tels ceux d'un animal qui vous fixe dans un moment de silence paisible. Soudain, elle baisa la main qu'elle tenait, par deux fois, très vite, sur les doigts et sur le dos. Il portait un anneau d'argent. Alors même qu'elle posait ses lèvres sur sa main, elle eut le sentiment que cet anneau était un symbole de la dépendance de Ciccio, de son infériorité. Elle le tira légèrement par la main et il se leva.

Elle se retourna, saisit la poignée de la porte, tenant toujours ses doigts dans la main gauche.

«Vous voulez bien venir, n'est-ce pas?» demanda-t-elle en tournant la tête pour le regarder droit dans les yeux. Comme l'expression de Ciccio ne changeait pas, Alvina prit cela pour un assentiment, lui lâcha la main et ouvrit la porte. Il pivota lentement, décrocha son manteau pendu à un clou, le jeta sur ses épaules et l'enfila. Puis il prit son chapeau, posa le pied sur sa cigarette à demi consumée, qui fumait encore sur le sol. Il la suivit, la tête un peu en avant, avec cette allure à la fois sensuelle et veule des Italiens.

Lorsqu'ils débouchèrent dans la rue, ils virent la silhouette élégante et distinctement française de Madame. Elle était seule, comme abandonnée. Sous sa voilette, son visage était très pâle, ses yeux très noirs. Elle observa Ciccio qui suivait aveuglément Alvina avec une allure de chien battu. Immobile, elle attendit qu'il vienne s'arrêter devant elle. Elle scruta son visage.

« *Te voilà donc*», dit-elle d'un ton neutre. «*Allons boire un café, hé?*» proposa-t-elle avec une inflexion plus tendre. Mais la colère assombrissait ses yeux. Ciccio répondit par son beau sourire lent et borné, et pivota pour marcher à côté d'elle.

Chemin faisant, Madame garda le silence. Geoffrey les dépassa sur sa bicyclette et leur cria qu'il rentrait directement à Woodhouse.

Lorsqu'ils furent tous trois assis devant une tasse de café, Madame releva à demi sa voilette qui forma un bandeau noir au ras des sourcils. Son visage, pâle et rond comme celui d'un enfant, demeura impassible et froid, et ses yeux noirs, impénétrables. Elle enveloppa Alvina et Ciccio d'un regard noir, impénétrable.

«Voulez-vous des gâteaux secs avec votre café, tous les deux ?» demanda-t-elle d'un ton aimable que démentait son étrange regard.

«Oui», répondit Alvina. Le rose aux joues, elle avait un air de défi. Ciccio, penaud, penchait la tête de côté, un éternel sourire accroché aux lèvres.

«Plus de bagarres avec Max, *hein*, Ciccio ? dit Madame, sur le même ton aimable, le regard toujours vigilant. Plus de scènes stupides, *hein* ? Tu en dis quoi ? Tu me réponds ?

– De ma part, il n'y en aura plus», dit-il en levant les yeux vers elle et en les plissant avec l'expression insolente d'un chat.

«Ah, non ? C'est vrai ? Alors tant mieux ! C'est parfait ! Nous sommes contentes que Ciccio soit revenu, pas vrai, Miss Houghton ? Et qu'il n'y ait plus de disputes, *hein,* pas vrai ?

– En tout cas, moi, je suis très contente.

– Très contente, oui, très contente ! Tu entends ça, Ciccio ? Et tu t'en souviendras une autre fois. Hein ? Tu t'en souviendras ? *Hé ?*»

Il la regarda sous ses cils ; son lent sourire insolent lui retroussait les lèvres.

«Bien sûr, répondit-il lentement, avec une intonation chargée de sous-entendus.

– Oui, parfait ! Alors, alors ! Nous sommes tous amis. Tous des amis, n'est-ce pas, les Natcha-Kee-Tawara ? *Hé* ? *What you think ? What you say ?*[1]

– Oui, dit Ciccio, levant à nouveau sur elle ses yeux jaunes et brillants.

– Parfait ! Parfait, donc ! Tout est bien, tout est oublié... » À l'entendre, Madame semblait franche et rassérénée. Mais la vigilance obstinée de son regard et les yeux plissés que Ciccio posait sur elle contredisaient les paroles échangées. « Quant à Miss Houghton, elle

1. « Qu'en penses-tu ? Qu'en dis-tu ? »

est des nôtres ! Elle nous a réunis à nouveau, donc elle est des nôtres. » Un sourire étrange fendit le visage pâle et rond de Madame.

« J'aimerais beaucoup faire partie des Natcha-Kee-Tawara, dit Alvina.

– Oui ? Eh bien, pourquoi pas ? Pourquoi ne pas entrer dans la tribu ? Qu'en dis-tu, Ciccio ? Vous pourriez jouer du piano, ou faire autre chose, peut-être. Peut être mieux que Kishwégin. Qu'en dis-tu, Ciccio ? Si elle se joignait à nous ? N'est-elle pas des nôtres ? »

Il sourit, découvrant ses dents, mais garda le silence.

« Alors, qu'en penses-tu ? Parle ! Se joindra-t-elle à nous ?

– Oui, dit Ciccio, sur sa réserve.

– Moi, je dis oui. Je suis pour. C'est une bonne idée. Nous allons y réfléchir, et peut-être en parler à votre père. Et vous viendrez ! Oui. »

Là-dessus, les deux femmes rentrèrent à Woodhouse par le tramway, tandis que Ciccio revenait sur son vélo. Bizarrement, Madame et Alvina trouvèrent fort peu de choses à se dire.

Madame présida à la réunion de sa troupe, et tout sembla redevenir comme avant. Elle avait décidé de danser le lendemain, qui était un samedi. Le dimanche, la troupe partait pour Warsall, à une cinquantaine de kilomètres, où elle avait un autre contrat.

Ce soir-là, dès qu'il en avait le loisir, Ciccio observait Alvina. Elle s'en aperçut, mais sans réussir à comprendre ce que signifiait son regard. Il aurait tout aussi bien pu observer un serpent s'il en avait vu un se glisser dans le théâtre. Il la regardait de côté, furtivement, mais avec insistance. Pourtant, il refusait de croiser son regard. Tout en l'évitant, il l'observait. Son immobilité, sa pose négligente et nonchalante qui soulignait sa musculature puissante, la tête penchée en avant et le regard oblique, inspiraient parfois à Alvina de l'antipathie. Pourtant, il y avait dans le visage de Ciccio une sorte de *finesse*. Sa peau délicatement basanée était satinée et ses yeux si enfoncés dans leurs orbites sombres qu'on s'attendait à les découvrir noirs et étincelants. Puis on distinguait les pupilles jaunes, sulfureuses et distantes. On avait l'impression d'être face à un lion. Le long nez fin, le long menton arrondi, le pli des lèvres semblaient issus d'une culture séculaire et oubliée. Il attendait. Silencieux, avec dans son abandon même quelque chose de puissant et de distant, il attendait. Quoi ? Alvina ne parvenait pas à le deviner. Elle aurait voulu croiser son regard, établir avec lui une communication directe. Mais il refusait.

Lorsqu'elle s'approchait pour lui parler, il répondait à sa manière bornée, grimaçant un sourire sans que change l'expression de ses yeux, et sans mot dire. Il se tenait obstinément à l'écart. Lorsqu'il se fut maquillé en guerrier, la vue de ce beau torse musclé penché en avant fit naître chez Alvina une bouffée d'hostilité : de la chair dense et stupide. Avec son dos bien droit, Max semblait beaucoup plus beau, beaucoup plus franc et plus viril. La vue du corps compact, harmonieux et velouté de Ciccio, de ses muscles galbés et si fermes, de ce mélange de douceur et de puissance, lui souleva le cœur.

Elle plaqua des accords rageurs sur son piano. Madame, qui interprétait la danse de Kishwégin pour sa dernière soirée, lui jeta des regards acérés. Alvina l'avait évitée comme Ciccio l'évitait, elle : par une fuite qui n'excluait pas la connivence, et une distance qui n'excluait pas le contact.

Madame dansait à merveille. On ne pouvait le nier, c'était une artiste. Elle devenait radicalement autre : neuve, virginale, primitive, c'était une créature magique qui ondulait devant leurs yeux. Infiniment délicate et charmante. Sous son charme de magicienne, les *braves* devenaient aussitôt des héros charismatiques. Alvina avait beau taper rageusement sur son clavier, elle ne pouvait altérer l'aura qui entourait Madame et sa troupe. Ciccio était beau maintenant : sans peintures de guerre, mais aux aguets, audacieux mais inspiré. Une séduction ténébreuse irradiait sur son visage distant et passionné. Totalement étranger… et si beau ! Les larmes aux yeux, Alvina continua à marteler les touches de son piano. Elle haïssait la beauté de Ciccio, qui l'excluait et lui était tout à fait étrangère.

Quant à Madame, avec sa longue chevelure brune rassemblée en tresses soigneusement brossées, ses joues empourprées sous le maquillage sombre, elle était métamorphosée. Quelle démarche légère ! Elle paraissait si humble, si distante, séparée des hommes par un gouffre. Si soumise, avec derrière elle une éternité d'inaccessible soumission. Sa danse hésitante autour de l'ours mort était exquise : elle exprimait sa curiosité cachée et ténébreuse, son admiration devant la force mâle de l'animal, ses frémissements de triomphe face à la dépouille, son exultation cruelle et sa crainte qu'il ne soit pas vraiment mort. C'était un spectacle délicieux, évoquant le matin du monde avant qu'Ève n'ait croqué dans la chair blanche d'une pomme, ce matin où elle n'était encore qu'une femme silencieuse à la peau brune et aux yeux noirs. Puis on décelait la sympathie secrète que lui inspirait le prisonnier blanc ! Elle devenait vraiment la brune Ève, en proie à la tentation de la connaissance. En proie à une fascination sans merci. Elle s'agenouillait à côté du cadavre du *brave* qui avait été son mari comme elle s'était agenouillée à côté de l'ours : emplie de crainte et d'admiration, de doute et d'exultation. Elle le poussait très légèrement du pied. De la chair morte, comme l'ours ! Son frisson de plaisir se transformait en sanglot d'angoisse mortelle. Puis, ondulante, cruelle et indécise, elle regardait Ciccio lutter contre l'ours.

C'était elle, Kishwégin, la clé de toute l'action. Et ses *braves* ténébreux semblaient devenir plus ténébreux encore, plus secrets, plus malveillants, consumés par un feu cruel ; graves aussi, car ils se savaient mortels. Mais ce soir-là, en se battant avec l'ours, Ciccio eut un ricanement étrange, un bruit léger, malveillant et railleur qui résonna à travers le public. Et au moment où l'ours était censé en avoir fini avec lui, et où il devait tomber, il se dégagea de l'étreinte de la bête en titubant et lança à Madame de sa voix railleuse : « *Vivo sempre*, Madame », « Je suis toujours vivant, Madame », avant de s'écrouler. En entendant ces paroles, Madame s'arrêta net, comme atteinte en plein cœur. D'abord figée, elle s'effondra brusquement. Sa main vola à sa bouche et elle hurla :

« L'ours ! »

La scène s'acheva donc ainsi. Mais au lieu du triomphe tendre, un peu nostalgique de Kishwégin, triomphe qui aurait dû être électrique au moment où elle prenait la main du prisonnier blanc et la baisait, il y eut un doute, un flottement, un moment caduc, où Max hésita.

Après la représentation, ni Madame ni Max n'osèrent faire de commentaire à Ciccio sur son innovation. Louis sentit qu'il lui fallait intervenir – c'était à lui qu'incombait la responsabilité.

« Dis donc, Cicc, pourquoi tu as changé la scène ? Si Madame n'était pas aussi géniale, ça aurait pu être une catastrophe, une catastrophe. Pourquoi tu as dit ça ?

– Ma foi, répondit Ciccio en italien, c'est que j'en ai assez d'être mort. »

Madame et Max gardèrent le silence.

Lorsque Alvina eut joué le *God Save the King*, elle se rendit dans les coulisses. Mais Ciccio et Geoffrey avaient déjà plié bagage. Madame bavardait avec James Houghton. Louis et Max s'affairaient ensemble. Mr. May s'approcha d'Alvina.

« Eh bien, dit-il. Encore une semaine bouclée. Je trouve que nous avons bien travaillé malgré l'adversité, non ?

– Magnifiquement. »

Mais le pauvre Mr. May avait l'air pitoyable et le ton plaintif. Il donnait l'impression de se sentir abandonné, et Alvina ne s'occupait pas de lui. L'œil aux aguets, elle ne lui prêtait aucune attention.

Madame s'approcha.

« Eh bien, Miss Houghton, l'heure est venue de se dire au revoir, je suppose.

– Comment vous sentez-vous après avoir dansé ? demanda Alvina.

– Ma foi... Plus faible que d'habitude, mais pas si mal, finalement. Je vais m'en tirer à bon compte grâce à vous. Je crois que votre père est plus malade que moi. Il m'a l'air très mal en point.

– Papa s'use à la tâche.

– Oui, et quand on n'est plus tout jeune, comme lui et moi, il n'y a plus grand-chose à user. Eh bien, il me reste à vous remercier une fois de plus...

– À quelle heure partez-vous demain matin ?

– Nous prenons le train de dix heures trente. S'il ne pleut pas, les jeunes gens iront à bicyclette... tous, peut-être. Alors, ils partiront à l'heure qu'ils voudront.

– Je viendrai vous dire au revoir, annonça Alvina.

– Oh, non, ne vous dérangez pas...

– Si, je veux ramener mes affaires à la maison : la bouilloire que j'ai apportée pendant votre bronchite et tout le reste.

– Oh, je vous remercie mille fois, mais ne vous dérangez pas. Je vous les ferai porter par Ciccio ou l'un des autres...

– J'aimerais vous faire mes adieux à tous », insista Alvina. Madame se retourna pour regarder Max et Louis.

« Mais nous sommes tous ici. Ah, non. Il y en a deux qui sont partis. C'est vrai. Alors ! Alors, à quelle heure voulez-vous venir ?

– Vers neuf heures ?

– Très bien. Je partirai à dix. À demain, donc. Bonsoir.

– Bonsoir », répondit Alvina, les joues empourprées.

Elle rentra avec Mr. May, sans presque remarquer sa présence. Après le dîner, quand James Houghton se fut retiré pour compter ses pièces, Alvina dit à Miss Pinnegar :

« Vous ne trouvez pas que Papa a l'air bien fatigué ?

– Ça ne date pas d'hier, si vous voulez mon avis, rétorqua Miss Pinnegar sur un ton acerbe.

– Que devrait-il faire, dites-moi ?

– Il se tue, à descendre par tous les temps, à se geler dans ce guichet, et puis dans cette atmosphère malsaine. Il se tue, voilà tout.

– Que faire ?

– Rien, tant qu'il y aura ce théâtre. Rien du tout. »

C'était aussi l'avis d'Alvina. Elle alla donc se coucher.

Elle se leva à l'heure et surveilla la pendule. La matinée était grise, mais il ne pleuvait pas. À neuf heures moins cinq, elle partit d'un pas vif chez Mrs. Rollings. Dans la cour de derrière, les bicyclettes étaient sorties, rutilantes ou boueuses selon leur propriétaire. Ciccio, accroupi, réparait un pneu. Il se tenait en équilibre sur les orteils, au ras du sol. À son approche, il se retourna comme un animal à l'affût mais ne se leva pas.

« Vous vous préparez au départ ? » dit-elle en baissant les yeux vers lui. Il tourna la tête vers elle de mauvaise grâce, le menton vers le haut. En le voyant sens dessus dessous, elle ne le reconnut pas. Elle posa sur son visage un regard perplexe. Il lui paraissait avoir un menton très grand, agressif. Vu sous cet angle, il lui semblait légèrement repoussant et brutal. Pourtant, elle poursuivit :

« Vous voulez bien m'aider à ramener ce que nous avions apporté pour soigner Madame ? »

Il se releva, mais sans la regarder. Il portait des chaussures de cycliste trouées. Debout, il examinait sa chambre à air.

« Pas dans l'instant, dit-elle. Je veux d'abord faire mes adieux à Madame. Pouvez-vous m'accompagner dans une demi-heure ?

– Oui, j'irai avec vous », dit-il, l'œil toujours fixé sur sa chambre à air étalée sur le sol. L'inclinaison de sa tête parut curieusement belle à Alvina : la nuque droite et puissante, la forme élégante de l'arrière de la tête, les cheveux noirs, la façon dont le cou jaillissait des épaules nonchalantes et musclées, tout cela était beau. Il y avait quelque chose de borné mais de très concentré dans sa façon de tendre la tête en avant. Son visage semblait sans couleur, neutre, dépourvu d'expression.

Elle entra dans la maison. Les jeunes gens circulaient, vaquant à leurs préparatifs.

« Venez au premier, Miss Houghton », cria Madame d'en haut. Alvina monta, et la trouva en train de faire sa valise.

« Ce n'est pas un moment très commode. Nous sommes tous occupés à préparer notre départ, dit Madame en levant les yeux sur Alvina comme s'il s'agissait d'une inconnue.

– Je suis désolée de vous déranger. Je ne reste qu'une minute.

– Oh, ce n'est pas grave. Voici ce que vous aviez apporté. » (Madame désigna une petite pile.) « Je vous remercie beaucoup, vraiment beaucoup. Vous m'avez sauvé la vie, je crois. Alors permettez-moi de vous donner un petit témoignage de ma gratitude. C'est peu de chose, car nous ne sommes pas millionnaires, chez les Natcha-Kee-Tawara. Juste un petit souvenir de notre pénible visite à Woodhouse. »

Elle tendit à Alvina une ravissante paire de mocassins en perles, au motif étrange et exquis, et dont les semelles et les côtés étaient en daim souple.

« Ils appartiennent à Kishwégin, et c'est donc Kishwégin qui vous les donne, car elle vous est reconnaissante de lui avoir sauvé la vie, ou du moins évité une longue maladie.

– Oh ! Mais je ne peux pas les accepter, dit Alvina.

– Ils ne vous plaisent pas ? Pourquoi ?

– Si, je les trouve absolument ravissants ! Mais je ne veux pas vous les prendre.

– Si je vous les donne, vous ne me les prenez pas, vous les recevez. *Hé ?* » Et Madame lui tendit les chaussons, ouvrant ses mains grassouillettes en un geste sans appel.

« Mais je ne veux pas vous prendre ceux-ci, dit Alvina. Ils appartiennent aux Natcha-Kee-Tawara. Et je ne veux pas dépouiller les Natcha-Kee-Tawara, vous comprenez ? Je vous en prie, reprenez-les.

– Non. Je les ai donnés. Vous ne dépouillerez pas les Natcha-Kee-Tawara en leur prenant une paire de chaussons, voyons !

– Je suis sûre qu'ils sont beaucoup trop petits pour moi.

– Ha ! s'exclama Madame. C'est donc ça ! Essayez.

– Je le sais bien », dit Alvina avec un petit rire confus.

Elle s'assit et se déchaussa. Le mocassin était un peu trop court. Il ne manquait pas grand-chose. Il était charmant sur le pied, charmant.

« En effet, il est trop court, dit Madame. Très bien. Il faudra que je vous trouve autre chose.

– Oh, je vous en prie, dit Alvina, ne me cherchez rien. Je ne veux rien, je vous assure.

– Comment ? répondit Madame en regardant attentivement Alvina. Vous refusez ? Vous ne voulez rien accepter des Natcha-Kee-Tawara ou de Kishwégin ? *Hé ?* De qui ?

– Ne me donnez rien, je vous en prie, dit Alvina.

– Très bien ! Eh bien, je ne ferai rien. Je ne vous donnerai rien. Je ne peux rien vous donner qui vous plaise de la part des Natcha-Kee-Tawara. »

Là-dessus, Madame se replongea dans ses bagages.

« Je suis tout à fait désolée de vous voir partir, dit Alvina.

– Désolée ? Pourquoi ? Oui, moi aussi, je suis désolée à l'idée que nous ne vous reverrons plus. Tout à fait désolée. Mais qui sait, *hé* ? Je vous enverrai une carte postale. Peut-être enverrai-je l'un des jeunes gens sur son vélo vous apporter quelque chose que j'achèterai pour vous. Vous voulez bien ?

– Oh, cela me ferait très plaisir – mais ne me... » Alvina se reprit à temps « ...ne m'achetez rien. Envoyez-moi un petit souvenir des Natcha-Kee-Tawara. J'adore ces chaussons...

– Mais ils sont trop petits », dit Madame, sans la quitter des yeux, ces yeux noirs qui devinaient le moindre sentiment. Madame était assez près de ses sous, et elle n'était pas fâchée de récupérer les chaussons. « Très bien, très bien, c'est ce que je ferai. Je vous enverrai un petit souvenir des Natcha-Kee-Tawara, et l'un des jeunes gens vous l'apportera. Ciccio, peut-être ? *Hé ?*

– Je vous remercie infiniment, dit Alvina en lui tendant la main. Au revoir. Je suis désolée de vous voir partir.

– Que voulez-vous ! Nous n'allons pas si loin. Pas si loin. Peut-être nous reverrons-nous. Qui sait ? Au revoir ! »

Madame prit la main d'Alvina et lui adressa soudain un sourire charmeur et bienveillant, qui illumina ses yeux noirs impénétrables. Cette bienveillance soudaine était inhabituelle. Alvina rougit de surprise et eut envie de pleurer.

« Oui, je suis désolée que vous ne fassiez pas partie des Natcha-Kee-Tawara. Mais nous verrons. Au revoir. Je vais préparer mes bagages. »

Alvina prit ce qu'elle devait emporter. Puis elle alla dire au revoir aux jeunes gens, qui en étaient à des stades différents de leur toilette. Seul Max était présentable.

Ciccio était juste en train de remonter le garde-boue de sa roue avant. Elle regarda ses pouces bruns le réemboîter. Il avait des mouvements vifs et sûrs, beaucoup plus habiles, experts même, qu'on l'eût soupçonné en voyant ses mains mates de Méditerranéen. Il fit tourner la roue en la tapotant doucement.

« C'est fini.

– Oui, je crois. » Il tendit le bras pour saisir sa pompe et gonfla le pneu. Elle l'observa en train d'exercer sa force en douceur, cette force physique et musculaire qu'il recélait. Puis il fit pivoter sa bicyclette et la remit debout. Après quoi, il rangea prestement ses outils.

« Vous voulez bien venir maintenant ? » demanda-t-elle.

Il se retourna, se frotta les mains l'une contre l'autre avant de les essuyer sur un vieux chiffon, entra dans la maison pour mettre son manteau et sa casquette, puis ramassa les affaires posées sur la table.

« Où vas-tu ? » demanda Max.

Ciccio désigna Alvina du menton.

« Oh, Miss Houghton, permettez-moi de les porter. Il n'est pas présentable... », dit Max.

De fait, Ciccio n'avait pas de col et ses chaussures baillaient à la semelle.

« Ce n'est pas grave, dit Alvina précipitamment. Il sait où elles vont. Il les a déjà transportées.

– Non, non, je vais les porter. Je suis habillé. Permettez-moi... » Et il commença à prendre les affaires. « Va t'habiller, Ciccio. »

Celui-ci regarda Alvina.

« Vous voulez ?... demanda-t-il, comme s'il attendait ses ordres.

– Laissez Ciccio les porter, dit Alvina à Max. Merci infiniment, mais laissez-le faire. »

En cette matinée de dimanche, Alvina partit dans les rues suivie de l'Italien dépenaillé aux bras chargés de tous les objets nécessaires dans une chambre de malade. Elle ne savait que dire, et il gardait le silence.

« Nous allons passer par là », lança-t-elle soudain en ouvrant la porte de l'entrée. Elle l'avait déverrouillée avant de sortir, car cet accès servait très rarement. Elle conduisit donc l'Italien dans le sombre salon, avec ses hautes étagères emplies de rangées de volumes reliés en cuir, le vieux tapis rouge à fleurs et le piano à queue couvert de partitions. Ciccio posa les affaires où elle le lui indiqua et resta planté là, sa casquette à la main, le regard détourné.

« Merci infiniment », dit-elle, prolongeant l'instant.

Il retroussa la lèvre, esquissant une légère moue pour minimiser le service rendu.

« De rien », murmura-t-il.

Son regard gêné s'était porté sur un tableau accroché au mur.

« C'était ma mère », dit Alvina.

Il lui jeta un coup d'œil sans répondre.

« Je regrette que vous partiez », dit-elle timidement, sans bouger, levant vers lui ses grands yeux bleus.

Sur le visage de Ciccio, toujours détourné, le sourire s'élargit. Puis il la regarda.

« Nous sommes obligés de partir, dit-il, l'observant à la dérobée avec un sourire encore timide.

– Cela vous plaît, d'être toujours en déplacement ? » demanda-t-elle sans détacher de lui ses grands yeux bleus.

Il hocha légèrement la tête.

« Nous sommes obligés. J'aime bien ça. »

Les mots qu'il prononçait ne voulaient rien dire pour lui. Il la regarda, l'air un peu moqueur, mais toujours sur la réserve.

« Croyez-vous que je vous reverrai un jour ? demanda-t-elle.

– Vous voudriez... ? répondit-il avec un sourire furtif et un léger haussement d'épaules.

– Oui, ça me ferait vraiment plaisir... » Les joues d'Alvina s'empourprèrent. Elle entendit le pas très léger de Miss Pinnegar.

Il hocha la tête, sans lâcher son regard, tandis qu'une mimique furtive lui plissait le coin des yeux et lui effilait le nez.

« Très bien. La semaine prochaine, hein ? Dans la matinée ?

– Volontiers ! » s'écria Alvina tandis que Miss Pinnegar entrait. Il jeta un rapide coup d'œil par-dessus son épaule.

« Oh ! s'écria Miss Pinnegar. Je me demandais qui était là. » Elle jeta un regard acéré au jeune homme.

« C'est vrai ? dit Alvina. Nous avons rapporté les affaires.

– Ah oui ? Eh bien, vous devriez venir dans l'autre pièce, près du feu, dit Miss Pinnegar.

– Au revoir », dit Ciccio. Il adressa un léger salut à Alvina, un plus léger encore à Miss Pinnegar, quitta la pièce et sortit par la porte d'entrée comme s'il prenait la fuite.

« Ils partent ce matin, sans doute », dit Miss Pinnegar.

CHAPITRE IX

Alvina devient Allaye

Alvina pleura quand les Natcha furent partis. Elle les aimait tant qu'elle aurait voulu être avec eux. Elle ne voyait en Ciccio que l'un des Natcha. Elle attendait avec impatience sa venue comme une visite de la troupe.

Que le théâtre était triste sans eux ! Elle était lasse de l'Entreprise. Si seulement elle n'existait pas. La répétition du lundi matin lui parut terriblement ennuyeuse. Son père était nerveux et irritable. La semaine qui venait de s'écouler l'avait beaucoup éprouvé. Il s'était mis dans un état d'appréhension disproportionné que rien n'aurait pu justifier, hormis peut-être un accident au cours duquel les murs en bois du théâtre auraient été consumés, tandis qu'à l'intérieur, James trouvait malencontreusement la mort, tel un autre Samson ! Tous les *artistes* lui inspiraient maintenant une horreur inquiète, et il ne se sentait pas un instant en sécurité tant qu'il dépendait d'un seul d'entre eux.

« Il faudra que nous transformions le théâtre en salle de cinéma », dit-il, fiévreux et inquiet, à Mr. May. « N'engagez plus personne après la fin du mois prochain.

– Ah bon ! s'écria Mr. May. Ah bon ! Vous êtes bien décidé ?

– Oh oui, tout à fait, dit James, frémissant. J'ai écrit pour commander une nouvelle machine et des films chez Chanteclair.

– Ah bon ! dit Mr. May. Alors dans ce cas... » Mais la consternation et le chagrin le submergeaient.

« Bien sssûr, dit-il plus tard à Alvina en haussant ses tristes paupières décolorées, l'air catégorique, je n'envisage absolument pas de rester si nous ne sommes plus qu'un simple cinéma !

– Pourquoi ? demanda Alvina.

– Oh ! Pourquoi ? reprit-il non sans ironie. Mais ce n'est pas du tout mon rayon. Je ne suis pas projectionniste, moi ! » Et il pencha la tête de côté avec une moue méprisante.

« Mais vous l'êtes aussi, dit Alvina.

– Oui, "aussi", mais pas "seulement". Vous faites parfois la vaisselle dans l'arrière-cuisine, mais vous n'êtes pas seulement la femme de ménage, n'est-ce pas ?

– Ça ne se compare pas ! s'écria Alvina.

– Bien sssûr que si ! s'exclama Mr. May. Bien sssûr que si ! »

Alvina eut un petit rire assez cruel et fixa les yeux pâles et inquiets de son interlocuteur.

« Qu'allez-vous faire ? demanda-t-elle.

– Il faudra que je cherche autre chose, dit le petit homme blessé mais nullement découragé. Je n'ai pas le choix.

– Vous ne voulez vraiment pas rester ? demanda-t-elle.

– Il n'en est pas question. Pas question, gloussa-t-il comme un pigeon vexé.

– Eh bien, dit-elle en lui jetant un bref coup d'œil, c'est une affaire entre mon père et vous.

– Bien sssûr, dit-il. Naturellement ! » Mais il avait un ton un peu piqué, comme s'il avait mis ses ultimes espoirs en Alvina.

Elle annonça le changement prévu à Miss Pinnegar.

« Eh bien, dit celle-ci d'un ton avisé mais distant, voilà une bonne initiative. Mais je doute qu'elle change grand-chose.

– Ah bon, répondit Alvina. Et pourquoi ?

– Je ne crois pas à ce théâtre, déclara Miss Pinnegar. Jamais je n'y ai cru. Il n'en sortira rien de bon.

– Mais pourquoi donc ? insista Alvina. D'où vient que vous en êtes si sûre ?

– Je ne sais pas. C'est une impression que j'ai. Depuis le début, d'ailleurs. Tout a été mal engagé. C'était une erreur de tenter ça.

– Mais pourquoi donc ? redemanda Alvina en riant.

– Jamais votre père n'aurait dû se laisser entraîner là-dedans. Il n'aurait jamais dû se lancer dans le spectacle. Cela ne lui ressemble pas. Ce n'est pas son affaire. Il est allé contre sa nature, contre ce qu'il a fait toute sa vie.

– Oh, mais même dans son magasin, papa était comédien, objecta Alvina. Il l'a toujours été. Maman disait qu'on aurait cru un forain dans sa baraque. »

Miss Pinnegar resta interdite.

« Eh bien, reprit-elle d'un ton acerbe, si c'est comme ça que vous le voyez ! » Il y eut un silence. « Dans ce cas, poursuivit-elle avec aigreur, je crois que le comédien ressort dans sa fille ! ou la comédienne, ce qui n'arrange rien de mon point de vue.

– Pourquoi ? demanda Alvina. J'aime bien ça, et Papa aussi.

– Non, s'écria Miss Pinnegar. Vous faites erreur ! Cela va à l'encontre de ses aspirations naturelles.

– Ah bon ? dit Alvina, surprise. Voilà qui est nouveau ! Mais quelles sont les aspirations de Papa ?

– Vous ne les connaissez peut-être pas, dit froidement Miss Pinnegar. Dans ce cas, ne comptez pas sur moi pour vous éclairer. Ce qui ne change rien, d'ailleurs. » Pendant quelques instants, elle observa un profond silence, qu'elle rompit soudain, froide et hargneuse : « Il va se tuer à force, et ensuite, il comprendra. »

L'adverbe « ensuite » siffla dans l'espace comme une balle de fusil. Il figea Alvina. Son père allait-il mourir ? Elle réfléchit. Certes, tous les hommes doivent mourir.

Elle oublia cette question dans la foule de celles qui lui occupaient l'esprit. D'abord, pourrait-elle supporter que l'Entreprise se transforme en une de ces minables et vulgaires officines à films ? Les personnages étranges des *artistes* qui défilaient sous son regard observateur l'avaient vraiment distraite, semaine après semaine. Certaines semaines, ils l'avaient ennuyée ; d'autres, elle les avait trouvés détestables ; mais la semaine suivante réservait toujours une chance. Exemple : les Natcha-Kee-Tawara !

Elle pensait beaucoup trop aux Natcha-Kee-Tawara. Elle le savait. Elle essaya de se forcer à bien assimiler la nouvelle situation, où elle taperait sur son piano pour accompagner une suite de films tremblotants et ennuyeux. Il y aurait son père, elle et Mr. May, ou bien un nouveau machiniste, un nouveau régisseur. Le nouveau régisseur ! Elle songea à lui pendant un moment, et elle évoqua ces personnages au visage d'automates qui géraient Wrights et l'Empire de Woodhouse.

Mais son esprit se détourna de ces considérations stériles. Elle était obsédée par les Natcha-Kee-Tawara. Ils l'avaient fascinée. Sous quel charme était-elle tombée ? De quoi, de qui, elle l'ignorait. Mais elle était comme hypnotisée. Elle se languissait d'eux. Son âme gravitait vers eux en permanence.

Le lundi passa et Ciccio ne vint pas. Le mardi passa, puis le mercredi. Au fond de son âme, elle n'était pas sûre que Madame et Ciccio tiendraient leur promesse. Pourquoi le feraient-ils ? Elle les connaissait, ces artistes nomades. Et son âme était réfractaire au fond d'elle-même.

Le mercredi soir, un nouvel imprévu se produisit au théâtre : Mr. May trouva James évanoui à la caisse, après le début de la séance. Que faire ? Impossible d'interrompre Alvina ou la représentation. Il envoya le garçon qui vendait le chocolat et les oranges chercher du cognac au Pear Tree, le pub d'en face.

James revint à lui. « Ça va très bien, dit-il sèchement. Je vais très bien. Ne vous occupez pas de moi. » Il resta assis à son guichet, la tête sur la main, et Mr. May dut le laisser pour aller projeter le film. À l'entracte, Mr. May se précipita de nouveau à la caisse, un tout petit espace où James avait à peine la place de s'asseoir, et il trouva le malade dans la même position, à demi inconscient. Il lui fit encore boire un peu de cognac.

« Puisque je vous dis que je vais bien », dit James, le fusillant du regard. Laissez-moi tranquille. » Mais il n'avait pas l'air bien du tout.

Mr. May se hâta d'aller trouver Alvina. Lorsque celle-ci entra, son père avait replongé dans sa léthargie.

« Papa, dit-elle en lui secouant doucement l'épaule, qu'est-ce qui se passe ? »

Il murmura quelques mots sans suite. Elle regarda son visage gris et sans expression.

« Il faut le ramener à la maison, dit-elle. Il faut appeler un fiacre.

– Donnez-lui un peu de cognac », suggéra Mr. May.

On envoya le gamin chercher le fiacre et James avala une cuillérée de cognac. Il revint à lui, très irritable.

« Qu'est-ce que c'est ? Qu'est-ce que c'est que ces histoires ? Je ne veux pas de ça. Continuez la représentation et ne vous occupez pas de moi. » Il avait les yeux fous.

« Il faut rentrer à la maison, Papa, dit Alvina.

– Laisse-moi tranquille. Veux-tu me laisser tranquille ! Tyrannisé par les femmes toute ma vie, tyrannisé par les femmes… D'abord une, et puis l'autre. C'est insupportable. Insupportable… » Il fixa sur Alvina des yeux hagards, puis perdit conscience à nouveau et retomba, la tête dans les mains, sur son comptoir. Alvina regarda Mr. May.

« Il faut le ramener à la maison », dit-elle. Elle le recouvrit de son manteau et resta assise à côté de lui. La représentation se poursuivit sans musique.

Enfin, le fiacre arriva et ramena James, inconscient, à Woodhouse. Alvina se hâta d'aller chercher de quoi éclairer le couloir sombre.

« Papa est souffrant ! annonça-t-elle à Miss Pinnegar.

– Je vous l'avais bien dit ! » lança celle-ci en se levant brusquement.

Les deux femmes sortirent à la rencontre du conducteur du fiacre, qui tenait James dans ses bras.

« Vous allez y arriver ? demanda Alvina, la lampe à la main.

– Il ne pèse pas bien lourd », répondit l'homme.

Il fallut porter James dans la maison.

Dans sa détresse, Miss Pinnegar fit claquer rapidement sa langue : « Ta-ta-ta-ta-ta-ta-ta ! Je vous l'avais bien dit ! s'exclama-t-elle. Je l'ai toujours dit ! »

On allongea James sur le divan. Il avait les yeux mi-clos. On lui fit boire du cognac, et le gamin fut envoyé chercher le médecin. On chauffa le lit d'Alvina et on y coucha le malade. Alors commença une autre veille. Alvina resta au chevet de son père. James sursautait et marmonnait, mais sans reprendre conscience. L'aube se leva sans apporter aucun changement. Pneumonie, pleurésie et début de méningite. Alvina but son thé, prit un petit déjeuner léger et alla se coucher vers neuf heures du matin, laissant James sous la surveillance de Miss Pinnegar. L'ordre du temps était aboli. Miss Pinnegar se révéla une garde-malade inquiète, partagée entre l'horreur et l'appréhension. Les sourcils levés, elle sursautait et jetait à James un regard terrifié chaque fois qu'il émettait un bruit. Alors, elle se précipitait vers lui et faisait ce qu'elle pouvait. Mais elle paraissait révulsée, comme si elle trouvait inconsciemment sa tâche répugnante.

Dans le courant de la matinée, Mrs. Rollings passa dire que l'Italien qui était là la semaine précédente était venu et aurait aimé parler à Miss Houghton.

« Dites-lui qu'elle se repose et que Mr. Houghton est gravement malade », répliqua Miss Pinnegar d'un ton acerbe.

Lorsque Alvina descendit vers quatre heures de l'après-midi, elle trouva un paquet renfermant un peigne sculpté en os, et un message de Madame : « Pour Miss Houghton, avec les chaleureuses salutations et les remerciements sincères de Kishwégin. »

Elle héritait en tout et pour tout d'un peigne, avec son serpent sculpté à mufle de bête. Alvina demanda s'il y avait un autre message. Aucun.

Mr. May vint et resta pendant une triste demi-heure. Puis Alvina reprit son poste auprès du malade. Il n'allait pas mieux et était toujours inconscient. Miss Pinnegar descendit, renfrognée, les yeux rougis. L'état de James ne laissait guère d'espoir.

Au petit matin, il mourut. Alvina appela Mrs. Rollings, qui l'aida à faire la toilette du mort. Il n'était que cinq heures et il ne faisait pas encore jour. Alvina alla s'étendre dans la petite chambre glaciale de son père, au bout du couloir. Elle essaya de dormir, en vain. À sept heures et demie, elle se leva et s'attaqua aux tâches de cette nouvelle journée. Le médecin vint, elle se rendit au bureau de l'état civil, et ainsi de suite.

Mr. May passa. Il décida que le théâtre resterait ouvert : il trouverait quelqu'un d'autre pour jouer du piano, quelqu'un d'autre pour vendre les billets.

Dans l'après-midi arriva Frederick Houghton, le cousin de James et son plus proche parent. C'était un drapier de Knarborough, un homme d'âge mûr, blond, au teint fleuri, très assidu à l'église, cossu et très *bourgeois*. Il s'efforça de parler à Alvina d'un ton paternel, ou amical, ou secourable. Mais Alvina ne parvenait pas à l'écouter. Il l'exaspérait.

En entendant claquer la grille, elle se leva pour se précipiter à la fenêtre. Elle se trouvait avec son cousin dans le salon, comme l'exigeait la solennité de l'occasion. Elle aperçut Ciccio qui appuyait sa bicyclette jaune contre le mur et traversait l'étroite arrière-cour sombre, la tête en avant, pour gagner la porte de l'arrière-cuisine.

« Excusez-moi une minute », dit-elle à son cousin, qui lui jeta un regard irrité lorsqu'elle quitta la pièce.

Elle arriva juste à temps pour ouvrir la porte lorsque Ciccio frappa. Debout sur le seuil, elle le dominait. Il leva les yeux et lui adressa un léger sourire sous ses cils noirs.

«Comme c'est gentil d'être venu», dit-elle. Elle avait le visage blême, fatigué, dénué d'expression. Mais malgré sa lassitude, les grands yeux qu'elle posa sur Ciccio restaient très bleus. Comme il lui semblait loin!

«Madame voudrait des nouvelles de Mr. Houghton, dit-il.

– Papa! Il est mort ce matin, dit-elle à mi-voix.

– Il est mort!» s'exclama-t-il en italien. Un éclair d'effroi et de détresse passa sur son visage.

«Oui, ce matin.» Elle n'avait ni larmes ni émotion, mais continuait à le regarder d'un air absent, du haut des marches menant à la cuisine. Il baissa les yeux et regarda ses pieds. Puis il les releva sur elle, qui lui rendit son regard, comme s'il était très loin d'elle. Et ils restèrent à s'observer comme deux étrangers séparés par l'abstraction d'une vaste distance.

Il se retourna et regarda de l'autre côté de la cour sombre, vers la grille où il distinguait tout juste le gris pâle du pneu de sa bicyclette et le jaune du garde-boue. Il semblait réfléchir. S'il partait maintenant, c'était pour toujours. Involontairement, il se retourna et leva le visage vers Alvina, comme s'il l'étudiait avec curiosité. Elle restait là, sur le pas de sa porte, neutre, blême, avec de grands yeux immobiles et neutres. Elle ne paraissait pas le voir. Il l'observa de ses yeux mobiles, jaune sombre et insondables, jusqu'à ce que leurs regards se croisent enfin. Alors, de la tête, il esquissa un mouvement infime, comme s'il la sommait d'approcher. L'âme d'Alvina frémit et défaillit. Il réitéra ce léger mouvement de tête en arrière et de côté, comme s'il lui faisait signe de s'approcher de lui. Il avait lui aussi le visage fermé et dénué d'expression. Mais dans ses yeux, qui ne lâchaient pas ceux d'Alvina, brillait une légère lueur de domination. Il allait triompher. Elle le savait. Et son âme sombra, comme si elle sombrait hors de son corps. Elle sombra, quitta son corps, la laissant là, impuissante et vide.

Il tourna les talons, la tête tendue en avant, prêt à partir, mais jeta un bref regard par-dessus son épaule. Alors Alvina descendit du pas de sa porte, pour se mettre au même niveau que lui et le suivre. Il plongea dans l'obscurité de la cour, qu'il traversa presque complètement. Près de la grille, près de sa bicyclette, se trouvait une encoignure formée par un hangar. Arrivé là, il se retourna vers Alvina sans hâte, et elle, face à lui, fit durer l'instant.

Une soumission nouvelle, terrible, emplissait ses yeux grands ouverts, neutres et dociles : on eût dit qu'elle avait perdu son âme. Elle leva vers lui des yeux de victime. Un léger sourire éclairait ceux de Ciccio. Il se pencha au-dessus d'elle.

«Vous m'aimez ? Oui ? Oui ? demanda-t-il, d'une voix aussi charnelle qu'un contact physique.

– Oui», souffla-t-elle involontairement. Il passa un bras habile autour d'elle et la souleva.

« Oui », répéta-t-il en écho, presque moqueur dans son triomphe. « Oui, oui ! » En souriant, il l'embrassa délicatement, subtilement, savamment. Elle gémit en esprit et, dans ses bras, se sentit anéantie, anéantie. Les baisers subtils et passionnés de Ciccio étaient autant de charbons ardents qu'il amassait sur la tête d'Alvina.

Ils entendirent des pas. Ceux de Miss Pinnegar, qui venait la chercher. Ciccio reposa Alvina, plongea un long regard dans ses yeux, et annonça avec un sourire impénétrable :

«Je viendrai demain.»

Puis il baissa la tête et sortit en courant de la cour, soulevant sa bicyclette comme une plume, sans prêter attention à Miss Pinnegar. Il laissa la grille claquer derrière lui.

«Alvina !» cria Miss Pinnegar.

Mais Alvina ne répondit pas. Elle se retourna, passa prestement devant elle, fila à l'intérieur et monta les escaliers en courant pour regagner la petite chambre nue qu'elle s'était appropriée. Elle ferma la porte à clé et s'agenouilla sur le sol, se replia de façon à ce que sa tête touche ses genoux, au comble de l'émoi. Au comble de l'émoi parce qu'elle aimait Ciccio. Cela s'apparentait beaucoup plus à une sorte d'agonie qu'à de la joie. Elle se balança d'avant en arrière, bouleversée par cet émoi insoutenable.

Miss Pinnegar vint frapper à sa porte.

«Alvina, Alvina ! Ah, vous êtes là ! Mais enfin, que faites-vous ? Vous ne redescendez pas parler à votre cousin ?

– J'arrive», répondit Alvina.

Prenant un oreiller sur le lit, elle l'écrasa contre elle et se balança inconsciemment, secouée par l'orgasme de l'insoutenable. Elle la sentit au fond de ses entrailles, cette sensation insoutenable. Comment la supporter ?

Elle resta repliée sur elle-même jusqu'à ce qu'elle fût apaisée. La paix la recouvrit un moment comme un sommeil : une éternité de sommeil qui dura une seule seconde. Alors, elle se ressaisit et se leva. Elle alla devant sa glace, calme, évanescente, rajusta sa coiffure, se lissa le visage. Très calme, très lointaine, elle avait l'impression que rien, jamais, ne pourrait la toucher.

Elle descendit ensuite rejoindre cet horrible cousin de son père. Elle paraissait si intangible, si lointaine et virginale que ni son cousin ni Miss Pinnegar ne surent que penser. Elle répondit à leurs questions avec simplicité, sans prendre part à la conversation. Les deux autres se parlèrent. Quand le cousin partit enfin, il avait conçu une vive antipathie pour Alvina.

Elle ne remarqua rien, sinon qu'il était parti, ce dont elle se réjouissait. Elle vaqua à ses affaires tout le reste de la journée, insaisissable et vague. Cette nuit-là, elle dormit profondément, d'un sommeil sans rêve.

Le lendemain était un samedi. Le jour se leva sur une tempête : un déchaînement de vent, pluie et grêle. Alvina regarda dehors, consternée. Elle savait que Ciccio ne pourrait pas venir : il ne pourrait pas prendre son vélo, et l'aller et retour en train ne pouvait se faire dans la même journée. Elle en fut presque soulagée. Soulagée par la trêve que lui accordait le destin, reconnaissante pour cette journée de neutralité.

Au début de l'après-midi arriva un télégramme : «Viendrons tous deux demain matin. Toutes nos condoléances. Madame.»

Le lendemain était un dimanche. L'enterrement aurait lieu l'après-midi. En pensant à Ciccio, Alvina sentit une brûlure l'envahir. Elle tressaillit, mais elle avait envie qu'il vienne. Elle en mourait d'envie.

Elle montra le télégramme à Miss Pinnegar. «Seigneur! soupira Miss Pinnegar avec lassitude. Ils sont incroyables, ces gens-là. Et je parie qu'ils voudront assister aux obsèques. Comme s'il leur était quelque chose...

– Je trouve ça très gentil de sa part, dit Alvina.

– Ah, bon, dit Miss Pinnegar. Si c'est ce que vous croyez. Personnellement, je ne pense pas qu'il aurait aimé que ces gens-là suivent son cortège. Et que veut-elle dire par "tous deux"? Qui est l'autre?» Miss Pinnegar jeta à Alvina un regard acerbe.

«Ciccio.

– L'Italien! Seigneur Dieu! Et pourquoi vient-il? Je ne vous comprends pas, Alvina. C'est son nom, Tchitcho? Je n'en ai jamais entendu un pareil. Pour moi, ça ne ressemble pas du tout à un nom. Il n'y aura pas de place pour eux dans les fiacres.

– Nous en commanderons un de plus.

– Ça fera encore de la dépense. Le sans-gêne de ces gens-là...»

Mais Alvina ne l'entendit pas. Le lendemain matin, elle revêtit avec grand soin sa nouvelle robe. Noire, en voile. Elle se coiffa soigneusement. Ciccio et Madame venaient. En pensant à Ciccio, elle frissonna. Elle tourna en rond en attendant. Heureusement, aucun des invités n'arriverait avant une heure de l'après-midi. Désœuvrée, perdue dans ses pensées, Alvina s'assit près du feu dans le salon et là, elle laissa Miss Pinnegar et Mrs. Rollings tout faire. Les yeux rouges et le teint jaune, Miss Pinnegar était d'une humeur massacrante.

Il était presque midi lorsque Alvina entendit la grille. Elle se hâta d'aller ouvrir la porte d'entrée. Madame était là, coiffée de son petit chapeau noir à voilette mouchetée; derrière elle, Ciccio, en manteau noir, referma la grille de la cour.

« Oh, ma chère petite ! » s'écria Madame, qui trottina vers Alvina en tendant ses mains gantées de chevreau noir, dont l'une tenait un parapluie. «Je suis si bouleversée, si bouleversée d'apprendre que votre pauvre père... J'ai du mal à le croire. C'est bien vrai ? J'ai du mal. »

Elle releva sa voilette, embrassa Alvina et s'essuya les yeux. Ciccio monta les marches. Il ôta son chapeau pour saluer Alvina et esquissa un sourire en passant devant elle. Assez pâle, il paraissait gêné. Elle ferma la porte et les fit entrer dans le salon.

Madame regarda autour d'elle comme un oiseau, examinant la pièce et le mobilier, manifestement un peu impressionnée. Ce qui ne l'empêcha pas de faire ses condoléances.

« Dites-moi, ma pauvre petite, comment cela s'est-il passé ?

– Il n'y a pas grand-chose à dire », répondit Alvina. Elle fit le bref récit de la maladie de James et de sa mort.

« Usé ! Il était usé ! » laissa tomber Madame en hochant lentement la tête à plusieurs reprises. Sa voilette noire, relevée, s'incurvait au-dessus de ses sourcils comme un crêpe de deuil. «Vous ne pouvez pas vous permettre de gaspiller votre énergie. Allez-vous garder le théâtre ? Avec Mr. May ? »

Ciccio, assis, regardait le feu. Sa présence faisait trembler Alvina. Elle remarqua que ses cheveux fins et noirs étaient sans raie : ils poussaient comme un bonnet serré, et étaient coiffés sur le côté au-dessus du front. Pendant que Madame parlait, les yeux de Ciccio se portèrent à plusieurs reprises sur Alvina, puis se détournèrent.

Madame s'interrompit enfin. Il y eut un long silence.

« Allez-vous rester pour l'enterrement ? demanda Alvina.

– Oh, ma chère petite, nous serions de trop…

– Non, dit Alvina. J'ai pris des dispositions pour vous…

– Par exemple ! Vous pensez à tout. Moi, j'y assisterai. Pas Ciccio. Il ne vous dérangera pas. »

Ciccio leva les yeux vers Alvina.

« Cela me ferait plaisir qu'il vienne », dit Alvina simplement. Mais le rouge lui monta au visage, et elle se demanda d'où pouvait bien venir cette onde chaude, car elle avait très froid. Et envie de pleurer.

Madame scruta le visage d'Alvina.

« *Siamo di accordo*[1]. » La voix de Ciccio.

Alvina et Madame le regardèrent toutes deux. Il était assis, gêné, le visage détourné, les yeux baissés, mais souriait.

Madame observa étroitement Alvina.

« *Is it true, what he says ?*[2] demanda-t-elle.

– Je ne comprends pas, dit Alvina. Je ne comprends pas ce qu'il a dit.

– Que vous vous êtes mis d'accord tous les deux… »

Madame et Ciccio regardèrent Alvina, vêtue de sa nouvelle robe noire. Elle tourna involontairement les yeux vers lui.

« Je ne sais pas, dit-elle d'un air vague. J'ai… ? »

Madame garda quelques instants le silence, puis dit gravement :

« Eh bien ! Oui ! Eh bien ! » Ses yeux allèrent de l'un à l'autre. « Eh bien, il y a beaucoup de choses à considérer. Mais si vous êtes décidés… »

Ils ne répondirent ni l'un ni l'autre. Madame se leva soudain et s'approcha d'Alvina. Elle l'embrassa sur les deux joues.

« Je vous protégerai », dit-elle.

Puis elle retourna s'asseoir.

« Qu'as-tu dit à Miss Houghton ? » demanda-t-elle sans préambule à Ciccio, l'abordant de front, froidement.

Il la regarda avec un léger sourire railleur, puis se tourna vers Alvina, qui baissa la tête et rougit.

---

1. « Nous nous sommes mis d'accord. »
2. « C'est vrai, ce qu'il dit ? »

«Allons, parle, dit Madame. Tu as une raison.» Elle avait l'air de se méfier de lui.

Mais il détourna la tête et refusa de parler. Il faisait mine de ne pas s'apercevoir de la présence de Madame.

«Très bien, dit Madame. Il faudra compter avec moi, *signorino.*»

Sous le ton de la plaisanterie perçait une menace. Ciccio retroussa la lèvre.

«Vous ne le connaissez pas encore, dit-elle, se tournant vers Alvina.

– Je le sais bien», répondit Alvina, froissée. Puis elle ajouta : «Vous ne voulez pas enlever votre chapeau ?

– Si vous tenez vraiment à ce que je reste..., dit Madame.

– Oui, je vous en prie... Et vous voulez bien accrocher votre manteau dans l'entrée ? demanda-t-elle à Ciccio.

– Oh, dit brutalement Madame, il ne restera pas déjeuner. Il ira ailleurs.»

Alvina le regarda.

«Vous préférez cela ?» demanda-t-elle.

Il posa sur elle ses yeux jaunes sardoniques.

«Comme vous voulez», dit-il avec un sourire embarrassé et railleur qui lui retroussa les lèvres, découvrant ses dents.

Elle eut un moment de panique totale. Était-il juste bestial et borné ? Cette pensée la traversa telle une lame. Les yeux jaunes l'observaient avec une expression sardonique. Ce fut ce visage finement ciselé, ce mystérieux visage d'un autre monde qui la décida, déclenchant un violent émoi au plus profond d'elle-même.

«J'aimerais que vous restiez», dit-elle.

Un sourire triomphant passa sur le visage de Ciccio. Madame, debout près de sa chaise, une main posée légèrement sur sa hanche, le regarda avec froideur. Alvina pensa à Kishwégin. Mais malgré cette froide méfiance, on sentait que Madame n'était pas insensible à son charme. Il avait sorti son étui à cigarettes de sa poche.

«*On ne fume pas dans le salon*, dit brutalement Madame.

– Vous voulez bien mettre votre manteau dans le couloir ? dit Alvina. Et vous pouvez fumer si vous voulez.»

Il se leva et ôta son manteau, l'air obstiné et moqueur. Il avait beau être vêtu de noir, sa mise manquait de sobriété. Il portait des chaussures en vernis noir à empeigne jaune. Si sa beauté était indéniable, son mauvais goût aussi. Il portait toujours au doigt l'anneau d'argent, et ses cheveux fins, drus et sans raie allaient mal avec ses élégants vêtements anglais. Il avait l'air vulgaire, Alvina devait le reconnaître. Et son cœur se pinça. Mais que faire ? À l'évidence, il était mal à l'aise. C'était l'obstination pure qui le faisait rester envers et contre tout.

Alvina et Madame montèrent. Madame voulait voir James sur son lit de mort. Elle regarda son visage fragile, éthéré et élégant, et se signa en pleurant.

« *Un bel homme, cependant,* chuchota-t-elle. *Mort en un jour. C'est trop fort, voyez !* » Et elle eut un rire nerveux que la peur étouffa en sanglots.

Puis elles descendirent dans la chambre nue d'Alvina. Madame regarda autour d'elle, comme elle le faisait chaque fois qu'elle entrait dans une pièce.

« C'était la chambre de Papa, dit Alvina. L'autre était la mienne. Il tenait à ce que cette pièce soit exactement telle que vous la voyez, sans rien d'autre.

– Une nature de moine, d'ermite, souffla Madame. Qui l'eût cru ? Ah, les hommes, les hommes ! »

Elle dégrafa son chapeau et se tapota les cheveux devant la petite glace, dont elle dut s'approcher pour se voir. Debout, Alvina attendait.

« *And now...*, chuchota Madame, se retournant soudain, *What about this Ciccio, hein ?*[1] » Il était ridicule qu'elle refuse d'élever la voix alors qu'elles étaient à l'étage, mais c'était ainsi.

Elle examina attentivement Alvina avec des yeux qui évoquaient deux perles de verre, noires et brillantes. Alvina soutint son regard, mais sans savoir quoi dire.

« Alors, que se passe-t-il avec lui ? Vous allez l'épouser ? Pourquoi ?

– Parce qu'il me plaît, sans doute », dit Alvina, rougissant.

Madame fit une petite grimace.

« Bien sûr ! » chuchota-t-elle avec une moue méprisante. « Bien sûr ! Parce qu'il vous plaît. Mais vous ne savez rien de lui, rien. Comment peut-il vous plaire alors que vous ne le connaissez pas ? Peut-être est-ce un vrai vaurien. Il vous plairait, alors ?

– Mais ce n'est pas le cas, si ?

---

1. « Alors... qu'est-ce qui se passe avec notre Ciccio, hein ? »

– Je n'en sais rien. Je n'en sais rien. Peut être que si. Même moi, je ne le connais pas, non, bien qu'il soit avec moi depuis trois ans. C'est quoi, Ciccio ? Un homme du peuple, un batelier, un ouvrier, un modèle pour peintres. Il ne se tient jamais à rien…

– Quel âge a-t-il ? demanda Alvina.

– Vingt-cinq ans. C'est un gamin. Et vous ? Vous êtes plus âgée.

– J'ai trente ans, confessa Alvina.

– Trente ans ! Eh bien, c'est une grosse différence ! Comment pouvez-vous vous fier à lui ? Hein ? Et pourquoi veut-il vous épouser ? Hein, pourquoi ?

– Je ne sais pas…, dit Alvina.

– Non, eh bien, moi non plus. Mais je les connais, ces Italiens qui vont travailler dans tous les pays, juste comme ouvriers ou subalternes, toujours en bas de l'échelle, en bas, tout en bas… » Et Madame fit mine de pousser avec sa main, paume en bas. « Alors, quand ils voient l'occasion de s'élever » (elle leva sa main comme un ressort) « ils sont tout fiers et la saisissent. Il voudra s'élever à travers vous, et vous entraînera vers le bas. Ça se passe ainsi. J'ai déjà observé ça, oui, plus d'une fois…

– Mais il ne peut pas s'élever beaucoup avec moi, voyons, répliqua Alvina avec un petit rire triste.

– Comment ça, il ne peut pas s'élever ? D'abord, vous êtes anglaise, ce qui, en soi, représente une ascension pour lui. Ensuite, vous n'êtes pas une fille du peuple. Vous appartenez à la classe supérieure, celle des maîtres, ceux qui emploient Ciccio et ses pareils. Vous croyez que vous ne l'aiderez pas à s'élever. Mais si, vous l'aiderez beaucoup. À moins qu'il ne vous entraîne vers le bas, encore et encore… Ce sera soit l'un, soit l'autre. Et puis, il croit que vous avez de l'argent, maintenant que votre père est mort… » Là, Madame jeta un coup d'œil craintif vers la porte close. « Ils aiment tous beaucoup l'argent, beaucoup, ces Italiens…

– Ah oui ? dit Alvina, effrayée. Je suis sûre que je n'aurai pas un sou. Je suis sûre que papa a des dettes.

– Comment ? Vous croyez ? Vraiment ? Vous êtes sérieuse ? Oh, pauvre Miss Houghton ! Eh bien, vous allez le dire à Ciccio ? *Hein ?*

– Oui, certainement, si c'est important, répondit la pauvre Alvina.

– Bien sûr que c'est important. C'est très important. Cela compte pour lui. Parce qu'il ne doit pas avoir grand-chose. Il économise tant qu'il peut, comme ils le font tous, pour retourner en Italie et acheter un morceau de terrain. Et s'il vous épouse, cela lui coûtera beaucoup plus cher, il ne pourra pas continuer à travailler avec les Natcha-Kee-Tawara. La vie sera beaucoup plus difficile…

– Oh, je le lui dirai le moment venu, dit Alvina, blanche comme un linge.

– Vous le lui direz ! Oui. Ça vaut mieux. Alors, vous verrez. Mais il est obstiné, une vraie tête de mule ! Et s'il veut toujours vous épouser, alors, il faudra bien réfléchir. Pourrez-vous vivre en Angleterre en étant la femme d'un ouvrier, d'un sale Rital, comme on dit ? C'est une question grave. Et pour vous, qui n'avez pas connu cela, c'est très déplaisant. Moi non plus, je n'ai pas connu cela. Mais j'ai vu… » Alvina ouvrait de grands yeux perplexes tandis que Madame dardait sur elle des prunelles qui ressemblaient à des perles de verre noires et denses.

« Je n'aimerais pas ça, non, répondit Alvina. Être une femme d'ouvrier et vivre dans une petite maison minable dans une rue…

– Dans une maison ? coupa Madame. Vous plaisantez ! Ils se partagent une maison à plusieurs familles. Vous auriez deux pièces, ou peut-être même une seule, dans une maison où vous habiteriez avec beaucoup d'autres, des gens pas toujours très propres, vous savez… »

Alvina secoua la tête.

« Je ne pourrais pas le supporter, dit-elle d'un ton catégorique.

– Non, dit Madame, hochant la tête avec approbation. Bien sûr que non. Ils ont une drôle de façon de vivre, les Italiens. Ils ne savent pas ce que c'est que le *home* à l'anglaise. Absolument pas. Ils n'en ont pas le goût. Ils ne savent pas non plus ce que c'est qu'une maison bien tenue, comme en Suisse. Non. Ils ne le comprennent pas. Ils filent dans leur trou pour se coucher ou s'abriter, et c'est tout.

– C'est pareil en Italie ? demanda Alvina.

– Pire, parce qu'il fait très souvent soleil…

– Et l'on n'a pas besoin de maison. Ça me plairait bien.

– Oui, c'est agréable, mais vous ne connaissez pas la vie là-bas. Vous seriez seule avec des gens qui sont des animaux. Et si vous allez en Italie, il vous battra…oui, il vous battra.

– Encore faudrait-il que je le laisse faire, dit Alvina.

– Mais comment l'en empêcher ? Vous serez très isolée et personne ne vous aidera. En Italie, personne ne vient au secours d'une épouse. La femme qui se marie sous la législation italienne devient la propriété de son mari. Ce n'est pas comme en Angleterre. Le divorce n'existe pas en Italie. Et s'il vous bat, vous serez impuissante…

– Mais pourquoi me battrait-il ? demanda Alvina. Pourquoi le voudrait-il ?

– C'est comme ça. Ils sont tellement jaloux. Et puis, ils ont un sale caractère et des accès de colère affreux.

– Seulement quand on les provoque, dit Alvina en songeant à Max.

– Oui, mais comment saurez-vous ce qui le provoque ? Allez savoir ce qui l'exaspérera. Et en colère, il vous battra. »

Une sorte d'éclair triomphant traversa les yeux noirs de Madame. Alvina la regarda et se retourna vers la porte.

« Eh bien, me voilà avertie, dit-elle d'une voix plutôt éteinte.

– C'est la vérité vraie. *It is all of it true*[1] », dit Madame dans un souffle vengeur. Alvina aurait aimé se sauver.

« Il faut absolument que j'aille à la cuisine, dit-elle. Nous redescendons ? »

Alvina n'entra pas dans le salon avec Madame. Elle était trop bouleversée et pour l'instant, l'idée de voir Ciccio l'horrifiait presque.

Miss Pinnegar, le visage congestionné par la chaleur du feu, aidait Mrs. Rollings à préparer le repas.

« Ils restent tous les deux, ou quoi ? fit-elle d'un ton aigre.

– Tous les deux », répondit Alvina en s'absorbant dans la préparation de la sauce pour la viande afin de cacher sa confusion et sa détresse.

« Lui aussi ? Pourquoi veut-elle l'amener ici ? Vous savez, je me demande ce que votre père aurait dit : un vulgaire saltimbanque, avec le physique de l'emploi, d'ailleurs. Dire qu'il reste à déjeuner ! »

D'une humeur massacrante, Miss Pinnegar s'attaqua aux pommes de terre. Alvina mit la table, puis alla dans le salon.

« Le déjeuner est prêt », dit-elle à ses deux invités.

Ciccio se leva, jeta sa cigarette dans le feu et se retourna. Dehors brillait un faible soleil mouillé : mais au moins, c'était à l'air libre. Il se sentait emprisonné dans un élément qui n'était pas le sien et éprouvait une irrésistible envie de partir.

1. « Tout ce que j'ai dit est vrai. »

Lorsqu'ils arrivèrent dans l'entrée, il posa la main sur son chapeau.

« Je pars maintenant, dit-il avec son sourire contraint et borné.

– Votre couvert est mis, dit Alvina.

– Puisque tu es resté jusqu'ici, tu peux bien rester encore », dit Madame, lui jetant un regard noir. Mais il enfila prestement son manteau, l'air borné. Madame haussa des sourcils dédaigneux.

« Bravo pour ta politesse ! » dit-elle d'un ton sarcastique.

Alvina resta interdite.

« Tu reviendras pour l'enterrement ? » demanda froidement Madame.

Il secoua la tête : « Quand vous serez prête à repartir.

– À quatre heures, quand nous serons de retour des obsèques, dit Madame. Nous serons à l'heure pour le train. »

Il hocha la tête avec un sourire borné, ouvrit la porte et disparut.

« Cela lui ressemble tout à fait, d'être aussi... aussi... », dit Madame en retournant vers la cuisine, incapable de trouver ses mots.

« Miss Pinnegar, je vous présente Madame, dit Alvina.

– Enchantée », dit Miss Pinnegar, légèrement distante et condescendante. Madame la dévisagea.

« Où est l'homme ? Je ne sais pas comment il s'appelle, dit Miss Pinnegar.

– Il n'a pas voulu rester, dit Alvina. Comment s'appelle-t-il déjà, Madame ?

– Marasca. Francesco. Francesco Marasca. Napolitain.

– Marasca ! répéta Alvina.

– Il sonne mal, ce nom. Il a un son de mauvais augure, qui indique la malchance, dit Madame. Ma-ràs-ca. » Elle secoua la tête comme si les syllabes avaient mauvais goût.

« Pourquoi pensez-vous cela ? demanda Alvina. Croyez-vous que les sons aient un sens ? Bon ou mauvais ?

– Bien sûr que oui, dit Madame. Certains sont bénéfiques, ils aident la vie, la création ; d'autres sont mauvais, destructeurs. Ma-ras-ca ! C'est un vilain son. On dirait un juron.

– Mais il est mauvais comment ? Qu'est-ce qu'il fait ?

– Ce qu'il fait ? Il fait sombrer la vie, l'entraîne toujours plus bas, au lieu de l'exalter.

– Pourquoi les choses doivent-elles toujours aller vers le haut ? Pourquoi la vie doit-elle toujours aller vers le haut ? demanda Alvina.

– Je n'en sais rien », répondit Madame, coupant sa viande rapidement. Il y eut un silence.

« Et les autres noms ? intervint Miss Pinnegar, assez hautaine. Que dire de Houghton, par exemple ? »

Madame posa sa fourchette, mais garda son couteau à la main. Elle fixa le mur en face d'elle et répondit sans regarder Miss Pinnegar :

« Houghton ! Huff-ton ! Lorsqu'on le prononce, ce nom a un son d'opposition, je veux dire qu'il semble être contre le voisin, contre l'humanité. Mais quand on l'écrit *Hough-ton* ! alors, c'est différent. C'est un son "pour".

– On le prononce toujours *Huff-ton*, déclara Miss Pinnegar.

– Oui, chez nous, dit Alvina.

– Nous sommes bien placées pour le prononcer comme il faut », répliqua Miss Pinnegar.

Madame tourna la tête vers la vieille fille aigrie.

« Vous êtes une parente ? demanda-t-elle.

– Non, pas du tout. Mais j'habite ici depuis de nombreuses années.

– Ah tiens ! » dit Madame. Ce qui vexa horriblement Miss Pinnegar. Le repas, avec ses trois convives, fut pénible. Ensuite, Miss Pinnegar se leva pour regagner sa chambre et pleurer. Elle se sentait très seule. Alvina se dépêcha d'essuyer la vaisselle car les invités aux funérailles allaient tous arriver. Madame retourna au salon pour y fumer une cigarette clandestine.

Mr. May fut le premier à apparaître pour ce lugubre événement : très net, impeccablement mis, mais un peu éteint, tout en noir. Il ne portait jamais de noir et se sentait très mal ainsi vêtu, car il réagissait avec une sensibilité morbide à l'impression que les couleurs produisaient sur lui. Il tint absolument à faire la conversation à Madame.

Elle ne joua pas la comédie de la détresse, mais resta sur un quant-à-soi très professionnel, l'œil noir et vigilant.

« Que va devenir le théâtre ? demanda-t-elle. Va-t-il rester ouvert ?

– Ma foi, je n'en sais rien. J'ignore les intentions de Miss Houghton », dit Mr. May, un peu guindé pour la circonstance.

« Il lui appartient ?

– Eh bien, pour autant que je sache…

– Et si elle veut s'en défaire ? »

Mr. May écarta les mains, l'air sombre, mais distant.

« Vous devriez créer une société et continuer… », dit Madame.

Mr. May prit une mine encore plus distante, se redressa de curieuse façon, si bien qu'on l'eût cru bridé comme une volaille. Mais les yeux noirs perspicaces de Madame et son esprit agile ne le laissèrent pas s'en tirer à si bon compte.

« Racheter l'affaire à Miss Houghton…, poursuivit judicieusement Madame.

– Bien sssûr. C'est à Miss Houghton de décider, répondit Mr. May.

– Oh, naturellement ! Vous… vous êtes marié ?

– Oui.

– Votre femme est ici ?

– Ma femme est à Londres.

– Vous avez des enfants ?

– Une fille. »

Madame hocha lentement la tête, comme si elle additionnait des milliers de données et en tirait ses conclusions.

« Vous croyez que Miss Houghton héritera de beaucoup ? demanda-t-elle.

– Vous parlez des biens ? Je ne peux vraiment pas vous dire. Je ne lui ai pas demandé.

– Non, mais vous devez avoir une idée précise, hein ?

– Ma foi non.

– Non ? Eh bien ! Il n'y aura pas grand-chose, alors.

– Je n'en ai aucune idée. Je dirai que ce ne sera pas une fortune… !

– Non, hein ! » Madame continua à fixer sur lui ses yeux noirs. « Pensez-vous que l'autre aura quelque chose ?

– L'autre ? » s'enquit Mr. May, avec une intonation interrogative. Madame hocha discrètement la tête en direction de la cuisine.

« La vieille, la Miss… Miss Pin… Pinny… enfin, comment dites-vous ?

– Miss Pinnegar. La directrice de l'atelier. Vraiment, je n'en sais rien du tout… » Le ton de Mr. May se fit glacial.

«Ha... ha! Ha... ha!» dit Madame à mi-voix, pensive, avant de reprendre : «De quel atelier s'agit-il?»

Elle écouta avec attention la réponse qu'elle avait soutirée de Mr. May concernant l'atelier du dernier étage, et lui extorqua tous les détails qu'elle désirait connaître. Puis il y eut un silence. Madame promena les yeux autour de la pièce.

«Belle maison! dit-elle. Elle leur appartient?

– À ce que je crois, oui.»

Madame hocha de nouveau une tête sagace.

«Des dettes, peut-être, hein? Une hypothèque? suggéra-t-elle d'un air sardonique et rusé.

-Vraiment!» s'écria Mr. May en se relevant brusquement. «Excusez-moi, mais j'ai quelque chose à dire à Mrs. Rollings.

– Mais je vous en prie, faites donc», dit Madame, tandis que Mr. May sortait, de fort méchante humeur.

Madame resta seule dans son confortable fauteuil, à étudier les détails de la pièce et à faire mentalement des comptes jusqu'à l'arrivée des invités. Alors, elle eut la satisfaction de les jauger. Plusieurs apportèrent des couronnes. Le cercueil, couvert de fleurs blanches et de banderoles violettes, avait été descendu et reposait dans le petit salon, celui de Mrs. Houghton. Les gens se pressèrent dans la confusion.

Enfin, le corbillard et les fiacres arrivèrent, le cercueil fut transporté dehors, et Alvina suivit, au bras du cousin de son père, qu'elle trouvait très antipathique. Miss Pinnegar répartit les autres invités. Ce fut une bien triste affaire.

Mais les obsèques ne manquèrent pas de grandeur. Il y avait neuf voitures en plus du corbillard. Woodhouse manifestait là un regain du respect dans lequel avait jadis été tenue la famille Houghton. Un groupe de petits commerçants, vêtus et gantés de noir, suivait les voitures, où étaient assis les commerçants cossus.

Pauvre Alvina! Pour la première fois de sa vie, elle fut au centre de l'attention générale. Tous les yeux étaient fixés sur elle, tout le monde pensait à elle. Pauvre Alvina! disait chaque membre de la bourgeoisie de Woodhouse. Pauvre Alvina Houghton! disait chaque femme de mineur. Pauvre fille, toute seule à présent, et sans un sou vaillant. Elle aura de la chance si elle n'hérite pas d'une montagne de dettes. James Houghton en a croqué de l'argent, en son temps. Ah, normalement, elle devrait être riche. Parce que sa mère avait une dot de trois ou quatre mille livres. Seulement voilà, James a tout englouti dans Tord-le-sou, le Klondyke et l'Entreprise. Ah, on peut dire qu'il a fait son propre malheur. Il a payé sa part. Encore que je me demande. Voyez comment il a traité sa femme. Et maintenant Alvina. Ce n'est pas si sûr qu'il ait été l'artisan de son propre malheur. Mais de celui de ses proches, oui. Enfin, là où il est, il ne dépensera plus d'argent. Il est parti vite, hein ? Mais sa santé flanchait, si vous avez remarqué. C'est vrai, quand il descendait à Lumley, il tenait à peine sur ses jambes. Vous croyez que ça paie, ce théâtre ? Hein, l'Entreprise ? Il paraît. Il paraît que ça rapporte bien. Ah, c'est souvent plein. Si, si. Peut-être que ça ne sera plus pareil, maintenant que Mr. Houghton est parti. Peut-être que non. Je me demande s'il va laisser grand-chose. Ça m'étonnerait. Tout ce qu'il a est hypothéqué jusqu'au dernier sou. Il ne laissera que des dettes, moi je vous le dis. Qu'est-ce qu'elle va faire ? Elle ne va pas pouvoir rester à Manchester House. Ni Miss Pinnegar. Je me demande ce qu'elle va devenir. Peut-être qu'elle se remettra à faire l'infirmière. Elle n'a jamais vraiment exercé, hein, pourtant, il paraît que ses études ont coûté une fortune. Côté affaires, elle est un peu comme son père : elle y va à pile ou face. Dommage qu'il n'y ait pas un gentil jeune homme pour l'épouser. Je ne sais pas, elle n'a pas l'air douée pour s'attacher un homme. D'ailleurs, elle n'a jamais vraiment eu d'amoureux. Il paraît qu'elle a été fiancée autrefois. C'est vrai, mais personne ne l'a jamais vu, lui. Et puis elle était à peine fiancée que ça a cassé. Vous vous souvenez qu'elle est sortie avec Albert Witham, un moment ? Ah oui ? Je n'ai jamais été au courant. C'était quand ? Ah, quand il était à Oxford, vous savez, qu'il étudiait pour pouvoir succéder à son directeur. Pourquoi elle ne l'a pas épousé ? Peut-être qu'il ne le lui a jamais demandé. Oui, c'est bien possible. Elle a dû le regarder de haut, à l'époque. Oui, mais tout ça, c'est du passé, mon petit. Aujourd'hui, elle n'y regarderait pas à deux fois. Voyez la façon dont elle se conduit avec ce régisseur. Oh, là là, c'est quelque chose, je ne vous dis pas. Vous ne l'avez pas vue faire, au Cinéma ? Elle est toujours après lui. Et c'est pour tout le monde pareil. Oh, ce n'est pas une fille qui se respecte, vous savez. Une fille qui se respecte n'irait jamais se jeter à la tête du premier venu comme elle le fait. Pas possible ! Si, si, les artistes, et tous ceux qui lui tombent sous la main. Et avec ça, elle n'est plus toute jeune. Elle n'a pas beaucoup de chances de se caser. Elle a quel âge, à votre avis ? Elle doit avoir la trentaine bien sonnée. Sans blague ! Oh, elle fait largement son âge. Ma foi... Une vieille fille assommante. C'est vrai que de temps en temps, elle se réveille un peu. Oui, quand elle croit qu'elle s'est trouvé quelqu'un. Je me demande pourquoi elle n'a jamais accroché personne ? C'est drôle. Oh, elle se croyait pas rien ! Et maintenant, c'est trop tard. Personne ne veut d'elle. Et elle n'a pas de famille chez qui aller, c'est vrai. Non, c'est le cousin de son père qui lui donne le bras. Regardez, ils approchent. Il est bel homme, hein. On se serait attendu à ce que Miss Frost soit enterrée à côté de Mrs. Houghton, voyez. Moi je pense qu'Alvina sera mise à côté de Miss Frost. Il paraît qu'on a prévu la tombe pour toutes les deux. Oui, elle était bien plus proche d'elle que sa propre mère. Oh, en voilà une qui a été bonne pour eux, Miss Frost. Alvina l'adorait. C'est sa pierre tombale, là, regardez, là-bas. Oh, elle est modeste, malgré tout. Non, ça n'est pas celle-là. Tenez, il y a la place pour le nom d'Alvina sous le sien... Chut ! »

Assise dans l'obscurité au fond du fiacre, Alvina avait regardé les nombreux visages dans la rue : si familiers, aussi familiers que le sien. Or elle semblait désormais les voir de très loin, dans les ténèbres où elle se trouvait. Son imposant cousin était assis en face d'elle. Que sa présence lui était désagréable !

Au temple, elle pleura en pensant à sa mère, à Miss Frost et à son père. Elle se sentait complètement abandonnée, tout paraissait si vide. Elle versa des larmes amères, quand elle se pencha pendant la prière. Et ses larmes provoquèrent celles de Miss Pinnegar, qui pleura presque aussi amèrement qu'elle. Tout cela était vraiment horrible. L'après. L'horrible après.

Ensuite, le cortège se dirigea lentement vers le cimetière. Il faisait froid et gris. Alvina frissonna, debout sur la colline désolée, près de la tombe ouverte. Son manteau ne la protégeait guère du froid, et ses vieux accessoires en peau de phoque non plus. Elle se tenait à côté du pasteur debout sur les planches au-dessus de la tombe, et regardait voler les pétales des fleurs blanches arrachés par le vent froid. Elle les avait déjà regardés lors de l'enterrement de sa mère, et celui de Miss Frost. Elle éprouva un instant le besoin de se raccrocher à Miss Pinnegar. Mais il faudrait qu'elles se séparent. Miss Pinnegar avait beaucoup aimé son père, d'une manière bizarre et discrète. Pauvre Miss Pinnegar, c'était tout ce que la vie lui avait offert. Enfin, après tout, elle avait eu un foyer et une vie de famille.

À ce foyer, à cette vie de famille, Alvina s'accrochait avec l'énergie du désespoir, sachant qu'elle allait fatalement les perdre maintenant que son père avait disparu. C'était étrange, qu'il ne soit plus là. Mais il était fatigué, très amaigri et très las. Il avait fait son temps. Comme tout était différent, à sa mort, de l'époque où Alvina, petite fille, le trouvait si bel homme, si distingué ! La vie vous éduque. Et vous dépouille.

Alvina regarda un instant Madame, que le froid faisait frissonner, et dont le visage était caché derrière sa voilette noire mouchetée. Mais Madame semblait infiniment lointaine, tout à fait irréelle. Et Ciccio… comment s'appelait-il, déjà ? Elle ne se le rappelait plus. Comment ? Elle essaya de se souvenir de la prononciation lente de Madame. Marasca. Marasquin. Marasca ! Marasquin ! C'était quoi, marasquin ? Où avait-elle entendu ce mot ? Elle se creusa la tête, puis se rappela les médecins et les soupers après le théâtre. Et le marasquin… ah, mais c'était l'alcool blanc que préférait l'innocent docteur Young. Aujourd'hui encore, elle se souvenait de la façon dont il faisait claquer sa langue en prononçant le mot *marasquin*. Pour sa part, elle n'aimait pas beaucoup cela. Une boisson forte et amère, rien d'extraordinaire ; pas comparable à la chartreuse verte que lui offrait le docteur James. Du marasquin. Oui, c'était cela. De la liqueur de cerise. Alors, le nom de Ciccio était presque le même. Ridicule ! Mais les mots italiens devaient se ressembler beaucoup, d'après elle.

Ciccio, la marasca, la cerise amère, était debout parmi les badauds et regardait. Il était tout à fait détaché de ce qui se passait ; il restait à l'extérieur, gêné, mal à l'aise, pincé par le vent, et hostile à tous ces gens qui le regardaient. Il voyait la silhouette nette et ronde de Madame, jolie perdrix dodue au milieu d'un troupeau de volailles de basse-cour. Et il était tributaire de sa présence. Sans elle, il se serait senti horriblement mal à l'aise sur cet âpre flanc de colline. Ils étaient alliés en quelque sorte, elle et lui. Mais ces autres, comme il les trouvait étrangers et frustes ! Certes, en Angleterre les gens de la classe ouvrière portaient de beaux habits qui lui en imposaient, mais ils n'en étaient pas moins des barbares à ses yeux, des êtres non civilisés, au même titre que lui aux leurs. Ils lui paraissaient frustes en effet, tout en angles vifs et en âpreté, comme le temps britannique. Non qu'il pensât à eux. Mais il sentait dans sa chair leur dureté et le malaise qui se dégageait d'eux. Or Alvina était l'une des leurs. Debout près de la tombe, pâle, transie, réservée, elle faisait partie intégrante de cette scène grise et froide imprégnée d'un hideux malaise. Jamais il ne s'était trouvé dans un environnement aussi hostile. Il mourait d'envie de partir – de filer. Il ne demandait que cela. Seule une obstination d'homme du sud le poussait à tourner son visage mat vers la fille pâle et réservée, debout près de la tombe, et à l'observer. Peut-être même la trouvait-il antipathique en cet instant. Malgré cette antipathie, il l'observait.

Une fois la cérémonie terminée, tous les assistants retournèrent vers les fiacres. Madame se fraya un chemin jusqu'à Alvina.

«Je vais prendre congé maintenant, Miss Houghton. Nous devons aller à la gare pour prendre notre train. Alors merci, merci. Et au revoir.

– Mais...» Alvina regarda autour d'elle.

«Ciccio est ici. Je le vois. Nous devons prendre le train.

– Oh... Mais vous ne voulez pas aller à la gare en voiture? Vous ne voulez pas demander à Ciccio de vous accompagner dans le fiacre? Où est-il?»

Madame le désigna : il se tenait à l'écart entre les tombes, son chapeau noir penché légèrement de côté, et observait. Alvina s'éloigna de son cousin pour s'approcher de Ciccio.

«Madame va en fiacre à la gare, dit-elle. Elle veut que vous l'accompagniez.»

Il se retourna pour regarder les fiacres.

«Oui, oui», dit-il. Il se dirigea donc vers Madame, contournant les tombes, derrière Alvina.

«Alors, nous montons dans la même voiture», lui dit Madame. Puis elle s'adressa à Alvina : «Au revoir, chère Miss Houghton. Peut-être nous reverrons-nous un jour. Qui sait? Mon cœur reste avec vous, chère petite.» Elle passa les bras autour d'Alvina et l'embrassa, de façon un peu théâtrale. Le cousin regarda la scène, très distant. Ciccio resta immobile, à côté des deux femmes.

«Alors viens, Ciccio, dit Madame.

– Au revoir, dit Alvina à celui-ci. Vous reviendrez, n'est-ce pas?» Pâle, tendue, elle le regardait.

«Oui, oui...», dit-il en lui serrant la main mollement. Sa réponse était d'une imprécision désespérante

«Vous viendrez, n'est-ce pas? répéta-t-elle en fixant sur lui des yeux bleus et las qui ne voyaient rien.

– Oui, oui...» Et, baissant la tête, il se détourna.

Elle resta là un moment, perdue. Puis elle repartit avec son cousin vers son fiacre et le repas funèbre.

«Au revoir!» Madame agita un mouchoir bordé de noir. Mais Ciccio, très mal à l'aise dans ce véhicule à quatre roues, ne se montra pas.

Le repas funèbre, avec ses viandes froides et ses desserts, fut un moment éprouvant. Mais il eut une fin, comme tout a une fin, et Miss Pinnegar et Alvina se retrouvèrent seules dans le vide de Manchester House.

«Sans vous, Miss Pinnegar, je serais vraiment seule, dit Alvina, blême et tendue.

– Oui. Je peux en dire autant», répondit Miss Pinnegar, renfrognée. Elles se regardèrent. Et cette nuit-là, elles dormirent toutes les deux dans le lit de Miss Pinnegar, car la maison vide les terrorisait.

Les jours qui suivirent les obsèques, Alvina se montra irritante au possible. James avait tout laissé à sa fille, hormis quelques droits sur l'atelier, qui appartenaient à Miss Pinnegar. Mais la question qui se posait était de savoir à combien s'élevait ce «tout». Il y avait un peu moins de cent livres à la banque. Manchester House était hypothéquée. De lourdes factures concernant le théâtre devaient être réglées. Une fois toutes les dépenses des obsèques payées, il resta à Alvina environ cent livres de la prime d'assurance. De cela elle était sûre, mais de rien d'autre.

Par ailleurs, elle devenait folle à force d'entendre tous ceux qui venaient lui parler. Le notaire, le pasteur, son cousin, les vieux commerçants gras et prospères de Woodhouse, Mr. May, et Miss Pinnegar. Tous avaient des plans, tous lui donnaient des conseils. Le projet principal consistait à lui faire vendre le théâtre ainsi que Manchester House, en réservant un bail pour le dernier étage où se trouvait l'atelier de Miss Pinnegar. Alvina et Miss Pinnegar déménageraient dans une maison plus petite. Miss Pinnegar continuerait à faire tourner l'atelier, Alvina donnerait des leçons de musique, et les deux femmes seraient associées pour l'atelier.

Bien entendu, il y avait d'autres plans. À la faction du temple, qui était en faveur de celui évoqué ci-dessus, s'opposait une autre faction. Elle se composait de Mr. May et de certains des commerçants les plus opulents de la ville, qui conseillaient de tout miser sur le théâtre. Alvina en serait propriétaire, elle devrait le gérer de façon à ce qu'il rapporte, et abandonner toute autre entreprise. Il y avait des projets moins ambitieux, où Alvina serait élue infirmière de la paroisse, à six livres par mois ; où elle monterait une petite école privée, une petite boutique de mercerie ; où elle travaillerait dans les bureaux de l'affaire de son cousin de Knarborough. Et Alvina gardait tout le monde en suspens avec des : « Je ne sais pas ce que je vais faire. Je ne sais pas. Je ne peux pas encore vous dire. Je verrai. Je verrai. » Elle finit par exaspérer tout le monde. Les conseilleurs étaient tous si bienveillants, si sûrs que leur solution était la plus avantageuse pour elle. Ils étaient piqués, voire scandalisés, qu'elle ne saute pas sur leurs propositions. Elle les écoutait tous. Elle sollicitait même leurs conseils, disant sans cesse : « Eh bien, qu'en pensez-vous, vous ? » Elle répétait le projet du temple aux partisans du théâtre, le projet du théâtre aux amis du temple, le projet de soins infirmiers aux tenants des leçons de piano, celui de la mercerie aux défenseurs de l'école privée. « Dites-moi ce que vous pensez », répétait-elle. Tous lui répondaient qu'ils considéraient leur plan comme le meilleur. Et bribe par bribe, elle dévoilait à chaque partisan les projets des autres. « Eh bien, maître Beeby pense que... » et : « Vous savez, le pasteur Clay me conseille de... », et ainsi de suite, jusqu'à ce que tous ces projets bourdonnent dans trente têtes bienveillantes et officieuses. Trente volontés officieusement bienveillantes s'efforçaient chacune d'imposer son bienveillant projet. Et Alvina, naïve et pathétique, aiguillonnait tous ces conseilleurs dans leur rivalité sans même s'en rendre compte. La seule certitude, c'était qu'elle refusait avec la dernière obstination de laisser qui que ce fût décider à sa place. Elle ne voulait pas que l'on décide pour elle, mais elle ne voulait pas prendre elle-même de décision. Si bien que tout le monde commença à dire : « Elle me fatigue. On lui parle et ça n'avance à rien. Elle passe à autre chose. Je renonce à m'occuper d'elle. » À la vérité, pendant trois semaines ou plus, Woodhouse eut la fièvre à force de chercher une issue à l'avenir bouché d'Alvina. Les propositions charitables furent innombrables – pendant trois semaines.

Entre-temps, le notaire poursuivit les démarches pour homologuer le testament et faire un recensement définitif des biens de James. Mr. May continua à faire fonctionner le cinéma, sans Alvina, qui ne descendit pas jouer. Miss Pinnegar continua à faire travailler les ouvrières, et Alvina persista dans l'indécision.

Ciccio ne vint pas pendant la première semaine. Alvina reçut une carte postale de Madame, expédiée du Cheshire, d'assez loin, donc.

Mais son avenir matériel excitait à ce point bruits et rumeurs, et faisait naître une telle fièvre qu'Alvina, l'héroïne chichement nantie du moment, fut emportée par un torrent de suggestions et de plans bienveillants. Elle répondit à la carte de Madame, mais ne pensa guère aux Natcha-Kee-Tawara. À la vérité, elle jouissait de son moment d'importance, au centre des préoccupations bienveillantes et plutôt directives de Woodhouse : bienveillance qu'elle déjoua de façon inconsciente mais systématique. Tous ces projets pour vendre, garder la jouissance, faire durer les négociations, fixer les prix et obtenir des offres de particuliers pour Manchester House et l'Entreprise, la griserie qu'elle éprouvait à constituer une société à responsabilité limitée pour gérer l'Entreprise, à consulter le notaire pour la vente de Manchester House, le commissaire priseur pour la vente du mobilier, à recevoir des clients pour acquérir à bon marché les machines du dernier étage, à garder ses interlocuteurs en suspens, à ne rien décider, à tout repousser jusqu'au moment où elle aurait vu quelqu'un d'autre, tout ceci la fascinait pour l'heure et lui montait à la tête. Ce ne fut pas avant la fin de la deuxième semaine que cette griserie se mâtina d'irritation; au bout de la troisième, elle sentit qu'elle s'engluait dans un réseau d'indécision étouffant, et le cœur commença à lui manquer parce que Ciccio était resté invisible. À présent, elle aurait tout donné pour revoir les Natcha-Kee-Tawara. Mais elle ne savait pas où ils se trouvaient. Elle prit alors en horreur la griserie que lui avait procurée son statut de propriétaire : restait encore à voir si elle possédait quoi que ce fût. Elle eût tout donné pour partir loin des affaires sordides de Woodhouse et des horribles bruits, rumeurs et complications qu'elles engendraient. Alors, elle retrouva sa folle témérité.

Elle déclara soudain qu'elle devait s'absenter et refusa de dire où elle allait. Elle encaissa tout l'agent disponible : cent vingt-cinq livres. Elle prit le train pour le Cheshire, la dernière adresse des Natcha-Kee-Tawara, dont elle suivit la trace jusqu'à Stockport. Puis elle revint à Chinley, où elle fut obligée de passer la nuit. Le lendemain, elle reprit vite le train, repassa non loin de Woodhouse et fit un détour jusqu'à Sheffield. Là, dans cette ville noire, elle eut la chance de voir placardée une affiche annonçant leur spectacle. Elle prit un taxi jusqu'au théâtre où ils se produisaient, puis poussa jusqu'à leur garni. En arrivant, elle tomba d'emblée sur Louis, en manches de chemise, sur le palier du premier.

Elle se mit à rire tant elle était émue et heureuse. On eût dit une autre femme. Lorsqu'elle entra, Madame leva les yeux, presque contrariée.

« Je ne pouvais rester loin de vous, Madame, s'écria-t-elle.

– C'est ce que je vois », répondit Madame.

Elle reprisait des chaussettes pour ses jeunes gens. C'était une mère admirable pour eux : elle faisait la cuisine, cousait et veillait sur eux avec le plus grand soin. Elle restait rarement inactive.

« Je vous dérange ? » demanda Alvina.

Madame continua son ouvrage sans répondre.

« Alors, comment cela se passe-t-il à Woodhouse ? demanda-t-elle.

– Je ne m'y supportais plus. Vraiment plus. Alors, j'ai réuni tout l'argent que j'ai pu trouver et je me suis sauvée. Personne ne sait où je suis. »

Madame releva ses yeux noirs, brillants et réprobateurs, pour regarder la jeune femme agitée qui lui faisait face. Alvina avait une certaine étrangeté, un certain éclat que Madame ne lui connaissait pas, et une franchise que la Française trouvait suspecte mais désarmante.

« Et les affaires, le testament et tout le reste ? demanda Madame.

– Cela continue de les agiter tous beaucoup.

– Y a-t-il de l'argent ?

– J'ai cent livres ici, dit Alvina en riant. Ce qui me restera une fois tout réglé, je l'ignore. Mais pas beaucoup, j'en suis sûre.

– Combien, à votre avis ? Mille livres ?

– Oh, ce n'est pas impossible, vous savez. Mais il est tout aussi possible qu'il ne reste pas un sou… »

Madame hocha lentement la tête, comme à son habitude lorsqu'elle calculait.

« Et s'il n'y a rien, qu'avez-vous l'intention de faire ? demanda Madame.

– Je n'en sais rien, répondit Alvina avec vivacité.

– Et s'il reste quelque chose ?

– Je n'en sais rien non plus. Mais j'ai pensé que si vous vouliez bien que je joue du piano pour vous, je pourrais vivre un certain temps sur mon argent. Vous avez dit que je pourrais peut-être faire partie des Natcha-Kee-Tawara. J'aimerais bien que vous m'autorisiez à devenir l'une des vôtres. »

Madame baissa la tête, si bien qu'on ne voyait plus que les ondulations noires et brillantes de ses cheveux. Quand elle la releva, elle eut un sourire lent, subtil et légèrement moqueur.

« Ciccio n'est pas venu vous voir, *hein* ?

– Non, répondit Alvina. Pourtant, il l'avait promis. »

Madame eut à nouveau un sourire sardonique.

« Vous appelez cela une promesse ? Vous vous contentez facilement d'un mot. Cent livres, pas plus ?

– Cent vingt.

– Où est votre argent ?

– Dans mon sac, à la consigne, en liquide… Et j'en ai un peu ici… » Alvina ouvrit sa bourse et en sortit quelques pièces d'or et d'argent.

« À la gare ! s'exclama Madame avec une grimace. Alors il ne vous reste peut-être rien du tout.

– Oh, je crois qu'il n'y a pas de danger, pas vous ?

– Peut-être. C'est vrai que nous sommes en Angleterre. Et vous croyez que vous aurez assez avec cent vingt livres ?

– Assez pour quoi ?

– Pour satisfaire Ciccio.

– Je ne pensais pas à lui, s'écria Alvina.

– Non ? lança Madame, ironique. Je peux lui faire la proposition. Attendez un moment. » Elle se dirigea vers la porte et appela Ciccio.

Il apparut, l'air assez revêche.

« Ciccio, sois gentil, va à la gare chercher le petit sac de Miss Houghton. Vous avez le ticket, n'est-ce pas ? » Alvina donna le ticket de consigne à Madame. « Chemin de fer des Midlands, dit Madame. Ciccio, tu m'écoutes ? Attention, ce sac contient cent vingt livres en liquide qui appartiennent à Miss Houghton. Tu entends. Fais bien attention de ne pas le perdre.

– C'est tout ce que je possède, dit Alvina.

– Pour l'instant, pour l'instant, jusqu'à ce que le testament soit homologué, c'est tout l'argent qu'elle a. Alors, fais-y très attention. Tu entends ?

– Oui, oui, dit Ciccio.

– Décrivez-lui votre sac, Miss Houghton », dit Madame. Alvina s'exécuta. Ciccio baissa la tête et partit. Madame l'écouta sortir de la maison. Puis elle adressa un hochement de tête entendu à Alvina.

« Ôtez votre chapeau et votre manteau, chère petite. Nous prendrons le thé tout à l'heure, quand Cicc reviendra. Qu'il réfléchisse. Qu'il pense ce qu'il veut. Cette somme-là est assurée. Peut-être y aura-t-il davantage d'argent. Qu'il réfléchisse. Cela fera toute la différence, qu'il y ait autant d'argent liquide, oui, autant...

– Mais vous croyez que cela fait vraiment une différence pour lui ?

– Oh, *my dear!* s'écria Madame. Le contraire serait étonnant, non ? Nous sommes sur cette terre, il faut bien manger. Nous ne sommes pas des purs esprits. Si vous aviez mille livres, il voudrait à toute force vous épouser. Mais cent vingt, c'est mieux qu'un coup de poing dans la figure, hein ? Enfin !

– Mais c'est épouvantable ! s'exclama Alvina.

– Oh, là là ! Épouvantable ! S'il s'agissait de Max, qui est un sentimental, l'argent ne compterait pas. Mais les trois autres – ce sont des hommes, pardi, et ils savent où est leur intérêt. Les hommes sont comme les chats, ma chère petite, ils n'aiment pas avoir le ventre vide. Et c'est normal. Moi non plus, d'ailleurs, moi non plus.

– Je peux vous aider à raccommoder ? proposa Alvina.

– *Hein ?* Je vous donne les chaussettes de Ciccio ? Oui ? Il a fait des trous aux orteils, voyez. » Madame sortit deux doigts d'un trou au bout d'une chaussette rouge et noire, et sourit d'un air assez narquois à Alvina.

« Peu importe quelle chaussette je reprise, dit celle-ci.

– Ah bon ? Ça vous est égal. Eh bien, je vous en donne une autre... Mais si vous voulez, je parlerai à Ciccio.

– Pour dire quoi ? demanda Alvina.

– Pour dire que vous avez telle somme et que vous espérez plus. Et qu'il vous plaît. C'est vrai ? *Am I right? You like him very much*[1]. *Hein ?* Je ne me trompe pas ?

– Et après ? demanda Alvina.

– Après, il devra me dire s'il a lui aussi envie de vous épouser, tout simplement. Alors ? Je lui pose la question ?

– Non, dit Alvina. N'en parlez pas. Pas encore.

– *Hé ?* Pas encore ? Pas encore. Soit, pas encore. Vous verrez... »

Alvina raccommodait sa chaussette en souriant de sa propre impudence. Ce qui l'amusait le plus, c'était qu'elle n'était pas du tout sûre d'avoir envie d'épouser Ciccio. Il y avait Madame, qui

---

1. « Je ne me trompe pas ? Il vous plaît beaucoup. »

tissait sa toile comme une grosse araignée noire et prolifique. Et puis Ciccio, la mouche indécise. Et puis elle, qui ne savait absolument pas ce qu'elle faisait. Elles étaient assises toutes les deux, Madame et elle, à raccommoder des chaussettes dans cette petite pièce sans air, chauffée par un radiateur à gaz, comme si elles avaient reprisé toute leur vie. Après tout, Woodhouse était à moins de quatre-vingt kilomètres.

Madame descendit préparer le thé. Partout, c'était elle qui supervisait la cuisine et la préparation des repas pour ses protégés, toujours preste et vigilante. Elle appela Alvina pour qu'elle la rejoigne en bas. Ciccio revint, portant le sac.

«Vérifiez que votre argent est bien là, ma chère enfant», dit Madame.

Alvina ouvrit le sac et compta les billets neufs et blancs[1].

«Et maintenant, dit Madame, je vais le ranger dans mon petit coffre, où il sera en sécurité, voyez. Et je vous donnerai un reçu en présence des jeunes gens, qui en seront témoins.»

Tous s'assirent pour prendre le thé dans le salon surchauffé.

«Alors, les garçons, qu'en dites-vous? Miss Houghton fera-t-elle partie de la troupe des Natcha-Kee-Tawara? Sera-t-elle notre pianiste?»

Les yeux des quatre garçons se posèrent sur Alvina. Max, qui était le porte-parole, avait l'air très professionnel. Louis, attendri, Geoffrey, surpris et intrigué, Ciccio, furtif.

«Avec grand plaisir, dit Max. Mais les Natcha-Kee-Tawara peuvent-ils se permettre de se payer un pianiste?

– Non, dit Madame. Non, je ne pense pas. Miss Houghton viendra pour un mois à l'essai, et pendant ce temps, elle paiera ses dépenses. Tel est son désir.

– Pouvons-nous la défrayer? demanda Max.

– Non, intervint Alvina. Je paierai tout moi-même, pendant un mois. J'ai vraiment très envie d'être avec vous...»

À Max, debout très droit de l'autre côté de la table, elle adressa un regard mi-malicieux, mi-suppliant. Il s'inclina en s'asseyant.

«Je pense que ce sera un honneur pour nous tous, dit-il.

– Certainement», renchérit Louis, qui salua aussi, s'inclinant sur sa tasse de thé.

---

1. En Angleterre, les premiers billets en couleur datent de 1928.

Geoffrey inclina la tête et Ciccio baissa les cils pour signifier son accord.

« Alors, dit vivement Madame, nous sommes tous d'accord. Ce soir, pour fêter ça, nous boirons une bouteille de vin. Qu'en pensez-vous, messieurs ? Du chianti, *hein* ? »

Ils s'inclinèrent tous.

« Et nous trouverons un nom de scène pour Miss Houghton, hein ? Parce qu'on ne peut pas l'appeler Miss Houghton, tout de même.

– Appelez-moi Alvina, pria celle-ci.

– Alvina... Al-vy-na ! Non, excusez-moi, chère petite, ça ne me plaît pas. Je n'aime pas ce son "vy". Ce soir, nous vous trouverons un nom. »

Après le thé, ils cherchèrent une chambre pour Alvina. Il n'y avait pas de place dans la maison où ils logeaient, mais deux maisons plus loin se trouvait un meublé très correct, où il restait une chambre libre au dernier étage.

« Je crois que vous y serez très bien, dit Madame.

– Parfait », dit Alvina en regardant la hideuse petite chambre et se remémorant son autre période d'essai, ses trois mois pour devenir sage-femme.

Elle s'habilla avec grand soin, revêtit sa nouvelle robe noire en voile et, imitant Madame, mit quatre bagues. D'habitude, elle ne portait que sa bague de deuil en émail noir et diamant, qui avait toujours été au doigt de Miss Frost. Pour l'occasion, elle la quitta et prit quatre bagues en diamant et une autre, ornée d'un beau saphir. Elle se regarda dans le miroir plus attentivement qu'elle ne l'avait jamais fait, vraiment intéressée par l'effet qu'elle produisait. Et à sa robe, elle épingla une précieuse broche ancienne en rubis.

Puis elle descendit jusque chez Madame. Laquelle l'examina d'un œil perspicace, avec une pointe de jalousie : l'éternelle jalousie, inévitable, entre la Française pâle et dodue comme une caille, aux cheveux noirs si lisses et si brillants, aux yeux noirs si perçants, à la robe noire si nette et si chic, et l'Anglaise plutôt mince, vêtue de voile fluide, aux cheveux bruns doux et fluides et aux modestes yeux bleu gris.

« Oh, on ne vous reconnaît pas, ou à peine ! Lorsque vous serez un peu plus en chair, alors... » Madame fit claquer sa langue légèrement. « En voilà, une belle broche, hein ? » Madame caressa la broche. « Du strass ancien. Du strass ancien… un objet d'art…

– Non, dit Alvina. Ce sont de vrais rubis. Elle appartenait à mon arrière-grand-mère.

– Ah bon ? De vrais rubis ? Vous êtes sûre ?

– Ma foi oui. »

Madame examina les pierres d'un œil expert.

« Hum ! » dit-elle. Alvina se demanda si elle était sceptique, jalouse, admirative ou vraiment impressionnée.

« Et ce sont de vrais diamants ? demanda-t-elle, faisant lever les mains à Alvina.

– Oui, que je sache. »

Madame les examina, puis hocha lentement la tête. Ensuite, elle fixa Alvina, réellement un peu jalouse.

« Vous en avez environ pour quatre mille francs, là, dit-elle en hochant la tête d'un air entendu.

– Vraiment !

– Je vous assure. Au bas mot… au bas mot. »

Et les deux femmes se turent.

Les jeunes gens étaient allés faire les courses pour le dîner. Louis, qui savait où trouver des produits français et allemands, revint chargé de paquets. Ciccio apporta deux bouteilles et Geoffrey, plusieurs sacs en papier mouillé contenant des comestibles divers. Alvina aida Madame à disposer les anchois, les sardines, le thon, le jambon et le salami sur diverses assiettes ; elle coupa un brin de l'une des fougères en pot pour en décorer le pâté en croûte, et mit la table avec les vilains couverts et verres. Ses bagues étincelaient, sa broche rouge jetait mille feux. Elle riait, elle était gaie, preste et flattait Madame en lui témoignant beaucoup de déférence. Était-elle elle-même ou non dans le vilain salon vulgaire et surchauffé de ce garni, elle ne le savait ni ne s'en souciait. Mais elle se sentait gaie et impatiente. Elle savait que les jeunes gens l'observaient. Max l'aidait dès qu'il le pouvait. Geoffrey observait ses bagues, fasciné. Mais Alvina se préoccupait uniquement de flatter la vanité blanche, replète et moelleuse de Madame. Elle choisit soigneusement pour elle la plus belle assiette, le verre le plus transparent, le couteau au manche le plus blanc, la fourchette la plus délicate. Ce dont les yeux perçants de Madame ne perdirent rien.

Au théâtre, elle fit de même. Elle joua pour Kishwégin, et pour Kishwégin seulement. Madame buvait du petit lait.

«Vous savez, ma chère petite, dit-elle ensuite à Alvina, je comprends la sympathie dans la musique. La musique vous va droit au cœur.» Et elle embrassa Alvina sur les deux joues en lui passant les bras autour du cou de façon théâtrale.

«J'en suis si heureuse», répondit la rusée Alvina.

Quant aux jeunes gens, ils s'agitèrent, un peu gênés, et sourirent furtivement.

Ils se hâtèrent de rentrer pour le fameux dîner. Madame s'assit à un bout de la table, Alvina à l'autre. Madame avait Louis d'un côté, Max de l'autre, Alvina était assise entre Ciccio et Geoffrey. Ciccio était placé à la droite d'Alvina, comme par hasard.

Ils commencèrent par les hors-d'œuvres, et des verres emplis aux trois-quarts de chianti. Alvina voulut mettre de l'eau dans son vin, mais on lui interdit de manquer ainsi de respect au liquide sacré. L'humeur était à l'entrain et à la convivialité. À mesure que Madame buvait le vin, son teint devenait plus pâle, ses yeux plus noirs et sa voix plus rauque.

«Ce soir, dit-elle, les Natcha-Kee-Tawara font un festin en l'honneur de la nouvelle venue parmi eux. La fille blanche est arrivée dans la tribu des Hirondelles, des oiseaux qui passent de terre en terre et construisent leur nid entre mur et toit. Une nouvelle hirondelle, une squaw Huron des tentes des visages pâles, des demeures septentrionales, de la tribu des Yengees[1].» Les yeux noirs de Madame lancèrent à Alvina, à l'autre bout de la table, un regard de défi, empli d'une sorte de triomphe sauvage. «Inconnue, sans nom, arrive la jeune fille parée de bijoux rouges au cœur sombre, aux reflets rouges. Voici du vin des sombres contrées des Visages Pâles, un breuvage enivrant pour Kishwégin, et à l'odeur étrange pour les *braves*, Vaali, *à vous*.»

Madame leva son verre.

«Buvez à la santé de Vaali. À sa santé !» Elle tendit en l'air la main qui tenait son verre. Les jeunes gens levèrent tous leurs verres en direction d'Alvina. Quand ils s'écrièrent d'une voix gutturale : «À

1. D'après Fenimore Cooper, les Indiens prononçaient mal le mot *English* (Anglais) et le déformaient en *Yenghees e* (*Le Tueur de daims*, 1841). Alvina est la seule Anglaise du groupe.

Vaali, à Vaali ! À votre santé », elle vit leurs bouches souriantes et leurs dents blanches

Ciccio était près d'elle. Sous la table, il lui posa une main sur le genou. Vivement, elle avança la sienne pour se protéger. Il prit cette main et son regard glissa le long de son verre en direction d'Alvina pendant qu'il buvait. Elle vit sa pomme d'Adam remuer lorsqu'il avala le vin. Il reposa le verre sans la quitter des yeux.

« À Vaali ! » dit-il d'une voix gutturale. Puis il lança à Geoffrey en face de lui : « *Hé, Gigi ! Viale ! Le petit chemin ! Comment ? Me comprends-tu ? L'Allée...* »

On entendit Louis éclater de rire.

« *C'est bon, excellent, même !* s'écria-t-il. *Oh, Madame, Viale, en italien, c'est le petit chemin, l'allée. C'est fort, quand même.* »

Max partit d'un rire aigu et grivois.

« *L'allée italienne* ! s'esclaffa-t-il.

– *Allée ou avenue, quelle importance,* s'écria Madame, *pourvu que le voyage soit agréable.* »

Alors Geoffrey comprit enfin la plaisanterie. Il emplit son verre d'un geste large et délibéré, levant le coude

« *À toi, Cicc... et bon voyage !* » dit-il, puis, levant le menton, il avala son verre à grandes gorgées.

« *Mais oui, mais oui !* s'écria Madame. *Bon voyage à toi, mon Ciccio, qui n'es pas un grand voyageur...*

– *Mais pour ça, y'a plus d'une voie* », dit Geoffrey.

Pendant cet échange en français, Alvina resta assise, les yeux très brillants ; elle les regarda tous l'un après l'autre, sans comprendre. Mais elle se doutait qu'ils tenaient des propos scabreux sur son compte. Elle avait l'œil vif mais légèrement perplexe et dévisageait les convives l'un après l'autre. Ciccio lui avait lâché la main et s'essuyait les lèvres avec les doigts. Lui aussi était un peu mal à l'aise.

« *Assez de cette éternelle voie italienne,* dit Madame. *Courage, courage au chemin d'Angleterre.*

– *Assez de cette éternelle voix rauque* », dit Ciccio en promenant son regard autour de lui. Madame se ressaisit soudain.

« Ils ne veulent pas du nom que je vous ai donné. Ils veulent vous appeler Allaye, dit-elle à Alvina. C'est bien ? Ça vous convient ?

– Tout à fait », répondit Alvina.

Elle ne comprit pas pourquoi Gigi, puis les autres après lui, s'esclaffèrent. Elle continua à promener autour d'elle son regard vif et intrigué. Avec son visage légèrement rosi, son air fragile, elle paraissait jeune et naïve.

« Alors, vous voulez bien devenir membre de la tribu des Natcha-Kee-Tawara, sous le nom d'Allaye ? Oui ?

– Oui, dit Alvina.

– Et vous obéirez strictement aux règles de la tribu. Vous acceptez cela ?

– Oui.

– Alors, écoutez. » Madame se redressa et se rengorgea comme un pigeon noir. Ses yeux noirs allèrent de l'un à l'autre.

« Nous sommes une seule tribu, une seule nation… dites-le.

– Nous sommes une seule tribu, une seule nation, répéta Alvina.

– Répétez tous, s'écria Madame.

– Nous sommes une seule tribu, une seule nation, crièrent-ils tous avec des accents divers.

– Bien ! dit Madame. Et nous ne connaissons d'autre nation que celle des Hirondelles…

– Nous ne connaissons d'autre nation que celle des Hirondelles », répéta le chœur décousu de voix mâles et fortes, où résonnait une gaieté railleuse.

« Huron-Hirondelle, c'est la même chose, dit Madame.

– Oui, je sais, dit Alvina.

– Ah, bon, vous savez ! Eh bien ! Nous ne connaissons d'autre nation que les Hirondelles. NOUS N'AVONS D'AUTRE LOI QUE CELLE DES HURONS !

– Nous n'avons d'autre loi que celle des Hurons ! répondirent en chœur les voix basses et ironiques.

– NOUS NE RECEVONS NOTRE LOI QUE DE KISHWÉGIN.

– Nous ne recevons notre loi que de Kishwégin ! psalmodièrent les voix sonores.

– NOUS N'AVONS D'AUTRE TOIT QUE LA TENTE DE KISHWÉGIN.

– Nous n'avons d'autre toit que la tente de Kishwégin.

– IL N'Y A D'AUTRE BIEN QUE LE BIEN DES NATCHA-KEE-TAWARA.

– Il n'y a d'autre bien que le bien des Natcha-Kee-Tawara.

– NOUS SOMMES LES HIRONDELLES…

– Nous sommes les hirondelles.

– NOUS SOMMES KISHWÉGIN…

– Nous sommes Kishwégin…

– Nous sommes Mondagua…
– Nous sommes Mondagua…
– Nous sommes Atonquois.
– Nous sommes Atonquois
– Nous sommes Pacohuila…
– Nous sommes Pacohuila…
– Nous sommes Walgatchka…
– Nous sommes Walgatchka…
– Nous sommes Allaye…
– Nous sommes Allaye…
– *La musica! Pacohuila, la musica*», s'écria Madame d'un ton surexcité. Et elle sauta sur ses pieds.

Ciccio se leva prestement et sortit sa mandoline de son étui. Madame se lança dans un long trémolo à mi-voix :

«A…A…A…Ai…Aii…iii…ya…» Et la musique suivit avec la réponse gémissante de la mandoline. Alors, Madame esquissa un pas de danse nerveux. Puis elle fit signe qu'elle voulait un partenaire, et attaqua la plainte de la tarentelle. Louis tomba la veste et prit la posture de départ, Ciccio fit retentir les premiers accords de cette danse particulière, puis Madame et Louis se mirent à danser dans l'étroit espace.

«Bravo, bravo!» crièrent les autres quand Madame se laissa tomber sur sa chaise, et ils se pressèrent tous, penchés en avant pour lui baiser la main. L'un après l'autre, ils lui baisèrent les doigts, et elle posa une main languissante sur une tête après l'autre, un peu essoufflée. Ciccio, lui, ne s'approcha pas mais resta assis, pinçant distraitement les cordes de sa mandoline. Alvina non plus ne quitta pas sa chaise.

«Pacohuila! cria Madame avec un geste impérieux. Allaye! Venez…»

Ciccio posa la mandoline et alla baiser les doigts de Kishwégin. Alvina s'approcha elle aussi. Madame tendit sa main. Quand Alvina l'eut baisée, Madame la lui posa sur la tête.

«Voici la squaw Allaye, voici la fille de Kishwégin, dit-elle avec sa diction d'Indienne. Et où est le *brave* d'Allaye, où est le bras qui soutient la fille de Kishwégin, quel est l'homme de la tribu des Hirondelles qui étend son aile sur l'aimable tête de la nouvelle venue?

– Pacohuila! dit Louis.

– Pacohuila ! Pacohuila ! Pacohuila ! reprirent les autres.

– Étends des ailes douces, étends des ailes aux plumes sombres, Pacohuila », dit Kishwégin. Et Ciccio, en manches de chemise, étendit solennellement les bras.

« Penchez-vous, penchez-vous, Allaye, pour vous mettre sous les ailes de Pacohuila », dit Kishwégin, en pressant légèrement l'épaule d'Alvina.

Alvina se pencha et se blottit sous le bras droit de Pacohuila.

« L'oiseau a-t-il regagné sa maison ? psalmodia Kishwégin, suivant les accords de la musique.

« L'oiseau est revenu..., psalmodièrent les hommes.

– Le nid est-il chaud ? demanda Kishwégin.

– Le nid est chaud.

– L'oiseau mâle se penche-t-il ?

– Il se penche.

– Qui prend Allaye ?

– Pacohuila. »

Ciccio se pencha doucement et aida Alvina à se relever.

« C'est bien, dit Madame en embrassant la jeune fille. Et maintenant, mes enfants, avant que l'agent de police du coin ne vienne frapper à notre porte, nous devons tous nous retirer sous nos wigwams... »

Ciccio observait Alvina. Madame lui fit discrètement signe d'accompagner la jeune femme.

« Allaye a-t-elle sa clé ? demanda-t-elle.

– Avais-je une clé ? » s'enquit Alvina.

Madame eut un sourire subtil et en présenta une.

« Kishwégin doit vous ouvrir les portes pour vous tous », dit-elle. Puis, d'un geste rond, elle confia la clé à Ciccio. « Je la lui donne ? C'est bien ? » ajouta-t-elle avec son sourire subtil et malin.

Ciccio prit la clé avec un léger sourire, la tête baissée. Alvina jeta de l'un à l'autre des regards vifs mais déconcertés.

« Prends aussi la lumière ! » dit Madame en tendant triomphalement à Ciccio une petite torche. Alvina l'observa. Elle remarqua sa façon de pencher la tête en avant, l'attache du cou aux épaules, droites et puissantes ; quelle beauté dans cette nuque puissante, penchée en avant et dans l'arrière de cette tête. Alvina était plongée dans une sorte d'hébétude, étourdie par cette beauté inconnue qui agissait sur elle comme une drogue.

« Alors, bonne nuit, Allaye, *bonne nuit, fille des Tawara.* » Madame l'embrassa et lui jeta des regards énigmatiques et ténébreux.

Chacun des *braves* lui baisa aussi la main, avec un profond salut. Puis ils serrèrent chaleureusement la main de Ciccio en lui murmurant quelques mots.

Il ne mit ni chapeau ni manteau pour escorter Alvina vers la maison voisine, dont il lui ouvrit la porte. Elle entra et il la suivit, allumant la torche. Les jambes molles, elle monta les escaliers crasseux devant Ciccio. En arrivant devant sa porte, elle se retourna et le regarda. À peine visible, son visage semblait cependant étrange et beau. Ce fut cette beauté inconnue qui anéantit presque Alvina.

« Vous n'entrez pas ? » dit-elle d'une voix tremblante.

Les épais sourcils sombres de Ciccio tressaillirent : un curieux mouvement, gai et moqueur à la fois. Il se mit à rire sans bruit. Puis il hocha la tête à nouveau, et rit franchement cette fois, avec la désinvolture triomphante du Méditerranéen ténébreux. D'instinct, Alvina voulut se défendre, mais elle se trouva soudain dans le noir.

Elle en eut le souffle coupé, cependant même qu'il la poussait avec douceur dans la pièce et fermait la porte, l'enserrant solidement d'un bras. Elle sentit qu'elle n'était pas de taille à lutter contre sa masse vigoureuse et musclée. Il l'étreignit alors de ses deux bras, puissant, mystérieux, effrayant dans l'obscurité totale. Où cependant elle percevait sa beauté, inconnue, qui la paralysait comme une force magique. Si elle avait pu échapper un instant à son noir sortilège, elle eût été libre. Mais elle ne pouvait pas. Il l'anéantissait sous son impudeur souriante, insistante. À aucun moment elle ne le trouva laid. Si seulement elle avait pu le trouver laid, fût-ce une seconde, il ne l'aurait pas anéantie, il n'en aurait pas fait à ce point son esclave. Sa beauté insondable et ténébreuse agissait sur elle comme un sortilège. Et il l'anéantit. Simplement, il la prit et l'assassina. Quelle souffrance elle endura, nul ne peut le dire. Exposée sans relâche à cette beauté radieuse, ténébreuse, insupportable.

Plus tard, lorsqu'elle appuya son visage contre la poitrine de Ciccio et pleura, il la tint doucement serrée comme une enfant, sans toutefois prêter attention à ses larmes. Dans le noir, elle sentit qu'il souriait. Malgré l'obscurité totale, elle savait qu'il souriait ; alors elle se mit à sangloter éperdument. Mais il se borna à l'embrasser et son sourire se mua en rire profond, silencieux et invisible, mais perceptible. Et il l'emporta une fois de plus. Il voulait faire d'elle son esclave, elle le savait. Elle avait l'impression d'être jetée à terre et suffoquée par une vague. Elle aurait résisté si la beauté magnifique et ténébreuse de Ciccio ne l'avait engourdie comme un venin. Suffoquée, elle se laissa balayer par sa passion.

Au petit jour, il se tourna et l'observa entre ses longs cils noirs. Un long regard fixe et cruel de ses yeux fauves, amusé et scrutateur, comme pour s'assurer qu'elle était toujours en vie. Elle lui rendit son regard, l'œil lourd, à demi subjuguée. Il esquissa un sourire, se leva et la quitta. Alors, elle tourna le visage vers le mur, vaincue. Pourtant, elle n'était pas complètement anéantie. Sans l'engourdissement fatal de son amour pour lui, elle eût encore pu lui échapper. Mais elle gisait inerte, comme paralysée par un venin. Il voulait faire d'elle son esclave.

Lorsqu'elle descendit rejoindre les Natcha-Kee-Tawara pour le petit déjeuner, ils l'attendaient. Elle entra, fragile, dolente, avec le regard étonné de celle qui a pleuré.

«Venez, fille des Tawara, lui dit Madame avec vivacité. Nous vous attendions. Bonjour, c'est une journée heureuse, hein ? Voyez, c'est une journée de cadeaux pour vous...»

En souriant, Madame conduisit Alvina à sa place. À côté de son assiette se trouvaient un bouquet de violettes, un autre d'œillets, une paire de ravissants mocassins brodés de perles et une paire de gants en daim aux poignets délicatement ornés de plumes. Les chaussons étaient offerts par Kishwégin, les gants par Mondagua, les œillets par Atonquois, les violettes par Walgatchka, et tous étaient destinés à *Allaye, la fille des Tawara*, comme le disaient les petites cartes.

«Le cadeau de Pacohuila, vous le connaissez, dit Madame en souriant. Les frères de Pacohuila sont vos frères.»

Un par un, ils s'approchèrent d'elle et chacun posa contre son front les doigts d'Alvina, et dit tour à tour :

«Je suis ton frère Mondagua, Allaye!

– Je suis ton frère Atonquois, Allaye!

– Je suis ton frère Walgatchka, Allaye, ton frère le plus aimant, tu sais...» Ainsi parla Geoffrey, la regardant avec de grands yeux, que l'affection rendait presque solennels. Alvina sourit faiblement, se demandant où elle était. Toute cette solennité, était-ce un simulacre, une comédie ? Elle eut une amère envie de pleurer.

Entre-temps, Madame entra avec le café, qu'elle préparait toujours elle-même, et tout le monde s'assit pour déjeuner. Ciccio était à la droite d'Alvina, mais il semblait éviter de la regarder ou de lui parler. Son regard lourd de connivence et de sous-entendus se portait toujours sur Gigi qui lui faisait face, et il s'adressait exclusivement à lui, d'une voix gutturale, sonore et pleine qu'Alvina trouvait insupportable et terrible. De plus, il parlait français, et les deux hommes semblaient échanger des propos inavouables. Si bien qu'Alvina, malgré sa tristesse soumise, commença à se sentir sérieusement blessée. Elle se leva de table dès qu'elle le put. Au fond de son cœur, elle aurait voulu que Ciccio lui témoigne quelques égards, la reconnaisse devant les autres, mais ses attentes furent déçues. Elle rentra chez elle, pressée de tout ranger dans sa chambre avant que sa logeuse n'y mette les pieds. Elle s'attendait plus ou moins à ce que Ciccio vienne lui parler.

Pendant qu'elle lavait son linge dans sa cuvette, sa logeuse frappa et entra. C'était une femme du Yorkshire assez laide, bourrue, avec une trogne de buveuse de bière.

« Oh, z'avez fait vot'lit !

– Oui, dit Alvina, j'ai tout fait.

– J'vois bien. Z'êtes une rapide, vous. »

Alvina ne répondit pas.

« Vous avez lavé vot' p'tit linge à c'que je vois. »

Alvina ne répondit toujours pas.

« Pouvez aller l'étendre dans la cour derrière.

– Il sèchera bien ici, dit Alvina.

– Ben non, ça sèche pas trop. Passez-le-moi quand y sera prêt. Peut-être que vous en aurez besoin. Je peux vous l'étendre dans la cuisine. Vous boiriez pas un petit coup, des fois ?

– Non, répondit Alvina, je n'aime pas ça.

– Y vous faut quéque chose de plus fort que la bouteille, hein, j'parie ! Enfin, faut bien que jeunesse se passe. Mais dites voir, lequel c'est ? Je l'ai aperçu quand il est parti, mais j'ai pas vu lequel c'était. Il… Si c'est pas malheureux, qu'elle aime pas boire une 'tite lichette, quand même ! C'est-y le plus blond, le plus grand ?

– Non, le plus brun, dit Alvina.

– Vous m'en direz tant ! Ah, ben l'est plutôt beau gars, pour celles qu'aiment ce genre-là. Je croyais que Madame était très à cheval. Je vais vous faire payer un peu plus cher, voyez. Faut bien que je m'y retrouve. Moi je rigole pas non plus avec ça. J'aime pas trop les allées et venues. Les gens jasent. Pourtant, z'avez l'air bien sage.

On va dire que vous me paierez un quart de livre en plus, sinon je marche pas. Vous pouvez pas prendre vos aises comme ça chez moi, vous savez, c'est pas des façons... »

Elle resta dans l'encadrement de la porte, rougeaude et sévère. Alvina lui donna un demi-souverain[1] sans mot dire.

« Ah, ben non, ma fille, si vous buvez jamais de p'tite lichette, faut me diviser ça par deux. Cinq shillings, c'est le Pérou, déjà. Moi, j'vous cherche pas des poux dans la tête, c'est pas mon genre. Mais faut penser à ce que les gens disent, vous savez. J'vous mets en garde, voilà tout.

– Je n'ai pas cinq shillings, dit Alvina.

– Ah bon ? Eh ben, vous m'donnerez la moitié aujourd'hui et le reste demain. Y a pas le feu, y a pas le feu. Z'êtes une bonne fille, allez. Vaut mieux un bon cœur qu'un cul pincé, moi je trouve. Dix fois mieux. Z'êtes gentille, ma p'tite, z'êtes gentille... »

Et la femme aux yeux troubles se retira en hochant la tête.

Alvina aurait dû être contrariée. Mais non. Elle se regarda même en riant dans le miroir branlant. Au fond, tout ce qui la préoccupait, c'était le manque d'égards de Ciccio. Elle s'attendait vraiment à ce qu'il vienne lui parler. Si elle avait pu se douter combien ce genre d'intention lui était étranger !

Elle s'attarda donc malgré elle à la fenêtre dominant la rue grise aux pavés durs, et vit sa logeuse s'éloigner d'un bon pas sur l'asphalte noir du trottoir, portant dissimulé sous son tablier crasseux ce qui était manifestement un pichet d'un litre. Elle suivit des yeux la silhouette trapue et déterminée jusqu'à l'estaminet du coin. Ce fut alors qu'elle vit Ciccio, penché sur sa bicyclette partir avec Gigi à l'assaut d'une pente raide et périlleuse.

Elle traîna encore un peu dans sa chambre sordide. Elle se doutait que Madame l'attendait. Mais elle se sentait faible, apathique et n'avait pas envie de parler. Seule la peur de vexer Madame finit par la pousser à sortir.

Ce fut Max qui lui ouvrit la porte.

« Ah, s'exclama-t-il, vous voilà. Nous nous inquiétions à votre sujet.

– Merci », répondit-elle en entrant dans le vestibule sale où étaient encore entreposées deux bicyclettes.

---

1. Souverain : pièce d'or de la valeur d'une livre sterling.

« Madame est dans la cuisine », dit-il.

Alvina trouva Madame ceinte d'un grand tablier blanc, occupée à frotter de citron une grosse poule à chair jaune avant de la mettre à bouillir.

« Ah ! s'écria Madame, vous voilà ! Je suis allée faire mes courses et j'ai déjà commencé à préparer le déjeuner. Oui, vous pouvez m'aider. Vous voulez bien me laver des poireaux ? En ôtant bien tous les grains de sable ? Je peux vous les confier... ? »

Madame avait en général la cuisine à sa disposition le matin. Elle prenait alors la place de sa logeuse ou l'utilisait comme cuisinière en second. Car Madame était gourmet sinon gourmande. Si elle avait un péché mignon, c'était celui de la table. Elle adorait la bonne chère. C'est pourquoi les Tawara mettaient moins d'argent de côté qu'ils ne l'auraient pu. C'était une cuisinière exigeante, tatillonne et autoritaire. Alvina, qui savait assez bien préparer un repas simple, fut piquée par les exigences de Madame. En la voyant retourner les feuilles vertes d'un poireau à la recherche d'une trace de terre sur le blanc, comme s'il s'agissait d'une puce dans un lit, elle se rebiffa.

« Je crois que je ne serai jamais assez méticuleuse pour vous, dit-elle. Vous n'avez pas d'autre tâche à me confier pour vous aider ?

– Pour moi ? Je n'ai besoin de rien. Mais pour les jeunes gens, si. Je vais vous le montrer dans une minute. »

Et elle emmena Alvina à l'étage, dans sa chambre, où elle lui confia un pantalon de cuir fin frangé de crins, appartenant à l'un des *braves*, et dont une couture avait lâché. Madame donna à Alvina une grosse aiguille et du fil ciré.

« Le cuir des vêtements de Gigi n'est pas de bonne qualité, dit-elle. Il a été mal préparé. Voyez, il faut faire comme ça... » Et elle montra à Alvina un endroit où le vêtement avait été raccommodé. « Gardez votre tablier. À la fin de la semaine, il faudra aller chercher d'autres vêtements pour ne pas abîmer cette belle robe en voile. Où avez-vous laissé vos diamants ? Quoi ! Dans votre chambre ? Ils sont sous clé ? Mais enfin, ma petite ! » Madame pâlit et jeta à Alvina des regards furieux. « Et si on vous les vole ? s'écria-t-elle. Oh, rien qu'à vous entendre, j'en suis malade ! » Elle secoua la tête, le souffle coupé. « Si on ne vous les a pas volés, vous pourrez remercier tous les saints du paradis, parce que vous ne devrez qu'à eux d'être épargnée. Allez, courez, courez vite ! »

Et Madame tapa du pied, dans tous ses états.

« Apportez-moi tous vos objets de valeur, tous sans exception. Je les mettrai en lieu sûr. Mais enfin, à quoi pensez-vous ? »

Elle expédia Alvina chez elle. Heureusement, rien ne manquait. Elle apporta tout à Madame, qui palpa les trésors amoureusement.

« Quand vous voudrez quelque chose, vous me le demanderez », dit-elle.

Avec quelle curiosité Madame examina la broche en rubis !

« Mais prenez-la, si elle vous plaît, Madame, dit Alvina.

– Pardon ?

– Je vous la donne bien volontiers, cette broche, si vous la voulez…

– Me donner cette broche ! » dit Madame, dont le visage s'éclaira d'une lueur soudaine. Puis elle prit un ton enjôleur. « Non, non. Je ne peux pas accepter. Je ne peux pas. Il est hors de question que vous donniez un objet pareil.

– Je ne vois pas pourquoi, dit Alvina. Prenez-la si elle vous plaît.

– Oh, non ! Oh, non ! Je ne peux pas accepter. C'est vraiment un beau bijou. Cela vaut mille francs au bas mot, parce que je crois que c'est un bijou authentique

– Mais oui, je suis sûre qu'elle est authentique, dit Alvina. Je vous en prie, prenez-la, puisqu'elle vous plaît.

– Oh, non, je ne peux pas accepter.

– Mais si…

– *The beautiful red stones ! antique gems, antique gems !*[1] C'est vrai que vous me la donnez ?

– Oui, ça me fait plaisir.

– Vous avez vraiment un noble cœur. » Madame jeta les bras autour du cou d'Alvina et l'embrassa. Alvina se sentit complètement détachée. Madame mit les bijoux sous clé après leur avoir jeté un dernier coup d'œil.

« Il ne faut pas que je laisse ma poule bouillir trop vite », dit-elle.

Enfin, on appela Alvina pour le déjeuner. Les jeunes gens étaient à table et parlaient comme le font les jeunes gens, de sujets assez peu intéressants. Après le repas, Ciccio pinça les cordes de sa mandoline et fit vibrer dans la maison ses accords plaintifs.

« Je vais descendre faire un tour en ville, dit Alvina.

– Et qui va vous accompagner ? demanda Madame.

---

1. « Les belles pierres rouges ! Des pierres précieuses anciennes, anciennes ! »

– J'irai seule, à moins que vous ne vouliez venir avec moi, Madame, répondit Alvina.

– Malheureusement, je ne peux pas. Je ne peux pas venir. Vous voulez vraiment y aller seule ?

– Oui, je veux aller voir les boutiques pour dames, dit Alvina.

– Bon, très bien, si vous en avez envie ! Vous rentrerez pour le thé, n'est-ce pas ? »

Dès qu'Alvina fut sortie, Ciccio rangea sa mandoline et alluma une cigarette. Au bout d'un moment, il appela Geoffrey et ils partirent tous deux. Quand Alvina sortit de chez un marchand de tissus de Rotherhampton Broadway, elle les trouva en train de flâner sur le trottoir devant le magasin. Ils l'accompagnèrent dans sa promenade. Elle entra dans une boutique de sous-vêtements pour dames et les laissa dehors. Elle y resta le plus longtemps possible. Mais quand elle sortit, ils étaient toujours là. Ils avaient une patience sans borne.

« Je croyais que vous seriez partis, dit-elle.

– On n'est pas pressés », répondit Ciccio, qui lui prit ses paquets comme si cela allait de soi. Elle aurait souhaité qu'il ne rabatte pas son chapeau noir sur un œil ; que son manteau soit moins cintré et qu'il n'ait pas la cigarette au bec dans la rue. Mais elle souhaitait en pure perte, il ne changerait pas. À le voir jouer les flâneurs à côté d'elle, on pouvait se demander s'il était avec elle ou non, ce qui était très irritant.

Elle traîna aussi longtemps qu'elle put dans les boutiques, puis ils prirent le tram pour rentrer. Ciccio paya les trois billets, posant une main sur celle de Gigi pour le retenir lorsqu'il voulut chercher des pièces dans la poche de son pantalon, puis passant un bras autour des épaules de son ami en un geste de triomphe affectueux mais vulgaire lorsque les billets furent payés. Cela hérissa Alvina.

Ils essayèrent de lui parler, de se mettre dans ses bonnes grâces, mais en vain. Elle répondait avec une amabilité glaciale. L'heure du thé passa, puis les heures après le thé. Au théâtre, la représentation se déroula de façon assez mécanique et le dîner à la maison – jambon et bière en bouteille – fut placé sous le signe de la convivialité conventionnelle. Même Madame avait un peu peur d'Alvina ce soir-là.

« Je suis fatiguée, je vais rentrer me coucher de bonne heure, lança Alvina.

– Oui, je crois que nous sommes tous fatigués, dit Madame.

– Comment se fait-il que deux bonnes soirées ne se suivent jamais ? philosopha Max.

– Max, la bière fait de toi un excellent *farceur*», dit Madame.

Alvina se leva.

«Je vous en prie, restez assis, dit-elle à la cantonade. J'ai ma clé et on y voit assez clair. Bonne nuit à tous.»

Les jeunes gens se levèrent pour la saluer et lui souhaiter bonne nuit. Mais Ciccio la suivit avec un vilain petit sourire obstiné.

«Je t'en prie, reste ici», dit-elle en se retournant devant la porte donnant sur la rue. Ce qui ne l'empêcha pas de l'accompagner avec une nonchalance obstinée et de la suivre jusqu'à sa porte.

«As-tu apporté la torche ? Il fait si noir dans l'escalier.»

Il la regarda et se retourna comme pour aller chercher la torche. Prestement, elle ouvrit la porte, se glissa à l'intérieur et la referma le laissant planté dehors. Il resta là quelques instants, à regarder la porte et une expression déplaisante fronça son nez droit. Il repartit de son côté.

Alvina se hâta de se mettre au lit et dormit bien. Le lendemain encore, elle se montra d'une amabilité glaciale. Les Natcha-Kee-Tawara furent un peu décontenancés par son comportement. Pour eux, elle était le trouble-fête, l'empêcheuse de danser en rond. Elle les agaçait. Et ce soir-là – un vendredi –, Ciccio ne se leva pas pour la raccompagner chez elle. Elle savait qu'ils étaient soulagés de la voir partir.

Cela lui fut désagréable. Le lendemain samedi, le dernier jour de la semaine et le plus important, elle se trouva à nouveau un peu l'étrangère dans la troupe. La tribu avait reformé son ancienne unité. Elle était l'intruse, l'importune. Ciccio n'eut pas un regard pour elle ; il ne lui montra que son profil détourné, sur lequel se lisait une expression légèrement narquoise et malveillante.

«Vous retournez à Woodhouse demain ? demanda Madame, assez froidement. Aucun d'entre eux ne l'appelait plus Allaye.

«Il faut bien que j'aille chercher des affaires, non ?

– Certainement, si vous comptez rester avec nous.»

C'était une gifle. Mais elle répondit : «Oui, c'est mon intention.

– Oui ! Alors, vous irez à Woodhouse demain et vous viendrez à Mansfield lundi matin ? On s'arrange comme ça ? Vous resterez une nuit à Woodhouse ?»

Une idée traversa brusquement l'esprit d'Alvina : «Ils veulent passer une soirée sans moi. » Son orgueil se cabra obstinément. Elle faillit dire : « Il est possible que je reste à Woodhouse. » Mais elle tint sa langue.

Tout bien considéré, ces gens étaient très communs. Ils auraient dû se réjouir de l'avoir. Avec quel empressement Madame avait sauté sur la broche ! Et Ciccio, quel rustre, quel grossier personnage ! Tout bien considéré, elle s'abaissait en restant avec eux dans un garni vulgaire et sordide, c'était une indignité. Tout bien considéré, elle n'avait pas été élevée ainsi. C'étaient des gens de peu, des gens de rien. Non seulement ils n'avaient pas de moralité, mais leur façon de vivre était des plus médiocres. Vraiment, elle était tombée bien bas en s'y conformant. Elle repensa à sa mère, à Miss Frost : des dames, l'une et l'autre, des femmes remarquables. Mais où avait-elle donc la tête ?

Enfin, l'heure était venue de regagner ses pénates. Elle ne s'était pas galvaudée. Sauf avec Ciccio. Quand elle pensait à lui, son cœur brûlait de colère et d'humiliation, mais hélas aussi d'amour indéniable et insatisfait. Elle avait beau se rebeller, c'était en vain, car son cœur brûlait ; elle voulait regarder Ciccio, elle voulait qu'il fasse attention à elle. Son instinct lui disait qu'il pourrait l'ignorer jusqu'à la fin des temps. Elle monta à sa chambre, malheureuse, et pleura jusqu'au matin, ressassant des pensées inquiètes, en proie aux affres de l'humiliation et du désir.

CHAPITRE X

La chute de Manchester House

Alvina se leva, déconfite et pensive. Pendant qu'elle se coiffait, elle entendit le chant plaintif et nasal de la mandoline de Ciccio. En regardant la perspective panachée des arrière-cours et des jardinets, elle aperçut partiellement Ciccio qui, assis sur une caisse dans la cour en brique bleue de chez lui, nu-tête et en bras de chemise, pinçait sa mandoline mélancolique. Le matin était frais, mais il y avait un rayon de soleil. Alvina avait remarqué que Ciccio paraissait insensible au froid, sauf si le vent soufflait ou s'il pleuvait dru. Il jouait des airs napolitains chargés de nostalgie, totalement inconnus d'Alvina. Mais bien qu'elle n'eût de lui qu'une vision tronquée, il lui suffit d'apercevoir sa tête pour que se réveille en elle cette irrésistible fascination qui lui venait par à-coups. Ah, cet air lointain, ce charme méditerranéen, velouté et ténébreux. Dire qu'elle avait failli passer à côté de lui ! Elle avait été à deux doigts de le laisser disparaître.

Elle se hâta de descendre. Geoffrey lui ouvrit la porte. Elle lui adressa un sourire prompt et lumineux : une métamorphose magique chez elle. «J'ai entendu Ciccio jouer», dit-elle.

Les lèvres assez épaisses de Geoffrey s'étirèrent en un sourire et il désigna de la tête la porte de derrière, avec un regard pénétrant et intime, comme pour signifier que son ami se languissait.

«Je peux y aller ?» demanda Alvina.

Geoffrey lui posa un instant sa grande main sur l'épaule, la regarda droit dans les yeux et hocha la tête. C'était un gaillard aux larges épaules, avec un beau visage un peu plat et coloré ; il avait quelque chose du bœuf alpin, lent, éternel, un peu mystérieux même. Alvina s'étonna de la profondeur et du mystère de ses yeux bovins frangés de cils sombres. La courbe étrange de ses sourcils le lui fit soudain paraître assez peu humain. Surprise, elle lui sourit à nouveau. Il se borna à incliner la tête et sa lourde main lui pressa l'épaule en la poussant doucement vers son ami.

Lorsqu'elle sortit par la porte de derrière, elle adressa à Ciccio son lumineux sourire, bien en face. La main de celui-ci trembla et la mandoline se tut. Il posa sur Alvina un regard où revint dans l'instant la conscience de leur intimité. Mais elle se rétracta sous l'examen énigmatique de ces yeux fauves sertis de noir. Elle lui en voulait un peu. Pourtant, elle s'approcha jusqu'à le frôler de sa robe. Il levait toujours sur elle ce regard lourd, silencieux, qui semblait vouloir la réduire à merci, comme celui d'une créature qui la guettait, attendant son heure. Elle se détourna pour observer le jardin noir où se trouvait un buisson épineux de groseilles à maquereaux.

« Tu veux m'accompagner à Woodhouse ? » demanda-t-elle.

Il attendit pour répondre qu'elle se tourne à nouveau vers lui. Alors seulement, lorsque leurs yeux se croisèrent, il dit, la prenant au mot :

« À Woodhouse ? »

Pâle d'appréhension, elle acquiesça.

L'éternel sourire triomphant s'étala lentement autour de la bouche de Ciccio. Une bouche qu'elle avait envie de couvrir de sa main. Elle préférait les yeux fauves avec leurs cils et sourcils noirs. Ils l'observaient comme un chat observe un oiseau, mais sans la blanche lueur de férocité. Au fond, tout au fond de ses yeux, rayonnait une chaleur solaire, quelque chose d'insondable, venu des noires profondeurs des abysses, et dont elle percevait la douceur.

« Tu veux bien ? » répéta-t-elle.

La lueur dans les yeux de Ciccio était déjà un consentement. Il détourna la tête, comme s'il ne souhaitait pas lui répondre d'emblée.

« Oui, dit-il enfin.

– Joue-moi quelque chose », s'écria-t-elle.

Il leva le visage vers elle et secoua légèrement la tête.

« S'il te plaît », dit-elle en baissant les yeux vers lui.

Alors, il inclina son visage vers la mandoline et entonna soudain une chanson napolitaine d'une voix de tête assourdie et tendue. Il releva les yeux vers elle en prononçant les paroles et la regarda bien en face avec une curieuse expression, caressante et moqueuse, tout en chantant d'une voix blanche et étouffée dominée par le trémolo de la mandoline. Le son la pénétra, tel un fil incandescent, douloureux mais délicieux : le fil grêle de sa voix. Elle voyait sa pomme d'Adam bouger, ses sourcils relevés, ses yeux mi-clos fixés sur elle. Voilà que l'étrange sphinx se mettait à chanter à nouveau et qu'elle se trouvait entre ses pattes ! Elle eut la sensation d'être tombée en son pouvoir et de fondre. L'intervention de Madame la sauva.

« Quoi ! Une sérénade avant le petit déjeuner ! Vous avez des estomacs solides, dites-moi. L'heure serait plutôt aux œufs et au jambon, *hein* ? Allez, vous sentez leur odeur, non ? »

Ciccio esquissa un petit sourire méprisant et moqueur. Il s'arrêta et détourna les yeux.

« Moi, je préfère la sérénade, dit Alvina. Les œufs au jambon, j'en ai l'habitude.

– Ah bon ? Vous dites toujours non, vous. Mais maintenant, il faut manger les œufs au jambon, si vous voulez bien. »

Ciccio se leva et regarda Alvina comme il aurait regardé Gigi si celui-ci s'était trouvé là. Ses yeux disaient d'ineffables horreurs sur Madame. Alvina s'esclaffa soudain. Et un sourire bon enfant un peu moqueur éclaira le visage de Ciccio.

Ils se retournèrent pour suivre Madame à l'intérieur. Lorsqu'Alvina passa devant lui, elle sentit sur sa nuque une caresse qui descendit doucement jusqu'au bas de ses reins. Elle sursauta comme si une créature inconnue l'avait frôlée de sa patte et, tournant rapidement la tête, elle aperçut le visage malicieux de Ciccio.

« Vous savez, dit Madame, je crois qu'aujourd'hui, nous prendrons tous le même train. Nous irons ensemble par la grande ligne centrale jusqu'à la gare de raccordement. Ensuite, vous, Allaye, vous continuerez jusqu'à Knarborough, et nous nous retrouverons demain. D'ailleurs, il ne nous reste pas beaucoup de temps.

– Je vais à Woodhouse, annonça Ciccio en français.

– Toi aussi ! Par le train ou à bicyclette ?

– Par le train.

– Quel gaspillage ! »

Ciccio haussa légèrement les épaules.

Après le petit déjeuner, quand Alvina fut retournée dans sa

chambre, Geoffrey sortit dans la cour de derrière où se trouvaient les bicyclettes.

« Cicc, dit-il, j'aimerais t'accompagner à Woodhouse. Viens à vélo avec moi. »

Ciccio secoua la tête.

« J'y vais en train avec elle. »

Geoffrey se rembrunit, mécontent.

« Je voudrais voir comment c'est, *chez elle,* dit-il.

– Demande-lui », répondit Ciccio.

Geoffrey le regarda, soudain en alerte.

« Tu me laisses tomber, dit-il. Je voudrais voir comment c'est, là-bas.

– Demande-lui, à elle, répéta Ciccio. Et viens à vélo.

– Ça t'est bien égal de me laisser », marmonna Geofrey.

Ciccio effleura la large pommette de son ami et lui sourit affectueusement.

« Je ne te laisse pas, Gigi. Je t'ai demandé ton avis. Tu as dit "Vas-y." Alors, va lui demander et viens. Viens en vélo, hein ! Qu'est-ce que tu attends ? Vas-y. »

Alvina ne s'attendait pas à entendre quelqu'un frapper à sa porte, ni la voix de Gigi annoncer avec son fort accent étranger :

« Miss Houghton, je porte votre sac. »

Surprise, elle ouvrit la porte. Elle était fin prête.

« Voilà », dit-elle en lui souriant.

Mais il resta face à elle comme un bœuf puissant à la force dangereuse. Le sourire d'Alvina l'avait rassuré.

« Dites, Allaye, je voudrais savoir quelque chose.

– Quoi donc ? s'enquit Alvina en riant.

– Je peux venir à Woodhouse ?

– Quand ?

– Aujourd'hui. Je peux venir à bicyclette prendre le thé ? Hein ? Chez vous, avec vous et Ciccio, hein ? »

Il lui adressait un sourire niais, hésitant et un peu buté.

« Mais bien sûr ! » répondit Alvina.

Il fixa sur elle ses grands yeux bleu sombre.

« C'est vrai, hein ? » dit-il en tendant sa large main.

Elle la lui serra avec chaleur.

« Mais oui, c'est vrai. Cela me ferait plaisir que vous veniez.

– Bien », dit-il, un grand sourire sur ses lèvres épaisses. En parlant, il ne cessait de l'observer curieusement de tous ses yeux.

« Ciccio... Un bon garçon, hein ?

– Ah oui ? dit Alvina en riant.

– Aha ! » Gigi secoua solennellement la tête. « Le meilleur ! » Il avait une mine si sérieuse qu'Alvina ne put s'empêcher de rire. Il rit, lui aussi, et souleva son sac comme si c'était une bulle de savon.

« Alors, Cicc, dit-il en voyant Ciccio dans la rue.

– Eh bien ! » lança celui-ci, tendant la main pour prendre le sac. « Donne.

– Non, non », répondit Gigi en haussant les épaules.

Ce dimanche matin, Alvina se retrouva donc avec ses compagnons dans la nouvelle gare, au milieu de l'animation générale. Curieuse expérience. À l'évidence, ils étaient une troupe de comédiens, des gens en marge. Derrière sa voilette mouchetée, Madame dardait çà et là des regards noirs avec l'aplomb ostensible de sa profession. Max décrivait des cercles à grands pas autour d'une volumineuse caisse noire sur laquelle s'étalaient en rouge ces mots magiques : Natcha-Kee-Tawara, et autour d'un petit tas d'accessoires de scène à l'extrémité du quai. Louis faisait la queue au guichet pour acheter les billets, Gigi et Ciccio poussaient les bicyclettes. Ils formaient un convoi à eux seuls, affairés, trépidants, joyeux. Et curieusement en marge : des vagabonds.

Alvina s'éloigna pour aller chercher des journaux au kiosque, dont une moitié seulement était ouverte. Geoffrey s'interposa, monumental, entre la troupe et elle. Elle se retourna vers lui.

« À quelle heure comptez-vous arriver ? » demanda-t-elle.

Il lui adressa un large sourire amical, comme à son habitude.

« À quelle heure je compte être chez vous ? Eh bien... » Il roula des yeux et se mit à calculer. « À quatre heures.

– Justement, nous arriverons vers cette heure-là », dit-elle.

Il la regarda d'un air sagace et hocha la tête.

Dans le compartiment, ils voyagèrent en toute convivialité. Les hommes fumaient des cigarettes en écrasant leurs mégots sous le talon de leurs chaussures. Madame observait chaque voyageur avec une curiosité professionnelle. Max, plongé dans le journal *Lloyd's*, montrait de temps à autre un article à Louis, qui lisait par-dessus son épaule ; Ciccio envoya soudain une claque sur la cuisse de Geoffrey et se pencha pour le dévisager en riant. Cela dura jusqu'à leur arrivée à la gare d'embranchement. Là, ce fut un échange de baisers et d'adieux, comme si la troupe se séparait pour toujours. Louis se précipita à la buvette chercher des petits pâtés et des oranges, qu'il déposa dans le compartiment; Madame offrit à Alvina une tablette de chocolat. Puis fusèrent des : « Au revoir, au revoir Allaye ! Au revoir Ciccio ! *Bon voyage!* Amusez-vous bien, tous les deux. »

Et Alvina se retrouva avec Ciccio dans le rapide à destination de Knarborough.

« Je les aime vraiment tous beaucoup », dit-elle.

Il ouvrit la bouche et hocha la tête. Ce mouvement révéla à Alvina combien il était affectueux et, à sa manière, émotif. Il les aimait tous. Elle posa sa main sur la sienne, dont elle sentit soudain l'étreinte complice. Puis il la relâcha comme si de rien n'était. Ils n'étaient pas seuls dans le compartiment. Elle trouva malgré elle un immense plaisir à cette étreinte brève et inattendue : si chaude, si totale.

Ils regardèrent donc défiler le paysage du dimanche matin, et ils ne tardèrent pas à arriver à Knarborough. Ils se rendirent dans un petit restaurant pour déjeuner : il était une heure.

« N'est-ce pas étrange, de voyager tous les deux comme ça ? » dit-elle une fois assise en face de lui.

Il lui sourit, plongeant ses yeux dans les siens.

« Tu trouves ça étrange ? demanda-t-il, découvrant légèrement ses dents.

– Pas toi ? » s'écria-t-elle.

Il eut un petit rire laconique.

« J'ai du mal à supporter de t'aimer aussi fort », dit-elle, frémissante, devant le plat de pommes de terre.

Il lança un rapide regard furtif autour d'eux pour voir si personne n'écoutait, ce qui lui aurait beaucoup déplu. Mais il n'y avait personne à proximité. Sous la petite table, il prit les genoux d'Alvina entre les siens et resserra lentement sur eux ses muscles puissants. Sans défense, elle tendit une main vers lui sur la table. Il la recouvrit un instant de la sienne, puis l'ignora. Mais les genoux d'Alvina étaient toujours emprisonnés dans l'étau puissant et vivant des siens.

« Mange ! » lui dit-il en souriant, et il lui fit signe de se servir. Puis il la libéra.

Ils décidèrent de prendre le tram pour aller à Woodhouse, ce qui représentait un long trajet d'une heure. Assis à l'étage de la voiture couverte, dans une vraie tabagie, il paraissait mal à l'aise, retiré en lui-même, à l'évidence un étranger basané. Assise à côté de lui, Alvina se rappela soudain la femme mariée à un Noir, là-bas à Lumley. Elle comprit la réserve de cette femme. Elle aussi, de la même façon, avait le sentiment d'être au ban de la société, à cause de l'homme à son côté. Au ban ! Et heureuse de l'être. Elle s'accrochait à ce que l'on méprisait chez Ciccio, sa nature ténébreuse et étrangère. Elle l'aimait, cette nature, elle l'idolâtrait et défiait le monde entier. Ténébreux, il était assis à ses côtés, retiré en lui-même, humilié par son infériorité présumée face à ces gens du Nord industriel. Et elle était avec lui, à ses côtés, hors du territoire des siens.

Dans le tram, elle vit déjà des personnes de connaissance. Elle inclina la tête en réponse à leur salut, mais d'un air si visiblement distant qu'ils se retournèrent à plusieurs reprises pour les observer, elle et Ciccio. Mais ils la laissèrent tranquille. La rupture entre eux était consommée, de son fait à elle.

Ils franchirent donc les collines fatiguées de cette région industrielle et vallonnée, et finirent par s'approcher de Woodhouse. Ils passèrent devant les ruines de Tord-le-sou, qu'Alvina regarda, indifférente. Ils roulèrent dans Knarborough Road. Un certain nombre des jeunes gens de Woodhouse se promenaient, endimanchés, sur les trottoirs. Elle les connaissait tous. Elle reconnaissait les renards de Lizzie Bates, le tailleur lilas de Fanny Clough et le chapeau orné de plumes de Mrs. Smitham. Elle les connaissait tous. Et presque fatalement, l'ancienne ambiance de Woodhouse commença à l'envahir subrepticement. Heureusement qu'ils ne pouvaient pas la voir : elle avait un peu honte de Ciccio. En cet instant, elle regrettait sa présence. Et à mesure que s'approchait le moment de descendre, elle regarda avec inquiétude devant et derrière pour voir quel arrêt choisir, celui où elle se ferait le moins remarquer. Finalement, elle jeta ses scrupules aux orties et descendit sous les regards curieux des badauds du dimanche après-midi, accompagnée de Ciccio, qui portait son sac. Elle savait qu'elle était désormais cataloguée.

Ils contournèrent Manchester House pour y entrer. Miss Pinnegar attendait Alvina, mais par le train qui arrivait plus tard. Il fallut frapper longtemps, car elle faisait la sieste. Quand elle ouvrit la porte, elle avait les joues marbrées, à cause de sa peau fragile. Elle semblait un peu esseulée, un peu boulotte, un peu irritable.

Elle les accueillit avec ces mots : «Je ne savais pas que vous seriez deux.

– Ah bon ? dit Alvina en l'embrassant. Ciccio est venu m'aider à porter mes affaires.

– Oh, répondit Miss Pinnegar. Enchantée de faire votre connaissance.» Et d'un geste brusque, elle tendit une main qu'il serra mollement.

«J'ai reçu votre télégramme, reprit Miss Pinnegar. Vous parliez du train. Mrs. Rollings revient à quatre heures.

– Oh, parfait», lança Alvina.

La maison était plongée dans le silence de l'après-midi. Ciccio enleva son manteau et s'assit dans le fauteuil de Mr. Houghton. Alvina lui dit qu'il pouvait fumer. Il resta muet, sur sa réserve. Miss Pinnegar faisait piètre figure, avec ses joues marbrées, son dos plutôt voûté et sa frange châtain grisonnante ; elle paraissait gênée, sans trop savoir quoi faire ni dire.

Elle suivit Alvina dans sa chambre au premier.

«Mais enfin, pourquoi l'avez-vous amené ici ? Je me demande où vous avez la tête. Tout le monde jase déjà ici.

– Ça m'est bien égal, dit Alvina. Il me plaît.

– Oh... vous n'avez pas honte !» s'écria Miss Pinnegar, levant la main en un geste involontaire d'impuissance qui évoquait Miss Frost. «Vous vous rendez compte de ce que vous faites ? Quand on pense que votre père est mort il y a un mois !

– Peu importe que papa soit mort. Je ne vois pas en quoi ça peut déranger les morts.

– Jamais je n'ai entendu des horreurs pareilles.

– Ah bon ? Eh bien, c'est ce que je pense.»

Miss Pinnegar resta pantoise, impuissante.

«Vous n'allez pas lui proposer de passer la nuit ici, bafouilla-t-elle.

– Si. Et je retourne rejoindre Madame avec lui demain. Vous savez que je fais partie de la troupe à présent. Comme pianiste.

– Et vous allez l'épouser ?

– Je ne sais pas.

– Vous ne savez pas ! Comment pouvez-vous dire une chose pareille ? Mais c'est épouvantable. Vous allez me rendre folle.

– Je ne sais pas, voilà tout.

– C'est incroyable. Tout bonnement incroyable ! Vous avez perdu la tête. Je me disais autrefois que votre mère n'était pas tout à fait normale. Mais vous non plus. Vous n'avez pas toute votre raison. Il faut qu'on veille sur vous.

– Vous trouvez, Miss Pinnegar ? Eh bien, ne vous donnez pas cette peine, je vous en prie.

– Qui d'autre que moi s'en chargera ?

– Personne, j'espère. »

Il y eut un silence.

« J'ai tellement honte que je ne resterai pas à Woodhouse un jour de plus, dit Miss Pinnegar.

– Moi, je pars pour toujours, dit Alvina.

– Encore heureux », dit Miss Pinnegar.

Soudain, elle se laissa tomber sur une chaise et éclata en sanglots en gémissant :

« Votre pauvre père ! Votre pauvre père !

– Les morts sont sûrement bien là où ils sont. Pourquoi le plaignez-vous ?

– Vous êtes une fille perdue ! s'écria Miss Pinnegar.

– Vraiment ? » s'esclaffa Alvina. La réflexion lui paraissait comique.

« Oui, vous êtes une fille perdue, sanglota Miss Pinnegar, terminant sur une note de désespoir.

– Ça me plaît, d'être perdue », dit Alvina.

Suffoquée par les sanglots, Miss Pinnegar ne put répondre. Tassée, elle paraissait abandonnée. Alvina s'approcha d'elle et lui posa la main sur l'épaule.

« Ne vous inquiétez pas, Miss Pinnegar, c'est ridicule. Je me plais beaucoup avec Madame et Ciccio. Je finirai peut-être par l'épouser. Mais sinon... » Sa main se crispa soudain sur le bras épais de Miss Pinnegar jusqu'à lui faire mal « ...je tiens à profiter de chaque minute de sa présence, oui, absolument. »

La pauvre Miss Pinnegar se ratatina, convaincue.

« Vous me rendez la vie impossible à Woodhouse, dit-elle, désespérée.

– Tant pis, répliqua Alvina en l'embrassant. Woodhouse n'est pas le paradis.

– J'y habite depuis quarante ans...

– Et moi depuis trente. Voilà pourquoi je ne suis pas fâchée de le quitter. » Il y eut un silence.

«Je songe à ouvrir une petite boutique à Tamworth, dit Miss Pinnegar. Vous savez que les Watson sont là-bas.

– Je crois que vous y seriez très bien», répondit Alvina.

Miss Pinnegar fit un effort pour se ressaisir. Elle avait encore de l'énergie et du courage.

«De toute façon, je ne veux plus rester ici. Je n'attends plus rien de Woodhouse.

– Vous avez raison, dit Alvina. Je crois que vous seriez plus heureuse ailleurs.

– Oui, sans doute… maintenant!»

Malgré tout, la pauvre Miss Pinnegar avait les cheveux gris : c'était une vieille fille solitaire, petite et boulotte.

Quand elles redescendirent, elle mit la bouilloire sur le feu.

«Veux-tu visiter la maison?» proposa Alvina à Ciccio.

Il hocha la tête. Alors, elle le conduisit d'une pièce à l'autre. Il regarda tout rapidement, avec curiosité, remarqua certains détails, mais sans rien critiquer.

«Voilà le petit salon de ma mère, dit-elle. Elle y est restée des années, assise dans ce fauteuil.

– Ici? Toujours? demanda-t-il en scrutant le visage d'Alvina.

– Oui. Elle avait le cœur malade. Voilà une autre photographie d'elle. Je ne lui ressemble pas.

– Et ça, qui c'est? demanda-t-il en désignant une photographie de la belle femme qu'avait été Miss Frost, avec ses cheveux blancs.

– Ça, c'était Miss Frost, ma gouvernante. Elle a habité ici jusqu'à sa mort. Je l'adorais. Elle était tout pour moi.

– Elle est morte aussi?

– Oui, il y a cinq ans.»

Ils passèrent dans le salon. Ciccio posa les doigts sur les touches du piano, et fit résonner un accord.

«Joue», dit Alvina. Il secoua la tête avec un léger sourire, et lui demanda de jouer, elle. Prenant place, elle exécuta l'un des airs de Kishwégin. Il écouta, toujours souriant.

«C'est un beau piano, hein, dit-il en la dévisageant.

– J'aime bien sa sonorité.

– C'est à toi?

– Le piano? Oui. Tout est à moi, j'imagine, sur le papier du moins. Je ne sais pas dans quel état Papa a laissé ses affaires.»

Il la regarda et promena à nouveau son regard autour de la pièce.

Il vit le portrait en couleur d'une enfant avec une crinière brun doré, des yeux étonnés, vêtue d'une robe bleu pastel en tissu raide à large ceinture bleu foncé.

« C'est toi ? demanda-t-il.

– Tu me reconnais ? Je suis cocasse, non ? »

Elle le conduisit à l'étage, et lui montra d'abord la chambre monumentale.

« C'était la chambre de ma mère. Maintenant, c'est la mienne. »

Les yeux de Ciccio se posèrent d'abord sur elle, puis sur les objets dans la pièce, sur la fenêtre, et revinrent sur elle. Elle rougit et se hâta de lui montrer la chambre prévue pour lui et la salle de bains. Puis elle redescendit.

Partout, il regarda la hauteur des plafonds, la grandeur des pièces, évaluant la taille de la maison et ses proportions, ainsi que la qualité du mobilier et des agencements.

« C'est une grande maison, dit-il. Elle est à toi ?

– En titre, oui. Papa m'a tout laissé, ses dettes aussi, vois-tu.

– Beaucoup de dettes ?

– Oh, oui ! Je ne sais pas à combien elles se montent. Mais il se peut qu'elles dépassent la valeur de la maison. Je dois aller voir le notaire demain matin. Peut-être qu'une fois tout payé, il ne me restera plus rien. »

Elle s'était arrêtée dans l'escalier pour expliquer la situation, en se retournant vers lui, qui se trouvait plusieurs marches au-dessus d'elle. Il baissa les yeux vers elle en calculant. Puis il eut un sourire amer.

« Pas de chance, hein, si tout est parti… ! dit-il.

– Ma foi, tant pis, pourvu que j'aie de quoi vivre. »

Il écarta les mains en un geste d'excuse, car il ne comprenait pas. Puis il regarda vers le haut et dans le couloir, ensuite en bas dans le vestibule.

« Une grande et belle maison. Ce serait magnifique si elle était à toi, dit-il.

– J'aimerais bien qu'elle le soit, si elle te plaît tant », répondit-elle tristement.

Il haussa les épaules.

« Hé ! dit-il, elle plaît à tout le monde, sans doute.

– Pas à moi. Je trouve que c'est une baraque sinistre et misérable. Elle me fait horreur. J'y ai vécu toute ma vie et j'ai vu toutes sortes de malheurs y arriver. Elle me fait horreur.

– Pourquoi ? » demanda-t-il avec une curieuse intonation sarcastique.

« Dommage qu'elle ne soit pas à toi, c'est sûr », reprit-il en entrant dans le salon, où Miss Pinnegar coupait des tranches de pain beurré.

« De quoi s'agit-il ? demanda celle-ci d'un ton sec.

– De la maison, dit Alvina.

– Ah, ça, on ne sait pas ce qu'il en sera. Il faut garder bon espoir », répliqua Miss Pinnegar en disposant les tranches sur l'assiette. Puis, acerbe, elle reprit : « C'est vrai que ce n'est pas de chance. Et pas seulement pour la maison. Si Miss Houghton avait ce qui devrait normalement lui revenir, tout serait très différent, je vous le garantis.

– Oh oui », acquiesça Ciccio, à qui ce discours s'adressait.

« Très différent, moi je vous le dis. Si tout l'argent n'avait pas été… perdu… comme il l'a été, Miss Houghton n'en serait pas réduite à jouer du piano dans une salle de cinéma, pour commencer.

– Non, peut-être pas, répondit Ciccio.

– Certainement pas. Ce n'est pas du tout un travail pour elle, pas du tout.

– Vous trouvez ? demanda Ciccio.

– Parce que vous trouvez que ça lui convient, vous ? » lança Miss Pinnegar en pivotant d'un seul coup pour faire face à Ciccio, assis près du feu.

Il la regarda curieusement, avec un léger sourire narquois.

« *Hé !*, dit-il, comment je peux le savoir ?

– Ça saute aux yeux, il me semble, répliqua Miss Pinnegar.

– *Hé !*, s'exclama-t-il sans bien comprendre.

– Mais bien entendu, quand on n'a jamais rien connu de mieux, on ne peut pas imaginer autre chose », déclara-t-elle en se levant et en faisant tomber les miettes de son tablier de soie noire dans le feu. Il l'observa.

Elle partit vers l'arrière-cuisine. Alvina préparait du feu dans le salon. Elle revint avec une pelle chercher des braises dans le feu de la salle à manger.

« Qu'est-ce que tu veux ? » demanda Ciccio, qui se leva pour lui prendre la pelle des mains.

« Ce sont de grands feux, ils chauffent bien, hein ? » reprit-il en soulevant les charbons incandescents de la masse rougeoyante étalée sur la grille de la cheminée.

« Ça suffit ! dit Alvina. Ça va ! Nous allons mettre ça dans le salon. »

Tenant la pelle remplie de braises enflammées et fumantes, il alla dans l'autre pièce les jeter sur le petit bois disposé dans l'âtre, et regarda Alvina rajouter du charbon.

« C'est beau, un feu ! Vite fait, hein ? Une chose superbe, un feu ! Tu sais ce qu'on dit, chez moi ? On peut vivre sans manger, mais pas sans feu.

– Mais je croyais qu'à Naples, il faisait toujours chaud, dit Alvina.

– Non, pas toujours. Et mon village, tu sais, quand j'étais petit, il était dans les montagnes, à une heure de Naples par le train rapide. Froid l'hiver, très chaud l'été…

– Aussi froid qu'en Angleterre ? demanda Alvina.

– *Hé*, plus froid encore. Les loups descendent. On les entendait crier la nuit, quand il gelait…

– Quelle horreur ! s'exclama Alvina.

– Et ils tuaient les chiens. Toujours, ils tuaient les chiens. Tu sais, les loups détestent les chiens, ils les détestent. » Il fit une grimace curieuse, plissant le nez, pour montrer à quel point les loups détestent les chiens. Alvina comprit et se mit à rire.

« J'en ferais autant, si j'étais un loup, dit-elle.

– C'est vrai ? » Ses yeux se posèrent un moment sur elle, luisants. « Ah mais aussi, les pauvres chiens ! On les retrouve à moitié mangés, emportés sous les arbres ou dans les pierres. On a du mal à les retrouver le lendemain, les pauvres.

– Ce qu'ils doivent avoir peur ! dit Alvina.

– Peur… hou ! » Il joignit le geste à la parole, et ajouta quelques exclamations aussi pour donner plus de volume à ses paroles.

« Tu te plaisais, dans ton village ? » demanda Alvina.

Il pencha la tête de côté avec l'air de s'excuser.

« Non, dit-il, parce que tu comprends, *hé !*, il n'y a rien à faire… pas d'argent, on n'arrête pas de travailler, travailler… Pas de vie… on ne voit rien. Quand j'étais petit, mon père, il est mort, et ma mère, elle est partie avec moi à Naples. Alors, je suis allé sur la mer dans des petits bateaux, pour pêcher, emmener des gens… » Il eut un grand geste de la main, comme pour lui faire comprendre tout ce qui devait rester inexprimé. Il lui sourit, mais elle perçut chez lui une tristesse poignante et lointaine, une résignation admirable venue du fond des âges, et une totale indifférence au destin.

«Vous étiez très pauvres ?

– Pauvres… ah oui ! On n'avait rien. Des loques. Pas de chaussures. Du pain, un peu de poisson qu'on pêchait, des coquillages… »

Sa main voleta, il posa sur elle un regard profond, lourd d'expérience. Pourtant, malgré tout, on avait l'impression que pour lui, une situation en valait une autre au bout du compte, et que pauvre ou riche, la vie était toujours la vie. À ceci près qu'il trouvait humiliant d'être pauvre ; aussi, par vanité, désirait-il jalousement avoir du bien. Les innombrables générations précédentes lui avaient appris à sentir d'instinct l'inanité du monde. Mais son vernis d'éducation moderne avait fait de l'argent et de l'indépendance une *idée fixe* chez lui. Le vieil instinct lui disait que le monde n'est rien. Mais son éducation moderne, si superficielle qu'elle fût, se révélait beaucoup plus efficace que son instinct. Elle le poussait à se faire remarquer dans le monde. Comme hypnotisée, Alvina l'observait et voyait sa beauté antique, fruit de civilisations successives ; dans le même temps, elle voyait sa vulgarité et sa décadence modernes.

« Quand tu rentreras là-bas, tu retourneras dans ton ancien village ? » demanda-t-elle.

Il fit un geste neutre et évasif de la tête et des épaules.

«Je ne sais pas, vraiment.

– Comment s'appelle-t-il ?

– Pescocalascio. » Il prononça le mot à voix basse, de mauvaise grâce.

«Tu peux répéter ? demanda Alvina.

– Pescocalascio. »

Elle répéta le nom.

« Dis-moi comment ça s'écrit. »

Il fouilla dans sa poche à la recherche de papier et d'un crayon. Elle se leva pour aller lui chercher un vieux carnet de croquis. Il écrivit, lentement, mais d'une belle écriture italienne, le nom de son village.

« Écris aussi ton nom », demanda-t-elle.

Il écrivit « Marasca Francesco ».

« Et le nom de tes parents. »

Il leva vers elle un regard interrogateur.

«Je voudrais les voir écrits », dit-elle.

« Marasca Giovanni », écrivit-il. Et au-dessous : « Califano Maria. »

Elle regarda les quatre noms tracés avec la gracieuse écriture italienne. L'un après l'autre, elle les prononça. Il la corrigea, souriant gravement. Lorsqu'elle réussit à les dire correctement, il hocha la tête.

« Oui, dit-il, c'est ça. Tu as bien prononcé. »

À cet instant, Miss Pinnegar entra pour annoncer que Mrs. Rollings avait vu l'un des autres jeunes gens passer dans la rue à bicyclette.

« C'est Gigi ! s'exclama Ciccio. Il ne trouve pas l'entrée de la maison. » Il se hâta de prendre son chapeau et partit à la recherche de son ami.

Quand Geoffrey arriva, son large visage était rouge et luisait de sueur.

« Vous avez eu du mal à trouver ? demanda Alvina.

– J'ai trouvé la maison, mais pas la porte », dit Geoffrey. Ils se mirent tous trois à rire, et s'assirent pour prendre le thé. Geoffrey et Ciccio se parlaient en français pour se donner une contenance. Heureusement, Madame leur avait appris comment se tenir à table, mais ils manquaient d'éducation aux yeux de Miss Pinnegar.

« Tu ne te doutes pas de la belle maison que c'est, dit Ciccio à Geoffrey en français.

– Non, répondit Geoffrey en promenant ses grands yeux dans la pièce et en parlant la bouche pleine. Tu trouves ?

– Ah, si elle lui appartenait, tu sais... »

Aussi, après le thé, Ciccio demanda-t-il à Alvina :

« Est-ce que Geoffrey peut visiter la maison ? »

Et la visite recommença. Campé sur ses jambes épaisses, Geoffrey examina les pièces et fit ses commentaires en français à Ciccio. En montant l'escalier, il caressa la grosse rampe d'acajou lisse. Dans la chambre, il fixa sur le lit et l'armoire colossaux un regard presque consterné, et dans la salle de bains, il tourna les robinets d'argent à l'ancienne.

« Voilà ma chambre, dit Ciccio en français.

– Assez éloignée ! » répliqua Gigi. Ciccio jeta lui aussi un coup d'œil dans le couloir.

« Oui, dit-il, mais le trajet est direct...

– Tu sais, mon garçon, si tu pouvais épouser ça..., lança Gigi, voulant dire la maison.

– Ha, c'est qu'elle ne sait pas si elle lui appartient encore ! Il se peut que les dettes mangent tout.

– Ne me dis pas ça ! Oh, là là, quel dommage, quel dommage. *La pauvre fille… pauvre demoiselle !* déplora Geoffrey.

– C'est vraiment dommage, hein, qu'en dis-tu ?

– Un désastre ! Un désastre ! Tu sais, mon ami, les amoureux peuvent vivre d'amour et d'eau fraîche, mais pour se marier, ça ne suffit pas. L'amour est pour tout le monde, même pour les cigales, mais qui dit mariage dit aussi toit. C'est comme ça… *La pauvre demoiselle… C'est un malheur pour elle.*

– Ah, c'est vrai, dit Ciccio. *Et aussi pour moi.*

– Pour toi aussi, *mon cher.* Peut-être… », dit Geoffrey, qui posa un bras sur l'épaule de Ciccio et la serra soudain. Ils se sourirent.

« Qui sait ? dit Ciccio.

– Qui sait en vérité, mon Cicc. »

En descendant rejoindre Alvina, qu'ils entendaient jouer du piano dans le salon, Geoffrey jeta un nouveau coup d'œil dans la grande chambre.

« *Tu n'es jamais monté si haut, mon beau. Pour moi, ça serait difficile de m'élever. J'aurais bien peur, moi. Tu te trouves aussi un peu ébahi, hein ? N'est-ce pas ?*

– *Y a de la place pour trois,* dit Ciccio.

– *Non, je crèverais là-haut. C'est pas pour moi !* »

Et ils descendirent en riant.

Miss Pinnegar était assise près d'Alvina, bien décidée à ne pas aller au temple ce soir-là. Tassée dans son fauteuil, elle lisait un roman. Alvina fit du charme aux deux hommes, leur joua du piano et proposa de jouer aux cartes.

« Oh, Alvina, vous n'allez tout de même pas sortir les cartes ce soir[1] ! protesta la pauvre Miss Pinnegar.

– Mais enfin, Miss Pinnegar, ça ne peut faire de mal à personne.

– Vous savez ce que j'en pense… Ce qu'en pensait votre père… et votre mère, et Miss Frost.

– Vous savez bien que pour moi, ce ne sont que des préjugés, dit Alvina.

– Oh, dans ce cas… ! » maugréa Miss Pinnegar.

1. Jouer aux cartes était manquer au repos du dimanche.

Elle ferma son livre, se leva et partit dans l'autre pièce.

Alvina sortit les cartes ainsi qu'une petite boîte pleine de pièces de un penny, reste des récoltes de l'Entreprise. À cet instant, on frappa à la porte. C'était Mr. May, introduit par Miss Pinnegar, triomphante.

« Oh, s'écria-t-il, vous avez de la compagnie ! J'avais appris que vous étiez de retour, Miss Houghton, alors je me suis dépêché de venir vous saluer. Je ne savais pas que vous aviez de la compagnie. Ravi de vous voir, Francesco. Vous aussi, Geoffrey. *Comment allez-vous, alors ?*

– *Bien*, dit Geoffrey. Vous voulez jouer avec nous ?

– Jouer aux cartes un dimanche soir ! Mon Dieu, quelle révolution ! Bien entendu, je ne suis pas bigot ! Si c'est Miss Houghton qui me le demande... »

Miss Pinnegar regarda solennellement Alvina.

« Je vous en prie, Mr. May, jouez donc avec nous, dit Alvina.

– Merci, j'accepte bien volontiers. Surtout que je vois ces piles tentantes de pennies et de demi-pennies. Qui fait la banque, dites-moi ? Est-ce que Miss Pinnegar va jouer aussi ? »

Mais Miss Pinnegar avait tourné son pauvre dos voûté et était partie.

« Je crois qu'elle a pris la mouche, dit Alvina.

– Mais pourquoi ? Ce n'est pas son âme que nous mettons en danger, tout de même ? Je suis bon catholique, vous savez, et je ne supporte pas ces petites superstitions provinciales. Qui donne ? Vous, Miss Houghton ? Mais j'ai bien peur que ce jeu ne soit très sec. Pas vous ? Vous ne trouvez pas, vous aussi ? »

Les deux autres se mirent à rire.

« Si Miss Houghton m'autorisait juste à aller chercher quelque chose. Oui ? Vous permettez ? Ce serait tellement plus gai. Que souhaitez-vous, messieurs ?

– De la bière », répondit Ciccio, et Geoffrey fit un signe d'assentiment.

« De la bière ? Tiens donc ! Ce n'est pas banal. Moi, je prends toujours un petit peu de whisky. Quel genre de bière ? Blonde ou bitter ? Je vais devoir revenir avec des bouteilles. Mais comment puis-je faire ça discrètement ? Vous n'avez pas une petite mallette, Miss Houghton ? Comme ça, j'aurais l'air de revenir de voyage. Ce qui sera le cas d'ailleurs : je vais faire l'aller et retour jusqu'au pub, et si ça, ça n'est pas assez loin, même pour Miss Pinnegar et John Wesley[1], alors, je regrette! »

Alvina alla chercher la mallette de voyage.

« Excellent! s'exclama-t-il. Excellent! Il en tiendra bien une demi-douzaine. Dites, je ne ferais pas mieux de sortir par devant, pour échapper au chien de garde? »

Il sortit donc sur la pointe des pieds, tandis que les deux hommes souriaient, amusés. Heureusement, il y avait des verres, les plus beaux verres anciens dans le buffet du salon. Mais hélas, quand Mr. May revint, on eut besoin d'un tire-bouchon. Alvina se glissa donc dans la cuisine, où Miss Pinnegar était lourdement assise près du feu avec ses lunettes et son livre. Elle observa Alvina d'un œil de lynx lorsque celle-ci entra. En voyant le tire-bouchon révélateur, elle se tassa un peu plus dans son fauteuil.

« Dans la nuit résonnèrent des bruits de bacchanales[2]. » En effet, après une longue période de dépression, Mr. May était plein d'entrain. Tous criaient, oui, indiscutablement, ils criaient en jouant, hurlaient d'enthousiasme et de rire, protestaient à tue-tête. Miss Pinnegar fut stoïque. Mais arriva un moment où elle fut incapable d'en supporter davantage.

La porte du salon s'ouvrit et sa silhouette épaisse, trapue et fanée, vêtue d'une robe de serge noire, s'encadra dans l'embrasure comme un ange vengeur et court sur pattes.

« Que dirait votre père s'il voyait cela? » dit-elle sévèrement.

Cessant de rire et de jouer, Alvina et ses compagnons se retournèrent. Miss Pinnegar se sentit mal à l'aise et perdit contenance sous tous ces regards.

« Papa! dit Alvina. Mais pourquoi Papa?

– Fille perdue! » lança Miss Pinnegar, avant de reculer et de fermer la porte.

Mr. May rit tellement qu'il renversa son verre de whisky.

« Tenez, dit-il, hors d'haleine, vous voyez ce que cette femme m'a coûté! » Il eut une autre crise de rire et gonfla son jabot.

Ciccio ouvrit la bouche sur un éclat de rire silencieux.

« Fille perdue! Perdue? Comment ça? Vous êtes chez vous! » dit

1. John Wesley (1703-1791). Fondateur du mouvement méthodiste, qui prêche notamment la tempérance.

2. Lord Byron, *Childe Harold*.

Geoffrey, ouvrant de grands yeux et regardant de tous les côtés comme si c'était lui qui avait perdu quelque chose.

Ils s'esclaffèrent tous à nouveau, en étouffant leurs rires.

« Non mais je vous le dis, moi, boire et jouer aux cartes avec des étrangers dans le salon un dimanche soir, c'est un scandale, bien sssûr ! dit Mr. May. Une abomination ! Après un péché pareil, je me demande comment vous gagnerez votre salut ! Et dire que ça s'est passé à Manchester House ! » Il pouffa et fut pris d'une nouvelle crise de fou rire : rouge comme une crête de coq, il se tortilla sur sa chaise en exhalant d'une petite voix aiguë : « Oh, c'est fameux, fameux ! *Fille perdue !* mais bien sssûr qu'elle est perdue ! Et Miss Pinnegar vient juste de s'en apercevoir. Quelle femme ne voudrait pas être perdue ? Même Miss Pinnegar aimerait bien l'être, si elle pouvait. Et comment ! C'est naturel ! »

Mr. May s'essuya les yeux avec le mouchoir qui avait malheureusement servi à éponger son whisky.

Ils continuèrent donc à jouer jusqu'à ce que Mr. May et Geoffrey aient gagné toutes les pièces, à l'exception de deux pence pour Ciccio. Alvina avait des dettes.

« Eh bien, la partie a été très agréable, dit Mr. May. Vous ne trouvez pas, vous autres ? »

Les deux hommes sourirent et hochèrent la tête.

« Je regrette seulement que Miss Houghton ait perdu toute la soirée. C'est incroyable. Mais aussi, voyez, je me console en me disant : "Heureux aux cartes, malheureux en amour." Et moi, je suis poursuivi par la malchance en amour. Mais je suis sûr et certain que Miss Houghton préférerait ne pas avoir de chance aux cartes plutôt qu'en amour. Je me trompe ?

– Ma foi non, dit Alvina.

– Ah, vous voyez ! Bien sssûr ! Alors, après ça, il ne nous reste qu'à lui souhaiter du succès en amour. N'est-ce pas, messieurs ? Je suis certain que nous sommes tous prêts à contribuer de notre mieux au bonheur de Miss Houghton en amour, non ? Allons, portons-lui un toast. » Levant son verre, il salua Alvina : « Avec tous mes vœux pour votre succès en amour, Miss Houghton. Et serviteur ! Serviteur dévoué... » Il s'inclina et but.

Geoffrey ouvrit de grands yeux pour regarder Alvina en levant son verre : « Moi je sais que tout se passera très bien pour vous en amour, je le sais, déclara-t-il d'un ton appuyé.

– Et vous, Ciccio, vous ne buvez pas ?» demanda Mr. May.

Ciccio leva son verre, regarda Alvina, lui adressa une petite grimace comique et but sa bière.

«Eh bien, dit Mr. May, c'est la bière qui le confirmera, faute de paroles.

– Quelle heure est-il? demanda Alvina. Il faut que nous dînions.»

Il était neuf heures passées. Alvina se leva et passa à la cuisine, où les hommes la suivirent. Miss Pinnegar n'y était pas. Elle avait disparu.

«Elle est peut-être allée se coucher ?» avança Mr. May. Et il monta l'escalier sur la pointe des pieds : un visage rouge sur une petite silhouette rondelette et comique. Il connaissait bien la maison. Il revint triomphant.

«Je l'ai entendue tousser, annonça-t-il. On voit de la lumière sous sa porte. Elle est montée au lit. Ah, est-ce que je n'ai pas toujours dit que c'était une bonne âme ? Je vais boire à sa santé. À Miss Pinnegar...» Il fit une courbette raide en direction de l'escalier. «Santé, et bon repos cette nuit !»

Après quoi, gloussant joyeusement, il prit la place du maître de maison et se mit à découper l'agneau froid.

«Où sont les Natcha-Kee-Tawara cette semaine ?» demanda-t-il.

Ils le renseignèrent.

«Ah oui ? Alors vous repartez tous les deux à vélo rejoindre le campement de Kishwégin ce soir ?... Nous ne devons pas prolonger les réjouissances trop tard.

– Ciccio reste pour m'aider à transporter mon sac demain, dit Alvina. Vous savez que j'ai rejoint la troupe et que je suis engagée de façon ferme. Comme pianiste.

– Non, je ne savais pas ! Ça par exemple ! Par exemple ! Ah... ! Eh bien... ! Dites donc ! De façon ferme ! Eh bien, vous parlez d'une surprise ! Oui ! Comme pianiste ? Et si je peux me permettre de vous le demander, quel est votre part du revenu tribal ?

– Ça n'a pas encore été décidé.

– Non, bien entendu, bien entendu ! Ça n'est pas encore décidé, bien sûr. Et vous dites que c'est un contrat ferme ? Bien sssûr, avec un salaire pareil...

– Oui, c'est un contrat ferme, répondit Alvina.

– Vraiment. Quel choc vous me donnez là ! Vous ne reviendrez pas au cinéma ? Hein ? Pas du tout ?

– Non, dit Alvina. Je vais revendre mes parts du cinéma.

– Ça alors ! Vous avez donc pris votre décision ! Oh ! Vous m'en direz tant ! Et vous ne changerez pas d'avis ?

– Non.

– Eh bien ! Vous avez tiré vos conclusions, à ce que je vois… » Et son regard alla d'Alvina aux jeunes gens. « Je vois ! Vous me coupez la chique, si vous voulez bien me passer l'expression. Je vois ! Quel choc pour moi ! Quel choc !

– Pourquoi ? demanda Alvina.

– Que va devenir l'Entreprise ? Et par voie de conséquence, votre malheureux serviteur ?

– Vous ne pouvez pas continuer ? Former une société ?

– Hélas non. J'ai fait ce que je pouvais. Mais là, vous savez, vous me mettez sur le carreau.

– Je suis désolée, dit Alvina. J'espère que vous vous trompez.

– Vous êtes bien bonne d'espérer, répliqua Mr. May, sarcastique. Il paraît que l'espoir fait vivre. Moi, je commence à trouver qu'on en vit très mal ! »

Le pauvre homme ! Il en avait blêmi. Ciccio et Geoffrey l'observaient d'un œil sagace.

« Et quand allez-vous la mettre à exécution, cette décision fatale ? demanda Mr. May.

– Je vais voir le notaire demain pour lui dire de tout vendre et de liquider la succession le plus vite possible.

– Tout vendre ! La maison et tout ce qu'il y a dedans ?

– Oui, répondit Alvina. Tout.

– Ça alors ! » Mr. May en resta interloqué. « J'ai l'impression que le monde s'écroule, reprit-il.

– Mais je crois que votre monde à vous s'est déjà souvent écroulé, non ? dit Alvina.

– Ma foi… c'est arrivé une fois ou deux. Mais jusqu'ici, il ne s'était jamais écroulé sur moi, voyez-vous… »

Il y eut un silence.

« Vous avez annoncé la nouvelle à Miss Pinnegar ? demanda Mr. May.

– Pas de façon définitive. Mais elle a décidé d'ouvrir une petite boutique à Tamworth, où elle a de la famille.

–Vraiment? Et vous allez réellement partir en tournée avec ces jeunes gens» (il désigna Ciccio et Geoffrey) «sans percevoir de salaire?» Sa voix dérapa dans les aigus. «Mais enfin, de la part de Madame, ça revient presque à faire la traite des blanches. Ma parole!

–Je ne suis pas d'accord, répliqua Alvina. Vous rendez-vous compte que votre réflexion est insultante?

– Insultante? Ma foi, je me demande. Je crois que c'est la vérité pure...

– N'empêche. Ce ne sont pas des choses à me dire», lança Alvina, tremblante de colère.

Contre toute attente, Mr. May se redressa, blême de rage : «Tiens donc! s'exclama-t-il. Parce que je ne peux pas dire ce que je pense. Tiens donc!

– Eh bien non, si vous pensez des choses pareilles!...

– Par exemple! Seulement, voyez-vous, je les pense vraiment...»

Alvina l'observa, les yeux écarquillés, le regard lourd.

«Allez-vous-en! dit-elle. Allez-vous-en! Je ne vais pas vous laisser m'insulter.

–Loin de moi cette idée!» s'écria Mr. May en se levant d'un bond. Les yeux lui sortaient presque de la tête. «Il ne me viendrait pas à l'esprit de vous insulter en présence de ces deux jeunes gens.»

Ciccio se leva avec lenteur. De la tête, à plusieurs reprises, il indiqua la porte à Mr. May.

«*Allez!* dit-il.

– *Certainement*», s'écria Mr. May. Et il attaqua Ciccio, verbalement du moins, comme une poule en colère : «*Certainement, je m'en vais. Cette compagnie n'est pas de mon choix.*

–*Allez!*» reprit Ciccio, plus fort.

Alors, Mr. May sortit, tout raide, tel un oiseau gonflé de rage. Ciccio resta debout, les mains appuyées sur la table, l'oreille aux aguets. On entendit Mr. May claquer la porte d'entrée.

«Parti!» dit Geoffrey.

Ciccio eut un sourire méprisant.

«*Voyez, un cochon de lait*», fit Gigi d'une voix ample et calme.

Ciccio se rassit, et Geoffrey lui versa de la bière en disant :

«Bois, mon Cicc'. La bulle a crevé, prfff!» Et Gigi gonfla la joue puis la frappa de son poing. «À la santé de ma chère Allaye! Nous sommes les Tawara. Nous sommes Allaye ! Nous sommes Pacohuila ! Nous sommes Walgatchka ! *Allons !* Le cochon de lait est cuit et mangé. *Voilà !*» Il fit un large sourire et but.

« L'un après l'autre, poursuivit Geoffrey, un peu ivre. L'un après l'autre, nous les éliminons du champ de bataille, ils sont *hors de combat*. Qui reste ? Pacohuila, Walgatchka, Allaye... »

Il sourit d'une oreille à l'autre. Après son accès de colère, Alvina, immobile sur sa chaise, était perdue dans ses pensées, abattue.

« À quoi pense Allaye ? Elle est la fiancée de Tawara », dit Geoffrey.

Alvina le regarda et eut un pâle sourire.

« Et qui est Tawara ? » demanda-t-elle.

Il haussa les épaules, écarta les mains et inclina la tête de droite et de gauche, évoquant à s'y méprendre un mandarin comique.

« Ah mais, voilà une bonne question ! Qui est Tawara ? Qui ? Dites-le-moi ! C'est Cicc, c'est moi, c'est Max et aussi Louis... » Il étendit la main vers les membres absents de la tribu.

« Je ne peux pas être votre épouse à tous les quatre ! dit Alvina en riant.

– Non, non ! Non, non ! Ce n'est pas ce que je veux dire. Mais vous êtes l'épouse de Tawara. Vous habitez dans la tente de Pacohuila. Et si un jour le hasard veut qu'il n'y ait pas de place pour vous dans la tente de Pacohuila, alors la tanière de Walgatchka l'ours vous sera ouverte. Ouverte, oui, grande ouverte... » Assis au bout de la table, il déploya son ample poitrine et écarta les bras. « Ouverte, et quand Allaye y entrera, ce sera la tanière d'Allaye. Walgatchka est l'ours au service d'Allaye. Par la loi des Visages pâles, par la loi des Yenghees, par la loi des Fransayes, Walgatchka sera le mari-ours d'Allaye, le jour où elle soulèvera le rabat de sa tente... »

Il roula des yeux et regarda autour de lui. Alvina l'observa.

« Et si j'avais peur d'un mari-ours ? » demanda-t-elle. Geoffrey se leva.

« Par le Manitou, la tête de l'ours Walgatchka est humble » – sur ces mots, il baissa la tête – « ses dents sont aussi tendres que des lis » – là, il ouvrit la bouche et mit le doigt sur ses petites dents serrées –, « ses mains sont aussi douces que les abeilles quand elles caressent une fleur... » Là-dessus, il écarta les mains et se laissa soudain tomber à genoux à côté d'Alvina en continuant à rouler des yeux et à montrer ses mains et ses dents.

« Allaye n'a pas à avoir peur de l'ours Walgatchka », reprit-il en la regardant comiquement, les yeux levés.

Ciccio, qui observait la scène avec un léger sourire, se leva alors et saisit Geoffrey par l'épaule et le tira.

« *Basta !*, dit-il. *Tu es saoul.* Saoul, mon Gigi. Debout ! Comment vas-tu faire pour rentrer à bicyclette à Mansfield, hein, grosse bête ?

– Ciccio, je t'aime. Je t'aime comme un frère, et plus encore. Je t'aime comme un frère, mon Ciccio, tu le sais bien. Mais » (et là, il souffla d'un air farouche) « je suis l'esclave d'Allaye, je suis l'ours d'Allaye.

– Debout ! Debout ! *Per Bacco !* Que veux-tu qu'elle fasse d'un ours ? » dit Ciccio à Geoffrey en souriant.

Celui-ci se releva et jeta les bras autour de Ciccio.

« Cicc, plaida-t-il, Cicc, je t'aime comme un frère. Mais ne m'empêche pas d'être l'ours d'Allaye, l'ours docile d'Allaye.

– Soit, dit Ciccio. Tu es l'ours d'Allaye. »

Geoffrey serra Ciccio sur son cœur.

« Merci, merci, embrasse-moi, mon ami. »

Ciccio lui donna l'accolade. Après quoi, Geoffrey se laissa de nouveau tomber à genoux devant Alvina en lui présentant sa large joue colorée.

« Allaye doit embrasser son ours, s'écria-t-il. Allaye doit embrasser son esclave Walgatchka, l'ours apprivoisé, qui est un ours féroce pour tous, sauf Allaye et son frère Pacohuila le puma. » Agenouillé devant Alvina à qui il présentait sa joue, Geoffrey émit un grognement réaliste pour suggérer l'ours sauvage.

Alvina regarda Ciccio qui, debout, observait la scène. Puis elle donna à Geoffrey un petit baiser sur la joue et dit : « Vous devriez aller vous coucher et dormir. »

Geoffrey se releva en titubant et secoua la tête :

« Non, non ! dit-il. Non, non ! Walgatchka doit rentrer dans la tente de Kishwégin, au campement des Tawara.

– Pas ce soir, mon *brave*, répondit Ciccio. Ce soir, nous restons ici, *hein !* Pourquoi nous séparer, *hein, mon frère* ? »

Geoffrey étreignit à nouveau Ciccio.

« Pacohuila et Walgatchka sont frères de sang : deux corps, un même sang. Un même sang qui coule dans deux corps ; un même fleuve dans deux vallées ; un seul lac entre deux montagnes. »

Geoffrey posa sur Ciccio le regard lourd de ses grands yeux. Alvina apporta une bougie et l'alluma.

«Vous pouvez partager la même chambre? Je vais vous donner un autre oreiller.»

Les précédant, elle les conduisit à l'étage. Geoffrey la suivit d'un pas lourd. Ciccio fermait la marche. Sur le palier, elle leur donna la bougie et l'oreiller, leur sourit et leur souhaita bonne nuit à voix basse avant de redescendre. Elle débarrassa la table du dîner et emporta tous les verres et les bouteilles restés au salon. Puis elle fit la vaisselle, effaçant toutes les traces de la fête. Elle rangea les cartes dans leur vieille boîte en acajou. Manchester House reprit son aspect habituel.

Après avoir coupé le gaz au compteur, elle monta se coucher. Elle entendit Geoffrey ronfler – une vibration légère mais profonde – dans la chambre au bout du couloir. Après sa journée, elle se sentait fatiguée, trop fatiguée pour se soucier encore de quoi que ce fût.

Mais au matin, elle se leva la première. En entendant bouger Miss Pinnegar, elle se dépêcha. Elle ouvrit bien vite portes et fenêtres pour faire partir l'odeur de la bière et de la fumée de cigarettes. Quand elle entendit les hommes s'ébrouer dans la salle de bains, elle se hâta de préparer le petit déjeuner et d'allumer du feu. Mrs. Rollings ne viendrait que plus tard dans la journée. À sept heures moins le quart, Miss Pinnegar descendit et alla dans l'arrière-cuisine pour préparer son thé.

«Les deux hommes sont-ils restés? s'enquit-elle.

– Oui. Ils ont couché tous les deux dans la chambre du fond», répondit Alvina.

Miss Pinnegar n'ajouta rien, mais passa à pas feutrés dans le salon où elle emporta son thé et son œuf à la coque. Le matin, elle était muette.

Ciccio descendit, en manches de chemise comme à son habitude, mais avec un col. Il salua poliment Miss Pinnegar.

«Bonjour!» répondit-elle. Et elle se remit à boire son thé.

Geoffrey fit son apparition. Miss Pinnegar lui jeta un unique coup d'œil maussade et répondit d'une voix brève à son bonjour. Puis elle continua à manger son œuf avec lenteur et obstination, muette.

Les deux hommes sortirent pour s'occuper de la bicyclette de

Geoffrey. C'était un matin gris, languissant et sombre. Pendant qu'ils gonflaient les pneus, ils entendirent des pas feutrés derrière eux. C'était Miss Pinnegar qui allait déverrouiller la porte de la cour en les ignorant. Puis ils la virent rebrousser chemin et monter lentement l'échelle de meunier extérieure qui menait au dernier étage. Deux minutes après, ils furent surpris par l'irruption des ouvrières. Quant à celles-ci, elles poussèrent des cris aigus, saisies en voyant les deux hommes dans le clair-obscur du matin. Elles s'attardèrent dans l'escalier pour les regarder avec une curiosité avide, se poussant du coude et chuchotant, jusqu'à ce que Miss Pinnegar apparaisse en haut et fasse brusquement retentir une cloche pendue à côté de l'entrée des ateliers.

Après toute cette agitation, Geoffrey et Ciccio rentrèrent pour prendre le petit déjeuner préparé par Alvina.

« C'est toi qui as tout fait, hein ? demanda Ciccio en jetant un regard autour de lui.

– Oui. Comme depuis des années, répondit-elle.

– Tu n'en as plus pour longtemps maintenant, hein ? dit-il avec un sourire entendu.

– J'espère que non. »

Ciccio s'assit presque comme un mari. Comme si sa place lui revenait de droit.

Ce matin, Geoffrey était très silencieux. Il termina son déjeuner, puis se leva pour partir.

« Je vous dis à bientôt », lança-t-il à Alvina avec un sourire gêné en s'inclinant. Ciccio l'accompagna dans la rue.

Lorsqu'il revint, Alvina était une fois de plus en train de faire la vaisselle.

« À quelle heure partons-nous ? demanda-t-il.

– Nous prendrons le train de une heure. J'ai rendez-vous avec le notaire ce matin.

– Et que vas-tu lui dire ?

– De tout vendre.

– Et tu m'épouseras ? »

Elle sursauta et le regarda.

« Tu ne veux pas te marier, si ?

– Si, dit-il.

– Tu ne préfères pas attendre, pour voir ?

– Quoi donc ?

– S'il y a un peu d'argent. »

Il la regarda sans ciller et se rembrunit.

« Pourquoi ? » demanda-t-il.

Elle se mit à trembler.

« Tu préférerais qu'il y ait de l'argent. »

Un lent sourire inquiétant monta aux lèvres de Ciccio. Ses yeux ne souriaient jamais, sauf à Geoffrey. Alors, une lumière chaleureuse et rieuse les envahissait parfois.

« Tu crois ça de moi ?

– Oui. Mais c'est vrai. Tu aimerais mieux. »

Il détacha les yeux des siens et les posa sur ses mains, qui lavaient les fourchettes en tremblant légèrement. Puis il regarda de nouveau ses yeux qui l'observaient, grands ouverts, tristes, un peu accusateurs.

Son sourire impudent réapparut : « Oui, dit-il, ça va toujours mieux quand il y a de l'argent. » Il posa la main sur elle, ce qui la fit tressaillir. « Mais je t'épouse par amour, tu sais. Tu sais ce que c'est que l'amour... » L'entourant de ses bras, il baissa son visage vers elle en riant.

Elle essaya de se dégager.

« Mais tu peux avoir l'amour sans le mariage, dit-elle. Tu le sais.

– Oui, c'est vrai ! C'est vrai ! Alors, donne-moi de l'amour. J'en ai envie. »

Elle se débattit contre lui.

« Pas maintenant », dit-elle.

Elle vit s'allumer dans ses yeux une lueur obstinée, et il hocha la tête.

« Si, maintenant », insista-t-il.

Ses yeux fauves plongèrent dans ceux d'Alvina, étrangers, impérieux.

« Je ne peux pas, protesta-t-elle. Maintenant, je ne peux pas. »

Il eut un rire inquiétant mais chaleureux.

« Viens dans la grande chambre... », dit-il.

Le refus figea le visage d'Alvina.

« Maintenant, je ne peux pas. Vraiment pas », dit-elle d'un ton résolu. Il baissa les yeux pour rencontrer son regard qui se fit froid, dur et déterminé. Tous deux restèrent immobiles quelques instants. Puis une mèche folle d'Alvina attira l'attention de Ciccio, et le désir emplit son cœur, chaud et intense, oblitérant la colère que provoquait sa résistance. Il se radoucit un instant. En la voyant se raidir dans son refus, il hésita, une hostilité soudaine l'envahit et il faillit la lâcher. Puis le désir lui inonda le cœur à nouveau, son sourire montra qu'il allait passer outre, et il la souleva sans plus attendre.

« Si, dit-il. Maintenant. »

Pendant une seconde, elle se débattit frénétiquement. Mais elle se rendit compte aussitôt qu'il était beaucoup plus fort qu'elle, et elle s'immobilisa. Blanche, muette et figée par la colère, elle fut emportée dans sa chambre. Pendant tout le temps, au fond de son esprit, elle s'étonna qu'il passe outre aussi délibérément. Et sans scrupules, il arriva à ses fins, mais délibérément, pleinement, sans précipitation. Il obtint tout ce qu'il voulait progressivement, pleinement, la laissant nue, dépossédée, totalement dépossédée d'elle-même.

Quand elle put s'immobiliser, elle se détourna de lui, toujours muette. Il gisait, les bras sur elle, inerte. On entendait des bruits dans la rue, et au-dessus d'eux dans l'atelier. Mais leur silence à eux était total.

Enfin, il se souleva et la regarda.

« C'est beau, l'amour, Allaye », dit-il.

Elle gisait, muette, immobile. Il s'approcha, posa la main sur son sein et l'embrassa.

« L'amour », répéta-t-il, avec un rire catégorique.

Mais elle resta muette et immobile. Il rejeta les draps sur elle, puis descendit en sifflotant.

Elle savait qu'elle allait devoir sortir de cette transe obstinée. Aussi se blottit-elle sous les draps avec un frisson délicieux, car sa peau s'était refroidie. En fait, elle se moquait éperdument de sa propre perte. Elle se blottit délicieusement sous les draps et s'avoua qu'elle l'aimait. En vérité, elle l'aimait et riait tout bas.

Elle prenait ses aises et n'avait pas la moindre envie de se lever ni de ramasser ses effets épars. Mais elle s'y décida. Elle choisit d'autres vêtements, rajusta ses cheveux, noua son tablier et redescendit. Ciccio était introuvable : il était sorti. Un chat égaré sortit d'un trait de l'arrière-cuisine, cassant une assiette au passage. Alvina retrouva son eau refroidie. Elle en rajouta et se mit à essuyer sa vaisselle.

Ciccio ne tarda pas à revenir et s'immobilisa sur le seuil pour la regarder. Elle se tourna vers lui en riant, contre toute attente.

« Tu es content de toi ? » demanda-t-elle en riant.

– Ma foi », dit-il, évasif, hochant la tête et dissimulant une expression de triomphe. Il passa devant elle pour aller dans le salon. Les entrailles d'Alvina brûlaient d'amour pour lui : elle l'avait trouvé si beau, si insaisissable, lorsqu'elle l'avait vu sortir en silence de la pièce. Elle essuya ses assiettes, heureuse. Pourquoi ce bonheur absurde ? Et pourquoi ce refus obstiné de se laisser toucher par sa beauté insaisissable et ténébreuse ? Insaisissable, à jamais ! Voilà qui faisait presque d'elle son esclave. Elle lutta contre son désir de se jeter à ses pieds : un bonheur pareil, c'était ridicule !

Elle chantonnait en vaquant à son travail. Puis elle monta pour faire les chambres et préparer son sac. Il était déjà dix heures quand elle redescendit à la hâte. Il était assis, à attendre tranquillement, et leva les yeux vers elle.

« Il faut que je me dépêche, dit-elle. Je ne pense pas en avoir pour plus d'une heure. »

Il mit son chapeau et l'accompagna.

« Est-ce que j'informe le notaire que nous sommes fiancés ?

– Oui. Dis-lui ce que tu veux, répondit-il, indifférent.

– Parce que nous pouvons bien dire ce que nous voulons, nous ferons ce qui nous plaît. Je dirai que nous comptons nous marier cet été, quand nous nous connaîtrons mieux, et que nous partirons en Italie.

– Pourquoi raconter tout ça ?

– Parce qu'il faut absolument que j'annonce mes projets, sinon on m'obligera à faire des choses que je n'ai pas envie de faire. Pourquoi ne viendrais-tu pas chez le notaire avec moi ? C'est un vieux monsieur très gentil. S'il te voyait, il te ferait confiance. »

Mais Ciccio secoua la tête.

« Non. Je n'irai pas. Il n'a pas envie de me voir, moi.

– Bon, si tu ne veux pas... mais je me souviens de ton nom, Francesco Marasca, et je me souviens de Pescocalascio. »

Ils avançaient dans les rues de Woodhouse, presque vides le lundi matin. Ciccio écoutait sans répondre. Les gens qu'ils croisaient saluaient Alvina. Certains se hâtaient de traverser la rue pour venir lui parler et jetaient des regards curieux à Ciccio. Mais il restait à l'écart et leur tournait le dos.

« Oh oui, disait Alvina. Je suis chez des amis pendant quelques semaines, et je circule. Non, je ne sais pas quand je reviendrai. Au revoir.

– Vous avez bonne mine, Alvina, lui disait-on. Une mine superbe. Le changement vous fait du bien.

– C'est vrai, hein », répondait aimablement Alvina, ravie d'avoir bonne mine.

En quittant Ciccio à la grille devant chez le notaire, près du mur couvert de lierre, elle lui sourit des yeux et lui fit un signe de tête en lui disant : « À tout à l'heure. »

Le notaire était un petit homme tout gris, qu'Alvina connaissait depuis qu'elle était enfant, mais plus sur un plan professionnel que personnel. Elle était tout sourire en entrant dans l'étude. Il s'assit et lui jeta un regard scrutateur et professionnel avant de commencer.

« Alors, Miss Houghton, quelles nouvelles ?

– Je n'en ai pas, Mr. Beeby. C'est à vous de m'en donner.

– Ah, dit le notaire en maniant un presse-papier posé sur une pile de documents. Je crains de n'avoir rien de très agréable à vous annoncer, hélas. Rien de très désagréable non plus au demeurant. »

Il lui adressa un petit sourire avisé.

« Le testament est-il homologué ?

– Pas encore. Mais je pense que c'est l'affaire de quelques jours.

– Et avons-nous l'intégralité des créances ?

– Oui, je crois. Je crois ! » De nouveau, il posa la main sur les documents entassés sous le presse-papier et fit courir le bout de ses doigts sur leurs bords.

« Tout ça ? demanda Alvina.

– Oui », répondit-il à mi-voix. Le mot parut menaçant.

« Ça fait beaucoup ! dit Alvina.

– Il y en a un certain nombre, en effet. Je vais vous montrer un état des sommes dues. »

Il se leva et lui présenta un papier. Avec son aide, elle comprit que les créances excédaient d'environ sept cents livres la valeur estimée des biens de son père.

« Ça veut dire que nous devons sept cents livres ? demanda-t-elle.

– Ceci repose seulement sur l'estimation des biens. Naturellement, la vente pourrait rapporter beaucoup plus. Ou moins.

– C'est épouvantable, dit Alvina, qui sentit le cœur lui manquer.

– Regrettable ! Très regrettable. Quoi qu'il en soit, je ne pense pas que la vente des biens rapporte moins que la somme prévue. Je ne le pense pas.

– Mais même dans ce cas, il restera encore des dettes, dit Alvina, qui se vit avec les créanciers de son père sur le dos.

– Hélas, c'est probable, dit le notaire.

– Alors, que faire ?

– Oh... Les créanciers se contenteront d'un peu moins que leur dû, je suppose. La différence ne sera pas très importante. Je ne pense pas qu'ils se plaignent beaucoup. En fait, certains d'entre eux s'en tireront mieux qu'ils ne le craignaient. Non. À cet égard, nous n'avons pas à nous inquiéter. Ce qui, d'ailleurs, ne servirait à rien. Mais parlons de vous. Voulez-vous que j'essaie de négocier avec les créanciers afin que vous disposiez une petite somme pour pourvoir à vos besoins ? Dans l'ensemble, ce sont des gens qui vous connaissent et qui sont au courant de votre situation. Je pourrais essayer...

– Essayer quoi ? demanda Alvina.

– De négocier une sorte de compromis. Peut-être pourriez-vous conserver le bail des ateliers de Miss Pinnegar. On pourrait peut-être aussi faire quelque chose concernant le cinématographe. Qu'en pensez-vous ..? »

Immobile dans son fauteuil, Alvina regardait par la fenêtre les ramilles de lierre et les bourgeons du lilas. Elle sentait qu'elle ne pouvait pas se priver de toutes ressources, c'était impensable. Au fond d'elle-même elle avait compté avec optimisme sur quelques centaines de livres, voire un millier ou plus. Cela lui aurait permis d'être un beau parti, aux yeux de gens qui n'avaient rien. Mais à présent... ! Rien. Rien pour assurer ses arrières, hormis ses cent livres. Et quand elles seraient dépensées... !

Perplexe, elle regarda le notaire.

« Vous ne vous attendiez pas à ce que la situation soit aussi mauvaise ? demanda-t-il.

– Pas à ce point.

– Non. Enfin... cela aurait pu être pire. »

Il attendit encore. Elle le regardait toujours, l'œil vide.

« Que pensez-vous faire ? » demanda-t-il.

Pour toute réponse, elle le fixa avec de grands yeux.

« Vous préférez peut-être remettre votre décision à plus tard.

– Non, dit-elle. Non, ça ne servira à rien de remettre ma décision. »

Le notaire la regarda avec curiosité et pianota avec une légère impatience sur son bureau.

«Je ferai mon possible pour négocier au mieux de vos intérêts.

– Oh, vous savez, dit-elle, autant laisser tout partir. Je ne veux pas me cramponner. Ne vous souciez pas de moi. De toute façon, je quitte Woodhouse.

– Vous allez partir ? s'enquit le notaire en examinant ses ongles.

– Oui. Je ne veux pas rester ici.

– Ah bon. Et puis-je vous demander si vous avez des projets précis quant à l'endroit où vous voulez aller ?

– Je suis engagée comme pianiste dans une troupe de théâtre ambulante.

– Ah vraiment ? » dit le notaire en l'examinant attentivement. Elle continua à regarder par la fenêtre, l'œil vide. Il se remit à examiner ses ongles avec attention. « Et on vous propose un salaire suffisant ?

– Tout à fait, je vous remercie, dit Alvina.

– Ah bon… ! Eh bien… dans ce cas… ! » Il s'agita. « C'est que nous sommes tous voisins de longue date et liés à votre père depuis des années… Nous, c'est-à-dire les personnes intéressées et moi-même… Il nous serait désagréable de penser que vous avez été obligée de quitter Woodhouse… euh… sans le sou. Si… euh… nous pouvions parvenir à un accord, si nous pouvions passer un compromis qui vous convienne, de façon à ce que votre subsistance soit assurée dans une certaine mesure… »

Il observait Alvina de ses yeux bleus perçants. Elle posa sur lui un regard toujours dénué d'expression.

« Non, je vous remercie vivement, mais ne vous souciez pas de moi, dit-elle. Je pars.

– Avec la troupe de théâtre ?

– Oui. »

Le notaire examina ses ongles avec une attention redoublée.

« Eh bien, dit-il en tâtant du bout d'un doigt une accroche imaginaire à un ongle. Eh bien, dans ce cas… dans ce cas… Si votre décision est irrévocable. »

Il posa sur elle un regard acéré. Elle hocha lentement la tête, comme un mandarin de porcelaine.

« Dans ce cas, poursuivit-il, nous devons procéder à l'évaluation des biens et à la mise en vente.

– Oui, répondit-elle d'une petite voix.

– Il faut que vous sachiez que tout le contenu de Manchester House, à l'exception de ce qui vous appartient en propre ainsi qu'à

Miss Pinnegar, appartient aux requérants, aux créanciers de votre père, et ne doit en aucun cas être retiré de la maison.

– Bien, dit-elle.

– Il faudra donc en faire un inventaire. Si vous et Miss Pinnegar mettez soigneusement de côté ce qui vous appartient en propre... Mais je verrai Miss Pinnegar dans le courant de la journée. Pouvez-vous lui demander de passer vers sept heures ? Je crois qu'elle est libre à cette heure-là... »

Assise, Alvina tremblait.

« Je vais faire mes bagages aujourd'hui, dit-elle.

– Il va sans dire que les requérants souhaiteront certainement que vous conserviez les petits objets auxquels vous êtes attachée, poursuivit le notaire. Pour ceux qui ont une plus grande valeur, votre piano, par exemple, je suis tenu d'en faire personnellement la demande...

– Oh, je ne veux rien, dit Alvina.

– Non ? Eh bien, vous verrez. Vous restez ici quelques jours ?

– Non, répondit Alvina. Je pars aujourd'hui.

– Aujourd'hui ? Cela aussi, c'est irrévocable ?

– Oui. Je dois partir cet après-midi.

– À cause de votre contrat ? Puis-je vous demander où votre troupe doit se produire cette semaine ? Loin d'ici ?

– À Mansfield !

– Oh ! Alors au cas où j'aurais instamment besoin de vous voir, vous pourriez revenir ?

– S'il le faut, dit Alvina. Mais je ne tiens pas à revenir à Woodhouse, sauf en cas de nécessité absolue. Nous pouvons régler les affaires par écrit ?

– Oui, certainement... Certainement, pour l'essentiel ! Certainement. Et maintenant... »

Il passa à des questions de procédure, et Alvina signa des documents. Enfin, il la libéra. Elle avait passé presque une heure dans son étude.

« Eh bien, je vous souhaite le bonjour, Miss Houghton. Nous resterons en contact. Je vous souhaite de l'agrément dans votre nouvelle carrière. Vous ne quittez pas Woodhouse pour toujours.

– Au revoir ! », répondit-elle. Et elle se hâta de regagner la rue.

Malgré tous ses efforts, Alvina avait l'impression d'avoir été terrassée par le choc. Assommée.

Arrivée à la grille, elle s'arrêta un instant. De l'autre côté d'un petit vallon se dressait la colline du cimetière, où se trouvaient les tombes de ses morts : sa mère, Miss Frost, son père. Elle distingua la croix blanche indiquant la tombe de Miss Frost et la pierre grise qui marquait celle de ses parents. Ensuite, elle fit lentement demi-tour et suivit le mur de l'église jusqu'à Manchester House.

Elle se sentait humiliée et ne voulait voir personne. Ni Miss Pinnegar ni les Natcha-Kee-Tawara; surtout pas Ciccio. Elle se sentait étrangère à Woodhouse, comme si le sol s'était soulevé sous ses pieds et l'avait frappée au visage. Le fait que Manchester House et son mobilier même soient sous scellés en attendant d'être vendus pour dédommager les créanciers de son père lui donnait le sentiment que toute sa vie à Woodhouse était subitement fracassée. Penser à Manchester House lui répugnait. Ainsi que l'idée d'y passer une minute de plus.

Pourtant, elle n'avait pas non plus envie de rejoindre les Natcha-Kee-Tawara. Au-dessus d'elle, la cloche de l'église sonna onze heures. Elle devrait prendre le train de douze heures quarante pour Mansfield. Cependant, au lieu de rentrer chez elle, elle suivit une ruelle qui menait vers les champs et le ruisseau.

Combien de fois l'avait-elle empruntée! Combien de fois avait-elle vu Miss Frost revenir courageusement à grands pas après ses leçons de musique! Combien d'années avait-elle vu fleurir un certain cerisier sauvage et un certain buisson de prunellier étaler sa blancheur entre les rameaux enchevêtrés d'une haie d'aubépine! Combien de fois, combien de printemps Miss Frost n'était-elle pas revenue, une branche de cette aubépine-là à la main!

Alvina n'avait nulle envie d'aller à Mansfield cet après-midi-là. Elle avait le sentiment d'avoir subi un affront. Elle savait qu'elle allait déchoir aux yeux de Madame. Elle savait que sa position dans la troupe serait humiliante. Et ouvertement. Mais rester à Woodhouse et boire jusqu'à la lie la bienveillance calculée de ses nantis serait encore plus humiliant. De quoi la rendre folle. Elle se demandait ce qui serait le pire : le froid regard insolent, à la fois satisfait et méprisant, avec lequel Madame accueillerait la nouvelle de sa déchéance financière, ou la condescendance zélée que lui témoigneraient les notables de Woodhouse. Elle voyait déjà la lueur qui s'allumerait dans les yeux noirs de Madame, le sourire moqueur et légèrement triomphant qui retrousserait ses lèvres lorsqu'elle apprendrait la nouvelle. Elle entendait déjà le ton autoritaire que prendrait Henry Wagstaff, le président du conseil municipal, pour orchestrer la bienveillance de Woodhouse à son égard. Elle voulait partir, partir loin de tous ces gens-là, pour ne plus jamais les voir.

Ni même Ciccio. Elle avait le sentiment que lui aussi, il la bafouait. Comme tous, si subtilement que ce fût. C'était pour son héritage potentiel qu'ils montraient de la considération. Cinq cents livres, deux cents même, auraient fait toute la différence. Inutile de le nier. Même pour Ciccio, qui l'aurait respectée à vie si elle avait hérité d'une somme aussi modeste que deux cents livres. Maintenant qu'elle n'avait rien, il s'abstiendrait froidement de lui témoigner ce respect. Peut-être même se moquerait-il d'elle. Elle ne pouvait se débarrasser de ce doute.

Heureusement, elle avait sa petite somme d'argent frais. Et quelques bijoux à vendre le cas échéant. Rien d'autre. Heureusement, pour l'instant, elle était indépendante.

Quoi qu'elle décidât par ailleurs, elle devait rentrer faire ses valises. Remplir ses deux malles et les laisser là en attendant de se les faire envoyer. Car elle sentait qu'une fois partie de Woodhouse, elle n'y reviendrait jamais. Si l'Angleterre était cernée de falaises, si elle ne savait pas où aller et ne pouvait franchir leur enceinte, elle avait toujours le recours de se jeter du haut de l'une d'elles. D'ici là, elle aurait son petit moment de liberté. Elle comptait beaucoup sur son indépendance.

Alors, elle fit demi-tour vers la ville. Impossible de prendre le train de douze heures quarante, car il était déjà midi. Mais tant mieux. Elle voulait un peu de temps pour elle. Elle dirait à Ciccio de rentrer le premier. Avec lenteur, elle gravit la colline familière. Avec lenteur, mais non sans amertume. Elle avait le sentiment que sa ville natale la bafouait, et les Natcha aussi. Sous ces affronts, elle se repliait sur elle-même et souhaitait être seule.

Elle trouva Ciccio qui l'attendait au bout de la cour : on eût dit qu'il attendait de toute éternité. Il l'accueillit avec impatience.

« Tu as mis longtemps, dit-il.

– Oui.

– Il va falloir se dépêcher pour prendre le train.

– Je ne pourrai pas prendre celui-ci. Je serai obligée de rentrer plus tard. Tu as juste le temps d'avaler un morceau avant de partir. »

Ils entrèrent dans la maison et trouvèrent Mrs. Rollings très occupée à éplucher des pommes de terre. Miss Pinnegar n'était pas encore descendue.

« Mr. Marasca prend le train, dit Alvina. Il lui faudrait un peu de viande froide. Pourriez-vous lui préparer une assiette pendant que je monte ?

– Sharps et Fullbanks, l'entreprise de pompes funèbres, ont envoyé leur facture », dit Mrs. Rollings. Alvina l'ouvrit et blêmit. Les frais d'obsèques se montaient à trente livres. Alvina les avait complètement oubliés.

« Et Mr. Atterwell voudrait savoir quoi graver sur la pierre tombale de votre père. Si vous voulez bien le lui préciser.

– Très bien. »

Mrs. Rollings mit à cuire les pommes de terre pour le déjeuner de Miss Pinnegar et étala la nappe pour Ciccio. Pendant qu'il mangeait, Miss Pinnegar entra. Elle s'enquit d'Alvina et monta.

« Vous avez déjeuné ? » demanda-t-elle en voyant Alvina assise en train d'écrire une lettre.

« Je prendrai un train plus tard, répondit Alvina.

– Lui aussi ?

– Non. Il part maintenant. »

Miss Pinnegar redescendit et alla dans l'arrière-cuisine. Quand Alvina revint, elle retourna dans le salon.

« Tu donneras cette lettre à Madame, dit-elle à Ciccio. Je serai là ce soir à sept heures. J'irai directement à la salle.

– Pourquoi tu ne peux pas venir maintenant ? demanda Ciccio.

– C'est impossible. Le notaire vient de me dire que les dettes de mon père sont bien supérieures au montant de ses biens. Rien ne nous appartient, même pas la vaisselle dans laquelle tu manges. Tout est sous scellés et doit être vendu pour rembourser les créditeurs. Si bien que je dois rassembler mes vêtements et mes chaussures, sinon, ils seront vendus avec le reste. Avant que j'oublie, Miss Pinnegar, Mr. Beeby vous attend ce soir à sept heures.

– Par exemple ! haleta Miss Pinnegar. Par exemple ! La maison, les meubles et le reste, tout doit être vendu ? Alors, nous sommes à la rue ? Je n'arrive pas à le croire.

– C'est ce que m'a dit le notaire.

– Mais c'est épouvantable ! s'écria Miss Pinnegar, s'effondrant sur une chaise, inerte.

– Je n'en attendais pas moins, dit Alvina. Je mets mes affaires dans mes deux malles et je demanderai à Mrs. Slaney de me les garder. Et j'ai mon sac de voyage.

– Par exemple ! haleta Miss Pinnegar. Je n'arrive pas à le croire ! Et quand devons-nous avoir libéré les lieux ?

– Oh, je ne pense pas qu'il y ait urgence. On va faire un inventaire de tous les objets, et nous pourrons rester ici jusqu'à ce que tout soit prêt pour la vente.

– Ça va prendre combien de temps ?

– Je ne sais pas. Une semaine ou deux.

– Et le cinématographe doit être vendu aussi ?

– Oui, tout doit être vendu ! Le piano… même le portrait de maman…

– Je n'arrive pas à le croire, répéta Miss Pinnegar. Je n'y arrive pas. Ça n'est pas possible qu'il ait laissé derrière lui une situation aussi catastrophique ! »

« Ciccio, dit Alvina. Il faut vraiment que tu partes si tu veux prendre le train. Tu donneras la lettre à Madame, tu veux bien ? Je serais très ennuyée que tu rates ton train. Je sais qu'elle ne peut déjà pas me voir à cause de tous les tracas dont je suis la cause. »

Ciccio se leva lentement, s'essuyant la bouche.

« Tu seras là à sept heures ? demanda-t-il.

– Oui, au théâtre », répondit-elle.

Alors il partit, sans plus de cérémonie.

Mrs. Rollings entra dans la pièce.

« Vous avez entendu ? demanda Miss Pinnegar sur un ton dramatique.

– Oui, plus ou moins, dit Mrs. Rollings.

– Vendu ! Tout doit être vendu. Jusqu'aux dernières babioles. Jamais je n'aurais cru vivre assez longtemps pour voir ça, déclara Miss Pinnegar.

– Oh, vous auriez pu vous en douter, répondit Mrs. Rollings. Mais vous, Miss Pinnegar, vous n'avez rien à craindre. Vous avez mis votre argent de côté.

– Oui. Le peu que j'ai épargné est en sécurité. Mais ça ne me suffira pas pour vivre. Je ne pourrai pas subvenir à mes besoins, même s'il ne me reste que dix ans à vivre. Si je ne dépense qu'une livre par semaine, il faut compter cinquante-deux livres par an. En dix ans, ça fait cinq cent vingt. On peut difficilement vivre à moins.

Et je n'ai même pas la moitié de la somme. Je n'ai jamais eu qu'un salaire, vous savez. Miss Frost gagnait bien plus que moi. Et même elle, elle n'a guère laissé plus de cinquante livres. Où prendrai-je l'argent ?

– Mais si vous avez de quoi ouvrir une petite boutique…, dit Alvina.

– Oui, j'y serai bien obligée. Et vous, qu'allez-vous devenir ?

– Oh, ne vous faites pas de souci pour moi, répondit Alvina.

– C'est bien beau, de dire "ne vous faites pas de souci". Mais quand vous arriverez à mon âge, vous aurez bien à vous en faire, du souci, et même beaucoup, si vous ne voulez pas vous trouver dans une situation regrettable. Il faudra bien que vous vous fassiez du souci avant d'en avoir fini.

– À chaque jour suffit sa peine, dit Alvina.

– Oui, eh bien, c'est une peine qui va nous faire beaucoup d'usage, à ce qu'il me semble. »

Miss Pinnegar était vraiment furieuse. Alvina trouva sa réaction bizarre. Les trois femmes s'assirent à table devant un déjeuner sans joie de pommes de terre chaudes avec de la viande froide et un dessert réchauffé.

« On a beau faire, déclara Miss Pinnegar, on a beau faire et se démener dans cette vie, on finit anéanti au bout du compte. C'est toujours comme ça.

– Peu importe, si c'est seulement à la fin, répondit Alvina. Peu importe, si on a fait sa vie.

– On n'a pas fini de faire sa vie tant qu'on n'est pas mort, dit Miss Pinnegar. Et quand on a travaillé et pris de la peine, on a le droit de profiter des fruits de son labeur.

– Peu importe, répondit Alvina, laconique, pourvu qu'on ait eu plaisir à travailler et à se démener. »

Mais Miss Pinnegar était trop en colère pour être d'humeur à philosopher. Alvina savait qu'en l'occurrence, la colère ou les sentiments n'étaient pas de mise. Malgré tout, elle avait aussi l'impression d'être anéantie. Et elle enviait presque à la pauvre Miss Pinnegar ses espoirs de travailler au jour le jour dans une petite boutique de mercerie à Tamworth. Son propre problème paraissait infiniment plus menaçant. « Réponds ou meurs », disait le sphinx. Miss Pinnegar pouvait répondre à son destin selon sa question. Si elle disait « Mercerie », le sphinx accepterait une réponse aussi fidèle à la nature de son interlocutrice, et il serait satisfait. Mais à chacun son destin propre et son propre sphinx. Celui d'Alvina était un vieux sphinx de pure race, une créature très sage aux dents longues et tranchantes, qui n'acceptait aucune réponse bâtarde. Alvina, la dernière de la lignée fantasque mais pure des Houghton, voyait son destin comme une énigme terriblement sibylline.

Elle n'avait d'autre choix que de ne pas la résoudre et de poursuivre son chemin vagabond. À la question du destin, elle donnerait la réponse qui lui passerait par la tête. Inutile de lutter avec lui. Il fallait espérer un coup de chance ou assumer les conséquences.

« Miss Pinnegar, s'enquit Alvina, avons-nous de l'argent disponible ?

– Il y a environ vingt livres à la banque. C'est consigné dans mes registres, dit Miss Pinnegar.

– Nous ne pouvons pas prendre cette somme, alors ?

– Tout est inscrit, jusqu'au dernier penny. »

Alvina réfléchit à nouveau.

« Attendons-nous d'autres factures ? Je veux dire, des factures pour moi ? Est-ce que j'ai des dettes ?

– Je ne crois pas.

– Je vais garder l'argent de l'assurance, de toute façon. Ils pourront dire ce qu'ils voudront. Je l'ai, je le garde.

– Ma foi, dit Miss Pinnegar, cela ne me regarde pas. Mais il faut payer Sharps et Fullbanks.

– Je vais le faire. Dites à Atterwell ce qu'il faut inscrire sur la stèle de papa. Ça va coûter combien ?

– Cinq shillings la lettre, vous vous souvenez.

– Alors, nous mettrons juste le nom et la date. Ça va faire combien ? James Houghton. Né le 17 janvier…

– Il faudra mettre "Ainsi que", dit Miss Pinnegar.

– Ainsi que…, répéta Alvina. Un, deux, trois, quatre, cinq, six, sept, huit. Huit lettres. Quarante shillings. Ça paraît beaucoup pour "Ainsi que"…

– Mais c'est impossible de ne pas le mettre. Vous ne pouvez pas économiser là-dessus.

– Ça me fait mal au cœur », dit Alvina.

CHAPITRE XI

Fiançailles honorables

Après avoir rejoint les Natcha-Kee-Tawara, Alvina se montra pendant des jours préoccupée, assez distante et très silencieuse, consciente de ce que sa position de dépendance avait d'humiliant. Les membres de la troupe ne lui prêtaient pas grande attention. Ils poursuivaient leur chemin de façon un peu décousue. Il n'y eut pas d'autre moment de cordialité et de joie de vivre. Madame était assez irritable, très exigeante, voire vindicative. Ciccio et Geoffrey faisaient bande à part.

Au cours de la deuxième semaine, Madame découvrit qu'un homme était venu se renseigner subrepticement sur eux auprès de leur logeuse et de sa grosse fille. Ce devait être un détective, un détective de bas étage. Madame attendit. Puis elle envoya Max à Mansfield, sous prétexte d'y faire une course. Oui, deux hommes, d'affreux macaques, s'y étaient également rendus pour s'enquérir en détail de la conduite des Natcha-Kee-Tawara : de leurs faits et gestes, leur répartition dans les chambres, la façon dont Madame traitait les jeunes gens et l'attitude de ceux-ci envers Alvina.

Madame attendit encore. Puis, quand la troupe déménagea à Doncaster, les deux mêmes vilains singes se mirent à rôder dans la rue et à presser de questions ceux qui habitaient le garni. Tous les Natcha les virent. Et Madame tira habilement les vers du nez à la respectable et vertueuse logeuse pour savoir quelles questions ils lui avaient posées. Ils s'étaient encore enquis des chambres qu'ils occupaient respectivement, avaient demandé si elle avait entendu des bruits la nuit, si elle avait remarqué quoi que ce soit dans les chambres, dans les lits.

Sans l'ombre d'un doute, on soupçonnait les Natcha. On les suivait, on les surveillait. Pourquoi ? Madame lança une hypothèse :

« Ils veulent pouvoir dire que nous sommes des étrangers sans moralité.

– Mais en quoi notre moralité les regarde-t-elle ? demanda Max, furieux.

– En rien. *But the English ! They are so pure !*[1]

– Vous savez, dit Louis, quelqu'un a dû les mettre sur cette piste...

– Peut-être est-ce à propos d'Allaye », dit Madame.

Alvina blêmit.

« Pardi ! s'écria Geoffrey. La traite des blanches. C'est Mr. May qui en a parlé. »

Madame hocha lentement la tête.

« Mr. May ! Mr. May ! s'écria-t-elle. C'est lui. Il en connaît un rayon sur la moralité... et l'immoralité. Oui, bien sûr. Mais oui, mais oui ! Il nous soupçonne d'immoralité, mes *braves.*

– Mais il n'y a que moi ici qui puisse être soupçonnée, s'écria Alvina, toute pâle.

– Vous ! Vous ! Eh bien voilà le fin mot ! » dit Madame avec un sourire malicieux, un peu moqueur.

« Que faire ? demanda Max, dont les pommettes avaient pâli.

– Les canailles ! Les canailles ! murmurait Louis avec son accent prononcé.

– Attendez, dit Madame. Attendez. Ils ne nous feront rien. Vous n'êtes que de sales étrangers, mes *braves.* Au pire, ils nous demanderont seulement de quitter leur pays si pur.

– Nous n'avons aucun contact avec eux ! s'écria Max.

– Les canailles ! marmonna Louis.

– Peu importe, *mon cher.* Tu es au pays de la pureté. Attendons.

– Si vous pensez que c'est de ma faute, dit Alvina, je peux m'en aller.

– Oh, ma petite fille, vous n'êtes qu'un prétexte, lui dit Madame

1. « Mais les Anglais sont si purs ! »

avec un sourire indulgent. Attendons, nous verrons bien ce qui arrivera.»

Elle prenait la chose en souriant. Mais elle avait les joues pâles comme du papier mâché et les yeux noirs comme de l'encre, tant elle était en colère.

«Nous verrons bien ce qui arrivera! psalmodia-t-elle ironiquement. Nous verrons bien ce qui arrivera! Si nous devons quitter ce cher pays, alors *adieu!*» Et elle s'inclina gravement devant une Angleterre imaginaire.

«C'est ma faute. Je devrais partir, je le sens bien!» s'écria Alvina, bouleversée par la pâleur et la colère de Madame ainsi que par les mines sombres des hommes. Jamais le front de Ciccio ne s'était rembruni de si menaçante façon. Et Alvina se sentait responsable de tout cela. Jamais elle n'avait éprouvé une impression aussi affreuse : on eût dit qu'une chose répugnante s'approchait lentement d'elle par derrière. Chacune des minutes de ces semaines lui fut un supplice : elle croyait sentir ces macaques, les deux minables détectives, rôder et se glisser derrière eux pour essayer de trouver une preuve flagrante de leur immoralité. En attendant la vengeance imprévisible des autorités! Mystères répugnants et pouvoirs absolus des autorités policières! Elle sentait un grand pouvoir malveillant resserrer son emprise sur eux et les observer, les jauger, attendant de frapper le coup décisif; ils n'étaient même pas accusés, mais le fait d'être surveillés et pris au piège leur donnait un sentiment d'impuissance totale; les Natcha-Kee-Tawara, et elle aussi, étaient sûrement des monstres de vice pour avoir provoqué ces soupçons, alors qu'ils n'avaient rien fait ni les uns ni les autres : bref, cette épreuve les meurtrissait atrocement. La vue d'un policier mettait le cœur d'Alvina au supplice et faisait naître la panique chez elle. Or elle savait que légalement parlant, elle n'avait rien à craindre. Mais chaque coup frappé à la porte était abominable.

Elle n'y comprenait absolument rien. Pourtant, il fallait se rendre à l'évidence : ils étaient surveillés et suivis. C'était indéniable. La seule explication plausible, c'était que quelqu'un à Woodhouse avait secrètement accusé la troupe de se livrer à la traite des blanches. Mr. May avait dû faire le tour des magnats bienveillants de la ville, invoquant son inquiétude pour la vertu d'Alvina, et s'était insinué dans leurs bonnes grâces par ce biais. Elle en fut bientôt convaincue : c'était le souci de sa vertu qui avait déclenché toute cette histoire ; et l'instigateur premier était Mr. May, qui était allé trouver un quelconque magistrat ou conseiller général.

Madame ne prenait pas cette hypothèse très au sérieux. Elle pensait qu'il s'agissait d'un acte de malveillance personnelle contre les Tawara, due à quelque membre de la profession qui ne l'aimait pas, elle.

Quoi qu'il en fût, ils vécurent quelques semaines dans l'ombre de ce doigt répugnant qui les suivait pour les marquer et leur infliger la souillure délétère de l'infamie. Les hommes étaient taciturnes et le plus souvent grognons. Ils faisaient bloc et semblaient solidement soudés dans leur silence et leur tension. Ils restaient entre eux, Alvina était sur sa réserve et Madame aussi. Et chacun continua à vaquer à ses affaires.

Lentement, le nuage se dissipa. Il ne creva jamais. Alvina eut le sentiment que la fureur silencieuse et l'obstination farouche des Tawara l'avaient empêché de percer. S'ils avaient faibli, s'ils avaient donné prise, ils auraient tous été perdus. Mais la rage, noire et indomptable, avait trempé leurs cœurs. Le nuage finit par se dissiper et passer. Il disparut comme il était venu.

Le début de l'été approchait. Alvina ne se sentait plus chez elle avec les Natcha. Tant que les ennuis menaçaient, ils l'avaient ignorée. Les hommes lui parlaient à peine. Pas plus qu'à Madame, d'ailleurs. Ils se barricadaient de toutes leurs forces, repliés sur eux-mêmes.

Alvina se sentait quant à elle tout à fait exclue, oubliée. Lorsque la menace des détectives commença à s'éloigner et que les hommes retrouvèrent leur gaieté, ils s'attendaient à ce qu'elle plaisante avec eux et se comporte avec familiarité. Elle répondit mécaniquement, mais le cœur n'y était pas.

Madame s'était montrée assez généreuse avec elle. Elle l'avait laissée payer sa chambre et ses voyages, mais elle l'accueillait à la table commune. Partout, elle s'occupait des courses pour les repas et faisait la cuisine. Alvina était nourrie avec les autres et ne payait pas sa nourriture.

Elle attendait cependant que Madame lui propose un petit salaire, ou au moins que la troupe paie son entretien. Mais Madame n'en fit rien. Alvina en conclut qu'on n'avait pas très envie de la voir rester. Elle veilla donc à ne pas trop dépenser et attendit que d'autres perspectives se présentent.

Elle prit l'habitude de se rendre chaque matin à la bibliothèque publique de la ville où elle se trouvait, afin de regarder les petites annonces pour sages-femmes, gouvernantes pour jeunes enfants, pianistes, compagnes de voyage, et même femmes de chambre. Pendant plusieurs semaines, elle eut beau écrire des lettres, elle ne trouva rien.

Un matin où elle allait à la bibliothèque, alors qu'ils étaient à Lancaster, Ciccio, qui avait recommencé à lui tourner autour, l'accompagna. Mais elle lui avait fermé son cœur.

« Pourquoi vas-tu à la bibliothèque ? lui demanda-t-il.

– Pour regarder les journaux et les magazines.

– Ha-a ! Pour trouver du travail, hein ? »

Sa perspicacité la laissa un instant pantoise.

« Si j'en trouvais un, je le prendrais, dit-elle.

– *Hé*, je le sais », répondit-il.

Or ce matin-là, elle avisa sur le panneau d'affichage de la bibliothèque une annonce du conseil municipal proposant un emploi pour une sage-femme expérimentée. Les candidatures devaient être adressées au conseil de santé. Alvina nota les indications sous l'œil de Ciccio.

« C'est quoi, une sage-femme ? demanda-t-il.

– Une *accoucheuse* ! L'infirmière qui est là lors de la naissance d'un bébé.

– Tu sais faire ça ? dit-il, incrédule, un peu railleur.

– J'ai appris. »

Il n'ajouta rien, mais marcha à côté d'elle pendant le trajet de retour. Comme ils approchaient du garni, il demanda :

« Tu ne veux plus rester avec nous ?

– Je ne peux pas. »

Il fit un petit geste moqueur.

« "Je ne peux pas", répéta-t-il. Pourquoi dis-tu toujours que tu ne peux pas ?

– Parce que c'est vrai.

– Pfff ! » siffla-t-il, méprisant.

Mais elle rentra et gagna sa chambre. Heureusement, en partant de Manchester House, elle avait emporté son diplôme d'infirmière et les recommandations des médecins. Elle écrivit sa lettre de candidature, prit le tram pour la mairie et déposa l'enveloppe dans la boîte. Puis elle télégraphia à son médecin de Woodhouse pour lui demander une lettre de référence. Après quoi, elle se rendit à la bibliothèque, où elle emprunta un livre sur son sujet. Si elle était convoquée, elle devrait passer devant le conseil médical le lundi. Elle avait une semaine. Elle lut et réfléchit de son mieux, se remémorant son expérience et ses connaissances acquises.

Devrait-elle se présenter en uniforme devant le conseil ? Ses robes d'infirmière étaient dans la malle qu'elle avait laissée chez Mrs. Slaney, à Woodhouse. On était maintenant en mai. Toutes les affaires de Woodhouse étaient réglées. Manchester House et son mobilier avaient été vendus à des marchands de chaussures ; du moins, c'étaient eux les propriétaires de la maison. Ils l'avaient achetée quatre mille livres, une somme supérieure à l'estimation du notaire. En revanche, le cinéma s'était vendu trois fois rien. Au bout du compte, il restait à Alvina une somme de trente-trois livres, que les créanciers avaient arrondie à cinquante. Elle insista pour que Miss Pinnegar en accepte la moitié. Et le chapitre fut clos. Miss Pinnegar se trouvait déjà à Tamworth, où sa petite boutique devait ouvrir la semaine suivante. Elle était très contente et tout excitée à cette perspective, et avait écrit à Alvina.

Il arrive que le destin agisse vite et bien. Le jeudi, Alvina reçut une lettre l'informant qu'elle était convoquée devant le conseil médical le lundi suivant. Pourtant, elle ne put se résoudre à en parler à Madame avant le samedi soir. Alors qu'ils étaient tous assis à table pour dîner, elle annonça :

« Madame, j'ai posé ma candidature à un poste de sage-femme auprès du conseil municipal de Lancaster. »

Madame haussa les sourcils. Ciccio n'avait rien dit.

« Vraiment ! Vous ne m'en aviez pas parlé.

– J'ai pensé que c'était inutile si cela ne donnait rien. Je suis convoquée lundi devant le conseil, qui décidera ensuite.

– Vraiment ? C'est comme ça que ça se passe ? Lundi ? Et si vous obtenez ce travail, vous resterez ici ? Oui ?

– Oui, naturellement.

– Naturellement ! Naturellement ! Oui ! Hum ! Et sinon ? »

Les deux femmes se regardèrent.

« Comment ? dit Alvina.

– Si vous ne l'obtenez pas... ! Vous n'êtes pas sûre de l'avoir ?

– Non, pas sûre du tout.

– Eh bien... ! Alors ! Si vous ne l'obtenez pas...

– Que ferai-je, c'est ça ?

– Oui. Que ferez-vous ?

– Je ne sais pas.

– Comment ça, vous ne savez pas ! Vous reviendrez avec nous, alors ?

– Si vous voulez…

– Si je veux ? Si *je* veux ? Voyons, ce n'est pas de moi qu'il s'agit, mais de vous. Que voulez-vous faire, vous ?

– J'ai l'impression que vous n'avez pas vraiment envie que je sois là, dit Alvina.

– *Why ? Why do you feel ? Who makes you ?*[1] Qui d'entre nous vous fait dire ça ? Parlez.

– Personne en particulier. Mais c'est mon impression.

– Ah, alors ! Si personne ne vous donne cette impression, mais que vous l'avez, c'est qu'elle vient de vous, non ? Hein ? Je me trompe ?

– Peut-être, admit Alvina.

– Ahhh, dans ce cas. Aha ! » Madame lui donnait donc son congé. « Mais si vous voulez revenir, si vous en avez envie, alors… (Madame haussa les épaules)… vous reviendrez, j'imagine.

– Merci », dit Alvina.

Les jeunes gens assistaient à la scène, apparemment indifférents. Ciccio se détourna avec un léger sourire borné.

Le lendemain matin, Madame rendit à Alvina tout ses objets de valeur, rangés dans le petit coffre qu'elle appelait sa banque.

« Voici votre argent – ça… ça… et ça… le compte y est. Je vous en prie, recomptez ! » Alvina compta les billets et les garda serrés dans sa main. « Et voilà vos bagues, votre chaîne et votre médaillon… Vous voyez, tout y est ! Mais pas la broche. Où est-elle ? La voilà ! Je vous la rends, *hein* ?

– Je vous l'ai donnée », répliqua Alvina, vexée. Elle plongea son regard dans les yeux noirs de Madame, qui les baissa.

« Oui, vous me l'avez donnée. Seulement, je me suis dit que comme vous n'avez pas beaucoup d'argent, vous aimeriez peut-être la reprendre…

– Je vous remercie, mais non. » Et Alvina partit, laissant Madame avec la broche rouge dans sa main potelée.

1. « Pourquoi ? Pourquoi sentez-vous cela ? Qui vous le fait sentir ? »

« Dieu merci, je lui ai fait cadeau d'un objet de valeur », pensa Alvina en rentrant dans sa chambre, tremblante.

Elle avait préparé son sac. Il lui fallait trouver une nouvelle chambre. Elle fit ses adieux aux Natcha-Kee-Tawara. Malgré son air froid et distant, elle leur adressa un léger sourire en leur disant au revoir.

« Et peut-être viendrez-vous à Wigan demain après-midi, ou demain soir, non ? dit Madame.

– Merci », répondit Alvina.

Elle partit et se trouva un petit hôtel où elle prit une chambre pour la nuit, expliquant la raison de sa visite à Lancaster. Son cœur durci brûlait. Une profonde colère, muette, brûlante et universelle, s'était emparée d'elle, ainsi qu'une totale indifférence envers l'humanité.

En conséquence, le lendemain, tout alla comme sur des roulettes. Elle avait décidé qu'au premier signe d'indifférence du conseil médical, elle s'en irait, prendrait son sac et partirait pour Windermere[1]. Jamais elle n'avait visité la région des lacs. Or Windermere n'était pas très loin. Elle ne supporterait plus un seul mot insolent de la part de quiconque. Elle irait droit à Windermere, pour voir le grand lac. Pourquoi ne pas suivre ses envies ? Elle serait très bien toute seule au milieu des lacs. Et libre. Absolument libre. Elle se voyait avec plaisir quitter la mairie, récupérer son sac en hâte, destination la gare et la liberté. N'avait-elle pas encore environ cent livres ? Pourquoi s'inquiéter un seul instant ? Être seule au monde et libre, tout à fait libre avec ses cent livres… Cette perspective lui souriait franchement.

Par conséquent, tout se passa au mieux à la mairie. Le conseil médical se montra charmant avec elle, charmant. Il n'y eut aucune hésitation. D'emblée, elle fut engagée. On lui donna une chambre agréable à l'hôpital, sur un jardin ; la surveillante l'accueillit avec gentillesse, et les médecins avec grande courtoisie.

Quand pourrait-elle prendre ses fonctions ? Quand avait-on besoin d'elle ? Mais sitôt qu'elle serait libre. Elle pourrait commencer dès le lendemain… mais elle n'avait pas d'uniforme. Qu'à cela ne tienne, la surveillante lui prêterait uniforme et tabliers en attendant l'arrivée de sa malle.

Et voilà… L'après-midi même, elle était installée en uniforme d'infirmière dans sa jolie petite chambre donnant sur le jardin. Tout

1. Station touristique de la région des lacs, au nord-ouest de l'Angleterre.

fut aussi soudain qu'un coup de baguette magique. Elle avait télégraphié à Madame, ainsi qu'à Woodhouse, pour qu'on lui envoie sa malle. Elle n'était plus la même.

Est-il besoin de dire qu'elle était ravie ? Est-il besoin de dire que le lendemain matin, après avoir pris un bain, mis des vêtements propres et revêtu la robe blanche, le tablier et le bonnet blancs, elle avait l'impression d'être quelqu'un d'autre. Elle se sentait si propre et si reconnaissante ! Elle avait l'impression que cette propreté, cette blancheur étaient comme une caresse sur sa peau, elle se sentait lumineuse. C'était si différent de son séjour avec les Natcha !

Dans le jardin, les boules de neige blanches et rose oscillaient doucement contre leur feuillage vert ; il y avait de l'aubépine rose, de l'aubépine rouge simple et, sous le vert tendre des feuilles, les iris dressaient leurs têtes violettes et laiteuses. Un jeune jardinier était au travail, et un convalescent faisait quelques pas alanguis.

Alvina, qui avait encore dix minutes devant elle, s'assit pour écrire un mot à Ciccio : «Je suis heureuse d'avoir obtenu ce poste d'infirmière ici. Tout le monde est très gentil et je me sens déjà chez moi. Je suis très bien ici. Je n'oublierai pas le temps passé avec les Natcha-Kee-Tawara, ni avec toi, qui m'as été si étranger. Au revoir. A.H.»

Elle écrivit l'adresse et posta la lettre. À n'en pas douter, Madame trouverait bien le moyen de la lire. Mais tant pis.

Alvina se mit à ses nouvelles tâches. Bien entendu, il y avait beaucoup à faire, car elle devait travailler à la fois à l'hôpital et en ville. En ville surtout, d'ailleurs. Et on l'appelait à n'importe quelle heure. Si bien que c'était un travail fatiguant qui ne lui laissait pas de temps libre, sauf de petits moments ici et là.

Elle n'avait aucun lien sérieux avec quiconque, car elle était trop occupée. La surveillante, les autres infirmières, les médecins et les malades étaient des relations de travail et elle les considérait comme tels. Elle ignorait largement les hommes et se sentait beaucoup plus en confiance avec la surveillante dans la chambre de laquelle elle allait souvent prendre une tasse de thé et bavarder familièrement pendant les après-midi calmes et ensoleillés où le travail ne pressait pas. Elle prenait ses moments de repos quand elle pouvait, car elle ne savait jamais si elle n'allait pas être appelée par l'un ou l'autre des médecins de la ville.

Ainsi, elle apprit le crochet avec la surveillante. Jamais elle ne s'était adonnée à ce genre d'occupation. Mais maintenant, avec sa pelote de coton et son crochet, elle s'exerçait allègrement tout en bavardant. Elle était en bonne santé et engraissait à nouveau. Avec les Natcha-Kee-Tawara, elle avait bien prospéré, retrouvé sa force et sa bonne mine. Mais assurément, la vie d'infirmière, si rude qu'elle fût, lui convenait mieux. Elle devint une belle femme reposante, plaisantant avec ses collègues, heureuse en compagnie de son amie la surveillante, une personne sage et bien élevée qui n'était jamais trop familière.

Le médecin à qui Alvina avait le plus souvent affaire était un certain docteur Mitchell, un Écossais dont la clientèle se composait en majeure partie de pauvres gens. C'était un homme énergique, la cinquantaine passée, grand et robuste, bien découplé, mais avec des mains et des pieds d'une taille peu ordinaire. Il avait le visage rouge, les yeux bleus, les dents saines, et ne portait pas de barbe. Sa façon de parler et de rire était plutôt pompeuse. Alvina, qui tenait ses informations des autres infirmières, savait qu'il était arrivé là jeune et pauvre, avait commencé à travailler chez le docteur Robertson, un compatriote, dont il nettoyait le matériel, et qu'il avait peu à peu gravi les échelons. Devenu médecin, il avait une clientèle indépendante. Maintenant, il était assez riche et toujours célibataire. Mais les infirmières ne jetaient guère leur dévolu sur lui, le trouvant plutôt pédant et autoritaire.

Chez les pauvres, il se montrait tout à fait tyrannique.

« Qu'est-ce que c'est que cette cochonnerie ? » demandait-il rondement lorsqu'il apercevait une bouteille de potion calmante sur la table de nuit d'une pauvresse. Prenez-moi ça et jetez-le dans l'évier, et la prochaine fois que vous voudrez un sirop pour la toux, mettez donc un peu de cirage dans de l'eau chaude. L'effet sera le même. »

Si vous imaginez la lenteur pompeuse et l'emphase avec lesquelles l'homme au visage rouge et à la carrure solide prononçait ces mots, vous comprendrez pourquoi les pauvres avaient autant d'estime pour lui.

Il avait un œil d'aigle. Partout où il allait, on entendait une bousculade dès que retentissait son pas dans l'escalier ; il savait alors qu'on cachait quelque chose. Il reniflait l'air, promenait autour de lui un regard perçant et, pendant sa visite, il avisait une tasse bleue qu'on avait poussée derrière le miroir. Il regardait dedans et reniflait.

« De la bière brune ! » s'exclamait-il d'un ton inquisiteur et indigné. Celui-là même, sans doute, que prendrait Dieu le Père en trouvant un trognon de pomme jeté parmi les orties du paradis : « De la bière brune ! Vous avez bu de la bière brune ? » disait-il en regardant la mère exsangue gisant dans le lit.

« On m'en a donné une goutte, docteur, tellement que je me sentais faible. »

Le médecin sortait de la pièce à grandes enjambées, la tasse à la main. La malade le regardait, l'œil hagard. Les femmes venues l'aider levaient les mains en l'air et échangeaient des regards. Allait-il continuer comme ça ?... Un fracas soudain : le médecin avait jeté la tasse bleue en bas. Il revenait, le pas solennel.

« Là, disait-il. Et le prochain qui vous donne de la bière ira rejoindre cette tasse.

– Oh, docteur, mais ça requinque ! gémissait la malade. Ça peut pas me faire de mal.

– Du mal ! Du mal ! Avec un foie comme le vôtre ! Du mal ! Vous vous y connaissez mieux que moi ? Qu'est-ce que je suis venu faire ici ? M'entendre dire ce qui vous fait du mal et ce qui ne vous en fait pas ? Vous n'avez pas besoin de médecin, on dirait, puisque vous savez tout... »

– Mais non, docteur, croyez pas ça. Seulement quand on a l'impression qu'on va passer à travers le matelas et qu'on sait plus quoi faire de sa peau...

– Alors prenez un peu de bouillon de bœuf ou du riz au lait. Prenez de la nourriture, mais pas cette *saloperie* ! Vous m'entendez ? » disait-il en s'avançant au pas de charge vers les femmes qui auraient souhaité rentrer dans le mur. « Il ne faut pas qu'elle boive une goutte d'alcool, et que je ne vous y reprenne pas.

–Y paraît qu'y a même pas quat' degrés d'alcool dans la bière brune, rétorquait une audacieuse.

– Quat' degrés, quat' degrés, répétait sèchement le docteur en l'imitant. Mais qu'est-ce qu'une ignorante comme vous en sait, du degré d'alcool de la bière ? »

La femme marmonnait quelques mots à voix basse.

« Comment ? Parlez plus fort. J'aimerais bien entendre ce que vous dites, vous là. Je suis sûr que ce serait une grande perte pour moi sinon... »

Mais la femme, vexée se précipitait hors de la pièce pour éclater en sanglots sur le palier. Après quoi, le docteur Mitchell se radoucissait et disait à la patiente ce qu'elle devait faire en concluant :

« À manger ! Voilà ce qu'il vous faut. À manger. Et ne venez pas me dire que vous ne pouvez rien avaler. Gavez-vous si ça ne veut pas descendre tout seul...

– Oh, docteur...

– Je ne veux pas entendre de "Oh, docteur". Faites ce que je vous dis. C'est votre travail. »

Là-dessus, il sortait et on ne tardait pas à entendre le bruit de moteur de sa voiture qui s'éloignait.

Alvina finit par s'habituer à ces scènes. Elle se demandait pourquoi les gens les toléraient. Mais elle ne tarda pas à s'apercevoir qu'ils en redemandaient, surtout les femmes.

« Oh, mademoiselle, restez jusqu'à ce que le docteur Mitchell soit passé. J'ai tellement peur de lui, des fois qu'il me crie dessus.

– Mais pourquoi est-ce que tout le monde le supporte ? demandait innocemment Alvina.

– C'est qu'il a tellement bon cœur, mademoiselle, il vous comprend. »

Et c'était partout le même refrain : « Oh, il a bon cœur, vous savez. Il est brutal, mais il a bon cœur. J'aime bien mieux ça que ces gens mielleux qui font des manières. Avec le docteur Mitchell, on peut dire ce qu'on voudra, mais on sait où on est. »

Aux yeux d'Alvina, toutefois, cette façon tyrannique et fanfaronne d'avoir du cœur, devant laquelle les femmes filaient docilement comme des poules, n'avait rien de particulièrement plaisant.

Les hommes n'aimaient pas le docteur Mitchell, et s'ingéniaient à éviter d'avoir affaire à lui. Mais il faisait partie des médecins de service pour ceux des ouvriers qui cotisaient, aussi étaient-ils bien obligés de le subir. La première chose qu'il disait à un ouvrier malade ou blessé était invariablement :

« Et ne touchez pas à la bière.

– Ah, bien sûr.

– Ne touchez pas à la bière, ou je ne remets plus les pieds dans cette maison.

– Eh, z'êtes déjà assez rouge comme ça, criez pas.

– Si j'ai le visage rouge, c'est parce que je sors par tous les temps pour me rendre au chevet d'ignorants tels que vous. Moi je ne touche pas à l'alcool, sous quelque forme que ce soit.

– Mais moi non plus. Je bois une petite goutte de bière, si c'est ça que vous appeler "toucher à l'alcool". Et je m'en porte pas plus mal, voyez.

– Vous avez entendu ce que je viens de dire ?

– Je suis pas sourd.

– Alors si vous continuez avec la bière, vous n'aurez qu'à vous soigner tout seul. Ne comptez pas sur moi. Vous savez que je tiens parole, Mrs. Larrick… » Ces derniers mots s'adressaient à la femme

« Oh, je sais bien, docteur. Et c'est vrai, ce que vous dites. C'est pas faute d'essayer de l'empêcher, nuit et jour…

– Ah, s'il ne veut pas entendre raison, il faudra qu'il en subisse les conséquences. Ce n'est pas moi qui vais lui courir après s'il me désobéit. »

Là-dessus, le docteur sortait, raide comme la justice, et la femme commençait à se lamenter.

Cependant les femmes avaient des griefs contre le docteur Mitchell. Si Alvina entrait un jour de pluie dans une maison où l'on venait de faire le ménage, elle était sûre d'entendre la femme ronchonner.

« Ah mon Dieu, entrez donc, mademoiselle ! Quelle journée ! Le docteur n'est pas encore passé. Et je suis sûre que maintenant que j'ai bien nettoyé, il va venir tout salir avec ses grands pieds. Une paire de panards comme les siens, y en a pas deux à Lancaster. Mon mari dit que c'est lui qu'est champion pour l'Angleterre. Et il vous cochonne tout parce qu'il prend jamais le temps de s'essuyer sur le paillasson, il fonce dans votre escalier tout propre…

– Et pourquoi ne lui dites-vous pas de s'essuyer les pieds ? demandait Alvina.

– Oh là là ! J'oserais jamais faire une chose pareille. Ce serait ma fête avant que j'aie seulement ouvert la bouche. C'est pas un monsieur à qui on peut parler, oh que non ! Il se prend pas pour rien. Si on lève le nez, on est bon ! »

Cela faisait rire Alvina. Elle savait qu'ils aimaient tous bien se faire rudoyer, et de plus par quelqu'un qui avait du cœur.

Parfois, cependant, il se faisait moucher – presque toujours par un homme. Un jour, il arriva chez un ouvrier au moment où celui-ci prenait son repas.

« Dis donc, la mère, tu peux rien me donner d'autre à manger que cette bouillie ? disait le mari moustachu en faisant la grimace devant le riz au lait.

– Fiche-moi la paix, j'ai pas eu le temps de faire autre chose », cria la femme juste au moment où la carrure imposante du docteur Mitchell s'encadrait dans l'embrasure de la porte.

« Du riz au lait ! claironna-t-il. Vous ne pouvez rien manger de plus sain ni de plus nourrissant. J'en mange tous les jours, tous les jours que Dieu fait. »

En avalant son riz au lait, le bonhomme s'en mit plein les moustaches. Il ne répondit pas.

« C'est vrai, docteur ? s'écria la femme. Et vous ne changez jamais de dessert ?

– Jamais.

– Ça alors ! Vous aimez ça à ce point ?

– Ça me réussit bien. C'est léger et digeste. Et j'ai un estomac aussi délicat qu'un bébé. »

L'ouvrier s'essuya la moustache d'un revers de manche.

« Oui, ben moi pas, voyez, et la bouillie, ça me va pas du tout. Autant avaler de l'eau. Moi j'ai besoin de sentir que je mange quelque chose qui me tient au corps : un bon gâteau bien consistant, avec une pinte de bière pour me caler un peu. Vous diriez comme moi si vous faisiez le même boulot.

– Si je faisais votre travail ! ricana le médecin. Mais moi je travaille dix fois plus que n'importe lequel d'entre vous. C'est le travail qui m'a abîmé l'estomac, justement : jamais je ne mange un repas tranquille, et je n'ai jamais une nuit de repos complète. Parce que vous croyez que moi, j'ai le temps de rester à table pour digérer mon dîner ? Je suis sans arrêt appelé pour aller soigner des gens comme vous...

– Eh, z'avez qu'à emmener vot'biberon ! » lança l'ouvrier.

Le docteur Mitchell ne décoléra pas pendant des semaines. Entendre sa virilité ainsi insultée l'avait mis dans une rage noire. Alvina rit sous cape.

Au début, le médecin se montra assez autoritaire et condescendant avec elle. Heureusement, elle savait qu'elle connaissait son métier aussi bien que lui. Elle sourit et accepta sa condescendance. Il ne lui inspirait ni crainte ni admiration. À vrai dire, il lui était plutôt antipathique, ce grand gaillard de cinquante-trois ans, célibataire et rougeaud, avec son début de calvitie, son estomac aussi délicat que celui d'un bébé, son autorité pompeuse et son bon cœur égoïste en diable. Car il n'est rien d'aussi égoïste qu'un bon cœur convaincu de sa propre bienfaisance. Il affichait une sobriété un peu trop militante pour un homme qui se présentait comme un modèle d'autorité virile. Alvina préférait les ouvriers aux moustaches trop longues qui trempaient dans l'assiette. De plus, il était un peu trop pompeux et arrogant pour être un parfait honnête homme.

En fait, il était très conscient de s'être élevé pour devenir un monsieur. Or si un homme a conscience d'être un monsieur, il risque de ne pas être tout à fait un homme. Mais s'il est rongé d'inquiétude à l'idée ne pas être un monsieur, il est seulement pitoyable. Cependant, il existe un troisième cas de figure. Si, par ses manières, un homme affirme avec hauteur qu'il est devenu un monsieur, il se ridiculise. Pour Alvina, le pauvre docteur Mitchell se rangeait dans cette dernière catégorie. Elle le tolérait avec cette bonne grâce que manifestent souvent les femmes aux nigauds et aux *poseurs*. Elle souriait in petto lorsqu'elle le voyait plastronner et faire l'important au conseil. Elle souriait lorsqu'elle le voyait dans une vente acheter les meubles anciens les plus imposants. Elle souriait lorsqu'il parlait d'aller en Écosse chasser la grouse, ou de s'octroyer une heure le dimanche matin pour jouer au golf. Et elle lui réglait délicatement son compte avec la surveillante. Il n'était guère apprécié à l'hôpital.

Peu à peu le comportement du docteur Mitchell à son égard changea. Il abandonna son ton impérieux et condescendant pour adopter maladroitement des manières d'égal à égal. Ce qui lui allait mal. Le docteur Mitchell n'avait pas d'égaux, mais seulement un vaste éventail d'inférieurs – sur lesquels il exerçait sa profitable bienfaisance et qui lui rapportaient environ deux mille livres par an. Il y avait aussi des supérieurs, des gens nés nantis. Ceux qui le dérangeaient, c'étaient les commerçants et gens des professions libérales qui avaient commencé au bas de l'échelle et en étaient arrivés au stade où ils possédaient une voiture. Aussi, tout en traitant Alvina, non sans malaise, comme l'une de ceux-ci, il se sentait en position fausse.

Elle continuait à le considérer avec un amusement tranquille, et peu à peu, il perdit tout prestige à ses yeux. La créature imposante qui au début évoluait bien au-dessus d'elle devenait un gros poisson qui sortait le nez de l'eau et lui faisait les yeux doux. Il la traitait avec une déférence quelque peu présomptueuse.

«Vous avez l'air fatiguée ce matin, lui lança-t-il un jour où il faisait très chaud.

– C'est sans doute à cause de ce temps orageux, dit-elle.

– Le temps orageux ! Le travail, vous voulez dire, fit-il avec un petit sourire. Je vais vous raccompagner en voiture.

– Oh, non, je vous en prie, ne vous donnez pas cette peine. J'ai une visite à faire avant de rentrer.

– Où cela ?»

Elle le lui dit.

«Très bien. Cela ne vous prendra pas plus de cinq minutes. Je vous attendrai. N'oubliez pas votre manteau.»

Surprise, elle obtempéra néanmoins comme les autres femmes.

Pendant le trajet en voiture, il vit un homme qui poussait une charrette à bras chargée de concombres. Arrêtant la voiture, il se pencha vers lui.

« C'est du poison que vous avez dans cette voiture. Allez l'enterrer ! » cria-t-il de sa voix forte. Dans la rue animée, il y eut un instant d'hésitation.

« Qu'est-ce que vous voulez, monsieur ? » demanda le marchand ambulant, stupéfait.

Le docteur Mitchell désigna du doigt la pile verte de concombres.

« Prenez cette charretée de poison et allez l'enterrer, avant qu'elle ne fasse plus de dégâts, lança-t-il.

– De quelle charretée de poison parlez-vous ? » s'enquit le marchand en s'approchant. Des badauds commencèrent à s'approcher.

« De quelle charretée de poison ! Mais de votre chargement de concombres.

– Oh ! » fit l'homme en examinant ses concombres avec attention. Quelques-uns avaient certes l'extrémité un peu jaune. « Qu'est-ce que vous voulez dire ? C'est bon, les concomb' : ils sont tous frais du marché ce matin.

– Frais ou pas, dit le médecin, articulant distinctement, autant avaler du poison que des concombres. Il n'y a pas pire pour l'estomac.

– Oh ! mais ça, c'est ce que disent ceux qui les aiment pas, bafouilla l'homme. Jamais un concomb' m'a fait mal. Pourtant, je les croque comme des pommes. » Sur ce, le marchand prit un « concomb » sur sa charrette, en arracha le bout d'un coup de dents et se mit à le mâcher jusqu'à ce que le jus lui dégouline sur le menton. «Je vois pas ce qu'on peut trouver à redire à ça ?» dit-il en brandissant le concombre entamé.

«Je ne parle pas de ce qu'on peut trouver à redire à ce concombre, mais du mal qu'il fait à l'estomac, dit le docteur. Je suis médecin, et je sais que ces légumes sont à l'origine de la moitié de mon travail. Ils provoquent beaucoup de troubles digestifs l'été.

– Ah oui ? Eh ben, c'est tout bénéfice pour vous, alors ? Vous et moi, on travaille main dans la main. Plus je vends de concomb' et plus vous avez de boulot, à ce que vous dites. De quoi se plaint-on ? *Concooomb' ! Achetez mes beaux concooomb' ! Frais et juteux ! Pas chers et goûteux !* s'égosilla l'homme.

– Moi, je suis médecin, et je ne m'occupe pas seulement de guérir, mais de prévenir si possible. Or les concombres, c'est du poison pour tout le monde.

– *Concooomb' ! Concooomb' ! Achetez mes concooomb' !*» hurla l'homme.

Le docteur Mitchell remit sa voiture en route.

«Quand auront-ils deux sous de jugeote ?» glissa-t-il à Alvina avec un sourire découvrant ses dents blanches bien régulières.

«Ma foi, je ne me pose même pas la question, répondit Alvina. S'il ne tenait qu'à moi, je laisserais les gens agir comme bon leur semble…

– Même en sachant qu'ils vont se faire du mal ? s'enquit-il avec un sourire aimablement condescendant.

– Et alors ? C'est leur affaire. Ils se feront du mal de toute façon.

– Vous n'essaieriez pas de les en empêcher ?

– Autant essayer d'arrêter la mer avec les doigts.

– C'est votre point de vue ? sourit le docteur. Vous êtes pessimiste, je vois. Vous avez une vision pessimiste de la nature humaine.

– Ah oui ?» sourit Alvina, se disant que la rose sentait bon, quel que fût son nom[1]. Le docteur paraissait content de découvrir qu'Alvina avait une vue pessimiste de la nature humaine. Cela lui conférait une certaine distinction. Aux yeux du docteur Mitchell, elle paraissait en effet distinguée. Il était en train de devenir fou d'elle

Quant à elle, bien sûr, elle le trouva beaucoup plus aimable

1. *Roméo et Juliette* II, 2, v. 43-44 : «Ce que nous appelons une rose, sous un tout autre nom sentirait aussi bon.»

lorsqu'il commença à l'admirer ; elle lui trouva même un certain charme juvénile. Car il avait véritablement quelque chose d'enfantin, qui le poussait à la vénérer comme si elle était la grâce rédemptrice. Bien entendu, elle en était flattée, et amadouée.

Il prit l'habitude de la conduire en voiture aussi souvent que possible. Il allait frapper à la porte de la surveillante à l'heure du thé, souriant de toutes ses dents parfaites.

« Puis-je entrer ? demandait-il d'un ton presque badin.

– Certainement.

– Je vois que vous prenez le thé ! C'est très agréable, une tasse de thé à cette heure-ci !

– Prenez-en donc une, docteur.

– Avec plaisir. » Et il s'asseyait, tout sourires. Alvina se levait pour lui chercher une tasse. « Je ne voulais pas vous déranger, mademoiselle, disait-il. Les hommes sont toujours des importuns, lançait-il à la surveillante.

– Parfois, les femmes sont enchantées d'être importunées, répondait-elle.

– Ah, vraiment ? » Les yeux du docteur Mitchell brillaient. « Vous en diriez autant, mademoiselle ? » demandait-il en se tournant vers Alvina, qui tendait les bras vers le placard. Une très charmante jeune personne, avec sa robe et son bonnet fraîchement repassés, ses cheveux châtain et souples, sa très jolie silhouette aux hanches douces et pleines. Elle se retournait pour le regarder.

« Bien sûr. Je suis tout à fait d'accord.

– Vraiment ? » Il ne savait trop comment prendre sa remarque. « Mais cela vous ennuie d'être dérangées pendant votre thé, j'en suis sûr.

– Non, dit Alvina. Nous en avons tellement l'habitude. »

« Pas trop fort, docteur ? demandait la surveillante en versant le thé.

– Non, pas trop fort, s'il vous plaît. »

La galanterie du docteur était un peu laborieuse, mais à l'évidence, il faisait le joli cœur. Après son départ, la surveillante prit un petit air réservé face à une Alvina confuse. Chacune attendait que l'autre engage la conversation ;

« Le docteur Mitchell s'apprivoise, vous ne trouvez pas ? dit Alvina.

– Tout à fait ! Un vrai don Juan. Je me demande qui peut bien l'apprivoiser ainsi. Une œuvre très louable au demeurant.» Et elle jeta un regard malicieux à Alvina, qui dit en riant :

«Non, non, ne me regardez pas comme ça. Je n'y suis pour rien.

– Vous croyez que c'est moi, alors ? dit la surveillante, taquine.

– J'en suis certaine ! Il fait enfin preuve de goût.

– Allons. Il faut que je remette mon bonnet droit.» La surveillante se dirigea vers le miroir, fit bouffer ses cheveux et rajusta son bonnet.

«Et voilà», dit-elle avec une petite révérence à l'adresse d'Alvina.

Elles se mirent à rire toutes les deux et partirent travailler.

Mais, à n'en pas douter, le docteur Mitchell commençait à se gonfler d'aise. Avec Alvina, il se montrait en confiance ; il semblait même rayonner pour attirer son attention lorsqu'elle était à proximité. Il souriait avec suffisance et devenait curieusement intimidé, un peu mal à l'aise. Il aimait à se pencher vers la chaise où elle était assise et, chaque fois qu'ils étaient ensemble, il lui offrait très cérémonieusement une cigarette, bien qu'il ne fumât jamais lui-même. Il avait un étui à cigarettes en or.

Un jour, il l'invita chez lui pour lui montrer son jardin. Il habitait une agréable maison carrée ancienne avec un grand jardin clos. Il lui montra ses fleurs, ses espaliers et lui fit goûter ses fraises. Lui demanda d'admirer ses asperges. Puis il lui offrit le thé dans le salon : des fraises, de la crème, des gâteaux. Il ne toucha à rien de tout cela, mais sourit d'aise tout le temps. C'était un homme arrivé, et maintenant, il se laissait aller et se délectait de tout, surtout de la présence d'Alvina, qui servit le thé en maniant gracieusement la vieille théière du dix-huitième siècle, et sourit de façon charmante en disposant les tasses en porcelaine assorties.

Et la mâtine admira chaque détail du salon. C'était certes une pièce agréable, avec des roses devant les portes fenêtres qui donnaient sur une pelouse ensoleillée garnie de parterres de fleurs rouges. Mais à l'intérieur, le mobilier était délibérément ancien. Alvina s'extasia sur la desserte début dix-septième et les fauteuils assortis, les chaises Hepplewhite à dossier droit, le canapé Sheraton, les sellettes Chippendale, le tapis d'Axminster, la pendule en bronze sur laquelle s'inclinaient Shakespeare et l'Arioste – oui, elle admira même Shakespeare sur la pendule – la vitrine en bronze doré et les tabourets pour les pieds aux coussins brodé de perles, ainsi que l'affreux plat en Sèvres décoré d'un chérubin… mais trêve d'énumération. Elle admira tout ! Et le cœur du docteur Mitchell se gonfla dans sa poitrine tant et si bien qu'il se crut près d'exploser s'il ne se jetait pas aux pieds d'Alvina ou ne se livrait pas à quelque action d'éclat. Jamais il n'aurait imaginé une telle sensation : délicieuse ! Il faillit lui baiser les pieds dans son extase folle. Mais à ce stade, par la force de l'habitude, il se contenta de faire un large sourire d'aise.

Un autre jour où ils parlaient de l'âge, il lui dit :

« L'âge est une notion subjective. Tenez, moi, à vingt ans, je portais le poids et la responsabilité du monde sur mes épaules. Et maintenant que j'ai atteint l'âge mur, je me sens aussi léger que si ma vie commençait. » Et il lui adressa un large sourire.

« C'est peut-être que vous commencez seulement à vivre pour vous-même, dit-elle. Jusqu'à présent, vous avez vécu pour votre travail.

– Peut-être. Peut-être que jusqu'à ce jour, j'ai vécu pour les autres, pour mes malades. Et maintenant, peut-être vais-je pouvoir vivre un peu plus pour moi. » Il eut un sourire ravi à la perspective des délices que la vie allait commencer à lui offrir.

« Pourquoi pas ? dit Alvina.

– Oh, c'est bien mon intention », répondit-il avec assurance.

En fait, il en venait peu à peu à la décision de se marier et de prendre une semi-retraite. Plus précisément, il engagerait un autre assistant afin de se libérer davantage. Il était excessivement fier de sa maison. Et maintenant, il se délectait à l'avance du bonheur qui serait le sien : être aux petits soins pour la femme qu'il aurait épousée, la suivre partout, se sentir fier d'elle comme de sa maison, lui parler du matin au soir et se découvrir à travers elle. Lorsqu'il devrait faire ses visites, elle l'accompagnerait en voiture : il avait décidé qu'elle aimerait l'accompagner. Il lui apprendrait à conduire et ils seraient assis côte à côte ; elle serait au volant et l'attendrait. Quand il sortirait de chez ses patients, impatient de la retrouver, il irait s'asseoir à côté d'elle, et nagerait en plein bien-être et en pleine béatitude tandis qu'elle le conduirait chez le patient suivant en l'écoutant lui parler de son travail.

Et si un jour elle ne l'accompagnait pas, elle serait là sur le seuil à l'attendre dès qu'elle entendrait le bruit de la voiture. Ils passeraient de longues soirées confortables ensemble dans le salon où il se délecterait de sa seule présence : elle viendrait s'asseoir sur ses genoux et ils resteraient ainsi pelotonnés pendant des heures avant d'aller rejoindre leur lit chaud et délectable. Et le matin, il n'aurait pas besoin de se dépêcher. Il prendrait son temps avec elle, ils prendraient leur temps pour faire le tour du jardin en regardant chaque nouvelle fleur, chaque nouveau fruit; elle porterait des robes fleuries et immaculées et sortirait en cheveux; il aurait le plus grand mal à s'arracher à elle. Chaque matin, il lui serait insupportable de s'éloigner d'elle et il ne laisserait pas s'écouler une heure sans vite revenir vers elle. Ils seraient simplement tout l'un pour l'autre. Et comme il en serait heureux! Ah!

Il se demandait s'il aurait des enfants. Un enfant la lui prendrait, telle fut sa première pensée. Mais aussi…! Eh bien, il déciderait le moment venu. Le rêve tout neuf de l'amour n'est jamais aussi délicieux que pour un jeune homme de cinquante-trois ans.

Mais il se montra prudent. Il s'abstint de faire des avances avant d'avoir posé une question bien claire. Ce fut le mardi férié du début du mois d'août, ce jour à jamais noir de la déclaration de guerre, qu'il posa sa question. Car ce moment de notre récit se situe lors de l'année fatale, 1914.

La déclaration de guerre provoqua une certaine effervescence dans la ville. Mais pour la plupart des gens, la nouvelle était seulement censée donner plus de relief au grand week-end férié du mois d'août. La moitié du monde était à Blackpool ou à Southport, et l'autre moitié dans la région des Lacs ou à la campagne. Malgré cela, Lancaster était animé, il y avait une sorte de kermesse, et comme il faisait assez beau, chacun était d'humeur festive.

Si bien que le docteur Mitchell, qui s'était organisé pour aller chercher Alvina à l'hôpital, fit en sorte de la ramener chez lui à trois heures et demie pour prendre le thé.

« Que pensez-vous de cette nouvelle guerre? demanda-t-elle.

– Oh, elle ne durera pas plus de six semaines », répondit-il avec désinvolture. Et ils abandonnèrent le sujet. Alvina se demanda un bref instant si elle affecterait les Natcha-Kee-Tawara, dont elle n'avait plus aucune nouvelle.

« Où auriez-vous aimé aller aujourd'hui? » demanda-t-il en se tournant vers elle avec un sourire. Il était au volant.

« Oh, à Windermere, je pense, dans la région des lacs, répondit-elle.

– Nous pourrions visiter les lacs bientôt », lança-t-il. Elle ne pensait à rien, aussi ne prêta-t-elle pas d'attention particulière à sa remarque.

« Ah très bien, répondit-elle vaguement.

– Nous pourrions prendre la voiture et les visiter à loisir.

– Oui », répondit-elle, se demandant cette fois où il voulait en venir.

Après avoir pris le thé tranquillement et galamment en tête-à-tête au salon, il lui demanda si elle avait envie de visiter la maison, ce qu'elle accepta. Il lui montra la salle à manger cossue, la petite pièce qu'il appelait son bureau, où il avait ses ouvrages de médecine et un fauteuil tournant ; puis la cuisine et l'office, où la gouvernante regarda Alvina d'un œil torve. Il la conduisit ensuite à l'étage, à sa chambre, une belle pièce avec de grands chiffonniers en acajou, des chandeliers d'argent sur la coiffeuse, ainsi que des brosses aux dos d'ivoire vert, un lit d'hôpital blanc et des nattes de paille. Puis il lui montra la chambre d'amis en face, avec ses meubles anciens en citronnier de Ceylan, ses fauteuils crème aux gros coussins bleu pâle et un tapis pastel avec des couronnes rouge pâle. Très joli, ravissant, superbe, j'adore, que c'est joli, je n'ai jamais rien vu d'aussi beau ! Il eut droit de la part d'Alvina à un vrai feu d'artifice d'exclamations admiratives. Et il sourit, la couvant des yeux. Pendant ce temps, elle pensait à Manchester House, à son atmosphère sombre et affreuse, à l'horreur qu'elle en avait, alors que la maison avait impressionné Ciccio et Geoffrey, qui auraient bien aimé en être les maîtres et étaient restés sur leur faim. Elle sourit intérieurement, sans joie. Car cet après-midi, elle se sentait inexplicablement mal à l'aise et mélancolique ; elle éprouvait à nouveau cette envie d'être ailleurs dont elle espérait s'être débarrassée.

La visite se poursuivit jusqu'aux combles eux-mêmes. Le docteur Mitchell était un homme imposant, toujours vêtu d'impeccables costumes bleu marine très bien coupés. Or, inconsciemment, Alvina percevait les hommes imposants, en beau costume bleu marine – surtout ceux qui avaient un visage rouge, de grands pieds et une calvitie naissante – comme une race à part, des fâcheux massifs et un peu maniérés.

« Qu'ils sont charmants, ces combles ! Regardez tous les angles que fait le toit, tous ces différents plans inclinés ravissants ! Oh, l'adorable petite fenêtre ! » Elle se pencha pour regarder par la lucarne : « Adorable ! On voit la ville et les collines ! Je sais que je voudrais avoir cette pièce pour moi.

– Eh bien, elle est à vous ! dit-il. Vous avez l'embarras du choix. »

Elle sortit du recoin que formait la fenêtre et leva les yeux vers lui. Il se penchait vers elle, souriant, empressé, attendant timidement qu'elle réagisse à sa remarque. Elle jugea préférable de la traiter comme une plaisanterie.

« C'étaient des paroles en l'air, je laissais mon imagination galoper, dit-elle.

– Je le comprends tout à fait, répliqua-t-il de façon mesurée. Mais moi, je suis très sérieux. »

Elle lui lança un regard de reproche, sans répondre. Il souriait largement, avec suffisance.

« Voulez-vous m'épouser et faire de ce grenier une pièce pour vous ? » On aurait pu croire qu'il lui offrait un chocolat. Il eut un curieux sourire perplexe.

« Je ne sais pas », répondit-elle, évasive.

Le sourire du docteur Mitchell s'élargit.

« Alors, dit-il, réfléchissez-y. Moi, je ne sais pas parler d'amour, mais je crois savoir en éprouver. Je voudrais vous voir vous installer ici et y être heureuse. Avec moi. » Il ajouta ces deux derniers mots comme une sorte de post-scriptum sournois marquant un engagement définitif de sa part.

« Mais je n'y ai jamais songé, dit-elle, réfléchissant à toute vitesse.

– Je vous crois. Mais maintenant, pensez-y… » Il commença à se sentir très content de lui. « Maintenant, pensez-y, et vous me direz si vous pouvez vous accommoder de moi, en plus de la mansarde. » Il sourit en penchant légèrement la tête de côté, l'espace d'une seconde, il ressembla à Mr. May. En beaucoup plus dangereux cependant. Autoritaire, il supportait mal la contradiction et pouvait être odieux. Elle le savait. C'était un homme imposant, en costume bleu marine, et avec des dents très blanches.

Elle se dit là encore que mieux valait prendre ses paroles comme une plaisanterie.

« C'est à vous que je pense, dit-elle, toujours coquette, c'est à propos de vous que je me pose des questions.

– Eh bien, dit-il, assez content de lui, continuez à vous en poser jusqu'à ce que vous ayez pris votre décision…

– C'est ce que je vais faire, dit-elle en saisissant la balle au bond. Je me poserai des questions sur vous en attendant de prendre ma décision, voilà.

– C'est cela, dit-il. C'est ce que je souhaite vous voir faire... Et la prochaine fois que je vous poserai la question, vous me répondrez. Nous sommes d'accord, n'est-ce pas ? » Il lui sourit avec indulgence : il trouvait son visage jeune et charmant, charmant.

« Oui, répondit-elle. Mais ne me demandez pas trop tôt ma réponse, vous voulez bien ?

– Comment cela, trop tôt ? » Il eut un sourire ravi.

« Vous voulez bien me laisser le temps de me poser des questions sur vous, n'est-ce pas ? Vous ne me demanderez pas de vous répondre ce mois-ci, n'est-ce pas ?

– Ce mois-ci ? » Ses yeux brillèrent de plaisir. Il prenait autant de plaisir qu'elle à temporiser. « Mais le mois vient juste de commencer !... Enfin, vous ferez comme bon vous semble. Je ne vous demanderai pas de réponse ce mois-ci.

– Et je promets de passer le mois à me poser des questions sur vous, répliqua-t-elle en riant.

– Marché conclu », répondit-il.

Ils redescendirent, et Alvina retourna à son travail, dans un état de grande excitation. D'excitation très vive. Un homme imposant et aisé, en costume bleu, portant beau, âgé de cinquante-trois ans, avec des dents blanches et un estomac délicat : quelle affaire ! Une position assurée, une très belle maison emplie d'objets très beaux – pourvu qu'on les dispose autrement. Et bien entendu, il serait à sa dévotion. Cela allait sans dire. Elle était aussi flattée que si on lui avait fait cadeau d'une jolie paire de chaussures neuves. Elle était vraiment flattée et contente d'elle, tout à fait décidée à adopter cette proposition. C'est ainsi qu'elle se le formulait : elle allait adopter cette proposition.

Bien entendu, il fallait aussi prendre l'homme en considération. Mais il était tout à fait présentable. Il n'y avait rien à dire. Rien du tout. S'il avait insisté pendant cette première moitié du mois d'août, il aurait presque certainement eu gain de cause. Mais il se contenta de sourire d'aise, attendant de se voir comblé.

Entre-temps, l'émoi et l'agitation causés par la guerre se faisaient déjà sentir, même à Lancaster. Et la nervosité et l'inquiétude finirent par avoir raison de la béatitude éblouie et flattée d'Alvina. Son ancienne irritabilité reparut et son esprit qui, ces trois derniers mois, s'était comme assoupi, se réveilla non sans colère et renâcla. Qui était cet homme âgé, et pourquoi devrait-elle l'épouser ? Qui était-il, qu'elle dût se laisser embrasser par lui ? Embrasser et caresser ! Quelle horreur ! Elle l'évita comme la peste. Ah, l'idée de reposer sur ce large gilet bleu marine ! Elle sursauta comme si on l'avait piquée. Ah, l'idée de voir son visage rouge et souriant juste au-dessus du sien, se baissant pour l'embrasser ! La main ouverte, elle repoussa cette vision. Et s'enfuit, pour éviter l'idée.

Et pourtant ! Et pourtant ! Elle serait à l'abri du besoin, et vivrait dans l'aisance jusqu'à la fin de ses jours. Le déplaisant problème de sa situation matérielle serait à jamais résolu. Car les conditions matérielles peuvent vous empoisonner la vie, elle ne l'ignorait pas.

Il était donc hors de question qu'elle prenne sa décision trop vite. Mais elle en voulait profondément au pauvre docteur Mitchell de ne pas pouvoir lui accorder tous les avantages de son offre sans la contraindre à subir sa personne. Elle n'osait pas prendre sa décision trop vite. Et cette peur même, tel un joug, lui inspirait de la rancœur envers l'homme qui la contraignait à prendre sa décision.

Parfois, elle se rebellait. Parfois, elle lui riait au nez. Mais elle n'osait pas aller trop loin, car elle avait peur de lui et de son caractère irascible. Dans ses moments de révolte morose, elle pensait aux Natcha-Kee-Tawara, et ce, avec une réelle inquiétude. Où étaient-ils, que faisaient-ils, comment la guerre les avait-elle affectés ? Le pauvre Geoffrey était français, il faudrait qu'il rentre en France pour se battre. Max et Louis, suisses, ne seraient pas concernés, ni Ciccio, qui était italien. Elle se demanda si la troupe était en Angleterre et s'ils resteraient ensemble après le départ de Geoffrey. Pensaient-ils à elle ? Oh, sans doute. Ils ne devaient pas l'avoir oubliée. Elle avait le sentiment qu'il existait un lien.

En fait, pendant la fin du mois d'août, elle se posa beaucoup plus de questions sur les Natcha que sur le docteur Mitchell. Mais à quoi bon penser aux Natcha ? Elle avait l'impression qu'elle serait allée les rejoindre aussitôt si elle avait su où ils se trouvaient. En réalité cependant, elle savait qu'elle s'en abstiendrait.

À la gare, elle voyait des foules, un grand branle-bas. Les jeunes gens partaient, on les accompagnait. La bière coulait à flots ; dans le train, il y avait des marins ivres ; des femmes tenaient des jeunes gens par les revers de leur manteau, et quand le train s'ébranlait, elles criaient et sanglotaient en les voyant partir.

Alvina sentait un frisson lui courir dans le dos. C'était une tout autre affaire, bien loin d'elle et du docteur Mitchell qui, à côté, paraissait irréel et dérisoire. Qu'allait-elle faire ? Elle devait agir, elle le savait, participer à cette désagrégation sauvage de la vie. Elle allait faire patienter le docteur Mitchell plus longtemps.

Elle en discuta avec la surveillante, qui lui conseilla de gagner du temps. Pourquoi ne pas se porter volontaire pour un hôpital militaire ? Certes, le fait d'être sage-femme ne lui donnait aucune qualification particulière pour soigner des soldats, mais elle avait malgré tout des compétences d'infirmière.

Elle se dit que c'était la solution. Partout régnait l'agitation la plus fébrile. Les hommes étaient réquisitionnés, et on avait aussi besoin de femmes. Elle inscrivit son nom sur la liste des volontaires pour le service actif. C'était le dernier jour d'août.

Le premier septembre, le docteur Mitchell passa de bonne heure à l'hôpital, au moment où Alvina s'y acquittait de ses tâches matinales. Il se rendit chez la surveillante et demanda Miss Houghton. La surveillante les laissa seuls.

Il brûlait d'impatience. Malgré le large sourire qu'il arborait, on le sentait tendu et nerveux. Alvina fut troublée. Son cœur s'accéléra.

« Alors ! dit le docteur Mitchell. Qu'avez-vous à me dire ? » Elle leva vers lui des yeux désorientés. Il s'approcha avec un sourire entendu et impatient.

« C'est aujourd'hui que vous deviez me donner votre réponse, non ? Alors j'aimerais entendre ce que vous avez à me dire. »

Elle resta muette, se bornant à le regarder avec de grands yeux troublés. Il se rapprocha encore. « Eh bien, dois-je comprendre que qui ne dit mot consent ? » Avec un rire nerveux, attendant de se voir exaucé, il essaya de passer un bras autour d'elle. Mais elle eut un bref mouvement de recul.

« Non, pas encore, dit-elle.

– Pourquoi ?

– Je n'ai pas donné ma réponse.

– Qu'attendez-vous ? demanda-t-il avec irritation.

– Je me suis portée volontaire pour le service actif, balbutia-t-elle. Je me suis sentie obligée de faire quelque chose.

– Pourquoi ? » Il réussit à mettre une intonation déplaisante dans ce mot. « J'étais en droit d'attendre que vous me donniez d'abord votre réponse. »

Sans répondre, elle l'observa avec antipathie.

« Je n'ai signé qu'hier, dit-elle.

– Pourquoi ne pas avoir attendu demain ? Cela aurait été plus convenable. » La colère le saisit. Mais il lut sur le visage d'Alvina un mélange de peur et de culpabilité. Pendant ses semaines d'attente, il s'était monté la tête. Alors, il lui sourit à nouveau, l'air un peu menaçant.

« Ceci dit, vous n'avez toujours pas répondu à ma question. Je ne vois pas en quoi le fait de vous porter volontaire pour le service de guerre vous empêche d'être ma fiancée. »

Alvina l'observa avec de grands yeux. Il s'approcha encore d'elle, si près que le gilet de serge bleue parut empiéter sur son espace à elle, et le visage violacé se pencha sur elle.

« Dans la situation actuelle, je préférerais attendre pour me fiancer, dit-elle.

– Pourquoi ? » De nouveau, ce mot déplaisant. « Quel rapport avec la situation ?

– Tout est si incertain, répondit-elle. Je préfère attendre.

– Attendre ! Parce que vous n'avez pas déjà attendu assez longtemps ? Rien, absolument rien ne s'oppose à nos fiançailles. Rien du tout ! Allons ! Je suis trop vieux pour ces petits jeux. Et beaucoup trop épris de vous pour vous laisser continuer à tergiverser indéfiniment. Allons ! »

Il sourit, impatient, et tendit sa large main pour qu'elle lui donne la sienne. « Laissez-moi mettre cette bague à votre doigt. Le jour où vous deviendrez ma femme sera le plus beau jour de ma vie. Donnez-moi votre main... »

Alvina hésitait. Elle avait envie de voir la bague, ne fût-ce que par curiosité pure. Elle ébaucha le geste de lever la main. Si elle n'avait su qu'il allait l'embrasser, elle la lui eût tendue. Mais il l'embrasserait, et cela, elle le refusait de toutes ses forces. Elle mit sa main derrière son dos et le regarda bien en face, obstinément.

« Ne jouez pas à ce jeu-là avec moi », dit-il d'un ton menaçant.

Mais elle continua à plonger dans ses yeux le même regard obstiné et moqueur.

« Allons », dit-il en lui faisant signe de tendre sa main.

Elle refusa d'un mouvement de tête imperceptible sans le quitter des yeux. Alors il perdit le contrôle de lui-même et vit rouge. Sans savoir ce qu'il faisait, il l'empoigna par l'épaule, la poussa et la plaqua contre le mur comme s'il voulait le lui faire traverser. Son visage injecté de colère ressemblait à un soleil incandescent. Mais il reprit ses esprits presque instantanément, relâcha son étreinte et secoua sa main droite comme si un rat l'avait mordue.

« Pardon, s'écria-t-il, hors de lui, pardon ! Je ne l'ai pas fait exprès. Je vous demande pardon. » Il bafouillait devant elle.

Alvina se redressa et, mortellement pâle, le regarda avec des yeux assombris.

« Je vous demande pardon », reprit-il d'une voix forte. Il ressemblait étrangement à un petit garçon enfiévré. « Oubliez cela ! Oubliez cela ! Faites comme si cela ne s'était pas produit. »

Le visage vide d'expression, il tordait d'un geste inconscient la main qui avait agrippé Alvina, comme si elle était endolorie. Elle le regarda sans comprendre la raison d'une telle frénésie. Tout ceci la laissait froide, étrangère aux sentiments violents qu'il semblait attendre d'elle. Ce n'était pas si bizarre, après tout, d'être poussée soudain contre le mur. Certes, elle avait mal à l'épaule là où il l'avait empoignée. Mais il y avait bien pires douleurs ici-bas. Elle l'observa avec des yeux grands ouverts et distants.

Quand il se jeta à genoux devant elle, elle recula contre la bibliothèque. Il attrapa l'ourlet de sa robe, qu'il tira vers lui. Elle en fut décontenancée et encore plus gênée.

« Pardonnez-moi, dit-il. Oubliez cela ! Pardonnez-moi ! Aimez-moi ! Aimez-moi ! Pardonnez-moi et aimez-moi ! Pardonnez-moi et aimez-moi ! »

Pendant qu'Alvina, consternée, regardait le grand gaillard au visage rouge et à l'âge certain qui l'implorait à grands cris en montrant ses dents blanches, comme un enfant, et qu'elle essayait doucement de lui faire lâcher prise, la porte s'ouvrit et la surveillante apparut dans l'embrasure, coiffée de son grand bonnet à ruchés. Alvina lui jeta un coup d'œil, rougit, puis porta son regard sur l'homme, dont elle effleura le visage de la main.

« Ce n'est pas grave, dit-elle. Ce n'est rien. N'y pensez plus. »

Il lui saisit la main et s'y cramponna.

« Aimez-moi ! Aimez-moi ! Aimez-moi ! » s'écria-t-il.

La surveillante referma doucement la porte et se retira.

« Aimez-moi ! Aimez-moi ! »

Cette scène laissa Alvina absolument pantoise. Jamais elle n'aurait cru les hommes capables de choses pareilles. Elle n'était pas touchée, mais pantoise.

Sans lâcher sa main, le médecin se releva et jeta ses bras autour d'elle, la serrant éperdument contre lui.

«Vous m'aimez ! Vous m'aimez, n'est-ce pas ?» dit-il, frémissant et hors de lui ; il la serra contre sa poitrine et enfouit son visage dans ses cheveux. En pareil instant, à quoi bon le contrarier ? Mais elle ne l'aimait pas. Une certaine compassion pour lui, pour son humiliation, la poussa à se taire, à rester immobile et muette dans ses bras, étouffée contre le gilet de serge bleue qui couvrait la large poitrine.

Il commença à reprendre ses esprits et se tut, mais sans la lâcher pour autant ni même songer à la libérer de son étreinte.

«Vous allez prendre ma bague, n'est-ce pas ? dit-il enfin de la même voix étrange et lamentable. Vous allez prendre ma bague.

– Oui», répondit-elle froidement. Tout plutôt que supporter que cette scène s'éternise.

Tout en gardant un bras passé autour d'Alvina, de sa main libre il fouilla fiévreusement dans sa poche et réussit à extraire le bijou de son écrin, laissant celui-ci rouler au sol. La bague était un solitaire.

«Quel doigt ? À quel doigt met-on cela ?» demanda-t-il en ébauchant un faible sourire. Elle dégagea sa main et tendit son annulaire, sur lequel se trouvait déjà la bague de deuil que Miss Frost n'avait jamais quittée. Le médecin glissa le solitaire au-dessus de celle-là et referma à nouveau ses bras sur Alvina.

«Maintenant, dit-il d'une voix redevenue presque normale, maintenant, je sais que vous m'aimez.» La satisfaction qu'elle perçut dans sa voix irrita Alvina. Elle parvint à se dégager.

«Vous allez m'accompagner maintenant ? demanda-t-il.

– Je ne peux pas. Il faut que je retourne au travail.

– Miss Allen peut vous remplacer.

– Je n'y tiens pas.»

Elle lui énuméra ses patients.

«Eh bien, venez prendre le thé avec moi. Je vous attendrai pour le thé tous les jours.»

Mais Alvina, qui redressait son bonnet froissé devant la glace, ne répondit pas.

«Nous pouvons nous voir autant que nous voulons, maintenant que nous sommes fiancés, dit-il, avec un sourire ravi.

– Je me demande où est la surveillante», répliqua Alvina, qui sortit brusquement dans le couloir frais et blanc, suivie par le docteur Mitchell. Ils la rencontrèrent qui sortait de la salle commune.

«Ah, madame! lança le docteur Mitchell, retrouvant son assurance pompeuse. Félicitez-nous, Miss Houghton et moi : nous somme fiancés.» Et il lui adressa un large sourire.

«Vous voulez dire que c'est vous que je peux féliciter!

– Certainement. Mais nous deux aussi, puisque nous ne faisons plus qu'un.

– Ah, pas encore», répondit gravement la surveillante.

Elle réussit enfin à se débarrasser de lui.

Aussitôt, elle se mit en quête d'Alvina, qui était partie prendre son travail.

«Alors, je suppose que vous êtes contente? dit-elle gravement.

– Pas du tout, répliqua Alvina. Jamais je ne l'épouserai.

– Ah, jamais...! Il ne faut jamais dire jamais. Vous croyez qu'il m'a entendue entrer?

– Non, je suis sûre que non.

– Dieu soit loué!

– Oui, en effet. Quelle scène pénible! Il était là, à genoux, à me suivre et à me crier de l'aimer! Pénible au dernier degré!

– Ah, tant qu'on ne connaît pas bien les hommes, on ne sait jamais ce qu'ils sont capables de faire. Et quand on les connaît, on peut s'attendre à tout, à tout! Moi, plus rien ne me surprend de leur part...

– Je dois dire que je ne m'attendais pas à cela. Et que la surprise a été désagréable.

– Mais vous l'avez accepté...

– Il fallait bien qu'il se calme... On aurait dit un gamin qui faisait une crise de nerfs.

– Oui, mais je me demande si en lui donnant ce qu'il voulait pour le calmer, vous n'avez pas pris un gros risque...

– Je crois que je saurai maîtriser la situation. Je suis susceptible d'être envoyée ailleurs à tout moment, maintenant.

– Ah, ça! dit l'infirmière. Il peut s'y opposer, parce qu'il fait partie du conseil. S'il dit que vous êtes indispensable...»

La remarque ouvrit des horizons nouveaux à Alvina, qui avait cru pouvoir prendre le large sans tarder... Elle mit sa bague dans la poche de son tablier et l'y oublia jusqu'au moment où le docteur Mitchell surgit à l'improviste dans l'après-midi, chez une de ses patientes à elle. Il l'attendit, pour la raccompagner.

«Où est votre bague?» demanda-t-il.

Elle se rappela alors qu'elle était restée dans la poche d'un tablier qu'elle avait mis au sale... et qu'elle était peut-être bel et bien perdue.

«Je ne vais pas la porter au travail, dit-elle. Vous le savez bien.»

Il fallut qu'elle aille prendre le thé avec lui. Elle évita ses caresses en lui disant qu'elle avait horreur des démonstrations d'affection. Et ses manières de vieux garçon étaient trop bien ancrées chez lui pour qu'il ait spontanément des gestes tendres – avant le mariage du moins. Aussi ne la toucha-t-il pas, heureusement. Tout compte fait, il était sincèrement soulagé qu'elle souhaite être laissée tranquille. Mais il la voulait à ses côtés. C'était son plus vif désir. Il la voulait toujours à ses côtés. C'est pour cela qu'il souhaitait à ce point se marier : pour la posséder entièrement, l'avoir toujours à ses côtés et ne plus jamais être seul. Seul et en marge du monde, mais près d'elle, toujours près d'elle.

«Alors, quelle date fixerons-nous pour le mariage ? demanda-t-il. À quoi bon le remettre à plus tard ? Nous sommes adultes tous les deux. Et maintenant que nos fiançailles sont annoncées...»

Il la regarda avec inquiétude. Elle voyait le petit garçon hystérique sous le grand gaillard autoritaire.

«Oh, pas avant Noël.»

Il sursauta comme s'il avait été piqué.

«Pas avant Noël ! Ne dites pas de bêtises ! C'est stupide d'attendre aussi longtemps. Le mois prochain, au plus tard.

– Oh, non, dit-elle. C'est trop tôt.

– Mais pourquoi ? Le plus tôt sera le mieux...Et vous feriez bien d'envoyer votre démission tout de suite, pour être libre.

– À quoi bon ? Je risque d'être transférée en zone militaire.

– C'est peu probable. Vous êtes notre seule sage-femme...»

Les jours passèrent. Elle prenait le thé presque quotidiennement chez lui, et finit par s'habituer à lui. Ils discutaient du mobilier et elle ne put s'empêcher de suggérer quelques changements, quelques aménagements à son goût. Et il fit des projets de voyage autour de l'Écosse pour leur lune de miel. Pourtant, elle était sûre qu'elle ne l'épouserait pas. Cette certitude amusait la surveillante. «Vous vous y ferez tout doucement, dit-elle. Il est en train de vous attacher avec une multitude de petits fils. – Ah, mais vous verrez bien, dit Alvina. – C'est ce que nous verrons, oui.» Et de fait, Alvina resta indécise pendant toute cette période. Elle était décidée à ne pas se marier. Mais sa volonté, comme un ressort grippé, ne contredisait pas directement le médecin. Elle avait envoyé sa démission, ainsi qu'il le lui avait suggéré. Mais non pas pour être libre de l'épouser : pour être libre de le fuir. Du moins se le disait-elle. Moyennant quoi, elle faisait son jeu.

Vers la fin du mois de septembre, un jour où elle se trouvait avec lui non loin de la gare, la voiture se trouva bloquée par un escadron de soldats en uniforme kaki, en train de défiler au son martial de leur fanfare avant de s'embarquer dans le convoi militaire spécial en provenance du nord. Il régnait une agitation intense dans la ville. La fièvre de la guerre gagnait. Des hommes se pressaient de s'engager, et se faisaient refouler tout aussi vite, car à cette période, les critères de taille classiques étaient encore respectés[1].

Tandis que les foules déambulaient sur les trottoirs, que des soldats se dirigeaient vers la gare, arrêtant la circulation, d'autres gens affluaient en sens inverse. Le train de quatre heures quinze était arrivé. Les voyageurs avançaient péniblement avec leurs bagages, des enfants couraient, seaux et pelles à la main, des voitures avançaient lentement, chargées de familles entières : c'étaient les vacanciers qui rentraient après un séjour à la mer. Alvina regarda les deux flots se mélanger.

Ce faisant, elle avisa deux hommes, dont l'un portait un étui de mandoline et une valise qu'elle reconnut. C'était Ciccio. Elle ne connaissait pas son compagnon : quelque comédien, sans doute. Ils s'arrêtèrent tous deux presque à côté de la voiture pour regarder passer la fanfare. Alvina vit Ciccio tout près d'elle. Elle aurait aimé lancer un verre d'eau dans son cou brun, élégant et oublieux. Elle avait l'impression de le détester. Il se tenait là, à écouter la musique, et parlait à son compagnon, la lèvre retroussée par sa moue italienne un peu moqueuse. Ses cils étaient aussi longs et noirs que jamais et ses yeux, toujours aussi beaux, semblaient avoir été frottés avec des doigts sales. Il portait le même complet brunâtre qu'elle n'aimait pas, le même chapeau noir légèrement basculé sur un œil avec insolence. Il paraissait commun, mais n'en possédait pas moins cette réserve méditerranéenne qui, aux yeux d'Alvina, lui conférait une certaine beauté et une certaine distinction. Malgré tout, elle avait le sentiment de le détester. Et d'avoir été abandonnée, trahie par lui.

---

1. En août 1914, un volontaire devait mesurer au moins 1,70 m pour s'engager. En octobre, on n'exigeait plus qu'1,62 m et en novembre, 1,57 m.

La fanfare était passée. Un enfant heurta la roue de la voiture arrêtée. Se penchant brusquement, Alvina appuya sur le klaxon, qui fit un bruit strident. Tout le monde se retourna, même les soldats sous leur barda.

« On ne peut toujours pas avancer », dit le docteur Mitchell.

Mais à cette seconde, Alvina observait Ciccio. Il s'était retourné lui aussi pour jeter un regard interrogateur sur la voiture. Et ses yeux agiles, dont le blanc tranchait sur la peau mate et les iris jaunes si peu humains, eurent un éclair de connivence en croisant le regard d'Alvina. Sa bouche s'incurva, amorçant un sourire. Mais Alvina le fixa sans bouger un muscle ; elle le fixa d'un œil vide, bannissant de son regard tout reste de sentiment, d'animosité ou de froideur. Elle vit le sourire s'effacer sur ses lèvres, son œil se détourner, revenir et se détourner encore, avec l'étrange timidité animale qui le caractérisait. On eût dit qu'il ne voulait pas la voir le fixer et qu'il courait en tous sens comme un écureuil en cage pour éviter son regard vide et glauque.

Elle se tourna aimablement vers le docteur Mitchell.

« Que disiez-vous ? » demanda-t-elle d'une voix suave.

CHAPITRE XII

Allaye aussi se fiance

Alvina prenait plaisir à se voir témoigner autant de respect à Lancaster. Le prophète n'est pas seul à être honoré partout hormis en son pays : il en va de même pour tout être doté d'une individualité propre. Dans cette ville du Nord, Alvina constatait que son individualité se remarquait. Non seulement elle appartenait au corps médical, caste révérée, mais elle était de plus une personnalité, une personne.

Dont acte. Alvina n'entendait pas s'abaisser. Or elle sentait qu'aux yeux des gens de la ville – de la bourgeoisie nantie en tout cas – elle avait perdu un peu de son prestige en se fiançant au docteur Mitchell. La nouvelle avait été annoncée dans le *Times,* le *Morning Post*, le *Manchester Guardian* et la gazette locale. Pas de danger qu'elle passe inaperçue ! Et elle jetait sur elle une ombre de familiarité vulgaire. À Woodhouse, Alvina le savait, ses fiançailles l'élevaient considérablement dans l'estime générale. Seulement, elle ne vivait plus à Woodhouse, mais à Lancaster. Et à Lancaster, ses fiançailles la cataloguaient. Sans le docteur Mitchell, elle avait un potentiel magique. Liée à lui, elle devenait une quantité connue, étiquetée.

C'est ce qu'elle comprit au contact de la bourgeoisie locale. La surveillante était une fille de bonne famille qui, sous son grand bonnet blanc à ruchés, avait la distinction des abbesses de jadis. Les femmes qui venaient prendre le thé chez elle à l'hôpital appartenaient au-dessus du panier. On eût dit une élégante petite coalition féminine, qui parlait notamment art et littérature. La surveillante avait connu Walter Pater[1] dans un passé relativement ancien.

Alvina était admise à prendre le thé avec les quelques femmes qui constituaient l'élite intellectuelle de cette ville du nord. Il régnait une certaine atmosphère de franc-maçonnerie chez la surveillante. À elle se joignaient une doctoresse, une fille de pasteur, les épouses de deux industriels de l'endroit; elles cinq et Alvina formaient un petit groupe. Elles ne se voyaient guère en dehors de l'hôpital. Mais lorsqu'elles se retrouvaient, c'était toujours dans cette curieuse atmosphère de franc-maçonnerie féminine, farouchement anticonformiste, même entre les femmes les plus conventionnelles. Elles parlaient comme elles ne l'auraient jamais fait devant des hommes ni devant des femmes étrangères à leur groupe. Elles jetaient le masque des conventions, discutaient ouvertement de leurs pensées, même les plus secrètes, et abordaient calmement leurs faits et gestes, même les plus excentriques. Alvina avait le sentiment que sa transgression était vénielle et ses fiançailles, dégradantes.

« Et vous allez l'épouser ? demanda Mrs. Tuke avec un long regard froid.

– Je n'arrive pas à imaginer la chose..., dit Alvina

– Oh, justement, il y en a tant qui dépassent notre imagination. C'est là que votre corps a raison de vous. .. Moi, je n'arrive pas à imaginer que je vais avoir un enfant... » Elle baissa sur ses grands yeux des paupières lasses et sardoniques.

Mrs. Tuke était la belle-fille d'un industriel de la région. Agée de vingt-huit ans environ, pâle, avec de grands yeux gris sombre, un nez aquilin et des cheveux noirs, elle faisait penser à l'un de ces ravissants profils qu'on voit sur les monnaies de Syracuse. Le drôle de sourire qui n'en était pas un au coin des lèvres, le nez aquilin et la nonchalance des grands yeux saillants et classiques lui conféraient une beauté grecque dangereuse, celle des antiques femmes de Syracuse, ces femmes dangereuses et hautement civilisées de la Sicile antique, celles qui riaient au bord des Latomies[2].

« Mais croyez-vous que vous pouvez avoir un enfant sans le désirer du tout ? demanda Alvina.

1. Walter Pater (1839-1894), essayiste et critique. Auteur d'ouvrages sur la Renaissance italienne et le romantisme anglais.

2. Carrières à ciel ouvert qui servaient de prison à Syracuse à l'époque grecque.

– Oh, mais il n'y a pas en moi un atome qui le désire, pas un seul. Ma chair n'en veut pas. Mon esprit non plus ; pourtant, il est là. » Elle écarta ses belles mains en un geste fataliste.

« Quelque chose en vous doit le désirer, dit Alvina.

– Oh, l'univers est une grande machine dont nous faisons partie. » Elle se tamponna le nez avec son mouchoir de soie gris en posant sur le frais visage d'Alvina ses grands yeux d'un gris tirant sur le noir.

« Il n'y a pas en moi un seul atome qui soit concerné par la venue de cet enfant, insista-t-elle. Ma chair n'est pas concernée, mon esprit non plus. Et pourtant !... *Le voilà. On me l'a planté.* Je n'arrive pas à imaginer pourquoi j'ai épousé Tommy. Pourtant, je l'ai fait ! » Elle secoua la tête comme si tout cela dépassait son entendement, et le pseudo-sourire s'accentua au coin de sa bouche sans âge.

Alvina devait s'occuper de Mrs. Tuke. Le bébé aurait dû naître à la fin du mois d'août. Mais on était déjà à la mi-septembre et il n'était toujours pas là.

Les Tuke n'étaient pas très riches – le jeune couple du moins. Tommy voulait devenir compositeur, et vivait sur l'allocation que lui versait son père, qui lui avait aussi donné une petite maison située à l'extérieur de la ville et meublée d'antiquités coûteuses, que les citadins trouvaient ridicules. Mais c'était ainsi : un jour, Effie se mettait en tête de tapisser le mur d'un panneau de brocart ancien jaune au lieu d'y accrocher un tableau, et de peindre en vert pomme les étagères d'une niche du mur blanchi à la chaux dans la salle à manger. Un autre jour, elle laquait en jaune les meubles de l'entrée, les décorait de lignes et de fleurs étranges, vert et lavande, et disposait partout des coussins impossibles et de la poterie sarde ornée d'incroyables griffons à crinière.

Que penser d'une femme pareille ! Alvina dormait chez elle et non à l'hôpital. Car Effie était insomniaque. Elle restait assise au lit, son pâle visage ironique encadré par deux tresses noires luisantes, et se drapait dans les plis de son large peignoir de soie gris plombagine, doublé de soie plus fine bleu métallique. Une femme ivoire, noir de jais et gris graphite. Assise dans son lit aux draps blancs, elle agitait son mouchoir, laissant apercevoir un éclair de chemise de nuit de soie blanche et bleu paon, se plaignait de sa névrite, de son insupportable état et suppliait Alvina de rester encore une demi-heure avec elle ; et puis, soudain, elle se mettait à examiner la grosse pierre rouge sang à son annulaire comme si elle y déchiffrait quelque chose.

«Je crois que j'imiterai la femme des *Cent Nouvelles*[1], et que je porterai mon enfant cinq ans. Vous connaissez cette histoire ? Elle dit qu'elle s'est trouvée enceinte après avoir mangé une feuille de persil sur laquelle restaient accrochés des flocons de neige. Ma foi, pourquoi pas ? »

Alvina riait, mais se sentait lasse. Il y avait chez elle un mélange de bon sens amer et de nonchalance que l'insomniaque appréciait.

Un soir où elles veillaient ainsi dans la chambre, vers onze heures, elles sursautèrent et tendirent l'oreille. Au loin, des chiens s'étaient mis à aboyer. Dehors dans la nuit s'élevait la plainte vibrante d'une mandoline, son frémissement rapide et délicat. Alvina pâlit. C'était Ciccio, elle le savait. Elle l'avait vu rôder dans les rues de la ville, mais ne lui avait pas parlé.

« Qu'est-ce que c'est ? s'écria Mrs. Tuke, la tête penchée sur le côté. De la musique ! Une mandoline ! Mais c'est extraordinaire ! Vous croyez que c'est une sérénade ? » Et elle leva des sourcils ironiques.

« Oui, je pense.

– Extraordinaire ! Drôle de moment pour donner la sérénade à une dame ! La vie est étrange ! Il faut que je voie ça… »

Elle sortit du lit non sans peine, s'enveloppa dans son peignoir, glissa ses pieds dans des pantoufles et alla jusqu'à la fenêtre. Elle ouvrit la guillotine. C'était une belle nuit de septembre, avec un clair de lune. En contrebas se trouvait le petit jardin traversé par une courte allée et séparé de la grand-route par des grilles. Les accords de mandoline provenaient de l'ombre proche de la route.

«Tommy, où es-tu ? cria Mrs. Tuke à son mari, qu'elle aperçut en bas dans l'allée. Que dit ton oreille musicale ?

– Elle va bien. Le bruit te dérange ? répondit une voix masculine dans le jardin baigné de lune.

– Pas du tout. Ça me plaît. J'attends qu'il se remette à chanter pour pouvoir le localiser. »

Mais la musique avait cessé.

«Tu vois ! s'écria Mrs. Tuke. Tu lui as fait peur. Pourtant,

1. *Les Cent Nouvelles nouvelles* (1462), recueil de contes français dédié au duc de Bourgogne. La nouvelle à laquelle fait allusion Mrs. Tuke est la dix-neuvième.

nous mourons d'envie qu'on nous donne une sérénade, pas vrai, Miss Houghton ?» Elle se retourna vers Alvina. «Donnez-moi ma fourrure, s'il vous plaît. Merci infiniment. Vous voulez bien ouvrir l'autre fenêtre et regarder dehors ?»

Alvina alla regarder par l'autre fenêtre.

«S'il vous plaît, jouez encore ! lança Mrs. Tuke dans la nuit. Chantez quelque chose.» Et elle tendit un bras blanc pour cueillir une rose thé qui pendait du mur au clair de lune. Son bras décrivit un arc pâle lorsqu'elle la lança vers le mur du jardin, sans l'atteindre, bien entendu.

«Jouez encore, s'il vous plaît !» cria-t-elle au musicien invisible dans la nuit. «Tommy, rentre, l'oiseau ne chantera pas tant que tu seras là.

– C'est un Italien, à sa voix. Je ne déteste rien tant que la musique italienne sentimentale. Elle est vraiment écœurante.

– Tant pis, mon chéri. On dirait qu'ils vomissent leurs tripes, c'est vrai, mais nous voulons une sérénade, n'est-ce pas, Miss Houghton ?»

Alvina resta devant la fenêtre sans répondre.

«Aha ? demanda Mrs. Tuke, intriguée. Ça ne vous plaît pas ?

– Si, beaucoup, dit Alvina.

– Et vous n'avez pas envie qu'il chante sa chanson ?

– Mais si.

– Alors ! lança Mrs. Tuke au clair de lune, *una canzone bella-bella, molto bella...*»

Elle détachait bien les syllabes en les lançant dans la nuit, ce qui paraissait comique. Un éclat de rire insolent fusa dans l'allée.

«Tommy, rentre ! Il ne chantera pas tant que tu seras là. Rien ne se passera tant que tu seras là», cria la jeune femme.

Elles entendirent des pas sur le gravier et la porte d'entrée qui claquait.

«Pas trop tôt !» s'écria Mrs. Tuke.

Elles attendirent. Et de fait, le son grêle de la mandoline s'éleva, puis peu après, la voix du chanteur. C'était une chanson napolitaine classique, que Ciccio chantait comme il convenait.

Mrs. Tuke s'approcha d'Alvina.

«Il chante avec ses tripes, hein, dit-elle en posant une main sur son ventre et en roulant des yeux narquois. Je suis certaine que c'est beaucoup plus efficace que du séné.»

Puis elle retourna se mettre à sa fenêtre, resserra son manteau sur sa poitrine et posa ses coudes blancs au clair de lune.

Torn'a Surriento,
Famme campà...[1]

La chanson s'acheva brusquement sur une note nostalgique, animale et insistante. Mrs. Tuke, immobile, avait posé son menton dans ses mains. Alvina ne bougeait pas non plus. Alors, Mrs. Tuke tendit lentement la main vers les roses en bouton sur le vieux mur.

« *Molta bella,* s'écria-t-elle ironiquement. *Molta bella. Je vous envoie une rose.* » Et elle lança les roses dans l'allée. On aperçut la silhouette d'un homme près de la grille, sur la route.

« *Entrez,* cria Mrs. Tuke. *Entrez ! Prenez votre rose.* »

L'homme répondit quelques mots indistincts.

« *Comment* ? cria Mrs. Tuke.

– *Je ne peux pas entrer.*

– *Vous ne pouvez pas entrer ? Pourquoi ça ? La porte n'est pas fermée à clef. Entrez donc !*

– *Non, on n'entre pas...,* répondit la voix familière de Ciccio.

– *Quoi faire, alors !* Alvina, portez-lui les roses à la grille, vous voulez bien ? Je vous en prie. Mon Dieu, quelle abominable façon de chanter, je trouve. Moi, je ne peux pas descendre, mais apportez-lui les roses et voyez de quoi il a l'air. Oui, allez ! »

Mrs. Tuke avait l'air malicieux et excité. Alvina posa sur elle un long regard, tout en souriant secrètement.

Elle descendit à pas lents et sortit par la porte de devant. Dans un des buissons qui l'encadraient, elle cueillit deux roses odorantes. Puis elle ramassa les fleurs d'Effie, qui gisaient dans l'allée. Ciccio était debout devant la grille.

« Allaye ! dit-il d'une voix douce, ardente.

– Mrs. Tuke t'envoie ces roses, annonça Alvina en les tendant à travers les barreaux de la grille.

– Allaye ! » répéta-t-il en lui caressant la main, sur laquelle il posa des lèvres douces, passionnées, ardentes. Alvina frissonna. Prestement, il ouvrit la grille et l'attira dehors. Il l'attira dans l'ombre du

1. Je retourne à Sorrente, redonne-moi la vie.

mur, l'entoura de ses bras et dans l'ardeur de sa passion, la souleva de terre.

«Allaye ! Je t'aime, Allaye, ma belle, Allaye, je t'aime, Allaye !» Tout en la tenant serrée sur sa poitrine, il se mit à descendre la route avec elle. Elle se sentait prise dans l'étreinte vibrante de ses muscles puissants. Il l'emportait tout bonnement, il s'éloignait sur la route en la serrant de toutes ses forces, l'enveloppant.

«Miss Houghton ! Miss Houghton ! Je ne vous vois plus !» cria Mrs. Tuke dans la nuit. Des chiens se mirent à aboyer.

«Pose-moi, murmura Alvina. Pose-moi, Ciccio.

– Viens avec moi en Italie. Viens avec moi en Italie, Allaye. Je ne peux pas rentrer en Italie tout seul, Allaye. Viens avec moi, sois ma femme... Allaye, Allaye...»

La voix de Ciccio était un souffle étrange et rauque au-dessus du visage d'Alvina, qu'il tenait toujours dans son étreinte vibrante et vigoureuse.

«Oui... oui, chuchota-t-elle. Oui... oui ! Mais pose-moi, Ciccio. Pose-moi.

– Viens en Italie avec moi. Allaye. Viens avec moi», répéta-t-il d'une voix rauque de douleur et de désir.

«Miss Houghton ! Où êtes-vous passée ? Miss Houghton, j'ai besoin de vous, lançait la voix inquiète et plaintive de Mrs. Tuke.

– Je t'en prie, pose-moi !» murmura Alvina en s'agitant dans ses bras.

Lentement, il relâcha son étreinte et Alvina glissa comme la pluie sur la terre. Mais il ne la lâcha pas pour autant.

«Viens avec moi, Allaye ! Viens en Italie avec moi !»

Elle vit son visage, ce visage si beau, si peu humain, au clair de lune, et frissonna légèrement.

«Oui, dit-elle. Je viendrai. Mais lâche-moi maintenant. Où est ta mandoline ?»

Il se retourna et regarda la route.

«Miss Houghton ! Il faut absolument que vous reveniez. Je n'en peux plus !» cria Mrs. Tuke d'une drôle de voix.

Alvina se dégagea des bras de l'homme, qui resta là, un peu désorienté, et elle ouvrit la grille pour remonter l'allée.

«Venez vite !» criait la voix douloureuse à la fenêtre de l'étage.

Alvina monta l'escalier en courant. Elle trouva Mrs. Tuke recroquevillée dans un fauteuil, les traits tirés, hagarde et terrifiée. Comme les douleurs commençaient soudain, elle poussa un petit cri, serra les poings et les appuya de toutes ses forces sur son visage.

« Le travail a commencé », dit Alvina, se précipitant vers elle.

« Oh, c'est affreux, affreux, je ne veux pas ! » s'écria la future mère. Alvina la réconforta et la rassura de son mieux. Alors de dehors leur parvint à nouveau le hurlement désespéré de la chanson napolitaine, animal et inhumain, porté par la nuit.

E tu dic' Io parto, addio !
T'alluntane da stu core,
Nel paese de l'ammore
Tien' o cor' é nun turnà
– Ma nun me lassà...[1] –

C'était presque insupportable. Mais soudain, Mrs. Tuke s'immobilisa et resta assise, les poings serrés sur les genoux. Dans son visage d'ivoire encadré par les deux tresses d'un noir de jais, ses grands yeux fixaient le vide. Au dernier vers, '*Ma nun me lassà*', elle commença à murmurer doucement pour elle-même : « Oui, c'est épouvantable ! C'est affreux. Je n'arrive pas à comprendre ça. Qu'est-ce que ça signifie, ce bruit ? C'est aussi pénible que ces douleurs. Qu'est-ce que ça signifie ? Que dit-il ? Je comprends un peu d'italien... » Elle s'interrompit et la plainte revint :

Ma nun me lassà

« *Ma nun me lassà...*, fredonna-t-elle. Ce qui veut dire "Ne me quitte pas ! Ne me quitte pas !..." Mais pourquoi ? Pourquoi un être humain n'en quitterait-il pas un autre ? Qu'est-ce que cela signifie ? Ce bruit affreux ! L'amour est vraiment une horreur ! Je trouve, moi. Ça vous tue et ça vous transforme en bête, en bête hurlante. Moi, c'est une certaine douleur qui me fait hurler, et lui une autre. Deux bêtes déchaînées, qui hurlent dans la nuit ! Je suis hors de moi, lui aussi. Oh, je trouve ça affreux... À quoi ressemble-t-il, mademoiselle ? Il est beau ? C'est une grande brute, un costaud ? »

Elle posa longuement sur Alvina ses grands yeux au regard énigmatique.

« C'est un homme que j'ai connu autrefois », répondit celle-ci.

---

1. Et tu dis, je pars, adieu ! / Tu laisses ce cœur / au pays de l'amour / Tu n'oses pas revenir / Mais ne me quitte pas...

Mrs. Tuke sortit de sa transe et son visage s'anima soudain.

« C'est vrai ? Oh ! Un homme que vous avez connu ! Où ?

– C'est une longue histoire. Dans une troupe de music-hall itinérante.

– Une troupe de music-hall itinérante ! Incroyable ! Mais comment avez-vous pu avoir affaire à un personnage pareil ? »

Alvina donna des explications aussi succinctes que possible. Mrs. Tuke l'observait.

« Eh bien ! Vous en avez fait, des choses ! » s'exclama-t-elle. Puis, scrutant le visage d'Alvina, elle reprit : « Vous ne l'avez pas laissé indifférent, on dirait ! » Elle frissonna et se tamponna le nez avec son mouchoir. « Oh, la chair, quel cauchemar ! Quand je pense qu'un homme hurle au dehors parce que vous êtes ici, et que moi je hurle parce que j'ai un enfant dans le ventre ! C'est insupportable ! De quoi a-t-il l'air, dites-moi ?

– Je ne sais pas. Il n'a rien d'extraordinaire. C'est plutôt une grande brute... »

Mrs. Tuke la regarda, pour déceler l'éventuelle ironie de la phrase.

« J'aimerais bien le voir, dit-elle. Vous croyez que c'est possible ?

– Je n'en sais rien, répondit Alvina, évasive.

– Vous croyez qu'il accepterait de monter ? Demandez-lui. J'aimerais tant le voir.

– Vous y tenez vraiment ?

– Bien sûr », dit Mrs. Tuke, posant sur Alvina ses grands yeux sombres et nonchalants. Puis elle se leva non sans peine et Alvina l'aida à regagner son lit.

« Voulez-vous lui demander de monter une minute ? dit Effie. Nous lui offrirons un verre du fameux porto de Tommy. J'aimerais tant le voir ! Je vous en prie ! » Elle tendit vers Alvina son long bras blanc, soudain implorante. Alvina se mit à rire et tourna les talons avec hésitation.

Dehors, la nuit était silencieuse. Elle trouva Ciccio appuyé contre l'un des piliers de la grille. Il sursauta.

« Allaye !

– Veux-tu venir un moment ? Je ne peux pas laisser Mrs. Tuke toute seule. »

Sans mot dire, il suivit docilement Alvina à l'intérieur puis au premier. Elle le fit entrer dans la chambre. Il eut un mouvement de recul en voyant Effie assise, avec ses longues tresses, ses yeux sombres et son sourire subtil au coin des lèvres.

« Entrez donc ! dit-elle. Je voulais vous remercier pour la musique. Miss Houghton dit que c'était pour elle, mais j'ai eu plaisir moi aussi à l'entendre. Voulez-vous me dire les paroles ? Je la trouve merveilleuse, cette chanson ! »

Ciccio resta le dos à la porte, tête baissée. Il avait son lent sourire méfiant, légèrement malveillant.

« Vous prendrez bien un verre de porto, j'espère ! dit Effie. Miss Houghton, donnez-nous-en un à chacun. J'en voudrais un aussi. Et un biscuit. » À nouveau, elle tendit son long bras blanc qui jaillit de la doublure de soie bleue de son peignoir, comme si l'envie lui était venue brusquement. Ciccio se balança d'un pied sur l'autre en regardant Alvina remplir les verres.

Il avala le sien d'un trait et le reposa.

« Un autre ? » demanda Effie en le regardant par-dessus le bord de son verre.

Il esquissa un sourire et secoua la tête.

« Vraiment ? Alors, dites-moi les paroles de cette chanson. »

Au fond de leurs orbites sombres, ses yeux la fixaient mais il ne répondit pas. Il avait sur les lèvres son petit sourire borné et moqueur.

« Vous ne voulez pas me les dire ? J'ai compris un vers... »

Ciccio continua à la regarder et son sourire s'accentua ; mais il ne dit rien.

« J'ai compris un vers, reprit Effie, le regardant avec de grands yeux, *Ma nun me lassà* – Ne me quitte pas ! C'est ça, non ? »

Il sourit, changea de pied d'appui et hocha la tête.

« Ne me quitte pas !... Ah, je savais bien que c'était ça ! Alors, vous ne voulez pas que Miss Houghton vous quitte ? Pourquoi ? Vous voulez qu'elle soit avec vous à chaque minute ? »

Il eut un petit sourire gêné, méprisant, et détourna le visage pour regarder Alvina. L'œil vigilant d'Effie surprit son regard : rapide et chargé de ce désir terrible qui l'horrifiait tant.

Au même moment, elle eut le visage crispé par un spasme et son expression se figea.

« Descendons, veux-tu ? » dit Alvina à Ciccio.

Il tourna aussitôt les talons le chapeau à la main, et la suivit. Dans l'entrée, il dressa l'oreille en reprenant sa mandoline posée sur une commode. Il entendit les cris étouffés de Mrs. Tuke et ses exclamations. Au même moment, la porte du bureau s'ouvrit et le mari musicien, un homme à la large carrure et aux cheveux hirsutes en sortit.

« C'est ma femme ? lança-t-il, inquiet.

– Oui. Les douleurs ont commencé, dit Alvina.

– Oh, grand Dieu ! Et vous l'avez laissée seule ! s'exclama-t-il, furieux.

– Seulement une minute », répondit Alvina.

Mais avec un *Pff!* indigné, il grimpa l'escalier.

« Elle va accoucher, dit Alvina à Ciccio. Il faut que je retourne auprès d'elle. » Et elle lui tendit la main.

Il ne la prit pas mais baissa les yeux vers elle. Il avait le même visage légèrement crispé par un désir irrésistible, un désir lourd et insupportable, qui le portait vers elle comme une lame de fond.

« Allaye », dit-il avec cet étrange sourire qui lui retroussait légèrement la lèvre et laissait voir ses dents, comme chez un animal qui souffre. Il était incapable de s'éloigner.

« Il faut que je retourne auprès d'elle, dit-elle.

– Tu viendras avec moi en Italie, Allaye ?

– Oui. Où est Madame ?

– Partie ! Gigi… Ils sont tous partis.

– Gigi est parti où ?

– En France. Appelé.

– Et Madame, Louis et Max ?

– En Suisse. »

Debout, sans défense, il la regardait.

« Je dois remonter, tu sais », dit Alvina.

Il la suivit des yeux, ses yeux jaunes frangés de longs cils noirs. On eût dit un animal enchaîné, hanté par le destin. Elle tourna les talons, le laissant planté là.

Dans la chambre, Mrs. Tuke crispait ses mains fébriles sur le rabat des draps en pleurant. « Non, mon petit Tommy. Je t'aime beaucoup, tu le sais, mais va-t'en ! Pour l'amour du ciel, va-t'en ! Et le plus loin possible. Le plus loin possible ! » dit-elle, hurlant presque.

Il repoussa ses cheveux sur son front. Il était en train de composer une grande œuvre chorale, ce qui l'avait mis dans un état voisin de la frénésie.

« Tu ne peux même pas supporter ma présence ! » s'exclama-t-il, et il se précipita dans l'escalier.

« Miss Houghton ! cria Effie. À quoi bon essayer de dominer la vie ? On est à la merci des *Forces*, hurla-t-elle rageusement.

– Et alors ? demanda Alvina. Il y a de bonnes forces de vie. Même la volonté de Dieu est une force vitale.

– Vous ne comprenez pas ! Je veux être moi. Et je ne le suis pas. Les Forces me déchirent. C'est horrible…

– Ah, mais je n'y suis pour rien. Ce n'est pas moi qui ai fait l'univers, dit Alvina. Si les forces doivent vous déchirer, elles le feront. D'autres forces vous répareront.

– Je ne veux pas ! Je veux être moi ! Je ne veux pas qu'on me rafistole avec un marteau, comme une chaise. Je veux être moi-même.

– Vous ne serez pas rafistolée comme une chaise. Vous devriez avoir foi en la vie.

– Mais je déteste la vie. Ce n'est rien qu'un ensemble de forces. Je suis intelligente, moi. La vie ne l'est pas. Regardez ce qui s'y passe en cet instant. Vous trouvez ça intelligent, vous ? Oh… oh… c'est horrible ! Oh… ! » Elle était éperdue et inondée de sueur tant elle souffrait. En bas, Tommy sortit en trombe, hors de lui. On l'entendit parler à quelqu'un dehors. À Ciccio. Il avait déjà téléphoné au médecin, au comble de l'agitation. Mais celui-ci avait répondu qu'il attendrait le coup de téléphone de l'infirmière.

Dès que Mrs. Tuke eut repris son souffle, elle recommença.

« Je déteste la vie, la foi et tout ce fatras. La foi n'est que de la peur. Et la vie, un ensemble de forces sans intelligence auxquelles sont soumis les êtres intelligents. C'est de la prostitution… oh… oh…, de la prostitution…

– La vie elle-même dépasse peut-être la seule intelligence, dit Alvina.

– Dépasser l'intelligence ! cria Effie. Rien ne peut dépasser l'intelligence. Votre homme est une grosse brute. Il n'y a aucune intelligence dans ses yeux jaunes. Ce sont ceux d'un animal…

– Non, dit Alvina. C'est autre chose. Si seulement il ne m'attirait pas…

– Vous voyez ! Cela ne vous plaît pas d'être à la merci des forces ! s'écria Effie. Moi non plus, moi non plus. Je veux être moi-même ! Et les forces me déchirent ! Me déchiiiii… Ooooh ! Non !… »

En bas, Tommy avait à nouveau fait entrer Ciccio. Ils étaient tous deux dans le bureau, à boire du porto et à discuter de l'Italie, pays que Tommy affectionait, bien qu'il détestât toute la musique italienne postérieure à celle de Scarlatti le jeune. Ils burent du porto toute la nuit. L'accès du premier étage était strictement interdit à Tommy, qui n'avait même pas la permission d'aller chercher le docteur. Ils vidèrent plus de trois bouteilles et au matin, Alvina les trouva dormant d'un sommeil de plomb dans le bureau, la lumière électrique encore allumée. La tête blonde ébouriffée de Tommy pendait au bord du canapé comme un grand fruit trop mûr. Ciccio gisait sur le sol, à plat ventre, le visage dans ses bras repliés.

Alvina eut le plus grand mal à réveiller Ciccio, qui ne voulait pas bouger. À la fin, elle y renonça et réveilla Tommy le premier. En reprenant conscience, il tomba du canapé, et le choc le réveilla brutalement. Furieux, il s'en prit à Alvina et lui demanda ce qu'elle faisait là. En réponse, elle agita un doigt pour le rappeler à l'ordre. Retrouvant instantanément la mémoire, Tommy retomba sur le divan comme si elle l'avait frappé.

« Elle dort, maintenant, dit-elle.

– Garçon ou fille ? s'écria-t-il.

– Le bébé n'est pas encore né.

– Oh, mon Dieu, ça n'en finira donc jamais ! » s'écria le musicien perplexe.

Après quoi, ils se mirent en devoir de réveiller Ciccio, qui ressemblait à la poupée morte dans *Petrouchka*, tant il était mou et flasque. Mais une fois éveillé, il sourit à Alvina en disant : « Allaye ! »

Ce ténébreux sourire au sortir du sommeil la troubla fort.

CHAPITRE XIII

L'épouse légitime

En fin de compte, Alvina s'enfuit à Scarborough sans rien dire à personne, lors de la première semaine d'octobre. Elle avait demandé un week-end de congé pour pouvoir préparer son mariage. Elle était censée épouser le docteur Mitchell, bien qu'elle ne lui eût rien dit de précis. Toutefois, comme son préavis d'un mois était arrivé à échéance, officiellement, elle était libre. Elle remplit donc un grand sac de voyage de toutes ses affaires ordinaires, laissa sur place ses tenues d'infirmière et partit vêtue de sa robe de tous les jours.

Connaissant bien Scarborough, elle trouva sans mal à se loger dans une pension de famille où elle avait séjourné avec Miss Frost des années auparavant. Une fois remise des fatigues du voyage, elle partit se promener sur les falaises au nord. C'était le soir, la mer s'étalait devant elle. Que faire ?

Elle avait fui les deux hommes, Ciccio autant que le docteur Mitchell. Pendant les quinze derniers jours, elle les avait évités de son mieux. Maintenant, elle profitait d'un moment de solitude. Elle se trouvait même libérée de Mrs. Tuke qui, à sa façon, se montrait plus exigeante que les deux hommes. Celle-ci avait eu une petite fille et se rétablissait. Ciccio habitait chez les Tuke. Tommy, qui s'était pris d'amitié pour lui, l'avait plus ou moins engagé à son service : c'était bien dans sa manière, à lui qui ne payait pas ses notes de boucherie.

Alvina était donc assise en haut des falaises, et remâchait son exaspération. Elle en avait assez qu'on fasse pression sur elle. Elle n'avait pas vraiment envie d'épouser qui que ce fût. Pourquoi le ferait-elle ? Elle était soulagée au-delà de toute expression d'être seule. Elle en avait assez de ces gens qui la harcelaient ! Que faire ? Elle décida de proposer bientôt à nouveau ses services d'infirmière à l'armée – dans une autre ville, cette fois-ci. D'ici là, elle souhaitait rester seule.

Elle fit des excursions, alla marcher dans les landes pendant ces journées du début octobre, courtes mais superbes. Pendant trois jours, tout fut douceur et beauté : une liberté parfaite, pure, presque paradisiaque.

Le quatrième jour, il plut toute la journée, une pluie incessante, froide, triste, décourageante à l'extrême. Elle resta assise, échouée dans cette morosité, sans voir d'issue. Elle alla se coucher à neuf heures. Elle avait décidé de faire un saut à Londres pour chercher du travail sans plus tarder dans un hôpital de guerre, et de ne pas quitter la capitale avant d'avoir trouvé.

Mais pendant la nuit, elle rêva qu'Alexander, son premier fiancé, se trouvait avec elle sur le quai d'un port et lui reprochait avec amertume, virulence même, d'être arrivée trop tard et de leur avoir fait rater leur bateau. Ils devaient s'embarquer mais à force de traîner, elle était arrivée une heure trop tard et voyait, non loin d'eux, s'éloigner la large poupe du paquebot. Elle avait juste une heure de retard. Elle tendit sa montre à Alexander : exactement neuf heures au lieu de dix. Il n'en fut que plus en colère, car la montre d'Alvina retardait. Il indiqua l'horloge du port, qui marquait dix heures dix.

Elle se réveilla en pensant à Alexander, ce qui ne lui était pas arrivé depuis fort longtemps. Elle se demanda s'il avait le droit de lui en vouloir.

La journée était encore grise, et au-dessus de la mer s'étalaient de gros nuages gonflés de pluie, sinistres, déplaisants. Le prolongement de la veille. Mais le désespoir était stérile, l'abattement aussi. Ni l'un ni l'autre ne lui apportait la moindre satisfaction. Il ne lui restait qu'à passer à l'action, empoigner la vie et lui tordre le cou.

Elle saisit l'indicateur des chemins de fer suspendu dans l'entrée : l'indicateur, ce tapis volant d'aujourd'hui. Quand le doute vous assaille, bougez. Voilà un sain principe. Bouger. Pour aller où ?

Un autre déclic, une autre décision. Elle allait télégraphier à Ciccio et lui donner rendez-vous… où ? À York ? Leeds ? Halifax ?

Elle consulta l'indicateur et opta pour Leeds. Elle expédia un télégramme annonçant son arrivée à Leeds le soir même. Le recevrait-il à temps ? C'était un risque à prendre.

Elle se hâta d'expédier son télégramme, puis prit un petit sac, prévint les gens de la maison qu'elle partait jusqu'au lendemain, et se mit en route. Elle trouvait déplaisant d'avoir pour destination Lancaster, mais tant pis.

Elle attendit longtemps l'arrivée du train du nord. La première personne qu'elle vit fut Tommy. Il lui fit un signe de la main et sauta du train en marche.

« Ah, dites donc ! Que je suis content de vous voir ! Ciccio est avec moi. Effie a insisté pour que je vienne à votre rencontre. »

Ciccio descendit du train à sa suite, portant son bagage. Comme un domestique ! C'en était trop pour elle.

« Alors vous êtes venu avec votre valet ? dit-elle en voyant Ciccio attendre avec le sac.

– Pas du tout, répondit Tommy en posant une main sur l'épaule de son compagnon. Nous sommes les meilleurs amis du monde. Je ne peux rien porter parce que j'ai le cœur qui bat la breloque. Ah, mais si vous me passez ma franchise, mademoiselle, je vous préfère en uniforme. Le noir ne vous va pas. Vous ne m'en voulez pas...

– Si. Mais je n'ai que des vêtements noirs en dehors de mon uniforme.

– Par exemple ! Vous n'avez pas prévu de sortir ce soir, si ?

– Il est trop tard.

– Eh bien, allons à l'hôtel. Nous pourrons parler. J'obéis aux ordres d'Effie, vous vous en doutez bien... »

À l'hôtel, Tommy donna à Alvina une lettre de sa femme dont la teneur était : « N'épousez pas cet Italien, sinon vous vous mettrez dans un vrai pétrin, ce qu'il vaut mieux éviter. *Je suis bien placée pour le savoir...* », ajoutait Effie, concluant sur cette note sinistre.

Tommy, lui, tenait un tout autre discours. Ciccio était un type adorable, exceptionnel, vraiment épatant. Tommy comprenait fort bien qu'une femme veuille l'épouser, et il n'était pas du tout d'accord avec Effie. Mais le mariage, quand même, c'était tellement définitif ! Et puis, avec cette guerre en cours, on ne savait vraiment pas ce qui allait arriver : un étranger, vous comprenez. Et puis... Vous me passerez ma franchise ? Bien sûr, je ne veux pas parler de classe ni de toutes ces sottises. Si l'homme en vaut la peine, inutile de s'occuper du reste. Mais est-il votre égal sur un plan intellectuel, mademoiselle ? Voilà un point capital. Vous n'allez pas épouser quelqu'un avec qui vous ne pourrez pas parler. Ciccio est un compagnon épatant, parce qu'il est tellement « nature » ! Mais intellectuellement, il n'a pas de quoi épater grand monde...

Alvina pensa à Mrs. Tuke, qui reprochait à Tommy de parler musique ou pseudo-philosophie sans savoir s'arrêter, quand il était remonté. Elle vit le long bras d'Effie tendu en un geste de lassitude et de rejet.

« Évidemment ! » (Encore une exclamation de Mrs. Tuke.) « Pourquoi ne pas laisser parler l'atavisme si vous pouvez, et suivre un homme avec une docilité de caniche pour la simple raison qu'il est un homme ? Soyez donc une esclave, comme les femmes barbares ! »

Pendant tout ce temps-là, Ciccio s'abstint de ce joindre à eux, comme on le lui avait demandé. Ce fut seulement lorsque Alvina s'assit devant son miroir qu'il ouvrit doucement sa porte et entra.

« C'est moi », dit-il. Et il referma la porte. Alvina, qui se brossait les cheveux, s'immobilisa un bras en l'air et l'observa. Il s'approcha avec un doux sourire pour la prendre dans ses bras, mais elle plaça la chaise entre eux.

« Pourquoi as-tu amené Mr. Tuke ? » demanda-t-elle.

Il haussa les épaules.

« Je ne l'ai pas amené, dit-il en l'observant.

– Pourquoi lui as-tu montré le télégramme ?

– C'est Mrs. Tuke qui l'a pris.

– Pourquoi le lui as-tu donné ?

– C'est elle qui me l'a donné, dans sa chambre. Elle l'a gardé jusqu'à ce que je vienne le prendre.

– Soit, dit Alvina. Retourne avec les Tuke. » Et elle se remit à se brosser les cheveux.

Ciccio l'observa et ses yeux se rétrécirent lentement.

« Comment ça ? dit-il. Je n'irai pas, Allaye. Toi, tu viens avec moi.

– Ha ! s'exclama-t-elle en reniflant avec mépris. J'irai où je veux. »

Mais il secoua lentement la tête.

« Tu viendras, Allaye. Tu viens avec moi, avec Ciccio. »

Cette supplication douce et plaintive la fit frissonner.

« Comment veux-tu que j'aille avec toi ? Comment puis-je compter sur toi ? »

À nouveau, il secoua la tête. Dans ses yeux brillait une curieuse flamme jaune, implorante et plaintive ainsi que la force éperdue et diabolique du désir.

« Si, viens avec moi, Allaye. Viens avec moi, en Italie. Ne t'en va pas avec cet autre homme. Il est trop vieux, il n'a pas la santé. Viens avec moi, en Italie... Pourquoi tu as envoyé un télégramme ? »

Alvina s'assit et se couvrit le visage de ses mains. Elle tremblait.

« Je ne peux pas ! Je ne peux pas ! Je ne peux pas ! gémit-elle. Je ne peux pas faire ça.

– Si, viens avec moi. J'ai de l'argent. Viens avec moi, dans mon village, dans la montagne, chez mon oncle. C'est une belle maison. Elle te plaira. Viens avec moi, Allaye. »

Elle n'arrivait pas à le regarder.

« Pourquoi me veux-tu ? demanda-t-elle.

– Pourquoi je te veux ? » Il eut un curieux éclat de rire, presque moqueur. « Je n'en sais rien. Tu me fais rire ! »

Elle garda le silence, les yeux au sol.

« Tu sais, je ne peux pas », dit-elle, laconique, en levant les yeux vers lui.

Il sourit à nouveau : un beau sourire subtil, diabolique mais incroyablement doux. Elle frissonna, comme hypnotisée. Et quand il s'approcha d'elle, tel un serpent qui s'approche de sa proie, elle fut incapable de reculer.

« Viens, Allaye, dit-il d'une voix douce aux intonations étrangères. Viens. Viens avec moi en Italie. Tu veux ? » Il posa la main sur elle et elle sursauta comme s'il l'avait frappée. Mais sa main, douce et puissante, se referma plus étroitement encore.

« Tu veux ? Oui ? demanda-t-il. Tu veux bien, hein ? Tu veux bien ? » Il avait sur elle un étrange pouvoir hypnotique : il semblait posséder tous les secrets de la sensualité pour la subjuguer.

« Je ne peux pas », gémit-elle, essayant de se débattre. Mais elle était sans force.

Ténébreux, insidieux, il n'eut pas d'égards pour elle. Comment les gestes d'un homme pouvaient-ils être aussi doux, aussi tendres, et à ce point dépourvus d'égards. Il n'avait pas d'égards pour elle. Pourquoi ne se révoltait-elle pas ? Pourquoi en était-elle incapable ? On l'eût crue ensorcelée, impuissante à lutter contre le sortilège.

Pourquoi ? Parce qu'elle le trouvait beau, si beau. Et sa beauté l'engourdissait, la subjuguait. Pourquoi était-il si beau à ses yeux ? Pourquoi sa volonté lui faisait-elle défaut ? Elle avait le sentiment d'être une des prostituées sacrées des temps anciens : une prostituée sacrée.

Le lendemain, très tôt, ils partirent pour Scarborough, laissant un mot pour Tommy, qui dormait encore. À Scarborough, ils se rendirent au bureau de l'état-civil : ils pouvaient se marier quinze jours plus tard. La quinzaine passa et Alvina resta comme envoûtée par Ciccio. Et consciente de l'être. Elle se sentait annihilée. Ciccio lui parlait, mais de choses ordinaires seulement. Il n'y avait entre eux rien de cette intimité verbale qu'elle avait toujours imaginée et désirée. Non. Il l'aimait, mais d'une façon ténébreuse et magnétique, qui ne la laissait pas être elle-même. L'amour de Ciccio ne la stimulait ni ne l'exaltait. Il l'annihilait. Il lui fallait être la femme docile, obscure : elle avait l'impression d'être voilée. Ses pensées imprécises évoluaient dans les régions sombres et reculées de sa conscience. Et pourtant, quelque part, elle exultait. L'atavisme ! Le mot de Mrs. Tuke résonnait dans son esprit. Était-ce de l'atavisme, ce désir de se fondre, de s'anéantir sous l'emprise de Ciccio ? Était-ce de l'atavisme, cette étrange soumission qu'il provoquait, pareille à un sommeil ? Peut-être. Peut-être. Mais c'était aussi une douce plénitude. Quelque part, elle était satisfaite. Elle était même infiniment fière du sentiment de solitude éternelle, ténébreuse et voilée qu'elle ressentait dans l'ombre de Ciccio.

Et c'était bien ainsi. Elle frissonnait en le touchant : il était si beau et elle si soumise. Quand il bougeait, elle palpitait comme son ombre. Néanmoins son esprit restait clair, détaché. Elle pouvait toujours le critiquer, trouver à redire à ce qu'il était, à ce qu'il faisait. Mais en fin de compte, elle n'y parvenait pas. Elle en avait perdu le pouvoir. Peu lui importait. Elle avait perdu le pouvoir d'attacher de l'importance aux défauts de Ciccio. Étrange indifférence, douce et empoisonnée ! Elle était droguée, et le savait. S'éveillerait-elle un jour de son coma opaque et chaud ? Elle frémit en espérant que non. « L'atavisme », aurait dit Mrs. Tuke. L'atavisme ! Ce mot lui revenait curieusement.

Pourtant, malgré toutes les questions qu'elle se posait, elle se sentait bien. Une nonchalance profonde comme le sommeil, une passivité indifférente opaque et douce au point de lui sembler scandaleuse. Scandaleuse ! Elle aussi l'était. Mais elle n'y pouvait rien. Ils étaient légalement mariés. Et elle était heureuse. Soulagée de savoir qu'elle ne pouvait s'échapper. Elle était Mrs. Marasca. À quoi bon essayer de rester Miss Houghton ? Marasca, la cerise amère. Un fruit sombre et empoisonné qu'elle avait mangé. Et tant mieux ! Comme Ciccio était beau ! Une beauté qu'elle était seule à voir. Pour elle, c'était une évidence si forte qu'elle tremblait quand son regard se posait sur lui. Beauté et ombre contrastées. En vérité, Ciccio était beaucoup plus beau depuis son mariage. Il émergeait, alors qu'auparavant, il semblait vouloir se fondre, invisible, dans les rues, dans l'Angleterre. Mais maintenant, quelque chose était en train d'éclore en lui. Sa présence dégageait puissance et séduction ; on se retournait sur son passage. Tel un léopard à la fierté farouche, il attirait l'attention des Anglais.

Il voulait aller en Italie. Et à présent, c'était sa volonté à lui qui comptait. En tant qu'épouse, Alvina devait suivre. Il l'emmena à Londres le lendemain du mariage. Il voulait quitter le pays pour l'Italie, car le statut d'étranger en Angleterre, où commençait à se développer une véritable phobie de l'espionnage, lui devenait pénible.

À Londres, ils logèrent chez son cousin, qui avait un restaurant à Battersea. C'était l'un des Italiens florissants de la capitale, un pur produit londonien, qui alliait les solides vertus anglaises de la propreté et de l'honnêteté à une astuce toute italienne. Ce Giuseppe Califano était un homme pâle, père de quatre enfants dont il était très fier. Il accueillit Alvina avec un respect affable, comme si elle représentait un atout pour la famille, mais on le sentait un peu gêné et réprobateur. En épousant Ciccio, elle avait déchu. Elle s'était rabaissée. En un sens, il se réjouissait de sa dégradation. Car cet Italien converti au Nord avait adopté les valeurs anglaises. Ses enfants étaient anglais. Il se montra légèrement condescendant envers Alvina.

Il suffit cependant d'un long regard nonchalant des yeux bleus lointains pour le rappeler à l'ordre. Alors, il envia Ciccio et tomba presque amoureux d'Alvina. Elle le troublait. Elle le troublait dans son nouvel équilibre britannique de restaurateur londonien, et elle troublait en lui l'ancienne âme italienne ténébreuse qu'il avait reniée. Il tenta de la traiter en Anglaise, mais le long regard distant fit tomber ses efforts à plat. Il fut obligé de se comporter en Italien.

Il était jaloux de Ciccio. Sur le visage de celui-ci rôdait un sourire de triomphe subtil, discrètement provocateur. Finalement, il l'avait emporté sur son cousin cossu et anglicisé. En ces premiers jours agités de la guerre, Ciccio arpentait les rues de Londres avec une fierté féline et furtive. Seul vainqueur, il triomphait furtivement du Nord vaincu.

Alvina ne percevait pas ces nuances complexes. Pour l'instant, elle était ténébreuse, puissante. Elle se trouvait plongée dans un univers curieux pour elle. C'était curieux d'être à Battersea dans ce foyer anglo-italien. Étrange d'habiter au-dessus du restaurant, de voir les arbres du parc, d'entendre le cliquetis des tramways. Étrange de sortir pour trouver tout de suite le fleuve. Étrange de sentir dans l'air le frémissement de la guerre et la peur. Mais elle acceptait les choses telles qu'elles venaient. Elle paraissait affectée par la présence de l'homme comme par un narcotique. Elle en oublia jusqu'à l'atavisme de Mrs. Tuke. Vague et docile, elle laissait passer les jours, accompagnait Ciccio en ville, allait faire des courses avec lui, s'asseyait à côté de lui au music-hall, restait dans sa chambre à coudre ou s'asseyait à la table des Califano, le visage discrètement illuminé. Mrs. Califano se montrait très gentille avec elle, très douce, même si derrière toute cette douceur, on sentait une pointe de triomphe malveillant et moqueur. Malgré tout, elle lui témoignait une gentillesse féminine, partagée qu'elle était entre son émancipation anglaise et sa soumission italienne. Elle plaignait un peu Alvina tout en la jalousant.

Alvina n'avait conscience de rien, hormis la présence de Ciccio. Sa présence physique agissait sur elle en l'envoûtant. Elle vivait dans son aura. Et elle se soumettait à lui comme s'il avait étendu sur elle sa nature ténébreuse. Elle ne savait rien de lui. Oublieuse de son esprit, elle vivait dans la présence de Ciccio, frémissant sous son influence, croyant sentir son sang battre en elle. Elle se savait subjuguée. Un seul petit coin en elle le savait et observait.

Il était très heureux, et son visage avait une réelle beauté. Ses yeux luisaient, mystérieux, tels ceux de quelque créature sauvage et victorieuse entrevue au loin sous un buisson. Et il était très tendre avec elle : sa tendresse la faisait trembler, la précipitait dans un émoi oublieux, comme si s'ouvraient les vannes de son moi profond. L'amour de Ciccio, chaud, charnel et enveloppant, avait des profondeurs infinies. Alvina sentait qu'elle pourrait s'engloutir à jamais dans son étreinte chaude et vibrante.

Ensuite, plus tard, lorsqu'elle fut tentée de le critiquer, elle devait se rappeler son visage tel qu'elle l'avait vu au consulat italien de Londres. Celui-ci était plein d'une foule qui réclamait à cor et à cris des passeports, une foule complètement anarchique. Ciccio et Alvina avaient fait la queue avant d'entrer : il n'était pas doué pour bousculer les autres et leur passer devant. À l'intérieur, un vieux monsieur courtois à la barbe blanche avait soulevé la portière pour inviter Alvina à entrer dans le bureau et à s'asseoir pour remplir les formulaires. Elle remercia le vieil homme qui s'inclina comme s'il avait une réputation à maintenir.

Ciccio la suivit, et ce fut lui qui dut s'asseoir pour remplir les papiers car elle ne comprenait pas les questions en italien. Debout à côté de lui, elle observa les Italiens volubiles des faubourgs de l'est, qui, devant le bureau, riaient et parlaient fort. Il régnait dans cet endroit une certaine confusion bon enfant, une animation humaine, désordonnée, aussi peu officielle que possible, qui ne ressemblait pas à l'Angleterre, bien qu'on fût en plein cœur de Londres.

« Comment s'appelait ta mère ? » lui demanda Ciccio. Elle se tourna vers lui. Assis pour remplir le formulaire, il brandissait la plume du bout des doigts, figé en pleine activité sérieuse et artistique. Son visage brillait d'une ténébreuse lumière, une sorte de transparence sombre qui, après avoir été enfermée, s'étale et se déploie. Alvina frémit, comme si c'était plus qu'elle n'en pouvait supporter. Tel un calice ouvert, le visage de Ciccio dévoilait les profondeurs de son âme. Limpide, sombre et sublime, il laissait voir le fond vivant de son âme dans toute sa vulnérabilité. Les ténèbres magnifiques et généreuses de sa nature méditerranéenne, si différente de celle d'Alvina, se révélaient en cet instant dans toute leur vulnérabilité passionnée. Elle en éprouva une sorte d'effroi qui la fit pâlir. Elle baissa les yeux vers lui pour répondre à sa question, et son visage se crispa, soudain vieilli. Puis les larmes lui brouillèrent la vue, elle se baissa comme pour voir ce qu'il écrivait et baisa rapidement la main qui tenait la plume, là, en plein milieu du consulat vulgaire et bondé.

Il resta immobile et leva à nouveau vers elle les yeux offerts d'une créature sauvage qui joue, invisible. Un léger sourire, qu'Alvina trouva magnifique, illumina son visage. Que voyait-il en la regardant ? Elle n'en savait rien, non, rien. Elle n'en saurait jamais rien. Un instant, elle se jura que Dieu lui-même ne la séparerait pas de cet homme. Elle se confiait à lui pour l'éternité. Puis tout redevint flou, elle se détourna, perçut la foule à l'intérieur du consulat comme sur une photographie, mais en réalité, n'eut plus conscience de rien. Le monde extérieur n'existait plus pour elle. Lorsque Ciccio se leva, elle eut l'impression que ce mouvement la faisait bouger dans son sommeil, et elle se tourna aussitôt vers lui.

Ils durent attendre le début du mois de novembre pour partir en Italie et pendant tout ce temps, elle resta dans cet état lumineux et obscur. Elle se retrouva un matin de bonne heure à la gare de Charing Cross, au milieu de l'agitation entourant le départ du train pour le continent. Giuseppe était là, avec sa femme Gemma, et deux des enfants, ainsi que trois autres amis italiens de Ciccio. Ils s'entassèrent tous sur le quai. Giuseppe avait insisté pour que Ciccio prenne des billets de seconde. Ils étaient très en avance. Alvina et Ciccio s'installèrent dans un compartiment de seconde avec tous leurs bagages. Ciccio était pâle, presque jaune malgré sa peau mate, et nerveux. Il redescendit sur le quai, parlant italien – ou plus exactement son dialecte – avec volubilité. Alvina resta assise en silence dans son coin. Parfois, l'une des femmes ou l'un des enfants venait lui dire quelques mots, ou Giuseppe montait lui apporter des illustrés. Ils la traitaient comme une sorte de malade ou d'ange, maintenant qu'elle partait. Mais leurs égards allaient surtout à Ciccio. Ils lui parlaient très vite et tous en même temps. Il répondait en regardant d'un côté et de l'autre entre ses beaux cils et leur adressait son sourire familier, insipide et inquiet. Il était bizarrement ému.

Le moment vint de fermer les portières. Les femmes et les enfants embrassèrent Alvina en lui disant :

«Tout ira bien, hein ? Aller en Italie, quand même… !» Ils accompagnaient ces paroles de grands hochements de tête entendus, qu'elle ne parvenait pas à interpréter, mais qui semblaient exprimer la plus grande cordialité.

Puis tout le monde embrassa Ciccio. Les hommes l'étreignirent en l'embrassant sur les deux joues et les enfants levèrent le visage en attendant un double baiser. C'était curieux de voir avec quelle impatience ils attendaient qu'il les embrasse, puis, l'un après l'autre, lui prenaient la main tandis que Ciccio affichait un sourire contraint et inquiet.

CHAPITRE XIV

Cap au sud

Quand le train s'ébranla, Giuseppe courut à côté du wagon, sans lâcher la main de Ciccio ; les femmes et les enfants pleuraient en agitant leurs mouchoirs, les hommes criaient leurs adieux, assortis de gestes étranges et éloquents. Alvina, perplexe, restait assise sans bouger. Le grand train s'éloigna donc pesamment, laissant sur le quai les silhouettes floues qui s'amenuisaient. Dans le brouillard, le fleuve ressemblait à une mer jaune sous l'imposant pont de fer. La matinée était humide et sombre.

Le train était bondé. La voisine d'Alvina, une Française élégante, lisait *l'Aiglon*. Partout s'entassaient paquets et bagages. Ciccio occupait la place en face d'Alvina. Son pardessus noir était ouvert sur son costume gris pâle et son chapeau noir, légèrement incliné sur son œil gauche. Il lui jetait un coup d'œil de temps à autre et lui adressait un sourire contraint. Elle gardait une immobilité totale. Après avoir traversé Bromley, ils se trouvèrent en rase campagne. Il faisait un temps gris traversé de frissons de soleil gris. Sur les collines des Downs s'étalait une mince couche de neige. Dans le train bondé, à l'atmosphère chaude et lourde, le mélange d'excitation et d'inquiétude engendrait une tension diffuse. Il filait, pesant et massif, à travers le Weald.

Le train continua, traversa Folkestone, puis atteignit la mer. Le soleil brillait maintenant, et les nuages blancs formaient une sorte de dôme creux au-dessus de la terre grise striée de bancs de brouillard horizontaux. Pas un souffle d'air. Dans le bassin, la houle léchait les quais avec un bruit de ventouse. Alvina et Ciccio prirent place à l'arrière, sur le pont de seconde, avec leurs bagages. Il avait enroulé un cache-col blanc autour de sa gorge tandis qu'Alvina serrait frileusement contre elle son écharpe et son manchon de castor. Absente et paisible, elle n'en paraissait que plus tendre et plus belle; Ciccio, qui ne la quittait pas, était beau lui aussi. Ses airs d'étranger lui donnaient une certaine noblesse pensive qui oblitérait pour l'heure toute infériorité de classe. Les passagers regardaient ce couple auréolé par la magie de l'étrangeté.

La mer était très calme. Le soleil brillait haut dans le ciel, là où les crêtes des nuages se découpaient sur le bleu pâle de l'hiver. Alvina et Ciccio regardaient le soleil dont le reflet dessinait sur la mer une ligne argentée, un peu à droite de la route du navire.

«Le soleil!» s'exclama Ciccio en hochant la tête vers l'astre et souriant à Alvina.

«J'adore», dit-elle.

Il sourit à nouveau, silencieux, en proie à une émotion étrange, dont elle ignorait la raison.

L'air était froid sur la mer hivernale, malgré la chaleur des rayons du soleil. Ils se levèrent et firent le tour des cabines. D'autres bateaux sillonnaient la mer : destroyers, navires de guerre, gris, sinistres, au ras de l'eau. Puis la haute voilure d'une goélette se mit un instant à luire au loin. Ils virent une petite flottille de bateaux de pêche bruns qui restaient groupés. Sous le soleil d'hiver de la Manche, tout était très calme.

Ils firent donc demi-tour pour retourner à l'arrière du bateau. Le cœur d'Alvina se serra soudain. Elle saisit le bras de Ciccio en sentant le navire tanguer doucement. Car derrière, derrière tout ce soleil, il y avait l'Angleterre. L'Angleterre qui, là-bas, dressait ses falaises d'un gris de cendre, d'un gris de cadavre, et plus loin, ses collines striées de neige. L'Angleterre qui, telle un long cercueil gris de cendre, s'enfonçait lentement dans la mer. Fascinée et terrifiée, elle regarda. La masse semblait renier le soleil, repousser la lumière, longue, cendreuse et morte, striée de blanc comme un linceul. C'était cela, l'Angleterre. Ses pensées flottèrent vers Woodhouse, le centre gris de tout cela. Sa terre natale!

Son cœur mourut en elle. Jamais elle ne s'était sentie aussi étrangère, aussi distante. À son côté, Ciccio ne comptait plus. Fascinée, elle regarda au loin là-bas, derrière tout ce soleil et toute cette mer, la substance grise, striée de neige, de l'Angleterre qui, lentement, s'éloignait, s'enfonçait, sombrait. Incroyable spectacle. Elle avait l'impression d'en regarder un autre. Lequel ? On eût dit un long cercueil gris cendre, l'hiver, qui s'enfonçait lentement dans la mer. L'Angleterre ?

Elle se tourna à nouveau vers le soleil. Mais un tissu de nuages voilait déjà le ciel. De plus, le froid se faisait pénétrant. Elle resta assise longtemps, presque une éternité. Et lorsqu'elle tourna à nouveau la tête, elle ne vit à l'horizon qu'un banc de brume : un banc de brume et quelques bateaux gris, majestueux. Elle n'avait plus qu'à attendre d'apercevoir la côte française.

La voilà, qui surgissait déjà au loin, grise et amorphe, tachée de neige. Dans la lumière de novembre, elle paraissait grise, ramassée, sordide. Elle avait imaginé Boulogne gaie et brillante. Or cette ville semblait encore plus grise et triste que l'Angleterre. Mais dépourvue de l'aspect magique, mystique et fantomatique.

Le bateau fit lentement demi-tour pour entrer dans le port en marche arrière. Elle regarda approcher le quai. Ciccio rassemblait les bagages. Puis retentit le premier cri qu'on entend toujours alors : «*Porteur! Porteur! Qui veut un porteur?*» Un porteur en blouse accrocha les bagages à sa courroie; Ciccio et Alvina se joignirent à la cohue devant la sortie et le contrôle des passeports. La foule était dense, pressée, effrayée, et les préposés hurlaient des directives en anglais et en français. Alvina finit par se trouver devant une table où des barbus en uniforme ouvraient en les aplatissant les grandes feuilles roses des passeports anglais. Cela lui faisait un effet bizarre et désagréable d'avoir un passeport italien, si quelconque. Le préposé examina Alvina et posa des questions à Ciccio. Personne ne lui demanda rien à elle. Elle aurait pu être l'ombre de Ciccio. De là, ils passèrent au bâtiment des douanes, une vaste caverne bondée où ils retrouvèrent leur porteur qui leur faisait signe dans la foule. Ciccio se fraya un chemin à travers la bousculade tandis que le porteur se hâtait de conduire Alvina jusqu'au grand train pour y chercher des places. Enfin, elle se trouva une fois de plus installée dans un compartiment où elle garda une place à côté d'elle pour Ciccio. Assise, elle contempla le port de l'autre côté des rails, sous les derniers rayons du soleil gris. Des hommes la regardaient, des employés la dévisageaient, des soldats lançaient des réflexions sur elle. Enfin, après une éternité, Ciccio arriva sur le quai suivi du porteur trottant derrière lui.

Assis dans le compartiment, ils mangèrent les provisions qu'ils avaient apportées en buvant du vin et du thé. Enfin, après de longues heures, le train s'ébranla vers Paris à travers une campagne marbrée de neige. Il y avait du monde partout, et le train était bondé et étouffant. L'autre voisin d'Alvina, un Français assez jeune, volumineux et gras, prenait toute la place et lui tenait trop chaud. La nuit commença à tomber. Le train avait beaucoup de retard. Il y avait des arrêts bizarres et inquiétants. Des lumières bizarres apparaissaient dans le ciel et tout le monde semblait tendre l'oreille, à l'affût de bruits bizarres. Dans un pareil tohu-bohu, Alvina perdit ses repères et retomba dans une sorte d'hébétude. Il y eut des lueurs, des éclats de lumière, des bruits, puis ce fut la frénésie de Paris.

La nuit, une ville noire, la neige qui tombait, plus aucun train à cette heure-là pour assurer la correspondance avec la gare de Lyon. À moitié abrutis, après avoir subi des interrogatoires, des vérifications et de grandes tirades visant à les intimider, ils furent enfin autorisés à traverser Paris sans s'y arrêter. Sous la neige insistante, encore une prise de bec avec un chauffeur de taxi parisien qui les déposa à la gare de Lyon.

La première personne qui se précipita vers eux fut Geoffrey, en uniforme de soldat plutôt crasseux. Il avait déjà été au feu, et semblait égaré et effaré. Il embrassa Ciccio, puis fondit en larmes sur son épaule, dans la cohue à l'entrée de la gare de Lyon. On les regarda, mais personne ne parut surpris. Geoffrey sanglotait tandis que des larmes silencieuses roulaient sur les joues de Ciccio.

« Je t'attends depuis cinq heures, et maintenant, il faut que je reparte. Ciccio ! Ciccio ! Je tenais tellement à te voir. C'est la dernière fois, mon frère, mon frère que j'aime ! s'écria Gigi, secoué par un sanglot.

– *Gigi, mon Gigi, tu as donc reçu ma lettre ?*

– Hier. Oh, Ciccio, Ciccio, je serai sans toi pour mourir !

– Mais non, Gigi, mon frère. Tu ne vas pas mourir.

– Oh, si Ciccio. Oh si. Je le sais.

– Et moi je te dis que non, mon frère », dit Ciccio. Mais la douleur l'étreignit soudain. Arrachant son chapeau, il se cacha le visage dedans et se mit à sangloter.

«*Adieu, l'ami! Adieu!*» s'écria Gigi, la main encore crispée sur le bras de son ami. Ciccio ôta son chapeau de son visage mouillé de larmes et le remit sur sa tête. Ils s'étreignirent.

«*Toujours à toi!*» dit Geoffrey avec un étrange salut solennel à Ciccio et Alvina. Puis il tourna les talons et s'éloigna rapidement vers la sortie de la gare; les pans sales de sa capote de soldat volèrent au vent lorsqu'il passa la porte. Ciccio le regarda partir. Alors il plongea ses yeux hagards dans ceux d'Alvina. Et dans la nuit, ils s'engagèrent d'un bon pas sur le quai obscur et déserté. Beaucoup de gens, des Italiens en majorité, y campaient, sous les flocons de neige égarés. Ciccio acheta de quoi manger et loua des coussins. Le train arriva en marche arrière. Dans une terrible bousculade, tout le monde se précipita à l'assaut des sièges, les hommes grimpèrent par les fenêtres. Alvina trouva une place assise, mais Ciccio dut rester debout dans le couloir.

Puis commença la traversée nocturne de la France, interminable et aveugle. Le train avait tellement chauffé que la plaque de fer au sol brûlait les pieds d'Alvina. Elle entraperçut de la neige au dehors. Un gros hôtelier italien s'enfonça un bonnet sur la tête pour protéger ses cheveux de l'odeur du tabac, couvrit la lampe et s'étendit devant Alvina. Dans le compartiment voisin, un enfant pleurait. Il hurla toute la nuit, pendant tout le trajet de Paris à Chambéry. Le train s'arrêtait brusquement de temps à autre, et restait arrêté dans la neige. L'hôtelier ronflait. La chaleur était telle dans le compartiment qu'Alvina se sentait presque comateuse. Et le convoi s'ébranlait de nouveau. À nouveau, à travers la fente des rideaux tirés, elle aperçut des gares, de la neige, Encore une secousse, encore un arrêt brutal, un murmure ensommeillé de la part des dormeurs, dont un découvrit la lampe et l'autre la recouvrit; quelqu'un regarda hors du compartiment, quelqu'un marcha dans le couloir, et le bébé continua à pleurer.

C'était celui de deux Italiens pauvres, un couple de Milanais : un petit homme chétif et une femme assez dégingandée. Ils avaient cinq très jeunes enfants, tous des garçons; et les quatre assez grands pour se tenir debout portaient des casquettes rouges. Le cinquième était un bébé. Alvina avait vu sur le quai un préposé français en train de vitupérer contre le gringalet de père.

Au matin, lorsque les voyageurs aux yeux las tirèrent les rideaux, l'aube était claire, et ils se trouvaient dans le sud de la France. Plus aucune trace de neige. Le paysage était mi-alpin, mi-méridional. Des maisons blanches aux toits de tuiles brunes se dressaient entre des arbres et des cactus. C'était très beau, et Alvina eut l'impression d'avoir déjà vu tout cela dans une vie antérieure plus heureuse. La matinée avait une grâce presque printanière. Elle sortit dans le couloir pour parler à Ciccio.

Debout, le dos contre la fenêtre du compartiment, le visage pâle et l'air malheureux, hagard, il oscillait légèrement au gré du mouvement du train. Alvina, émerveillée par le paysage du sud, lui adressa un sourire enthousiaste.

« C'est ma première matinée à l'étranger, dit-elle.

– Oui.

– Je trouve ça tellement beau. Ça ressemble à l'Italie ? »

Il jeta un regard sombre par la fenêtre et secoua la tête. Son visage conserva la même expression morne. Elle le regarda, et son cœur se serra comme jamais encore.

« Tu penses à Gigi ? » demanda-t-elle.

Il la regarda avec un léger sourire malheureux et amer, mais ne dit rien. Il semblait très loin d'elle. Une douleur éperdue palpita dans la poitrine d'Alvina. Elle longea le couloir, s'éloignant de Ciccio afin d'éviter la nouvelle souffrance qui l'habitait et qui, après tout, n'était pas la sienne à elle. Elle écouta les gens bavarder dans le couloir en français et en italien. À l'intérieur du wagon, elle sentit l'excitation et la peur régnant en France ; à l'extérieur, elle vit des bœufs blancs labourer lentement sous les peupliers jaunes des Préalpes, des paysans lever la tête ; elle aperçut une femme qui serrait son bébé contre son sein tout en regardant passer le train ; elle vit dans les gares les foules excitées et fiévreuses. Puis ils franchirent un fleuve et un grand lac. Tout semblait plus grand, plus noble qu'en Angleterre. Elle avait le sentiment qu'ici, des influences plus vastes se faisaient sentir, que le passé était plus majestueux, plus magnifique, dans ces régions-là. Pour la première fois, la nostalgie du vaste monde romain, de l'Antiquité, la saisit. Quelle splendeur ! Pour la première fois, elle ouvrait les yeux sur un continent, sur le cœur alpin d'un continent. Et pour la première fois, elle comprenait ce que cela signifiait d'échapper à la perfection mesquine de l'Angleterre pour se plonger dans l'imperfection beaucoup plus grandiose d'un immense continent.

Près de Chambéry, ils allèrent prendre le petit déjeuner au

wagon-restaurant. Elle était pénétrée d'un bonheur secret. La détresse de Ciccio la gênait. Mais au fond, elle se sentait incroyablement soulagée et heureuse. Ciccio ne la dérangeait guère. Se sentir entourée de paysages aussi vastes, voyager avec des Européens, se trouver devant un agréable café, avec des petits pains et du miel, et avoir conscience que des événements importants se déroulaient, tout cela la stimulait. Elle avait pour ainsi dire frôlé la frange de terreur provoquée par la guerre et l'invasion. La peur bouillonnait tout autour d'elle. Et pourtant, elle était heureuse et impatiente. Le vaste monde était en proie à l'une de ses convulsions, au milieu de laquelle elle évoluait. En un sens, cet événement même la réjouissait, car elle avait foi en lui.

Le train commença à grimper vers Modane. Les Alpes étaient vraiment superbes ! Quelle grandeur, quelle puissance inébranlable ! Le train grimpait, grimpait toujours. Alvina contemplait les pentes rocheuses, les cimes étincelantes de neige se détachant sur le ciel bleu, les creux des vallées tapissées de sapins, et parsemées de maisons basses. Près de la voie ferrée se trouvaient des carrières où travaillaient des ouvriers. Le train traversa une curieuse ville de montagne plutôt crasseuse, et continua à grimper sous le chaud soleil du matin, en épousant lentement le relief. Si lentement qu'un petit chien brun sorti de l'une des maisons courut longtemps à côté du convoi en aboyant après Alvina puis les autres passagers, quand il réussissait à aller plus vite que le convoi poussif. Se penchant à la fenêtre, Alvina aperçut les deux curieuses locomotives qui tiraient le convoi en crachant de la fumée dans le virage qu'elle découvrait devant elle. Il était presque midi.

Ciccio devint fébrile à l'approche de Modane, la gare frontière. Ses yeux s'étaient remis à briller et il se ressaisit au moment d'entrer en Italie. Lentement, le train pénétra dans la gare sinistre. Alors ce fut un désordre indescriptible : porteurs, bagages innombrables, foule et bousculade incroyable devant les barrières des douanes, une foule encore plus dense au bureau des passeports, une véritable folie.

Après avoir trouvé des places, ils redescendirent sur le quai. Ciccio voulait déjeuner au restaurant de la gare. Ils traversèrent les passages. Dans les couloirs crasseux de la gare et les vastes corridors, des Italiens, émigrants ou réfugiés, étaient couchés à même le sol par dizaines, hommes, femmes et enfants. Ils campaient là, entassés avec leurs bagages. Jamais Alvina n'avait vu des gens s'entasser comme du bétail, des bêtes brutes. Cela l'impressionna. Elle ne pouvait concevoir qu'un ouvrier italien se couche lorsqu'il était fatigué, que ce soit dans la rue, dans une gare ou n'importe où, tel un chien.

Dans l'après-midi, ils descendirent les Alpes en direction de Turin. Partout, on voyait de la neige, une neige épaisse, blanche, magnifique et fraîche, qui luisait dans la lumière de l'après-midi sur les pentes de la montagne, sur la voie ferrée, et paraissait presque toucher le train. Le crépuscule tombait. Aux gares, une fois de plus, les gens prenaient le convoi d'assaut.

Il faisait nuit depuis longtemps lorsqu'ils arrivèrent à Turin. Beaucoup de voyageurs descendirent; beaucoup d'autres affluèrent pour monter à bord. Ciccio et Alvina avaient des places côte à côte. Ils commençaient à se sentir fatigués. Mais ils étaient en Italie. Une fois encore, ils descendirent prendre un repas à la gare. Puis, le train repartit dans la nuit à destination d'Alexandrie, Gênes, Pise et Rome.

Il faisait nuit, le train roulait mieux, et l'atmosphère était plus détendue en Italie. Ciccio bavarda un peu avec ses compagnons de voyage. Alvina s'installa confortablement, la tête calée sur son oreiller, et dormit plus ou moins jusqu'à Gênes. Après la longue attente dans la gare, elle se remit à somnoler. Quand elle se réveilla, elle vit la mer en contrebas, au clair de lune, une mer argentée splendide tout au bord du wagon. Le train semblait frôler la Méditerranée, contourner les baies, se faufiler entre des rochers sombres et sous des châteaux, dans un paysage nocturne de conte de fées. Cela dura des heures. Elle regardait, sous le charme, envoûtée par la magie même du monde. Et elle se dit : «Malgré tout ce que la vie peut réserver, malgré les horreurs dont les hommes sont responsables, le monde est un lieu merveilleux, magique, un lieu digne de tous les émerveillements, totalement stupéfiant.»

Après ces réflexions, elle retomba dans sa somnolence, tout en ayant conscience de traverser des tunnels, des collines, de vastes marécages pâlis par la lune et l'approche de l'aube. Puis ce fut Pise à l'aube. Elle regarda le panneau suspendu dans l'obscurité de la gare : «Pisa.» Ciccio lui dit que c'était là que changeaient les voyageurs pour Florence. Tout paraissait merveilleux à Alvina. Merveilleux. De son siège, elle observa la gare noire, puis entendit le bruit d'une trompette d'enfant. Elle n'eut pas l'idée d'associer le train qui démarrait au bruit de la trompette.

Mais elle vit l'aube dorée par le soleil qui se levait sur la campagne plate. Quel bonheur ! Quel bonheur d'être en Italie ! Quel bonheur de se trouver dans ce train lent et nonchalant, d'avoir de l'argent italien, d'entendre les Italiens autour d'elle – même s'ils étaient moins beaux qu'elle ne l'avait imaginé, et leur langue moins mélodieuse. Quel bonheur de contempler le paysage antique et lumineux ! Elle lut et relut : « È pericolo sporgersi », « È vietato fumare » et autres petits écriteaux magiques dans les wagons. Ciccio les lui traduisit et lui apprit à les prononcer. Les Italiens, en face d'eux, les observèrent avec sympathie et demandèrent d'emblée à Ciccio s'ils étaient mariés, et la nationalité de son épouse. Ils la regardèrent avec des yeux brillants et approbateurs, bien qu'elle se sentît affreusement dépenaillée et salie par le voyage.

« Vous venez d'Angleterre ? Oui ! Beau pays ! » dit un homme assis dans le coin, se penchant en avant pour montrer ses talents linguistiques.

« Moins que celui-ci, répondit Alvina

– Hein ? »

Alvina répéta sa phrase.

« Moins beau ? Oh ? Non ! Le brouillard, hein ? » Le gros homme agita les doigts en l'air pour suggérer le brouillard dans l'atmosphère. « Mais joli pays. Très... *commode.* » Il eut un sourire de triomphe après avoir réussi à dire ce mot. Ensuite, la conversation redevint un flot continu d'italien. Les femmes, très intéressées, scrutèrent Alvina des pieds à la tête. Elle devina qu'elles cherchaient à savoir si elle était déjà enceinte. Et de fait, elles demandèrent à Ciccio en italien si « elle lui faisait un petit ». Sur quoi il secoua la tête, ne sachant trop quoi dire, un peu gêné. Ils se mirent tous à manger des tranches de saucisson, du pain et des boulettes de riz frites qui leur laissaient les doigts dégoulinants d'huile, à boire de grandes gorgées de vin à la bouteille, et ils offrirent leurs victuailles à Ciccio et Alvina. Quand elle dit qu'elle prendrait volontiers du saucisson et du pain, ils furent ravis. Il choisit lui-même les rondelles avec les doigts et lui fit un sandwich avec un petit pain. Les femmes la regardèrent mordre dedans et elles hochèrent la tête, les yeux brillants, satisfaites, en demandant :

« Buono ? Buono ? »

À quoi Alvina, qui connaissait le mot, répondit : « Oui, c'est bon, *buono !* » en hochant la tête pour confirmer ses paroles. Ceci ravit les femmes, qui lui montrèrent le paquet de tranches de saucisson, hochèrent la tête et dirent avec de larges sourires :

« Se ne vuole ancora... ! »

Mordant son gros sandwich, Alvina sourit et répondit :

« Oui, c'est vraiment bon ! »

Alors, les femmes se regardèrent et dirent quelques mots. Ciccio s'interposa, secouant la tête. Mais l'une des femmes essuya ostensiblement le goulot d'une bouteille avec un mouchoir propre et la tendit à Alvina en disant :

« Vino buono. Vecchio ! Vecchio ! » en hochant violemment la tête et en lui faisant signe de boire. Elle regarda Ciccio qui lui rendit son regard, l'air un peu perplexe.

« Est-ce que je dois boire ?

– Si tu veux », répondit-il avec un haussement d'épaule à l'italienne.

Elle but un peu de vin, qui lui coula sur le menton, car elle ne savait pas boire au goulot. Mais elle apprécia la sensation de chaleur que cela lui donna. Elle était très fatiguée.

« Le piace ? Piace ?

– Tu as aimé ? traduisit Ciccio.

– Oui, beaucoup. Comment dit-on "beaucoup" ?

– *Molto.*

– *Si, molto.* Ah, mais oui, c'est un mot que je connais, à cause du piano », ajouta-t-elle.

Les femmes lui répondirent par force exclamations, sourires et hochements de tête. Et le train continua à brimbaler sur sa lancée jusqu'à Rome. Là encore, ce fut une cavalcade et une bousculade générales avec les bagages. Tout le monde se disait adieu, et une foule se rassemblait sur le quai de la gare de Rome. *Roma ! Roma !* Pour Alvina, ce n'était qu'un nom, une gare encombrée, animée, où Ciccio courait derrière leurs bagages, et où ils prirent un repas au restaurant.

À peine avaient-ils fini de manger qu'ils remontèrent une fois de plus dans le train, avec de nouveaux compagnons de voyage, à destination du sud, cette fois-ci, vers Naples. À travers une brume de fatigue croissante, Alvina regarda le paysage morne de Campanie, sordide à ses yeux, qui longeait la voie ferrée, l'aqueduc en ruines assez proche dans la plaine accablée. Elle vit un tram isolé, loin de tout, qui allait traverser la voie. Il se dirigeait vers Frascati.

Lentement, les collines approchèrent. Ils passèrent des vignes sur les premiers coteaux, puis des roseaux, et se trouvèrent dans les montagnes. De superbes bourgades fortifiées étaient perchées sur des rochers et des promontoires, les montagnes sortaient toutes raides de la plaine, comme dans les gravures anciennes ; des rivières serpentaient dans des endroits déserts et rocheux ; tout paraissait antique, échevelé, encore sauvage sous la civilisation isolée de cette région des monts Albains, au sud de Rome. Maintenant, le train grimpait, descendait et tournait.

Ils approchaient de leur destination. Alvina se sentait presque trop fatiguée pour se soucier de ce qu'elle allait trouver. Ils se rendaient au village natal de Ciccio, où ils devaient loger chez l'oncle maternel de celui-ci. Cet oncle avait servi de modèle à des artistes à Londres. Il avait construit une maison sur le terrain que lui avait laissé le grand-père de Ciccio, et vivait seul à présent, car sa femme était morte et ses enfants, à l'étranger. C'était lui le père de Giuseppe, le Giuseppe de Battersea chez qui Alvina avait séjourné.

Elle n'en savait pas plus. Sinon qu'un morceau du terrain, là-bas à Pescocalascio, appartenait à Ciccio : un bout de terre ancienne, à demi sauvage, que sa mère avait hérité de son père, le vieux Francesco Califano, un paysan dur à la tâche. Cette terre, restée en indivision, était cultivée par les deux oncles de Ciccio, Pancrazio et Giovanni. Pancrazio était l'oncle riche, celui qui avait posé pour des artistes et construit la « villa ». Giovanni n'était pas bon à grand-chose, à en croire Ciccio.

Pancrazio devait venir les chercher à la gare. Ciccio rassembla ses paquets, redressa son chapeau et regarda par la fenêtre les montagnes abruptes sous la lumière de l'après-midi. Dans le creux, entre les collines escarpées, se trouvait une ville, sur une plaine étalée entre les montagnes comme un golfe. Le train s'arrêta. Ils étaient arrivés.

Alvina était si fatiguée que c'est à peine si elle put descendre sur le quai. Il était environ quatre heures. Ciccio chercha partout Pancrazio du regard, mais en vain. Il entassa donc ses bagages sur le quai, dit à Alvina de rester à côté, et partit en quête des malles enregistrées. Un porteur s'approcha d'Alvina et lui posa des questions auxquelles elle ne comprit rien. Enfin, Ciccio revint, portant une petite malle sur ses épaules, suivi d'un porteur qui en avait chargé une autre. Ils sortirent au trot, abandonnant Alvina avec les bagages à main. Elle attendit. Le train repartit. Ciccio et le porteur revinrent, toujours pressés, et la conduisirent à l'extérieur de la gare. Derrière la voie ferrée se trouvait un espace désert où attendaient deux grands cars grisâtres, et une rangée de voitures à cheval découvertes. Ciccio passa les bagages à main à un homme qui les mit sur le toit de l'un des autocars. Une fois le chargement terminé, l'homme descendit. Ciccio lui donna cinquante centimes, ainsi qu'au porteur. Celui-ci jeta immédiatement la pièce par terre avec un geste de mépris indigné, en ouvrant les bras et protestant violemment. À quoi Ciccio répondit en protestant violemment lui aussi et ils se chamaillèrent comme deux oiseaux. À la fin, le gaillard brun moustachu qui conduisait l'autobus intervint en retroussant ses manches. Là-dessus, Ciccio donna fort civilement deux pièces de dix centimes supplémentaires au porteur, qui lui souhaita fort civilement « *buon viaggio* ».

Alvina fut donc installée dans les entrailles de l'autocar, à côté de Ciccio. Ils n'étaient pas plus tôt assis qu'une voix prononça dans un bel anglais modulé : « Vous êtes là ! Comment ai-je pu vous manquer ? »

C'était Pancrazio, un petit Italien d'une soixantaine d'années, à l'apparence miteuse, usée, aux paupières rougies et au visage très ridé barré d'une grosse moustache. Il fut présenté à Alvina.

« Comment ai-je pu vous manquer ? répéta-t-il. J'étais à la gare quand le train est arrivé, et je ne vous ai pas vus. »

Mais à l'évidence, il avait bu. Il n'eut pas le loisir d'en dire davantage. L'autocar était rempli de grands montagnards aux chapeaux noirs, vêtus de grands manteaux. Ils trouvèrent à Pancrazio un siège tout au fond, où il prit place, le visage impassible, très ridé, le regard un peu vitreux. Il avait les mêmes yeux brun jaune que Ciccio. Mais ses paupières tombaient, curieusement lourdes, ses yeux bordés de rouge paraissaient ternis comme ceux d'un vieux débauché. Une personnalité singulière ! Et s'il parlait anglais lentement, sa prononciation était parfaite. Il jetait à Alvina de longs regards impersonnels, mais sans insister. Et il resta assis, sans guère bouger, aussi impavide qu'un Peau-Rouge.

Au dernier moment, un gros prêtre en noir fut hisse puis poussé à l'intérieur, et la porte refermée derrière lui. Tous les sièges disponibles étaient occupés, jusqu'aux strapontins. Le deuxième autocar s'éloigna, puis celui qui se rendait à Mola[1] suivit, emportant Alvina et Ciccio vers l'étape suivante de leur voyage.

Les rayons du soleil, déjà obliques, rasaient les cimes des montagnes et les ombres tombaient sur le golfe de la plaine. L'autocar filait à grande vitesse sur une route droite et blanche, qui traversait les terres cultivées, et se dirigeait vers le cœur des montagnes. Au bord de la route, des paysans en blouse, des paysannes en grandes jupes froncées, avec des corselets ou corsages blancs à manches bouffantes marchaient péniblement sur le talus herbeux, conduisant des chèvres, des vaches ou des ânes lourdement chargés. Elles avaient la tête couverte de foulards colorés, comme ces femmes qu'Alvina avait vu dire la bonne aventure avec leurs petites perruches vertes[2], lors des fêtes de patronage. Tous se dirigeaient vers l'ombre bleue des montagnes qui se refermaient, laissant derrière eux, sur leur gauche, les sommets de la ville.

Arrivé à un carrefour, l'autocar s'arrêta soudain, et attendit tranquillement au milieu de la route, à côté d'un ruisseau glacé, dans le crépuscule qui s'assombrissait. De grands bœufs blancs comme des papillons de nuit passèrent, balançant leurs flancs, traînant bas un long chargement de bois; les paysans qui avaient été dépassés arrivèrent en groupes pittoresques. Le ruisseau glacé murmurait; des chèvres, des cochons et des vaches qu'on rentrait lentement à l'étable avançaient en secouant leurs clochettes sur les talus et dans les champs non labourés. Des paysans sautaient de l'autocar sur la route pour bavarder, laissant entrer l'air froid. À mesure que le soleil disparaissait, la curieuse lumière glacée des montagnes enneigées déployait ses tons rosés haut dans le ciel, tandis que l'ombre s'épaississait dans la vallée.

Enfin, au bout de près d'une demi-heure, le jeune homme qui conduisait l'autocar arriva au trot sur le sentier sauvage descendant vers la route, tout le monde remonta à bord tant bien que mal, et le véhicule fila de nouveau vers le point où la plaine s'étranglait. Il gronda, puis accéléra en attaquant le premier lacet de la montée. De grands précipices se déployèrent sur la droite, sous les rougeoiements du soleil couchant. La route s'enroulait et serpentait en

1. D.H.Lawrence a rebaptisé ainsi la petite ville de Sora, dans les Abruzzes.
2. Ces perruches étaient dressées à prendre une carte dans leur bec, qui était utilisée pour prédire l'avenir.

montant à l'assaut du col. L'autocar peinait sur la côte ; il accéléra dans un virage, entama une nouvelle boucle, puis reprit son ascension laborieuse. Les montagnes se refermaient, l'obscurité régnait. Entre les hautes parois rocheuses, la route tournait et zigzaguait d'un côté à l'autre du large défilé, le véhicule vrombissait et s'obstinait. Parfois, il passait devant une maison, parfois devant un bois de chênes ; on apercevait un ravin, puis l'éclat blanc de la neige recouvrant le noir de la terre. Dans l'obscurité, ils continuaient à grimper, grimper toujours.

Alvina regarda devant la voiture et crut apercevoir un creux entre les pics : le col. Et chaque fois que l'autocar prenait un nouveau virage, elle s'imaginait qu'il atteignait le sommet de la passe. Mais non, la route continuait à dérouler ses lacets.

Un petit village perdu apparut. C'était peut-être leur destination. Mais non, là encore. Seul le jeune et beau montagnard qui était assis en face d'Alvina descendit en ronchonnant, parce que le car était passé devant sa route sans s'arrêter, le conducteur avait refusé. Tout le monde fit des remontrances au jeune homme qui descendit et disparut dans l'ombre. Le gros prêtre s'installa tant bien que mal à sa place. Le car continua son ascension sinueuse, toujours en direction de ce creux entre les pics où l'on devinait le ciel.

Enfin, ils passèrent entre des bâtiments blottis au flanc de hautes parois rocheuses et débouchèrent sur une petite place du marché, au sommet du col. On descendit les bagages du toit et Alvina mit pied à terre. Elle se trouvait sur la place rudimentaire d'une vieille bourgade de montagne délabrée. La façade d'une église se dressait sur une petite éminence. À droite, une route blanche partait vers une vaste vallée que l'on devinait au-delà, en contrebas. On distinguait des maisons basses et sordides et quelques grands bâtiments, ainsi que de petits arbres nus. Le ciel était étoilé, l'air glacé. Des gens se tenaient dans l'ombre, tout excités. Des femmes portant des coiffes singulières en tissu gaufré, façonnées comme une coquille et évoquant un peu un bonnet de camériste, s'approchèrent pour dévisager les arrivants. Des montagnardes au visage dur.

Pancrazio parlait à Ciccio en dialecte.

« Je n'ai trouvé personne qui veuille descendre en carriole, dit-il en anglais. Mais je vais en trouver une ici. Qu'allez-vous faire ? Si vous posiez vos bagages chez Grazia en attendant que je revienne ? »

Ils traversèrent la place pour entrer dans une sorte de boutique à l'enseigne du Restaurant de la Poste, un taudis au sol en terre battue, qui sentait le chat. Trois vieilles étaient assises autour d'un petit brasero de cuivre où rougeoyait un feu de charbon mourant. Des hommes buvaient. Ciccio commanda du café avec du rhum. Grazia, une femme au visage dur coiffée d'un bonnet défraîchi, plongea de petites tasses sales dans une eau sale, prit la cafetière posée sur les braises, remplit les tasses aux trois quarts de café noir rebouilli et versa du rhum qui déborda. Puis elle ajouta une cuillérée de sucre pour faire bonne mesure, ce qui élargit encore la mare dans les soucoupes : ses clients étaient servis.

Malgré tout, Ciccio vida sa tasse, et Alvina en fit autant, se brûlant sévèrement les lèvres. Ciccio paya et sortit en baissant la tête pour franchir la porte.

« Et maintenant, qu'est-ce que vous allez acheter ? demanda Pancrazio.

– Acheter ? fit Ciccio.

– À manger. Vous avez apporté de quoi manger ?

– Non », répondit Ciccio.

Ils entreprirent donc de monter par des ruelles caillouteuses et sombres vers la boucherie, où ils achetèrent une grosse tranche de viande rouge, et à la boulangerie, où ils prirent d'énormes miches plates. Ils achetèrent du sucre et du café. Pancrazio déplora dans son anglais élégant de ne pouvoir se procurer de beurre. Partout, les femmes au visage dur vinrent regarder curieusement Alvina, posant des questions auxquelles Ciccio et Pancrazio répondirent assez froidement, avec une certaine *hauteur*. À l'évidence, les gens de Pescocalascio et les villageois d'Ossona ne frayaient guère. Plongée dans les ténèbres de cette sauvage petite bourgade de montagne, Alvina avait l'impression de se trouver dans un pays étrange et hostile.

Ils furent enfin prêts à partir. Ils montèrent dans une carriole à deux roues, Alvina et Ciccio derrière, Pancrazio devant à côté du conducteur, tandis que les bagages étaient entassés n'importe comment. Les plus volumineux attendraient le lendemain. Il faisait un froid glacial, et une obscurité aveuglante. La lune ne se lèverait que plus tard.

Aussi, sans autre lumière que celle des étoiles, la carriole descendit-elle cahin-caha la route pâle qui reliait le haut de la vallée au gouffre obscur en contrebas. Ils descendirent, plongeant dans les ténèbres à grand fracas et à bride abattue; le jeune conducteur adressait de curieux bruits à son cheval invisible, faisait claquer son fouet et posait d'innombrables questions à Pancrazio.

Alvina se serrait contre Ciccio, qui restait impassible. Le vent était froid, les étoiles scintillaient. La voiture descendait en cahotant la large route caillouteuse que surplombaient des rochers, et qui s'enfonçait toujours plus avant dans les ténèbres. Ciccio, penché en avant sur son siège, regardait droit devant. Alvina enregistrait la présence des montagnes, des rochers et des étoiles.

« Je ne me doutais pas que c'était aussi sauvage ! dit-elle.

– Pas tant que ça », répondit-il d'une voix où l'on distinguait une note triste et plaintive. Il posa une main sur elle.

« Ça ne te plaît pas ?

– Si, si, c'est très beau… c'est superbe », dit-elle, abasourdie.

Il la serra passionnément contre lui. Mais elle n'avait pas l'impression d'avoir besoin de protection. Tout lui semblait splendide, stupéfiant. Elle ne comprenait pas pourquoi il paraissait troublé, désespéré même. Elle les trouvait magnifiques, ces étoiles brillantes et ces escarpements. Ils lui paraissaient magiques, terrifiants et grandioses.

Ils atteignirent le lit de la vallée, la route s'aplanit et ils continuèrent à rouler. Ils virent une maison, un grand feu rouge vif qui brûlait dehors, devant le mur, et des ombres autour.

« Qu'est-ce que c'est ? demanda-t-elle. Qu'est-ce qu'ils font ?

– Je ne sais pas, répondit Ciccio. *Cosa fanno li*, eh ?

– *Ka… ? Fanno il buga…* », dit le conducteur.

« Ils font la lessive, expliqua Pancrazio.

– La lessive ! s'exclama Alvina.

– Ils font bouillir le linge », dit Ciccio.

La voiture continua à cahoter avec bruit dans la nuit froide, sur la route de la vallée. Alvina distinguait les pentes noires. Au-dessus d'elle brillait Orion. Elle se sentit perdue, complètement perdue. Elle était sortie du monde, en avait franchi la frontière, et se trouvait dans un lieu de mystère. Pour elle, Woodhouse n'existait plus, ni Lancaster, ni l'Angleterre. Elle était complètement perdue.

Ils traversèrent des bois obscurs, où l'on entendait le flot rapide d'une eau froide, quand soudain, la carriole s'arrêta. Une silhouette sortit d'une porte éclairée et s'avança dans l'ombre.

« Il faut descendre ici. La voiture ne peut pas aller plus loin, dit Pancrazio.

– On est arrivés ? demanda Alvina.

– Non, il reste encore un kilomètre et demi à faire. Mais nous sommes obligés de laisser la carriole. »

Ciccio posa des questions en italien. Alvina descendit.

« Bonsoir ! Vous avez froid ? » demanda une voix de femme rauque et sonore à l'accent italo-américain. Une autre parente de Ciccio. Alvina sursauta et regarda la propriétaire de cette voix, une belle jeune femme un peu menaçante qui se tenait dans l'encadrement éclairé de la porte.

« Ma foi, oui, répondit-elle.

– Entrez donc vous réchauffer, proposa la jeune femme

– Nous sommes chez le mari de ma sœur », expliqua Pancrazio.

Alvina franchit la porte et entra dans la pièce. C'était une sorte d'auberge. Sur le sol en terre battue était posée une grande bassine ronde en métal pleine de braises rougeoyantes : on eût dit une flaque de feu. Assis à une table, des hommes en chapeaux et manteaux jouaient aux cartes à la lumière d'une petite lampe. Un homme servait du vin. On se serait cru dans une caverne.

« Réchauffez-vous », dit la jeune femme en indiquant le disque de feu sur le sol. Elle en approcha une chaise, sur laquelle s'assit Alvina. Les hommes de la pièce la lorgnèrent, mais continuèrent leur partie bruyante. Ciccio entra avec les bagages. Les hommes se levèrent et l'accueillirent avec effusion, tout en jetant des regards furtifs à Alvina, comme s'il s'agissait d'une créature venue d'un autre monde. Elle entendit des mots d'américain au milieu du dialecte italien.

Il y eut un conciliabule en aparté, et Ciccio vint lui dire :

« Ils veulent savoir si tu souhaites passer la nuit ici.

– Je préfère aller jusqu'à la maison. »

Ciccio détourna le visage lorsqu'elle prononça le mot « maison ».

« C'est que vous seriez mieux ici que dans ma pauvre maison, à mon avis, dit Pancrazio. Vous comprenez, je n'ai pas de femme pour la tenir ... »

Alvina regarda la pièce pareille à une caverne, les hommes rudes en chapeau noir et se demanda comment elle pourrait « être mieux » ici.

« Je préfère continuer, dit-elle.

– Alors, je vais chercher l'âne », dit Pancrazio, stoïque. Alvina le suivit sur la route.

D'un hangar surgit un homme assez petit, la mine patibulaire, une lanterne à la main. Il avait le chapeau rabattu sur les yeux et le col du manteau remonté jusqu'au nez. Ses jambes étaient entortillés dans des chiffons blancs sur lesquels se croisaient et se recroisaient des lanières de cuir. Chaussé de sandales en peau, il marchait sans bruit.

« C'est mon frère Giovanni, dit Pancrazio. Il n'a pas toute sa tête. » Alors il se mit à parler très fort et avec volubilité en dialecte.

Giovanni salua Alvina en touchant son chapeau et donna la lanterne à son frère. Puis il disparut et revint quelques instants plus tard avec l'âne. Ciccio sortit les bagages, qui furent chargés de façon un peu précaire de part et d'autre de l'animal à la lumière de la lanterne. Pancrazio vérifia de nouveau la solidité de la corde.

« C'est bon. Allez-y, je vous rejoins d'ici une minute.

– Aya-aa-aa ! » cria Giovanni à l'âne en lui frappant le flanc. Puis il prit la corde et gagna la route sombre, ouvrant la marche en menant l'âne. Ses jambes gainées de blanc sale dépassaient de son grand manteau. Alvina remarqua le frottement discret de ses sandales de peau et les pas silencieux de l'âne.

Elle marchait sur le côté de la route avec Ciccio, qui portait la lanterne. L'âne chargé avançait juste devant eux. On entendait un petit filet d'eau invisible mais bruyant. La route bordée d'arbres était parfois surplombée par de gros rochers. Elle était gelée car il faisait très froid. Des étoiles scintillaient haut dans le ciel.

« Comme tout est étrange, dit Alvina. Tu es content d'être chez toi ?

– Ce n'est pas chez moi, dit-il, comme si le mot le chagrinait. Oui, ça me fait plaisir de revoir cet endroit. Mais il n'est pas fait pour des jeunes. Tu verras si tu t'y plais. »

Elle fut surprise par sa gêne, celle-là même qu'elle avait remarquée chez Pancrazio. Ce dernier les rejoignit au pas de course.

« Vous allez être très fatiguée, dit-il. Vous auriez dû rester en bas chez ma belle-sœur.

– Non, je ne suis pas fatiguée, dit Alvina. Mais j'ai faim.

– Ah, nous mangerons en arrivant chez moi. »

Ils continuèrent à avancer péniblement sur la route obscure. Pancrazio prit la lanterne et vérifia le chargement de l'âne, rajustant les cordes. Une grosse miche plate se détacha et se mit à rouler ; une petite valise tomba avec un bruit sec. Pancrazio déversa un flot de dialecte à l'adresse de Giovanni, lui tendant la lanterne. Ciccio ramassa le pain et le mit sous son bras.

« Peux-tu m'en donner un petit bout ? » demanda Alvina.

Dans l'obscurité, ils en mâchèrent quelques bouchées.

Au bout d'un moment, Pancrazio s'arrêta avec l'âne juste devant eux, et reprit la lanterne à Giovanni.

« Il nous faut quitter la route ici », dit-il.

Très courtois, il prit soin d'éclairer pour Alvina l'étroit sentier qui descendait sur la berge entre des buissons. Elle s'aventura sur la pente raide, suivie de Pancrazio qui portait la lanterne. Giovanni fermait la marche et lançait à l'âne des onomatopées. Ils descendirent tous tant bien que mal jusque dans le vaste lit d'un torrent, formé de gros galets ronds et blancs. C'était une étrange étendue semée de masses arrondies, pâles sous la lumière des étoiles. On entendait le bruit d'un torrent rapide qui glaçait les oreilles. Le paysage était sauvage et désolé. Au loin, sur l'autre rive, s'étalait la masse sombre des buissons.

Derrière Pancrazio qui balançait la lanterne, ils se frayèrent un chemin parmi les grosses pierres inégales jusqu'à la rivière ellemêm. Celle-ci n'était pas très large, mais coulait vite sous la longue planche souple qu'on avait jetée en travers. Alvina s'y engagea avec appréhension, suivie par Pancrazio avec la lanterne, puis par Ciccio portant le pain et la valise. On entendait le cliquetis des sabots de l'âne et les exclamations de Giovanni.

Pancrazio retraversa la rivière avec la lanterne. Alvina vit apparaître la silhouette indistincte de l'âne qui s'approcha de mauvais gré de l'eau, la renifla en baissant le museau et resta là, les pattes de devant plantées dans le sol.

« Hue, hue ! » cria Pancrazio en frappant le flanc de l'animal. Celui-ci se borna à relever le museau et se détourna. Il refusait de traverser la rivière. Pancrazio saisit la corde avec colère et se tourna vers l'amont.

On entendit sa voix exaspérée flotter dans l'obscurité glacée : « Pourquoi a-t-on créé l'âne ? C'est une bête imbécile. »

Ciccio se mit à rire. Alvina et lui se trouvaient sur le large lit pierreux du torrent, sous la lueur claire des étoiles, et regardaient les silhouettes indistinctes des hommes et de l'âne remonter lentement en amont avec la lanterne.

La scène se répéta : le museau blanc de l'âne se baissa pour renifler l'eau avec méfiance, et sa charge, en pesant vers l'avant, lui fit relever l'arrière-train. Il y eut encore des cris de colère et des coups de Pancrazio. L'âne sembla vouloir aller à l'eau, mais non ! Après avoir longuement hésité, il recula. Des exclamations furieuses retentirent dans l'air cristallin. Le groupe avec la lanterne remonta en amont, et s'amenuisa en s'éloignant.

Immobiles, Alvina et Ciccio regardaient. La lanterne paraissait toute petite au loin. Et puis soudain, retentirent des coups, des cris, des bruits d'éclaboussure.

« Il traverse », dit Ciccio.

Pancrazio revint jusqu'à la planche à pas vifs, portant la lanterne.

« Quel crétin, cet âne ! Il est à tuer ! s'écria-t-il.

– Il n'est donc pas habitué à l'eau ? demanda Alvina.

– Mais si ! Seulement il n'entre que là où ça lui chante. Et en attendant, on a envie de le tuer. »

Ils traversèrent avec précaution le lit du torrent, jusqu'aux broussailles et aux buissons de l'autre rive, où ils attendirent l'âne dont les sabots cliquetaient sur les grosses pierres tandis qu'il suivait le patient Giovanni. Après quoi, ils empruntèrent un sentier rocheux et difficile qui montait entre des talus. Alvina eut grand mal à gravir le chemin raboteux. Mais elle parvint en haut. À nouveau, ils attendirent l'âne. Et à nouveau, ils prirent à droite, sous des arbres. Une maison se profila dans l'ombre.

« C'est là ? demanda Alvina.

– Non. Elle m'appartient, mais ce n'est pas là que j'habite. On approche. Maintenant, nous voilà sur mon terrain. »

Ils foulaient une sorte de prairie à l'herbe rude, et grimpaient toujours. Cela se termina par une petite escalade pour passer entre de grosses pierres, après quoi ils se trouvèrent brusquement sur le seuil d'une maison de taille assez importante, mais où tout était éteint.

« Oh ! s'exclama Pancrazio. Ils n'ont rien fait de ce que je leur avais dit. » Et il laissa échapper de curieux bruits exaspérés.

« C'est-à-dire ? demanda Alvina.

– Ils n'ont pas allumé de feu ni rien. Attendez une minute... »

L'âne arriva. Ciccio, Alvina, Giovanni et l'âne attendirent sous la lueur glacée des étoiles, en bas de la maison perdue. Pancrazio avait disparu à l'arrière. Ciccio parla avec Giovanni. Il paraissait mal à l'aise, comme s'il était découragé.

Pancrazio revint avec la lanterne, et ouvrit la grande porte. Alvina le suivit dans un large couloir dallé de pierres, où étaient entreposés les outils ; dans un coin gisait une litière de paille et de haricots secs, et un escalier de bois nu montait à l'étage. C'est tout ce qu'elle aperçut à la lumière de la lanterne, tandis que Pancrazio tirait la ficelle[1] et entrait dans la cuisine aux murs sombres et au plafond voûté. Dans la grande cheminée ne brûlait aucun feu. La pièce était sommairement garnie de quelques meubles grossiers et foncés, avec un sol de pierre qui ne connaissait pas le balai et de petites fenêtres aux barreaux de fer qui s'ouvraient dans l'épaisseur des murs. L'une d'elles était à moitié fermée par un volet qui n'avait plus de couleur. On aurait dit un sombre décor de théâtre, non une pièce destinée à l'habitation.

« Je vais allumer », dit Pancrazio en prenant sur le manteau de la cheminée une lampe dont il tira la mèche.

Ciccio, debout derrière Alvina, gardait le silence. Il avait posé le pain et la valise sur une huche. Elle se tourna vers lui.

« C'est une belle pièce », dit-elle.

De fait, avec ses hauts murs voûtés au badigeon sale et sa grande cheminée noire, elle avait fière allure. Mais Ciccio ne comprit pas. Il sourit tristement.

Une fois la lampe allumée, Alvina regarda autour d'elle, stupéfaite.

« Maintenant, je vais faire du feu. Toi, Ciccio, aide Giovanni à dételer l'âne », dit Pancrazio qui sortit précipitamment avec sa lanterne.

Alvina examina la pièce. En face de l'âtre se trouvait un banc de bois à dossier, tournant le dos à la porte ; il y avait une petite table sous une des fenêtres carrées ouvertes dans un renfoncement du mur ; sur le rebord de fenêtre en pente, s'étalaient des journaux, des lettres en désordre, ainsi que des clous et un marteau ; sur la table, deux épis de maïs voisinaient avec des haricots secs. Dans un coin étaient accrochées des étagères avec deux assiettes en émail écaillé et, au-dessous, une petite table portant un seau d'eau avec, dedans, une grande louche. Il y avait aussi une huche, deux petites chaises et,

1. Système de fermeture rudimentaire : à l'extérieur de la porte pend une ficelle dont l'autre extrémité est passée autour d'un loquet à l'intérieur ; quand on tire sur la ficelle dehors, le loquet se soulève.

dans un coin de l'âtre, un tas de petit bois, de roseaux, de sarments de vigne, d'épis de maïs ébarbés et de petites branches de chêne.

Pancrazio arriva en chancelant sous le poids de nouveaux fagots.

« Ils n'ont pas fait ce que je leur avais dit, ces gens. Ils sont assommants ! Je leur avais demandé d'allumer du feu et de préparer la maison. Vous allez être installés à la dure dans ma pauvre maison. Je n'ai pas de femme, je suis seul, et tout va de travers… »

Il cassa les morceaux de bambou, les posa dans le foyer et les alluma. Bientôt, le feu flamba. Ciccio revint avec les sacs et les provisions.

« Je vais monter me débarrasser de mes affaires, dit Alvina. Je meurs de faim.

– Gardez votre manteau, conseilla Pancrazio. Il fait froid ici. » En effet, la pièce était glaciale. Alvina eut un petit frisson. Elle ôta son chapeau et sa fourrure.

« Si nous faisions cuire la viande à la poêle ? » suggéra Pancrazio.

Il prit une poêle, alla chercher du lard dans la huche, qui servait de garde-manger, et entreprit de faire frire des morceaux de viande. Alvina voulut mettre la table. Mais il n'y avait pas de nappe.

« Nous n'aurons qu'à nous asseoir ici pour manger, comme je le fais », dit Pancrazio. Il sortit deux assiettes émaillées et une assiette creuse, trois méchantes fourchettes en fer, deux vieux couteaux et une écuelle de bois contenant un peu de gros sel gris. Il posa le tout sur le banc devant la cheminée. Ciccio ne dit rien.

Le banc était noir et graisseux. Alvina eut peur de tacher ses vêtements. Elle s'assit quand même, tenant son assiette émaillée, son invraisemblable fourchette, sa viande et son morceau de pain, et se mit à manger. C'était très malcommode, mais le contenu de l'assiette était bon et le feu flambait. Hélas, la fumée qui emplissait la pièce lui piquait les yeux. Assis à côté d'elle, Ciccio engloutissait de grosses bouchées.

« Je trouve ça amusant », dit Alvina.

Il posa sur elle un regard sombre, hagard et morose. Elle se demanda ce qu'il avait.

« Tu ne trouves pas ça amusant ? » demanda-t-elle en souriant.

À son tour, il sourit lentement.

« Tu ne te plairas pas ici.

– Pourquoi ?» s'écria-t-elle, affolée à l'idée que cette prophétie était peut-être exacte.

Pancrazio sortit en trottinant avec sa lanterne, et rapporta des poires ridées, des raisins aux grains verts et ronds ainsi que des noix. Il présenta le tout sur un linge blanc.

«Je crois que mes poires sont encore bonnes, dit-il. Mangez-les et excusez l'inconfort de ma maison.»

Giovanni arriva, apportant un grand bol de soupe et une bouteille de lait. Il n'y avait de place que pour trois sur le banc devant la cheminée. Il poussa sa chaise dans le tas de petit bois et s'assit. Il avait des yeux très brillants tirant sur le bleu, et un visage un peu gras. Il pouvait avoir cinquante ans, mais son expression bonasse et sans malice évoquait un simple d'esprit. Les trois hommes avaient gardé leur chapeau.

La soupe venait de chez Giovanni. Elle était destinée à Pancrazio et lui. Mais comme il n'y avait qu'une cuillère, Pancrazio avala une douzaine de cuillerées avant de passer le bol à Giovanni, qui protesta et voulut refuser, mais finit par accepter, prit dix cuillérées puis repassa le bol et la cuillère à son frère. À eux deux, ils finirent ainsi la soupe. Après quoi, Pancrazio trouva du vin, un vin blanc assez médiocre, pour lequel il s'excusa. Et il proposa à Alvina du café, qu'elle accepta avec empressement.

Car si de face le feu chauffait, on avait le dos gelé. Pancrazio enfonça un long bâton pointu dans la poignée d'une casserole et passa le tout à Ciccio pour qu'il le tienne sur le feu et fasse chauffer le lait pendant qu'il mettait la cafetière en fer-blanc dans les cendres. Il sortit un long tube de fer, une sorte de soufflet dont l'autre extrémité reposait sur deux petits pieds, et donna cet appareil à Giovanni pour qu'il ranime la flamme.

Giovanni était un adorateur du feu. Ses yeux brillaient en prenant le tube. Il remit des fagots dans l'âtre, bien que Pancrazio le lui eût défendu. Il les disposa une fois qu'ils furent incandescents, et souffla doucement jusqu'à ce qu'il ait obtenu des braises pour le café.

«Basta ! Basta !» dit Ciccio. Mais Giovanni continuait à souffler, les yeux étincelants, regardant Alvina. Il voulait que le feu soit beau pour elle.

En guise de service à café, il y avait une tasse en faïence, une grande tasse en métal émaillé, et un petit bol. Pancrazio se mit à moudre le café à grand bruit. Il avait beau être vieux et voûté, il faisait tout.

Enfin, Giovanni prit congé. La bouilloire, pendue au crochet au-dessus du feu, débordait. Ciccio se brûla la main en la décrochant. Enfin, Alvina put aller se coucher. Enfin…

Pancrazio passa le premier avec la bougie, Ciccio suivit, tenant la bouilloire noircie et Alvina ferma la marche. Les hommes avaient gardé leur chapeau. Les marches en bois nu résonnèrent sous leurs pas.

Il faisait très froid dans la chambre. C'était une pièce assez grande, avec un sol en ciment, des murs blanchis à la chaux et une porte-fenêtre donnant sur un petit balcon. Il y avait de part et d'autre deux lits blancs hauts sur pieds, et une petite table de toilette à trois pieds.

La température était très basse, glaciale, et le sol de pierre dur et froid sous les pieds. Ciccio s'assit sur une chaise et commença à se déchausser. Alvina s'approcha de la fenêtre. La lune s'était levée. Un flot de lumière inondait les cimes neigeuses d'un blanc éblouissant, qui miroitaient, magiques, dans la nuit évanescente. Elle sortit un moment sur le balcon. Le monde était un lieu enchanté : cette lune sur les hauteurs enneigées, la vallée pâle en contrebas, la rivière rauque et tout autour, des collines bleu sombre couvertes de broussailles. Tout était magique… mais si froid.

« Tu devrais fermer cette fenêtre », dit Ciccio.

Elle rentra. Morte de fatigue, elle était abrutie par le froid et affreusement sale après le voyage. Ciccio s'était couché sans se laver.

« Pourquoi le lit craque-t-il ainsi ? » demanda-t-elle.

Le matelas était bourré de feuilles de maïs sèches, celles qui avaient enveloppé les épis. Ainsi rempli, il était d'une épaisseur incroyable. En se glissant dessus, Ciccio fit autant de bruit qu'un serpent dans des feuilles mortes.

Alvina se lava les mains. Ne sachant où vider l'eau, elle la jeta par la fenêtre. Puis elle se lava soigneusement le visage dans une bonne eau chaude. Quel bonheur ! Elle soupira en s'essuyant.

« Ça va mieux ! »

Ciccio la regarda se brosser rapidement les cheveux. Elle était hébétée par la fatigue, le froid et l'air trop vif. Elle se glissa à tâtons dans le lit haut et bruissant, bombé au milieu, et glacé. Elle en fut saisie comme si elle était tombée dans l'eau. Elle frissonna, mais l'épuisement la plongea dans une semi-inconscience. Les couvertures étaient lourdes, très lourdes. Les émotions et le dépaysement l'étourdissaient. Elle sentait confusément que Ciccio était malheureux, mais elle ne comprenait pas pourquoi.

Une heure plus tard environ, elle se réveilla en sursaut. La lune entrait à flots dans la pièce. Alvina se demanda où elle était. Elle avait peur. Et froid. Une véritable panique l'étreignit. Dans son lit, Ciccio ne bougeait pas. Tout semblait électrisé par l'horreur. Elle avait un sentiment de mort imminente, tant le monde environnant lui paraissait terrifiant. Elle ne pouvait pas bouger. Ce qui l'entourait était horrible, l'exterminait, l'anéantissait. Son être même était menacé. D'une minute à l'autre, elle serait paralysée par la terreur.

Au prix d'un violent effort, elle s'assit dans son lit. Le silence de Ciccio était horrible, comme tout le reste de cette nuit. Il lui faisait horreur, lui aussi. Que faire ? Où fuir ? Elle était perdue, perdue, totalement perdue.

Cette certitude la pénétra, la figea comme de la glace. Alors, délibérément, elle se leva et s'approcha de l'autre lit. Ciccio était horrible et effrayant, mais chaud. Elle sentit son pouvoir et sa chaleur l'envahir et l'anéantir. La passion folle et désespérée qui était en lui la fit replonger dans l'inconscience, une inconscience totale.

CHAPITRE XV

Le lieu-dit Califano

Ne nous y trompons pas, Alvina était une fille perdue. Coupée de ses racines. Ovide exilé en Thrace pouvait bien se lamenter. L'âme a besoin de sa nourriture propre, mystérieuse, sans laquelle rien ne va.

À Pescocalascio, c'était l'influence mystérieuse des montagnes et des vallées mêmes qui semblait anéantir l'Anglaise ; non seulement elle, d'ailleurs, mais aussi les habitants du lieu. Ciccio et Pancrazio se cramponnaient à elle, au fond, comme si sa présence les sauvait de l'extinction. Elle avait besoin de tout son courage, car en vérité, elle devait porter l'âme des deux hommes.

Au début, elle ne s'en rendit pas compte, abasourdie qu'elle était simplement par l'étrangeté du monde qui l'entourait ; surprise et plus ou moins fascinée par la beauté terrible de l'endroit, plus ou moins horrifiée par la sauvagerie avec laquelle il l'anéantissait. Elle était abasourdie, purement et simplement. Les jours passèrent.

Certains endroits, semble-t-il, nous résistent, car ils ont le pouvoir de venir à bout de notre moi profond. Chaque pays a, semble-t-il, ses centres puissamment négatifs, des lieux qui opposent un refus sauvage et triomphant à notre culture vivante. Or Alvina était venue se heurter à l'un d'eux, ici, au bord des Abruzzes.

Elle n'habitait pas le village de Pescocalascio même, qui se trouvait à une grande heure de marche. La maison de Pancrazio était la plus grande d'un minuscule hameau de trois maisons nommé

Califano, parce que c'étaient les Califano qui l'avaient construit Il y avait la masure où étaient nés Pancrazio et la mère de Ciccio, une habitation sans fenêtres, ancienne et sauvage, le berceau de la famille. Puis la maison de Pancrazio. Et enfin, un peu en dessous, une autre, assez récente, moderne, dans une sorte de prairie aux herbes hautes, habitée par des paysans qui travaillaient la terre de Pancrazio. À dix minutes de marche se trouvaient un autre petit groupe de maisons, sept ou huit, où vivait Giovanni. Mais on ne trouvait aucun magasin, aucun bureau de poste avant Pescocalascio, à une heure de marche pénible, par des sentiers rocheux, difficiles et défoncés.

Pourtant, quoi de plus merveilleux que les journées ensoleillées ? Pures, chaudes, bleues dans les collines au pied des montagnes, de petites collines raides plus ou moins incultes, couvertes de chênes bruns aux ramilles abondantes, de marais et de garrigues, travaillées au petit bonheur, çà et là. C'était merveilleux de voir Ciccio labourer lentement avec deux grands bœufs blancs dans les creux près des marais ; merveilleux de descendre avec Pancrazio dans la garrigue bordant le lit du torrent, de franchir le désert massif de pierres blanches pour atteindre l'autre rive broussailleuse et de remonter vers la route. Pancrazio adorait qu'Alvina l'accompagne. Cela lui plaisait qu'elle n'ait pas peur. Et la voir apprécier la beauté du lieu lui était un immense soulagement.

Rien de plus merveilleux que le crépuscule d'hiver. Parfois, Alvina et Pancrazio revenaient sur le tard avec l'âne, qui descendait à pas prudents les rives escarpées que le gel gagnait dès que le soleil baissait. Il continuait à refuser d'entrer dans l'eau, pendant qu'une ombre bleu mauve tombait sur le large lit blanc du torrent, que les broussailles et les premières collines s'assombrissaient et que dans le ciel – oh, comme c'était beau, presque trop –, la neige sur les montagnes proches flambait, rose sur le ciel bleu foncé. Qu'il était sublime, indicible, indescriptible, le crépuscule grandiose et païen des vallées, sauvage, froid, imprégné de la présence de ces dieux anciens qui connaissaient leur droit au sacrifice humain. Cela possédait l'âme d'Alvina. Elle en était transfigurée et accédait à un autre mystère de la vie. Une dureté sauvage envahissait son cœur. Les dieux qui exigeaient des sacrifices humains avaient raison, immuablement. Les dieux féroces et sauvages qui trempaient leurs lèvres dans le sang étaient les vrais dieux.

La nostalgie du passé païen, ses excès, la terreur qui l'habitait agissaient sur son âme réceptive comme une torture permanente. Elle ne parvenait pas à l'identifier. Mais c'était une sorte de névralgie de l'âme elle-même, insaisissable et néanmoins physique. Lorsqu'elle franchissait le sommet d'un monticule rocheux couvert de bruyère et que de là elle voyait Ciccio en manches de chemise blanches, penché sur sa charrue, derrière les bœufs lents, dont les flancs pâles oscillaient, occupé à retourner la terre d'un petit lopin dans ce vallon païen, son âme défaillait et elle s'évanouissait presque en pensant au monde disparu. Quant à Ciccio, silencieux, habité par une angoisse et une magie muettes, il paraissait avoir perpétuellement peur de lui-même et de ce qu'il était. Son silence même semblait indiquer qu'il se concentrait sur elle avec une intensité terrible. Elle se disait qu'elle n'y survivrait pas.

Parfois, elle allait ramasser des glands, de gros glands bien pleins, récolte précieuse dans ce pays où le cochon gras était presque un objet de vénération. Elle s'accroupissait en silence et remplissait son panier. Au loin, elle entendait Giovanni couper du bois, Ciccio donner des ordres à ses bœufs, Pancrazio parler à l'âne, ou un paysan piocher la terre. Dominant le tout, le murmure constant de l'eau vive et la présence réelle, vivante, des neiges éternelles. Un bonheur sauvage, terrible s'emparait d'elle, au-delà du désespoir, mais très semblable à lui. Personne ne la retrouverait jamais. Elle avait franchi les limites de ce monde et gagné celui d'avant; elle avait rouvert l'éternité de jadis.

Puis Maria, la femme de Giovanni, une petite vieille espiègle, montait avec les vaches. Elle en conduisait une, attachée par une corde autour des cornes, et elle la menait des parcelles de blé en herbe jusqu'à la prairie hirsute, de la petite plantation d'arbres jusqu'à la garrigue. Maria portait la robe à grande jupe plissée et à manches blanches des paysannes, et avait la tête couverte d'un foulard rouge. Mais sa robe était sale, son visage aussi et ses grands anneaux d'or pendaient à des oreilles qui n'avaient peut-être jamais été lavées. Elle paraissait boucanée, à force d'être toujours exposée à la fumée du feu de bois.

Coiffée de son foulard rouge, tirant la vache blanche à laquelle elle hurlait des ordres, elle s'approchait en riant d'Alvina, qui avait un peu peur des vaches. Puis, d'une voix stridente, elle lui tenait des discours en dialecte. Alvina souriait et essayait de comprendre.

Impossible. Ce n'était pas un langage humain à proprement parler. On aurait dit des cris inarticulés d'animaux. Ce n'était certainement pas de l'italien. Pourtant, à force de baigner dans ce dialecte, Alvina finissait par comprendre quelques mots agglutinés.

Elle aimait bien Maria. Elle les aimait bien tous. Ils faisaient de leur mieux pour être gentils avec elle. Cela dit, ils ne pouvaient pas grand-chose. Entre eux, ils étaient très gentils. Car ils semblaient tous perdus, tels des aborigènes abandonnés, et la traitaient comme un être d'essence supérieure. Ils adoraient la voir dépouiller les épis de maïs ou ramasser les glands. Ils étaient tous prêts à se mettre en quatre pour elle. On aurait dit qu'ils avaient besoin de servir quelqu'un. Et qu'Alvina, l'Anglaise, était dotée pour eux d'un certain prestige magique : tant qu'elle était contente, ils étaient infiniment heureux et soulagés de la compter parmi eux. Mais elle avait le sentiment qu'elle ne survivrait pas.

Et comme elle était parfois malheureuse ! Ah, les jours affreux où il tombait une pluie glaciale mêlée de grésil, où le monde extérieur était invivable et l'intérieur de la maison épouvantable. Si les gens du pays survivaient en travaillant sans relâche, muets, primitifs, que pouvait faire Alvina ?

La maison était infâme. Elle comportait seulement deux pièces habitables : la cuisine et la chambre d'Alvina. Avec ses petites fenêtres à barreaux perchées en haut du mur, dont l'une, à cause d'un carreau cassé, devait garder son volet fermé d'un côté, la cuisine ressemblait à une caverne sombre et voûtée dont le feu de bois rendait l'air âcre. Assise devant l'âtre sur le banc à dossier, dur et incrusté de graisse, Alvina parvenait à faire durer le feu en y ajoutant des fagots de bois vert. Hélas, la fumée lui irritait les poumons et elle ne réussissait pas à garder des vêtements propres. Mais elle n'avait pas le choix. Quant à la chambre, il y régnait un froid glacial. Et elle ne pouvait aller nulle part ailleurs. Au loin, on entendait le braiement d'un âne dans la neige, primitif et désespéré.

Malgré sa taille, la maison était inhabitable. En bas, à gauche du large couloir où l'on mettait de temps à autre l'âne à l'abri des intempéries, et où les poules circulaient en quête de quelque chose à picorer, se trouvait une grande salle tout en longueur où Pancrazio rangeait outils et accessoires, pommes de terres et potirons, et où trois ou quatre lapins bondissaient à l'improviste hors de l'ombre. Sur la droite, en face, il y avait la resserre, un endroit sombre encombré de tonneaux et d'autres provisions. Et c'était tout pour le rez-de-chaussée.

Au-dessus, à mi-chemin de l'escalier, là où il tournait, s'ouvrait une sorte de grange avec un grand grillage derrière lequel on voyait rutiler des épis de maïs orangés et du blé. À l'étage, il y avait quatre pièces, dont seule celle d'Alvina était meublée. Pancrazio dormait sur une pile de vieux vêtements dans la chambre d'en face, dépourvue de meubles. Au-delà se trouvait une pièce qui abritait du bric-à-brac, une commode, et quantité de vieux livres et de photographies en vrac rapportés d'Angleterre par Pancrazio. On y voyait entre autres une vieille photographie de Lord Leighton[1]. La quatrième pièce, à laquelle on accédait par le grenier à blé, était toujours fermée à clé.

Dehors, c'était tout aussi décourageant. Il y avait eu un petit jardin entouré d'un muret de pierres. Mais les volailles, les oies et l'âne en avaient eu raison. On trouvait partout des fientes de volailles, dans la maison et dehors ; l'âne laissait sur le seuil des piles de crottin fumer dans l'air froid, et déchirait l'air de ses braiements à fendre l'âme. Il n'y avait pas de routes, seulement des pistes : dans les creux, elles ressemblaient à de profondes ornières où affleuraient des rochers, et sur les hauteurs, à des pistes rocheuses évidées. Les creux étaient pleins de boue et d'eau, et l'on glissait d'un rocher à l'autre en avançant, ou sinon, il fallait marcher sur un étroit rebord herbu.

Que faire les matins sombres où tombait du grésil ? Pancrazio montait une bouilloire pleine d'eau chaude vers huit heures et demie. N'avait-il pas voyagé dans toute l'Europe avec des gentlemen anglais en qualité de valet et de modèle ? Il les avait adorés, ces gentlemen anglais ! Même à présent, il préférait infiniment s'acquitter de ces petites tâches pour faire plaisir à Alvina plutôt que de s'occuper de ses misérables terres.

Ciccio se levait tôt et vaquait toute la journée à ses tâches à la manière décousue et inefficace des Italiens, sans arriver à rien. Alvina sortait de la chambre glaciale pour gagner la cuisine noire, où Pancrazio lui faisait galamment chauffer du lait au bout d'un long bâton. Elle s'asseyait donc sur le banc pour boire son café au

1. Lord Frederick Leighton (1830-1896), peintre et sculpteur.

lait, dans lequel elle trempait son pain sec. Après quoi, la journée l'attendait.

Elle lavait sa tasse et son assiette émaillée, et essayait de nettoyer la cuisine. Mais Pancrazio mettait sur le feu une grande marmite noire accrochée à une chaîne. Il faisait bouillir la nourriture pour l'éternel cochon, le seul être pour qui on faisait la cuisine. Ciccio rapportait des fagots, Pancrazio entrait et sortait, surveillant sa marmite.

Alvina réfléchissait et s'organisait de son mieux. Elle attendait que Pancrazio ne soit plus dans ses jambes pour laver à l'eau bouillante toute la vaisselle : tasses, assiettes et casseroles. Quand Pancrazio s'en allait enfin, emportant sa grande marmite noire, elle se mettait au travail. Mais il n'y avait même pas six assiettes et tasses dans la maison, et pas plus de six ustensiles de cuisine, qui ne prenaient pas longtemps à récurer. Après quoi, elle frottait la petite table et les étagères. Elle garnissait de papier propre le garde-manger et lavait les rebords des fenêtres haut perchées et l'étroit rebord de cheminée, où s'étaient déposés des tas de cire de bougie couverts de poussière. Ensuite, elle attaquait le banc qu'elle récurait aussi. Puis elle regardait le sol. Mais malgré ses habitudes de bonne ménagère anglaise, elle comprenait la futilité de le laver. Autant essayer de laver la terre elle-même à l'extérieur. Ce n'était qu'un carré de terre battue et empierrée. Elle le balayait le mieux possible, puis arrangeait tant bien que mal le tas de bois dans le coin. Après quoi, elle lavait les petites fenêtres hautes, pour laisser entrer la lumière.

Quel était le résultat, au bout du compte ? Une odeur humide et savonneuse, guère plus. Maria était venue maintes fois, toute empressée, admirer son travail en poussant des cris émerveillés et approbateurs. Elle avait chassé avec ostentation une poule indiscrète de ce temple de la propreté. Et c'était tout.

Désespérant. Toujours les mêmes murs noirs, le même sol, le même froid dans le dos, la même fumée de bois vert, le même seau d'eau puisée au puits, les mêmes allées et venues d'hommes qui s'affairaient à des tâches inutiles, le même caquetage de poules mouillées, le même néant désespérant.

Alvina résista quelque temps. Puis elle attrapa un mauvais rhume, ce qui la démoralisa. Sans doute était-ce à cause de la fumée. Elle avait les poumons à vif et se sentait très faible et très mal. Elle ne pouvait s'installer dans sa chambre, il y faisait trop froid. Si elle restait assise dans la cuisine sombre, la fumée lui faisait mal et elle avait en permanence froid dans le dos. De plus, Pancrazio n'aimait pas beaucoup voir son tas de fagots consumé pour rien. La seule issue aurait été le travail. Or il n'y avait rien à faire dans la maison. Elle ne pouvait même pas coudre.

Elle avait les repas de midi et du soir à préparer. Mais sans casseroles et sur un feu qui fumait, quelle cuisine faire ? Exposée à la fumée et à la graisse, elle faisait bouillir les pommes de terre et frire la viande dans du saindoux, dans une poêle à long manche. Puis Pancrazio décréta que Maria devait préparer des macaronis à la sauce tomate, une soupe aux légumes épaisse et parfois de la polenta. Cette nourriture grossière et lourde était lassante au-delà de toute expression.

Alvina commença à avoir le sentiment qu'elle allait mourir dans cet univers aussi dénué de confort que de sens. Il est vrai que les journées ensoleillées revinrent, avec leur magie. Mais elle était affaiblie et fiévreuse, et son rhume refusait de guérir. Si bien que même au soleil, la brutalité de cet inconfort et la sauvagerie primitive de l'endroit la rebutaient.

Les autres s'attristaient de la voir malheureuse.

«Tu voudrais être rentrée en Angleterre ?» lui demanda Ciccio, avec un soupçon d'amertume sardonique. Elle le regarda sans répondre. Il baissa la tête et sortit.

«Nous allons installer une cheminée dans l'autre chambre», déclara Pancrazio.

Sitôt dit, sitôt fait. Ciccio persuada Alvina de rester au lit quelques jours. Elle fut heureuse de s'y réfugier. Après quoi, elle entendit une activité inhabituelle. Pancrazio, Ciccio, Giovanni, Maria ainsi qu'un maçon entreprenaient de construire la cheminée. Ce furent des allées et venues incessantes dans l'escalier. Maria, qui portait les pierres et la chaux sur la tête, s'arrêtait avec son fardeau à la porte d'Alvina pour la saluer, et lui lançait quelques mots inintelligibles. Quand elle n'avait pas de cargaison à acheminer, elle apportait à la malade sa soupe, son café ou son lait chaud.

Ils firent du bon travail : une chambre agréable avec deux fenêtres, dont l'une donnait sur les montagnes et l'autre sur le village perché au loin ; elle serait exposée au soleil tout l'après-midi.

Lorsqu'Alvina fut assez bien rétablie, ils partirent un lundi matin pour le marché d'Ossona. Ils quittèrent la maison à la lumière des étoiles, mais l'aube se levait lorsqu'ils arrivèrent au torrent. Une fois sur la route, Pancrazio harnacha l'âne et après une attente interminable, ils s'ébranlèrent en direction d'Ossona. Sous la lumière de l'aube, les montagnes étaient magnifiques, vert sombre, mauve et rose; le sol gelé résonnait sous les pas. Sur les routes cheminaient des groupes de paysans qui allaient au marché : les femmes endimanchées, certaines en robe de soie épaisse, vert, lavande, rouge foncé, avec un corsage blanc à manches bouffantes, et coiffées de foulards de couleurs gaies; les hommes emmitouflés dans de grandes capes, marchant sans bruit, chaussés de leurs sandales pointues en cuir; les ânes lourdement chargés, des charrettes pleines de paysans, une vache retardataire.

Le marché était merveilleux, par cette matinée froide et ensoleillée, dans cette vieille bourgade au sommet du col. Taureaux et vaches, moutons, cochons et chèvres étaient debout ou couchés sous les petits arbres dénudés de la terrasse dominant la vallée : on avait allumé un grand feu de bois mort, autour duquel se rassemblaient les hommes, laissant derrière eux l'air bleu et glacé. On déchargeait les légumes que transportaient les ânes, on vidait les charrettes qui apportaient toutes sortes de marchandises : chaussures, casseroles, quincaillerie, chapeaux, sucreries, et des monceaux de maïs, de haricots et de semences. À huit heures, par cette matinée de décembre, le marché battait son plein. S'y assemblait une grande foule de montagnards bien bâtis, tous des paysans, et presque tous en costume local, avec différentes coiffures.

Ciccio, Pancrazio et Alvina vaquèrent tranquillement à leurs affaires. Ils achetèrent des ustensiles de cuisine, des légumes, des sucreries, d'épaisses nattes de jonc, deux fauteuils en bois et un vieux fauteuil moelleux. Ils évitaient de se faire remarquer dans la foule et marchandaient discrètement, comme les Italiens anglicisés.

Le soleil arriva sur la place du marché vers neuf heures. Alors, depuis la terrasse de la porte de la ville, Alvina regarda le merveilleux spectacle qu'elle dominait : toutes ces paysannes en robes colorées, les chapeaux noirs des hommes, les marchandises entassées, les cochons qui grognaient, le beau bétail pâle, la multitude d'ânes à l'attache, et se demanda si elle mourrait avant de faire partie intégrante de cette foule. Il lui était impossible de s'y intégrer. Ciccio serait obligé de la ramener en Angleterre, ou de la conduire en Amérique. Il faisait toujours des allusions à l'Amérique.

Seulement voilà, l'Italie risquait d'entrer en guerre. Même ici, c'était le grand sujet de conversation. Elle regarda grouiller le marché en bas. Le soleil la chauffait. Ciccio et Pancrazio étaient en train de marchander deux descentes de lit en peau de vache : Ciccio se tenait la tête en avant. Son mari ! Elle sentit son cœur défaillir.

Toutes ces paysannes éprouvaient-elles la même chose ? La même passion consentante, le même retrait de la vie ? Sans doute. La même passion éperdue pour l'homme, la même distance par rapport à la réalité du monde ? Au-delà de toute la tension engendrée par l'argent et la cupidité, la moralité vindicative de la montagne et les horreurs de la religion, elles éprouvaient sans doute la même chose. Elle était à l'unisson. Cependant, jamais elle ne pourrait endurer cela une vie entière. Ce n'était qu'une épreuve qui lui était imposée. Il faudrait que Ciccio l'emmène en Amérique ou en Angleterre. En Amérique de préférence.

Et cependant même qu'il se retournait pour la regarder, elle sentit un curieux frémissement dans ses entrailles, une sorte de vibration, curieusement intérieure et pourtant étrangère. Elle porta la main à son flanc. Sur le marché en contrebas, Ciccio levait pour la chercher un regard rapide et impatient. Il l'aperçut. Là-bas, elle paraissait briller d'une lumière délicate pour lui, se détacher de toutes les autres femmes. Il se dirigea droit vers elle, avec son lent sourire énigmatique. Il ne pouvait supporter l'idée de la perdre. Elle savait combien il l'aimait, d'un amour presque inhumain, élémentaire, sans communication. Et elle resta là, la main posée sur son flanc, l'air effrayé, sans guère lui prêter attention. Elle avait l'impression d'être enceinte. Pourtant, sur cette place de marché, elle n'avait conscience que de lui.

« Nous avons acheté les peaux, dit-il. Vingt-sept lires l'une. »

Elle le regarda, vit sa peau sombre, ses yeux dorés. Il était si proche d'elle, si profondément uni à elle, et pourtant si inaccessible à la communication. Comme l'être de Ciccio était éloigné du sien !

« Je crois que je vais avoir un enfant, dit-elle.

– Hein ? » lança-t-il aussitôt. Mais il avait compris. Ses yeux prirent un éclat singulier en se posant sur elle. Elle sentit la terreur étrange et la solitude qu'engendrait sa passion pour elle. Elle aurait voulu pouvoir se coucher là, devant la porte de cette ville, au soleil, et s'évanouir pour rester inconsciente à jamais. C'était presque trop lui demander que de vivre. Les yeux lumineux de Ciccio l'observaient, l'enveloppaient. Elle ne pouvait que céder, céder, céder. Pourtant, elle ne pouvait s'enfoncer dans la terre.

Elle vit Pancrazio emporter les peaux jusqu'à la carriole basculée sous un petit arbre au tronc pâle, sur la terrasse dominant la vallée. Puis il se fraya rapidement un chemin pour venir les rejoindre à travers la foule.

«Tu as senti quelque chose ? demanda Ciccio.

– Oui, là ! » dit-elle en appuyant sa main sur son flanc. Et elle prit à nouveau conscience de cette curieuse vibration. Elle posa sur Ciccio un regard lointain, effrayé.

«Tant mieux... », répondit-il avec une expression triomphante, lourde d'un sens incommunicable.

« Eh bien, lança Pancrazio en les rejoignant. Si nous rentrions manger quelque chose ? »

Ils s'installèrent dans la petite carriole plate pour rentrer. L'après-midi d'hiver cédait la place à la nuit lorsqu'ils dételèrent l'âne des brancards devant la vieille maison abandonnée où Pancrazio laissait la carriole. Giovanni les attendait, la lanterne à la main. Ciccio passa devant avec Alvina tandis que les autres restaient pour charger l'âne. Ciccio ne quittait pas Alvina des yeux. Lorsqu'ils eurent franchi le torrent et se trouvèrent dans les broussailles sombres, il la prit dans ses bras et l'embrassa longuement, avec une passion terrible. Elle vit derrière sa joue briller les crêtes neigeuses dans la lumière du soir. Alors que, le matin, elles étaient roses dans celle de l'aube, leur blancheur flamboyait maintenant dans le crépuscule du retour. Dans quelle étrange vallée d'ombre cheminait-elle ? Quelle était cette passion masculine terrible qui la hantait comme un ange des ténèbres ? Pourquoi était-elle à ce point hors d'elle-même ?

CHAPITRE XVI

En suspens

Noël approchait. Il y avait encore un grand tas de maïs à dépouiller. Alvina était assise avec Ciccio dans la grange, à effeuiller les épis.

«Tu crois que tu pourras encore rester ici après la naissance du bébé ?» lui demanda-t-il.

Elle regarda l'épi d'or enflammé, ce long cône rutilant arrivé à maturité, dont la peau se détachait sous les doigts de Ciccio. D'un côté, le tas de maïs brillait comme le chaud soleil, elle avait l'impression qu'il dégageait bel et bien de la chaleur, qu'il rougeoyait, qu'il brûlait. De l'autre côté, les fourreaux transparents, secs et bruissants, étaient eux aussi légèrement lumineux. L'un après l'autre, les longs phallus d'or rouge se dévoilaient sous sa main et il les posait doucement à côté de lui. Il leva vers elle ses yeux jaunes.

«Oui, j'imagine. Et toi ? demanda-t-elle.

– Oui, si on ne me demande pas de partir. J'aimerais le voir naître ici.

– Tu aimerais élever un enfant ici ?

– Toi, tu ne pourrais pas être heureuse ici tout ce temps-là, dit-il tristement.

– Et toi ?»

Il secoua la tête, indécis.

Elle s'acclimatait. Elle avait sa chambre au premier, ses tasses, ses assiettes et ses cuillères, ses affaires à elle. Pancrazio avait repris sa vieille habitude d'aller manger avec Maria et Giovanni. Ciccio et Alvina prenaient leurs repas dans leur jolie pièce à l'étage. Ils étaient heureux seuls. Parfois seulement, l'atmosphère terrible du lieu affectait Alvina.

Malgré tout, elle avait l'usage d'une pièce propre, où elle pouvait lire et coudre. Elle avait écrit à l'infirmière en chef et à Mrs. Tuke, et cette dernière lui avait envoyé des livres. Alvina aidait Ciccio quand elle le pouvait, et Maria lui avait appris à filer la laine blanche des moutons pour en faire un fil grossier.

Ce matin-là, Pancrazio et Giovanni étaient partis. Alvina et Ciccio étaient restés seuls, à dépouiller les derniers épis de maïs. Soudain, dans l'air gris du matin, retentit une musique endiablée : le bourdonnement d'une cornemuse, la voix haute d'un homme, qui chantait, hurlant presque, un bref couplet dont la fin était ponctuée par quelques roulades sur un autre instrument à vent, flûte ou pipeau. La surprise figea Alvina sur sa chaise. C'était une musique étrange, rapide et aiguë, vociférée, la voix même de la montagne. Belle ? Non, elle ne l'était pas, au sens que nous donnons à ce mot. Mais quelle magie, quelle nostalgie du passé païen et indompté !

« C'est pour Noël, dit Ciccio. Ils viendront tous les jours maintenant. »

Alvina se leva et se dirigea vers le petit balcon. Deux hommes se tenaient en bas, dans la neige qui tombait, poudreuse. Le plus vieux avait une cornemuse dont le sac était raccommodé avec de la toile pour chemises ; l'autre portait des vêtements de couleur verdâtre et, le visage levé, il hurlait les couplets de l'incompréhensible ballade de Noël, brefs, rapides et terminés avec virtuosité par quelques fioritures sur un court pipeau de bois qu'il tenait à la main, prêt à en jouer. Alvina crut qu'il allait s'essouffler. Mais non. Le couplet d'après suivit, rapide et haut perché, et les autres se succédèrent, ponctués par les trémolos éperdus du pipeau, dominant les ronflements de la cornemuse. Les miettes de neige, comme un voile moucheté, emplissaient l'atmosphère avec légèreté et poudraient en tombant le seuil jonché de fagots, de feuilles, de paille, de volailles et d'oies, du crottin de l'âne, de chiffons au rebut et de morceaux de papier.

Le chant de Noël cessa soudain, le jeune homme ôta son chapeau pour saluer Alvina, debout sur le balcon, et dans l'instant, il disparut, suivi par le cornemuseux. Alvina les vit dévaler la pente, entre les chênes sauvages

«À partir de maintenant, ils reviendront tous les jours jusqu'à Noël, dit Ciccio. Ils vont dans toutes les maisons.»

Et de fait, quand Alvina descendait à l'autre maison froide et silencieuse, marchant dans la neige tendre pour aller jusqu'au puits, elle entendait toujours au loin le bruit de leur musique, cette vocifération étrange et merveilleuse. Alors, elle se sentait à nouveau submergée par le désir douloureux d'elle ne savait quoi, et avait l'impression qu'on pouvait devenir fou dans le silence voilé de ces montagnes, dans cette grande vallée escarpée, coupée du monde.

Ciccio travaillait toute la journée aux champs ou près de la maison. Il construisait un petit réduit en terre : les latrines à l'air libre, exposées à tous les regards, étaient impossibles. Curieusement, il n'allait guère à Pescocalascio, et recherchait peu le contact avec les habitants. Il semblait toujours leur cacher quelque chose. C'était seulement avec ses parents, nombreux au demeurant, qu'il était plus libre et avait des échanges plus familiers.

Pourtant, même avec eux, il était sur ses gardes. Son oncle du moulin, un gros homme sale dont la femme était parée d'or cliquetant et de crasse, et qui criait quelques mots exotiques d'américain, insista pour faire boire du vin à Alvina, avec une sorte de gâteau à base de riz et de fromage. Dans leur pièce unique et sordide, les montagnards régalèrent aussi Ciccio ; et ils les pressèrent d'accepter tous deux la chère qu'ils leur offraient de bon cœur, semblait-il.

«Qu'ils sont gentils ! s'exclama Alvina lorsqu'ils eurent pris congé. Ils donneraient leur chemise.»

Mais Ciccio se borna à lui répondre par un sourire mi-figue, mi-raisin.

«Pourquoi cette grimace ? demanda-t-elle.

– Tu es une étrangère, et ils se disent que tu vas repartir.

– J'aurais cru au contraire que cela les rendrait moins généreux.

– Non. Ils aiment donner aux étrangers, mais pas aux gens d'ici. Giacomo mouille le vin qu'il vend aux gens qui passent, et si je laisse l'âne sous leur hangar, je donne quelque chose à Marta-Maria, sinon je ne pourrai plus le faire. Ha ! ce sont… ce sont des malins, les gens d'ici.

– Pas plus qu'ailleurs, dit Alvina.

– Sans doute, mais tu ne trouveras nulle part des gens aussi médisants qu'ici. En tout cas, à ma connaissance.»

Alvina la trouvait étrange, cette méfiance profonde, foncière entre gens du cru. Ils étaient vigilants, venimeux, dangereux.

«Ah, dit Pancrazio, je suis content qu'il y ait de nouveau une femme dans ma maison.

– Comment se fait-il que vous n'ayez eu personne pour faire votre ménage avant? demanda Alvina. Pourquoi n'avez-vous pas pris quelqu'un?

– Personne ne veut venir, dit Pancrazio dans son anglais aristocratique et lent. Personne, parce que je suis un homme, et si quelqu'un voit une femme dans ma maison, les gens jaseront.

– Les gens jaseront!» Alvina considéra son interlocuteur, cet homme de soixante-six ans, profondément ridé. «Et pour dire quoi?

– Des méchancetés. Beaucoup de méchancetés. Les gens ne sont pas bons par ici. Ils sont médisants et jaloux. Ils ne m'aiment pas parce que j'ai une maison... ils me trouvent trop hautain. Ils me disent : "Pourquoi te prends-tu pour un *signore*?" Oh, ce sont des envieux, des méchants, et il ne faut rien avoir à faire avec eux.

– Ils sont gentils avec moi, dit Alvina.

– Ils croient que vous allez partir. Mais si vous restez, ils vous critiqueront. Oh, ils sont mauvais : mauvais entre eux, mauvais avec tout le monde, sauf les étrangers qui ne les connaissent pas...»

Alvina perçut une curieuse colère dans la voix de Pancrazio, la colère d'un homme qui a vécu de longues années en Angleterre, y a vu régner la confiance dans les rapports humains et qui, à son retour, est profondément blessé par la malveillance atavique des montagnards austères de ces contrées reculées. Elle comprenait aussi pourquoi il était heureux de l'avoir chez lui, si fier, et pourquoi il aimait tant se mettre à son service. Il voyait dans l'âme des gens du nord une luminosité, une honnêteté, quelque chose de libre, d'intact, de vaguement divin, dont «ceux d'ici» étaient entièrement dépourvus.

Lorsqu'elle allait avec lui à Ossona, elle savait que tout le monde le questionnait à propos de Ciccio et d'elle. Elle commença à comprendre le sens général des questions, auxquelles Pancrazio répondait de façon réservée.

«Combien de temps vont-ils rester?»

C'était une question invariable et chargée d'envie. Une question à laquelle il répondait invariablement sur la réserve :

« Quelques mois. Aussi longtemps qu'ils voudront. »

Alvina sentait les vagues d'une jalousie noire déferler sur Pancrazio, parce qu'elle habitait chez lui, parce qu'elle était assise avec lui dans la carriole plate qu'ils prenaient pour aller à Ossona.

Pourtant, Pancrazio lui-même était un personnage. Il était maigre, mal mis, et un peu avachi. Mais dans ses yeux jaunes rôdait une curieuse lueur sardonique et narquoise qui intriguait Alvina. Lorsque Ciccio n'était pas là le soir, il tenait compagnie à Alvina et lui racontait des anecdotes à propos de Lord Leighton, d'Alma Tadema et d'autres membres de l'Académie des Beaux-Arts, vivants ou morts. Parfois, son visage usé exprimait une étrange passivité et faisait penser à celui d'un Peau-Rouge. Parfois aussi, il partait d'un rire curieux, moqueur et malveillant. On aurait cru celui d'un vieux débauché. Les histoires qu'il racontait étaient soit très simples, résignées, dépourvues de fioritures sinon d'une certaine noblesse, ou alors satiriques, malveillantes et chargées d'une ironie étrange assez déplaisante.

« Leighton – il n'avait pas encore le titre de Lord à l'époque – ne voulait pas que je pose pour lui, parce que ma silhouette était trop maigre et ne lui plaisait pas. Il préférait les blonds bien en chair. Mais un jour, il peignait une toile... je ne sais pas si vous la connaissez : une crucifixion. (Il la décrivit.) Non ? Eh bien il fallait que le modèle soit attaché à une croix de bois. C'était très pénible ! Ah ! » Et la vieille lueur jaune, diabolique et moqueuse, s'alluma à nouveau dans les yeux de Pancrazio, résignés d'ordinaire. « Parce que Leighton, il était cruel avec ses modèles. Il ne vous laissait pas vous reposer. "Nom de Dieu ! Tu vas rester tranquille jusqu'à ce que j'en aie fini avec toi, mon salaud !" C'est comme ça qu'il parlait. Bref, pour ce crucifié, il ne trouvait personne qui veuille poser pour lui. Tous les modèles essayaient une fois, et puis ils refusaient de revenir. Ils lui ont dit d'essayer Califano, parce que c'était le seul qui était susceptible de supporter ça. Il a fini par m'envoyer chercher. "Tu as un corps que je n'aime pas, Califano, m'a-t-il dit, mais personne d'autre que toi ne posera pour ce tableau. Tu acceptes ? – Oui, ai-je dit. Je poserai pour vous." Alors il m'a attaché sur la croix. Il payait bien, j'ai donc pris mon mal en patience. Vous savez, il fallait que je reste sur cette croix, nu et penché en avant, pendant quatre heures. Après quoi, c'était l'heure de déjeuner. Et après le déjeuner, il m'attachait à nouveau. J'ai souffert, vous savez. À tel point que pour rentrer chez moi, j'étais obligé de m'appuyer contre le mur en marchant. Et la nuit, je n'arrivais pas à dormir, j'avais si mal aux bras et aux côtés que j'en aurais pleuré. Je ne fermais pas l'œil. "Tu m'as promis de le faire, alors tu es obligé de continuer", me disait-il. Et je répondais : "Bon." Et il m'attachait. Parce que cette croix, vous savez, elle était installée sur quelque chose pour la surélever, je ne sais pas comment on appelle ça.

– Une plateforme ? suggéra Alvina.

– Une plateforme. Figurez-vous qu'un jour où il a voulu s'approcher de moi pendant que j'étais attaché, il a trébuché sur cette plateforme et il s'est accroché à moi. Seulement, j'étais attaché. Si bien qu'on est tombés tous les deux : lui sous moi, qui étais nu, et la croix, bien lourde, au-dessus de nous deux. Moi, je ne pouvais pas bouger, parce que j'étais attaché. Et comme il était sous la croix et sous moi, il ne pouvait pas se dégager. Alors il a été obligé de crier jusqu'à ce que quelqu'un vienne dans l'atelier et nous détache. Nous n'étions pas blessés, parce que le haut de la croix ne nous avait pas écrasés en tombant. Je lui ai dit : "Eh bien, maintenant vous savez ce que c'est que la croix. – Oui, mon salaud, mais ce n'est pas pour autant que je te tiens quitte", m'a-t-il dit.

« Pour passer le temps, il me posait des questions. Une fois, il m'a dit : "Alors, Califano, quelle heure est-il ? Tu as droit à trois réponses, et si tu devines juste, je te donne six pence." Alors j'ai répondu : "Trois heures. – Première réponse. Je repose la question : Quelle heure est-il ?" Je répète : "Trois heures. – Tu as gâché deux réponses, pauvre idiot. Alors, dis-moi, quelle heure est-il ?" J'ai tenu bon et j'ai répété : "Trois heures." Il a sorti sa montre : "Eh bien, par exemple, comment le savais-tu ? Je te donne un shilling." Il était bien trois heures, et il m'a bien donné un shilling au lieu de six pence... »

C'était étrange d'être là à boire du thé avec Pancrazio dans la cuisine noire et le silence d'une après-midi d'hiver, et d'entendre ces histoires de peintres anglais. Étrange aussi de voir la silhouette cabossée de Pancrazio et de penser au nombre de fois où il avait été crucifié pendant ses longues années à Londres pour servir l'art victorien tardif. Le plus étrange de tout, c'était de voir ces peintres insouciants et aisés par le truchement de ses yeux jaunes, souvent vitreux et bordés de rouge. Pancrazio avait pour eux le mélange d'admiration et de mépris qu'on aurait pu voir dans l'œil d'un vieux matou blasé face à de jeunes dandys frivoles.

En fait, Pancrazio n'avait jamais été un libertin ni un débauché, mais un montagnard timide à la moralité irréprochable. Si bien que le pli étrange et un peu sinistre de ses paupières était curieux, et que la flamme jaune et malveillante qui s'allumait dans ses yeux était presque effrayante. Il y avait dans cet homme une flamme sulfureuse et passionnée, qui lui donnait un air presque diabolique lorsqu'elle s'allumait dans son corps délabré. Alvina sentait que si elle se retrouvait seule avec lui, elle devrait faire appel à tout son flegme britannique pour ne pas avoir peur.

Un dimanche matin, juste avant Noël, Alvina, Ciccio et Pancrazio allèrent pour la première fois à Pescocalascio. Il était tombé de la neige, peu autour de la maison, mais lorsqu'ils montèrent plus haut, ils en virent des couches épaisses sur les talus. Et sous le soleil vif, les montagnes étincelaient alors que sur les routes, la neige était molle. Ils montèrent en lacets entre les chênes et sous les genêts de la garrigue et franchirent les collines serrées entre les montagnes. À proximité du village, ils prirent un chemin plus large, où le sentier d'une lointaine bourgade rejoignait le leur. Ils bavardaient tous dans l'air clair et ensoleillé du matin.

Un petit homme arriva, descendant d'un sentier plus haut dans la montagne. En arrivant à leur hauteur près du village, il leur lança en anglais :

« Bonjour. Quel beau temps !

– Tout le monde parle donc anglais par ici ? s'exclama Alvina.

– Ça fait dix-huit ans que je vis à Glasgow. Je suis en visite ici. »

C'était un petit boutiquier italien de Glasgow. Très aimable, il insista pour leur offrir à boire, un verre pour les hommes, du café et des biscuits aux amandes pour Alvina. À l'évidence, lui aussi éprouvait de la reconnaissance pour l'Angleterre.

Le village était merveilleux. Il était perché sur une hauteur au milieu de la vaste vallée. De la terrasse de la route, la vallée s'étendait en contrebas, avec ses collines serrées en tous sens, et deux rivières encastrées entre les parois des montagnes, au large, mais emprisonnées. Enneigée, la vallée brillait sous le ciel bleu. Mais les creux les plus bas étaient bruns. Au loin, Ossona était suspendu au bord d'une plateforme. De nombreux villages étaient accrochés comme des colonies d'oiseaux aux pentes lointaines ou perchés sur les collines en bas. C'était un monde à l'intérieur d'un autre monde, une vallée aux multiples collines, bourgades et ruisseaux, coupée du monde.

Il y avait foule à Pescocalascio même. La neige rendait les routes bourbeuses et les paysans en costume avaient les pieds trempés dans leurs sandales de peau. Malgré tout, ils s'attroupaient au soleil pour acheter, vendre, marchander du tissu, et parlaient avec volubilité. Dans la boutique, qui faisait aussi fonction d'auberge, une très vieille femme préparait du café sur un brasero de charbon, tandis que des paysans, serrés autour des tables au fond, mangeaient les provisions qu'ils avaient apportées.

On attendait la poste à midi. Ciccio partit chercher le courrier pendant que Pancrazio emmenait Alvina jusqu'au château, tout en haut. Là, sur un espace plat, des gamins se lançaient des boules de neige en criant. L'ancien château, sévèrement fissuré lors du dernier tremblement de terre, dominait le merveilleux paysage de la vallée aux multiples collines, où Califano apparaissait comme un point minuscule à gauche et Ossona, une tache à droite, village suspendu dont on voyait nettement au soleil les tours et le château. Derrière le château de Pescocalascio se creusait une large vallée abrupte, une gorge presque, au fond de laquelle coulait une rivière. Pancrazio montra le barrage alimentant le village en électricité, à peine visible dans l'ombre. Au-dessus de cette gorge, tout au bout, se dressaient les longues pentes des montagnes couronnées de neige éclatante, et en face c'était à nouveau la muraille des Abruzzes.

Ils redescendirent, passèrent devant des maisons en ruines détruites par le tremblement de terre. Ciccio n'était toujours pas revenu. Une foule s'agglutinait à la porte du bureau de poste, dans une petite rue noire, pentue et humide. Alvina avait les pieds trempés. Pancrazio l'emmena boire un café avec de la *strega*[1] pour se réchauffer. Au-dessus de la vallée, la route s'élargissait en plateforme où les gens se promenaient sous le soleil vif. Alvina remarqua certains jeunes gens très élégants, qui vinrent parler à Pancrazio en anglais. Alvina détesta leur accent cockney et leur présence vulgaire et tape-à-l'œil. Ils posaient pour des peintres. Pancrazio se montra distant.

Alvina s'assit à l'écart de la foule, sur une chaise que la vieille avait ostensiblement essuyée pour elle. Pancrazio commanda une bière pour lui. Ciccio revint avec le courrier – des lettres qui avaient mis très longtemps pour arriver, ayant été retenues par la censure. Le cœur d'Alvina lui manqua.

1. Liqueur sucrée, qui rappelle la Bénédictine.

La première qu'elle ouvrit était de Miss Pinnegar. Elle ne parlait que de guerre, de peur et d'inquiétude. La deuxième, une lettre du docteur Mitchell, était franchement insultante. «Au temps où j'espérais faire de vous ma femme, je n'aurais jamais cru que vous fricotiez avec un sale Italien, un saltimbanque. Votre joli visage cachait donc vos vils desseins et votre vraie nature. Je ne puis que remercier la Providence de m'avoir épargné le dégoût et la honte d'un mariage avec vous, et quand je vous rencontrerai dans les rues de Leicester Square[1], j'espère vous avoir pardonné suffisamment pour pouvoir vous jeter une pièce... »

Jolie petite épître ! Malgré elle, Alvina pâlit et se mit à trembler. Elle jeta un coup d'œil vers Ciccio. Heureusement, il avait le dos tourné et parlait à quelqu'un. Elle se leva, s'approcha du brasero rougeoyant comme pour se chauffer les mains et jeta la lettre roulée en boule. La vieille femme lui lança une remarque inintelligible. Elle regarda la lettre prendre feu, puis les paysans assis à la table, et enfin la vaste vallée sauvage. Le monde extérieur ne pouvait l'aider, mais il avait encore le pouvoir de la blesser jusqu'ici. Elle avait la sensation d'avoir reçu un coup violent. Une haine noire contre les Mitchell de ce monde l'envahit.

Elle dut presque se forcer pour ouvrir la troisième lettre, qui était de Mrs. Tuke, et elle aussi consacrée à la guerre. L'Italie rejoindrait-elle les alliés ? Elle y avait tout intérêt. Alvina pouvait-elle supporter d'être si loin quand des événements aussi épouvantables se passaient près de son pays ? Comment pouvait-elle être heureuse ? Les infirmières étaient tellement utiles à présent. Elle, Mrs. Tuke, s'était portée volontaire. Elle ferait ce qu'elle pourrait. Elle avait dû cesser d'allaiter Jenifer, qui avait une excellente nounou écossaise, bien plus compétente qu'une mère. Ah, peut-être Alvina et Mrs. Tuke se rencontreraient-elles dans un hôpital en France. Ainsi se terminait la lettre.

Alvina s'assit, pâle et tremblante. Pancrazio l'observait avec curiosité.

« Mauvaises nouvelles ? demanda-t-il.

– Oh, rien que la guerre.

– Ha ! » Là-dessus, il fit le geste italien assez blasé signifiant : « Qu'y pouvons-nous ? »

---

1. Quartier jadis célèbre pour ses prostituées.

Tout le monde parlait de la guerre. Les jeunes modèles anglais avaient quitté l'Angleterre parce qu'ils pensaient que l'Italie aussi allait entrer en guerre. Et les langues allaient bon train. Alvina regarda autour d'elle. Toute cette scène lui semblait étrangère, lui meurtrissait l'âme.

« Croyez-vous que je pourrai venir un jour ici toute seule pour faire mes courses ? demanda-t-elle.

– Il ne faut pas que vous veniez toute seule, répondit Pancrazio avec sa curieuse sollicitude courtoise. Ciccio ou moi devons vous accompagner. Vous ne devez pas venir seule.

– Pourquoi ? demanda-t-elle.

– Vous n'êtes pas d'ici. Vous n'êtes pas une *contadina*[1]... » Alvina sentit combien la notion orientale de la femme, qui laisse encore sa marque sur la Méditerranée, faisait peser sur elle la menace d'une vie sous surveillance et sous contrainte. Elle resta assise sur sa chaise, les pieds froids, à regarder le soleil qui brillait dehors, la neige molle, les silhouettes qui circulaient sous la lumière crue, les hommes en train de boire au comptoir, le groupe de paysannes qui marchandaient du tissu pour faire des robes. Ciccio, toujours tourné, parlait avec volubilité à son voisin. Elle savait qu'il s'agissait de la guerre. Elle remarqua le mouvement de sa joue au dessin élégant, un peu olivâtre ce matin.

Elle se leva rapidement.

« Je veux sortir au soleil », dit-elle.

Dehors, lorsqu'elle vit la vallée à ses pieds, inondée de la lumière crue et aveuglante, elle regarda autour d'elle. Dans la boutique, Ciccio s'était levé, toujours tourné vers son voisin, et il parlait avec les mains, avec tout le corps. Ce n'étaient pas seulement son esprit et ses lèvres qui étaient en jeu, mais son corps tout entier. Tout son être physique parlait, s'animait et s'exprimait.

Elle sentit une certaine lassitude l'envahir. Elle commençait à comprendre quelque chose à propos de Ciccio : à la différence d'un Anglais, il n'avait aucun sens du foyer, de la vie domestique. Jamais la maison de Ciccio ne serait investie pour lui de l'importance qu'elle avait pour un Anglais. C'était sur la piazza de Pescocalascio qu'il était chez lui. Sa maison ne lui était rien, qu'un trou où il dormait. Il n'y vivait pas. Il vivait en plein air, et dans la communauté.

1. Paysanne.

Quand son véritable côté italien ressortait, c'était sur la piazza de Pescocalascio qu'il s'exprimait spontanément, sur cette espèce de petite place de marché où les routes se croisaient dans le village, au-dessous du château, où les hommes se tenaient en groupes et discutaient, discutaient, à perdre haleine. C'était son vrai port d'attache, le lieu où il était lui-même, où s'exprimait son moi actif et conscient. Ce moi-là n'appartenait pas à Alvina. Elle n'avait que son moi passif, et son amour pour sa famille. L'esprit masculin de Ciccio, son intelligence, avaient leurs racines dans la petite place de son village. Elle comprenait cela en l'observant, en voyant tout son corps parler politique. Il était incapable de s'arrêter avant d'avoir terminé. Alors, il donna une poignée de main rapide et complice aux hommes du groupe avec qui il avait discuté, et s'éloigna, se séparant ainsi de tout ce qui l'intéressait.

Elle essaya de le faire parler, de l'entraîner dans une discussion. Mais il n'y eut pas moyen. Il refusa obstinément de s'aventurer avec elle sur le terrain de la conversation masculine.

« Si l'Italie entre en guerre, il faudra que tu partes ?

– Oui », répondit-il. La futilité de la question le fit sourire.

« Et moi, je devrai rester ici ? »

Il hocha tristement la tête.

« Tu as envie de partir ? insista-t-elle.

– Non, pas du tout.

– Mais tu penses que l'Italie devrait entrer en guerre ?

– Oui.

– Alors tu veux partir, en fin de compte.

– Je veux partir si l'Italie déclare la guerre, et je pense qu'elle doit le faire… »

Curieusement, il avait peur d'elle. Il la vénérait et la méprisait tout ensemble. Lorsqu'elle essayait de l'entraîner dans une discussion, à la façon des hommes, il se refermait obstinément, un peu comme un enfant, et son beau sourire lent et hostile apparaissait. D'instinct, il refusait toute communication masculine avec elle, surtout en matière de politique et de religion. Avec d'autres hommes, il en discutait, et âprement. En politique, il avait des opinions socialistes ; en matière de religion, il était libre penseur. Mais ceci n'avait rien à voir avec Alvina. Il refusait toute discussion en anglais.

Au fond d'elle-même, elle savait que c'était inutile d'insister, qu'il ne discuterait pas avec une femme. Alors, même si elle sentait parfois son cœur se gonfler de colère et d'indignation, elle n'essayait pas de forcer son barrage. D'autant qu'elle avait le sentiment que sur un plan intellectuel, il était assez borné. Qu'il aille donc discuter sur la piazza ou chez le marchand de vin !

Il fallait lui rendre justice : il allait peu à Pescocalascio, qui n'était son village qu'à moitié. La nostalgie, le *campanilismo*[1] dont souffrent les Italiens, le désir d'apercevoir le clocher natal, de parler sur la place de marché ou la piazza natale, tout cela n'existait chez Ciccio qu'à l'état d'ébauche, car il avait quitté Pescocalascio tout petit. Il passait l'essentiel de son temps à travailler aux champs et dans les bois, et la plupart de ses soirées chez lui, à tisser un genre de filet de pêche particulier, ou à tresser des paniers avec des brins d'osier très fins. Il avait appris cela à Naples très longtemps auparavant. Pendant ce temps-là, Alvina préparait la layette du bébé ou filait la laine. Elle devenait très habile à tirer les brins de laine de sa quenouille, à les rouler entre ses doigts pour qu'ils deviennent fins et réguliers, et à faire tourner rapidement son fuseau au-dessous, au bout du fil. À la vérité, elle était heureuse de partager ce calme avec Ciccio, maintenant qu'ils avaient une chambre agréable à eux. Elle adorait sa présence. Elle adorait la qualité de son silence, si riche, si physique. Elle avait l'impression qu'il n'était jamais très loin, qu'il était encore plus étranger qu'elle à Califano. Et qu'il se cramponnait à elle autant qu'elle à lui. Pancrazio lui aussi faisait de son mieux pour la servir et la protéger, et aimait lui aussi sa présence. Ils la révéraient l'un et l'autre parce qu'elle était enceinte. Si bien qu'elle vivait de plus en plus dans un petit monde merveilleux, isolé, illusoire. Elle se réjouissait aussi que la vie y fût si bon marché. Il lui restait encore soixante livres à elle, toujours intactes, dans sa petite valise. Après tout, la route de l'autre côté de la rivière menait à Ossona, Ossona permettait d'aller jusqu'à une gare et le train la conduirait partout.

Le mois de janvier passa donc, avec ses journées courtes, ses périodes de neige et ses éclaircies. Les jours de soleil, Alvina descendait jusqu'au lit désolé de la rivière, qui la fascinait. Quand Pancrazio transportait des pierres ou de la chaux sur l'âne, elle l'accompagnait. Or Pancrazio transportait toujours quelque chose, car il adorait bricoler, construire une cheminée par exemple, mais n'avait guère de goût pour les lourds travaux des champs. Chemin

1. *Campanilismo* : attachement à sa communauté d'origine.

faisant, elle trouvait de petites touffes de narcisses sauvages entre les rochers, de petites fleurs au cœur pâle, qui jaillissaient nombreuses de la même tige, et dont le parfum était aussi magique et puissant que le chant de cet homme qui était venu régulièrement tous les jours précédant Noël. Elle les adorait. Il y avait de l'ellébore verte aussi, une plante extraordinaire, et une ou deux petites merveilles, les derniers des cyclamens roses des Alpes, qui poussaient au ras du sol, avec leurs feuilles à peau de serpent et leurs fleurs roses, si roses, si timides qu'elles se blottissaient comme des violettes.

En février, les jours allongèrent et les premiers amandiers fleurirent parmi les oliviers gris, dans des coins plats, au chaud entre les collines. Ce fut en mars que la véritable floraison commença. Alors, Alvina eut sans cesse des coupes emplies de violettes blanches et mauves, des branches d'amandier luisantes et argentées, puis des branches de pêchers et d'abricotiers, aux fleurs roses et frémissantes. Elle adorait se promener pour chercher des fleurs. Elle arriva un jour sur un talus tapissé de crocus lavande. Sous les rayons du soleil, ils ouvraient leur grande étoile lilas à cinq ou à sept branches dont le cœur incandescent irradiait une étrange flamme lavande, comme celle de certains métaux qu'elle avait vu brûler à Islington. Sur tout le talus où les chênes étaient encore secs, ils offraient aux regards leurs grandes étoiles enflammées. Devant tant de beauté, de splendeur royale, elle avait envie de s'agenouiller et de faire le geste de soumission des Orientaux qui touchent le sol du front. Elle revenait regarder ces fleurs dans la matinée quand le ciel était gris, et qu'elles s'étaient refermées en massues minuscules, si nettes, éminemment fragiles sur leur tige pleine de sève, parmi les feuilles mortes, l'herbe de l'hiver et les pervenches sauvages. Sur les pétales couraient de belles bandes violet foncé, telles les rayures fières et nettes d'un blaireau ou de quelque fier matou. Elle prit une poignée de ces flammes fermées, rayées et pleines de sève. Dans une grande coupe de sa chambre, elles s'ouvrirent et déployèrent leur floraison de feu lilas.

Mars fut un mois merveilleux. Les hommes travaillaient dans les collines, et Alvina se promenait, élargissant son territoire. Parfois, elle éprouvait une peur étrange. Une peur des éléments plus que de l'homme. Un jour elle prit ses lettres à poster et alla au village de Casa Latina. La route était déprimante partout où il y avait des habitations : comme presque toutes celles qui bordent les grandes routes italiennes, elles avaient un aspect délabré, sordide et pouilleux. Constellées de grandes plaques d'un affreux crépi verdâtre, marbrées, on les eût crues rongées par la lèpre. Cela effraya Alvina, jusqu'à ce que Pancrazio lui dise que ce n'était que le sulfate de fer utilisé pour traiter les vignes qui se déposait sur les murs où elles s'accrochaient. Malgré tout, ces maisons étaient sordides, mal tenues, pouilleuses. La moindre d'entre elles pouvait faire un parfait taudis.

Casa Latina, de l'autre côté de la vallée, était dans l'ombre. En s'approchant, on voyait des rangées de cabanes basses, assez récentes. C'étaient les maisons de plain-pied commandées après le tremblement de terre. Hideuses. Le village lui-même, vieux et sombre, était toujours dans l'ombre de la montagne. Plusieurs ruisseaux d'eau glacée l'arrosaient. La piazza était triste et abandonnée. Mais il y avait une grande église majestueuse à deux tours, magnifique de l'extérieur.

Elle entra et se sentit saisie d'une vive répulsion. L'intérieur était vaste, blanchi à la chaux et empli de statues dans des chasses ou d'ex-voto. Tout ce décor d'affreuses poupées à taille humaine, aux robes ornées et rebrodées de fils métalliques, debout dans leurs vitrines en verre, le Christ ruisselant de sang sur le crucifix, les murmures des paysannes sales et moisies, agenouillées, et l'atmosphère de fétichisme de pacotille, dégradé, répugnant, la révulsèrent. Elle se hâta de ressortir, évitant même de toucher le rideau de cuir de la porte, de peur d'être contaminée. Elle avait assez vu Casa Latina. Elle n'y remettrait jamais les pieds. Elle commença à se dire que si elle devait vivre un certain temps dans cette partie du monde, il fallait qu'elle en évite ce qui était à l'intérieur. Jamais au grand jamais elle ne devait entrer dans un intérieur quelconque, hormis le sien : elle devait éviter les maisons, les églises et même la poste si possible. Dès qu'elle franchissait une porte, ce sentiment de répulsion viscérale remontait en elle. Si elle voulait garder sa santé mentale, il lui fallait rester en plein air et éviter tout contact avec les intérieurs humains. Quand elle pensait aux maisons de certains des habitants, elle éprouvait le même frisson de répulsion que dans la grande église délabrée de Casa Latina. Quels endroits horribles !

Pourtant, à l'extérieur, le monde était si beau ! Du blé et du maïs poussaient, soyeux et verts, les vignes étaient encore en bourgeon. Partout les petits muscaris laissaient pendre leurs clochettes bleues.

Hélas, elles lui rappelaient une Artémis aux seins multiples dont elle avait vu quelque part un portrait ou une statue. Avec sa grappe de seins, Artemis lui inspirait de l'horreur, maintenant qu'elle avait découvert le Sud : un dégoût au-delà de toute expression. Et les muscaris laiteux la lui évoquaient.

Elle se tourna avec gratitude vers les anémones magenta, si gaies. On lui avait dit que partout où Vénus avait versé une larme pour Adonis, l'une de ces fleurs avait poussé. Elles ne ressemblaient pas à des larmes. Pourtant, leur rouge violacé et soyeux évoquait les commencements du monde. Plus Alvina se promenait et plus elle avait l'impression d'évoluer à l'ombre du monde païen révolu. Parfois elle avait envie de crier, et croyait devenir folle, tant elle en sentait l'influence, qui, maintenant, lui semblait vengeresse. Elle croyait sentir dans l'air la présence d'étranges Furies, de Lémures qui, depuis qu'elle avait lu enfant le *Dictionnaire classique illustré*, la hantaient avec la soif de vengeance de ces créatures qui s'acharnent contre les tombeaux. Dans l'air, on sentait des présences noires et cruelles, furtives et fuyantes. Elles vous ensorcelaient par leur beauté, puis rôdaient dans l'ombre, crocs découverts pour mieux vous mordre ensuite. Cela se passait ainsi : les crocs voilés par la beauté. La beauté d'abord, puis l'horreur inévitable des crocs.

Comme elle était très souvent seule dans ce lieu étrange, elle devenait la proie de fantasmes où les gens prenaient des formes étranges. Même Ciccio et Pancrazio. Si bien qu'après les premiers mois, elle ne s'aventura plus très loin de la maison ni de sa chambre. Elle y restait à coudre, à filer la laine, à lire et à apprendre l'italien. Ses hommes ne cherchaient pas à le lui apprendre. Et son principal professeur était un jeune homme nommé Bussolo. Il posait pour des artistes à Londres et venait parfois à Califano, sans trop savoir quoi faire, heureux de parler anglais.

Alvina ne l'aimait pas beaucoup. C'était un dandy aux yeux gris clair, à la silhouette lourde. Pourtant, il ne manquait pas de discernement.

«Vous savez, ici, c'est un endroit pour les vieux. Il n'y a que des vieillards, dit-il en parlant de Pescocalascio. Vous ne resterez pas longtemps ici. Aucune personne jeune ne peut y rester.»

La bizarre certitude de cette voix sonore la pénétrait. Et tous les jeunes disaient la même chose. Il leur tardait à tous de partir. Mais pour l'instant, la guerre les retenait.

Ciccio et Pancrazio travaillaient dans les vignes. Elle les regardait sarcler, s'accroupir, entretenir. Ils étaient absents, totalement absorbés heure après heure, jour après jour, si habités par la vigne, si possédés par elle qu'elle s'étonnait qu'il ne commence pas à leur pousser des sarments et des vrilles à l'articulation du cou et au creux des bras. Elle la trouvait un peu extrême, cette attention que les hommes accordaient au vin. C'était une sorte de culte, et, là encore, presque une dégradation. Dieu sait pourtant si la vigne de Pancrazio était médiocre, et ses raisins, presque toujours abîmés par la grêle et à moitié pourris sans être murs.

L'enchantement d'Avril suivit, et le soleil se fit chaud. Sa férocité était étonnante quand il se décidait vraiment à briller. Alvina adorait cette chaleur, qui la transportait. Elle ne se souciait plus de rien et se laissait simplement entraîner par le flot puissant du soleil. À la fin, elle découvrit que le soleil intense avait sur elle le même effet que la nuit : une sorte d'obscurité où la vie était en suspens. Elle dut aller se réfugier dans sa chambre jusqu'au retour du vent froid.

Entre-temps, la déclaration de guerre se rapprochait, inévitable. Elle savait que Ciccio partirait. Et avec lui partait sa chance de fuir. Elle se cuirassa pour supporter la douleur qu'elle éprouvait à l'idée qu'il allait partir et la laisser seule dans ce lieu auquel elle vouait parfois une haine indicible. Après une période très chaude et sèche, elle eut l'impression qu'elle mourrait dans cette vallée, qu'elle se dessécherait et tomberait en poussière comme certaines roses d'avril, qui poussent contre un mur chaud. Puis un vent froid se leva, apportant l'orage ; le lendemain, le ciel était gris et l'air doux. Les glaïeuls roses sauvages parsemant le blé vert étaient une merveille de beauté qui évoquait le matin du monde. Le matin du monde, primitif et radieux, précédant le début de notre histoire humaine. Glaïeuls rose rouge dans les blés, ou entre les rochers, petits iris d'un violet presque noir, ou d'un jaune taché de brun comme des guêpes, poussant dans les creux de lieux déserts qui eussent paru bien austères sans cette splendeur inattendue, sombre et satinée. On trouvait également dans des endroits secs de petits iris pas plus hauts qu'un doigt, aussi fragiles que des crocus mais beaucoup plus petits, et bleus, le bleu du ciel matinal, de ces matins d'avant nos matins, bien plus purs qu'eux. Ces ravissants iris pâles et translucides, minuscules et bleu d'aurore, ne vivaient que quelques heures. Quoi de plus exquis que ces fleurs où semblait s'incarner la présence des dieux sur la terre ? Elles faisaient comprendre à Alvina la nostalgie passionnée que pouvait engendrer le lieu. Si l'influence humaine y était assez horrible, les fleurs qui sortaient de terre en exprimaient la magie. Elles agissaient sur Alvina comme un sortilège, l'ensorcelaient, lui dérobaient son âme.

Elle descendit rejoindre Ciccio, qui arrachait des brassées de glaïeuls rose rouge du blé encore vert et coupait l'herbe grasse fraîchement poussée dans le premier pâturage où foisonnaient les mauvaises herbes. Il jeta par terre ses gerbes de glaïeuls et, avec sa faucille, se mit à couper la forêt de marguerites dorées jaune vif. Il paraissait absorbé par sa tâche et travaillait fiévreusement.

« Il faut toutes les couper ? » demanda-t-elle en s'approchant. Il jeta de côté une grande brassée de fleurs jaunes, ôta sa casquette et s'essuya le front. Dans sa main, la faucille pendait mollement.

« Nous avons déclaré la guerre », dit-il.

Elle se rendit brusquement compte qu'elle avait vu passer entre les rochers la silhouette du vieux facteur. Sous ses yeux, le rose rouge et le jaune d'or des fleurs vacillèrent. Les yeux bistre de Ciccio l'observaient. Se laissant tomber à genoux sur une gerbe de marguerites, elle posa sur lui le regard vulnérable d'une créature mortellement blessée. Et de fait, elle avait l'impression qu'elle allait mourir.

« Il faudra que tu partes ? demanda-t-elle.

– Oui. Nous devrons tous partir. » Dans la voix de Ciccio résonnait un certain triomphe. Quelle cruauté !

Elle s'affaissa encore un peu plus sur les fleurs, et sa tête se pencha encore. Mais elle refusait d'être vaincue. Elle releva le visage.

« Si tu dois rester longtemps absent, je retournerai en Angleterre. Je ne pourrai pas rester ici très longtemps sans toi.

– Tu auras Pancrazio… et l'enfant.

– Oui, mais je serai toujours la même. Je ne peux pas rester ici très longtemps sans toi. J'irai en Angleterre. »

Il l'observa étroitement.

« Je ne crois pas qu'ils te laisseront partir, dit-il.

– Bien sûr que si. »

À certains moments, elle le détestait. On aurait dit qu'il voulait la broyer. Elle élaborait sans cesse de petits projets pour s'échapper de cette grande vallée cruelle et fuir à Rome, vers des compatriotes. Elle se rendrait auprès du consul anglais, qui l'aiderait. Tout plutôt que se laisser complètement broyer. Elle savait à quel point il lui serait facile, si elle perdait courage, de mourir et d'être enterrée au cimetière de Pescocalascio.

Oh, ils s'attendriraient tous sur elle, à l'instar de Pancrazio. Elle avait le sentiment que d'une certaine façon, Pancrazio avait tué sa femme, pas consciemment, mais inconsciemment, comme Ciccio pourrait la tuer, elle. Pancrazio parlait volontiers à Alvina de sa femme et de ses maladies. Il paraissait très désireux de montrer qu'il avait été un bon mari. Ce qui ne faisait aucun doute. Mais son esprit était habité par une certaine malveillance clandestine, une sorte de cruauté enfermée là, et dont il ne pouvait contrôler la malignité. Cela se manifestait dans ses histoires. Et se révélait dans la peur qu'il avait de sa défunte épouse. Alvina savait que la nuit, le vieil homme redoutait son épouse, son fantôme ou son esprit revenu pour se venger. Il se pelotonnait près du feu, en proie à la peur. De la même façon, il avait pour le cimetière une fascination horrifiée, comme la plupart des habitants du reste. C'était un espace carré, fort laid au demeurant, tout en dalles de pierre et en murs à tiroirs, clos par de solides murs de pierre. Il était situé un peu à l'écart du village, en contrebas, aussi visible que s'il avait été présenté sur une assiette.

«Voilà notre cimetière, avait dit Pancrazio à Alvina en le lui montrant. C'est là que nous finirons tous un jour.»

Et dans sa voix, on entendait la peur et l'horreur. Il lui raconta comment sa femme, portée par des hommes, avait fait le long voyage sur les sentiers de montagne, pendant presque deux heures.

Ce furent des journées d'attente. Des journées horribles où l'on attendait que Ciccio soit appelé. Un premier contingent de jeunes gens quitta le village. Avant, il y eut des saturnales lugubres où hommes et femmes s'enivrèrent tous. Les jeunes gens partirent au milieu des cris, des lamentations et des hurlements de détresse. Des foules les accompagnèrent à Ossona, d'où on les encadra pour les conduire jusqu'au train. Ce fut une scène horrible.

Un frisson d'horreur et de mort courut dans la vallée. Mais les habitants semblèrent y trouver une satisfaction lugubre.

«Tu n'auras pas de répit tant que tu ne seras pas parti, dit-elle à Ciccio. Pourvu qu'ils te convoquent rapidement.

– C'est pour la semaine prochaine», dit-il en lui jetant un regard sombre. Dans le crépuscule, il s'approcha d'elle, qui le distinguait à peine.

« Tu regrettes de m'avoir accompagné ici, Allaye ? » demanda-t-il. La question même était perfide.

Accroupie devant le feu, elle posa la louche et releva les yeux vers lui. Il était indistinct, la tête penchée en avant. La lueur des flammes se reflétait faiblement sur son visage intemporel, énigmatique, et son ébauche de sourire.

« Non, je ne le regrette pas », répondit-elle lentement, rassemblant tout son courage. « Parce que je t'aime. »

Elle était toujours immobile, accroupie. Il détourna le visage.

« Si je le pouvais, je t'emmènerais loin d'ici, dit-il.

– Je peux t'attendre. »

Il se laissa tomber sur une chaise à côté d'une table qui se trouvait sur le large palier et enfouit sa tête dans ses bras.

« Ne m'attends pas ! Ne m'attends pas ! s'écria-t-il d'une voix étouffée.

– Pourquoi ? » La terreur la saisit. Il ne bougea pas « Pourquoi ? » insista-t-elle, posant ses doigts sur la tête de Ciccio.

Il se releva et se tourna vers elle.

« Je t'aime, même si cela doit me tuer », dit-elle.

Mais il se détourna à nouveau, appuya un bras contre le mur et y cacha son visage, toujours silencieux.

« Qu'est-ce que tu as ? demanda-t-elle. Qu'est-ce que tu as ? Je ne comprends pas. »

Il essuya son visage d'un revers de manche et se tourna vers elle.

« Je n'ai aucun espoir », dit-il d'une voix sourde, obstinée. Elle sentit son cœur et son enfant défaillir en elle.

« Pourquoi ? » demanda-t-elle.

Devrait-elle donner le jour à un enfant sans espoir ?

« Mais si, il y a de l'espoir. Ne sois pas ridicule », dit-elle sèchement. Et elle redescendit chercher quelque chose.

Mais une fois dans la cuisine, elle avait oublié pourquoi elle était venue. Elle s'assit sur le banc dans l'obscurité ; toute vie s'était assombrie, figée. La mort et l'éternité vinrent se poser sur elle. Assise là, seule, elle sentait la mort et l'éternité posées sur elle. Et elle crut entendre Ciccio gémir en haut : « Je ne reviendrai pas, ce n'est pas possible. » Elle l'entendit. Elle l'entendit si distinctement qu'elle ne sut jamais s'il avait vraiment prononcé ces mots ou si, par intuition, elle avait perçu le son de l'indicible. Elle voulut lui répondre, l'appeler. Mais elle en fut incapable. Lourde, muette, impuissante, elle était assise comme un fragment d'obscurité dans cette funèbre cuisine italienne. «Je ne reviendrai pas, ce n'est pas possible.» Elle avait entendu cette phrase fatale.

Elle fut interrompue par l'arrivée de Pancrazio.

« Oh ! » s'écria-t-il, surpris de l'apercevoir là lorsqu'il s'approcha du feu. Et dans sa frayeur, il dit quelques mots en italien.

« C'est vous ! Pourquoi êtes-vous dans le noir ?

– J'allais remonter.

– Vous m'avez fait peur. »

Elle monta pour finir de préparer le repas. Ciccio descendit rejoindre Pancrazio, qui avait rapporté un journal. Les deux hommes s'assirent sur le banc, la lampe entre eux, pour lire les nouvelles et les commenter.

Le groupe de Ciccio était mobilisé la semaine suivante, ainsi qu'il l'avait annoncé. Le départ pesait sur eux deux comme une condamnation. Ces journées précédant le départ imminent étaient peut-être les pires de toutes. Ils n'en parlèrent ni l'un ni l'autre.

Mais la veille de son départ, elle ne put supporter le silence davantage.

«Tu reviendras, n'est-ce pas ? » demanda-t-elle à Ciccio, assis, immobile, dans son fauteuil de la chambre. C'était une soirée chaude et lumineuse. On sentait encore un parfum tardif de fleurs d'oranger dans le jardin et l'air vibrait du chant du rossignol. Parfois aussi, des senteurs de miel flottaient des collines jusqu'à eux.

«Tu reviendras ? insista-t-elle.

– Qui sait ?

– Si tu décides de revenir, tu reviendras. Notre destin est entre nos mains. »

Il sourit lentement.

« C'est ce que tu crois ? demanda-t-il.

– Je le sais. Si tu ne reviens pas, ce sera parce que tu ne le veux pas.

– Qui t'a dit ça ? demanda-t-il avec son sourire cruel.

– Je le sais.

– Si tu le dis. »

Mais il resta assis, les mains pendantes entre les genoux.

« Alors, choisis », dit-elle.

Il resta immobile longtemps, pendant tout le temps où elle se déshabilla, se brossa les cheveux et se mit au lit. Il resta assis là, immobile comme un cadavre. On eût dit qu'il y avait dans la chambre une présence funèbre, surnaturelle, insupportable. Elle souffla la chandelle pour ne plus le voir. Mais dans le noir, c'était pire.

Enfin, il remua et se leva. Il s'approcha d'elle d'un pas hésitant.

«Je reviendrai, Allaye, dit-il à mi-voix. Qu'ils aillent tous au diable.»

Elle entendit dans sa voix une indicible souffrance.

«Qui ?» demanda-t-elle en s'asseyant dans le lit.

Sans répondre, il l'entoura de ses bras.

«Je reviendrai et nous irons en Amérique, dit-il.

– Tu me reviendras», souffla-t-elle, ivre de douleur et de soulagement. Peu lui importait où ils iraient, pourvu qu'il vienne vraiment la retrouver.

«Je reviendrai», dit-il.

L'attirant à elle, Alvina dit dans un souffle :

«Promis ?»

ŒUVRES DE D.H. LAWRENCE

ROMANS

The White Peacock, New York, Duffield and Co, 1911 ; Londres, Heinemann, 191.
Le Paon blanc, traduit par Jeanne Fournier-Pargoire, Calmann-Lévy, 1933.

The Trespasser, Londres, Duckworth, 1912.
La Mort de Sigmund, traduit par Hervé-Southwell, Paris, Gallimard, 1981.

Sons and lovers, Londres, Duckworth and Co, 1913.
Amants et Fils, traduit par Jeanne Fournier-Pargoire, Paris, Alexis Redier, 1931.

The Rainbow, Londres, Methuen, 1915.
L'Arc-en-Ciel, traduit par Albine Loisy, Paris, Gallimard, 1939, rééd 1979.

Women in Love, New York, édition limitée pour souscripteurs, 1920; Londres, Secker, 1921.
Femmes amoureuses, traduit par Georges Limbour et Maurice Rancès, Paris, Gallimard, 1934.

The Lost Girl, Londres, Secker, 1920.
La Fille perdue, traduit par Hélène et Roland Alix, Éditions du siècle, Paris, 1933. Traduction reprise par les Nouvelles Éditions Latines en 1947.

Aaron's Rod, New York, Thomas Seltzer, 1922.
La Verge d'Aaron, traduit par F. Roger Cornaz, Paris, Gallimard, 1935.

Kangaroo, Londres, Secker, 1923.
Kangourou, traduit par Maurice Rancès, Paris, Gallimard, 1933.

The Boy in the Bush, en collaboration avec Mollie Skinner, Londres, Secker, 1924.
Jack dans la brousse, traduit par Lilian Brach, Paris, Gallimard, 1938.

The Plumed Serpent, Londres, Secker, 1926.
Le Serpent à plumes, traduit par Denyse Clairouin, Paris, Stock, 1931 ; rééd. 1976 ; Poche biblio, 1984.

Lady Chatterley's Lover, Florence, G. Orioli, 1928 ; édition privée, Paris, Imprimerie Lecram, 1929 ; 1932, édition expurgée, Londres, Secker, 1932 ; New York, Knopf ; 1959, première édition américaine intégrale, New York, Grove Press. 1960, première édition anglaise intégrale, Penguin Books.

L'Amant de lady Chatterley, traduit par F. Roger Cornaz, préface d'André Malraux, Paris, Gallimard, 1932 ; rééd. Folio, Paris 1977. Traduction nouvelle de Pierre Nordon, Librairie Générale Française, 1991.

RÉCITS DE VOYAGE

Twilight in Italy, Londres, Duckworth, 1916.
Crépuscule sur l'Italie, traduit par André Bélamich, Paris, Gallimard, 1954.
Sea and Sardinia, New York, Seltzer, 1921 ; Londres, Secker, 1923.
Sardaigne et Méditerranée, traduit par André Bélamich, Paris, Charlot, 1946 ; Gallimard, 1958.
Mornings in Mexico, Londres, Secker, 1927.
Matinées mexicaines, traduit par Thérèse Aubray, Paris, Stock, 1935 ; rééd 1986.
Etruscan places, Londres, Secker, 1932 ; New York, The Viking Press, 1935.
Promenades étrusques, traduit par Thérèse Aubray, Paris, Gallimard, 1949.

NOUVELLES

England, my England, New York, Seltzer, 1922.
Île, mon île, traduit par Denyse Clairouin, Paris, Éditions du Sagittaire, 1930.
The Woman Who Rode Away and other Stories, Londres, Secker, 1928.
L'Amazone fugitive, traduit par Jeanne Fournier-Pargoire, Paris, Stock, 1936.
The Virgin and the Gypsy, Florence, Orioli, 1930.
La Vierge et le Bohémien, traduit par E. Frédéric Moreau, Paris, Plon, 1934 ; rééd. 1961 et 1980, Oswald.
The Man Who Died, Londres, Secker, 1931.
L'Homme qui était mort, traduit par Jacqueline Dalsace et Drieu La Rochelle, Paris, Gallimard, 1934.

ESSAIS

Fantasia of the Unconscious, New York, Seltzer, 1922 ; Londres, Secker, 1924.
Fantaisie de l'inconscient, traduit par Charles Mauron, Paris, Stock, 1932.

Phoenix : Posthumous Papers, New York, The Viking Press, 1935
Phoenix II, ed. Warren Roberts, Harry. T. Moore, Londres, Heinemann, 1968.

Poèmes

Love Poems and others, Londres, Duckworth, 1913 ; New York, Kennerley, 1913.
Look, We Have Come Through, Londres, Chatto and Windus.
Pansies, Londres, Secker, 1929
Pensées, traduit par Thérèse Aubray, Paris, Seghers, 1951.
Poèmes, sélection de poèmes traduits et préfacés par Jean-Jacques Mayoux, Paris, Aubier Montaigne, 1967.

Théâtre

The Complete Plays, Londres, Melbourne, Toronto, Heinemann, 1965.

Correspondance

Collected Letters, ed. Harry T. Moore, Londres, Heinemann, 1962.
The Letters of D.H. Lawrence, ed. James Boulton, Cambridge University Press, Cambridge, 1979-1993.
Lettres Choisies de D.H. Lawrence, traduit par Thérèse Aubray, Plon, 1934.
Lettres Choisies, traduction, préface et notes d'André Topia, Paris, Gallimard, 2001.

Textes choisis

Voyager avec Lawrence : L'Odyssée d'un rebelle, présentation, choix de textes, traduction et notes de Françoise du Sorbier, Paris, La Quinzaine/Louis Vuitton, 2001.

Table des matières

Achevé d'imprimer en janvier 2007
par **Bussière**
à Saint-Amand-Montrond (Cher)
pour le compte de la librairie Arthème Fayard

Ouvrage réalisé en Plantin
par Dominique Guillaumin, Paris

35-67-3379-1/01

Dépôt légal : janvier 2007.
N° d'édition : 81620. – N° d'impression : 070089/4.

Imprimé en France